国家社科基金
后期资助项目

唐代送别诗研究

A Study of Farewell Poems in Tang Dynasty

许智银 著

上海古籍出版社

2014年国家社科基金后期资助项目14FZW027

国家社科基金后期资助项目
出版说明

　　后期资助项目是国家社科基金设立的一类重要项目,旨在鼓励广大社科研究者潜心治学,支持基础研究多出优秀成果。它是经过严格评审,从接近完成的科研成果中遴选立项的。为扩大后期资助项目的影响,更好地推动学术发展,促进成果转化,全国哲学社会科学工作办公室按照"统一设计、统一标识、统一版式、形成系列"的总体要求,组织出版国家社科基金后期资助项目成果。

全国哲学社会科学工作办公室

序

中国是一个古老的诗的国度。《尚书·舜典》曰："诗言志,歌永言。声依永,律和声。"意谓诗歌是以有韵律的语言来表达情志的文学样式。人类社会中的人伦感情主要包括亲情、爱情和友情。这三种人伦之情可以说是诗歌描述、吟咏的永恒主题。自古迄今,莫不如是。人是群体性动物,需要有稳定的家庭、朋友和社会关系,需要亲情、爱情和友情的滋养和抚慰。孔子曰:"诗可以兴,可以观,可以群。"(《论语·阳货》)所谓"可以群"当是指诗歌通过对亲情、爱情和友情的歌咏来发挥维系社会族群的文化功能,提高族群的凝聚力。不过,由于种种社会的、家庭的、个人的原因,每个人都会与自己的亲人、爱人和友人或长或短地离别。各种各样的分手和离别,是对各种常态化人伦关系的异化或撕裂,不可避免地会对各种人伦之情蒙上一层或淡或浓的惆怅和忧伤。因而正如江淹《别赋》所曰:"黯然销魂者,唯别而已矣!"柳永《雨霖铃·寒蝉凄切》亦谓"多情自古伤离别"。诚哉斯言!

在某种意义上甚至可以说,贯穿于亲情、爱情和友情之中的离情别绪也是诗歌吟咏的永恒主题。历史上从不同的视角对离别之情浅唱低吟的诗歌比比皆是,从而在诗歌的谱系中形成了一种专门表达离愁别绪的诗歌——送别诗。从文化学的视角考察梳理其发展历程可以发现,送别诗与古代的祖道祭祀仪式、饮酒饯行活动有着密不可分的联系,后来逐渐演变为人与人之间的社交礼仪活动,从而形成了送别诗这一特殊的诗歌门类。析言之,根据写作主体的不同,送行者所撰写的可称为"送别诗"或"赠别诗",而被送者撰写的可称为"留别诗"。统言之,无论是送行者还是被送者在分别之际撰写的抒发离情别意的诗歌,均可称为送别诗。送别诗源远流长。在我国最早的诗歌总集《诗经》中就出现了许多送别类的诗歌,如其中的《邶风·燕燕》即是一首文学性和艺术性很高的很有代表性的送别名篇。该诗有云:"之子于归,远送于野。瞻望弗及,泣涕如雨。"关于此诗的作意,历来众说纷纭,《毛诗序》称:"卫庄姜送归妾也。"郑玄认为这是号称中国第一位女诗人的卫庄公夫人庄姜，在庄公之子卫桓公被杀后，送别与自己情同姐妹的桓公之母戴妫（庄公之妾）回陈国时所写。全诗言有尽而意无穷，感情真挚动人，把离情别绪描述得淋漓尽致，读之令人不禁惆怅感慨，故王士禛《分甘余话》卷三推许此诗为"万古送别诗之祖"。

送别诗自《诗经·燕燕》滥觞之后，两汉魏晋南北朝以迄唐宋元明清，历朝历代均有许多名篇佳作流传于世，堪称诗歌族系中的一个重要分支。汉代的送别诗当以《古诗十九首》的《行行重行行》和《文选》所载李陵与苏武的数首赠答诗为代表。《古诗十九首·行行重行行》慨叹别离之苦曰："行行重行行，与君生别离，相去万余里，各在天一涯。道路阻且长，会面安可知。"《文选》卷二九托名李陵的《与苏武三首》其一曰："良时不再至，离别在须臾。屏营衢路侧，执手野踟蹰。"抒发了分别与相思的深情，可谓典雅隽永，令人击节叹赏。此外，《文选》卷第二十《诗甲·祖饯》还选有八首送别诗，即曹植《送应氏诗》二首、孙楚《征西官属送于陟阳候作诗》一首、潘岳《金谷集作诗》一首、谢瞻《王抚军庾西阳集别时为豫章太守庾被徵还东》一首、谢灵运《邻里相送方山诗》一首、谢朓《新亭渚别范零陵诗》一首，以及沈约《别范安成诗》一首。这是魏晋南北朝时期送别诗的八首代表作，萧统的《文选》将这类送别诗标举为"祖饯"类，具有重要意义，说明魏晋时期送别诗已经大量出现，主题趋于明朗，开始以一种独立的面目，自立于文学园地。

在上述《文选》所载送别诗之外，魏晋南北朝时期还有其他诗人创作了许多送别诗，如曹丕的《清河见挽船士新婚与妻别作》和《见挽船士兄弟辞别诗》（《汉魏六朝百三家集》卷二四）、王粲的《赠蔡子笃》（《文选》卷二三）、应玚的《别诗二首》（《汉魏六朝百三家集》卷三二）、以及鲍照的《拟行路难》十八首中的《吴兴黄浦亭庾中郎别诗》《与伍侍郎别诗》《送别王宣城诗》《送盛侍郎饯候亭诗》《与荀中书别诗》《送从弟道秀别诗》（《汉魏六朝百三家集》卷六九）等等，都是本时期情深意长的送别诗名篇。

尤其值得称道的是，本时期出现了南朝江淹撰写的传诵千古的《别赋》。本赋将人们的分别划分为富贵之别、剑客之别、从军之别、绝国之别、夫妻之别、方外之别、情侣之别等七种类型，并进行了深入细致的摹写和吟咏，对古人送别情感、送别情景、送别缘由、送别方式等进行了高度概括，可谓送别诗发展到一定程度的理论总结。

唐诗历来被认为是中国古代诗歌的冠冕，而唐代送别诗可谓这顶冠冕上一串璀灿的冕旒。唐代送别诗是唐代诗人集体无意识参与社会活动的文化结晶，既有着强大的社会交际实用功能，又以其绚丽的艺术色彩绽放于诗歌园地，并以其温馨的诗心与爱意美化和雅化了人伦社会，从而进一步升华了唐代文化多彩而恢宏的气象。唐代送别诗在数量上也是空前的。清人沈德潜所编的《唐诗别裁集》共收录唐人诗歌一千九百余首,而其中送别诗竟多达三百余首,占整个诗集的六分之一还多,由此可见唐代送别诗的空前发达程度。唐代送别诗,不仅有大量名篇流传于世,而且作者分布广泛,几乎涵盖了各个阶层的文人学者。唐代送别诗既是各个阶层唐人社会生活的诗意表现,亦是唐人社交活动和精神世界的写实记录,对于后人从不同层面领略和认识唐代社会生活的精神风貌具有重要的文化价值。

唐代送别诗对后世产生了深远的影响,许多送别名篇名句,诸如"阳关三叠""灞桥折柳""孤帆远影碧空尽""天涯若比邻""儿女共沾巾""送君南浦外""长亭晚送君""别离吟断西陵渡"等,不仅都已成为耳熟能详的典故,而且亦成为后世诗歌经常吟咏的意象,丰富了后世文学艺术的宝库。

许智银教授近二十年前即开始关注并致力于唐代送别诗研究,并陆续发表了多篇探讨唐代送别诗的学术研究文章。2002 年申报获批河南科技大学基金项目"唐代离别诗研究";2004 年申报获批河南省教育厅人文社会科学基金项目"唐代送别诗的文化观照";2014 年以《唐代送别诗研究》为题申报国家社会科学基金后期资助项目,获得批准。嗣后,作者又根据五位评审专家的修改意见对书稿的篇章结构、语言表述和学术规范等方面进行了较大幅度的修订完善,终于形成了目前这部即将由上海古籍出版社出版的、长达四十余万言的有关唐代送别诗研究的学术著作。

这部凝结着作者十几年心血的书稿对唐代送别诗进行了比较全面系统的考察和论述,探讨了唐代送别诗的文化渊源和发展流变,梳理了唐代送别诗的艺术成就和在文学史上的独特贡献及其对后世的深远影响,拓展了唐诗研究的视野。约略说来,本书有如下几方面的特点:

(一)选题具有一定拓荒性。唐代送别诗虽然早就引起历代学人的关注,对唐代送别诗进行评点研究者代不乏人,但学界迄今似乎尚未见到有关唐代送别诗研究的专门著作问世。本课题成果筚路蓝缕,以四十余万言的篇幅首次对古代送别诗,尤其是唐代送别诗进行了全面系统的学术梳理。

(二)作为一部断代送别诗研究专著,本书稿不仅从艺术审美的角度重点对唐代送别诗的内涵、特征、意象、类别和发展历程、写作手法等,进行了多方面的分析探讨,而且对唐代送别诗的历史渊源、文化渊源及其在后世的流风余韵进行了较系统的考察和论述、辨章学术、考镜源流,比较清楚地勾勒出了送别诗发生、发展的脉络,对于读者赏析和认识唐代送别诗的艺术成就和文学地位大有裨益。

(三)本书稿借鉴人类学、民族学、文化学、民俗学、心理学等多学科的研究成果，对唐代送别诗进行多角度的观照和探索，从而为读者立体地认识唐代社会风情和民俗文化提供了丰富的视角。

（四）立论建立在坚实、丰富的文献资料基础之上。本书的内容不是空疏的议论，而是在广泛地占有材料基础上的归纳和概括。每一章每一节的论述和结论，都有充分的文献依据。可谓持之有据，言之成理。

当然，任何学术研究都是一个认识不断推进、深化的过程，任何学术研究著作都不可能尽善尽美，都可能有其局限性。这部草创性的《唐代送别诗研究》虽然具有多方面的学术价值，但毋庸讳言，也不可避免地存在一些不足之处。比如本书第三章题目为《唐代送别诗独具匠心的篇章结构》，按说本章内容应该是围绕唐代送别诗的篇章结构展开论述，可是本章第二节的五个小题目却为"何当重相见""天涯望断肠""相思情何已""慰勉化别愁""规诫动真情"。可以想见，这些小题目的主旨实际上主要是在探讨艺术表现手法，而并非讨论篇章结构，就显得有些文不对题。此外，本书个别章节的引文、引诗似乎过多，失于不厌其繁。这些丰富的引文、引诗虽然可向读者提供更多的文献信息，有助于读者对有关问题的理解，但未免显得有些繁复而欠精炼。这些问题都有待于将来再版时加以调整和完善。

总之，本书虽然存在上述问题，但小疵难掩大醇。从整体来说，本书选题具有拓荒价值，结构完整，内容充实，结论合理，对于唐代诗歌研究乃至中国古代文学研究都有着很高的学术价值。这是应该充分肯定的。

许智银教授曾于十几年前在山东师范大学师从不佞攻读博士学位，与我有师生之谊。本书即将付梓之际，智银教授将书稿发送给我，嘱我为本书撰写序言。我自知笔拙，且对诗学素乏研究，因而建议其另请高明，但她执意索序于余，盛情难却，于是便就观感所及写下如上这段献曝之见，权作本书弁言，聊表祝贺之忱。

丁　鼎
2020 年 4 月 23 日于芝罘道食兼谋斋

目　　录

序 …………………………………………………… 丁　鼎　1

绪　论 …………………………………………………………… 1
　一、唐代送别诗的概况 ………………………………………… 1
　二、唐代送别诗的深远影响 …………………………………… 33

第一章　唐代送别诗的文化渊源及先唐送别诗综论 ………… 60
　第一节　唐代送别诗的文化渊源 ……………………………… 60
　　一、出行祭祀的祖道仪式 …………………………………… 60
　　二、人际交往的饯行活动 …………………………………… 64
　　三、祈福祝颂的诗性话语 …………………………………… 69
　第二节　先唐送别诗综论 ……………………………………… 78
　　一、先秦《诗经》的浑朴叙述 ……………………………… 78
　　二、汉代"苏李诗"的直抒情思 …………………………… 84
　　三、魏晋南北朝"祖饯诗"的标举吟咏 …………………… 88

第二章　唐代送别诗的发展历程与艺术审美 ………………… 101
　第一节　唐代送别诗的发展历程 ……………………………… 101
　　一、初唐送别诗：洗尽铅华，深入情奥 …………………… 101
　　二、盛唐送别诗：旷达豪迈，风姿万千 …………………… 110
　　三、中唐送别诗：竞逐祖饯，回归务实 …………………… 121
　　四、晚唐送别诗：感伤时局，闲适为怀 …………………… 131
　第二节　唐代送别诗的艺术审美 ……………………………… 144
　　一、情以事出，叙事言别 …………………………………… 145

二、情以景显，绘景寓别 ………………………………… 149

　　三、情以人立，摹人写别 ………………………………… 153

　　四、情以感发，借感寄别 ………………………………… 159

第三章　唐代送别诗独具匠心的篇章结构 …………………… 169

第一节　发兴高远，振响全篇 ……………………………… 169

　　一、敷陈铺叙起笔 …………………………………………… 169

　　二、描摹景物开篇 …………………………………………… 174

　　三、兴感论议发端 …………………………………………… 179

第二节　余韵悠长，回味无穷 ……………………………… 182

　　一、何当重相见 ……………………………………………… 183

　　二、天涯望断肠 ……………………………………………… 185

　　三、相思情何已 ……………………………………………… 188

　　四、慰勉化别愁 ……………………………………………… 189

　　五、规诫动真情 ……………………………………………… 191

第四章　唐代送别诗多姿多彩的感人意象 …………………… 194

第一节　自然意象 …………………………………………… 194

　　一、离离无限草，随君自有情 ……………………………… 194

　　二、白云天际浮，千里常相见 ……………………………… 197

　　三、明月白皓皓，当空照离人 ……………………………… 199

　　四、萧萧满天雨，凄凄别离心 ……………………………… 202

　　五、鸟飞顾徘徊，人行去不息 ……………………………… 206

第二节　原型意象 …………………………………………… 213

　　一、折柳，灞桥 ……………………………………………… 214

　　二、南浦，河梁 ……………………………………………… 221

　　三、歧路，离亭 ……………………………………………… 224

第五章　唐代送别诗与送别民俗 ……………………………… 230

第一节　出行远相送 ………………………………………… 231

　　一、路歧更作千年别 ………………………………………… 231

　　二、为别长安青绮门 ………………………………………… 233

  三、离亭驿站不可望 ………………………………………… 235
  四、高台话别立远郊 ………………………………………… 239
  五、江上河桥望行旅 ………………………………………… 242
  六、南浦古渡遍离情 ………………………………………… 244
 第二节 送别尚礼仪 …………………………………………… 246
  一、执手临歧动别情 ………………………………………… 246
  二、绮筵酒满惜将离 ………………………………………… 251
  三、一曲离歌两行泪 ………………………………………… 258
  四、唯有垂柳管别离 ………………………………………… 262
 第三节 分手相赠物 …………………………………………… 266
  一、离心何以赠，自有玉壶冰 ……………………………… 266
  二、临途赠物，勉哉夫子 …………………………………… 267

第六章 唐代送别诗与社会文化 …………………………………… 271
 第一节 淳厚的社会礼俗 ……………………………………… 271
  一、送人省亲倡孝廉 ………………………………………… 271
  二、送人婚丧重情意 ………………………………………… 280
  三、送人仕宦崇礼仪 ………………………………………… 285
  四、送人谪迁彰世风 ………………………………………… 294
  五、送别亲人明伦常 ………………………………………… 299
 第二节 浓郁的科举风尚 ……………………………………… 309
  一、送别赴举之人 …………………………………………… 310
  二、送别及第之人 …………………………………………… 316
  三、送别落第之人 …………………………………………… 319

第七章 唐代送别诗与民族风情 …………………………………… 329
 第一节 殊异的地方风情 ……………………………………… 329
  一、江南美无家水不通 ……………………………………… 330
  二、岭南远官多谪宦臣 ……………………………………… 336
  三、黔中偏天远风烟异 ……………………………………… 340
  四、蜀地遥山从人面起 ……………………………………… 342
  五、安西域胡沙与塞尘 ……………………………………… 344

第二节 和合的民族往来 ……………………………………… 347
一、与吐蕃的和亲 ………………………………………… 347
二、与回鹘及其他民族的来往 …………………………… 353

第八章 唐代送别诗与对外交流 ………………………………… 360
第一节 唐代送别诗与中朝文化交往 …………………………… 360
一、使者修好往来 ………………………………………… 360
二、文士广泛交流 ………………………………………… 366
三、僧人热诚求法 ………………………………………… 369
第二节 唐代送别诗与中日文化交往 …………………………… 372
一、送别遣唐使和留学者 ………………………………… 372
二、送别僧人 ……………………………………………… 375

参考文献 …………………………………………………………… 379

后　记 ……………………………………………………………… 386

绪　论

自有人类以来至于今日科技魔幻之世，芸芸众生的社会生活，无时无刻不在演绎着聚散迁移的悲欢离合，一如月有阴晴圆缺，此事古难全，因而俗有送往迎来，祖道之风。诗是情志的抒写，送别诗遂应运而生，成为古代诗歌中极其重要的一类题材，发展至唐代，送别诗俨然成风，蓬勃兴盛，多姿多彩。然而，唐代送别诗尚没有得到足够的关注，以故需要我们来一次集体穿越！

一、唐代送别诗的概况

王朝更替代有序，离情别怨无尽时，唐人送别诗与传统送别诗一脉相承。进入唐代以后，送别诗在前人的基础上有了新的发展，涉及的范围更广，流传的数量更多，喜好的人群更泛，诸多变化不能不了然于心。

（一）传统送别诗的界定及其命题方式

中国古代的送别诗自先秦《诗经》即有迹可寻，脉络源远流长。"送别"一词在古代汉语中当分开来解，送即送行、送别、赠送、护送，是相对于送别双方中留下来的一方而言；别即告别、辞别、离别、分别，是相对于送别双方中离开的一方而言。送和别合成一词后，遂泛指人们所有的送行告别仪式活动。送别活动是由送行者和离别者共同完成的，送别时的双方都有可能写作诗歌。命题时，送行的一方通常以"送"领起，如南朝何逊的"相送"诗，唐人王建、李咸用、徐月英等的"送人"诗；离开的一方则通常以"别"领起，如南朝江淹的《别赋》，最为著名，唐人吕岩有《别诗二首》。也有一些送别诗不以"送"或者"别"标明，但内容仍然是表达离情别绪的，如早期的祖道、祖饯一类诗，其实也是送别，但偏重于记录送别的行为方式，侧重于仪式活动内容的抒写。概而言之，只要是抒发临别之际人们真实情感的诗赋写作，无论是送者所作的送别诗，还是离者所作的留别诗，都可统称为送别诗。

本著作题目的"唐代送别诗"，作为研究对象也只是一个笼统的所指，依照惯例，包括了唐及五代作家的所有送别诗和留别诗，由于送别诗的数量远远大于留别诗作,为了书名的简洁明了,遂采取"送别诗"的概念以总括之。在具体研究写作过程中,除了诗作,有时还会采纳一些与送别、留别相关的序和文。社会交往的送别活动并不是孤立单一的个人行为,总是由去留双方共同完成的,有时还会涉及更大的范围和重要的历史事件等,围绕送别活动所产生的一切篇章书写,其实都直接或间接地补充着送别诗作的背景、内容、结果等,因此,但凡对理解送别诗作有帮助的史籍资料,都会被借来作为诠释诗作的参佐。即使与"生离"相对的"死别",如果从民俗学对于丧葬仪式的"送魂"实质来看待,仍然是一种心灵的交流和情感的抒写,因而同样可视为送别诗作,纳入研究范畴。至于和人类的送别方式相似的送春别物等诗作,显然契合古人"天人一体"的抒情理念,更是诗人人文情怀的流露,也一并纳入观照范畴,用作资证。

古代送别诗的题式根据写作主体的不同,基本分为两类:一类是从居人送者角度而言,所作多为送别之作;一类是从离人去者方面而言,所作多为留别之作。一如宋之问所言:

川路分途,我辈以赠言为贵。

况筵开灞岸,路指太行,请居人赠王粲之诗,去者留阮公之作。①

无论是"居人"还是"去者",临别之际往往会有千言万语和依依情感要向对方表白,由于分手时的具体环境各不相同,从而使得送别诗的命题方式多有变化,极其丰富多样,除了直接以"送别""留别"命题之外,还有诸如"赠别""赋得""奉和""联句""不及""兼寄"等多种题式。

1. "送别"题式

以"送别"命名的送别诗,唐代以前并不多见,直到南朝齐、梁间,刘绘、虞羲、范云、梁简文帝等人才有创作,隋朝的释智才、鲁范、无名氏等亦有几首,却也开启了唐人以"送别"为诗题的先河。翻检《全唐诗》及《全唐诗补编》,《送别》一类的诗题有二十多首,从多方面展示了写作者的复杂心境,缠绵悱恻,凄切感人,激荡情怀。如陈子良《送别》云:

落叶聚还散,征禽去不归。以我穷途泣,沾君出塞衣。②

诗中以物喻人,情感之悲痛,令人不堪。有的是以古老的风俗倾诉别离之难,如王之涣《送别》云:

---

① (唐)沈佺期、宋之问著,陶敏、易淑琼校注:《沈佺期宋之问集校注·宋之问集校注》卷六《送怀州皇甫使君序》,中华书局,2001年版,第671页。

② (清)彭定求等:《全唐诗》卷三九,中华书局,1960年版,第498页。

>杨柳东风树,青青夹御河。近来攀折苦,应为别离多。①

诗人借折柳送别的习俗,通过御河两岸青青杨柳的频繁被攀折之苦,写出人生多别离,道出惜别之情。有的是表达别后相思,如贾岛《送别》云:

>门外便伸千里别,无车不得到河梁。高楼直上百余尺,今日为君南望长。②

河梁是分手的代名词,于高楼南望实表相思情无限。还有的是借送别抒发对爱情的追求,表达对别后相见的期盼,对别后音信的关切,以及对友人的劝勉鼓励等。这些直接命题为"送别"的诗作,写作起来不受具体的范围限定,相对灵活,具有宽泛性和超越性,或触目皆情,别情依依,或感慨兴怀,寄情于物,或盼望嘉会,不胜思念,突出了人类出行送别的共同特点,基本上都是千百年来广泛流传的脍炙人口之作。

除了单以"送别"为题外,更多的是在"送别"前面加上时间、地点等,或在"送别"后面加上人物对象等,或者前后都有限定性词语,从而使诗的内容更加具有针对性,内涵愈发明确。这类题式魏晋南北朝时期已开始出现,约略有十几首,如潘岳、谢朓、鲍照、徐陵、沈约、朱记室、庾肩吾、王褒、王胄和刘梦予等人的送别诗,唐诗中此类题式最为广泛。如韩琮《暮春浐水送别》(一作《暮春送客》),大致交代了时间、地点,读起来自然更有真切感觉,诗云:

>绿暗红稀出凤城,暮云楼阁古今情。行人莫听宫前水,流尽年光是此声。③

前两句描写暮春景色,后两句抒写流水感怀,兴发论议自然贴切,所以历来受到称颂。也有题目直接表明感物抒怀的,如白居易《莫走柳条词送别》云:

>南陌伤心别,东风满把春。莫欺杨柳弱,劝酒胜于人。④

诗人借吟咏杨柳依依,抒发离情难舍。独孤及的《送别荆南张判官》则直接明确了送别的对象及去向,突出了两人的私交,诗云:

>辎车骆马往从谁,梦浦兰台日更迟。欲识桃花最多处,前程问取武陵儿。⑤

张判官以御史出任荆南节度判官,武陵即今湖南常德,当时属于荆南地区,这里化用了陶渊明《桃花源记》的故事,格调清新有致。白居易有《履信池

---

① 《全唐诗》卷二五三,第2849页。
② (唐)贾岛著,黄鹏笺注:《贾岛诗集笺注》,巴蜀书社,2002年版,第328页。
③ 《全唐诗》卷五六五,第6551页。
④ (唐)白居易著,谢思炜校注:《白居易诗集校注》卷十九,中华书局,2006年版,第1553页。
⑤ 《全唐诗》卷二四七,第2779页。

樱桃岛上醉后走笔送别舒员外兼寄宗正李卿考功崔郎中》和《龙门送别皇甫泽州赴任韦山人南游》,皆一目了然概括了诗歌写作的真实背景及目的主旨,给人以身临其境之感。"送别"类诗题中经常省略"别"字,从而形成送别诗《( )送( )》格式规律的题式,一般是送行者"居人"所作,数量庞大,不胜枚举。也有以"饯"字代替"送"字的,隐含了以酒饯别的形式,如陈子昂《春晦饯陶七于江南同用风字》、张说《同王仆射山亭饯岑广武羲得言字》等,亦极其常见。

2. "留别"题式

唐代以前送别诗题目中含"留别"字样的,有苏武《留别妻》一首。《全唐诗》和《全唐诗补编》中诗题标有"留别"字样的,计有二百四十三余首,其中只以《留别》为题的有 11 首,仅唐彦谦一人就有 6 首,为《留别》四首和另外两首《留别》。其他分别是张继、杨凝、上元夫人、白居易、王昌龄等人的同题诗。请看唐彦谦《留别》四首:

鹏程三万里,别酒一千钟。好景当三月,春光上国浓。

野花红滴滴,江燕语喃喃。鼓吹翻新调,都亭酒正酣。

登庸趋俊乂,厕用野无遗。起喜赓歌日,明良际会时。

盐车淹素志,长坂入青云。老骥春风里,奔腾独异群。①

四首诗皆从目下情景写起,论及社会现象,尤以第一首传唱最广,鹏程万里后来传为家喻户晓的成语。

大多数的"留别"题式是在"留别"前面加上时间、地点,或在后面指明留别对象、缘由、情况等,也有的是在"留别"前后都有限定词语,使人们对当时的情景可以有更多的了解,有利于把握诗人的情感细节。如李白《金陵酒肆留别》和《梦游天姥吟留别》,分别标明了留别的地点,而其《留别于十一兄逖裴十三游塞垣》则明确指出了留别的对象。试看张籍的《春日留别》:

游人欲别离,半醉对花枝。看著春又晚,莫轻少年时。
临行记分处,回首是相思。各向天涯去,重来未可期。②

诗中描写春景、春色、春物,扣题春日抒发离别感慨。而孟浩然的《将适天台留别临安李主簿》,既交代了自己的去向,又点明了对方的身份,方便了读者理解诗中蕴含的深意。"留别"题式中常常省略"留"字,形成送别诗题目的

---

① 《全唐诗》卷六七一,第 7666 页。
② (唐)张籍著,李冬生注:《张籍集注》,黄山书社,1989 年版,第 157 页。

又一常见格式规律《（　）别（　）》，一般由离人"去者"写作，此不一一赘举。

3."赠别"题式

送别诗题目中标明"赠别"的，北周有庾信的《赠别诗》，南朝有梁吴均的《赠别新林诗》和江淹的《谢法曹惠连赠别》，隋朝有卢思道的《赠别司马幼之南聘诗》等几首。《全唐诗》和《全唐诗补编》中以"赠别"为题式的共有一百五十二余首，其中单以《赠别》为题的有十四余首，分别是皇甫冉、柳郴、杜牧、赵嘏、项斯、储嗣宗、李昌符、李中、严续姬、郑谷、陈陶等人的同题诗，其所表达的思想感情大致与"送别"题式所蕴含的思想内容一致。

此外更多的是在"赠别"前加上送别时间、原因、地点，如冬夜、秋夕、重阳节、汉阴驿、广陵、巴陵山、江亭、越中、溢城等，这些时节地点更增添了离别的痛苦。或在"赠别"后点明送别对象等，抑或在"赠别"前后都加上限定词语，如武元衡《河东赠别炼师》、陆畅《成都赠别席夔》、白居易《鄂州赠别王八使君》和《同微之赠别郭虚舟炼师五十韵》、安凤《赠别徐侃》和独孤及《东平蓬莱驿夜宴平卢杨判官醉后赠别姚太守置酒留宴》等，都同时点明了赠别时的地点、情况和人物。

应该注意的是，"赠别"类题式的送别诗，有的是"去者"离开之人所作，有的是"居人"送行者所作，有的从诗题中即可看出作者身份，有的却要通过分析内容才可确定作者的状况。如杜牧著名的《赠别》二首云：

娉娉袅袅十三余，豆蔻梢头二月初。春风十里扬州路，卷上珠帘总不如。

多情却似总无情，唯觉樽前笑不成。蜡烛有心还惜别，替人垂泪到天明。①

两诗的内容显明杜牧是作为"去者"，表达了对所留别妓女的赞美。而李颀的《赠别穆元林（休）》云：

贰职久辞满，藏名三十年。丹墀策频献，白首官不迁。
明主日征士，吏曹何忽贤？空怀济世志，欲棹沧浪船。
举酒洛门外，送君春海边。彼乡有令弟，小邑试烹鲜。
转浦云壑媚，涉江花岛连。绿芳暗楚水，白鸟飞吴烟。
赠赆亦奚贵，流乱期早旋。金闺会通籍，生事岂徒然？②

从诗中"举酒洛门外，送君春海边"来看，李颀显然是作为"居人"于洛阳送穆元休去江南。穆元休大概怀才不遇欲去江南，诗人为其鸣不平，希望江南

---

① （唐）杜牧著，何锡光校注：《樊川文集校注》，巴蜀书社，2007年版，第478页。
② （唐）李颀著，刘宝和注：《李颀诗评注》，山西教育出版社，1990年版，第85—86页。近人岑仲勉先生谓穆元林当作穆元休，盖由休、林形似致误。

美景能抚慰其抑郁心境。

4."奉和"题式

"奉和"也即"奉同",是封建时代臣僚应皇帝之命和其所作的一种诗歌活动,又常常与"应制"连用。唐代送别诗的兴盛与最高统治者的提倡和亲自力行是分不开的,唐朝皇帝都有数量不等的送别诗作,因此形成了送别诗中"奉和"类诗题大量出现的现象。《旧唐书》卷七《中宗纪》记载,唐中宗景龙三年(709)十一月,"吐蕃赞普遣其大臣尚赞吐来逆女",迎娶金城公主。次年正月,"丁丑,命左骁卫大将军、河源军使杨矩为送金城公主入吐蕃使。己卯,幸始平,送金城公主归吐蕃"。① 当时唐中宗命令随从官员赋诗饯别,崔日用作《奉和送金城公主适西蕃》,沈佺期、韦元旦、李峤、徐坚、马怀素、崔湜、唐远悊、李适、刘宪、苏颋、薛稷、赵彦昭、徐彦伯、郑愔等十几人,皆有《奉和送金城公主适西蕃应制》同题诗。现举一首以窥一斑,薛稷《奉和送金城公主适西蕃应制》云:

天道宁殊俗,慈仁乃戢兵。怀荒寄赤子,忍爱鞠苍生。
月下琼娥去,星分宝婺行。关山马上曲,相送不胜情。②

全诗美化圣皇,多用典故,雍和平稳,于结尾处点明送别。

此外,诗友和同僚之间也有一些彼此相奉和的送别诗,如熊孺登《奉和兴元郑相公早春送杨侍郎》、刘祎之《奉和别越王》、丘丹《和韦使君听江笛送陈侍御》、戴叔伦《奉同汴州李相公勉送郭布殿中出巡》、孟郊《奉同朝贤送新罗使》、皎然《奉同颜使君真卿送李侍御萼赋得荻塘路》等。试看熊孺登《奉和兴元郑相公早春送杨侍郎》:

征鞍欲上醉还留,南浦春生百草头。丞相新裁别离曲,声声飞出旧梁州。③

兴元即梁州,唐兴元元年(784)升梁州为兴元府,治所在南郑,今陕西汉中市东,为山南西道治所,诗中借送人赞赏其才,别有风味。

5."赋得"题式

赋得即赋诗得题,也是一种诗体,有时借助他人成句作为诗题,有时触景生情即兴赋诗,故诗题往往冠以"赋得"二字。"赋得"诗题的送别诗在《全唐诗》及《全唐诗补编》中计有八十余首。"赋得"题式送别诗有多种类型情况,可以是"赋得……字",赋得的某字为用韵的需要,往往因为是多人

---

① (五代)刘昫:《旧唐书》卷七《中宗纪》,中华书局,1975年版,第148—149页。
② 《全唐诗》卷九三,第1007页。
③ 《全唐诗》卷四七六,第5421页。

同赋,具有应酬的性质,如张说《送李侍郎迥秀薛长史季昶同赋得水字》、刘长卿《新安奉送穆谕德归朝赋得行字》和《送李员外使还苏州兼呈前袁州李使君赋得长字》等。也可以"赋得"古人的某一诗句,如杨浚《送刘散员赋得陈思王诗明月照高楼》、许敬宗《送刘散员同赋得陈思王诗山树郁苍苍》等。也可以"赋得……歌",这些歌多是民间曲调,是民间文化在唐诗中的反映,如钱起《赋得青城山歌送杨杜二郎中赴蜀军》、卢纶《赋得白鸥歌送李伯康归使》、皎然《裴端公使君清席赋得青桂歌送徐长史》等。也可以"赋得"某一自然景象而成送别诗,多是根据所见景物即兴发挥,借景抒情,如韦应物《赋得浮云起离色送郑述诚》和《赋得暮雨送李冑》、钱起有《赋得归云送李山人归华山》《赋得寒云轻重色送子恂入京》《赋得丛兰曙后色送梁侍御入京》和《赋得浦口望斜月送皇甫判官》等,数量很多。还可以"赋得"某种吉祥鸟、动物的鸣叫声、某种植物、某种物品、某一特殊的地点等,如李白《赋得白鹭鸶送宋少府入三峡》、皎然《赋得啼猿送客》、权德舆《送薛十九丈授将作主簿分司东都赋得春草》、何何《赋得秤送孟孺卿》、戴叔伦《赋得古井送王明府》之类。"赋得"诗题的送别诗总要兼顾赋得对象,做到文题相符才好。

6. "联句"题式

"联句"送别诗的题式是指众多人在送别他人时一起所作的联句诗,由多人完成。这一类诗题中有两人同吟的,如皎然与崔子向的《康录事宅送僧联句》、颜真卿与耿湋的《送耿湋拾遗联句》等。也有多人同吟的,如杜甫、李之芳、崔彧的《夏夜李尚书筵送宇文石首赴县联句》、颜真卿、陆羽、权器、皎然、李崿、潘述等人的《水堂送诸文士戏赠潘丞联句》,裴度、刘禹锡、张籍等人的《西池送白二十二东归兼寄令狐相公联句》等。从这些两人或多人同吟的送别诗中,可以看出文人之间的往来交游情况及其深厚情谊,也是唐代文坛上广泛流传的佳话。

7. "兼寄"题式

唐人送别诗的题材在前人的基础上有了极大的开拓,内容也更为广阔,其表现之一就是一诗多用,反映在诗题中就出现了"兼寄"或"兼简""兼呈"一类的送别诗题目。"兼寄"类题式如綦毋潜《送贾恒明府兼寄温张二司户》、刘长卿《送台州李使君兼寄题国清寺》、高适《送郭处士往莱芜兼寄苟山人》等。"兼简"类题式如温庭筠《送陈嘏之侯官兼简李常侍》云:

> 纵得步兵无绿蚁,不缘勾漏有丹砂。殷勤为报同袍友,我亦无心似海查。
> 春服照尘连草色,夜船闻雨滴芦花。梅仙自是青云客,莫羡相如却到家。①

---

① (唐)温庭筠著,刘学锴校注:《温庭筠全集校注》卷四,中华书局,2007年版,第331页。

在与友人即将分别之际,诗人真诚地祝福和善意地劝勉好友,应顺时随缘保持低调,不要去羡慕那种衣锦还乡的张扬。"兼呈"类题式如杜甫《送孔巢父谢病归游江东兼呈李白》、方干《送叶秀才赴举兼呈吕少监》、罗隐《送魏校书兼呈曹使君》、无可《送颢法师往太原讲兼呈李司徒》、熊曜《送杨谏议赴河西节度判官兼呈韩王二侍御》等。这些题式不单有送别的对象,还有兼寄、兼简和兼呈的人。一般而言,兼寄、兼简的对象多是平辈、晚辈,或者熟悉的人,兼呈的对象多为前辈、官员,或者比自己年长的平辈,抑或是诗人自谦之辞。

此外还有"因寄"类题式,唐代著名诗人王维、岑参、杜甫、白居易、卢纶、刘长卿、刘禹锡等,都有这类诗歌流传。如杜甫就有多篇,即《泛江送魏十八仓曹还京因寄岑中允参范郎中季明》《别崔潩因寄薛据孟云卿》《短歌行送祁录事归合州因寄苏使君》《送蔡希曾都尉还陇右因寄高三十五书记》和《别唐十五诫因寄礼部贾侍郎》等,其中《泛江送魏十八仓曹还京因寄岑中允参范郎中季明》云:

  迟日深春水,轻舟送别筵。帝乡愁绪外,春色泪痕边。
  见酒须相忆,将诗莫浪传。若逢岑与范,为报各衰年。①

诗中体现了杜甫一贯的忧国忧民思想,以及沉郁顿挫的艺术风格。这类题式通常是通过送别的对象,向远方的亲朋好友带去问候。

8."不及"题式

不及即错过了亲自送别,《先秦汉魏晋南北朝诗》中有两首诗题为"不及"的送别诗,一为梁朝朱记室《送别不及赠何殷二记室诗》,一为陈朝阴铿《江津送刘光禄不及诗》。至唐代这类题式逐渐多了起来,唐人以"不及"为题的送别诗,虽不及而犹及,离情别意不乏浓厚感人。如雍陶《送客不及》云:

  水阔江天两不分,行人两处更相闻。遥遥已失风帆影,半日虚销指点云。②

当诗人赶来送行时,客人的船已经驶向远方,诗人遥望帆影渐渐消失,却仍然不肯离去,伫立半日,极力想从云际中辨别出客人的船只。另如李商隐《雨中长乐水馆送赵十五滂不及》、顾非熊《下第后送友人不及》、许浑《乘月棹舟送大历寺灵聪上人不及》等,都表达了送别朋友错过面见的遗憾。而如杜甫《送郑十八虔贬台州司户伤其临老陷贼之故阙为面别情见于诗》一类题

---

① (唐)杜甫著,(清)仇兆鳌注:《杜诗详注》卷十二,中华书局,1979年版,第984页。
② 《全唐诗》卷五一八,第5922页。

式,感情色彩更浓,诗中"苍惶已就长途往,邂逅无端出饯迟"①之句,追叙了没有能亲自送行的悔恨。此外还有一些题式中虽没有标明"不及",但从内容可以看出是"不及"的送别诗,如宋之问《送杜审言》:

> 卧病人事绝,闻君万里行。河桥不相送,江树远含情。
> 别路追孙楚,维舟吊屈平。可惜龙泉剑,流落在丰城。②

尽管实际上不是当面送行,但诗题中并没有标明"不及",仍按常规书写,可见"不及"并不影响诗人送别情感的抒发。

以上唐代送别诗的多种题式,基本上代表了唐代送别诗的题目类型,反映出了唐代送别诗的丰富多姿。这些题式中除了"奉和"类题式的部分内容有应景意味之外,其他题式的内容多是作者临别之际真情的流露。通过对题式的分类剖析,将有助于我们更好地领会送别诗的思想意义和情感色彩。

尚需要补充说明的是,以上各类题式诗题下有的并有序言,如果序的内容简短,即以加括号的方式并列于题后,如王维《双黄鹄歌送别》,紧接诗题后以"(时为节度判官,在凉州作)",注明了写作的时间和地点。如果序的内容较长,则多数附于诗题下,如陈子昂《送著作佐郎崔融等从梁王东征(并序)》、李贺《送沈亚之歌(并序)》等。试看李贺《送沈亚之歌(并序)》的序及诗:

> 文人沈亚之,元和七年,以书不中第,返归于吴江。吾悲其行,无钱酒以劳,又感沈之勤请,乃歌一解以送之。
>
> 吴兴才人怨春风,桃花满陌千里红。紫丝竹断骢马小,家住钱塘东复东。
> 白藤交穿织书笈,短策齐裁如梵夹。雄光宝矿献春卿,烟底蓦波乘一叶。
> 春卿拾材白日下,掷置黄金解龙马。携笈归江重入门,劳劳谁是怜君者?
> 吾闻壮夫重心骨,古人三走无摧捽。请君待旦事长鞭,他日还辕及秋律。③

"序"中言朋友沈亚之因为参加科举考试落第,准备回乡,自己同情他的遭遇,在分别之际,作诗代酒以慰其行。诗中描写送别情景,春风春色反衬失意之悲伤孤寂,言朋友有才而下第,是礼部春卿不识才,为其鸣不平,设想他归家之时的难堪,结尾勖勉友人挥鞭重试。这类有并序的题式中,序言多是交代作诗的时间背景、缘由、等情况,诗的内容往往与序言相照应,二者可以互参。

---

① 《杜诗详注》卷五,第425页。
② 《沈佺期宋之问集校注》,第398页。
③ (唐)李贺著,(清)王琦注,王步高、刘林辑校汇评:《李贺全集》,珠海出版社,2002年版,第20页。

也有的诗序由于内容过长,遂以文章的形式被另外编选,如李节的《赠释疏言还道林寺诗》,诗序的原文较长,《全唐诗》卷五百六十六的序只收录了一部分,原文全貌被收于《全唐文》卷七百八十八,题目变为《饯潭州疏言禅师诣太原求藏经诗序》。韩愈的《送陆歙州傪》一诗亦有序言,但《全唐诗》卷三百四十五没有收录,《全唐文》卷五百五十五以《送陆歙州诗序》为题收录了全文。翻检《全唐文》就会发现数量不菲的饯行送别诗序,有的原诗已经无从看到,但根据诗序所记仍然可以想见当时作诗的大致情况。如《全唐文》卷四百九十一权德舆的《月夜泛舟重送许校书联句序》云:

> 公范持江西辟书,驾言即路,其出处之迹,与婉婉之画,鄙人不腆,已为之序引。且吴抵钟陵,二千里而遥,凡我诸生,怆离宴之不足,故再征斯会。秋月若昼,方舟泝沿,笑言不哗,引满造适。公范乃握管作三字丽句,仆与二三子联而继之,申之以四五六七,以广其事。如其风烟月露,与行者居者之思,各见于词。①

此序作于建中四年(783),因前有《送许校书赴江西使府序》,故此言重送。许校书即许孟容(743—818),字公范,京兆长安人,应李皋的邀请,将赴江西使府,由吴地至钟陵,和诸人会面。从题中"重送"和文中"怆离宴之不足"可知,这次泛舟联句是继前次酒宴话别之后的又一次聚会相送,也许上次宴席留有遗憾,没有赋诗尽情,所以再次举行泛舟赋诗联句表达朋友情谊。秋月当空,皓如白昼,参与宴会的诸生,温文尔雅谈笑话别,许校书率先作三字丽句,其他人继而相联,作四五六七字句,无论是送行者还是离别者,都于诗中表达了自己的雅兴情怀。由之亦可见人们对送别作诗的看重,没有诗便会觉得不够完美。序文中可以引人联想和猜测的还有很多,总之,送别诗的诗序一般是对诗歌更详细地补充交代,或者引申发挥,或者是诗题的"本事",属于送别诗题式的有机组成部分,有助于我们更好地理解诗作的思想情感及内容,彰显了送别诗的重要价值,故也应予以重视。

(二) 唐代送别诗的兴盛及其文化原因

古代送别诗发展至唐代达到了顶峰,唐人好作送别诗,也擅长作送别诗。唐代送别诗兴盛的表现,可以通过多视角观察考量,究其文化原因也有多方面和多层次,需要纵深发掘。

1. 盛况空前的唐代送别诗

唐代送别诗在唐诗中占有极大的比例,唐人上自皇宫,下至民间,祖宴

---

① (清)董诰等:《全唐文》卷四百九十一,中华书局,1983年版,第5016—5017页。

饯别之风盛行,如张籍所云"天子亲临楼上送,朝官齐出道傍辞"①的宏大场面,如刘长卿《七里滩重送》所见"秋江渺渺水空波,越客孤舟欲榜歌"②的凄凉景象,可谓俯拾皆是,因而留下了大量的送别、留别诗作。有唐一代送别诗极其繁富,表现于思想内容的广泛拓宽、技巧风格的圆润成熟、功能影响的不断扩大等多个方面,无论是题材创作,还是体裁范围,抑或人员参与,以及编选数量,都堪称丰赡。

从创作题材来看,诗歌的题材到唐代已大为丰富,送别也成为一种备受关注的主题,送别题材受到普遍喜爱,如宋人严羽《沧浪诗话·诗评》所云:

> 唐人好诗,多是征戍、迁谪、行旅、离别之作,往往能感动激发人意。③

清人宋顾乐《万首唐人绝句选评》中也说:

> 唐人多送别妙作。少伯(王昌龄)诸送别诗俱情极深,味极永,调极高,悠然不尽,使人无限留连。④

唐人不仅喜欢作送别诗,而且多佳妙之作。唐代社会统一安定,生活富庶,交通相对便捷,人们广泛交际,漫游探奇流行,加之对外交流频繁,以及边塞战争戍守、官员升迁贬谪、士人赴举游幕、商人常贩流动等多种原因,使得饯送风行,赠言成习,促生了大量的送别诗。唐人送别诗的题材内容最是宽泛丰富,涉及生活的各个领域:政治、经济、军事、文化、宗教、外交、民俗等,无所不包,取得了极高的文学成就。诚如近人俞陛云评论许浑《谢亭送别》时所说:

> 唐人送别诗,每情文兼至,凄音动人。如"君向潇湘我向秦"、"明朝相忆路漫漫"、"西出阳关无故人"、"不及汪伦送我情"及此诗皆是也。曲终人远,江上峰青,倘令柳枝娘凤鞋点拍,曼声歌之,当怨入落花深处矣。⑤

这一论断道出了唐人送别诗动人心魄的艺术魅力,情文兼具,曼妙引人。

从送别诗的体裁来看,除了最常见的五、七言古诗、律诗、绝句外,可以说无体不包。有"一字至七字诗",即"一七令",如白居易大和三年(829)以

---

① 《张籍集注》,《送裴相公赴镇太原》,第177页。
② (唐)刘长卿著,储仲君笺注:《刘长卿诗编年笺注》,中华书局,1996年版,第425页。
③ (宋)严羽著,郭绍虞校释:《沧浪诗话校释》,人民文学出版社,1961年版,第198页。
④ 转引自(唐)王昌龄著,胡问涛、罗琴校注:《王昌龄集编年校注》,巴蜀书社,2000年版,第150页。
⑤ 俞陛云:《诗境浅说》,北京出版社,2003年版,第279页。许浑《谢亭送别》:"劳歌一曲解行舟,红叶青山水急流。日暮酒醒人已远,满天风雨下西楼。"

太子宾客分司东都回洛阳时,"朝贤悉会兴化亭送别。酒酣,各请一字至七字诗,以题为韵。王起赋《花》诗……李绅赋《月》诗……令狐楚赋《山》诗……元稹赋《茶》诗……魏扶赋《愁》诗……韦式郎中赋《竹》诗……张籍司业赋《花》诗……范尧佐道士赋《书》字诗……居易赋《诗》字诗"①。白居易《诗》云:

> 诗,绮美,瑰奇。明月夜,落花时。能助欢笑,亦伤别离。
> 调清金石怨,吟苦鬼神悲。天下只应我爱,世间唯有君知。
> 自从都尉别苏句,便到司空送白辞。②

有杂言,如皎然《杂言重送皇甫侍御曾》云:

> 人独归,日将暮。孤帆带孤屿,远水连远树。难作别时心,还看别时路。③

有六言,如卢纶《送万巨》云:

> 把酒留君听琴,难堪岁暮离心。霜叶无风自落,秋云不雨空阴。
> 人愁荒村路细,马怯寒溪水深。望断青山独立,更知何处相寻。④

有七言古诗长句,如岑参《与独孤渐道别长句兼呈严八侍御》云:

> 轮台客舍春草满,颍阳归客肠堪断。……自怜弃置天西头,因君为问相思否。⑤

全诗共有三十六句,不一一列举。有歌行体,如岑参著名的《白雪歌送武判官归京》《轮台歌奉送封大夫出师西征》等。有联句,如裴度、刘禹锡、白居易、张籍等人的《宴兴化池亭送白二十二东归联句》⑥,皎然、陆羽等送刺史卢幼平归京的《秋日卢郎中使君幼平泛舟联句一首》和《重联句一首》⑦。有口号,如王维《崔九弟欲往南山马上口号与别》云:

> 城隅一分手,几日还相见。山中有桂花,莫待花如霰。⑧

李白《口号》云:

---

① (宋)计有功著,王仲镛校笺:《唐诗纪事校笺》卷三十九《韦式》,中华书局,2007年版,第1309—1310页。
② 《白居易诗集校注》外集卷下,第2960页。
③ 《全唐诗》卷八一八,第9223页。
④ (唐)卢纶著,刘初棠校注:《卢纶诗集校注》卷一,上海古籍出版社,1989年版,第43—44页。
⑤ (唐)岑参著,廖立笺注:《岑嘉州诗笺注》卷二,中华书局,2004年版,第346—347页。
⑥ 《全唐诗》卷七九〇,第8896页。
⑦ 《全唐诗》卷七九四,第8937页。
⑧ (唐)王维著,陈铁民注:《王维诗注》,三秦出版社,2004年版,第276页。

> 食出野田美，酒临远水倾。东流若未尽，应见别离情。①

送别诗题遍见于各类体裁，已经成为人们日常生活中诗作的重要形式。

考察唐人的诗作可以发现，从参与人员和数量来看，送别诗是人人笔下都有的，最寻常的题材，凡有井水处，就会有送别发生，上至皇宫帝王，下到闾里七龄女童，皆有送别诗作传世。如民间七岁女子的《送兄》诗云：

> 别路云初起，离亭叶正飞。所嗟人异雁，不作一行归。

其诗题序文曰："武后召见，令赋送兄诗，应声而就。"②虽然是即兴之作，但整首诗的艺术性和思想性都很生动有致。唐代文人中几乎没有不写送别诗的，在流传的众多唐诗名篇中，送别诗的比例也大大超过其他题材作品，有的甚至成为诗人的代表作，诸如王勃的《送杜少府之任蜀州》、骆宾王的《于易水送人》、陈子昂的《送魏大从军》、王之涣的《送别》、王昌龄的《芙蓉楼送辛渐二首》、王维的《送元二使安西》、高适的《别董大》、岑参的《白雪歌送武判官归京》、李白的《赠汪伦》《送友人》、杜甫的《送韩十四江东觐省》、白居易的《赋得古原草送别》、刘长卿的《送灵澈上人》、柳宗元的《别舍弟宗一》、许浑的《谢亭送别》等等，不胜枚举，无一不是人们耳熟能详的名篇佳作。今人张学文编著的《唐代送别诗名篇译赏》③，选出了一百二十多首，可以作为代表，以便爱好者欣赏。

古代诗歌选学发达，唐人选唐诗的种类非常多，其中有许多即是专门以送别题材编纂成集的。据考证唐人的饯送诗集有："《存抚集》《白云记》《朝英集》《送贺监归乡诗集》《送邢桂州诗》《谢亭诗集》《相送集》《送白监归东都诗》《温州缁素相送集》《长安两街名僧送悟真归瓜沙诗》《朝贤赠辩光歌诗》《送毛仙翁诗集》等十二种。这些诗集大多已亡佚，偶有少量诗歌留存"④。其中，《存抚集》是为送十道存抚使而作，《唐会要》卷七七《诸使上》云：

> 天授二年(691)，发十道存抚使，以右肃政御史中丞知大夫事李嗣真等为之。合朝有诗送之，名曰《存抚集》，十卷，行于世。杜审言、崔融、苏味道等诗尤著焉。⑤

---

① 《李太白全集》卷十五，第728页。
② 《全唐诗》卷七九九，第8983页。
③ 张学文：《唐代送别诗名篇译赏》，重庆出版社，1988年版。
④ 陈伯海、蒋哲伦主编：《中国诗学史(隋唐五代卷)》，鹭江出版社，2002年版，第354—355页。
⑤ (宋)王溥：《唐会要》卷七十七《诸使上》，中华书局，1955年版，第1414页。

今仅存杜审言诗《和李大夫嗣真奉使存抚河东》,有句云:

> 国有大臣器,朝加小会筵。将行备礼乐,送别仰神仙。
> 城阙周京转,关河陕服连。稍观汾水曲,俄指绛台前。①

《白云记》乃徐彦伯所编,为送司马承祯回天台而作,《旧唐书》卷一百九十《文苑传》云:

> 睿宗时,天台道士司马承祯被征至京师。及还,适赠诗,序其高尚之致,其词甚美,当时朝廷之士,无不属和,凡三百余人。徐彦伯编而叙之,谓之《白云记》,颇传于代。②

唐睿宗亲自作诗送司马承祯回天台,李适亦赋诗相送,沈佺期等三百余人奉和同作,徐彦伯编为《白云记》而序之。《随园诗话》卷七云:"唐睿宗时,李适送司马承祯《还山诗》,朝士和者三百余人,徐彦伯编而序之,号《白云记》是也。"③《朝英集》三卷据说是"开元中张孝嵩出塞,张九龄、韩休、崔沔、王翰、胡皓、贺知章所撰送行歌诗"④。但傅璇琮《唐代诗人丛考》认为,实即送张说巡边诗集。⑤ 唐玄宗开元十年(722),张说兼朔方军节度使,往朔方巡边,玄宗御制《送张说巡边》诗送之,源乾曜、宋璟、崔日用、张九龄、贺知章、王翰等二十人,奉和作《奉和圣制送张尚书巡边》诗,《全唐诗》中诸位诗人均有《送张说巡边》诗。贾曾奉制作序,《全唐文》卷二百七十七收录有贾曾《饯张尚书赴朔方序》曰:

> 是日也,景风司至,星火殷宵,伯赵鸣而戒阴,爽鸠习而扬武。赋可以升高望远。诗可以出宿饯行。有诏具寮,爰开祖宴,且申后命,宠以蕃锡。天章赋别,御札题笺,副衣表挟纩之诚,兼闻喻投醪之旨。筐篚以将其贶,笔砚以表其文,前载未书,今册斯睹。……若木还照,前茅启行,听阗阗之去鼓,目悠悠之转旆,歌事者每怀靡及,念离者跂予望之。成志在心,发言同唱,天子有念,式叙清风。请编《出车》之什,以继《烝人》之雅。⑥

序中详细记述了当日的送别情形,崔泰之、胡皓、王丘亦有诗相送,合收为

---

① 《全唐诗》卷六二,第 739 页。
② 《旧唐书》卷一百九十《文苑传》,第 5027 页。
③ (清)袁枚著,顾学颉校点:《随园诗话》卷七,人民文学出版社,1982 年版,第 227 页。
④ (宋)欧阳修:《新唐书》卷六十《艺文志四》,中华书局,1975 年版,第 1622 页。
⑤ 傅璇琮:《唐代诗人丛考·王翰考》云:"宋人误记,乃以张说为张孝嵩。"中华书局,2009 年版,第 46 页。
⑥ 《全唐文》卷二百七十七,第 2811—2812 页。

《朝英集》。

《送贺监归乡诗集》的编著不详，贺知章于天宝三载（744）初自请归乡，玄宗及公卿数百人赋诗送行，《旧唐书》卷九《玄宗纪》云：

> 太子宾客贺知章请度为道士还乡……三载正月丙辰朔，改年为载……庚子，遣左右相已下祖别贺知章于长乐坡，上赋诗赠之。①

《全唐诗》仅存留了四首。《送邢桂州诗》为萧昕所编，《宋史》卷二百九《艺文志》有著录。邢桂州即邢济，肃宗上元二年（761）任桂州都督，《唐文粹》卷九八收有萧昕《夏日送桂州刺史邢中丞赴任序》，王维有《送邢桂州》云：

> 铙吹喧京口，风波下洞庭。赭圻将赤岸，击汰复扬舲。
> 日落江湖白，潮来天地青。明珠归合浦，应逐使臣星。②

这些送别诗集的留存，无疑是唐代送别诗极其风行的明证。

诸如此类的聚会饯别诗集，当不止于以上所记，应该还有更多。如唐哀帝天祐二年（905）八月，右相柳璨召见司空图到洛阳，有意加害，司空图"惧见害，佯堕笏板，遂被放归。在洛曾谒卢渥，渥授以诗。归中条山王官谷山居时，朝中文士有诗送行，诗成集，图为作《寿星集述》"③。司空图为了躲避杀身之祸，故意将笏板掉落地上，表现出老朽之态，柳璨遂放其归山。中条山的王官谷有泉石林亭，是其先人的别墅，司空图还旧山时，朝中文士曾夜集赋诗隆重送行。诗作编辑成集后命名为《寿星集》，司空图为之作《寿星集述》予以详述。《寿星集述》小序云：

> 国史司马先生辞归，朝中赠诗号为《白云集》。予天祐乙丑岁八月五日，过僧阁云："昨夜嘉祥西阁望，老人星见为时明。"十四日朝参，其日大河南府奏老人星见，因以寿星目群公之作云云。④

可见终唐之世，因送别活动而成的送别诗集数量应该是很大的。另外还有一些无名诗集，也是大量存在的。如武则天长安三年（703），韦安石出为东都留守，群臣于张昌宗园池为之赋诗送行，有集一卷。张说为之作《邺公园池饯韦侍郎神都留守序》云：

---

① 《旧唐书》卷九《玄宗纪》，第217页。
② 《王维诗注》，第160页。
③ 傅璇琮主编：《唐五代文学编年史（晚唐卷）》，辽海出版社，1998年版，第976—977页。
④ （唐）司空图著，祖保泉、陶礼天笺校：《司空表圣诗文集笺校》，安徽大学出版社，2002年版，第310页。

鸾台侍郎兼左庶子韦公,……当往于洛邑,……天子赋诗,已载宠行之史;群公盛集,须传出宿之文。凡若干首,合成一卷。①

张说又有《送严少府赴万安诗序》云:

> 绮筵临路而告别,朱盖倾城而出饯。衣冠成市,翰墨为林……是日孟冬十月,朔风四起,高天清迥,孤云不飞,长衢苍茫,寒木无影,之子于迈,跂予望之。岂云路远?交有鸣鹤之义;无以位卑,士有勤人之道。赠言凡什,录为一卷。②

类似这种"合成一卷""录为一卷"的送别诗集,亦当会有不少,仅从唐人的一些诗序中,便可以看出饯别作诗结集的广泛普遍。杨炯《送东海孙尉诗序》云:"未能免俗,何莫赋诗,缀集众篇,列之如左。"③《送并州旻上人诗序》云:

> 鸡山法众,饯行于素浐之滨;麟阁良朋,祖送于青门之外。是日也,河山雨气,原野秋阴……群贤佥议,咸可赋诗,题其爵里,编之简牍。④

《全唐文》卷四百二十七于邵《送峡州刘使君忠州李使君序》云:

> 国有戎事,今兹十年,外奸内宄,略无宁岁……尚书驾部郎中刘公、司门员外郎李公分命之拜,中朝骏选。刘公之举也,以宣慈惠和;李公之得也,以温良恭俭……凉秋八月,言辞北阙,将骛南辕。惜五马之不留,合六官以追饯,乃卜胜撰吉,咸集于吏部郎元公之居室……总南宫之赋者,凡四十有六章,次之爵里,亦当使君之佳传云。⑤

六官集于吏部郎元公居室追饯峡州刘使君和忠州李使君,成诗共计四十六章,于邵为之作序,可见规模盛大。《全唐文》卷三百六十八贾至《送蒋十九丈奏事毕正拜殿中归淮南幕府序》云:

> 天子以淮海多虞……辟柱史蒋公佐之……七月流火,言旋幕府,懿亲良朋,宠行惜别……时临歧赠言,盍各有望,众君子之志其诗乎?⑥

蒋晁归淮南时,朝士多以诗相赠宠行惜别,贾至为之制序。柳宗元《送从兄偶罢选归江淮诗序》云:

---

① 《张燕公集》卷十二《序》,第134—135页。
② 《全唐文》卷二百二十五,第2274页。
③ (唐)杨炯著,谌东飚校点:《杨炯集》卷三,岳麓书社,2001年版,第28页。
④ 同上,第31页。
⑤ 《全唐文》卷四百二十七,第4349页。
⑥ 《全唐文》卷三百六十八,第3737页。

>于是赋而序之,继其声者列于左,凡五十七首。遂命从侄立,编为
>《后序》终篇。

又《送韩丰群公诗后序云》:

>凡知兄者,咸出祖于外。天水赵佶,秉翰序事,殷勤宣备,词旨甚
>当……于是编其饯诗若干篇,纪于末简,以贶行李,遂抗手而别。①

虽然这些列之如左、编之简牍、缀集成卷的送别书册没有名称,或已淹没,但它们曾经的存在见证了送别诗的兴繁景象。

陈尚君《唐人编选诗歌总集叙录》中记叙唐人选唐诗137种,另存目五十余种,其分类为:一、通代诗选;二、断代诗选;三、诗文合选;四、诗句选集;五、唱和集;六、送别集;七、家集。② 其中将送别集独创一例,表明送别诗数量相当巨大。后世历朝都不乏以送别为题的诗歌选集,而在各种综合性质的总集中,如宋代《文苑英华》、元代《瀛奎律髓》、明代《唐诗类苑》《类编唐诗七言绝句》、清代《唐诗别裁集》等,亦都往往将送别诗专设一类。《文苑英华》所收唐诗和少量前代诗一万首中,送别一类达四千首左右。清人沈德潜《唐诗别裁集》一千九百余首中,送别诗有三百多首。《全唐诗》中仅就题目粗略统计,以"送"字为题的送别诗就有近四千首,还不包括其他题式内容的送别诗。《唐诗三百首》中的送别诗也有三十多首。唐人殷璠《河岳英灵集》选盛唐诗二百三十四首,送别诗有二十多首。在唐代诗人的别集中,送别诗的数量也占有相当大的比重:如《李太白集》一千余首诗中,送别诗占了一百五十多首;《杜工部集》一千四百余首诗中,送别诗有一百三十多首;刘开扬《高适诗集编年笺注》所收二百余首诗中,送别诗有六十多首,约占其诗歌总数的三分之一;罗时进《丁卯集笺证》收许浑诗五百四十余首,送别诗有一百首多,约占五分之一;岑参、王昌龄、刘长卿、贾岛等人诗集中的送别诗,都占到百分之三十五左右;钱起诗集中的送别诗,占到百分之四十以上;韩翃诗集中的送别诗,占其现存诗作的百分之六十三之多。有的诗人留传下来的仅有几首诗中,就有送别诗。《全唐诗》中还有仅凭一首送别诗留名的,如崔信明、杨志坚等人。

唐代名相韩休在为苏颋文集所作序言中称赞苏颋曰:

>公神秀颖发,自然生知,五岁便措意于文,每坐卧吟讽,未尝暂
>辍……公任御史时,两台有送别四韵诗四十余首,试令公诵之一遍,

---

① (唐)柳宗元著,易新鼎点校:《柳宗元集》卷二十四,中国书店,2000年版,第340、350页。
② 陈尚君:《唐代文学丛考》,中国社会科学出版社,1997年版,第184—222页。

倒覆之,遂不错一字,其敏悟也如此。①

虽然韩休是夸赞苏颋的聪颖及超人记忆力,能过目不忘背诵四十余首送别诗,但也可以想见送别诗在日常生活中为人们喜爱的程度。不能想象,如果没有送别诗,唐代诗人的成就将会逊色多少。后人各种唐诗选编选注书中,都将送别诗单列章节,莫不说明了唐人送别诗的空前盛况。要之,送别诗在唐人的生花妙笔下汩汩翻新涌出,成为唐诗中一道靓丽的风景,吸引了历代无数的探求研究者。

2. 唐代送别诗兴盛的文化原因

有唐一代社会相对稳定,生活富庶,交通发达,漫游盛行,使得文人士子有机会游天下山水,交四海朋友。他们攀山涉河,风餐露宿,尝别离之苦,抒相思情怀,从而留下了一首首千古传唱的送别名篇。探究唐人送别诗兴盛的原因,学界已有所涉及,一般认为与唐代社会的大文化背景分不开,如唐代实行科举取士、幕府辟署等制度,文人士子为了前途不能不奔走离别;任侠、游学、游宦、游览山水等风尚的流行,也增加了人们外出离别的机会;商业经济的发展,带来了更多的商贾离别;加之边塞战争的频仍,造成了无奈的抛家离别,凡此种种,皆与此前有所不同。但相对于以上外在客观存在的条件,其实还应有更深层的文化原因促使了唐代送别诗的大量衍生,形成了一道颇具规模的景观。倘若从文化学、民族学、心理学、民俗学等角度出发,作一纵深发掘观照,自会有不同于以往的新发现,亦会对诗人及其诗作有新的理解和释读。下面从传统文化心理、民俗文化礼仪、社会交往沟通等几个方面,展开作一论述。

(1) 喜聚怨别的传统文化心理

李泽厚先生曾指出中国文化的特色是"乐感文化",喜聚怨别是民族的文化心理。② 中国传统的农耕文化形成了汉民族安土重迁、崇宗敬祖的民族特性,古人推崇父母在不远游。《汉书》卷九《元帝纪》云:"安土重迁,黎民之性;骨肉相附,人情所愿也。"③古人畏惧远行,至隋唐五代依然如故,民间出行风俗极为重视远行,诚如敦煌变文《父母恩重赞》所说"儿行千里母行千,儿行万里母于先"④,子女外出最牵动父母之心,因担忧子女

---

① 《全唐文》卷二百九十五《唐金紫光禄大夫礼部尚书上柱国赠尚书右丞相许国文宪公苏颋文集序》,第2987页。
② 李泽厚:《试谈中国的智慧》,《中国思想史论》,生活·读书·新知三联书店,2008年版,第323页。
③ (汉)班固撰,(唐)颜师古注:《汉书》卷九《元帝纪》,中华书局,1962年版,第292页。
④ 张锡厚主编:《全敦煌诗》第三编《偈赞》卷一七九,作家出版社,2006年版,第6704页。

衣食住行身体安泰等,常令父母寝食难安,肝肠寸断。又如敦煌曲子词《长相思》所言:

> 哀客在江西,寂寞自家知。尘土满面上,终日被人欺。
> 朝朝立在市门西。风吹泪□双垂。遥望家乡长短,此是贫不归。①

在家千日好,出门一日难,对家乡的留恋令人对异地充满了恐惧困惑,因此"父母在,不远游"的思想广泛流行,加之侍奉父母是孝子的本分,否则就是大逆不道,人们更不愿意离家。《父母恩重经讲经文》明确要求道:"父母在,劝君莫向他乡往。"②《孔子项讬相问书》记载,项讬曾当面对孔子说:"吾不游也。吾有严父,当须侍之;吾有慈母,当须养之;吾有长兄,当须教之;所以不得随君去也。"③这些都是古人不愿远行心理的反映。无论是近离,还是远别,总能引发人们黯然销魂的伤感悲愁情绪。杜甫《送杨六判官使西蕃》感慨"帝京氛祲满,人世别离难"④。顾况有《送别日晚歌》云:

> 日窅窅兮下山,望佳人兮不还。花落兮屋上,草生兮阶间。
> 日日兮春风,芳菲兮欲歇。老不可兮更少,君何为兮轻别。⑤

语浅情真,劝人珍重别离。张彪《古别离》云:

> 别离无远近,事欢情亦悲。不闻车轮声,后会将何时。
> 去日忘寄书,来日乖前期。纵知明当返,一息千万思。⑥

别离不分远近,即便是喜事,言别情亦悲。只要有别离就会有思念,想到分隔千里,后会无期,一息尚存,便相思无已,形象地道出了人们分别之际的心理状态。皇甫冉《舟中送李观》云:

> 江南近别亦依依,山晚川长客伴稀。独坐相思计行日,出门临水望君归。⑦

诗中将居人对出行者的担心牵挂,表露殆尽。赵微明《杂曲歌辞·古离别》亦云:

> 违别未几日,一日如三秋。犹疑望可见,日日上高楼。
> 惟见分手处,白蘋满芳洲。寸心宁死别,不忍生离愁。⑧

---

① 《全敦煌诗》第二编《曲词》卷一三二,第5183页。
② 蓝吉富:《现代佛学大系(2)·敦煌变文》,台北:弥勒出版社,1982年版,第390页。
③ 张鸿勋选注:《敦煌讲唱文学作品选注》,甘肃人民出版社,1987年版,第85页。
④ 《杜诗详注》卷五,第376页。
⑤ (唐)顾况著,赵昌平校注:《顾况诗集》,江西人民出版社,1983年版,第36页。
⑥ 《全唐诗》卷二五九,第2893页。
⑦ 《全唐诗》卷八八二,第9974页。
⑧ 《全唐诗》卷二六,第354页。

可谓是生离甚于死别的痛苦表白。元季川《古远行》又云：

> 悠悠远行者，羁独当时思。道与日月长，人无茅舍期。
> 出门万里心，谁不伤别离。①

可知别离具有普泛共性，别易会难，故古人甚重之。

童庆炳《中国古代心理诗学与美学》一书后记认为：

> 无论古今中外，人们总是自觉或不自觉地、或多或少地、或隐或显地、或深或浅地运用心理学对诗、艺术和美进行阐释。这是因为诗和艺术虽然来自社会生活，但又不等同于客观的社会生活。确切地说，诗和艺术是人的心灵对生活的折射。从这个意义上也可以说诗和艺术是人类以其生命和智慧翻开了的一部心理学。②

聚散离合可以说是人生的一种生存状态，送别诗可谓人类对送别心理的艺术呈现，"来往天地间，人皆有离别"③，"长年离别情，百盏酒须倾。诗外应无思，人间半是行"④。有出行就有送别，饯行、折柳、歌舞等送别仪式，反映了人们对出行的重视，而作诗送别可谓满足了人们对离别的诗性体悟，化解了人们心理精神方面的矛盾紧张和焦虑无奈。诚如钟嵘《诗品·序》所云：

> 嘉会寄诗以亲，离群托诗以怨。至于楚臣去境，汉妾辞宫；或骨横朔野，或魂逐飞蓬；或负戈外戍，杀气雄边；塞客衣单，孀闺泪尽；或士有解佩出朝，一去忘反；女有扬蛾入宠，再盼倾国。凡斯种种，感荡心灵，非陈诗何以展其义，非长歌何以骋其情？故曰："《诗》可以群，可以怨。"使穷贱易安，幽居靡闷，莫尚于诗矣。⑤

诗，永远是不仅关乎生活，而且关乎心灵的情志产物。钱珝《送王郎中》云"惜别远相送，却成惆怅多"⑥，杜甫《留别贾严二阁老两院补阙》云"去远留诗别，愁多任酒醺"⑦，吴融《送许校书》云"故人言别倍依依，病里班荆苦忆违。明日柳亭门外路，不知谁赋送将归"⑧，杜荀鹤《别四明钟尚书》云"都大

---

① 《全唐诗》卷二五九，第2894页。
② 童庆炳：《中国古代心理诗学与美学》，中华书局，1997年版，第194页。
③ 《孟郊诗集笺注》卷二《古别曲》，第51页。
④ （唐）姚合著，吴河清校注：《姚合诗集校注》卷一《送田使君赴蔡州》，上海古籍出版社，2012年版，第36页。
⑤ （清）何文焕辑：《历代诗话》，中华书局，1981年版，第3页。
⑥ 《全唐诗》卷七一二，第8190页。
⑦ 《杜诗详注》卷五，第382页。
⑧ 《全唐诗》卷六八五，第7876页。

人生有离别,且将诗句代离歌"①。人们怀着一种虔诚的心意送往迎来,送别作诗可谓人们安顿心灵的一种仪式,是古人送神、祖道祭祀仪式的传承,人们以互道珍重的送别诗来抚慰别后的心理空场。

古人惜别远相送,去远留诗别,"今朝相送自同游,酒语诗情替别愁"②,"祖筵江上列,离恨别前书"③。离别给诗人情感以强烈震撼,也最容易催生出感人之作,唐代送别诗的风行是喜聚怨别的民族文化心理的反映,更和当时的文化风俗大环境分不开。

(2) 送往迎来的民众钱行礼仪

自《诗经》伊始,古人即有出行祖道的习俗,如《诗经·大雅·韩奕》等都言及了祖道的仪式。出行要告于宗庙,此古之礼俗。汉代仍有出行祭祀祖道饯送的风习。魏晋南北朝时,别离之际举行饯行之会,友朋相送,赠言赋诗,各相勉励,互道珍重,成为一种礼节,也是当时流行的风俗。④ 至唐代,这一俗尚在帝王上层的倡导示范下开始风靡起来。《全唐诗·太宗诗》卷前小传曰:"有唐三百年风雅之盛,帝实有以启之焉。"⑤虽然说的是唐太宗,却可以作普遍理解。当时宫中举行的大规模饯送朝官、沙门、使臣、公主等活动,对送别诗的产生有着推波助澜的作用,因为这种场合的帝王,有时会亲自赋诗赏赐行者,并命侍臣赋诗相和,或只命侍臣赋诗,无形中起到了导引的作用,所谓"上有好者,下必甚焉"矣。如《旧唐书》卷八十一《李义琰传》记载,唐高宗永淳二年(683),李义琰因在改葬父母时,"使舅氏移其旧茔",引起了唐高宗的恼怒,"义琰闻而不自安,以足疾上疏乞骸骨,乃授银青光禄大夫,听致仕。乃将归东都田里,公卿已下祖饯于通化门外,时人以比汉之二疏"。⑥ 杨炯有《送李庶子致仕还洛》云:

此地倾城日,由来供帐华。亭逢李广骑,门接邵平瓜。
原野烟氛匝,关河游望赊。白云断岩岫,绿草覆江沙。
诏赐扶阳宅,人荣御史车。灞池一相送,流涕向烟霞。⑦

诗中写到倾城设帐相送的景象,显示了送别场面的盛大。武则天万岁登封

---

① 《全唐诗》卷六九二,第 7963 页。
② (唐)元稹著,杨军笺注:《元稹集编年笺注(诗歌卷)》,《沣西别乐天博载樊宗宪李景信两秀才侄谷三月三十日相饯送》,三秦出版社,2002 年版,第 628 页。
③ 《孟浩然诗集校注》卷四《送卢少府使入秦》,第 427 页。
④ 张承宗、魏向东:《中国风俗通史(魏晋南北朝卷)》,上海文艺出版社,2001 年版,第 155、157 页。
⑤ 《全唐诗》卷一,第 1 页。
⑥ 《旧唐书》卷八十一《李义琰传》,第 2757 页。
⑦ 《杨炯集》卷二,第 21 页。

元年(696)，崔融从武三思东征，陈子昂作《送著作佐郎崔融等从梁王东征并序》，序中云：

> 岁七月，军出国门。天晶无云，朔风清海。时比部郎中唐奉一、考功员外郎李迥秀、著作佐郎崔融，并参帷幕之宾，掌书记之任。燕南怅别，洛北思欢，顿旌节而少留，倾朝廷而出饯。①

从"倾朝廷而出饯"，可看出规模极其宏大。圣历元年(698)春夏间，杜审言自洛阳丞贬吉州司户参军，宋之问等四十五人共同作诗相送，陈子昂有《送吉州杜司户审言序》云：

> 当用贤之世，贾谊窜于长沙；……朝廷相送，驻旌盖于城隅；……群公嘉之，赋诗以赠，凡四十五人，具题爵里。②

序中以贾谊比杜审言，盛赞其诗才震动朝廷内外，城内城外到处都是相送的人群。唐中宗即位后频繁隆重饯行，《唐诗纪事》卷九《李适》云：景龙三年(709)，"二月八日，送沙门玄奘等归荆州，李峤等赋诗。"③李峤有《送沙门玄奘等还荆州》诗曰：

> 三乘归净域，万骑饯通庄。就日离亭近，弥天别路长。
> 荆南旋杖钵，渭北限津梁。何日纡真果，还来入帝乡。④

李乂也有同题诗曰：

> 初日承归旨，秋风起赠言。汉珠留道味，江璧返真源。
> 地出南关远，天回北斗尊。宁知一柱观，却启四禅门。⑤

两诗交待了事情的原委。景龙三年七月，"幸望春宫，送朔方节度使张仁亶赴军"⑥，唐中宗亲自制序赋诗，李峤、李适、李乂等，均有和作。中宗诗已佚，但李峤等人的《奉和幸望春宫送朔方总管张仁亶》同题诗，分别见于《全唐诗》卷六十一、卷七十、卷七十一、卷七十四、卷九十二。景龙四年(710)，"二月一日，送金城公主。"⑦"金城公主和蕃，中宗送至马嵬，群臣赋诗。帝

---

① （唐）陈子昂著，徐鹏校注：《陈子昂集》卷二，中华书局，1960年版，第35页。
② 《陈子昂集》卷七，第159页。
③ （宋）计有功著，王仲镛校笺：《唐诗纪事校笺》卷九《李适》，中华书局，2007年版，第263页。
④ 《唐诗纪事校笺》卷十《李峤》，第333页。
⑤ 《唐诗纪事校笺》卷十《李乂》，第311页。
⑥ 《唐诗纪事校笺》卷九《李适》，第263页。
⑦ 同上。

命御史大夫郑惟忠及(周)利用护送入蕃,学士赋诗以饯,徐彦伯为之序云。"①送公主和蕃的场面,更是非比一般的奢华。

至盛唐玄宗朝,大规模的饯行活动更多更隆重,玄宗本人也有许多送别诗流传。如开元十年(722)的御制诗《送张说巡边》;开元十三年(725)的十韵诗,也即《赐诸州刺史以题座右》。又开元十四年(726)正月,(张嘉贞)"复代卢从愿为工部尚书、定州刺史,知北平军事,累封河东侯。将行,上自赋诗,诏百僚于上东门外饯之"②。上东门即洛阳城东门,玄宗亲自赋诗显示厚爱,随行臣僚有应制诗若干篇,张说为之作序。③ 开元二十二年(734)二月十九日,"初置十道采访处置使,以御史中丞卢绚等为之"④。玄宗亲赋诗壮行,张九龄作《奉和圣制送十道采访使及朝集使》赞云:

　　三年一上计,万国趋河洛。……戒程有攸往,诏饯无淹泊。⑤

开元二十五年(737),邢璹奉命出使新罗,"(新罗)兴光卒,诏赠太子太保,仍遣左赞善大夫邢璹摄鸿胪少卿,往新罗吊祭,……璹将进发,上制诗序,太子以下及百僚咸赋诗以送之"⑥。玄宗亲为制诗序,太子及百官皆赋诗送行。开元二十九年(741)四月,裴宽出为太原尹,"赐紫金鱼袋。玄宗赋诗而饯之,曰:'德比岱云布,心如晋水清'"⑦。此举表明玄宗对裴宽极为首肯。天宝三载(744)正月,"庚子,遣左右相已下祖别贺知章于长乐坡,上赋诗赠之"⑧。贺知章因病精神恍惚,上书请求皇上允许他出家为道士,回归故乡,玄宗答应了他的请求,亲自作诗及序送行,皇太子以下的官员都来和他握手作别,并赋写诗作。唐玄宗《送贺知章归四明》序云:

　　天宝三年,太子宾客贺知章,鉴止足之分,抗归老之疏,解组辞荣,志期入道。朕以其年在迟暮,用循挂冠之事,俾遂赤松之游。正月五日,将归会稽,遂饯东路,乃命六卿庶尹大夫,供帐青门,宠行迈也。岂惟崇德尚齿,抑亦励俗劝人,无令二疏,独光汉册,乃赋诗赠行。

《送贺知章归四明》诗曰:

---

① 《唐诗纪事校笺》卷十二《周利用》,第412页。
② 《旧唐书》卷九十九《张嘉贞传》,第3092页。
③ 《张燕公集》卷十二《序》,第131—133页。
④ 《唐会要》卷七十八《采访处置使》,第1420页。
⑤ (唐)张九龄著,熊飞校注:《张九龄集校注》卷一,中华书局,2008年版,第30页。
⑥ 《旧唐书》卷一百九十九《新罗传》,第5337页。
⑦ 《旧唐书》卷一百《裴宽传》,第3130页。
⑧ 《旧唐书》卷九《玄宗纪下》,第217页。

>遗荣期入道,辞老竟抽簪。岂不惜贤达,其如高尚心。
>寰中得秘要,方外散幽襟。独有青门饯,群僚怅别深。①

王楙《野客丛书》云:"仆寻考《会稽集》,得明皇所为送贺老归越之序与诗,及朝士自李适(之)以下三十七人饯别之作,是时正天宝三载正月五日也。"②《会稽集》即《会稽掇英总集》,卷二载有李适之、李林甫、席豫、宋鼎、韦述等几十人应制诗,与玄宗诗同为五言诗。此后,以皇上亲临宴会又御制诗作来表明对饯行人员及活动重视的,可谓不胜枚举,终唐之朝,帝王皆有各种名目的祖送饯别活动。可以说唐代送别赋诗的风行,与唐代最高统治者的亲历践行不无关系,正是以皇帝为首的统治者的亲历书写,引导了以大臣为代表的大批文人的仿效,使得唐代送别诗形成风起云涌、波澜壮阔、蔚为大观的景象。

在最高统治者的引领示范下,中唐以后文人以及民间的宴饯赋诗成为风尚,往往是有出行必定供帐祖饯。元代辛文房《唐才子传》卷四《钱起》云:"凡唐人燕集祖送,必探题分韵赋诗,于众中推一人擅场者。"文人设宴饯行送别时还要进行赛诗,每次都要评选出一位最佳者。大历三年(768),钱起、皇甫冉、皇甫曾、韩翃等人,同在长安作诗送王缙赴镇幽州,唐人李肇《国史补》卷上曰:"送王相公之镇幽朔,韩翃擅场。"③在这次送王缙赴镇幽州的集会上,韩翃的送别诗胜出一筹。当时擅长写作送别诗的明星高手是钱起和郎士元,北宋钱易《南部新书》卷辛亦称:"大历来,自丞相已下出使作牧,无钱起、郎士元诗祖送者,时论鄙之。"丞相以下外出任职的官员,如果没有钱起、郎士元作诗饯送,就会被看不起,这一风尚的流行,既是对二公送别诗的褒扬,同时也反映了人们对送别诗的热衷。当时的风气是:

>群贤毕至,觥筹乱飞,遇江山之佳丽,继欢好于畴昔,良辰美景,赏心乐事,于此能并矣。况宾无绝缨之嫌,主无投辖之困,歌阑舞作,微闻香泽,冗长之礼,豁略去之,王公不觉其大,韦布不觉其小,忘形尔汝,促席谈谐,吟咏继来,挥毫惊座,乐哉!古人有秉烛夜游,所谓非浅,同宴一室,无及于乱,岂不盛也!④

大历三年,于邵在京任比部郎中,其时王郎中行将出守,朝士皆赋诗相送,于邵

---

① 《全唐诗》卷三,第31页。
② (宋)王楙著,王文锦点校:《野客丛书》第十七卷《贺知章上升》,中华书局,1987年版,第186页。
③ (唐)李肇:《唐国史补》卷上,古典文学出版社,1957年版,第22页。
④ (元)辛文房著,傅璇琮主编:《唐才子传校笺》(第二册)卷四《钱起》,中华书局,1989年版,第45—46页。

《送王郎中赴蕲州序》云:"惜此别易,合宴公堂,期其出郊,于以送远。……赋诗追饯者,翰林之故事,吾何间然。"①可见其时流行饯远赋诗,概莫例外。

至晚唐风气依然,五代人王定保《唐摭言》卷十一云:

> 开成中,温庭筠才名籍甚;然罕拘细行,以文为货,识者鄙之。无何,执政间复有恶奏庭筠搅扰场屋,黜随州县尉。时中书舍人裴坦当制,怩泥含毫久之。时有老吏在侧,因讯之升黜,对曰:"舍人合为责辞,何者?入策进士,与望州长马一齐资。"坦释然,故有泽畔长沙之比。庭筠之任,文士诗人争为辞送,唯纪唐夫得其尤。诗曰:"何事明时泣玉频,长安不见杏园春;凤皇诏下虽沾命,鹦鹉才高却累身!且饮绿醽销积恨,莫辞黄绶拂行尘;方城若比长沙远,犹隔千山与万津。"②

在众多送别温庭筠的诗中,纪唐夫的诗为温庭筠鸣不平,表达了众人的心声,被推为首。宣宗大中十二年(858),轩辕集自长安归罗浮山,南楚诗人多赋诗以送,贯休诗独占鳌头。何光远《鉴诫录》卷五《禅月吟》云:

> 时南楚才人,竞以诗送轩辕先生归罗浮山,计百余首矣。后上人(贯休)因吟一章,群公于是息笔。③

贯休所吟之诗超压群雄,因此赢得诗名大振。唐昭宗景福二年(893),僧尚颜曾至长安访陆希声,《全唐文》卷八百二十九颜荛《颜上人集序》云:

> 余景福间为尚书郎,故相国陆希声为给事中。一日谓余曰:"颜公自荆门惠然访我,兴尽而去。无以赠其行,请于知交赋送别。"余亦勉为应命,……送别者,自故太傅相国韦政公而下,凡四十三首。④

颜上人即尚颜,访友兴尽作别时,陆希声邀请知交为之赋诗送行。可见,赋诗宴饯已成为翰林惯例,邀请故旧为告别者赋诗赠行最是平常,而且搢绅以为美谈,以故每遇赴任、出游、觐省、归去、谪迁、回朝、出使等机会,自然少不了设帐集宴赠诗,从而催生了大量的送别诗作。唐人范摅《云溪友议》卷上《饯歌序》云:

> 李尚书讷夜登越城楼,闻歌……其声激切,召至,曰:"去籍之妓盛小丛也。"……时察院崔侍御元范,自府幕而拜,即赴阙庭,李公连夕饯崔君于镜湖光候亭,屡命小丛歌饯,在座各为一绝句赠送之。⑤

---

① 《全唐文》卷四百二十七,第4348页。
② (五代)王定保:《唐摭言》卷十一《无官受黜》,中华书局,1959年版,第121—122页。
③ (后蜀)何光远:《鉴诫录》卷五《禅月吟》,中华书局,1985年版,第35页。
④ 《全唐文》卷八二九,第8730页。
⑤ (唐)范摅撰,唐雯校笺:《云溪友议校笺》卷上,中华书局,2017年版,第47—48页。

这则故事更说明了祖送集会赋诗的普遍流行,而且有时还伴有以歌相饯。

临行送别作诗也体现了古人赠人以言的信俗,"若夫款款赠言,尽平生之笃好;执手送远,慰此恋恋之情"①。宋之问《送尹补阙入京序》云:

念出处事违,居人惜别。离车将远,凡我同志,赋诗赠行。②

白居易《赠言》云:

捧籯献千金,彼金何足道。临觞赠一言,此言真可宝。③

苏李别诗对唐人送别诗的影响甚大,严羽《沧浪诗话》云:

古人赠答,多相勉之词。苏子卿云:"愿君崇令德,随时爱景光。"李少卿云:"努力崇明德,皓首以为期。"刘公干云:"勉哉修令德,北面自宠珍。"杜子美云:"君若登台辅,临危莫爱身。"往往是此意。④

唐人送别诗亦多此类劝勉之语,杜甫《送韩十四江东省觐》云"此别应须各努力,故乡犹恐未同归"⑤,司空曙《送郑明府贬岭南》云"猜嫌成谪宦,正直不防身"。沈德潜评"正直不防身"句曰:"五字可谓赠人以言。"⑥张继《送邹判官往陈留》云:

齐宋分巡地,频年此用兵。女停襄邑杼,农废汶阳耕。
使者乘轺去,诸藩拥节迎。深仁佐君子,薄赋恤黎甿。
火燎原犹热,风摇海未平。应将否泰理,一问鲁诸生。

沈德潜评曰:"兵荒之后,以深仁薄赋期之,得赠人以言之意。"⑦杜荀鹤《送人宰吴县》"惟持古人意,千里赠君行",云"海涨兵荒后,为官合动情。字人无异术,至论不如清"。沈德潜以为"千古不易"⑧。俞陛云论曰:"诗为作牧令者下顶门一针,较岑参之'此乡多宝玉,慎勿厌清贫',尤为简该。官箴而兼友道,不仅赠行诗也。"⑨韦应物《送崔押衙相州》嘱其:"望阙应怀恋,遭时贵立功。万方如已静,何处欲输忠。"刘辰翁评曰:"赠人语如此有味。"⑩可

---

① (明)徐祯卿:《谈艺录》,中华书局,1991年版,第7页。
② 《沈佺期宋之问集校注》,第656页。
③ 《白居易诗集校注》卷八,第717页。
④ (宋)严羽著,郭绍虞校释:《沧浪诗话校释》,人民文学出版社,1961年版,第205页。
⑤ 《杜诗详注》卷十,第829页。
⑥ (清)沈德潜编:《唐诗别裁集》,中华书局,1975年版,第163页。
⑦ 同上,第244页。
⑧ 同上,第177页。
⑨ 《诗境浅说》,第54页。
⑩ (唐)韦应物著,陶敏、王又胜校注:《韦应物集校注》,上海古籍出版社,1998年版,第208页。

见赠言传统的弥足珍贵。

"玉瓶沽美酒,数里送君还"①,"勿言临都五六里,扶病出城相送来"②,"嘉陵江畔饯行车,离袂难分十里余"③,"都门五十里,驰马逐鸡声"④,"京华庸蜀三千里,送到咸阳见夕阳"⑤,数里数十里整日地结伴相送,反映了古人惜别依依的礼仪传统。

(3) 社会交往的文化信息媒介

古代通信工具落后,路途阻塞,信息封闭,"高山迥欲登,远水深难渡"⑥,"欲知离别偏堪恨,只为音尘两不通"⑦,"灞浐别离肠已断,江山迢递信仍稀"⑧,古人"握手无别赠,为予书札频"⑨,希望"别离方异域,音信若为通"⑩,"河源虽万里,音信寄来查"⑪。烟深水阔的遥远距离,致使音信无由传达,而心灵的沟通却是人类情感的需要,因此借助送别诗表达情感、传递信息、进行社交,便成为人们可资利用的一种途径和方式,同时拓宽了送别诗内容的多样性和实用性。

马云奇《送游大德赴甘州口号》题下注曰:"此便代书寄呈将军。"诗云:

支公张掖去何如? 异俗多嫌不寄书。数人四海皆兄弟,为报殷勤好在无。⑫

诗歌通俗明了地传达了问好和思念之情。唐人借送别之际"以诗代笺"托言传信,是一种普遍的风尚,从唐人送别诗诗题中常有兼寄、兼简、呈寄一类的字眼,亦可看出。托言的内容有许多和乡情关联,如权德舆《送裴秀才贡举》所言:"临流惜暮景,话别起乡情。"⑬卢照邻《送幽州陈参军赴任寄呈乡曲父老》就具有传讯的作用,诗人作为幽州范阳人,心系故乡,因此在送别友人到幽州赴任时,情不自禁地写下了"蓟北三千里,关西二十年。……送君之旧

---

① 《李太白全集》卷十五《广陵赠别》,第719页。
② 《白居易诗集校注》卷二十七《临都驿送崔十八》,第2142页。
③ 《全唐诗》卷七六六刘兼《送从弟舍人入蜀》,第8691页。
④ 《樊川文集校注·送友人》,第1471页。
⑤ 《李商隐诗歌集解·赴职梓潼留别畏之员外同年》,第1221页。
⑥ 《全唐诗》卷二五〇皇甫冉《赋长道一绝送陆邃潜夫》,第2818页。
⑦ 《全唐诗》卷八六六金车美人《与谢翱赠答诗》,第9808页。
⑧ 《全唐诗》卷三一七武元衡《送严秀才》,第3573页。
⑨ (唐)项斯著,徐光大校注:《项斯诗注》,《送友人之江南》,浙江古籍出版社,2006年版,第46页。
⑩ 《全唐诗》卷二四九皇甫冉《送客》,第2810页。
⑪ (唐)王维著,陈铁民注:《王维诗注》,《送秘书晁监还日本国》,三秦出版社,2004年版,第242页。
⑫ 陈尚君:《全唐诗补编》上册《补全唐诗拾遗》卷一《残诗集》,中华书局,1992年版,第62页。
⑬ 《全唐诗》卷三二四,第3642页。

国,挥泪独潸然"①的诗句,抒发了自己的思乡之情,并言及家乡父老。张九龄于长安为官时,曾作《送使广州》:

> 家在湘源住,君今海峤行。经过中正道,相送倍为情。
> 心逐书邮去,形随世网婴。因声谢远别,缘义不缘名。②

诗人因友人出使广州,正好路过家乡韶州曲江(湘源),相送倍感惆怅,托友人捎书,转告亲友自己做官为义不为名,整首诗以托言抒怀为主。李频为睦州寿昌人,《送人游吴》顿生乡情,诗云:

> 楚田开雪后,草色与君看。积水浮春气,深山滞雨寒。
> 毗陵孤月出,建业一钟残。为把乡书去,因收别泪难。③

在对吴地春田草色、深山春雨、毗陵孤月、建业残钟的美景进行描画后,希望对方"为把乡书去",禁不住"因收别泪难"。方干的故乡在浙江桐庐,因有《思桐庐旧居便送鉴上人》,"莫道东南路不赊,思归一步是天涯",归居心切,纵然离家一步之遥,也似远在天涯。"林中夜半双台月,洲上春深九里花。绿树绕村含细雨,寒潮背郭卷平沙",旧居美景诱人,怎能不令人思念。"闻师却到乡中去,为我殷勤谢酒家"④,听说鉴上人返回家乡去,急忙托他捎信给家乡人。其《送乡中故人》又云:

> 少小与君情不疏,听君细话胜家书。如今若到乡中去,道我垂钩不钓鱼。⑤

诗人从乡中故人那里知道了故乡的情况,也希望乡中故人把自己的情况带回乡里。杨夔《送郑谷》" 曲狂歌两行泪,送君兼寄故乡书"⑥,正好让朋友替自己捎去家书。薛能《关中送别》言"若值乡人问,终军贱不还"⑦,委婉地说明了自己的境况。岑参《送祁乐归河东》托付祁乐"君到故山时,为谢五老翁"⑧。韦庄《送人归上国》嘱咐道"若见青云旧相识,为言流落在天涯"⑨。乡情是人们永远难以割舍的情结,"长因送人处,忆得别家时"⑩,自古及今,概莫例外,因此当离人是故乡人,或要去的地方是故乡时,总会引起送行者的亲情

---

① (唐)卢照邻著,李云逸校注:《卢照邻集校注》卷三,中华书局,1998年版,第148页。
② (唐)张九龄著,熊飞校注:《张九龄集校注》卷三,中华书局,2008年版,第192页。
③ 《全唐诗》卷五八七,第6814页。
④ 《全唐诗》卷六五二,第7495页。
⑤ 《全唐诗》卷六五三,第7500页。
⑥ 《全唐诗》卷七六三,第8662页。
⑦ 《全唐诗》卷五五八,第6471页。
⑧ (唐)岑参著,廖立笺注:《岑嘉州诗笺注》卷一,中华书局,2004年版,第36页。
⑨ (唐)韦庄著,齐涛笺注:《韦庄诗词笺注》,山东教育出版社,2002年版,第428页。
⑩ 《张籍集注·蓟北旅思》,第88页。

乡情波动,这时的送别诗自然成为诗人怀念故乡人情的契机。

久客在外的人常常怀念京都。卢照邻《大剑送别刘右史》云:"倘遇忠孝所,为道忆长安。"①陈子昂《登蓟丘楼送贾兵曹入都》云:"闻君洛阳使,因子寄南音。"②两人皆委婉表达了对朝廷国事的关心,以及对自身遭遇的感伤。张说曾贬谪南方,远离京师,音信阻隔,因此渴望得到京师的消息,亦希望为京师所知,于是他在《岭南送使》中写道"南中不可问,书此示京畿"③;在《南中送北使二首》又写道"待罪居重译,穷愁暮雨秋。……逢君入乡县,传我念京周"④。两诗皆倾诉了落魄的孤寂,表达了希望被了解的强烈愿望。

故交旧友也常是诗人最惦念的人。高适有《送郭处士往莱芜兼寄苟山人》,结尾嘱托郭处士"归见莱芜九十翁,为论别后长相忆"⑤。刘长卿《别严士元》嘱咐友人"东道若逢相识问,青袍今已误儒生"⑥。许浑《送段觉之西川过婚礼后归觐》叮咛道"时人若问西游客,心在重霄鬓欲斑"⑦。李颀《赠别张兵曹》云"别后如相问,沧波双白鸥"⑧。皎然《送柳察谏议叔》云"明日院公应问我,闲云长在石门多"⑨。在这些诗中,诗人皆巧妙地向知己友人倾诉了自己的境遇和心志。杜甫有多首此一类诗,如天宝十四载(755)秋,杜甫在长安,当时高适在河西陇右节度使哥舒翰幕府任掌书记,都尉蔡希鲁随哥舒翰入朝后回归,杜甫相送作《送蔡希鲁都尉还陇右因寄高三十五书记》(时哥舒入奏,勒蔡子先归)云"蔡子勇成癖,弯弓西射胡。健儿宁斗死,壮士耻为儒。官是先锋得,才缘挑战须。身轻一鸟过,枪急万人呼",赞颂蔡希鲁的才略;又云"汉使黄河远,凉州白麦枯。因君问消息,好在阮元瑜"⑩,希望通过蔡希鲁问候高适,致遥想之情。代宗宝应元年(762)正月,杜甫在成都,又借送人归京问候岑参、范季明,其《泛舟送魏十八仓曹还京因寄岑中允参范郎中季明》云:"迟日深江水,轻舟送别筵。……见酒须相忆,将诗莫浪传。若逢岑与范,为报各衰年。"⑪诗中表达了朋友间深深的关切情谊。岑参亦多此类诗作,居北庭期间曾作《送李别将摄伊吾令充使赴武威便寄崔

---

① (唐)卢照邻著,李云逸校注:《卢照邻集校注》卷二,中华书局,1998年版,第121页。
② 《陈子昂集》卷二,第31页。
③ 《张燕公集》卷三,第29页。
④ 同上,第30页。
⑤ (唐)高适著,刘开扬笺注:《高适诗集编年笺注》,中华书局,1981年版,第148页。
⑥ 《刘长卿诗编年笺注》,第126页。
⑦ (唐)许浑著,罗时进笺注:《丁卯集笺证》,江西人民出版社,1998年版,第252页。
⑧ 《李颀诗评注》,第281页。
⑨ 《全唐诗》卷八一八,第9221页。
⑩ 《杜诗详注》卷三,第238、240页。
⑪ 《杜诗详注》卷十二,第984页。

员外》,感其"词赋满书囊,胡为在战场。行间脱宝剑,邑里挂铜章",趁其"马疾行千里,凫飞向五凉",代问崔元外好,"遥知竹林下,星使对星郎"①,想见二人在竹林下开怀畅谈。在轮台时曾作《与独孤渐道别长句兼呈严八侍御》,最后托言曰:"台中严公于我厚,别后新诗满人口。自怜弃置天西头,因君为问相思否。"②不说自己想念严公,而问其是否相思自己,别有意味。这些送别诗在一定程度上都兼有书信的作用,内容涉及更加广泛,因此被频繁使用。

送人拜访干谒的送别诗,还具有类似名片介绍信的作用,可以使见面的双方关系显得更加自然融洽。李白的《送张秀才谒高中丞》乃为"秀才张孟熊,蕴灭胡之策,将之广陵谒高中丞……因作是诗送之"。诗云张秀才是"英谋信奇绝,夫子扬清芬",高中丞是"高公镇淮海,谈笑却妖氛"③,称颂两人才气定能相得益彰,奠定了两人相互了解的基础。韦应物在《饯雍聿之潞州谒李中丞》中,既云雍裕之④"前登太行路,志士亦未平。薄游五府都,高步振英声",有才有志,又云李中丞"主人才且贤,重士百金轻"⑤,礼贤重士,为两人见面做好了铺垫。

饯行赋诗本身就是一种人际交往的社会活动,唐代以前送别诗多局限于送者与行者双方之间的言志传情,至唐代随着用人制度的改革,送别诗发展衍生出了一种显才扬名的社会功能。众所周知,唐朝统治者在用人制度方面都有一个主导思想,那就是广泛延揽人才,唐人入仕,较之前代有更多途径。在选拔官员时,科举制、幕府制、荐引制、授军功制等,甚至终南捷径多头并举,不拘一格发现贤才,因此文学士人普遍热衷于广泛交游,追慕贤达,不失时机地利用各种渠道露才扬己,求得闻名遐迩。有唐一代文人士子之间的交往和人才流动极为广泛,这就意味着聚散离合的机会骤增,为送别诗的产生提供了适时的氛围。程千帆先生论述唐代进士行卷与文学关系认为:"对于唐代文学发展起着积极的促进作用的,并非进士科举制度本身,而是在这种制度下所形成的行卷这一特殊风尚。"⑥应试前行卷名流时,出现了以送别诗干谒自荐的风尚,且多有成功。

白居易的一首《赋得古原草送别》,即为他打通了人生的仕途之路。唐

---

① 《岑嘉州诗笺注》卷三,第638页。
② 《岑嘉州诗笺注》卷二,第347页。
③ 《李太白全集》卷十八,第842—843页。
④ 傅璇琮:《唐代诗人丛考》,中华书局,1980年版,第298页。雍聿之即雍裕之。
⑤ 《韦应物集校注》,第227页。
⑥ 程千帆:《唐代进士行卷与文学》,上海古籍出版社,1980年版,第2页。

人张固《幽闲鼓吹》曰:

> 白尚书应举,初至京,以诗谒顾著作。顾睹姓名,熟视白公曰:"米价方贵,居亦弗易。"乃披卷首篇曰:"咸阳原上草,一岁一枯荣。野火烧不尽,春风吹又生。"即嗟赏曰:"道得个语,居即易矣。"因为之延誉,声名大振。①

《赋得古原草送别》在当时即广为流传,为人称道。白居易以一首送别诗,改变了顾况最初对他多少有些轻视和嘲弄的态度,奠定了他在文学史上的地位。关于白居易在长安行卷于顾况之事,傅璇琮、朱金城两位先生均已考辨认为,二人不可能此时遇于长安,二人相识当在苏州,有关史料记二人初识于长安,当为传播中讹误所致。② 即使地点不对,但可以肯定的是,《赋得古原草送别》使白居易一时显赫,名噪四方。

唐代特殊人才若有大臣、名人赏识荐引,也可得到入仕机会,于是出现了很多利用送别机会奖掖推举贤才或毛遂自荐的送别诗。魏万曾求仙学道,隐居王屋山,天宝十三载(754),他因仰慕李白声名,南下到吴、越一带访寻,最后在广陵与李白相遇。临别时,李白作《送王屋山人魏万还王屋》长诗送他,诗的内容如原诗序所言:

> 王屋山人魏万,云自嵩、宋沿吴相访,数千里不遇。乘兴游台、越,经永嘉,观谢公石门。后于广陵相见。美其爱文好古,浪迹方外,因述其行而赠是诗。③

全诗述其行,赞其人,传唱以后,使原本无名的魏万一举出名,后来科考登第。杜甫曾感天下形势,"萧条四海内,人少豺虎多",叹唐诫不遇,"子负经济才,天门郁嵯峨",捎信贾至,"为吾谢贾公,病肺卧江沱"。诗人向贾至举荐唐诫之意,不言自明。岑参的《送绵州李司马秩满归京因呈李兵部》作于成都,有托人荐己之意。诗云:

> 久客厌江月,罢官思早归。眼看春色老,羞见梨花飞。
> 剑北山居小,巴南音信稀。因君报兵部,愁泪日沾衣。④

---

① 引自(唐)张固:《幽闲鼓吹》,中华书局,1991年版,第2页。另宋王谠著,周勋初校证《唐语林校证》卷三《赏誉》亦云:"白居易应举,初至京,以诗谒顾著作。况睹姓名,熟视曰:'米价方贵,居亦不易。'及披卷,首篇曰:'咸阳原上草,一岁一枯荣。野火烧不尽,春风吹又生。'乃嗟赏曰:'道得个语,居即易也。'因为之延誉,声名遂振。"(中华书局,1987年版,第277页。)
② 《唐代诗人丛考·顾况考》,第397—400页。朱金城:《白居易年谱》,上海古籍出版社,1982年版,第12页。
③ 《李太白全集》卷十六,第748页。
④ 《岑嘉州诗笺注》卷三,第590页。

全诗既是送李司马,也是表白自己处境,借李司马归京,向李兵部诉说愁思,希望得到其援引。岑参在西北幕府所作的送别诗,几乎都直接或间接希望通过使者传播诗名,扩大影响,达到毛遂自荐的目的。送别诗的书信、荐介、交际功能,在送人赴方镇幕府的诗中,表现得最为鲜明,戴伟华就说过:"送人入幕诗和其他送别诗出现的送别兼推荐功能,很值得研究。"[1]其所撰论文有许多高见可以参考。要之,唐人充分利用送别诗的传播信息特点,借助作诗送别交流感情,显才扬名,扩大影响,开拓了送别诗的内容和功用,实现了送别诗在唐代的突破性发展。

送别诗在唐代的兴盛与诗体话语的成熟定型,亦是相辅相成的。随着诗体于唐代的完备,诗话言语愈来愈成为一种人们喜爱的表达思想情感的手段,借送别作诗显露雅情逸趣也成为一种时尚。语言的发展自有其规律,诗是语言的精华,诗体话语自《诗经》以来,作为交流表达方式一直倍受推崇,孔子教子孔鲤曰"不学诗,无以言",屈原用"楚辞"把自己的情怀抒发得淋漓尽致,历经汉代乐府诗、五言诗的发展,至曹魏出现七言诗,诗人们不断地发展改进诗体话语的形式,诗体渐趋完美高雅,才能更好地为表达交流思想情感服务。南朝齐、梁诗人对四声的发明,使古诗由相对自由走向了规范,初唐诗人在前人的基础上雕琢点化,终于完成了近体格律诗的定型。高棅《唐诗品汇》总序说:"有唐三百年诗,众体备矣。故有往体、近体、长短篇、五七言律句、绝句等制。"[2]因此诗体话语在唐代被广泛认可,普遍实践,大行其道,畅通无阻,无论上层还是民间,都以擅长诗文为荣。唐代科举考试,投诗拜谒促使了诗歌的普遍流行,诗歌在唐代达到顶峰的事实,都说明了诗体话语已普遍成为人们的主要表达方式。另有如王梵志等诗人以口语、俗语入诗,大大丰富了诗歌的表达形式,使诗歌的语言更加通俗平易,更有利于传播流行。胡适曾论及唐代的白话诗,《白话文学史》一书开篇便写道:"我近年研究这时代的文学作品,深信这个时期是一个白话诗的时期。"[3]白话诗的浸渗濡染,使更多的人士有机会亲近诗歌,从而促进了大量送别诗的产生。文学是社会生活的反映,诗歌是情感激生的体裁,最适合表达送别这种特定时空情景下产生的高昂情愫,情不自禁的离人于是自然而然地写下了表达自己悲喜情怀的送别诗。唐代几无不写送别诗的诗人,无名氏的送别诗既佳又繁,且送别诗作为人际交往的一种形式,由于特定的时间空间、情景氛围的营造而具有想象穿越之美,更适宜于表

---

[1] 戴伟华:《唐代方镇使府与文人送别》,《扬州大学学报》1998年第2期。
[2] (明)高棅:《唐诗品汇》,上海古籍出版社,2012年版,第8页。
[3] 胡适:《白话文学史》,安徽教育出版社,2006年版,第153页。

达彼此的交谊,有利于情感的抒发,因此深受喜爱,广泛流行也在情理之中。

要之,唐代恢宏的气势培养了唐人开阔的胸襟和眼界,人们大展宏图,奔走于各地,立志求索,建功留名,书写下的一首首送别诗见证了这一历史过程。

二、唐代送别诗的深远影响

送别诗是人们社交活动的艺术写照,唐代大量的送别诗中,许多名篇故事性与艺术性兼备,被时人及后世广泛传诵,因而凝结成为精彩典故,流芳百代。唐代送别诗在中国文学和文化史上,都具有深远影响。

(一) 唐代送别诗的著名典故

唐代以前就有许多送别诗被反复吟咏而成为了送别典故,如《诗经·邶风·燕燕于飞》中卫庄姜送别归妾、战国燕太子丹于易水送别荆轲、汉代的李陵送别苏武、昭君辞汉出塞、西晋的石崇金谷送客等,唐代送别诗在运用前人典故的同时,擅于推陈出新,演化出了更多隽永的送别篇章,几经传播遂成为耳熟能详的经典范型,丰富了后世文学艺术的宝库。其中,首当其冲的有阳关三叠、灞桥折柳、赋得古原草送别、一片冰心在玉壶、天涯若比邻、萧萧班马鸣等,不胜枚举。

1. 阳关三叠

阳关三叠又名阳关曲、渭城曲,本源于王维著名的送别诗《送元二使安西》:"渭城朝雨浥轻尘,客舍青青柳色新。劝君更尽一杯酒,西出阳关无故人。"[1]这首七言绝句一经传出,即为当时的教坊乐工歌妓艺人钟情喜爱,于是谱以曲调,加以演唱,至为三叠歌之,一时传诵不绝,凡祖送宴别必唱此曲,后世历代相袭,传承发扬,于今仍是送别文化中最著名的典故之一。宋人郭茂倩《乐府诗集》卷八十《渭城曲》云:

《渭城》一曰《阳关》,王维之所作也。本《送人使安西诗》,后遂被于歌。刘禹锡《与歌者诗》云:"旧人唯有何戡在,更与殷勤唱渭城。"白居易《对酒诗》云:"相逢且莫推辞醉,听唱阳关第四声。"阳关第四声,即"劝君更尽一杯酒,西出阳关无故人"也。《渭城》《阳关》之名,盖因辞云。[2]

唐人诗中言及阳关渭城已经极为普遍,宋人还有据诗作图画的,吴开《优古堂诗话·阳关图》云:

---

[1] 《王维诗注》,第288页。
[2] (宋) 郭茂倩编:《乐府诗集》卷八十,中华书局,1979年版,第1139页。

> 王维《送元二》诗："渭城朝雨裛轻尘，客舍青青柳色新。劝君更尽一杯酒，西出阳关无故人。"李伯时取以为画，谓《阳关图》。予尝以为失。按《汉书》，上党有天井关，敦煌龙勒有玉门关。阳关去长安四千五百里。唐人送客，西出都门三十里，特是渭城耳，今有渭城馆在焉，即古之渭阳。据其所画，当谓之渭城可也。东坡《题阳关图》诗："龙眠独识殷勤处，画出阳关意外声。"皆承其失耳。至山谷《题阳关图》断章云："渭城柳色关何事，自是离人作许愁。"然则详味山谷诗意，谓之《渭城图》宜矣。①

李伯时所作《阳关图》，苏轼、黄庭坚的《题阳关图》，皆显示了后人对阳关诗曲的深切关注。至明代，李东阳《麓堂诗话》进一步称颂赞扬曰：

> 作诗不可以意徇辞，而须以辞达意。辞能达意，可歌可咏，则可以传。王摩诘"阳关无故人"之句，盛唐以前所未道。此辞一出，一时传诵不足，至为三叠歌之。后之咏别者，千言万语，殆不能出其意之外。必如是方可谓之达耳。②

后来的咏别者，纵使千言万语，也不出阳关三叠之意外。一首《送元二》诗，一曲《阳关三叠》，可谓胜过千言万语，道尽人间沧桑别离情意，自此，人们莫不送君以阳关堕泪之声，和泪唱《阳关》，断肠声里唱《阳关》，而行人却是最怕听唱《阳关曲》，劝人莫作《阳关叠》，莫要吟唱《阳关曲》。

2. 灞陵折柳

唐人于京城长安所作的送别诗中，常常提到灞水、灞上、灞陵、灞亭、灞岸、灞桥、灞池等，于此送别行人，如祖客灞上、灞上送行客、送车盈灞上、灞水桥边酒一杯、相别灞水湄、送客上灞陵、灞陵倾别酒、饮饯灞陵原、别恨灞陵间、置酒灞亭别、青春灞亭别、惆怅灞亭相送去、徘徊灞亭上、筵开灞岸临清浅、灞岸送驴车、灞桥伤别离等等，灞陵是当时人们送别的主要场所。李白《灞陵行送别》可谓代表作，起首点题"送君灞陵亭，灞水流浩浩"，继之写景"上有无花之古树，下有伤心之春草。我向秦人问路歧，云是王粲南登之古道。古道连绵走西京，紫阙落日浮云生"，结语惜别"正当今夕断肠处，黄鹂愁绝不忍听"。此诗"夹乐府入歌行，掩映百代"③。灞水位于长安城东，源于秦岭蓝田谷，西北入于渭水，早在秦汉时就修建有灞桥，唐代时，于灞桥设立驿站，方便了人们送别亲人好友，凡往东往南去的行人，出长安必经此

---

① 丁福保辑：《历代诗话续编》，中华书局，2006年版，第275—276页。
② 同上，第1372页。
③ （清）王夫之评选，任慧点校：《唐诗评选》卷一，河北大学出版社，2008年版，第27页。

地,于是多在此处分手,灞陵、灞水、灞桥遂成为了送别的代名词。后人又将"灞陵桥"叫作"销魂桥",五代王仁裕所作《开元天宝遗事》卷三《销魂桥》记载:

> 长安东灞陵有桥,来迎去送,皆至此桥,为离别之地。故人呼之为"销魂桥"。①

可见灞水边上的送别场景多么频繁伤情。宋之问《三月三日于灞水曲饯豫州杜长史别昆季序》云:

> 上巳佳游,近郊春色,朱轩映野,见东流之祓禊;白云在天,怆南登之送别。杜长史言辞灞浐,将适荆河,恋旧乡之乔木,藉故园之芳草。鸰原四鸟,是日分飞;舆泉二龙,此时云远。绿潭一望,青山四极。秦人去国,乘右辅之修途;洛客思归,忆东京之曲水。请染翰操纸,即事形容,各赋兰亭之诗,咸申葛陂之赠。②

诗人于序中渲染灞水春景,衬托离别悲伤,饯行者提笔赋诗,抒发美好祝愿。

灞水两岸自汉代以来便是杨柳夹堤,郁郁葱葱。当春时节,柳絮随风飘舞,柳烟笼罩河岸,古人有折柳送别的习俗,于是灞陵送别咏柳蔚然成风。李白《忆秦娥》云:

> 箫声咽,秦娥梦断秦楼月。秦楼月,年年柳色,灞陵伤别。③

裴说《柳》云:

> 高拂危楼低拂尘,灞桥攀折一何频。思量却是无情树,不解迎人只送人。④

灞陵柳色令人伤别,灞桥柳枝只解送人,灞陵岸上杨柳枝被定格成为无言的饯送场景。杨巨源《赋得灞岸柳留辞郑员外》云:

> 杨柳含烟灞岸春,年年攀折为行人。好风倘借低枝便,莫遣青丝扫路尘。⑤

刘驾《送友下第游雁门》云:

> 相别灞水湄,夹水柳依依。我愿醉如死,不见君去时。⑥

罗隐《柳》云:

---

① (五代)王仁裕撰,曾贻芬点校:《开元天宝遗事》卷下,中华书局,2006年版,第45页。
② 《沈佺期宋之问集校注》,第675页。
③ 《李太白全集》卷五,第322页。
④ 《全唐诗》卷七二〇,第8269页。
⑤ 《全唐诗》卷三三三,第3736页。
⑥ 《全唐诗》卷五八五,第6774页。

灞岸晴来送别频,相偎相倚不胜春。自家飞絮犹无定,争解垂丝绊路人。①

吴融《咏柳》云:"灞陵千万树,日暮别离回。"②灞陵柳色多离恨,灞桥柳烟令人愁,因之生发出了后世许多送别故事,清人施闰章《蠖斋诗话·灞桥诗》云:

> 十八日郑八宅观法帖,有石刻云:……"汉苑秦宫半夕阳,几家墟落野花香?灞桥斫尽青青柳,不是行人也断肠。"……风调凄婉,非唐人不能办也。③

灞桥青柳因送别而被砍斫殆尽,不是行人也为之动容断肠。清人谢章铤《赌棋山庄词话》续编三云:

> 《小石帚生词》一卷,《和姜词》一卷,山阴赵藕村(福云)撰。……今观其词,体格已具,神味未永,天不假年,无以造于大成,惜乎。藕村专宗白石,丛稿十卷……其用心可谓勤矣。……《南浦·细雨斜阳行灞桥柳中》云:"杨柳夹长桥,是古来、销魂第一多处。一片碧无情,斜阳外、偏把好山遮住。东风微动树梢,兜定丝丝雨。倚阑凝伫,看沙渚玲珑,白翘双鹭。天涯有恨谁怜,向花底停鞭,烟中呼渡。灞岸水潺潺,添三尺摇荡,别离情绪。沿堤草长,黯然寻到春归路。数声杜宇,曾苦劝春归,还催人去。"④

赵藕村的词将灞水灞桥和柳色别情融揉一体,风吹柳动灞水潺潺,此时无声胜有声,极尽凄恻感人。后代文人作品中,对灞陵桥柳的记述吟唱,显示了灞陵折柳送别之情的动人心弦。

3. 萋草别情

白居易的《赋得古原草送别》妇孺皆知,"离离原上草,一岁一枯荣。野火烧不尽,春风吹又生。远芳侵古道,晴翠接荒城。又送王孙去,萋萋满别情",响彻千古,结尾一句"萋萋满别情",升华了古代借草言别情的传统。唐人借草送人远行,别路怜芳草,饯席藉芳草,断肠芳草碧,令天然草色染上了浓郁的离愁别恨。如李冶《送阎二十六赴剡县》云:

> 流水阊门外,孤舟日复西。离情遍芳草,无处不萋萋。
> 妾梦经吴苑,君行到剡溪。归来重相访,莫学阮郎迷。⑤

---

① 《罗隐诗集笺注》,第107页。
② 《全唐诗》卷六八五,第7865页。
③ 《清诗话》,第396页。
④ 《词话丛编》,第3518页。
⑤ (唐)李冶、薛涛、鱼玄机著,陈文华校注:《唐女诗人集三种》,上海古籍出版社,1984年版,第15页。

萋萋芳草无处不在，别恨岂有穷尽，所以请君珍重远行。刘长卿《送李判官之润州行营》结尾慨叹道："江春不肯留行客，草色青青送马蹄。"俞陛云论曰："后言草色青青，无情送客，若江春之不肯留行。就诗句论之，有春草碧色，送君南浦之思。"①刘长卿极其擅长借草写意惜别，如"故关无去客，春草独随君"，是《淮上送梁二恩命追赴上都》时所云；"离心在何处，芳草满吴宫"，是《奉钱郎中四兄罢余杭太守承恩加侍御史充行军司马赴汝南行营》时所言；"离心秋草绿，挥手暮帆开"，是《奉送裴员外赴上都》时所见；"日斜江上孤帆影，草绿湖南万里情"，是《别严士元》所感；"江南江北春草，独向金陵去时"②，是《发越州赴润州使院留别鲍侍御》的慷慨。诗人挥洒笔墨，将大江南北的四季草色一并揽入诗中，把借草送别的情意发挥到了极致。李益《送贾校书东归寄振上人》云：

北风吹雁数声悲，况指前林是别时。秋草不堪频送远，白云何处更相期。
山随匹马行看暮，路入寒城独去迟。为向东州故人道，江淹已拟惠休诗。③

秋草因不堪忍受频繁送远而枯萎，离人更盼望的是早日相会。卢纶《送李端》云：

故关衰草遍，离别自堪悲。路出寒云外，人归暮雪时。
少孤为客早，多难识君迟。掩泪空相向，风尘何处期。④

草色衰飒带给诗人的是更深的感伤，可见，无论草色青绿还是枯黄，在离人的眼里都是一样的伤魂，诚如李煜《清平乐》所云："离恨恰似春草，更行更远还生。"⑤

4. 玉壶冰心

玉壶冰心常被用来表达纯真的相思感情，源自王昌龄的名篇《芙蓉楼送辛渐二首》之一："寒雨连江夜入湖，平明送客楚山孤。洛阳亲友如相问，一片冰心在玉壶。"⑥在送别好友辛渐去洛阳之际，王昌龄嘱托他问候洛阳亲故，用"一片冰心在玉壶"，表白了自己的赤诚之心，纯洁情谊。玉壶是纯洁之器，冰心喻纯洁之心，玉壶中的冰心该是何等的透明光亮啊！许浑《送卢

---

① 《诗境浅说》，第201页。
② 《刘长卿诗编年笺注》，第499、133、257、125、314页。
③ 《李益集注》，第157页。
④ 《卢纶诗集校注》卷五，第481页。
⑤ （南唐）李煜著，王晓枫解评：《李煜集》，山西古籍出版社，2004年版，第43页。
⑥ （唐）王昌龄著，胡问涛、罗琴校注：《王昌龄集编年校注》，巴蜀书社，2000年版，第149页。

先辈自衡岳赴复州嘉礼二首》之二云：

  湖南诗客海中行,鹏翅垂云不自矜。秋水静磨金镜土,夜风寒结玉壶冰。
  万重岭峤辞衡岳,千里山陂问竟陵。醉倚西楼人已远,柳溪无浪月澄澄。①

诗人送友人卢先辈去举行婚礼,夸赞其不仅才气高超,而且节操高雅明洁,两人的友情洁净无瑕,"夜风寒结玉壶冰"。李商隐《别薛岩宾》云:

  曙爽行将拂,晨清坐欲凌。别离真不那,风物正相仍。
  漫水任谁照？衰花浅自矜。还将两袖泪,同向一窗灯。
  桂树乖真隐,芸香是小惩。清规无以况,且用玉壶冰。②

薛岩宾是诗人的同僚,临行告别,诗人借用玉壶冰明言自己品格高洁,真诚相见,问心无愧。杨巨源《送许侍御充云南哀册使判官》云:

  万里永昌城,威仪奉圣明。冰心瘴江冷,霜宪漏天晴。
  荒外开亭候,云南降旆旌。他时功自许,绝域转哀荣。③

许侍御将去荒远的云南,诗人赞其心地纯洁如冰心,实际上仍是取义一片冰心在玉壶,相信友人一定能建功立业,有所成就,受到欢迎。人们喜爱冰心映玉壶,留得冰心见故人,将一片冰心托玉壶,用一片冰心朗昭河汉,自是人间重真情的艺术写照。

  5. 易水离歌

"风萧萧兮易水寒,壮士一去兮不复还",本是战国燕太子丹送荆轲刺秦王至于易水所唱,骆宾王据之作《于易水送人》云:"此地别燕丹,壮发上冲冠。昔时人已没,今日水犹寒。"④诗人借易水送别之典,吊古伤今,抒发胸臆,格调深沉悲壮,感情雄浑激越,可谓是对易水送别的再创造,使易水壮别的典故更易为人接受传唱。清人毛先舒《诗辩坻》卷三云:

  临海《易水送别》,借轲、丹事,用一"别"字映出题面,余作凭吊,而神理已足。二十字中而游刃如此,何等高笔！⑤

诗人自己于易水送人,想起昔日荆轲于易水壮别的场面,感慨千古,渲染出了与挚友肝胆相照的情谊,寄托了壮志未酬的深深遗憾。以故,易水送别寄寓的离情不仅有生死之交的深情,更有英雄情结的悲壮豪放,殊不同于一般

---

① 《丁卯集笺证》,第219页。
② 《李商隐诗歌集解》,第357页。
③ 《全唐诗》卷三三三,第3719页。
④ 《骆宾王诗评注》,第299页。
⑤ （清）毛先舒：《清诗话续编·诗辩坻》,上海古籍出版社,1983年版,第56页。

别情依依的缠绵。此后唐代送人赴边壮游的诗中,多用易水之典,如李白《鲁郡尧祠送张十四游河北》云:

> 猛虎伏尺草,虽藏难蔽身。有如张公子,肮脏在风尘。
> 岂无横腰剑,屈彼淮阴人。击筑向北燕,燕歌易水滨。
> 归来太山上,当与尔为邻。①

"燕歌易水滨"之句,写出了张十四公子出游的壮怀激烈,也显出了李白的豪放风格。皎然《送韦秀才》云:

> 晨装行堕叶,万里望桑干。旧说泾关险,犹闻易水寒。
> 黄云战后积,白草暮来看。近得君苗信,时教旅思宽。②

诗中"犹闻易水寒"一句,体现了皎然诗歌雄放壮阔的一面,即清而能壮。运用典故能够增强诗歌意蕴的深厚度,所以为人喜爱,唐人送别诗中,运用前人典故而能胜出一筹有所创新的极多,诸如白居易《南浦别》,李白《劳劳亭》,皆是此类,不再一一赘举。

究其实,后人从唐人送别诗中提炼出的成语典故俯拾皆是,如王勃《送杜少府之任蜀州》云:"城阙辅三秦,风烟望五津。与君离别意,同是宦游人。海内存知己,天涯若比邻。无为在歧路,儿女共沾巾。"③人们从"海内存知己,天涯若比邻"一联中,概括出"天涯比邻"的经典之语,用来抒发赞美超越时空距离的真挚友情,相信人间自有真情在。清人贺裳《载酒园诗话·又编》,论"初唐四杰"云:

> 骆好徵事,故多滞响。王工写景,遂饶秀色。至如"海内存知己,天涯若比邻",真是理至不磨,人以习闻不觉耳。张曲江"相知无远近,万里尚为邻",亦即此意。④

人类对美好纯洁感情的追求是始终如一的,这些能言出人间至理的诗句自然会千古流芳。而诗的最后一联"无为在歧路,儿女共沾巾",又给人们留下了"歧路沾巾"的成语,用以表达离别之际双方深深的依恋之情。

高适的一首《别董大》"十里黄云白日曛,北风吹雁雪纷纷。莫愁前路无知己,天下谁人不识君"⑤,给后人留下了"天下谁人不识君"的霸气典故,

---

① 《李太白全集》卷十七,第795页。
② 《全唐诗》卷八一九,第9232页。
③ (唐)王勃著,谌东飚校点:《王勃集》卷三,岳麓书社,2001年版,第23页。
④ (清)贺裳:《清诗话续编·载酒园诗话又编》,上海古籍出版社,1983年版,第298页。
⑤ 《高适诗集编年笺注》,第193页。

令无数失意人士倍感欣慰。

李白的《赠汪伦》"李白乘舟将欲行,忽闻岸上踏歌声。桃花潭水深千尺,不及汪伦送我情"①,为人们留下了以桃花潭水比送别深情的传统,梁启超《赠别郑秋蕃兼谢惠画》即云:"又不见今日长风送我归,欲别不别还依依。桃花潭水兮,情深千尺。长毋相忘兮,攀此繁枝。"②清人袁枚《随园诗话补遗》卷六论及李白此诗云:

> 唐时汪伦者,泾川豪士也,闻李白将至,修书迎之,诡云:"先生好游乎? 此地有十里桃花。先生好饮乎? 此地有万家酒店。"李欣然至。乃告云:"'桃花'者,潭水名也,并无桃花。'万家'者,店主人姓万也,并无万家酒店。"李大笑,款留数日,赠名马八匹、官锦十端,而亲送之。李感其意,作《桃花潭绝句》一首。③

汪伦崇拜李白,以自己的独特方式表达了出来,虽然并无真的好景美酒,却也感动了诗人,诗人又用自己的生花妙笔回赠汪伦,这样的情谊何其动人心弦呀。明代唐汝询《唐诗解》卷二十五评曰:

> 伦一村人耳,何亲于白? 既酿酒以候之,复临行以祖(饯别)之,情固超俗矣。太白于景切情真处,信手拈出,所以调绝千古。后人效之,如"欲问江深浅,应如远别情",语非不佳,终是栖栖杞柳。④

汪伦之情超常越俗,李白之诗调绝千古,好诗配真情,佳话传万代,这便是唐人送别诗留给后人开发不尽的精神文化宝藏。

(二) 后世对唐代送别诗的发扬

唐代送别诗因写作群体广泛,诗作数量巨大,故没有像唐代边塞诗、田园诗那样,在文学史上形成流派,也没有结成文人团体,但因其与民众的日常生活紧密联系,反映了文人和社会各个阶层的社交生活情况,表达的是群体共通性的情感,故对后世文学文化产生了积极的影响。

1. 后世对唐代送别诗题材的发挥

祖送饯别的风习,自先秦以来虽朝代更替而一直不辍流行,唐以后历代都有离词别曲传唱,可谓是对唐人送别诗题材的继承和发扬。诗歌至唐代达到登峰造极,后代文人多有感慨,无以逾越,遂不断开拓创新,宋代以词胜之,元代以曲胜之,明清以小说胜之,故不仅诗歌,即使在宋词元曲明清小说

———————
① 《李太白全集》卷十二,第645—646页。
② (清)梁启超:《梁启超全集》第十八卷《诗话、诗词集》,北京出版社,1999年版,第5422页。
③ 《随园诗话》,第715页。
④ (明)唐汝询选释,王振汉点校:《唐诗解》,河北大学出版社,2001年版,第557页。

中,对唐代送别诗题材的沿袭,也演绎出了很多精彩的篇章。

宋人诗词中皆有绝妙的送别之作,有许多即化用了唐代送别诗的佳句和意境,如宋人曾季貍《艇斋诗话》载曰:

> 唐人诗云:"惟有河堤衰柳树,蝉声相送到扬州。"东坡诗云:"夜半潮来风又热,卧吹箫管到扬州。"参寥诗云:"波底鲤鱼来去否,尺书寄汝到扬州。"皆用"到扬州"三字,各有思致。
>
> 东坡和章质夫《杨花》词云:"……细看来不是杨花,点点是离人泪。"即唐人诗云:"时人有酒送张八,惟我无酒送张八。君有陌上梅花红,尽是离人眼中血。"皆夺胎换骨手。①

苏东坡因有感而托之于梦,遂成《金山梦中作》,其中"卧吹箫管到扬州",借用唐人朱放《秋日送别》之句"蝉声相送到扬州",回忆昔日与宾友饮于金山的情景,风调高雅。其《杨花》一词中"点点是离人泪",可谓夺胎换骨点铁成金,提升了唐诗"君有陌上梅花红,尽是离人眼中血"的意境。苏轼又有诗云"但寻牛矢觅归路,家在牛栏西复西"②,"西复西"脱胎于李贺《送沈亚之歌》云"紫丝竹断骢马小,家住钱塘东复东"③,以及韦庄《送日本国僧敬龙归》云"扶桑已在渺茫中,家在扶桑东更东"④。清人况周颐《蕙风词话》卷二论苏轼送苏辙一诗云:

> 翁五峰《摸鱼儿》歇拍云:"沙津少驻。举目送飞鸿,幅巾老子,楼上正凝伫。"东坡送子由诗:"时见乌帽出复没。"是由送客者望见行人,极写临歧眷恋之状。五峰词乃由行人望见送者,客子消魂,故人惜别,用笔两面俱到。⑤

临别相送伫立望远,乃是唐诗中常见的结尾方式,如李白《黄鹤楼送孟浩然之广陵》"孤帆远影碧空尽,唯见长江天际流"⑥、《金乡送韦八之西京》"望望不见君,连山起烟雾",王昌龄《送胡大》云"何处遥望君,江边明月楼"⑦等,苏轼的诗和翁孟寅的词,分别从主客两面加以发挥,曲笔写意,令人叫绝。

宋人吴开《优古堂诗话》记载:

---

① 丁福保:《历代诗话续编》,中华书局,2006年版,第300、309页。
② (宋)苏东坡:《苏东坡全集》卷十九《被酒独行,遍至云、威、微、先觉四黎之舍,三首》,北京燕山出版社,2009年版,第1012页。
③ 《李贺全集》,第20页。
④ 《韦庄诗词笺注》,第60页。
⑤ (清)况周颐:《蕙风词话》卷二,上海古籍出版社,2009年版,第47页。
⑥ 《李太白全集》卷十五,第734页;卷十六,第783页。
⑦ 《王昌龄集编年校注》,第110页。

>张文潜诗云:"新月已生飞鸟外,落霞更在夕阳西。"盖用郎士元《送杨中丞和番》诗耳。郎诗云:"河阳飞鸟外,雪岭大荒西。"①
>
>韩子苍《送王梲》诗末章云:"虚作西清老从臣,知袮才华不能举。"王摩诘《送丘为》诗云:"知袮不能荐,羞称献纳臣。"

韩子苍的《送王梲》化用了王摩诘《送丘为》的诗语,张文潜之诗借鉴了郎士元《送杨中丞和番》的诗句,可见宋人极善于取法唐人之作,且能脱胎换骨化为己意,更上层楼。

梅圣俞有多首送别诗都堪比唐人,如《送祖择之赴陕州》云:

>古来分陕重,犹有召公棠。此树且能久,后人宜不忘。君从金马去,郡在铁牛旁。
>山色临关险,河声出地长。樽无空美酒,鱼必荐嘉鲂。天子忧民切,何当务劝桑。

元代方回《瀛奎律髓》卷二十四《送别类》论此诗曰:

>"金马""铁牛",人皆可对。必如此穿成句,则见活法。"山色""河声"一联,不减盛唐。"美酒""嘉鲂"一联,句法亦新。②

从"不减盛唐"的评语中,可明其对唐人的效法。方回又论梅圣俞《送唐紫微知苏台》曰:

>洞庭五月水生寒,卢橘杨梅已满盘。泰伯庙前看走马,阊闾城下见骖鸾。吴娃结束迎新守,府吏趋跄拜上官。曾过扬州能惯否,刘郎盏底劝须宽。
>圣俞诗似唐人而浑厚过之。如此篇者是。③

梅圣俞的送别诗善于从唐诗中吸取营养,因"似唐人而浑厚过之",故为后人称道。方回在同卷评论岑参的三首送别诗时又曰:

>岑参此三诗,梅圣俞送行诗似之。"官舍""吏人"一联,两首相似,盖熟套也。④

---

① 《历代诗话续编》,第250、272页。
② (元)方回选评,李庆甲集评校点:《瀛奎律髓汇评》卷二四《送别类》,上海古籍出版社,2005年版,第1055页。
③ 《瀛奎律髓汇评》卷二四《送别类》,第1076页。
④ 岑参三首送别诗为:《送秘书虞校书虞乡丞》:"花绶傍腰新,关东县欲春。残书厌科斗,旧阁别麒麟。虞坂临官舍,条山映吏人。看君有知己,坦腹向平津。"《送张子尉南海》:"不择南州尉,高堂有老亲。县楼重蜃气,邑里杂鲛人。海暗三山雨,江明五岭春。此乡多宝玉,慎莫厌清贫。"《饯李尉武康》:"潘郎腰绶新,霅上县花春。山色低官舍,湖光映吏人。不须嫌邑小,莫即耻家贫。更作《东征赋》,知君有老亲。"

可明梅圣俞送别诗对岑参的效法。陆游也曾化用岑参诗句,明代俞弁《逸老堂诗话》卷上评曰:

> 陆放翁《宿北岩院诗》云:"车马纷纷送入朝,北岩灯火夜无聊。中年到处难为别,也似初程宿灞桥。"岑参《送郭乂》诗云:"初程莫早发,且宿灞桥头。"放翁结句本此。①

陆游诗中"也似初程宿灞桥"之句,取义于岑参《送郭乂》一诗。

宋人对临别赠言的重视不亚于唐人,辛弃疾曾在送郑厚卿赴衡州做官的饯行酒席上连作两首词相送,其一为《水调歌头·送厚卿赴衡州》,其二为《满江红·饯郑衡州席上再赋》,两首词别开生面,至今仍为人们喜爱。辛弃疾的《贺新郎·别茂嘉十二弟》最受后人推崇,词云:

> 绿树听鹈鴂。更那堪鹧鸪声住,杜鹃声切。啼到春归无寻处,苦恨芳菲都歇。算未抵人间离别。马上琵琶关塞黑,更长门翠辇辞金阙。看燕燕,送归妾。
>
> 将军百战身名裂。向河梁回头万里,故人长绝。易水萧萧西风冷,满座衣冠似雪。正壮士悲歌未彻。啼鸟还知如许恨,料不啼清泪长啼血。谁共我,醉明月?

一代文豪辛弃疾的送别之作也能大处落墨,感情强烈,驰骋想象,难怪清人陈廷焯《白雨斋词话》卷一评之曰:"沉郁苍凉,跳跃动荡,古今无此笔力。"王国维《人间词话》云:"稼轩《贺新郎》词'送茂嘉十二弟',章法绝妙,且语语有境界,此能品而几于神者,然非有意为之,故后人不能学也。"②两人之论,确为高见。

元杂剧中多有因袭唐人送别诗意的,各种各样的祖席离歌和长亭别宴,都是唐代"送客短长亭"③、"长亭晚送君"④的无限演绎。王实甫的《西厢记》家喻户晓,其中第四本中第三折的《长亭送别》有口皆传,酣畅淋漓地表现了崔莺莺和张君瑞难分难舍的离愁别恨,"悲欢聚散一杯酒,东西南北万里程",道出了人世间几多沧桑之感,历来为人称道。《端正好》是崔莺莺的拿手唱段:

> 碧云天,黄花地,西风紧,北雁南飞。晓来谁染霜林醉?总是离人泪。

---

① 《历代诗话续编》,第1305页。
② (宋)辛弃疾:《辛弃疾词集》卷四,上海古籍出版社,2014年版,第306—307页。
③ 《王昌龄集编年校注》卷一《少年行》,第18页。
④ 《全唐诗》卷五五六马戴《江亭赠别》,第6441页。

画面典雅华美,情感委婉含蓄,堪称"情景交融"的绝唱。在送别宴席上,崔莺莺又以一曲《脱布衫》"下西风黄叶纷飞,染塞烟衰草萋迷。酒席上斜签着坐的,蹙愁眉死临侵地",道出了送别气氛的凄恻悲凉,离别之人的失魂落魄。《一煞》为崔莺莺分手之际所唱:

> 青山隔送行,疏林不做美,淡烟暮霭相遮蔽。夕阳古道无人语,禾黍秋风听马嘶。我为甚么懒上车儿内?来时甚急,去后何迟!①

表达了崔莺莺驻足怅望的伤感、孤独和无奈,"马嘶"声声令莺莺痛楚穿心,不忍离去。整折《长亭送别》戏与唐人各类长亭短亭送别诗交相辉映,各有千秋,给人以不同形式的审美艺术享受。马致远《汉宫秋》第三折描写汉元帝"今日灞桥饯送明妃"的情景,唱词《步步娇》"您将那一曲阳关休轻放,俺咫尺如天样,慢慢的捧下觞。朕本意待尊前挨些时光,且休问劣了宫商,您则与我半句儿俄延着唱"②,表现了汉元帝对王昭君的深深依恋,与唐诗中许多于长安灞桥折柳送别的诗歌相类,灞桥积淀下来的饯行送别文化背景,在剧中起到了极好地铺衬作用,渲染了人物肝肠欲断的复杂心理。

明清时期送别诗化用翻新唐代的涉及方方面面,如明人顾起纶《国雅品·士品一》论张羽诗云:

> 张司丞来仪,体裁精密,情喻幽深,颇似钱郎。其《送僧还日本》云:"杖锡去随缘,乡山在日边。遍参东土法,顿悟上乘禅。咒水归龙钵,翻经避浪船。本来无去住,相别与潸然。"字字沈著。③

钱起、郎士元皆是唐代大历十才子之一,以作送别诗闻名当时,张来仪诗风与钱郎相仿,继承了钱郎的风格,一首《送僧还日本》字字沉着,颇似钱郎。宋濂题《越士饯行卷》后云:

> 古之人送别,多发为声诗,以致期望祝规之意,而唐为尤盛。然其为辞,托物以喻,盖得夫比兴之义为多,故有以所送人姓氏、古今事而命题者,如释皎然《饯颜逸得晋先传》是已;有即景比物而造题者,如刘商《送别而月下闻蛩》、王符《别故人得凌云独鹤》是已;有同赋古人诗以为题者,如骆宾王《送少府入辽共赋侠客远从戎》、刘斌《送刘散员赋得好鸟鸣高枝》是已;有以故迹而分题者,如卢纶《送杨宗德归徐州幕得彭祖楼》、郎士元《送李惠游吴得长洲苑》是已;有各探一物而遂作题者,

---

① (元)王实甫:《西厢记》第四本第三折,中国青年出版社,2004年版,第102—103、105页。
② (元)马致远:《汉宫秋》,中国文史出版社,2002年版,第101页。
③ 《历代诗话续编》,第1090页。

如张九龄《饯梁明府得荷叶》、何苞《送孟孺卿得秤》、钱起《送客得油席帽》是已。如此者不一而足,见诸传记,盖班班可考也。今观越中人士送金徵君诗,皆用越之名山旧迹立题以送其行,其殆取法于卢纶、郎士元者欤?或者病其无所据,予遂历疏其故而系于诗之左方,以为越人解嘲,殊不自知其辞之芜且拙也。①

宋濂为《越士饯行卷》所题认为,越中人士送金徵君的诗,皆用越地名山旧迹立题,大概是取法于卢纶、郎士元等唐人的做法,其实可以看作是明人饯行送别之作对唐人命题法的模仿和借鉴。清代查为仁《莲坡诗话》记述了许多清人送别诗作流传的佳话,从中可以看出唐人送别诗的影响痕迹,如:

长洲许子逊孝廉,善学少陵。都下《送同里陆实君(枚)往楚中》云:"北上同为客,南还不到家。三年留冀北,十月下长沙。"一时传诵。

闽清林古度孝廉之父林初文(章)送人诗云:"不待东风不待潮,渡江十里九停桡。不知今夜秦淮水,送到扬州第几桥?"……为一时激赏。②

蔚州魏环极尚书(象枢),性至孝,诗甚清挺。告终养时,不复通书朝士。偶以著述寓汪钝翁,惟用方幅楮题姓名其上而已。作《循吏行》送人之官云:"古人爱身今爱官,此身一失官何补。"可称名句。

无论是善学杜少陵的许子逊,还是魏环极,抑或是林初文,他们虽性情各有不同,但所作送别诗都盛传一时,为人激赏,可见送别诗受众的广泛。历代诗词戏曲对唐代送别诗的不断发挥和传承,突显了唐代送别文化积极深远的影响。

2. 历代对唐人送别诗的评价

后人对唐代送别诗的精到见解和评论,也是指导我们研究唐人送别诗弥足珍贵的材料线索,尤其是诗话类的赏析释解,有综观,有比较,有点评,常有真知灼见,时时激荡人情,揭示了唐代送别诗的独到价值和文学文化意义。

宋代魏庆之《诗人玉屑》卷三论唐人句法,举送别一类有:

人分千里外,兴在一杯中。(李白《别宋之悌》)
饮中相顾色,送后独归情。(韩愈)

---

① (明)宋濂著,罗月霞主编:《宋濂全集》,《宋学士先生文集辑补》,浙江古籍出版社,1999年版,第2087页。

② 《清诗话》,第486、500、508页。

人山恋德泣,马亦别群鸣。(韩愈《寄王中丞》)
九江春水阔,三峡暮云深。(陈陶《滏城赠别》)
住接猿啼处,行逢雁过时。(许浑《送客归峡州》)
塞草连天暮,边风动地秋。(张侣《送王相公赴幽州》)
杨柳北归路,蒹葭南渡舟。(许浑《泊松江渡》)
落叶淮边雨,孤山海上秋。(钱起《送人》)
长亭叫月新秋雁,官渡含风古树蝉。(武元衡《送韦秀才赴滑州》)
蝉声驿路秋山里,草色河桥落照中。(韩翃《送人归青州》)①

同书卷七论"用事"云:

摩诘山中送别诗云:"山中相送罢,日暮掩柴扉。春草明年绿,王孙归不归。"盖用楚词"王孙游兮不归,春草生兮萋萋。"此善用事也。②

这些论述指明了送别诗的章法规律,有利于传播学习。宋代吴开《优古堂诗话》论杜甫诗曰:

杜诗:"思家步月清宵立,忆弟看云白日眠。"又云:"别时孤云今不飞,时复看云泪横臆。"盖取李陵《别苏武》诗云:"仰视浮云飞,奄忽互相逾。长当从此别,且复立斯须。"③

作者认为杜甫诗取自李陵,前人之功不可没矣,真乃世间佳语未有无来历者也。宋代葛立方《韵语阳秋》卷十二论许浑的几首送僧道诗极有意味,云:

许浑《送栖元弃释奉道诗》云:"仙骨本微灵鹤远,法心潜动毒龙惊。"《送勤尊师自边将入道诗》云:"苍鹰出塞胡尘灭,白鹤还乡楚水深。"《送李生弃官入道诗》云:"水深鱼避钓,云迥鹤辞笼。"皆奖之也。至《送僧南归诗》,则云:"怜师不得随师去,已戴儒冠事素王。"岂浑亦有逃儒之意邪?④

许浑送人入道的诗多是赞语,而送僧南归却说送师不得随师去,已戴儒冠事素王,令人猜想其有逃儒之意。宋代张戒《岁寒堂诗话》卷上赏析李商隐《送崔珏往西川》诗云:

"卜肆至今多寂寞,酒垆从古擅风流。浣花笺纸桃花色,好好题诗

---

① 《诗人玉屑》,第 75 页。
② (宋)魏庆之著,王仲闻点校:《诗人玉屑》,中华书局,2007 年版,第 220 页。
③ 《历代诗话续编》,第 272 页。
④ 《历代诗话》,第 576 页。

咏玉钩。"此诗送入蜀人,虽似夸文君酒垆,而其意乃是讥蜀人多粗鄙少贤才尔。义山诗句,其精妙处大抵类此。①

张戒从李商隐送人入蜀的诗语词义中看出了另外的意思,指出表面上是夸赞文君酒垆,实际上是讥讽蜀人乏才,赞其诗精妙无比,对后人阅读有指点迷津的作用。

元人方回《瀛奎律髓》专选唐宋五七言律诗,以类分卷,卷二十四《送别类》论陈子昂《送崔著作东征》"金天方肃杀,白露始专征。王师非乐战,之子慎佳兵。海气侵南部,边风扫北平。莫卖卢龙塞,归邀麟阁名"云:

> 平仄不黏,唐人多有此体。陈子昂才高于沈佺期、宋子问,惟杜审言可相对。此四人唐律,在老杜以前,所谓律体之祖也。②

这是从音韵学方面评议唐诗,可见初唐律诗之一斑,陈子昂、杜审言等四人,对唐代格律诗的贡献堪比杜甫。张子容与孟浩然志同道合,有《送孟六归襄阳》诗云:"杜门不复出,久与世情疏。以此为长策,劝君归旧庐。醉歌田舍酒,笑读古人书。好是一生事,无劳献《子虚》。"方回论曰:

> 子容亦志义之士,浩然尝有诗送应进士举。子容今送浩然归,乃为此骨鲠之论,其甘与世绝,怀抱高尚,可想见云。③

这是从思想内容方面赞扬张子容志趣高洁,怀抱高尚。

方回对杜甫的多首送别诗都进行了点评,综合起来可以明了杜甫送别诗的特点。如杜甫《衡州送李大夫勉赴广州》曰:"斧钺下青冥,楼船过洞庭。北风随爽气,南斗避文星。日月笼中鸟,乾坤水上萍。王孙丈人行,垂老见飘零。"方回称赞曰:

> 此诗气盖宇宙,不待赘说。老杜送人诗多矣,此为冠。④

论《送段功曹归广州》"南海春天外,功曹几月程。峡云笼树小,湖日落船明。交趾丹砂重,韶州白葛轻。幸君因估客,时寄锦官城"曰:

> 才大则气盛。此小诗八句,若转石下千仞山。而细看只四十字,非如他人补缀费力,酸嘶破碎也。⑤

---

① 《历代诗话续编》,第 461 页。
② 《瀛奎律髓汇评》,第 1018 页。
③ 同上,第 1022 页。
④ 同上,第 1024 页。
⑤ 同上,第 1025 页。

论《送韦郎司直归成都》"窜身来蜀地,同病得韦郎。天下兵戈满,江边岁月长。别筵花欲暮,春日鬓俱苍。为问南溪竹,抽梢合过墙"云:

  一直说将去,自然工密。起句如晚唐而亦作对。尾句必换意,乃诗法也。①

论《送张二十参军赴蜀州因呈杨五侍御》"好去张公子,通家别恨添。两行秦树直,万点蜀山尖。御史新骢马,参军旧紫髯。皇华吾善处,于汝定无嫌"云:

  三、四只言地形,五用"骢马"事以指杨,六用髯参军事以指张,尾句有讬庇之欲。亦一体也。②

论《送陵州路使君赴任》"王室比多难,高官皆武臣。幽燕通使者,岳牧用词人。国待贤良急,君当拔擢新。佩刀成气象,行盖出风尘。战伐乾坤破,疮痍府库贫。众僚宜洁白,万役但平均。霄汉瞻佳士,泥涂任此身。秋天正摇落,回首大江滨"曰:

  此诗十六句,当作四片看。前四句以初用儒者为喜,实论时也。次四句,美路使君也。又四句,教之以为政也;选同僚、平庶役,则乾坤之破尚可救也。尾四句又感慨之,不得已也。

论《送远》"带甲满天地,胡为君远行。亲朋尽一哭,鞍马去孤城。草木岁月晚,关河霜雪清。别离已昨日,因见古人情"云:

  前四句悲壮。乱世之别也。③

论《送舍弟颖赴齐州》"岷岭南蛮北,齐关东海西。此行何日到,送汝万行啼。绝域惟高枕,清风独杖藜。时危暂相见,衰白意都迷"云:

  三首取一。此骨肉之别也。第二首云:"风尘久不开,汝去几时来?兄弟分离苦,形容老病催。"尤佳而悲痛。④

这些精到的评议,从多方面展示了杜甫送别诗的与众不同,杜甫人格的多情一面,给人以无限启迪。

晚唐李频的送别诗却能多有壮句,亦受到方回好评,如论李频《送德清喻明府》"棹返霅溪云,仍参旧使君。州传多古迹,县记是新文。水栅横舟闭,湖田立木分。但如诗思苦,为政即超群"曰:

---

① 《瀛奎律髓汇评》,第 1025 页。
② 同上,第 1026 页。
③ 同上,第 1027 页。
④ 同上,第 1028 页。

五、六尽水乡之妙,尾句尤清而有味。①

又论李频《送凤翔范书记》"西京无暑气,夏景似清秋。天府来相辟,高人去自由。江山通蜀国,日月近神州。若共将军话,河南地未收"云:

　　晚唐诗鲜壮健,频却有此五、六一联。②

又论《送孙明秀才往潘州谒韦卿》"北鸟飞不到,北人今去游。天涯浮瘴水,岭外问潘州。草木春冬茂,猿猱日夜愁。定知迁客泪,只敢对君流"和《送友人之扬州》"一别长安后,晨征便信鸡。河声入峡急,地势出关低。绿树丛垓下,青芜阔楚西。路长知不恶,随处好诗题"云:

　　频,睦州人,姚合婿也。诗虽晚唐,却多壮句。③

方回的议论言简意赅,对后人分析李频的送别诗具有示范意义。从方回对陈子昂、张子容、杜甫、李频等人的评论中,甚至可以领略到唐代送别诗的一般风貌。

明清时期对唐人送别诗的评论多有高见,如明代谢榛《四溟诗话》卷四论刘长卿和安庆王诗曰:

　　刘长卿《送道标上人归南岳》诗曰:"悠然倚孤棹,却忆卧中林。江草将归远,湘山独往深。白云留不住,绿水去无心。衡岳千峰乱,禅房何处寻?"此作雅淡有味,但虚字太多,体格稍弱。安庆王《西池送月泉上人归南海》,得"帆"字,曰:"闲身无所系,江海信孤帆。石上留金偈,人间秘玉函。天开达摩井,云护普陀岩。谁复为禅侣,相依松与杉。"此篇多使实字,奇崛有骨,善用险韵,譬如栈道驰马,无异康衢。唐人不多见也。④

谢榛从所用虚字和实字入手分析,认为刘长卿的《送道标上人归南岳》体格稍弱,不及安庆王的《西池送月泉上人归南海》奇崛有骨,这也体现了明人尚实的诗学观念。明代胡应麟《诗薮》内编四《近体上(五言)》讨论李白《江夏别宋之悌》和高适《送李侍御赴安西》两诗云:

　　太白"人分千里外,兴在一杯中",达夫"功名万里外,心事一杯中",甚类。然高虽浑厚易到,李则超逸入神。⑤

---

① 《瀛奎律髓汇评》,第1039页。
② 同上,第1040页。
③ 同上,第1041页。
④ 《历代诗话续编》,第1207页。
⑤ (明)胡应麟:《诗薮》内编卷四,上海古籍出版社,1958年版,第68页。

李白和高适的送别诗虽语句相类,但仍各有千秋,胡应麟的见解可谓独到。清代施补华《岘佣说诗》论杜甫《送孔巢父谢病归江东兼呈李白》曰:

> 巢父本是竹溪六逸之一,又值其谢病而归,故语多带仙灵气,所谓与题称也。起笔"巢父掉头不肯住,东将入海随烟雾",突兀可喜。下接"诗卷长留天地间,钓竿欲拂珊瑚树",一句应不肯住,一句应入海,整束有力;自此便顺流而下矣。直起不装头之诗,此最可法。收笔"南寻禹穴见李白,道甫问讯今何如",只作一点,确是"兼呈",题中宾主分明。①

施补华对整首诗从题目入手说到语言,又由起笔说到收笔,点明中间如何照应,指出独特的结构之法等,对后人赏析送别诗具有极好的指导作用。王夫之评孟浩然《鹦鹉洲送王九之江左》"昔登江上黄鹤楼,遥爱江中鹦鹉洲。洲势逶迤环碧流,鸳鸯䴔鸂满滩头。滩头日落沙碛长,金沙熠熠动飙光。舟人牵锦缆,浣女结罗裳。月明全见芦花白,风起遥闻杜若香。君行采采莫相忘"曰:

> 以言起意,则言在而意无穷;以意求言,斯意长而言乃短……襄阳于盛唐中尤为谝露,此作寓意于言,风味深永,可歌可言,亦晨星之仅见。②

王夫之认为孟浩然的这首送别诗是诗歌言意关系的典范,难能可贵。清代贺裳《载酒园诗话·又编》对唐代几位名家送别诗都有精到论述,如极力推崇苏颋《同饯阳将军兼源州都督御史中丞》"右地接龟沙,中朝任虎牙。然明方改俗,去病不为家。将礼登坛盛,军容出塞华。朔风摇汉鼓,边马思胡笳。旗合无邀正,冠危有触邪。当看劳还日,及此御沟花"曰:

> 燕、许并称,燕警敏,许质厚。吾评两公,亦犹庞士元之目顾、陆,一有逸足之用,一任负重之能也。《饯阳将军兼源州都督御史中丞》曰"旗合无邀正,冠危有触邪",不惟得讽励体,兼两切其职,隐然有陈力就列之义。此真纶绰之才,安得不推为大手笔。③

初唐张说和苏颋并称"燕许",时号"大手笔",贺裳认为苏颋饯送阳将军一诗极得讽励之体,有陈力就列之义,不愧为大手笔。又论王昌龄曰:

> 王江宁诗,其美收之不尽……《东京诸公与綦毋潜李颀相送至白马寺宿》曰:"薄宦忘机括,醉来复淹留",与"望尘非吾事,入赋且迟留",

---

① 《清诗话》,第985页。
② (清)王夫之评选,任慧点校:《唐诗评选》卷一,河北大学出版社,2008年版,第14页。
③ (清)贺裳:《清诗话续编·载酒园诗话又编》,上海古籍出版社,1983年版,第305页。

同一不羁之态。"望尘"稍懑,"机括"带谑而冷,令一种识时务人闻之,泚颡刺骨,将欲望而甘心。……《重别李评事》曰:"莫道秋江离别难,舟船明日是长安。吴姬缓舞留君醉,随意青枫白露寒。""随意"二字,似与下五字不黏,两句参观,便可意会,乃是得醉且醉耳。若正言之,如曰既有缓舞相留之人,天又渐寒,不如且醉。横嵌"随意"二字于中,如老僧毁律,不复牵拘。然欲奉以为法,则如鸠摩弟子,先学餐针,始可纳室。①

王昌龄送别诗的语词之妙以及蕴含的深意,通过贺裳的点评,给人以豁然开朗之感。又论李颀曰:

  李颀五言,犹以清机寒色,未见出群,至七言实不在高适之下。……《送刘十》曰:"前年上书不得意,归卧东窗兀然醉。诸兄相继掌青史,第五之名齐骠骑。烹葵摘果告我行,落日夏云纵复横。闻道谢安掩口笑,知君不免为苍生。"曲折磊落,姿态横生。至"青青兰艾本殊香,察见泉鱼固不祥。济水自清河自浊,周公大圣接舆狂。千年魑魅逢华表,九日茱萸作佩囊。善恶死生齐一贯,祇应斗酒任苍苍"。每一读之,胜呼龙泉、击唾壶矣。②

贺裳读《送刘十》诗时的欣喜之情,以及对刘十人物形象的赞叹,呼之欲出。又论钱起曰:

  大历中,自丞相以下,出使作牧,无起与士元诗祖饯者,则时论鄙之,故近体中迨居其半。余独喜其"酒酣暂轻别,路远始相思",真入情切事。③

钱起诗集中送别诗居多,贺裳非常喜欢"酒酣暂轻别,路远始相思"一联,言其能道出人之共情,又切事理,确是神来之笔。又论孙逖曰:

  古人饯别,如《烝民》《韩奕》,皆因事赠言,辞不妄发。陈子昂《送崔著作融从梁王东征》曰"王师非乐战,之子慎佳兵",为黩武之时言也。孙逖《送李补阙充河西节度判官》曰"西戎虽献款,上策耻和亲",为忘战之时言也。唐诗送人之塞下者多矣,惟此二篇,缓私情,急公义,深合古意。④

贺裳将唐代送人出塞的诗作与《诗经》中的饯行诗对照,指出陈子昂《送崔

---

① (清)贺裳:《清诗话续编·载酒园诗话又编》,上海古籍出版社,1983年版,第314—315页。
② 同上,第323—324页。
③ 同上,第333页。
④ 同上,第306页。

著作融从梁王东征》和孙逖《送李补阙充河西节度判官》,能缓私情急公义,深合古意,值得赞赏。贺裳的以上论述莫不具体周详,令人深有同感。

纵观历代论家对唐代送别诗的独到见解,有的从格律形式入手分析,有的从语词语句展开赏析,有的从思想内容看出深意,有的将不同风格予以比较,向后人全面地展示了唐代送别诗的文学文化价值。

(三) 今人对唐代送别诗的研究

王国维在《宋元戏曲史》自序中说:"唐之诗是有唐一代之文学,后世莫能继焉者也。"以故关于唐诗的研究,可谓汗牛充栋,关于唐代送别诗的研究,学术界也不断有人涉足,鉴于研究者的研究方法不同,观照角度不一样,探索内容各有侧重,涉猎范围也有所限,因而呈现出的研究风格极其多样。考察目前所看到的研究论著,约略可以分为以下几个方面。

其一,从思想内容方面着手,研究唐代送别诗的深刻含义。有罗漫的《论唐人送别诗》[1]、李柱梁的《试评唐代送别诗的思想意义》[2]、孙超的《浅谈唐代的送别诗》[3]、蔡静波的《唐代送别诗刍议》[4]、刘建华的《试论唐代送别诗》[5]等。

其二,从诗歌艺术方面进行论述,探讨唐代送别诗的抒情艺术、情感类型、审美特征以及常用意象等。如孟玲《丰满、真挚、向上的艺术特色——唐代送别诗管窥》[6]、刘欣《余韵袅袅 含蕴靡穷——唐代送别诗艺术手法刍议》[7]、汪亚君《略论唐代送别诗的抒情艺术》[8]、傅保良《唐人送别诗抒情探胜》[9]、李瑛《唐代送别诗意象营造的个性化》[10]、李瑛《论唐代送别诗意象的高度情思化》[11]、蒙爱英《略论唐代送别诗的美学特征》[12]、田蕊《唐代离别诗的意象研究》[13]等。

其三,对个体作者送别诗的研究。如刘忠阳《从送别诗探王昌龄迁谪心

---

[1] 《文学遗产》1987 年第 2 期。
[2] 《安徽农业技术师范学院学报》1996 年第 3 期。
[3] 《大连大学学报》1997 年第 5 期。
[4] 《渭南师范学院学报》2003 年第 4 期。
[5] 《太原城市职业技术学院学报》2004 年第 5 期。
[6] 《名作欣赏》1994 年第 6 期。
[7] 《云南电大学报》2000 年第 1 期。
[8] 《安徽教育学院学报》2001 年第 2 期。
[9] 《浙江传媒学院学报》2002 年第 3 期。
[10] 《北方论丛》2004 年第 6 期。
[11] 《学术交流》2005 年第 2 期。
[12] 《百色学院学报》2006 年第 31 期。
[13] 延边大学中国古代文学硕士论文,2010 年。

态》①、石索真《浅论高适的送别诗》②、刘心《边塞诗人的另一种解读方式——岑参送别诗思想感情和艺术特色探赜》③、邹进先《论杜甫的送别诗》④、张敏《杜甫送别诗略论》⑤、郑振伟《开端和结尾的诗学——李白的离别诗研究》⑥、赵年秀《论李白对送别诗的创新》⑦、张怡《李白送别诗的艺术特色研究》⑧、刘文娟《岑参送别诗初探》⑨、梁丽雪《盛世英雄的柔情与豪情——高适送别诗研究》⑩等。此外还有对王维、贾岛、李益、刘长卿等人送别诗的专题研究。这其中对具体作家的某一首送别诗加以研究的论文数量最多，不再一一罗列。

其四，对某一时段的送别诗进行综述，或对初唐、盛唐、中唐、晚唐送别诗进行对比研究。如蔡燕《盛唐送别诗的主体特征及其文化成因》⑪、蔡玲婉《盛唐送别诗的审美内涵》⑫、张志全《盛、晚唐送别诗情感差异探微》⑬、赵莉《送别诗的交际功能及其模式化创作——以初盛唐为中心》⑭、左英英《中晚唐送别诗研究》⑮、李宝霞《初唐祖饯活动与别情诗考论》⑯等。

其五，对唐代送别诗的整理、选集、注释和赏析。如张学文编注《唐代送别诗名篇译赏》⑰、王定祥等选编《唐人送别诗选》⑱、白晓朗、黄林妹评注《离别在今宵——唐人送别诗100首》⑲、陈世钟选注《唐代送别诗新注》⑳、

---

① 《北京大学学报》2002年第31期。
② 《殷都学刊》2004年第3期。
③ 《重庆工商大学学报》2004年第6期。
④ 《北方论丛》2004年第2期。
⑤ 《南都学坛》2002第4期。
⑥ 郑振伟：《意识·神话·诗学——文学批评的寻索》，中国社会科学出版社，2005年版，第144—173页。
⑦ 《湖南科技学院学报》2005年第3期。
⑧ 西南大学中国古代文学硕士论文，2008年。
⑨ 陕西师范大学中国古代文学硕士论文，2012年。
⑩ 广西师范大学中国古代文学硕士论文，2014年。
⑪ 《曲靖师专学报》1999年第4期。
⑫ 《国立台北师范学院学报》2003年第1期。
⑬ 《四川职业技术学院学报》2004年第2期。
⑭ 西北师范大学中国古代文学硕士论文，2010年。
⑮ 辽宁大学中国古代文学硕士论文，2011年。
⑯ 青岛大学中国古代文学硕士论文，2013年。
⑰ 重庆出版社，1988年版。
⑱ 中国地质大学出版社，1989年版。
⑲ 旅游教育出版社，1991年版。
⑳ 河北教育出版社，1993年版。

赵炳耀《历代送别怀远诗歌选》①、马大品《历代赠别诗选》②、李国强、白冬雁《历朝送别忆旧诗：踏莎行卷》③等。

此外还有将某几位诗人送别诗或某几首送别诗加以对比研究的，如叶贤书《形似神非　同曲异调——王维李白送别诗情调相异原因分析》④、朱国奉《清新·自然·旷达·健康——略论王、孟送别诗的送别意象》⑤等。或将中外同类送别诗比较异同，如靳雪竹《临歧折杨柳　莫道无知音——加里·斯奈德诗歌〈别克洛德·达仑堡〉与中国古典送别诗比较》⑥、林陈平《中日古代离别诗歌比较——以〈古今和歌集〉与〈唐代送别诗名篇译赏〉为例》⑦、伍爱凤《中日古代送别诗比较研究》⑧等。也有更细一点的拈出逐臣送别诗深入研究，如程建虎《唐代逐臣别诗研究》⑨。还有从地域文化人手进行研究的，如孔祥俊《唐长安送别诗与灞柳文化》⑩。更有将唐代送别诗融入古代送别诗的大背景中去考察的，如郑纳新《送别诗略论》⑪等，亦都能见出新意。

国外关注唐代送别诗的有日本学者斋藤茂的《关于留存于日本的唐诗资料——〈唐人送别诗〉》⑫，具有一定的补遗价值。现保存于奈良国立博物馆的《唐人送别诗》共两卷，是赠送给以留学僧身份到天台山国清寺的圆珍的诗和书信，又称《风藻饯言集》，准确说来应称为《唐人送别诗并尺牍》。作者认为《唐人送别诗》有三点值得注意：一是都有写作时期；二是反映了当时诗的水准；三是和韵诗的形式，以后还会有更深入的研究。

综观学界的研究成果，以论文研究居多，著作以选集赏析为主，尚缺少统摄唐代送别诗的综合论著，有鉴于此，我们感到有必要在前人研究的基础上对唐代送别诗进行广泛搜集，除了声名显赫的诗人外，还将关注人们所不太熟悉的诗人以及女性诗人等，对唐代所有留存的送别诗作一宏观而深刻的观照，以便全面展示唐代送别诗的艺术魅力。

---

① 北京出版社，1990 年版。
② 书目文献出版社，1991 年版。
③ 华夏出版社，2000 年版。
④ 《昭通师范高等专科学校学报》2000 年第 2 期。
⑤ 《安徽卫生职业技术学院学报》2003 年第 6 期。
⑥ 《西南政法大学学报》2004 年第 4 期。
⑦ 《福建师大福清分校学报》2006 年第 3 期。
⑧ 对外经济贸易大学日语语言文学硕士论文，2006 年。
⑨ 武汉大学中国古代文学硕士论文，2004 年。
⑩ 西北大学中国古代文学硕士论文，2010 年。
⑪ 《学术论坛》1997 年第 3 期。
⑫ 《唐代文学研究》1998 年版。

（四）唐代送别诗的文化价值

唐代送别诗以人类分离之际举行各种文化活动为契机，以真实温馨的情感激发人意，以对日常生活、社交活动、思想情感等的独到表达而显赫诗坛，突破了传统送别诗"有别必怨，有怨必盈"的局促悲情，形成了形式不拘一格、内容包罗万象、艺术风姿绰约的显著特征。千百年来，人们对唐代送别诗传唱不已，彰显了唐代送别诗别样的文化风采和价值。

首先，唐代送别诗是唐人日常生活审美化的诗意表现。别离作为人类存在的一种方式，是每个个体都要经历的生活体验，是生活的常态，别情中寄寓了世情，对送别的观照也是对世相百态的关注，文人士子从常人的角度来对待人间别离，予以诗情画意的描写表述，这就使得送别诗具有了浓郁的生活气息和鲜活的生机，从而为人们喜闻乐道。送别诗的送别对象不外是亲朋好友、同僚门人、往来使者，相互之间都有关联，写作时的目的性十分明确，尽管离别的事由千千万万，但莫不与现实生活密切相关，诗人的情感虽以依恋悲戚为基调，但总是充满了温馨的人伦之情，经过诗意化的语言重塑，便给人以艺术的审美享受，提升了平凡日常生活的文化价值。晚唐诗人许棠《写怀》云："此生居此世，堪笑复堪悲。在处有歧路，何人无别离。"[①]正所谓"人间多别离，处处是相思"[②]，"往来舟楫路，前后别离人"[③]，"世故相逢各未闲，百年多在别离间"[④]，确乎是也。既然别离不可避免，人生自当珍重。近为离，远为别，司马扎《近别》云："咫尺不相见，便同天一涯。何必隔关山，乃言伤别离。君心与我心，脉脉无由知。谁堪近别苦，远别犹有期。"[⑤]无论近离，还是远别，都一样牵动心弦，令人梦回萦绕，"长因送人处，忆得别家时"[⑥]，可谓是每个人都经历过的感受。诚然，"不有居者，谁展色养之心？不有行者，孰就扬名之业？"[⑦]作为个体的人，不可能离世独居，社会大环境总会影响到每个个体，使其成长发展留下时代的烙印，个体同样亦对推动社会的前进发展负有应尽的责任。融入社会大潮中的每一个个体，因此而不停地重复演绎着人在旅途的生命不息。一如诗人戎昱《送李参军》所云：

---

① 《全唐诗》卷六〇四，第6981页。
② （唐）雍陶著，周啸天、张效民注：《雍陶诗注》，《寒食夜池上对月怀友》，上海古籍出版社，1988年版，第16页。
③ 《全唐诗》卷三〇五柳郴《赠别》，第3473页。
④ 《卢纶诗集校注》卷一《赴虢州留别故人》，第58页。
⑤ 《全唐诗》卷五九六，第6903页。
⑥ 《张籍集注》，《蓟北旅思》，第88页。
⑦ 《王勃集》卷三《送劼弟赴太学序》，第64页。

> 好住好住王司户,珍重珍重李参军。一东一西如别鹤,一南一北似浮云。
> 月照疏林千片影,风吹寒水万里纹。别易会难今古事,非是余今独与君。①

"别易会难今古事,非是余今独与君",既是对友人的安慰,也道出了人生的至理常态。"月照疏林千片影,风吹寒水万里纹",摹拟出了悲欢离合的客观存在。而人们所能做的只有"好住好住王司户,珍重珍重李参军"。一声声好住好住、珍重珍重中,蕴含了对生活的深刻体悟和无比热爱。因为"离别的场合,总有一个第三者在场,莫测的命运,从此就有了无穷的牵挂。离别者感觉到了那个第三者的神秘威力,一声平淡的保重,包含了多少无奈和凄凉啊!"②文人墨客的送别诗将现实中的别离生活场景加以艺术地审视描写,彰显了文学参与生活的巨大魅力,赋予了人们对日常生活文化诗意的感受。

其次,唐代送别诗是唐人社交活动的写实记录。唐代海量的送别诗将文人社交活动的情况以诗的文本流传下来,形象地反映了其时社交生活的情调和趣味,也是文人士大夫精神境界和审美价值的文化写照。送别诗具有的交际实用功能是其他体裁及史籍记载不可比拟的,唐人广泛的人际交往,决定了送别诗的积极影响。如元稹《重赠》云:"休遣玲珑唱我诗,我诗多是别君词。明朝又向江头别,月落潮平是去时。"③乐人高玲珑能歌善舞,可以唱元稹诗数十首,元稹却说"休遣玲珑唱我诗,我诗多是别君词",可见元稹和白居易往来的送别诗之多,二人交情之深厚。大历时期的诗人没有不作送别诗的,李端、韩翃也是高手,唐人李肇《国史补》卷上云:

> 郭暧,升平公主驸马也。盛集文士,即席赋诗,公主帷而观之。李端中宴诗成,有荀令何郎之句,众称妙绝,或谓宿构。端曰:"愿赋一韵。"钱起曰:"请以起姓为韵。"复有金埒、铜山之句。暧大出名马、金帛遗之。是会也,端擅场;送王相公之镇幽朔,韩翃擅场;送刘相之巡江淮,钱起擅场。④

元代辛文房《唐才子传》卷四亦云:

> 凡唐人燕集祖送,必探题分韵赋诗,于众中推一人擅场者。刘相巡察江淮,诗人满座,而起擅场。郭暧尚主盛会,李端擅场。⑤

---

① (唐)戎昱著,臧维熙注:《戎昱诗注》,上海古籍出版社,1982年版,第72页。
② 周国平:《守望的距离》,北岳文艺出版社,2003年版,第406页。
③ 《元稹集编年笺注(诗歌卷)》,第879页。
④ 《唐国史补》卷上,第21—22页。
⑤ 《唐才子传校笺》卷四《钱起》,第45页。

在唐人燕集祖送赋诗风气的推动下,钱起、韩翃、李端的送别诗声名鹊起,享誉一时,而他们的送别诗也正是其时社交风气的记录。至晚唐风气依然,《唐才子传》卷八云:

> 庭筠之冤,文士诗人争赋诗祖饯,惟纪唐夫擅场,曰:"凤凰诏下虽沾命,鹦鹉才高却累身。"①

温庭筠被贬谪做方城尉时,临行前的祖饯会上,众人争相赋诗,纪唐夫的赠别诗被推为首。有关此次饯送会的来龙去脉,明人蒋一葵《尧山堂外纪》卷三十五记载得更详细,云:

> 宣皇好微行,与温庭筠遇于逆旅,温不识龙颜,傲然诘之曰:"公非长史、司马之流?"帝曰:"非也。"又曰:"得非六参、簿尉之类?"帝曰:"非也。"会执政有奏:"庭筠搅扰场屋。"黜方城尉。纪唐夫送以诗,擅场当时。诗曰:"何事明时泣玉频?长安不见杏园春。凤皇诏下虽沾命,鹦鹉才高却累身。且饮绿醽消积恨,莫辞黄绶拂行尘。方城若比长沙路,犹隔千山与万津。"唐夫以此得名。②

纪唐夫的诗委婉地道出了温庭筠才高性直得罪龙颜的事实,被时人认为是知己之言,纪唐夫亦由此得以出名。唐人送别诗往往事出有因,丰富的内容涉及广阔人生舞台的各个领域,全面地书写了唐代文人士大夫社会活动的精神风貌,给后人留下了难得的历史文化细节印象。

再者,唐代送别诗是唐人热爱生命珍重情感的由衷歌唱。送别作诗其实是言情示爱,多情自古伤别离,唐人尤其重视离情别绪的抒发,将送别诗的抒情性发挥到了淋漓尽致的程度。唐人送别诗中每每都说到送别的重要,如"平生重离别"③,"惜别远相送"④,"去远留诗别"⑤;"远送从此别"⑥,"言别倍依依"⑦,"别离方见情"⑧,"老不可兮更少,君何为兮轻别"⑨。这些富于激情的诗句凝聚了古人对于别离的思致,体现了古人对

---

① 《唐才子传校笺》卷八《温庭筠》,第442页。
② 《续修四库全书》编纂委员会编:《续修四库全书·一一九四·子部·杂家类》,上海古籍出版社,1996年版,第316页。
③ 《高适诗集编年笺注》,《赠别沈四逸人》,第177页。
④ 《全唐诗》卷七一二钱珝《送王郎中》,第8190页。
⑤ 《杜诗详注》卷五《留别贾严二阁老两院补阙》,第382页。
⑥ 《杜诗详注》卷十一《奉济驿重送严公四韵》,第916页。
⑦ 《全唐诗》卷六八五吴融《送许校书》,第7876页。
⑧ 《刘禹锡全集编年校注》,《送河南皇甫少尹赴绛州》,第731页。
⑨ (唐)顾况著,赵昌平校编:《顾况诗集》,《送别日晚歌》,江西人民出版社,1983年版,第37页。

生命的珍惜。正因为人世别离难,别离不可轻,由来远客易伤心,唐人用尽各种仪式和语言倾情相送,"我饮饯者,姑以诗代路车乘马""彼瞻望伫立,壮夫耻之,非歌诗莫足以赠""凡今会同,非诗无以道居者之志""何以送远?唯当赋伐木以为仁人之赠""何用贶远?以其章句当佩玉琼琚乎""若夫抒今日秦吴之别,斗酒之外,诗而已矣""缘情者莫近于诗,二三子盍咏歌以为赠""可以道千里之意者莫若文,群贤诗之以送远,盖古人杂佩以赠之之流也""请偕赋诗,以见交态""凡今赋诗,以抒居者之思,且以用勖吾子四方之志云尔""请各抒别操,使行者得歌而咏之"①"众皆赋诗,以慰行旅"②。诸如此类寄语,不能一一而足。离别之人面对目下情景,伤现在,追以往,念将来,握管赋赠,留下了无数可歌可泣的动人篇章。宋人范晞文在品评李益《喜见外弟又言别》"十年离乱后,长大一相逢。问姓惊初见,称名忆旧容。别来沧海事,语罢暮天钟。明日巴陵道,秋山又几重"一诗时,感慨道:

　　"久别倏逢之意,宛然在目,想而味之,情融神会,殆如直述。前辈谓唐人行旅聚散之作,最能感动人意,信非虚语。"③

可见送别诗感动人情、激发兴悟的审美价值多么巨大,一首首送别诗抒发了唐人对生活的热爱,对情谊的礼赞,对生命的珍重。

此外,唐代送别诗的作者涉及极广,无论皇室官员,还是里巷百姓,都有佳作流传。送别诗中所送行的人员也形形色色,囊括众生,诸如外国友人、使节、僧侣、道士、隐者、妓女等等,写作活动对当事者和阅读者都会产生重要的影响。从接受学和传播学视角来看,无论当时抑或现在,送别诗的广泛流传,对文化的传播和承继都有不可低估的作用,其文化价值是无可替代的。

"夫有别必感,今昔共之。盖理迫聚散,事均穷达"④ 聚散离合是人生

---

① 《全唐文》卷三百八十七独孤及《送韦员外充副元帅判官之东都序》,第3935页;《送泽州李使君兼侍御史充泽潞陈郑节度副使赴本道序》,第3936页;《送成都教少尹赴蜀序》,第3936页。卷三百八十八独孤及《宋州送姚旷之江东刘冉之河北序》,第3944页;《送李副使充贺正使赴上都序》,第3943页;《送柳员外赴上都序》,第3948页;《送开封李少府勉自江南还赴京序》,第3945页;《送崔詹事中丞赴上都序》,第3943页;《送李白之曹南序》,第3943页;《送武康颜明府之鄂州序》,第3942页;《送司华自陈留移华阴赴任序》,第3949页。
② 《全唐文》卷三百三十四陶翰《送卢湑落第东还序》,第3382页。
③ (宋)范晞文:《对床夜语》卷五,中华书局,1985年版,第38页。(唐)李益著,王亦军、裴豫敏编注:《李益集注》,甘肃人民出版社,1989年版,第59—60页。
④ 《沈佺期宋之问集校注》,宋之问《送裴五司法赴都序》,第673页。

的一种自然生活状态,别易会难,古今莫不珍重。每个人的生活境遇都是不相同的,对生命的理解自然也有差异,经历的送往迎来及其感受更会千姿百态,唐代诗人的送别诗恰为我们提供了体味人生复杂况味的丰富材料。这些诗意的文本,真实地记录了诗人日常生活交往的细节,寄寓了诗人多情的才思、人生的体验、艺术的追求,反映了当时的社会百态、民情风俗、历史足迹等,我们没有理由对之熟视无睹,漠然置之,否则就意味着亵渎,意味着辜负。王羲之《兰亭集序》云:"虽世殊事异,所以兴怀,其致一也。"时有今古,而情一也,我们的血脉和古人是相续的,文化的传承是没有断代的,今人的情感无疑可以通过古人的抒写而得以化解,情感的丰富是人类文明进步的标志,也是人类的共同追求。由于科学技术的发达,交通的便利,通信工具的快捷,今天的人们对于离别的重视似乎已在麻木模糊,对于离别的感情也在淡化,而古人送别诗的丰富感情和内容,对于人类精神的滋养、情感的培植、文化的熏陶,都将起到不言而喻的巨大作用。

第一章　唐代送别诗的文化渊源及先唐送别诗综论

追溯送别诗的源流，梳理唐前送别诗发展变化的过程，可以帮助我们更好地理解唐代社会文化与送别诗的相互关系，认识唐代送别诗的珍贵价值。

第一节　唐代送别诗的文化渊源

送别是古老的民俗，送别诗是古代诗歌极其重要的一类题材，《诗经·邶风·燕燕》被王士禛赞誉为"万古送别之祖"，如果从文化学的视角考察梳理送别诗的文化源流，当会有不同于以往的新发现。

一、出行祭祀的祖道仪式

有事将出，于行前祭祀路神，这一风俗自先秦时期就已经存在。《五经要义》曰："将行者有祖道，一曰祀行。言祭祀道路之神以祈也。"[1]祖道即道祭，祭祀道神，是出行者为求路途平安顺利，祈求神灵保佑的行为活动。《礼记·祭法》所记载的天子"七祀"和诸侯"五祀"中，皆提到"国行"，大夫"三祀"和士"二祀"中，皆提到"行"。郑玄笺曰："行，主道路行作。"孔颖达疏曰："国行者，谓行神在国门外之西。"[2]先秦的祖道仪式或曰"祖""道"，或曰"軷""犯軷""軷祭"，春秋时代就已经普遍流行，《诗经》《左传》《周礼》等典籍中，都有相关记载可参佐。

《诗经》中的送别诗遍及风雅颂，如《国风》中的《邶风·燕燕》《秦风·渭阳》，《大雅》中的《烝民》《崧高》《韩奕》，《周颂》中的《有客》等，这些不

---

[1] （唐）徐坚等：《初学记》卷二十四《道路第十四》，中华书局，1962年版，第589页。
[2] （清）阮元校刻：《十三经注疏》嘉庆刊本《礼记正义》卷四十六《祭法第二十三》，中华书局，2009年版，第3450页。

是纯粹送别的诗作,向后人展示了先秦送别诗的特点,那就是突出了送别时的祖道仪式。如《大雅·烝民》云:

> 仲山甫出祖,四牡业业。征夫捷捷,每怀靡及。
> 四牡彭彭,八鸾锵锵。王命仲山甫,城彼东方。
> 四牡骙骙,八鸾喈喈。仲山甫徂齐,式遄其归。
> 吉甫作诵,穆如清风。仲山甫永怀,以慰其心。

周王命令仲山甫到齐国督修筑城,临行之际尹吉甫为之作诗送别。关于"出祖",郑玄笺曰:"祖者,将行犯軷之祭也。"孔颖达正义曰:"以行者既祖,乃即于路,故云'将行犯軷而祭也'。"①陈奂疏曰:"祭道神。"②仲山甫在出发前祭祀路神,实际上就是举行犯軷的仪式活动,希望道路之神保佑旅途平安。《大雅·韩奕》又云:"韩侯出祖,出宿于屠。显父饯之,清酒百壶。"韩侯入周朝拜天子后受王命而归,诗人作此诗以相送。郑玄笺曰:

> 祖,将去而犯軷也。既觐而反国,必祖者,尊其所往,去则如始行焉。祖于国外,毕乃出宿,示行不留于是也。显父,周之公卿也。饯送之,故有酒。

孔颖达进一步疏曰:

> 此言韩侯既受赐而将归,在道饯送之事也。言韩侯出京师之门,为祖道之祭。为祖若讫,将欲出宿于屠地。于祖之时,王使卿士之显父以酒饯送之。③

韩侯朝拜周天子后返国,出京师之门祖道结束,犯軷出发,宿于屠地。显父以百壶清酒来饯送,说明祖道同时还有以酒饯送的活动。那么"犯軷"该如何理解呢?《说文解字·车部》如此解释曰:

> 軷,出将有事于道,必先告其神,立坛四通,树茅以依神,为軷。既祭軷,轹于牲而行,为范軷。

段玉裁注曰:"山行之神主曰軷,因之山行曰軷。"④通过分析可以知道,犯軷即祭祀道神,仪式过程是先在十字路口设立祭坛,然后在坛上树立象征神主降临的茅棘,祭祀结束之后,令车马从所供牺牲上碾过,隐喻未来旅途顺利,

---

① 《十三经注疏》嘉庆刊本《毛诗正义》卷十八(三)《大雅·烝民》,第1226页。
② (清)陈奂:《诗毛氏传疏》(下)卷二十五,北京市中国书店,1984年版,第39页。
③ 《十三经注疏》嘉庆刊本《毛诗正义》卷十八(四)《大雅·韩奕》,第1231—1232页。
④ (汉)许慎:《说文解字》,天津古籍出版社,1991年版,第302页。

平安无阻。《礼记·曾子问》记载孔子曰：

> 诸侯适天子，必告于祖，奠于祢，冕而出视朝。命祝史告于社稷、宗庙、山川。乃命国家五官而后行。道而出。

郑玄笺曰："祖道也。《聘礼》曰：'出祖，释軷，祭酒脯也'。"孔颖达接着疏曰："经言'道而出'，明诸侯将行，为祖祭道神而后出行。引《聘礼》者，证祖道之义。"①《礼记集解》又发挥曰：

> 道，祭行道之神于国城之外也。其礼以菩、刍、棘、柏为神主，封土为軷坛，厚二寸，广五尺，轮四尺，既祭，以车轹之而去，喻行道时无险难也。②

其所言和《诗经》基本一致。再看《左传》所记，《昭公七年》载曰："楚子成章华之台，愿以诸侯落之。……公将往，梦襄公祖。"杜预所注指出："祖，祭道神。"孔颖达疏曰：

> 《诗》云："韩侯出祖"，"仲山甫出祖"，是出行必为祖也。《曾子问》曰："诸侯适天子"与"诸侯相见"，皆云"道而出"，是祖与道为一，知祖是祭道神也。《周礼·大驭》："掌驭玉路以祀，及犯軷。王自左驭，驭下祝。登受辔，犯軷，遂驱之。"郑玄云："行山曰軷。犯之者，封土为山象，以菩刍棘柏为神主。既祭，以车轹之而去，喻无险难也。"又《聘礼》云："出祖，释軷祭酒脯，乃饮酒于其侧。"郑玄云："祖，始也。""行出国门，止陈车骑，释酒脯之奠于軷，为行始也。《诗传》曰：'軷，道祭也。'谓祭道路之神。《春秋传》曰：'軷涉山川。'然则軷，山行之名也。道路以险阻为难，是以委土为山，或伏牲其上，使者为軷祭酒脯祈告也。卿大夫处者于是饯之，饮酒于其侧。礼毕，乘车轹之而遂行。"是说祖軷之事也。③

综上所述可知，如果"有事于道"，送别出行时祖道仪式的过程是：在国门外等祭祀之地，先用土堆出山象，再树立一个茅草柴棘神像，然后献上牺牲祭品，祭奠以酒脯，祝祷祈告于路神，送行的人饮酒饯行，"礼毕，乘车轹之而遂行"，以车轮碾过山坛，"犯軷"后开始行程，隐喻神人相交，未来的路途将会通畅无阻。

关于行神，出土简牍中亦有记载，如睡虎地秦简《日书》乙种"行行

---

① 《十三经注疏》嘉庆刊本《礼记正义》卷十八《曾子问第七》，第3010页。
② （清）孙希旦：《礼记集解》卷十八《曾子问第七》，中华书局，1989年版，第510页。
③ 《十三经注疏》嘉庆刊本《春秋左传正义》卷四十四《昭公七年》，第4448页。

祠"云：

> 行祠，东行南〈南行〉，祠道左；西北行，祠道右。其謞（号）曰大常行，合三土皇，耐为四席。席叕（馂）其后，亦席三叕（馂）。其祝曰："毋（无）王事，唯福是司，勉饮食，多投福。"①

简文提到不同方向的祭祀方位不同，日常生活所祀为大常行、三土皇，所设酒食、所诵祝辞皆有规定。秦汉时期的民间还有"祖神"之说，《风俗通义·祀典》记载：

> 谨案《礼传》："共工之子曰修，好远游，舟车所至，足迹所达，靡不穷览，故祀以为祖神。"②

共工有子名修，由于修喜好到处周游，人们于是尊奉其为道神，此为一说。另一说为黄帝之子，《四民月令》云：

> 祖者，道神。黄帝之子曰累祖，好远游，死道路，故祀以为道神。③

《古今事物考》卷八曰：

> 黄帝之子累祖，好远游，而死于道，故后人祭以为行神也。祖祭因饷饮也。④

修和累祖因为"好远游"，被人们当作行神来祭祀，反映了人们心目中道神趋于人化的特点。

历史上著名的饯行祖道故事有易水祖别、固陵祖饯等，《战国策·燕策三》云：

> 太子及宾客知其事者，皆白衣冠以送之。至易水上，既祖，取道。⑤

"易水祖送"可谓悲壮感人。《吴越春秋·勾践入臣外传》云：

> 越王勾践五年五月，将与大夫种、范蠡入臣于吴。群臣皆送至浙江之上，临水祖道，军阵固陵。⑥

"固陵祖道"可谓慷慨激烈。汉代"二疏辞行"的故事，历来为人称道。《汉书》卷七十一《疏广传》记载疏广、疏受叔侄急流勇退，告老还乡时的盛况

---

① 吴小强：《秦简日书集释》，岳麓书社，2000年版，第223页。
② （汉）应劭：《风俗通义》卷八《祀典》，中华书局，1985年版，第205页。
③ 《宋书》卷十二《律历志中》，中华书局，1974年版，第260页。
④ （明）王三聘辑：《古今事物考》，上海书店，1987年影印版，第158页。
⑤ （西汉）刘向集录：《战国策·燕策三》，上海古籍出版社，1985年版，第1137页。
⑥ （汉）赵晔著，张觉校注：《吴越春秋·勾践入臣外传》，岳麓书社，2006年版，第175页。

云:"公卿大夫故人邑子设祖道,供帐东都门外,送者车数百辆,辞决而去"。① 虽然仍提到"祖道",但相比于"供帐东都门外,送者车数百辆"的宏大场面,可以明显感到人对神的祈求已被人与人之间的交往所代替,人们倾城相送,表达的是对二疏的赞美和崇敬。至晋代,祖道的习俗依然广泛流行,诚如嵇含《祖赋序》所云:

> 祖之在于俗尚矣。自天子至于庶人,莫不咸用。有汉卜日丙午,魏氏择用丁未,至于大晋,则祖孟月之酉日,各因其行运。②

自上而下莫不热衷于祖道饯行,可见人们对出行何其重视,祈盼旅途得到神灵祝福,平安顺利。

二、人际交往的饯行活动

早期的祖道仪式中常有祭酒活动,随着时代的发展,逐渐转变为人与人之间的饯行活动。《诗经·邶风·泉水》记载出嫁女子曰:"出宿于泲,饮饯于祢。"饯,郑玄笺曰:"送行饮酒也。"③所谓饯,即以酒食相送行。在祖道的整个程序中,设宴饮酒原本只是尾序内容,并不占据主导地位,尚秉和曾曰:

> 《诗·大雅》:"申伯信迈,王饯于郿。"笺云:"祖而舍軷,饮酒于侧曰饯。"又,《聘礼》"乃舍軷饮酒于其侧。"注:"大夫道祭无牲牢,酒脯而已。"故祭毕,又于旁饮酒以饯别也。

可见祖軷、饮酒其实是一时两事,由出行者和送行者分别完成,一先一后,先由离者于行道之旁犯軷,结束后再进行饯别活动。鉴于"周时行旅,除官吏出使,商贾运输外,旅客盖甚稀"④,人们出行的机会并不多,一旦遇到诸如出使、诸侯朝觐、物资运输等事关重大的任务,人们自然不免警惕担忧,因而在祖道的过程中,便会通过设坛、立神、献祭等方式,向神灵表达虔敬之心,真诚地膜拜祈祷,以求得神祇庇护,达到旅途平安顺利的目的。伴随着社会的不断发展,这种注重与神灵相交通的仪式活动,逐渐被人际交往的饯送活动所取代,愈来愈广泛和频繁的社交往来,使得宴饮习俗在祖道中成为中心内容。如《诗经·大雅·韩奕》云:

---

① 《汉书》卷七十一《疏广传》,第3040页。
② (清)严可均校辑:《全晋文》卷六十五,中华书局,1958年版,第1829页。
③ 《十三经注疏》嘉庆刊本《毛诗正义》卷二(三)《邶风·泉水》,第651页。
④ 尚秉和著,母庚才、刘瑞玲点校:《历代社会风俗事物考》,中国书店,2001年版,第402、401页。

韩侯出祖,出宿于屠。显父饯之,清酒百壶。
其殽维何？炰鳖鲜鱼。其蔌维何？维笋及蒲。
其赠维何？乘马路车。笾豆有且。侯氏燕胥。

诗中的显父即德高望重之人,主持宴会为韩侯饯行,佳肴赠物显示了场面的宏大,说明祖道中宴饮习俗非常盛行。孔颖达正义曰：

其清美之酒乃多至于百壶,言爱韩侯而送酒多也。于此饯饮之时,其殽馔之物,维有何乎？乃有以炰之鳖,与可脍鲜鱼也。其蔌菜之物；维有何乎？维有竹萌之笋,及在水深蒲也。不但以酒送之,王又以物赠之。其赠之物,维有何乎？乃有所乘之四马,与所驾之路车。言王以厚意送之也。其时所盛脯醢之笾豆,有且然而多。其在京师未去之诸侯,于是饮燕而皆在,言其爱乐韩侯,俱来饯送之也。①

显父赠送韩侯的美酒多达百壶,周王的赠物又多又重,可见情感极其深厚,说明饯行活动本身就具有社会活动的意义。唐人孙逖《送赵大夫护边》诗中仍有"百壶开祖饯"②之句,表达了对赵大夫浓浓的情意。其后的诗歌中,"祖饯"一词遂被普遍使用,逐渐与"祖道"一词通用,二词的含义皆以饯行、饯别、饯送为主,泛指所有的送别活动。这里词义的转移显示了活动主体由神向人的转换。如果说祖道祭祀是为神设场,那么饯别聚会就是为人设场,人们之间的情感交流和舆论品评,成为各种饯行活动的主要内容。

祖道中的神灵让位于人事,使得汉魏六朝时期愈发盛行祖饯。《汉书》卷五十三《景十三王传·临江闵王刘荣传》云：

上征荣。荣行,祖于江陵北门。

颜师古曰："祖者,送行之祭,因饷饮也。"③临江王刘荣因为占地获罪,被天子征召,临行前江陵父老为他祖饯送行,举行饷饮,即以宴饮为主。又卷六十六《刘屈氂传》云：

贰师将军李广利将兵出击匈奴,丞相为祖道,送至渭桥。④

尚秉和认为："是送别兼饮燕与周同也。惟不言犯軷,似其时只祭祖神也。"⑤这里指出"犯軷"已不被提及,只剩下宴饮仍与周代相同,可明其时祖

---

① 《十三经注疏》嘉庆刊本《毛诗正义》卷十八（四）《大雅·韩奕》,第1232页。
② 《全唐诗》卷一一八,第1196页。
③ 《汉书》卷五十三《景十三王传》,第2412—2413页。
④ 同上,第2883页。
⑤ 《历代社会风俗事物考》,第405页。

道虽有祭神之名，而其实是以人际交往活动为主，朝廷为李广利饯行，送至渭桥，更多的是壮行勉励。后世多有效仿，遂成风尚。如《晋书》卷四十四《郑袤传》记载：

> 毋丘俭作乱，景帝自出征之，百官祖送于城东，袤疾病不任会。帝谓中领军王肃曰："唯不见郑光禄为恨。"肃以语袤，袤自舆追帝，及于近道。帝笑曰："故知侯生必来也。"遂与袤共载，曰："计将何先？"袤曰："昔与俭俱为台郎，特所知悉。其人好谋而不达事情，自昔建勋幽州，志望无限。文钦勇而无算。今大军出其不意，江淮之卒锐而不能固，深沟高垒以挫其气，此亚夫之长也。"帝称善。①

曹髦正元二年（255），毋丘俭叛乱，景帝亲自出征，百官于城东为景帝祖饯送行，郑袤因病未能到场，景帝告诉王肃不见郑光禄深感遗憾，王肃转述给郑袤后，郑袤亲自驾车抄近道追赶上了景帝，景帝高兴地与他同坐一车，商议军事。朝廷群臣相送，景帝却只在意郑袤是否到来，说明人际关系越来越成为祖饯活动的重心，是否举行或者参与都被赋予了一定的文化意义。② 又《宋书》卷九十三《隐逸传·王弘之传》记载：

> 桓玄辅晋，桓谦以为卫军参军。时琅邪殷仲文还姑孰，祖送倾朝，谦要弘之同行，答曰："凡祖离送别，必在有情，下官与殷风马不接，无缘扈从。"谦贵其言。③

桓玄在东晋执掌大权时，桓谦任用王弘之为卫军参军，其时琅邪殷仲文要回姑孰，满朝官员都去为他饯行，桓谦邀请王弘之一起同去，王弘之回答说，既然是饯送，必定平日要有交情，而我和殷仲文素来没有交往，缺少缘分，故不便随你前往。王弘之的这种耿介独行品格，使桓谦深受感动，认为他说的在理，值得尊重。随着祖饯活动的世俗化和人情化，其形式于是成为人们表达情感的重要方式。《梁书》卷五十一《处士传·陶弘景传》记载：

> 永明十年，上表辞禄，诏许之，赐以束帛。及发，公卿祖之于征虏亭，供帐甚盛，车马填咽，咸云宋、齐已来，未有斯事。朝野荣之。④

---

① 《晋书》卷四十四，第1250页。
② 《职官部二十七·光禄卿》引《魏志》曰："郑袤为光禄勋，毋丘俭作乱，帝自征之，百官祖送。时袤疾不任会，上谓王肃：'惟不见郑光禄为恨。'袤闻，自舆追上，上笑曰：'知生必来。'遂与同载，问以计谋，帝甚重之。"［（宋）李昉等：《太平御览》卷二百二十九，中华书局，1960年版，第1089页。］
③ 《宋书》卷九十三，第2281页。
④ 《梁书》卷五十一，第742页。

永明十年(492),陶弘景上表请求辞职,得到了皇帝的同意,又赏赐给他许多丝帛,临行之际,朝中公卿在征虏亭为他设宴送别,当时由于为饯行而搭建的帷帐太多,加之车马行人也多,竟然造成交通堵塞,朝野上下都说这一场面实在少见,皆以之为荣。人们通过隆重送行表达了对陶弘景卓尔不群品格的颂扬。

外出饯别到了唐代依然风行,无论朝廷官员还是民间百姓,莫不热衷于是,尽管规模大小奢华程度有所不同,但所表达的情义却是一致的。尤其是当朝皇帝往往亲自参与,给出行者带来了无上荣光。《唐景龙文馆记》云:

> 大学士李峤入东都袝庙,学士等祖送城东,上令中官赐御馔及蒲萄酒。①

景龙年间(707—710),李峤入东都袝庙时,徐彦伯等学士于城东设宴赋诗相送,皇上赏赐御馔和葡萄酒显示恩宠。《全唐诗话》卷五记左丞相卢渥事迹云:

> 乾符初,母忧服阕,渥自前中书舍人拜陕府观察使……及赴任陕郊,自居守分司朝臣已下,争设祖筵,洛城为之一空,都人耸观,亘数十里。

僖宗乾符年初,卢渥年届六十,因服母丧期满,前往陕州出任陕府观察使,临行,东都洛阳的官员争相设宴饯送,洛阳城为之空巷,人们跂足观看,络绎不绝,队伍绵延几十里。卢渥作《题嘉祥驿诗》描述送行情景云:

> 交亲荣饯洛城空,秉钺戎装上将同。星使自天丹诏下,雕鞍照地数程中。
> 马嘶静谷声偏响,旆映晴山色更红。别后定知人易老,满街棠树有遗风。②

高彦休亦记到此次盛事,《唐阙史》卷下《卢左丞赴陕郊诗》云:

> 及赴任陕郊,洛城自保厘。尹正已下,更设祖筵,以鲜华相尚。分秩故相,及朝容恶日、两邑县官,卑秩麻衣,倾都出郭,洛城为之一空。食器酒具,罗列道路,盛于清明簪洁松槚之日,填咽临都驿前后十五里,车马不绝。左辖始舍辔,居首筵,则为川尹邀去,乃大合乐于旧相之座,而诸朝容已携酒馔出城者,散于田野,选胜聚饮,歌乐四起,飘飘然若澧州上巳、会稽袚事也。无贵无贱,及暮醉归。有白髯驿吏声指曰:"某自拥彗清邮五十载,未尝睹祖送之盛有如此者。"③

卢渥能得到如此隆盛的祖饯待遇,车马不绝,聚饮歌乐,以及白胡须驿吏的由衷赞叹,表明了他的为人喜爱和尊贵地位。民间的饯行活动更多更

---

① 《太平御览》卷九百七十二《果部九·蒲萄》引《唐景龙文馆记》,第4309页。
② (宋)尤袤:《全唐诗话》卷五《卢渥》,中华书局,1985年版,第94页。
③ (唐)高彦休:《全唐五代笔记·唐阙史》,三秦出版社,2012年版,第2359页。

频繁,也更日常化,其间表达的感情也更复杂多样。如《大唐新语》卷八《文章》云:

> 长寿(692—694)中,有荥阳郑蜀宾,颇善五言,竟不闻达。老年方授江左一尉,亲朋饯别于上东门。①

这一类的亲戚友朋聚会饯行最为普遍,是生活的常态表现。《新唐书》卷一百六十《杨凭传》记载:

> 凭所善客徐晦者,字大章,第进士、贤良方正,擢栎阳尉。凭得罪,姻友惮累,无往候者,独晦至蓝田慰饯。宰相权德舆谓曰:"君送临贺诚厚,无乃为累乎?"晦曰:"方布衣时,临贺知我,今忍遽弃邪?有如公异时为奸邪谮斥,又可尔乎?"德舆叹其直,称之朝。李夷简遽表为监察御史,晦过谢,问所以举之之由。夷简曰:"君不负杨临贺,肯负国乎?"后历中书舍人,强直守正,不沈浮于时。②

大历年间(766—779),杨凭在京兆尹任时,因御史中丞李夷简弹劾而获罪,被贬谪为临贺尉。徐晦与杨凭友善,在连亲戚都害怕被牵连的情况下,独自到蓝田为之饯别。宰相权德舆得知后深受感动,赞其真诚正直,宣扬于朝廷。李夷简虽与杨凭不和,但闻听后,仍对徐晦的人品大加称颂,决定重用徐晦为监察御史,徐晦不解,询问奖拔缘由,李夷简回答说:"君不负杨临贺,肯负国乎?"徐晦由此声名远扬,后来果然强直守正,有所作为。权德舆和李夷简透过徐晦的一次饯行举动,看到了其正直担当的品质,并委以重任,徐晦因之赢得了褒扬嘉奖,可谓各得其所。开成元年(836)李绅任河南尹,管理东都洛阳事务,不久又改任宣武军节度使,离开洛阳时,送行的场面非同一般,李绅作《拜宣武军节度使》予以记述。序云:

> 开成元年六月二十六日,制授宣武军节度使。七月三日,中使刘泰押送旌节止洛阳。五日赴镇,出都门,城内少长士女相送者数万人。至白马寺,涕泣当车者不可止。少尹严元容鞭胥吏市人,怒其恋慕,留台御史杜牧使台吏遮殴百姓,令其废祖帐。

诗云:

> 油幢并入虎旗开,锦橐从天凤诏来。星应魏师新鼓角,地嫌梁苑旧池台。

---

① (唐)刘肃撰,许德楠、李鼎霞点校:《大唐新语》,中华书局,1984年版,第127页。
② 《新唐书》卷一百六十,第4971页。

日晖红旆分如电,人拥青门动若雷。伊洛镜清回首处,是非纷杂任尘埃。①

开成元年(836)七月,李绅因调迁离开洛阳赴新任,东都城男女老少数万人设帷帐祖饯相送,一直到白马寺仍哭泣留恋依依不舍,甚至引起了少尹、留台御史等人的阻挠。都门外接连不断的送行队伍,无疑是人们借助送别形式臧否世情的一种方式。

饯送活动有时还成为官员为政的一种方式,甚或留下千古佳话。唐代宗大历二年(767),张延赏任何南尹,《唐语林》卷一《政事上》云:

张延赏为河南尹,官吏有过,未曾屈辱。所犯既频,不可容者,但谢遣之。先自下拜,立与之辞,即令郡官祖送。由是寮属敬惮,各修饬,河南大治。②

张延赏巧妙利用祖送活动,将之转变成待人处事的一种独特方式,达到了治政目的,赢得了人们的好评。唐末,李蔚在镇守淮南期间(咸通十四年至乾符四年),先后任扬州大都督府长史、淮南节度副大使知节度事和淮南节度使,结识了当地的名流孙处士。当他返回长安任职后,孙处士"不远千里,径来修谒"。居月余,孙处士要返回故乡,"李敦旧分,游河祖送"。因为船过桥时,"波澜迅激,舟子回跋,举篙溅水,近坐饮妓,湿衣尤甚"。李蔚非常恼怒,令人欲抓船夫,孙处士以一首《柳枝词》使李蔚怒火顿消,词云:

半额微黄金缕衣,玉搔头衮凤双飞。从教水溅罗裙湿,还道朝来行雨归。

李蔚读后"释然欢笑,宾从皆赞之。命伶人唱其词,乐饮至暮,舟子赦罪。"③李蔚与孙处士共同演绎了一段"游河祖送"的真情趣话,显示了诗歌的独特魅力。随着饯行活动作用的不断扩展,送别诗的题材越来越多样化,涉及社会生活的方方面面,成为大众普遍钟爱的对象。

三、祈福祝颂的诗性话语

在祭祀路神的祖道仪式中,由于对神灵的畏惧和膜拜,人们更重视态度的虔诚,如祭品的讲究和规格,过程的庄严和肃穆等,少有祝颂祷语流传下来。随着祖饯送行活动对人际关系的重视,话语表达的交流作用开始突显,

---

① 《全唐诗》卷四八二,第5490页。
② (宋)王谠著,周勋初校证:《唐语林校证》卷一《政事上》,中华书局,1987年版,第58页。
③ 《太平广记》卷二百《文章三·李蔚》引《抒情诗》,第1500页。

祝词赋诗遂应运而生。况且临别赠言亦是古人的传统,历来为人称道,如《国语·周语下》云:

> 晋羊舌肸聘于周,发币于大夫,及单靖公。靖公享之,俭而敬,宾礼赠饯,视其上而从之,燕无私,送不过郊,语说《昊天有成命》。①

单靖公设宴饯别羊舌肸,礼节完全合乎规矩,席间吟诵的是《昊天有成命》,而《昊天有成命》出自《诗经·周颂》,内容是赞美周人先祖的大德,表达了单靖公对周王朝的忠诚。相传孔子曾入周问礼,拜访老子,老子临别赠孔子以言语,曰:

> 吾闻富贵者送人以财,仁者送人以言。吾虽不能富贵,而窃仁者之号,请送子以言乎:凡当今之士,聪明深察而近于死者,好讥议人者也;博辩闳达而危其身者,好发人之恶者也。无以有己为人子者,无以恶己为人臣者。

孔子听了老子的话后曰:"敬奉教。"在回到鲁国以后,"道弥尊矣","远方弟子之进,盖三千焉"。② 老子之言何其睿智,孔子之语何其真诚,真乃千古佳话。《荀子·非相》亦云:"赠人以言,重于金石珠玉。"③表明了言语思想价值的不可估量,是金石珠玉不可比拟的。勾践卧薪尝胆的故事中还有一段祖饯的故事云:

> 越王勾践五年五月,将与大夫种、范蠡入臣于吴。群臣皆送至浙江之上,临水祖道,军阵固陵。大夫文种前为祝,其词曰:
> "皇天佑助,前沉后扬。祸为德根,忧为福堂。威人者灭,服从者昌。
> 王虽牵致,其后无殃。君臣生离,感动上皇。众夫哀悲,莫不感伤。……去彼吴庭,来归越国……"④

大夫文种的祝词代表了越国君臣的共同心声,表达了不忘耻辱众志成城的壮烈情怀,慷慨昂扬,激荡人心。"易水送别"的场景更是经典,《史记》卷八十六《刺客列传》云:

> 太子及宾客知其事者,皆白衣冠以送之。至易水之上,既祖,取道,

---

① (春秋)左丘明撰,徐元诰集解,王树民、沈长云点校:《国语集解》,中华书局,2002年版,第102页。
② (三国魏)王肃:《孔子家语·观周》,兰州大学出版社,2004年版,第79页。
③ (清)王先谦撰,沈啸寰、王星贤点校:《荀子集解》,中华书局,1988年版,第83—84页。
④ 《吴越春秋·勾践入臣外传第七》,第175—176页。

高渐离击筑,荆轲和而歌,为变徵之声,士皆垂泪涕泣。又前而为歌曰:"风萧萧兮易水寒,壮士一去兮不复还!"复为羽声慷慨,士皆瞋目,发尽上指冠。于是荆轲就车而去,终已不顾。①

燕太子丹于易水之滨为荆轲祖道饯行,众人皆垂泪涕泣不已,荆轲却视死如归,留下了"风萧萧"之歌的告别宣言,显示了自古英雄多豪气的本色。②

祖饯赋诗至汉魏晋时期已蔚然成风,从这一时期的送别诗文多有流传即可看出。《后汉书》卷八十下《文苑传下·高彪传》载东汉末年:

> 时,京兆第五永为督军御史,使督幽州,百官大会,祖饯于长乐观。议郎蔡邕等皆赋诗,彪乃独作箴曰:"文武将坠,乃俾俊臣。整我皇纲,董此不虔。古之君子,即戎忘身。明其果毅,尚其桓桓。吕尚七十,气冠三军,诗人作歌,如鹰如鹯。天有太一,五将三门;地有九变,丘陵山川;人有计策,六奇五间:总兹三事,谋则咨询。无曰己能,务在求贤,淮阴之勇,广野是尊。周公大圣,石碏纯臣,以威克爱,以义灭亲。勿谓时险,不正其身。勿谓无人,莫识己真。忘富遗贵,福禄乃存。枉道依合,复无所观。先公高节,越可永遵。佩藏斯戒,以厉终身。"邕等甚美其文,以为莫尚也。③

京兆人第五永将督幽州,百官于长乐观大会祖饯,蔡邕等皆赋诗,唯独高彪作箴铭韵文,内容非常优美,受到众人的嘉许。《太平御览》卷七百三十六《方术部十七》收蔡邕《祖饯祝》云:

> 令岁淑月,日吉时良。爽应孔嘉,君当迁行。
> 神龟吉兆,休气煌煌。著卦利贞,天见三光。
> 鸾鸣嚶嚶,四牡彭彭。君既升舆,道路开张。
> 风伯雨师,洒道中央。阳遂求福,蚩尤辟兵。
> 仓龙夹毂,白虎扶行。朱雀道引,玄武作侣。
> 勾陈居中,厌伏四方。君往临邦,长乐无疆。④

此诗极有盛名,令人可以想见正式祖饯场面的宏大,吉日良时,美景宜人,车马开道,诸神护驾,出行一定会顺利平安。王粲《赠蔡子笃诗》云:

---

① 《史记》卷八十六,第 2534 页。
② 《乐部三·歌》云:"又燕荆轲萧萧歌曰:燕太子丹使荆轲刺秦王,丹祖送于易水之上,高渐离击筑,荆轲歌,宋意和之曰:风萧萧兮易水寒,壮士一去不复还。"[(唐)欧阳询撰,汪绍楹校:《艺文类聚》卷四十三,上海古籍出版社,1982 年版,第 772 页。]
③ 《后汉书》卷八十下,第 2650 页。
④ 《太平御览》卷七百三十六《方术部一七·祝》,第 3264 页。

> 翼翼飞鸾,载飞载东。我友云徂,言戾旧邦。
> 舫舟翩翩,以溯大江。蔚矣荒涂,时行靡通。
> 慨我怀慕,君子所同。悠悠世路,乱离多阻。
> 济岱江衡,邈焉异处。风流云散,一别如雨。
> 人生实难,愿其弗与。瞻望遐路,允企伊伫。
> 烈烈冬日,肃肃凄风。潜鳞在渊,归雁载轩。
> 苟非鸿雕,孰能飞翻?虽则进慕,予思罔宣。
> 瞻望东路,惨怆增叹。率彼江流,爰逝靡期。
> 君子信誓,不迁于时。及子同寮,生死固之。
> 何以赠行,言授斯诗。中心孔悼,涕泪涟洏。
> 嗟尔君子,如何勿思?①

蔡子笃其时与王粲一同避乱荆州,后回归故乡济阳(今河南兰考县境内),王粲送别挚友,"何以赠行,言授斯诗",临行赠诗充满了感伤和依恋,凄恻动人。孙绰《与庾冰》诗十三章最后二章曰:

> 古人重离,必有赠迁。千金之遗,孰与片言。
> 勖矣庾生,勉踪前贤。何以将行,取诸斯篇。②

孙绰以玄言诗著名,《与庾冰》诗前十一章多玄言玄理,结尾强调赠送千金也比不上只言片语,"何以将行,取诸斯篇",亦是赠人以诗赋。诚如钟嵘《诗品·序》所云"嘉会寄诗以亲,离群托诗以怨",③可见赋诗赠行何其珍贵,已经成为人们表达惜别之情的重要方式。洛阳金谷园是石崇的杰作,石崇在金谷园举办过一次盛大的饯行活动,留下了《金谷诗集》的卷册。石崇《金谷诗叙》记载:

> 时征西大将军祭酒王诩当还长安,余与众贤共送往涧中,昼夜游宴,屡迁其坐。或登高临下,或列坐水滨。时琴瑟笙筑,合载车中,道路并作。及住,令与鼓吹递奏。遂各赋诗,以叙中怀。或不能者,罚酒三斗。感性命之不永,惧凋落之无期。故具列时人官号、姓名、年纪,又写诗著后。后之好事者,其览之哉!凡三十人。④

《金谷诗集》应该是为送王诩回长安所作诗歌的结集,只是今已不可全见到。

---

① 夏传才主编,张蕾校注:《王粲集校注》,河北教育出版社,2013年版,第1页。
② 逯钦立辑校:《先秦汉魏晋南北朝诗》晋诗卷十三,中华书局,1983年版,第899页。
③ (清)何文焕辑:《历代诗话》,中华书局,1981年版,第3页。
④ 徐震堮:《世说新语校笺》卷中《品藻第九》,中华书局,1984年版,第291页。

最早的诗文选集《文选》卷二十"祖饯"类诗共有八首,包括曹植、孙子荆、潘安仁、谢宣远、谢灵运、谢玄晖、沈休文等人的送别之作,如《送应氏二首》《邻里相送方山诗》《别范安成诗》等。后人论此类诗曰:"《文选》诗'祖饯类'的设立,一方面使祖饯诗脱离了原来的祭祀背景,更加世俗化、日常化,祖饯诗从公宴、赠答类诗中独立出来,成为一种独立的诗歌题材。祖饯、送别的主题在诗中越趋明确,推动了后世送别诗思想和艺术的发展,在此意义上,唐代送别诗的蔚为大观与《文选》诗祖饯类的设立是密不可分的。"①《文选》中诸如公宴类、赠答类以及杂诗类中,也有一些祖饯送别诗,但都不如以上八首纯粹。

至南朝,饯行送别赋诗已颇具规模。《宋书》卷九十一《孝义传》记载:

> 潘综,吴兴乌程人也。……综乡人秘书监丘继祖、廷尉沈赤黔以综异行,廉补左民令史,除遂昌长,岁满还家。太守王韶之临郡。……及将行,设祖道,赠以四言诗曰……首。②

潘综在危难关头舍命救父,孝行突出,被同乡人推荐补为左民令史,至遂昌县任官,期满后回家,受到太守王韶之的褒奖,临行时为之设宴相送,赋四言诗六首相赠。昭明太子萧统本人也喜欢作祖饯诗,《梁书》卷八《昭明太子传》云:"每游宴祖道,赋诗至十数韵。或命作剧韵赋之,皆属思便成,无所点易。"③太子萧统每每参加饯行宴会,能赋诗数十韵,片刻即成,且无需雕琢修改,令人赞叹。南朝时期的宫廷文学颇有影响,其中设筵饯行的诗作为数极多,如庾肩吾《侍宴饯湘东王应令诗》云:

> 陈王从游士,高宴入承华。并载同连璧,雕文类简沙。
> 落猿时动树,坠雪暂摇花。念此离筵促,方愁别路赊。④

猿落树动、雪坠花摇都是美丽的场景,用来反衬离宴短促,旅途漫漫,别有寄托。又《侍宴饯湘州刺史张续诗》曰:

> 洞庭资善政,层城送远离。九歌扬妙曲,八桂动芳枝。
> 雨足飞春殿,云峰入夏池。郢路方辽远,湘山转蔽亏。
> 何当好风日,极望长沙垂。⑤

---

① 刘敏:《〈文选〉祖饯诗浅谈》,《哈尔滨学院学报》2005 年第 9 期。
② 《宋书》卷九十一,第 2248 页。
③ 《梁书》卷八,第 166 页。
④ 《先秦汉魏晋南北朝诗》梁诗卷二十三,第 1994 页。
⑤ 同上,第 1984 页。

大同九年(543)夏四月,太子萧纲设宴饯别湘州刺史张缵,庾肩吾侍宴作此诗慰行,诗题中"续"为"缵"之误。① 张缵亦有《侍宴饯东阳太守萧子云应令诗》曰:

> 仲月发初阳,轻寒带春序。渌池解余冻,丹霞霁新雨。
> 良守谒承明,徂舟戒兰渚。皇储惜将迈,金樽留宴醑。②

诗人惜皇储将迈,以酒饯别,多应景之语。刘孺《侍宴饯新安太守萧几应令诗》云:"饮饯参多士,言赠赋新文。"③朝士参与各种形式的饯行宴会,留下了众多的送别诗文。《隋书》卷三十五《经籍志四》云:

> 梁有魏、晋、宋《杂祖饯宴会诗集》二十一部,一百四十三卷,亡,今略其数。④

二十一部《杂祖饯宴会诗集》的数量应该是很大的,折射出了一时的风气。

唐代送别诗中依然流行以"祖"起首的词语,诸如祖道、祖饯、祖帐、祖席、祖筵等,人们隆重饯行,慷慨高吟。李隆基《王屋山送道士司马承祯还天台》云:"紫府求贤士,清溪祖逸人。"⑤李白《宣城送刘副使入秦》云:"列将咸出祖,英寮惜分离。"又《经乱离后天恩流夜郎忆旧游书怀赠江夏韦太守良宰》云:"祖道拥万人,供帐遥相望。"又《闻李太尉大举秦兵百万出征东南懦夫请缨冀申一割之用半道病还留别金陵崔侍御十九韵》云:"群公咸祖饯,四座罗朝英。初发临沧观,醉栖征房亭。"⑥岑参《送费子归武昌》云:"高秋八月归南楚,东门一壶聊出祖。"⑦孟浩然《岘亭饯房琯崔宗之》云:"祖道衣冠列,分亭驿骑催。"⑧诸如此类,不胜枚举。武则天万岁登封元年(696)五月,契丹进犯边境,七月,朝廷命武三思东征防范,崔融以幕府掌书记身份跟随出征,杜审言作《送崔融》云:

> 君王行出将,书记远从征。祖帐连河阙,军麾动洛城。
> 旌旃朝朔气,笳吹夜边声。坐觉烟尘扫,秋风古北平。⑨

---

① 吴光兴:《萧纲萧绎年谱》,社会科学文献出版社,2006年版,第241页。
② 《先秦汉魏晋南北朝诗》梁诗卷十七,第1861—1862页。
③ 同上,第1851页。
④ 《隋书》卷三十五,第1084页。
⑤ 《全唐诗》卷三,第35页。
⑥ 《李太白全集》卷十八、卷十一、卷十五,第862、569、740页。
⑦ 《岑嘉州诗笺注》卷二,第354页。
⑧ 《孟浩然诗集校注》卷四,第423页。
⑨ (唐)杜审言著,徐定祥注:《杜审言诗注》,上海古籍出版社,1982年版,第21页。

崔融与杜审言相友善,从"祖帐连河阙,军麾动洛城",可以看出此次东征事关重大,送行的帷帐从京城延续到了黄河边,军威震惊了洛阳城。元和十三年(818),白居易结束了被贬江州司马的生活,前往四川忠州就任刺史,路过南昌时,告别友人,作《钟陵饯送》云:

> 翠幕红筵高在云,歌钟一曲万家闻。
> 路人指点滕王阁,看送忠州白使君。

滕王阁上众友人设宴相送,歌舞欢乐远近相闻,路人莫不指点观看,议论送别场面多么盛大。同一时期的《浔阳宴别》(此后忠州路上作)云:

> 鞍马军城外,笙歌祖帐间。乘潮发湓口,带雪别庐山。
> 暮景牵行色,春寒散醉颜。共嗟炎瘴地,尽室得生还。①

诗人乘船冒雪一路跋涉,感离嗟别,不胜感慨,"笙歌祖帐间"说明祖饯宴席极其隆重。一代唐人"祖帐临周道"②、"程馆祖筵开"③、"祖席依寒草"④,不辞辛苦送远迎来,显示出了多情善赋的文化风格。

《唐五代文学编年史》⑤是研究唐诗的重要参考资料,为我们整理了大量唐人祖送赋诗的活动史迹,显明了唐代的社会风情。《旧唐书》卷九十一《张柬之传》记载:

> 其年秋,柬之表请归襄州养疾。许之,仍特授襄州刺史,又拜其子漪为著作郎,令随父之任。上亲赋诗祖道,又令群公饯送于定鼎门外。⑥

中宗神龙元年(705)秋天,张柬之因失权,上表请求回襄州养病,皇上答应了他的要求,特任命他为襄州刺史,又亲自赋诗祖道,并命令大臣百官在定鼎门外为他饯行送别,格外优容恩宠。唐玄宗时期,随着经济的发展,祖饯赋诗愈发兴盛。《新唐书》卷一百二十八《许景先传》记载:

> 十三年,帝自择刺史,景先由吏部侍郎为刺史治虢州,大理卿源光裕郑州,兵部侍郎寇泚宋州,礼部侍郎郑温琦邠州,大理少卿袁仁敬杭州,鸿胪少卿崔志廉襄州,卫尉少卿李升期邢州,太仆少卿郑放定州,国

---

① 《白居易诗集校注》卷十七,第1415—1416页。
② 《刘禹锡全集编年校注》,《送河南皇甫少尹赴绛州》,第731页。
③ 《元稹集编年笺注(诗歌卷)》,《三月三十日程氏馆饯杜十四归京》,第472页。
④ 《王维诗注》,《送孙二》,第162页。
⑤ 傅璇琮:《唐五代文学编年史》,辽海出版社,1998年版。
⑥ 《旧唐书》卷九十一,第2942页。

子司业蒋挺湖州,左卫将军裴观沧州,卫率崔诚遂州,凡十一人。治行,诏宰相、诸王、御史以上祖道洛滨,盛具,奏太常乐,帛舫水嬉,命高力士赐诗,帝亲书,且给笔纸令自赋,赍绢三千遗之。①

《资治通鉴》卷二百一十二《唐纪二十八》亦云:

> 开元十三年二月……上自选诸司长官有声望者大理卿源光裕、尚书左丞杨承令、兵部侍郎寇泚等十一人为刺史,命宰相、诸王及诸司长官、台郎、御史饯于洛滨,供张甚盛。赐以御膳,太常具乐,内坊歌妓;上自书十韵诗(命将军高力士)赐之。②

开元十三年(725)二月,唐玄宗亲自挑选任命源光裕、杨承令等十一人为各州刺史,命令百官诸王在洛水之滨举行大规模祖饯活动,赏赐御膳,令太常奏乐,召教坊歌妓表演助兴,又亲自作十韵诗奖赏,荣耀非凡。唐玄宗的《赐诸州刺史以题座右》、房玄龄、张说等人的《奉和圣制赐诸州刺史以题座右》,《全唐诗》都有收录。《册府元龟》卷四十《帝王部·文学》记载,开元十五年(727)六月,朔方节度使、兵部尚书萧嵩赴朔方军,玄宗"命有司于定鼎门外供帐置酒以送之,帝赋诗以光宠之"。③岑参有《送颜平原》一诗序言记载曰:

> 十二年春,有诏补尚书十数公为郡守,上亲赋诗,饯群公,宴于蓬莱前殿。仍锡以缯帛,宠饯加等。④

天宝十二载(753)春,唐玄宗于蓬莱殿为前往赴任郡守的十余官员设宴饯行,亲自赋诗奖赏,又赐赠丝绸,表现出格外的宠爱。至中唐,饯别赋诗更为人们热衷。《册府元龟》卷四十《帝王部·文学》记载:

> 李光弼出统河南诸军,帝于内殿宴送,御制诗以宠之,群臣毕和。⑤

肃宗上元二年(761)八月,李光弼又被任命为河南副元帅、太尉兼侍中,统率河南诸军,唐肃宗于内殿设宴饯送,亲制御诗以示优宠,群臣莫不相贺。《全唐文》卷三百八十七独孤及《崔中丞城南池送徐侍郎还京序》云:

> 侍郎昔为河南督邮河阳令,其解龟也,东人思其遗美。今出入夷险,历二十载而一来,厅树未老,佐吏半在,公位望章绶,辉光城邑,观者

---

① 《新唐书》卷一百二十八,第4465页。
② (宋)司马光编著:《资治通鉴》卷二百一十二,中华书局,1956年版,第6763页。
③ (宋)王钦若等编:《册府元龟》,中华书局,1960年版,第453页。
④ 《岑嘉州诗笺注》卷一,第74页。
⑤ 同上,第455页。

荣之。而东都主人,亦以笾豆贱竿,徵会修好之不暇,凡萃止十有五日而去。去之日,主人叹瞻伫之莫及也,故又酾酒于此池。池上有双彩舻,与竹斋对。布宾主位于樽之左右,而兰台金闺、建礼承明之英,十有八人,序列其次。池外有阙塞双岭,遥作外户;嵩高逶迤,数峰当窗。伊洛春树,若刺绣布锦,仙桃火然,顾我则笑。于是游眺之不足,则举白以相劝,而狂歌送之。唱棹鸣榔,箫鼓陈乎其间。醉中疑三江五湖,去人不远;谓千虑万事,无非妄作,况少别可以兴怆乎?但驷马行尘,明日将远,登而无赋,谓樽酒何?宜歌而诗之,且以见追攀者之志。①

独孤及于代宗永泰元年(765)应召入长安,至洛阳,恰好遇上崔昭为徐浩归京举行饯宴,一同与会的有十八人,皆赋诗相赠,独孤及因作此序。"登而无赋,谓樽酒何",所以"宜歌而诗之,且以见追攀者之志"。《旧唐书》卷一百五十七《郗士美传》云:

郗士美字和夫,高平金乡人也。父纯,字高卿,为李邕、张九龄等知遇,尤以词学见推。……清名高节,称于天下。及德宗即位,崔祐甫作相,召拜左庶子、集贤学士。到京,以年老乞身,表三上。除太子詹事致仕,东归洛阳。德宗召见,屡加褒叹,赐以金紫。公卿大夫皆赋诗祖送于都门,搢绅以为美谈。②

郗士美之父郗纯,因为年老,东归洛阳,受到德宗召见,赏赐以金鱼袋及紫衣,朝臣官员于都门为之赋诗饯行,搢绅中一时传为美谈。韦应物《送郗詹事》即为此次所作,诗云:

圣朝列群彦,穆穆佐休明。君子独知止,悬车守国程。
忠良信旧德,文学播英声。既获天爵美,况将齿位并。
书奏蒙省察,命驾乃东征。皇恩赐印绶,归为田里荣。
朝野同称叹,园绮郁齐名。长衢轩盖集,饮饯出西京。
时属春阳节,草木已含英。洛川当盛宴,斯焉为达生。③

建中三年(782)阳春时节,韦应物在长安参与了朝臣百官祖送郗纯的宴会,"命驾乃东征","皇恩赐印绶","朝野同称叹,园绮郁齐名。长衢轩盖集,饮饯出西京",是对当时情景的形象描述。重大的饯送活动同时留下了许多诗集,如前揭唐代送别诗的兴盛所云《存抚集》《白云记》《朝英集》等,即使这

---

① 《全唐文》卷三百八十七,第3939页。
② 《旧唐书》卷一百五十七,第4145页。
③ 《韦应物诗集系年校笺》卷五,第257页。

些诗集已经亡佚,仍然可以说明赋诗饯送的风尚曾经为众喜爱的程度。

出行送别,自远古时代就为人们重视,早期表现为祖道仪式,是人对神的顶礼膜拜,后来逐渐演变为人际交往的礼仪活动,至唐代随着诗歌体裁的完备,定形为反映广阔社会生活的送别诗。"从祭祀的祖道仪式到饯行的社交活动,再到赋诗送别的书写,人类的送别活动以及送别诗蕴含了神性的灵光,人性的魅力以及诗性的智慧"。①

第二节　先唐送别诗综论

人生自古伤别离,只言片语寄相思。当离别的愁云蕴积于胸怀时,萦绕在诗人心境的总是无言的感伤。溯回到那遥远的古代,细细体味先人留下的送别诗篇,揣摩古人的离别情感,读诗思人,古道旁那一幕幕离别的场景跃然纸上,诗人故乡离别的惆怅,导引着我们探索的足迹,将送别诗的渐变历程点点滴滴呈现在我们面前。

一、先秦《诗经》的浑朴叙述

追溯送别诗的起始,便不能忽视中国诗歌初兴时期的《诗经》。春秋时期,中国社会的大裂变引发了中国文化的昌盛,以《诗经》为代表的诗歌创作,从不同方面向我们展示了春秋社会的文化风貌。伴随着重臣出使的政治活动和游学游宦等社会活动,以及士人出行的频繁,送别的内容开始进入诗歌吟唱,在不甚明朗、没有强调意识的自然情感状态下,先民们唱出了自己对于离别的心声。纯粹表达离别之情的诗歌在《诗经》中并不太多,这些送别诗多是寄寓于真实的叙述事件中,将送别情感通过叙事言出。综观《诗经》中送别诗的内涵,几乎都是以送别对象为内容展开赋写的,具体讲来,可以分为两大类型:一是《国风》中朴素真挚的情感抒写,二是《雅》《颂》中送行仪式的盛大铺张。

其一,《国风》中朴素真挚的情感抒写。《邶风·燕燕》被王士禛推举为"万古送别之祖",可谓是《诗经》中最受推崇的一首送别诗。关于此诗的作意,历来众说纷纭。《毛诗序》称:"卫庄姜送归妾也。"郑玄笺释曰:"庄姜无子,陈女戴妫生子名完,庄姜以为己子。庄公薨,完立,而州吁杀之,戴妫于

---

① 许智银:《唐代送别诗的文化溯源》,《郑州大学学报》2010 年第 1 期。

是大归,庄姜远送之于野,作诗见己志。"①宋代王质认为"当是国君送女弟适他国……又况既孤,乃始出适,益伤其父之不见,而念其妹之愈切也"②。清人崔述申述兄送妹说云:

> 余按此篇之文,但有惜别之意,绝无感时悲遇之情。而诗称"之子于归"者,皆指女子之嫁者言之,未闻有称大归为"于归"者。恐系卫女嫁于南国而其兄送之之诗,绝不类庄姜、戴妫事也。③

根据崔氏的分析,结合诗中的内容情感,我们认为当是卫君送其妹远嫁南国一说更妥。诗人以"燕燕于飞,差池其羽"起兴,通过送别时"远送于野""远于将之"和"远送于南"的重章复沓,反复吟诵,将离人远去时诗人内心的不安和难舍之情形象托出。当其妹消失在视野之外时,诗人心中的悲苦,透过"泣涕如雨""伫立以泣"和"实劳我心"的描述,递进地显示出来,在血亲关系起着决定性作用的上古时代,我们可以理解诗人内心的不堪之痛。最后一章"仲氏任只,其心塞渊。终温且惠,淑慎其身",赞扬被送者恭顺善良,愈加令诗人依依不忍。清人方玉润谓:

> 前三章不过送别情景,末章乃追念其贤,愈觉难舍。且以先君相勖,而竟不能长相保,尤为可悲。语意沉痛,不忍卒读。④

关于此诗的独到之处,朱熹曾赞叹说:"不知古人文字之美,辞气温和,义理精密,如何直到得恁地。秦汉以后,都无此等语也。……譬如画工传神一般,直是写得他精神出。……诗有说得折曲后好底,有只恁地平直说后自好底。如此诗末后一二章,虽不看上文,考下章便知得是恁地,自是高远,自是说得别人著。"⑤宋人许𫖮《彦周诗话》云:

> "燕燕于飞,差池其羽。之子于归,远送于野。瞻望弗及,泣涕如雨。"此真可泣鬼神矣。张子野长短句云:"眼力不知人,远上溪桥去。"东坡《送子由诗》云:"登高回首坡陇隔,惟见乌帽出复没。"皆远绍其意。⑥

此见解可谓精深矣。《邶风·二子乘舟》则主要通过一系列的动作描写来展

---

① 《十三经注疏》嘉庆刊本《毛诗正义》卷二(一)《邶风·燕燕》,第 627 页。
② (宋)王质:《诗总闻》卷二,中华书局,1985 年版,第 26 页。
③ (清)崔述:《读风偶识》卷二,中华书局,1985 年版,第 38 页。
④ (清)方玉润著,李先耕点校:《诗经原始》卷三,中华书局,1986 年版,第 125 页。
⑤ 吴文治主编:《宋诗话全编》第七册《辅广诗话》卷一,江苏古籍出版社,1998 年版,第 6876 页。
⑥ 《历代诗话》,第 378 页。

示送别者的心情。仅有两章八句,直赋其事,诗云:

> 二子乘舟,泛泛其景。愿言思子,中心养养。
> 二子乘舟,泛泛其逝。愿言思子,不瑕有害。

送人远行,思念不已。虽然所送之人及远行原因,我们不得而知,但这也正是此诗的高妙之处,适应了送别之人共有的抒情表达需要。因别而思的凄凉之感,通过细密的遣词造句,表达得淋漓尽致。清人陈继揆补辑《读风臆补》云:

> 不曰形而曰影,已有顾影堪怜之意。不曰行而曰逝,一去不返,影亦不复睹矣。真令人不堪卒读也。①

诚如是也。《秦风·渭阳》也是送别名篇,诗云:

> 我送舅氏,曰至渭阳。何以赠之?路车乘黄。
> 我送舅氏,悠悠我思。何以赠之?琼瑰玉佩。

全诗言有尽而意无穷,感情真挚动人。晋文公在外漂泊数十年,到了秦国,终于有机会回到晋国,临行时,太子秦康公为舅舅送行,禁不住惆怅感慨。来到渭水之滨,赠送舅舅黄马路车,祝福他旅途顺利,又送他以佩玉琼瑰,表白自己的真情实意。《毛诗序》云:"《渭阳》,康公念母也。康公之母,晋献公之女。文公遭丽姬之难,未反而秦姬卒。穆公纳文公,康公时为太子,赠送文公于渭之阳,念母之不见也。我见舅氏,如母存焉。"②太子康公送舅舅不忘追念母亲,血亲浓情何其感人。

有情人相送的场景总是缠绵悱恻,依依动人,如《郑风·遵大路》所赋:

> 遵大路兮,掺执子之祛兮。无我恶兮,不寁故也!
> 遵大路兮,掺执子之手兮。无我魗兮,不寁好也。

诗意深挚沉痛,凄凄惨惨,感人肺腑。朱熹《诗集传》根据宋玉赋有"遵大路兮揽子袪"之句,认为此诗"亦男女相说之词也"③,确实如此。有情人沿着大路送别,女子一路上拉着情郎的袖口不松手,柔情的话语说不完,嘱咐的话语重复了无数遍:不要嫌弃故人,旧情更不可忘。恋恋不舍之情催人泪下。清人牛运震《诗志》云:

---

① 聂石樵主编,雒三桂、李山注释:《诗经新注》,齐鲁书社,2000年版,第97页。
② (清)阮元校刻:《十三经注疏》嘉庆刊本《毛诗正义》卷六(四)《秦风·渭阳》,中华书局,2009年版,第795页。
③ (宋)朱熹注:《诗集传》卷四,中华书局,1958年版,第51页。

> 相送还成泣,只三四语抵过江淹一篇《别赋》。
> 思怨缠绵,意态中千回百折,故人情重,世道中不可少此一念。①

女子痴情的动作、神态、言语,真实诚恳,呼之欲出,令人过目难忘。

《邶风·九罭》以委婉的方式挽留客人,曲折表达依依相送之情,独具意味。"九罭之鱼,鳟鲂"的起兴,为极力挽留客人作了铺垫,意即取物各有器,我一定要想办法留住你。首先赞美客人"衮衣绣裳",品位高洁,望其心欢。接着用"鸿飞遵渚,公归无所。于女信处!鸿飞遵陆,公归不复。于女信宿",言鸿飞不当循小洲之渚,客人不宜归无处所,应该多住两个晚上;鸿飞不着陆,客人走了不再回来,所以应该留宿。巧妙设喻,殷勤劝留。最后采用"是以有衮衣兮"的极端手段,藏起客人的衣服,以达到"无以我公归兮,无使我心悲兮"的目的。晚明戴君恩《读风臆评》曰:

> 信处信宿,明知公之必归,明知公归之为大义,却说"无以我公归兮","无使我心悲兮",正诗之巧于写其爱处,真奇真奇。②

这样的惜别手法,令人不能不称奇。

其二,《雅》《颂》中送行仪式的盛大铺张。《毛诗序》云:"雅者,正也,言王政之所由废兴也。政有小大,故有小雅焉,有大雅焉。"③《大雅》中的《崧高》《烝民》《韩奕》都是周王送别使臣的篇章,以其宏大的仪式铺叙取胜。关于《崧高》的主旨,朱熹《诗集传》曰:"宣王之舅申伯出封于谢,而尹吉甫作诗以送之。"④其实是殿中大臣为王侯饯行大礼所作的歌乐。诗共八章,前五章先后阐述了其舅显赫的地位、申侯使命的重大、周宣王对申侯就封的关切,这些铺叙显示了此行的非同寻常。第六章云:

> 申伯信迈,王饯于郿。申伯还南,谢于诚归。
> 王命召伯,彻申伯土疆。以峙其粻,式遄其行。

点明周王在郿为申伯饯行,诗为送别而作。因此第七章赞美申伯的才干,"申伯番番,既入于谢。徒御啴啴。周邦咸喜,戎有良翰。不显申伯,王之元舅,文武是宪",勉励申伯凭借才干为国效力。宣王朝是一个"四夷交侵"的时代,申伯受封的谢地是周王朝防御楚国北犯的门户,以故此行保卫南疆安全意义重大,同时又可以削弱西戎对宗周的潜在威胁,可谓一石二鸟。送别

---

① 徐志春编著:《诗经译评》,外语教学与研究出版社,2010年版,第280页。
② 《诗经新注》,第293—295页。
③ 《十三经注疏》嘉庆刊本《毛诗正义》卷一(一)《周南·关雎》,第568页。
④ 《诗集传》卷十八,第212页。

中将国家大事用诗的语言彰显出来,显示了《诗经》时代诗歌所具有的独特政治功能。

《烝民》的意旨一如《崧高》。《诗集传》曰:"宣王命樊侯仲山甫筑城于齐,而尹吉甫作诗以送之。"① 诗中主要赞扬仲山甫的美德,以及他辅佐宣王时的盛况。首章统领全诗,第二至第六章歌颂仲山甫的功德,第七章"仲山甫出祖,四牡业业,征夫捷捷,每怀靡及。四牡彭彭,八鸾锵锵。王命仲山甫,城彼东方",转入送别,申述仲山甫的具体使命,即奉王命赴东方督修齐城,显明作诗本事。第八章"四牡骙骙,八鸾喈喈。仲山甫徂齐,式遄其归。吉甫作诵,穆如清风。仲山甫永怀,以慰其心",进一步点明仲山甫往齐奉职,尹吉甫赋诗慰行,祝愿成功。诗中铺叙送行场面肃穆壮观,隐含了惜别的政治意图。

《韩奕》与前两诗具有同样功用。陈奂《诗毛氏传疏》曰:"韩,韩侯。奕,犹奕奕也。宣王命韩侯为侯伯,奕奕然大,故诗以《韩奕》命篇。"② 《诗集传》曰:"韩侯初立来朝,始受王命而归,诗人作此以送之。"③ 诗的前两章述及周王对韩奕入朝的诰命,以及周王给韩奕丰厚的赏赐,第三章云:

> 韩侯出祖,出宿于屠。显父饯之,清酒百壶。其殽维何?
> 炰鳖鲜鱼。其蔌维何?维笋及蒲。其赠维何?乘马路车。
> 笾豆有且,侯氏燕胥。

彰显出了饯行的本意。饯宴上清酒百壶、炰鳖鲜鱼、维笋及蒲等丰盛的气象,加之乘马路车的赠物,说明周王对韩奕封国极其重视。韩侯之国地处周朝边远地带,迫于游牧民族的侵迫,边疆局势严峻,周王朝实有倚重于韩侯镇抚北疆的意愿,所以诗的第五章赞美韩侯国土肥美,物产丰饶,"孔乐韩土,川泽吁吁,鲂鱮甫甫,麀鹿噳噳,有熊有罴,有猫有虎"。卒章即第六章重申韩侯有镇抚北国的重任,"溥彼韩城,燕师所完。以先祖受命,因时百蛮。王锡韩侯,其追其貊。奄受北国,因以其伯。实墉实壑,实亩实籍。献其貔皮,赤豹黄罴",周王命韩侯统帅北国各部族首领,修城建河,治理田亩,负责进献征物。全诗在隆重的送行仪式中,寄予了对韩侯深厚的期冀,使惜别的情感附加上了戍守卫边的重大责任。

《小雅·皇皇者华》也是一篇君遣使臣的送别诗。《毛诗序》云:"君遣

---

① 《诗集传》卷十八,第214页。
② (清)陈奂:《诗毛氏传疏》(下)卷二十五,北京市中国书店,1984年版,第81页。
③ 《诗集传》卷十八,第216页。

使臣也，送之以礼乐，言远而有光华也。"①诗共五章，除了首章"皇皇者华，于彼原隰。駪駪征夫，每怀靡及"，以光明灿烂的原隰之花起兴，颂扬征夫使臣无暇顾及个人私怀外，其余四章云：

我马维驹，六辔如濡。载驰载驱，周爰咨诹。
我马维骐，六辔如丝。载驰载驱，周爰咨谋。
我马维骆，六辔沃若。载驰载驱，周爰咨度。
我马维骃，六辔既均。载驰载驱，周爰咨询。

四章仅仅变换个别词语，重章复沓，揄扬使臣风尘仆仆地来往奔驰，通过征求各方意见，达到集思广益的效果，其实是对使臣的教导、要求和期望。此诗反映了周王朝遣臣下访民情的咨询制度，颇有殊思。《小雅·白驹》及《周颂·有客》，与《豳风·九罭》可谓异曲同工，皆是以留写送，对照看来，二者在用词上十分相似，今人孙作云认为《白驹》是赞美宋公朝周助祭之作，②《有客》的《毛诗序》云："《有客》，微子来见祖庙也。"③可见两诗所送同为宋人，即殷商的后代。《白驹》中主人为了挽留客人，故意说客人的白驹"食我场苗"，"食我场藿"，因而借故将客人的白驹"絷之维之"，以使客人能够留下来"以永今朝"，乃至"以永今夕"，好客之情宛然若现。"于焉嘉客"和"尔公尔侯"两句，点出客人的公侯身份，地位尊贵。主人又告诉客人"慎尔优游，勉尔遁思"，即不要有快速离开的想法，再次挽留。最后一章"皎皎白驹，在彼空谷。生刍一束，其人如玉。毋金玉尔音，而有遐心"，写客人远去，深谷遗音，主人感慨惜别。《有客》的前四句"有客有客，亦白其马。有萋有且，敦琢其旅"，赞美客人白马驾车，随从众多，仪容整饬。殷人尚白，故言白马。中间四句"有客宿宿，有客信信。言授之絷，以絷其马"，让人用绳子绊住马足，挽留客人再多住一天。最后四句"薄言追之，左右绥之。既有淫威，降福孔夷"，周王派人追赶并设法留住客人，同时又祝福大德美盛的客人，一定能得到上天的恩赐。两诗不同于《九罭》的主要是客人独特的尊贵身份。宋人作为殷商先人的后代，一直是周人防范的对象，在采取瓦解消除其叛逆的同时，也可能采取羁縻臣服政策，以故诗中对客人的赞美、挽留、相娱等，看似亲密，实则有笼络其心的政治企图。

总而言之，《国风》中的送别诗是初民别离时素朴真挚情感的自然流露，或是亲情，感人肺腑；或是恋情，缠绵悱恻；或是友情，切切思念。而《雅》

---

① 《十三经注疏》嘉庆刊本《毛诗正义》卷九（二）《小雅·皇皇者华》，第868页。
② 孙作云：《诗经与周代社会研究》，中华书局，1966年版，第371页。
③ 《十三经注疏》嘉庆刊本《毛诗正义》卷十九（三）《周颂·有客》，第1286页。

《颂》中的君臣别离则由于政治色彩鲜明,突出的只是饯行场面的隆重和仪式的周到,以及委婉的客套,亦同样是古人情感的表达。《诗经》中两类侧重不同的送别诗,共同构成了春秋时代送别诗的整体风貌,诗歌中的送别场景如别后伫望、临别馈赠、祖道饯行、留客相送等,莫不对后世送别诗具有垂范意义。

二、汉代"苏李诗"的直抒情思

汉代的送别诗以历来被称道的"苏李诗"为代表,对后世尤其唐人的送别诗影响深远。明人陆时雍《诗镜总论》云:"苏李赠言,何温而戚也!多唏涕语,而无蹶蹙声,知古人之气厚矣。古人善于言情,转意象于虚圆之中,故觉其味之长而言之美也。"①清人费锡璜《汉诗总说》曰:"读汉诗不可看作三代衣冠,望而畏之;须看得极轻妙,极灵活,极风艳,极悲壮,极典雅,凡后人所谓妙处,无不具之。即如《阳关》一曲,唐人送别绝调,读李陵三诗,知从此化出。"②沈德潜《唐诗别裁集》凡例亦谓:"唐人诗虽各出机杼,实宪章八代。如李陵录别,开阳关三叠之先声。"③这些评价可以从不同方面启发我们领略苏李赠言诗的承前启后价值,认识其在送别诗史中的重要性。

关于"苏李诗",萧统《文选》卷第二十九《诗己·杂诗》(上)载李少卿《与苏武三首》,苏子卿《诗四首》;《古文苑》卷八载李陵《录别诗》八首,苏武《答李陵诗》和《别李陵》二首;逯钦立《先秦汉魏晋南北朝诗》汉诗卷十二《古诗》列有《李陵录别诗二十一首》,姑且撇开作者的真伪问题,皆以无名氏之诗对待,仍然可以从中体味出古人对离情别绪的真切感受。《文选》中李陵与苏武的三首诗可以作为一组诗看待,展示了离别之际的留恋之情。其一云:

> 良时不再至,离别在须臾。屏营衢路侧,执手野踟蹰。
> 仰视浮云驰,奄忽互相踰。风波一失所,各在天一隅。
> 长当从此别,且复立斯须。欲因晨风发,送子以贱躯。④

诗人从眼前的离别着笔,感慨良时不再来,离别倏忽在即。于是站在大路旁的离人,彼此拉着对方的手,徘徊踟蹰不肯离去。抬头仰视天空中飘荡不定的浮云,想象着即将天各一方而感伤不已。暂且珍惜眼前的片刻相向吧,实不忍送你乘风远游。其二云:

---

① 《历代诗话续编》,第1403页。
② 《清诗话》,第943页。
③ 《唐诗别裁集》,第5页。
④ (南朝梁)萧统编,(唐)李善注:《文选》,上海古籍出版社,1986年版,第1352页。

> 嘉会难再遇,三载为千秋。临河濯长缨,念子怅悠悠。
> 远望悲风至,对酒不能酬。行人怀往路,何以慰我愁?
> 独有盈觞酒,与子结绸缪。①

可谓临行话别,表达别后的思念之情。离别的日子虽短犹长,悠远的思念无穷无尽,只好借酒慰愁。"独有盈觞酒,与子结绸缪"两句,很容易使人联想到王维《送元二使安西》中"劝君更尽一杯酒,西出阳关无故人"②一联。钟嵘《诗品·汉都尉李陵》云:"其源出于《楚辞》,文多凄怆,怨者之流。"③其三云:

> 携手上河梁,游子暮何之? 徘徊蹊路侧,恨恨不得辞。
> 行人难久留,各言长相思。安知非日月,弦望自有时。
> 努力崇明德,皓首以为期。④

此诗写离人间的共勉相约。从大路旁走上了河梁,仍然舍不得分手,无奈暮色即临,行人难以再久留,于是嘱咐要常相思,要终明德,希望暮年再相会。沈德潜论曰:"一唱三叹,感寤具存,无急言竭论,而意自长、言自远也。"⑤这组诗直抒胸臆,情思无限,动作、心理描写真实自然,较之于《诗经》时代的铺叙送别更含蓄蕴藉,诗中的语言、情感、景物等,对后代送别诗都有启后的意义,故刘熙载《艺概》卷二《诗概》曰:"李陵赠苏武五言但叙别愁,无一语及于事实,而言外无穷,使人黯然不可为怀。"⑥释皎然《诗议》云:"少卿以伤别为宗,文体未备,意悲词切,若偶中音响,《十九首》之流也。"⑦诚非虚言也。

《文选》中苏武的四首诗,分别抒发了兄弟、夫妻、友朋之间的别离之情,真切动人。兄弟乃一母同胞,情同手足,古人最重。诗云:

> 骨肉缘枝叶,结交亦相因。四海皆兄弟,谁为行路人。
> 况我连枝树,与子同一身。昔为鸳与鸯,今为参与辰。
> 昔者常相近,邈若胡与秦。惟念当离别,恩情日以新。
> 鹿鸣思野草,可以喻嘉宾。我有一罇酒,欲以赠远人。
> 愿子留斟酌,叙此平生亲。⑧

---

① 《文选》,第1353页。
② 《王维诗注》,第288页。
③ 《历代诗话》,第6页。
④ 《文选》,第1353页。
⑤ (清)沈德潜选,何长文点校:《古诗源》卷二,吉林人民出版社,1999年版,第40页。
⑥ (清)刘熙载:《艺概》卷二《诗概》,上海古籍出版社,1978年版,第52页。
⑦ 张伯伟:《全唐五代诗格汇考》,凤凰出版社,2002年版,第203页。
⑧ 《文选》,第1354页。

形象地道出了兄弟情深的难舍难离。诗中以"骨肉"和"连枝树"比喻手足之情,以"鸳与鸯"比拟往昔亲密的生活,以"参与辰"两星的不相遇暗喻别离,回忆从前的常相近,想到别后的遥远渺茫,诗人禁不住悲愁之感油然而生,只能以樽酒赠送远人,慰藉亲情。朴实的语言,生动的比喻,将骨肉别离的不忍之情和盘托出,影响千古,不废江河。夫妻之情是忠贞爱情的结晶,无可替代。诗云:

> 结发为夫妻,恩爱两不疑。欢娱在今夕,嬿婉及良时。
> 征夫怀往路,起视夜何其?参辰皆已没,去去从此辞。
> 行役在战场,相见未有期。握手一长叹,泪为生别滋。
> 努力爱春华,莫忘欢乐时。生当复来归,死当长相思。①

歌颂了生死相依的夫妻恩爱。丈夫应征赴役的前夜,留别妻子,不胜感伤。回忆婚后的美满幸福,念及征役之路的漫漫无期,握着爱人的手泪下如雨。谆谆告诫妻子要好好保重,服役结束后自己会及时归来,假如阵亡也愿她莫忘相思。这样的情怀在如话家常中表白出来,质直无华却感人肺腑,诚能辉映史册。

友人作为生活中的志同道合者,别离亦难。《黄鹄一远别》和《烛烛晨明月》两首诗为吟诵友情的名篇。"黄鹄一远别,千里顾徘徊。胡马失其群,思心常依依",连用黄鹄和胡马在远别时"顾徘徊""常依依"的比喻,表达临别依依、流连忘返的心理。"何况双飞龙,羽翼临当乖。幸有弦歌曲,可以喻中怀。请为游子吟,泠泠一何悲!丝竹厉清声,慷慨有余哀。长歌正激烈,中心怆以摧。欲展清商曲,念子不能归",借写弦歌音响的凄厉哀痛,抒写送别的悲伤心情。最后四句"俯仰内伤心,泪下不可挥。愿为双黄鹄,送子俱远飞",直写内心的伤感,恨不能如黄鹄般伴随友人行踪。以鸟喻人,以鸟飞喻人之行动,本是古诗习见的表现方式,诗中托物喻人,借黄鹄、胡马、丝竹抒情,情意悲切,感人至深。《烛烛晨明月》一诗是从中原地区送友人南行,"烛烛晨明月,馥馥我兰芳。芬馨良夜发,随风闻我堂。征夫怀远路,游子恋故乡",描写离别前夜的秋景,兴起离别的感怀。"寒冬十二月,晨起践严霜。俯观江汉流,仰视浮云翔。良友远离别,各在天一方。山海隔中州,相去悠且长",想象友人行程中起早贪黑,跨越江汉,走向远方。"嘉会难两遇,欢乐殊未央。愿君崇令德,随时爱景光",相会难再,祝愿珍重,一如前云"努力崇明德,皓首以为期"。沈德潜评此诗曰:"写情款款,淡而弥悲。"明

---

① 《文选》,第1355页。

代无名氏《竹林诗评》云:"苏武之作,称为高古,非清庙之瑟,朱弦疏豁,一唱三和,更无可喻之。"①皆可谓是真知灼见。

《先秦汉魏晋南北朝诗》汉诗卷十二《古诗》的《李陵录别诗二十一首》中,《陟彼南山隅》和《双凫俱北飞》二首,同为友人南北分别的诗作,再现了离别的忧伤。"陟彼南山隅,送子淇水阳。尔行西南游,我独东北翔",登上那南山,来到淇水之北,送别友人。"辕马顾悲鸣,五步一彷徨。双凫相背飞,相远日已长",托物喻人,马尚悲鸣彷徨,更遑论人呢。"远望云中路,想见来圭璋。万里遥相思,何益心独伤。随时爱景曜,愿言莫相忘",②但愿别后相思勿相忘。此诗语类"黄鹄一远别",诚恳感人。《双凫俱北飞》云:

> 双凫俱北飞,一凫独南翔。子当留斯馆,我当归故乡。
> 一别如秦胡,会见何讵央。怆恨切中怀,不觉泪沾裳。
> 愿子长努力,言笑莫相忘。③

借双凫分飞比喻人之别离,想象分别之后如秦胡那样遥远而难以见面,禁不住心中悲怆,只能勉励友人努力向上,长思勿相忘。以上诗歌语言古朴,遣词似脱口而出,情感不加雕饰,深衷浅貌,语短情长,自是高古而令人心仪。

《古诗十九首》中慨叹别离的首推《行行重行行》。"行行重行行,与君生别离",起首言初别之情,行程遥远,时间久远。"相去万余里,各在天一涯。道路阻且长,会面安可知",路远会难,不得相见。"胡马依北风,越鸟巢南枝。相去日已远,衣带日已缓",日久相思,衣带渐宽。"浮云蔽白日,游子不顾返。思君令人老,岁月忽已晚。弃捐勿复道,努力加餐饭"④,岁月不辍,宽慰期待。全诗确如元代陈绎曾《诗谱》所云:"情真,景真,事真,意真。澄至清,发至情。"⑤用意措词,微而深婉。清人牟愿相《小澥草堂杂论诗》曰:"《十九首》如星罗秋旻,芒寒久耀。苏李诗如清庙朱弦,古音嘹唳。"⑥苏李诗和《十九首》皆典雅深情,令人击节。

综观汉代的送别诗,一改《诗经》时代通过记叙送别故事来表达感情的间杂方式,开门见山,直抒胸臆,温婉儒雅。或执手踯躅,对酒怅悲,或托物喻人,愿言相思,或殷殷叮嘱,愿君崇令德,努力加餐饭,质朴无华的

---

① 《古诗源》卷二,第 41 页。
② 逯钦立辑校:《先秦汉魏晋南北朝诗·汉诗》卷十二,中华书局,1983 年版,第 340 页。
③ 同上,第 341 页。
④ 同上,第 329 页。
⑤ 《历代诗话续编》,第 627 页。
⑥ 《清诗话续编》,第 911 页。

情感表白焕发出至真的艺术魅力,给后世送别诗以无尽的艺术启迪和营养滋润。

三、魏晋南北朝"祖饯诗"的标举吟咏

魏晋南北朝时期送别诗明显增多,随着五言诗体的成熟,在《诗经》时代铺叙言情和汉代直抒胸臆的基础上,送别诗通过在题目中标明送、别等字样,融合叙事和抒情方式,开始走上了独立发展的道路。《文选》卷第二十《诗甲·祖饯》选有八首诗,即曹子建《送应氏诗二首》、孙子荆《征西官属送于陟阳候作诗》一首、潘安仁《金谷集作诗》一首、谢宣远《王抚军庾西阳集别时为豫章太守庾被徵还东》一首、谢灵运《邻里相送方山诗》一首、谢玄晖《新亭渚别范零陵诗》一首,以及沈休文《别范安成诗》一首,是此一时期送别诗的代表。萧统的这一标举具有深远意义,使得送别诗的送别主题趋于明朗,送别题材开始以一种独立的面目,进入日常生活领域,促进了送别诗的长足发展。

"祖饯"类诗八首,送别诗和留别诗各一半,涵盖了魏晋南北朝各个时期的作品。曹植的《送应氏诗二首》为送别应场、应璩兄弟而作。建安十六年七月,曹操从邺城出发西征马超,曹植随行经过洛阳,于此设宴送别应氏兄弟北上。第一首诗云:

> 步登北芒坂,遥望洛阳山。洛阳何寂寞,宫室尽烧焚。
> 垣墙皆顿擗,荆棘上参天。不见旧耆老,但睹新少年。
> 侧足无行径,荒畴不复田。游子久不归,不识陌与阡。
> 中野何萧条,千里无人烟。念我平常居,气结不能言。①

诗中没有直接写送别之事,而是从董卓之乱对洛阳的破坏写起,将叙事与抒情结合起来,展示了送别场景的凄惨和悲凉,为别离笼罩上了一层阴云。第二首起言"清时难屡得,嘉会不可常。天地无终极,人命若朝霜",慨叹时政恶化,人生无常,引出惜别饯筵。"愿得展嬿婉,我友之朔方。亲昵并集送,置酒此河阳。中馈岂独薄,宾饮不尽觞。爱至望苦深,岂不愧中肠",友人北行,诗人于河阳设宴饯行,同情应氏怀才不遇,而又无能相助,深感歉疚。最后四句"山川阻且远,别促会日长。愿为比翼鸟,施翮起高翔"②,写别后山川路远,相会实难,设想自己变为飞鸟,与友人一起远行。清人陈祚明《采菽堂古诗选》评论曰:

---

① 《文选》,第 974 页。
② 同上,第 974—975 页。

此诗用意宛转,曲曲入情。以人命之不常,惜别离之难遭。临歧凄楚,行者又非壮游,相爱虽深,愧难援手。留连片晷,但怨不欢,因作强辞自解,妄意会日之长。①

整体说来,由于战乱的创伤和政治地位的尴尬,因此曹植送别时的心态极其复杂,虽有伤时叹乱的笔墨,但结尾仍归结至感离惜别的主题。

孙楚《征西官属送于陟阳候作诗》一首是流传后世的佳作,曾屡被钟嵘、沈约等文论家所称引,被誉为"子荆零雨之章",究其实诗中只有前四句"晨风飘歧路,零雨被秋草。倾城远追送,饯我千里道",是写别离情景。其时征西将军扶风王司马骏将远行,孙楚随同,于是记述了属下于陟阳候亭相送的场面。风飘雨零的景色衬托出别离的悲愁,倾城饯送的人群显示了将军的威武。前两句巧妙地融合了李陵《与苏武》"欲因晨风发,送子以贱躯"和《诗经·豳风·东山》"零雨其濛"的诗意,出神入化,最为后世称道。诗的后半部分"三命皆有极,咄嗟安可保?莫大于殇子,彭聃犹为夭。吉凶如纠纆,忧喜相纷绕。天地为我炉,万物一何小?达人垂大观,诚此苦不早。乖离即长衢,惆怅盈怀抱。孰能察其心?鉴之以苍昊。齐契在今朝,守之与偕老"②,全是玄言议论,可谓以玄理消释别情的玄言诗,这也是当时贵老庄、尚玄言风气影响的结果。

太康年间潘岳的《金谷集作诗》一首,代表了宴集类送别诗的风格。据石崇《金谷诗序》曰"余以元康六年,从太仆卿出为使,持节监青、徐诸军事,有别庐在河南县界金谷涧。时征西大将军祭酒王诩当还长安,余与众贤共送涧中,赋诗以叙中怀",可知诗为饯送征西将军祭酒王诩回长安而作。诗的开头"王生和鼎实,石子镇海沂。亲友各言迈,中心怅有违。何以叙离思?携手游郊畿",交代了送别的缘由和方式,惆怅言别,携手共游。中间部分"朝发晋京阳,夕次金谷湄。回溪萦曲阻,峻阪路威夷。绿池泛淡淡,青柳何依依。滥泉龙鳞澜,激波连珠挥。前庭树沙棠,后园植乌椑。灵囿繁若榴,茂林列芳梨。饮至临华沼,迁坐登隆坻。玄醴染朱颜,但愬杯行迟。扬桴抚灵鼓,箫管清且悲",主要描写郊游所见之山水美景,恭维主人宴会盛况。结尾以"春荣谁不慕?岁寒良独希!投分寄石友,白首同所归"③,表达惜别之意,希望情谊长存。

相较于以上四首诗的间杂感怀、玄理、山水之景,谢瞻的《王抚军庚西阳

---

① (清)陈祚明:《采菽堂古诗选》卷六,上海古籍出版社,2008年版,第184页。
② 《文选》,第975—976页。
③ 同上,第977—978页。

集别时为豫章太守庾被征还东》就显得纯净了许多。起首"祗召旋北京,守官反南服。方舟新旧知,对筵旷明牧",点题写别离之人及事由。据此诗题下李善注引沈约《宋书》曰:"王弘为豫州之西阳新蔡诸军事、抚军将军、江州刺史。庾登之为西阳太守,入为太子庶子。"又引《集序》曰:"谢还豫章,庾被征还都,王抚军送至溢口南楼作。"可知诗人要返还所守豫章郡,友人庾登之应诏入京,一南一北,背道分离,王抚军于溢口设宴送行。"举觞矜饮饯,指途念出宿。来晨无定端,别晷有成速",以酒饯行,情意绵绵,叹人生聚散无常。"颓阳照通津,夕阴暧平陆。榜人理行舻,輶轩命归仆。分手东城闉,发棹西江隩",不知不觉中夕阳西下,阴霭笼罩,江边兰舟鸣笛,岸上车行马嘶,离人不得不分手各奔东西。"离会虽相亲,逝川岂往复。谁谓情可书?尽言非尺牍"①,借流水逝川喻相聚的美好时光难以复返,表达离情深切,不是书信所能尽述的依恋。诗中围绕离别在即,将叙事写景抒情融合一体,突出了离别的感受。

谢灵运的《邻里相送方山诗》是永初三年(422)离开建康赴任永嘉太守时所作,"邻里"泛指在京城交往的亲朋好友,首联"祗役出皇邑,相期憩瓯越",点明别离背景。"解缆及流潮,怀旧不能发",对故人充满眷恋。"析析就衰林,皎皎明秋月",摹物写景意境凄凉。"含情易为盈,遇物难可歇。积疴谢生虑,寡欲罕所阙",旅途萧索不能自已。"资此永幽栖,岂伊年岁别。各勉日新志,音尘慰寂蔑"②,就此幽栖,长别故人,期望别后互勉,日新其德,互通音讯,以慰孤怀。虽然此诗的送别对象是泛言,但并不影响诗人离别情感的抒发。

谢朓的《新亭渚别范零陵诗》一首,是为送别范云而作,李善注引《十洲记》曰"丹阳郡新亭在中兴里,吴旧亭也",又引《梁书》曰"范云,齐世为零陵郡内史"。诗的发端"洞庭张乐地,潇湘帝子游。云去苍梧野,水还江汉流",从所见之景写起,而又融入典故传说,营造了一个苍茫凄婉的别离氛围。"停骖我怅望,辍棹子夷犹。广平听方籍,茂陵将见求",借用典故谓二人将被见用,各奔东西,惆怅相望,不忍别离。结句"心事俱已矣,江上徒离忧",化用《楚辞》"思公子兮徒离忧"之意,③表达别后思念的深情。范云和谢朓同属萧齐"竟陵八友"文人集团,诗中表达了别离之际的不堪伤痛。

如果说谢瞻、谢灵运、谢朓三人诗中尚有当时山水诗的痕迹,那么沈约

---

① 《文选》,第979—980页。
② 同上,第981页。
③ 同上,第981—982页。

的《别范安成诗》一首,则是最为后人称赏的送别诗。范安成即沈约的友人范岫,永明后期,曾出为建威将军安成内史。诗的前半部分"生平少年日,分手易前期。及尔同衰暮,非复别离时",颇富哲理,年少时把来日相逢看成是很容易的事,及至年老时就不宜再随意分开了。后半部分"勿言一樽酒,明日难重持。梦中不识路,何以慰相思"①,劝酒感离,言别后不易相聚,即使梦中也难以寻见,如何安慰相思之情呢? 此处暗用《韩非子》中张敏与高惠相好为友,分别之后,张敏屡次在梦中寻访高惠,但都中途迷路而回的典故,加重了别离黯然神伤的愁绪。沈德潜论曰:"一片真气流出,句句转,字字厚,去《十九首》不远"。② 清人贺贻孙《诗筏》云:"沈休文《别范安成》诗,虽风骨遒上,为齐、梁间仅见,然已渐似李太白、孟襄阳、高达夫、岑嘉州近体矣。"③可谓确论。

要而言之,《文选》"祖饯"类八首诗的共同点是以抒写别离之情为主旨,尽管受当时诗坛风气的影响,杂有感时、玄言、山水诗的影子,但突出的仍然是别离时双方的感受,抒发的是惜别依依、聚散无常、别后思念、慰藉伤痛等远离恨别的真挚情感,不同于公宴类的歌颂宴会,赠答类的抒写交情,杂诗类的抒怀感时,虽然公宴类、赠答类、杂诗类诗中,也收录有关涉祖饯内容的诗歌,但其重点并非抒写别情。祖饯诗实为送别诗,命为祖饯只是传承了古人送别时祖道饯行的习俗,可以说《文选》"祖饯"类诗歌奠定了送别诗的独立地位,彰显了送别诗的价值意义,开辟了送别诗的广阔前景。

《文选》"祖饯"类诗外的其他送别诗,由于诗人从不同的角度审视别离,因而表现出丰富多样的特色,有旁观者的代言离情,有私性情怀的交谊,有奢华的宴会类集送,也有泛言送别的抒情等,大多是"离群托诗以怨",标志着此一阶段送别诗开始走向成熟。

汉末魏初送别诗的内容多与战乱有关,东汉末年的董卓之乱使中原地区遭受了长期的兵燹之灾,战乱使得大批流民背乡离井,逃往他处,因而离别的场景甚为凄惨,表现于送别诗中则多哀伤愁怨,缠绵悱恻,凄婉感人,如曹丕的《清河见挽船士新婚与妻别作》和《见挽船士兄弟辞别诗》④等为亲人送别的诗歌。《清河见挽船士新婚与妻别作》是一首以妻子口吻书写的送别诗,当作于曹操平定袁谭之时,为了灭袁谭,曹操有可能征发当时邺城附近

---

① 《文选》,第 983 页。
② 《古诗源》卷十二,第 246 页。
③ 《清诗话续编》,第 162 页。
④ 夏传才、唐绍忠:《建安文学全书·曹丕集校注》,河北教育出版社,2013 年版,第 17—18、15 页。

的百姓服兵役,这个挽船士(纤夫)可能就是被征的对象。诗的发端"与君结新婚,宿昔当别离",谓新婚夫妻即将分别。"凉风动秋草,蟋蟀鸣相随。冽冽寒蝉吟,蝉吟抱枯枝。枯枝时飞扬,身轻忽迁移",通过一系列苍凉秋景的描写,营造出悲凉的气氛、悲伤的情感,使人仿佛感受到那生离死别的情景。"不悲身迁移,但惜岁月驰。岁月无穷极,会合安可知?愿为双黄鹄,比翼戏清池",因为战争形势的瞬息万变,妻子无奈地感叹"会合安可知",但愿相随的幻想,使别离倍感凄惨悲苦。《见挽船士兄弟辞别诗》云:

郁郁河边树,青青野田草。舍我故乡客,将适万里道。
妻子牵衣袂,抆泪沾怀抱。还附幼童子,顾托兄与嫂。
辞诀未及终,严驾一何早。负筝引文舟,饱渴常不饱。
谁令尔贫贱,咨嗟何所道!

此诗可能与上首诗作于同时。一个挽船士离家服役前辞别家人,从对故乡的留恋,写到与妻子难舍难分,再到将家事托付兄嫂,最后慨叹命运不济,说明挽船士心中明了此行的艰难。曹魏时期实行的是士家制,兵士世代当兵已经成为一种传统,且其社会地位极低,两首诗反映的当是这一现象。曹丕所作虽为代言体,但生离死别的凄凉无奈仍真切感人,催人下泪。

"建安七子"中王粲的《赠蔡子笃》和应场的《别诗二首》,代表了建安文人世积乱离、风衰俗怨的别离情怀。蔡子笃即蔡睦,为尚书,王粲与他一同避难荆州,子笃还时,仲宣作此诗相赠。诗为四言长诗,"翼翼飞鸾,载飞载东。我友云徂,言戾旧邦。舫舟翩翩,以溯大江。蔚矣荒涂,时行靡通。慨我怀慕,君子所同",言子笃离去,我心感怀思慕。"悠悠世路,乱离多阻。济岱江衡,邈焉异处。风流云散,一别如雨。人生实难,愿其弗与",乱世最忧分离,愿友人勿遭逢不顺。"瞻望遐路,允企伊伫。烈烈冬日,肃肃凄风。潜鳞在渊,归雁载轩。苟非鸿雕,孰能飞翻?虽则进慕,予思罔宣。瞻望东路,惨怆增叹。率彼江流,爱逝靡期。君子信誓,不迁于时。及子同寮,生死固之",谓伫立怅望,倍觉凄凉,思绪联翩,愿与友人生死与共。"何以赠行,言授斯诗。中心孔悼,涕泪涟洏。嗟尔君子,如何勿思?"[①]赋诗赠行,不胜悲怆,深切思念。应场的《别诗二首》云:

朝云浮四海,日暮归故山。行役怀旧土,悲思不能言。悠悠涉千里,未知何时旋。

[①] 张蕾校注:《建安文学全书·王粲集校注》,河北教育出版社,2013年版,第1页。

> 浩浩长河水,九折东北流。晨夜赴沧海,海流亦何抽。远适万里道,归来未有由。临河累太息,五内怀伤忧。①

当是别友之作,也有人以为是别妻之作。两诗的发端都以写景起兴,接着点明离别远行,结以不知归期的惆怅渺茫和叹息忧伤的悲凉。建安诗风的悲凉情调在二人的送别诗中同样存在,忧伤泯乱、怀才不遇的情怀,造就了送别诗痛彻肺腑的悲怆情感。诗人阮籍曰"原睹卒欢好,不见悲别离"②,正是建安诗人的共同心愿。

两晋南朝文人的送别诗中稍多玄理和山水风景,有时往往冲淡了离别真情的抒发。陆机《豫章行》曰"乐会良自古,悼别岂独今"③,已有化解离别愁苦之意,其《祖道毕雍孙刘边仲潘正叔》诗云:

> 皇储延髦俊,多士出幽遐。适遂时来运,与子游承华。
> 执笏崇贤内,振缨层城阿。毕刘赞文武,潘生莅邦家。
> 感别怀远人,愿言叹以嗟。④

诗中言诸人士适逢时运,执笏振缨,宦游仕途,冲淡了别离的悲戚,故怀远叹嗟只是常情俗语。潘岳的《北芒送别王世胄诗五章》是一组亲戚之间的送别诗,共五首。《世说新语》记载:

> 谢胡儿作著作郎,尝作《王堪传》。不谙堪是何似人,咨谢公。谢公答曰:世胄亦被遇。堪,烈之子,阮千里姨兄弟,潘安仁中外。安仁诗所谓"子亲伊姑,我父唯舅"。是许允婿。
> 刘孝标注:《晋诸公赞》曰:堪字世胄,东平寿张人,少以高亮义正称,为尚书左丞,有准绳操,为石勒所害。岳集曰:堪为成都王军司马,岳送至北邙别。⑤

王世胄即王堪,与阮瞻为姨表兄弟,与潘岳为姑表兄弟,是许允的女婿。在第一首诗中,潘岳首先说明了两个人的关系,"子亲伊姑,我父惟舅",将姑表兄弟比喻成"昆同瓜瓞"。中间的三首诗似乎与送别没有关系,几乎是以谈玄为立意。第五首诗才直接写到送别,"朱镳既扬,四辔既整。驾言钱行,告

---

① 林家骊校注:《建安文学全书·阮瑀应玚刘桢合集校注》,河北教育出版社,2013年版,第60—61页。
② (三国魏)阮籍著,郭光校注:《阮籍集校注》,《咏怀诗之七》,中州古籍出版社,1991年版,第134页。
③ (晋)陆机:《陆士衡集(附札记)》,中华书局,1985年版,第32页。
④ 同上,第26—27页。
⑤ 徐震堮:《世说新语校笺》卷中《赏誉第八》,中华书局,1984年版,第267页。

辞芒岭。情有迁延,日无余景。回辕南翔,心焉北骋"①,王堪驾着马车,潘岳到邙岭饯行。王堪虽然南行,但他的心仍然牵挂着在洛阳的亲友,用彼此的挂念来表达离情。

潘岳从子潘尼的两首送别诗仍然有玄言诗的意味。《送卢弋阳景宣》中"知命虽无忧,仓卒意低回。叹气从中发,洒泪随襟颊。九重不常键,闾阖有时开。愧无纻衣献,贻言取诸怀",反映了诗人崇尚情缘而又无可奈何的心态。作者将所要表达的"杨朱焉所哭,歧路重别离。屈原何伤悲,生离情独哀"鲜明悲伤情感,隐匿在了谈玄的辞藻之中。《送大将军掾卢晏》起首即以"赠物虽陋薄,识意在忘言"的玄理引入,中间以"琼琚尚交好,桃李贵往还",表明两人感情深厚,最后落脚到"萧艾苟见纳,贻我以芳兰"②的虚幻之中。张载《送钟参军》中的两句"善见理不拔,阐道播徽容"③,也属于玄言诗,表明了玄理在友人交往中的作用。李充《送许从》云"来若迅风欢,逝如归云征。离合理之常,聚散安足惊"④,则更形象地直言离别乃常理,聚散不足惊,无须黯然销魂,玄言玄理扭曲了文人对别离情感的真诚抒写。

玄言诗让位于山水诗后,送别诗中又多以山水风景寄托离情。殷仲文《送东阳太守》曰:

> 昔人深诚叹,临水送将离。
> 如何祖良游,心事屏在斯。
> 虚亭无留宾,东川缅逶迤。⑤

故友东阳太守即将远离京城,诗人临水相送,面对好友即将离去,深感无可奈何,望着人去虚空的亭子,放眼大江蜿蜒东去,诗人的感怀尽在这不言之中。有人说殷仲文的诗中山水成分已渐多,观此诗,当为不谬。陶渊明的《于王抚军座送客》和前文引谢瞻的《王抚军庾西阳集别作》为同一时所作,诗云:

> 冬日凄且厉,百卉具已腓。爰以履霜节,登高饯将归。
> 寒气冒山泽,游云倏无依。洲渚思绵邈,风水互乖违。
> 瞻夕欣良宴,离言聿云悲。晨鸟暮来还,悬车敛余晖。
> 逝止判殊路,旋驾怅迟迟。目送回舟远,情随万化遗。⑥

---

① 董志广:《潘岳集校注》,天津古籍出版社,2005年版,第233—236页。
② 《先秦汉魏晋南北朝诗·晋诗》卷八,第769—770页。
③ 《先秦汉魏晋南北朝诗·晋诗》卷七,第743页。
④ 《先秦汉魏晋南北朝诗·晋诗》卷十一,第857页。
⑤ 《先秦汉魏晋南北朝诗·晋诗》卷十四,第934页。
⑥ (晋)陶渊明著,袁行霈笺注:《陶渊明集笺注》,中华书局,2003年版,第150页。

王抚军即江州刺史王弘,宋武帝永初二年(421)秋,庾登之应召入京都,谢瞻赴豫章(今江西南昌),王弘在湓口(今九江市西)为他们设宴送别,陶渊明亦应邀在座。诗中将凄厉肃杀的冬景与感伤悲愁的别绪融为一体,层层点染,反复描摹,既表达了惜别之情,也传达出了诗人旷迈的胸怀。

谢瞻、谢灵运所赋的同题诗《九日从宋公戏马台集送孔令诗》,亦是借景言情之作。戏马台,又称掠马台,项羽所筑,在今江苏徐州市南。晋安帝义熙十二年(413),宋武帝刘裕北征,"九月,公次于彭城,加领徐州刺史"①。《宋书》卷五十四《孔季恭传》云:"宋台初建,令书以为尚书令,加散骑常侍,又让不受,乃拜侍中、特进、左光禄大夫。辞事东归,高祖饯之戏马台,百僚咸赋诗以述其美。"②可知谢瞻和谢灵运的同题诗即作于本年九月九日的徐州。谢瞻诗云:

> 风至授寒服,霜降休百工。繁林收阳彩,密苑解华丛。
> 巢幕无留燕,遵渚有归鸿。轻霞冠秋日,迅商薄清穹。
> 圣心眷嘉节,扬銮戾行宫。四筵沾芳醴,中堂起丝桐。
> 扶光迫西汜,欢余宴有穷。逝矣将归客,养素克有终。
> 临流怨莫从,欢心叹飞蓬。③

谢灵运诗云:

> 季秋边朔苦,旅雁违霜雪。凄凄阳卉腓,皎皎寒潭絜。
> 良辰感圣心,云旗兴暮节。鸣笳戾朱宫,兰卮献时哲。
> 饯宴光有孚,和乐隆所缺。在宥天下理,吹万群方悦。
> 归客遂海隅,脱冠谢朝列。弭棹薄枉渚,指景待乐阕。
> 河流有急澜,浮骖无缓辙。岂伊川途念,宿心愧将别。
> 彼美丘园道,喟焉伤薄劣。④

两诗皆是从眼前所见之景赋笔,描摹秋景的衰飒、燕去鸿飞、寒霜凄卉等,将别离的愁绪皴染殆尽。诗中同时描绘了宴席的盛况,对刘裕予以称颂,最后回到送别,两诗的应景色彩较浓,情感不甚感人,代表了此一阶段公宴送别诗的特点。又如永明九年(490),谢朓以随郡王文学的身份同萧子隆远赴荆州,西邸众文士为之设宴饯行,王融、沈约、虞炎、范云、刘绘等人,作有多首《饯谢文学离夜》诗,内容不外春夜、江洲、聚会、离情几个元素的变相组合,多是逞词竞彩,表现宴集隆盛。倒是谢灵运的《酬从弟惠连》五章中"分离

---

① 《宋书》卷二《武帝纪中》,第 36 页。
② 《宋书》卷五十四《孔季恭传》,第 1532 页。
③ 《先秦汉魏晋南北朝诗·宋诗》卷一,第 1131 页。
④ 《先秦汉魏晋南北朝诗·宋诗》卷二,第 1157—1158 页。

别西川,回景归东山。别时悲已甚,别后情更延"①,以及宋孝武帝刘骏的《幸中兴堂饯江夏王》"送行怅川逝,离酌偶岁阴。阴云掩欢绪,江山起别心"②,皆以逝水云山喻别离之情,将山水情怀和离别悲愁相融无间。

鲍照的《拟行路难》中有不少离别感怀,送别诗数量亦不少,都是纯粹赠送友朋亲人的,如《吴兴黄浦亭庾中郎别》《与伍侍郎别》《送别王宣城》《和傅大农与僚故别》《送盛侍郎饯候亭》《与荀中书别》《送从弟道秀别》等,莫不在感伤之外,羼入个人身世之悲,写得真挚绵邈,温情感人。尽管仍有山水风景描写,但已流露出吟咏性情的导向。如《吴兴黄浦亭庾中郎别》云:

> 风起洲渚寒,云上日无辉。连山眇烟雾,长波迥难依。
> 旅雁方南过,浮客未西归。已经江海别,复与亲眷违。
> 奔景易有穷,离袖安可挥。欢觞为悲酌,歌服成泣衣。
> 温念终不渝,藻志远存追。役人多牵滞,顾路惭奋飞。
> 昧心附远翰,炯言藏佩韦。③

除起首四句描绘眼前景色,兴象奇妙外,通篇直抒离情别愁,表达了深厚的友朋交谊。《送从弟道秀别》云:

> 参差生密念,踯躅行思悲。悲思恋光景,密念盈岁时。
> 岁时多阻折,光景乏安怡。以此苦风情,日夜惊悬旗。
> 登山临朝日,扬袂别所思。浸淫旦潮广,澜漫宿云滋。
> 天阴惧先发,路远常早辞。篇诗后相忆,杯酒今无持。
> 游子苦行役,冀会非远期。④

语悲思苦,情深意长,结尾希望从弟少受行役之苦,早日回来。鲍照送别诗的突出之处即是纯写别情离怀,从别时风景、别时人事到别后祝福思念,兼以比兴寄寓纷飞,情感诚挚深沉。又如《与荀中书别》云:

> 劳舟厌长浪,疲斾倦行风。连翩感孤志,契阔伤贱躬。
> 亲交笃离爱,眷恋置酒终。敷文勉征念,发藻慰愁容。
> 思君吟涉洧,抚己谣渡江。惭无黄鹤翅,安得久相从。
> 愿遂宿知意,不使旧山空。⑤

---

① 《先秦汉魏晋南北朝诗·宋诗》卷三,第 1175 页。
② 《先秦汉魏晋南北朝诗·宋诗》卷五,第 1221 页。
③ (南朝宋)鲍照著,钱仲联增补集说校:《鲍参军集注》,上海古籍出版社,2005 年版,第 290—291 页。
④ 《鲍参军集注》,第 296 页。
⑤ 同上,第 301 页。

起首劳舟、疲舾为写景,连翮、契阔为比兴,中间置酒、敷文为人事,思君、慙无为别后想象,结句为祝愿。全诗围绕送别情感的抒发不枝不蔓地展开,显现出送别诗的渐趋成熟。

谢朓的送别诗以写景清丽取胜,如《送江水曹还远馆》《送江兵曹檀主簿朱孝廉还上国诗》《临溪送别》《暂使下都夜发新林至京邑赠西府同僚》等,皆受到后人的好评。《送江水曹还远馆》云:

> 高馆临荒途,清川带长陌。上有流思人,怀旧望归客。
> 塘边草杂红,树际花犹白。日暮有重城,何由尽离席。①

王世贞《艺苑卮言》以为:"玄晖不唯工发端,撰造精丽,风华映人,一时之杰。青莲目无往古,独三四称服,形之词咏。"②《送江兵曹檀主簿朱孝廉还上国诗》云:

> 方舟泛春渚,携手趋上京。安知慕归客,讵忆山中情。
> 香风蕊上发,好鸟叶间鸣。挥袂送君已,独此夜琴声。③

一如方东树《昭昧詹言》所云:"玄晖诗,如花之初放,月之初盈,骀荡之情,圆满之辉,令人魂醉。"④《临溪送别》云:

> 怅望南浦时,徙倚北梁步。叶下凉风初,日隐轻霞暮。
> 荒城迥易阴,秋溪广难渡。沫泣岂徒然,君子行多露。⑤

诚如沈德潜所云:"玄晖灵心秀口,每诵名句,渊然泠然,觉笔墨之中,笔墨之外,别有一段深情妙理。"⑥《暂使下都夜发新林至京邑赠西府同僚》云:

> 大江流日夜,客心悲未央。徒念关山近,终知返路长。
> 秋河曙耿耿,寒渚夜苍苍。引领见京室,宫雉正相望。
> 金波丽鳷鹊,玉绳低建章。驱车鼎门外,思见昭丘阳。
> 驰晖不可接,何况隔两乡。风烟有鸟路,江汉限无梁。
> 常恐鹰隼击,时菊委严霜。寄言罻罗者,寥廓已高翔。⑦

确如葛立方《韵语阳秋》所谓"玄晖诗如'春草秋更绿,公子未西归''大江流

---

① (南朝齐)谢朓:《谢宣城诗集》卷三,中华书局,1985年版,第28页。
② (明)王世贞:《艺苑卮言》卷三,凤凰出版社,2009年版,第45页。
③ 《谢宣城诗集》,第28页。
④ (清)方东树著,汪绍楹校点:《昭昧詹言》卷七,人民文学出版社,1961年版,第186页。
⑤ 《谢宣城诗集》卷三,第28页。
⑥ 《古诗源》卷十二,第226页。
⑦ 《谢宣城诗集》卷三,第24页。

日夜,客心悲未央'等语,皆得三百五篇之余韵"①。前文"祖饯类"所举《新亭渚别范零陵诗》中"云去苍梧野,水还江汉流"之句,实已开唐人送别诗写景之门户。

何逊送别诗的风格清新宛转,情景兼美,文辞浅秀,语气幽柔。如《临行与故游夜别》云:

> 历稔共追随,一旦辞群匹。复如东注水,未有西归日。
> 夜雨滴空阶,晓灯暗离室。相悲各罢酒,何时同促膝?②

此诗为何逊代表作,语浅情深,含蓄凝练,尤其是夜雨空阶、晓灯离室两句,渲染了浓浓的离愁,尤为人称道,表达了对追随多年的朋友深深的依恋情感。明人陆时雍《诗镜总论》曰:"以本色见佳。"③"夜雨滴空阶"一句,当是晚唐温庭筠《更漏子》"一叶叶,一声声,空阶滴到明"的出处。卓人月《古今词统》认为:"'夜雨滴空阶'五字不为少;'梧桐树,三更雨,不道离情正苦。一叶叶,一声声,空阶滴到明',二十三字不为多。"④极能体会出浅辞背后的深情。又《相送》云:

> 客心已百念,孤游重千里。江暗雨欲来,浪白风初起。⑤

在外作客已觉可悲,况千里远游更加令人悲哀。江上风雨欲来的景色阔大雄健,将别离表现得悲凉慷慨。此诗先写情,后写景,手法独特。又《与胡兴安夜别》云:

> 居人行转轼,客子暂维舟。念此一筵笑,分为两地愁。
> 路湿寒塘草,月映清淮流。方抱新离恨,独守故园秋。⑥

诗人与友人短暂欢聚之后,又要别离,徐徐道来,景中有情,意境清远。正如陆时雍《诗境总论》所谓:"何逊诗……探景每入幽微,语气悠柔,读之殊不尽缠绵之致。"⑦

与何逊并称"阴何"的阴铿,是陈代较为重要的作家之一,擅写行旅送别之情,诗风同何逊相似,其最有名的送别诗为《江津送刘光禄不及》,开了后人送人不及的送别诗风。诗云:

---

① 《历代诗话》,第483页。
② (南朝梁)何逊著,李伯齐校注:《何逊集校注》,齐鲁书社,1989年版,第197页。
③ 《历代诗话续编》,第1409页。
④ 《温庭筠全集校注》,第965—966页。
⑤ 《何逊集校注》,第201页。
⑥ 《何逊集校注》,第44页。
⑦ 《历代诗话续编》,第1409页。

>依然临送渚,长望倚河津。鼓声随听绝,帆势与云邻。
>泊处空余鸟,离亭已散人。林寒正下叶,钓晚欲收纶。
>如何相背远,江汉与城堙。①

由于错过送行,诗人伫立江边不辍怅望,直到鼓声断绝,帆影消失,离亭已空,日暮寒气袭来,仍不愿意离开。凄凉萧索的环境烘托出对友人的深深眷恋和离别的惆怅情绪。诗人的情感并没有因不及而受到影响,可见送别诗的写作对离别造成的心理惊悸所具有的舒缓作用。

北朝代表诗人庾信,其羁留北方的特殊经历于送别诗中亦有反映,《别周尚书弘正》《送周尚书弘正二首》《重别周尚书二首》,流露了诗人寄迹异国、不得南归、思念故国的凄凉心境。周尚书名弘正,字思行,与庾信曾经同在梁朝为臣。陈文帝天嘉元年周弘正奉使至北周,滞留两年之久,天嘉三年还归,庾信作诗相送。《别周尚书弘正》诗云:

>扶风石桥北,函谷故关前。此中一分手,相逢知几年。
>黄鹄一反顾,徘徊应怆然。自知悲不已,徒劳减瑟弦。②

诗人实写别时、别地、别景、别感,悲怆泣泪。《送周尚书弘正》诗云:

>交河望合浦,玄菟想朱鸢。共此无期别,知应复几年。
>离期定已促,别泪转无从。惟愁郭门外,应足数株松。③

诗中重陈别后相会无期,感物寄怀。《重别周尚书诗二首》云:

>阳关万里道,不见一人归。唯有河边雁,秋来南向飞。
>河桥两岸绝,横歧数路分。山川遥不见,怀袖远相闻。④

诗人反复申诉不得回归、独居异地的孤寂落寞,遥望故国,思念不已。这种融合了个人经历的情感抒写极具私人性,表明了送别诗情感愈来愈具有个性色彩和逐渐趋于丰富细腻的倾向。

此一时期还出现了以送别为诗题的送别诗,如刘绘《送别》"春蒲方解箨,弱柳向低风。相思将安寄,怅望南飞鸿"⑤;范云《送别》"东风柳线长,送郎上河梁。未尽樽前酒,妾泪已千行。不愁书难寄,但恐鬓将霜。望怀白首

---

① 《先秦汉魏晋南北朝诗·陈诗》卷一,第2452页。
② 《先秦汉魏晋南北朝诗·北周诗》卷四,第2387页。
③ 同上,第2402页。
④ 同上。
⑤ 《先秦汉魏晋南北朝诗·齐诗》卷五,第1470页。

约,江上早归航"①;梁简文帝萧纲《送别诗》"行行异沂海,依依别路歧。水苔随缆聚,岸柳拂舟垂。石菌生悬叶,江槎流卧枝。烛尽悲宵去,酒满惜将离"②。这些缺失具体人事的泛言送别,表明人们对送别题材诗的认识已经很明确,送别情感的抒写已经得到肯定响应,这也是当时大量送别诗存汇的成果。短短的有隋一代就有鲁范、释智才、无名氏等多首《送别》,尤其是无名氏的《送别》"杨柳青青著地垂,杨花漫漫搅天飞。柳条折尽花飞尽,借问行人归不归"③,被沈德潜赞为"竟似盛唐人手笔"④,可见价值之高。

江淹的一篇《别赋》,可谓是对古人送别情感、送别情景、送别缘由、送别方式等的高度总括,其实也是送别诗书写发展到一定程度的理论反映,赋中诸如"帐饮东都""送客金谷""有别必怨""有怨必盈"等,都是从送别诗句中提炼而来,在以悲为美的艺术境界中,概括出了人类别离的共通性。钟嵘《诗品·序》云:"嘉会寄诗以亲,离群托诗以怨。至于楚臣去境,汉妾辞宫……或负戈外戍,杀气雄边;塞客衣单,孀妇泪尽……凡斯种种,感荡心灵,非陈诗何以展其义,非长歌何以骋其情?"⑤这段评论正是大量送别诗得以流传的注解。

综观魏晋南北朝时期的送别诗,走过了汉末的间杂动乱感怀,舍弃了晋代玄言玄理的桎梏,融入了南朝山水诗的精华,附和了"永明体"对声调的追求,在祖饯、送别的并行中,形成了送别诗独特的书写风格,为唐代送别诗的兴盛奠定了根基。

---

① 《先秦汉魏晋南北朝诗·梁诗》卷二,第 1549 页。
② 《先秦汉魏晋南北朝诗·梁诗》卷二十二,第 1952 页。
③ 《先秦汉魏晋南北朝诗·隋诗》卷八,第 2753 页。
④ 《古诗源》卷十四,第 306 页。
⑤ 《历代诗话》,第 3 页。

第二章 唐代送别诗的发展历程与艺术审美

进入唐代后,送别诗在唐人的生花妙笔下,如遇甘霖般欣欣向荣蓬勃发展起来,从初唐到晚唐,整个唐五代时期,送别诗表现出了风姿绰约的成长过程,且以其丰满多彩的艺术魅力傲然挺立于诗坛。

第一节 唐代送别诗的发展历程

唐代送别诗打破了传统送别诗以悲情为主的基调,突破了题材内容的局限,不仅只抒发离情别绪,举凡田园风光、建功边塞、羁旅行役、时事朝政等,几乎无所不包,将送别诗的写作发挥到了极致。就唐代送别诗本身来看,接受了唐代历史文化发展的洗礼,伴随着唐诗的整体演进,与初盛中晚四个阶段的唐诗同拍起舞,不同时期"分明别是一副言语",在四个阶段亦表现出不同的风尚特色,如初唐送别诗在拓宽题材、将唐诗从宫廷应制引向边关塞漠方面,有着不可估量的贡献。盛唐人则充分利用送别诗反映广阔的社会现实,抒发高昂的盛世情怀,拓展了送别诗的实用功能。中唐送别诗应时酬唱,竞逐成风,羁旅行役中隐含了诗人对世情的回归和关注。晚唐诗人送别诗中的衰世之音,感伤情调,闲适情怀,则仿佛为唐代送别诗画上了意味深长的感叹号。

一、初唐送别诗:洗尽铅华,深入情奥

初唐时期在唐代文学上相对较长,从唐朝建立到开元初年,大约有百年,由之可以看出唐诗蜕变积累过程的漫长。明人陆时雍《诗镜总论》评论初唐文人曰:

> 王勃高华,杨炯雄厚,照邻清藻,宾王坦易,子安其最杰乎?调入初

唐,时带六朝锦色。①

"时带六朝锦色"之意表明,初唐诗坛仍然没有完全摆脱六朝的绮靡诗风,文馆学士的宫廷诗和朝臣游宴的应制诗笼罩着文坛,以四杰为代表走向民间的诗人,旗帜鲜明地对六朝文风进行了批判和否定。闻一多《宫体诗的自赎》和《四杰》,论述了诗人们试图打破旧的樊篱,开创新风所作的努力,他们摧毁了旧式的"江左余风"影响,成为露出唐诗自家面目的先驱,实际上是宫体诗的改造者,他们的使命是以市井的放纵纠改宫廷的堕落。② 而送别诗便是初唐诗人将唐诗从宫廷引向江山塞外的最重要的一类题材,在洗尽六朝铅华、开拓新局面的过程中功不可没。

四杰的诗作中,送别诗占了相当数量,而且著名的居多。如王勃《江亭月夜送别》云:"江送巴南水,山横塞北云。津亭秋月夜,谁见泣离群。"沈德潜评曰:"意虽未深,却为正声之始。"③诗语清新,诗情真切,诗意明了,相对江左的绮靡之风,无异于春雷闪电,震耳亮眼。可以同时参证的还有其《别人四首》《秋江送别二首》等,后者云:

　　早是他乡值早秋,江亭明月带江流。已觉逝川伤别念,复看津树隐离舟。

　　归舟归骑俨成行,江南江北互相望。谁谓波澜才一水,已觉山川是两乡。④

前一首描写秋天川江的景物,江亭明月与津树离舟相生相伴。后一首抒发送别相望的沉重,惜别感情平和中正,并不一味黯然神伤,且情景交融,清丽自然。又《别薛华》云:

　　送送多穷路,遑遑独问津。悲凉千里道,凄断百年身。

　　心事同漂泊,生涯共苦辛。无论去与住,俱是梦中人。⑤

直抒胸臆,深情绵邈,含意隽永。明代许学夷《诗源辨体》卷十二曰:"'悲凉千里道,凄断百年身'等句,语皆雄伟。唐人之气象风格,至此而见矣。"⑥又《送卢主簿》云:

　　穷途非所恨,虚室自相依。城阙居年满,琴樽俗事稀。

---

① 《历代诗话续编》,第1411页。
② 闻一多:《唐诗杂论》,江苏文艺出版社,2007年版,第8—25页。
③ 《唐诗别裁集》,第249页。
④ 《王勃集》卷三,第34页。
⑤ 同上,第22页。
⑥ (明)许学夷著,杜维沫校点:《诗源辨体》,人民文学出版社,1987年版,第139页。

第二章　唐代送别诗的发展历程与艺术审美 · 103 ·

　　开襟方未已,分袂忽多违。东岩富松竹,岁暮幸同归。①

《白下驿饯唐少府》云:

　　下驿穷交日,昌亭旅食年。相知何用早,怀抱即依然。
　　浦楼低晚照,乡路隔风烟。去去如何道,长安在日边。②

两诗抒情真挚,俱表现出豁达心胸,将人生遭际融入惜别情谊之中,前诗赞卢主簿淡泊名利,超脱尘俗,虽然匆匆一面倏忽别离,但相约岁暮东岩松竹相见,语短情长,给人宽慰。后诗中的白下驿在今南京,唐少府在诗人患难之时予以相助,结为知音,如今远离朝廷前途渺茫,思念家乡不胜惆怅,情景颇具感染力。其最著名的《杜少府之任蜀州》云:

　　城阙辅三秦,风烟望五津。与君离别意,同是宦游人。
　　海内存知己,天涯若比邻。无为在歧路,儿女共沾巾。③

诗情超越时空,气势高昂,可谓伟词自铸,传诵千古。霍松林论曰:"一洗悲酸之态,意境开阔,音调爽朗,独标高格。"④《唐诗意》曰:"慰安其情,开广其意,可作正小雅。"⑤全诗开合顿挫,气脉流通,意境旷达,尤其是"海内存知己,天涯若比邻"一联,胸怀阔大,境界非凡,概括蕴藉,雄镇初唐送别诗坛,异响惊人。黄叔灿《唐诗笺注》曰:"语极豪俊,不是寻常送别语。"《唐诗选脉会通评林》徐中行曰:"不落色相铅华,诗遂以气骨胜。"陆时雍《唐诗镜》曰:"此是高调,读之不觉其高,以气厚故。"胡应麟《诗薮》曰:"唐初五言律唯王勃'送送多穷路''城阙辅三秦'等作,终篇不着景物,而兴象婉然,气骨苍然。实首启盛、中妙境。"顾璘《批点唐音》曰:"读《送卢主簿》并《白下驿》及此诗,乃知初唐所以盛,晚唐所以衰。"⑥这些点评,精确中肯地指出了送别诗在初唐诗坛无可替代的地位。王勃诗集八十多首中,送别诗有近二十首,或气势宏阔格调不凡,或慨叹身世抒发情怀,或描写景物意境清丽,皆能给人以新奇冲击之感。

　　杨炯的送别诗《盈川集》中收有三十多首,占到三分之一,如《夜送赵纵》《送丰城王少府》《送临津房少府》《送郑州周司功》《送刘校书从军》等,都写得豪迈动人,深情款款,格调雄高。尤其是《送刘校书从军》:

----

① 《王勃集》卷三,第 23 页。
② 同上。
③ 同上。
④ 萧涤非、程千帆等:《唐诗鉴赏辞典》,上海辞书出版社,1983 年版,第 23 页。
⑤ 转引自陈伯海编:《唐诗汇评》(增订本),上海古籍出版社,2015 年版,第 151 页。
⑥ 孙琴安:《唐五律诗精评》,上海社会科学院出版社,1991 年版,第 2—4 页。

> 天将下三宫,星门召五戎。坐谋资庙略,飞檄伫文雄。
> 赤土流星剑,乌号明月弓。秋阴生蜀道,杀气绕湟中。
> 风雨何年别?琴樽此日同。离亭不可望,沟水自西东。①

此诗与杨炯《从军行》堪称姊妹篇,篇法典雅,因送朋友从军生发感慨万千,诗中的意象流露出慷慨激烈的高昂情怀,阴云杀气等凝重景色,与沙场英雄志气浑然一体,可谓壮美,给人以愉悦激励。《唐诗选脉会通评林》周敬曰:"庄雅雄整,摆脱陈、隋多矣。"《唐诗直解》曰:"已存温厚,为盛唐立极,但未开阔耳。"②在当时的上官体流行中,杨炯的送别诗自成风格,也是一股清新之风。

卢照邻现存诗近百首,其中送别诗约有十分之一,《西使兼送孟学士南游》最为激荡人心,诗云:

> 地道巴陵北,天山弱水东。相看万余里,共倚一征蓬。
> 零雨悲王粲,清樽别孔融。徘徊闻夜鹤,怅望待秋鸿。
> 骨肉胡秦外,风尘关塞中。唯余剑锋在,耿耿气成虹。③

全诗一气呵成,起伏跌宕,情景交映,虚实结合,用典精深,抒发了内心浓烈的感情。《唐诗解》曰:"遍读卢集,温雅俊整,此诗为冠。"④《唐诗选脉会通评林》曰:"雅调精语,无限低徊,真老作家。"郭濬曰:"敞明中眼界特高。"⑤卢照邻另有《送梓州高参军还京》《送郑司仓入蜀》《送二兄入蜀》《送幽州陈参军赴任寄呈乡曲父老》《大剑送别刘右史》《还京赠别》《绵州官池赠别同赋湾字》等诗,皆写景阔大,满怀豪情,涵盖悠远,情感温婉,加之其一贯的"骚怨"精神,使得他的送别诗又多了些悲壮之美。

骆宾王诗集收有一百三十首左右,送别诗将近二十首。单凭一首《于易水送人》"此地别燕丹,壮士发冲冠。昔时人已没,今日水犹寒",已经震撼送别诗坛,慷慨激昂,笔力遒劲,自不待言。《唐人万首绝句选评》曰:"'此地'二字有无限凭吊意,因地生意,并不说到自身,如此已足。"⑥近人俞陛云称赞曰:"一气挥洒,……怀古苍凉,劲气直达,高格也。"⑦可谓中的。又《秋日饯尹大往京》云:

---

① 《杨炯集》卷二,第 18 页。
② 转引自陈伯海编:《唐诗汇评》,浙江教育出版社,1995 年版,第 72 页。
③ 《卢照邻集校注》卷三,第 124 页。
④ 转引自《唐诗汇评》(增订本),第 74 页。
⑤ 转引自《唐诗汇评》,第 48 页。
⑥ 同上,第 162 页。
⑦ 《诗境浅说》,第 116 页。

挂瓢余隐舜,负鼎尔干汤。竹叶离樽满,桃花别路长。
　　低河耿秋色,落月抱寒光。素书如可嗣,幽谷伫宾行。①

从诗序可知作于饯别宴会席上,但殊不同于一般的宴会赠别酬唱,而是倾洒了满腔真情。诗人因仕途多变,隐居齐鲁,生活拮据,贫病交侵,面对朋友的离去,伫立眺望,悲伤不已,感情凄凉哀切,催人泪下。其他如《在兖州饯宋五之问》,对仗工整、韵律和谐,别具匠心,是对五律的实践。又《送郑少府入辽共赋侠客远从戎》,格调激越高昂,人物形象具有英雄胆识,给人以鞭策激励。

　　四杰的努力突破了以往仅仅言离惜别的局限,把送别诗的表现范围扩大到对个人身世遭际、人生理想、社会责任等的抒发表达方面,拓宽了送别诗的感情容量,提高了送别诗的思想境界,诸如赴任、从戎、出游等内容,又增强了送别诗的现实意义,王勃的《送杜少府之任蜀川》正是在惜别之情中,融入了奋发进取、建功立业的理想和乐观积极、健康向上的时代精神,从而使此诗异响惊人,令天下耳目一新。四杰的努力,可谓树起了一面爽朗豪壮开拓进取的旗帜,真正告别了六朝诗风的绮靡,甩掉了宫廷应制的虚弱,引导唐代送别诗走上了康庄大道。

　　不惟"四杰",初唐诗人的送别诗都能突破宫体艳风的空洞,将笔触深入情感奥区,抒写一己情怀和人生感受。如陈子良的《送别》云:

　　落叶聚还散,征禽去不归。以我穷途泣,沾君出塞衣。②

触目感怀,比兴自然,从眼前落叶聚散、征禽远去生发出惜别之意,抒写出送者和行人的迟暮之感,诗意凝炼,情感激切。李百药的《送别》云:

　　眷言一杯酒,悽怆起离忧。夜花飘露气,暗水急还流。
　　雁行遥上月,虫声迥映秋。明日河梁上,谁与论仙舟。③

借杯酒慰离怀,写景寓意,感情沉厚。庾抱《别蔡参军》云:

　　人世多飘忽,沟水易东西。今日欢娱尽,何年风月同。
　　悲生万里外,恨起一杯中。性灵如未失,南北有征鸿。④

感慨人生飘忽如寄,恨别悲远,深情动人。崔融《留别杜审言并呈洛中旧游》云:

---

① 《骆宾王诗评注》,第 51 页。
② 《全唐诗》卷三九,第 498 页。
③ 《全唐诗》卷四三,第 537 页。
④ 《全唐诗》卷三九,第 499 页。

> 斑鬓今为别,红颜昨共游。年年春不待,处处酒相留。
> 驻马西桥上,回车南陌头。故人从此隔,风月坐悠悠。①

由于诗人曾前后两度遭遇贬谪,诗中流露了失意时穷愁无聊、惆怅落寞的心情。李峤的赠别友人诗皆风格清新,不假藻绘,感情真挚深切。如《送李邕》云:

> 落日荒郊外,风景正凄凄。离人席上起,征马路傍嘶。
> 别酒倾壶赠,行书掩泪题。殷勤御沟水,从此各东西。②

通篇皆佳,情真意厚,钟惺、谭元春《唐诗归》卷二评"离人席上起"一句曰:"五字写别景直而可思。看此即如今日身自送人,见人起身光景。"③其《又送别》《饯骆四二首》《饯薛大夫护边》《送骆奉礼从军》等,莫不情与景合,感离惜别,惊心动魄。杜审言的《送崔融》云:

> 君王行出将,书记远从征。祖帐连河阙,军麾动洛城。
> 旌旃朝朔气,笳吹夜边声。坐觉烟尘扫,秋风古北平。④

描写了出征的威武情景和边地风景,赞颂崔融的才能,祝愿凯旋,充满乐观朝气。其《送和西蕃使》与崔湜的《送梁卿王郎中使东蕃吊册》,笔触更至海外西疆,涉及国事往来,显现出怀柔远外的阔大气魄。崔湜《送梁卿王郎中使东蕃吊册》云:

> 梁侯上卿秀,王子中台杰。赠册绥九夷,旌旃下双阙。
> 西堂礼乐送,南陌轩车别。征路入海云,行舟溯江月。
> 兹邦久钦化,历载归朝谒。皇心谅所嘉,寄尔宣风烈。⑤

使者梁卿王郎中,奉命出使新罗吊册安抚,满朝隆重相送,唐朝的礼仪教化泽被到了新罗,虽路途遥远,但两国往来依然频繁。

即以宫廷诗人沈佺期和宋之问的送别诗来看,也不乏善可陈。沈、宋二人同年登进士第,生平经历颇多相似,诗风相近,在初唐诗坛上,二人的地位从某种意义上说是不可忽视的,他们的五七言近体诗歌作品,标志着五七言律体的定型,《新唐书》卷二百二《文艺中·李适传附宋之问传》云:

---

① 《全唐诗》卷六八,第766页。
② 《全唐诗》卷五八,第695页。一作《送李安邑》。
③ (明)钟惺,谭元春:《诗归·唐诗归》卷二,湖北人民出版社,1985年版,第43页。
④ (唐)杜审言著,徐定祥注:《杜审言诗注》,上海古籍出版社,1982年版,第21页。
⑤ 《全唐诗》卷五四,第660页。

魏建安后迄江左，诗律屡变，至沈约、庾信，以音韵相婉附，属对精密。及之问、沈佺期，又加靡丽，回忌声病，约句准篇，如锦绣成文。学者宗之，号为"沈、宋"。①

两人的送别诗分别占其诗作的九分之一左右，总计四十余首，根据其内容可分为四类，在初唐诗坛上具有一定的代表性。

一是应制和集体活动送别诗，如宋之问《送杜审言》、沈佺期的《送金城公主适西蕃应制》。武则天圣历元年（698）春夏间，杜审言因坐事自洛阳丞被贬为吉州司户参军，当时的同送者有四十五人，《全唐文》卷二百十四陈子昂《送吉州杜司户审言序》云："群公嘉之，赋诗以赠。凡四十五人，具题爵里。"②皆盛赞其诗才，宋之问虽卧病在床，仍作《送杜审言》以赠之。诗云：

卧病人事绝，闻君万里行。河桥不相送，江树远含情。
别路追孙楚，维舟吊屈平。可惜龙泉剑，流落在丰城。③

宋之问和杜审言是志同道合的朋友，一听到老朋友被贬至万里以外，便动情感慨万端，欸疚不能面送，于是托付江边的绿树，使深情绵延无绝，自然贴切。正如唐汝询所言："言已卧病，不能送至河桥，庶江树为我含情耳。"④后四句结合朋友的行程路线，运用典故含蓄地表达了对朋友遭遇的同情，以及对当权者的愤慨。诗的音韵和谐，对仗匀称，而又朴素自然，不尚雕琢，是其诗中被各种选集选得最多的一首，可见分量之重，代表了诗人律诗的成就和个性的一个方面。沈佺期《送金城公主适西蕃应制》云：

金榜扶丹掖，银河属紫闱。那堪将凤女，还以嫁乌孙。
玉就歌中怨，珠辞掌上恩。西戎非我匹，明主至公存。⑤

《唐诗纪事》卷九"李适"条记：景龙四年（710）"二月一日，送金城公主"。同书卷十二云："金城公主和蕃，中宗送至马嵬，群臣赋诗。帝命御史大夫郑惟忠及（周）利用护送入蕃，学士赋诗以饯，徐彦伯为之序云。"⑥作为众多送金城公主适西蕃诗篇中的一首，前四句言朝廷要将金城公主嫁往吐蕃，终是不忍。后四句言离别虽伤痛，但正因为明主公正无偏私，才会将公主下嫁西

---

① 《新唐书》卷二百二，第5751页。
② 《全唐文》卷二百十四，第2164页。
③ 《沈佺期宋之问集校注》，第398页。
④ （明）唐汝询选释，王振汉点校：《唐诗解》，河北大学出版社，2001年版，第459页。
⑤ （唐）沈佺期著，连波、查洪德校注：《沈佺期诗集校注》，中州古籍出版社，1991年版，第48—49页。
⑥ 《唐诗纪事》卷九，第263页；卷十二，第412页。

蕃。沈德潜评曰："极周旋正是极不堪处。"①可谓中的。两诗皆无应景之痕迹，无论是送公主还是送友人，都能反复委曲表达真情实意。

二是送同僚友人出行的送别诗。沈佺期的《送卢管记仙客北伐》，应是武则天时期因突厥寇边，赠别从征友人之作。起首云"羽檄西北飞，交城日夜围"，急促紧迫，从西北飞来羽檄，言交城被围，情况危急。交城在今甘肃永昌县西，可知围攻交城的是突厥。"庙堂盛征选，戎幕生光辉"，朝廷当即征选人才，卢仙客的入选使幕府顿生光辉。"雁行度函谷，马首向金微"，军队整饬有序地经函谷关向金微方向开发。"湛湛山川暮，萧萧凉气稀"，既写环境，又衬托出了肃穆的气氛。"饯途予悯默，赴敌子英威。今日杨朱泪，无将洒铁衣"，以我的悯默，显出卢仙客的英威气势，强忍泪水，为友人壮行。"诗中壮别之意，豪洒之风，足可为赴敌者振士气，壮行色。最后两句，掷地可作金石声。"②宋之问的《送武进郑明府》，是为要去常州武进任县令的郑明府而作，诗云"弦歌试宰日，城阙赏心违"，用的是县令的故事。"北谢苍龙去，南随黄鹄飞"，离开京师，奔赴上任。一路的景色是"夏云海中出，吴山江上微"，也不能令他停留。"吼歌岂云远，从此庆缁衣"③，言相信百姓歌颂他美政的歌谣很快就会传唱，他也将继其父入居朝廷高位。沈、宋的此类送别诗，根据与所送之人的关系疏密程度，情感或浓或淡，结合所去地方的形势风景特色，化用典故，给友人以殷切期待，深重嘱托，真挚慰勉，都能令人倍感责任重大，受到鼓舞。

三是亲情送别诗。神龙元年（705）春，宋之问自少府监丞贬泷州参军，作《留别之望舍弟》诗云：

> 同气有三人，分飞在此晨。西驰巴岭徼，东去汶阳滨。
> 强饮离前酒，终伤别后神。谁怜散花萼，独赴日南春。④

宋之问弟兄三人，各有令名，如今要各奔东西南北，加之被贬，岂不黯然伤魂？所以说"强饮离前酒，终伤别后神"。又以"散花萼"花片的纷飞散落，比喻兄弟的离散，形象贴切感人。诗人将委婉深沉的情感寓于平铺直叙之中，正如钟惺《唐诗归》卷三所评："至悲至浑，不须言愁，自然不是别他人之作。"⑤

---

① 《唐诗别裁集》，第132页。
② 《沈佺期诗集校注》，第151页。
③ 《沈佺期宋之问集校注》，第582页。
④ 同上，第420页。
⑤ 《诗归·唐诗归》卷三，第60页。

四是抒发贬谪之情的送别诗。宋之问因依附安乐公主而为太平公主所不容,景龙三年(709)被贬为越州长史。景云元年(710)六月,睿宗立,又流放钦州,途中自越州北渡吴江时,作有留别诗《渡吴江别王长史》。诗人"倚棹望兹川,销魂独黯然",念家乡"乡连江北树",愁未来"云断日南天"。"剑别龙初没,书成雁不传",道出了没有知己、缺少音信的孤寂、落寞与凄然,深感"离舟意无限,催渡复催年"①,对前途不定的惶惑使全诗充满伤感,是贬谪失意心态的自然流露。景云二年(711)春,诗人行至端州,作《端州别袁侍御》,云"合浦途未极,端溪行暂临",交待了行踪;"泪来空泣脸,愁至不知心",令人心碎;"客醉山月静,猿啼江树深",实不堪忍受;"明朝共分手,之子爱千金"②,嘱咐袁守一侍御多多珍重,实际上也是对自己不幸的哀怜。从越州至钦州的贬谪之路漫长而又艰辛,但更多的是心境的凄凉无端排遣,诗人别人伤己,借以泄愤,扩展了送别诗的抒怀作用。

沈佺期和宋之问的送别诗不同于二人缺少情感因素的宫廷应制、题咏等诗,皆能针对现实,切合人物场景,率性用情,为唐代诗体的格律定型、诗歌题材的扩大,都做出了积极贡献。

如果说四杰是改造宫体诗的话,那么陈子昂则完全抛弃了宫体诗。《陈子昂集》现存一百二十多首诗歌中,送别诗有二十多首,约占六分之一。他倡导的"汉魏风骨""风雅兴寄",于他的送别诗中亦有实践,完全止歇了齐梁余风的影响,摆脱了宫体诗风的窠臼,一反传统送别的缠绵悲戚,情思激扬,格调昂扬向上。其《送客》《春夜别友人二首》《送殷大入蜀》等,都能以清新质朴、凝炼形象的文字,把大自然的景色生动细致地描绘出来,写得清新隽永,洋溢着深挚的情谊。如《送客》曰:

故人洞庭去,杨柳春风生。相送河洲晚,苍茫别思盈。
白蘋已堪把,绿芷复含荣。江南多桂树,归客赠生平。③

语浅情深,清新淡雅,王夫之称赞曰:"唐五言佳境,力尽于此矣。"④其《春晦饯陶七于江南同用风字》《落第西还别刘祭酒高明府》《遂州南江别乡曲故人》《赠别冀侍御崔司议》等,则表现出旷达乐观的积极人生姿态,给人以激励。如《赠别冀侍御崔司议》云:

---

① 《沈佺期宋之问集校注》,第 539 页。
② 同上,第 553 页。
③ 《陈子昂诗注》,第 235 页。
④ 《唐诗评选》卷二,第 46 页。

有道君匡国,无闷余在林。白云岷峨上,岁晚来相寻。①

不因失意而消沉,志在济世匡国。《送东莱王学士无竞》云:

宝剑千金买,平生未许人。怀君万里别,持赠结交亲。
孤松宜晚岁,众木爱芳春。已矣将何道? 无令白发新。②

诗人以宝剑馈赠友人,勉励仕途失意的王无竞,要像孤松一样坚贞,莫因一时挫折而颓唐。又《送魏大从军》《送别出塞》《和陆明府赠将军重出塞》《登蓟城西北楼送崔著作融入都》等,送人从军征戍,别具豪壮气势,抒发了一腔报国热忱。如《和陆明府赠将军重出塞》曰:

忽闻天上将,关塞重横行。始返楼兰国,还向朔方城。
黄金装战马,白羽集神兵。星月开天阵,山川列地营。
晚风吹画角,春色耀飞旌。宁知班定远,犹是一书生。③

将军才从西北边塞回来,随即又被调去北方戍边,可见战事频仍,诗人希望将军能像班超那样立功留名。全诗意境雄浑苍劲,充满了奋发向上的精神,感情豪放,表现了"感时思报国,拔剑起蒿莱"的爱国情操。总之,陈子昂的送别律诗,语言不事雕琢,写景宛然如画,格调古朴刚健,力矫六朝浮艳文风,敢开风气之先。

沈德潜《说诗晬语》卷上一一五云:"唐初应制、赠送诸篇,王、杨、卢、骆、陈、杜、沈、宋、燕、许、曲江,并皆佳妙。"④肯定了初唐送别诗的卓尔不群。要而言之,初唐送别诗多为情事而作,有感而发,突破了梁陈宫掖之风的绮靡不振。四杰、李峤、陈子昂等一批诗人,拓宽了诗歌的表现领域,把诗境移向江山荒漠与海外,将笔触深入情感的奥区,抒写人生感受、一己情思,憧憬建功立业,歌颂真挚友情,风格清新雄健,感情充沛激越,诗律音韵谐美,在初唐诗歌园地中格外引人瞩目,从而扬起了盛唐送别诗稳健发展的风帆。

二、盛唐送别诗:旷达豪迈,风姿万千

初唐近百年的积累终于迎来了巍巍盛唐气象,自玄宗开元初年(713)到代宗大历初年(766),约略五十多年间,盛唐诗人以浓墨重彩书写的送别诗

---

① 《陈子昂诗注》,第246—247页。
② 同上,第226页。
③ 同上,第136页。
④ (清)沈德潜:《说诗晬语》卷上,凤凰出版社,2010年版,第109页。

篇,唱出了时代的强音。无论帝王将相,还是凡夫俗子,无论边塞诗派,抑或田园诗家,更有李白杜甫,送别诗的内容丰富多彩,包罗万象,广泛涉猎,风姿绰约,其中充满了慷慨高歌,荡漾着豪情壮志,显示出盛唐风骨。

即以唐玄宗而言,宠幸臣僚的送别诗中洋溢着广纳贤才、崇尚礼乐、重整天下的帝王气派,如《送张说巡边》云:

> 端拱复垂裳,长怀御远方。股肱申教义,戈剑靖要荒。
> 命将绥边服,雄图出庙堂。三台入武帐,八座起文昌。
> 宝胄匡韩主,华宗辅汉王。茂先惭博物,平子谢文章。
> 尽节恢时佐,输诚御寇场。三军临朔野,驷马即戎行。
> 鼓吹威夷狄,旌轩溢洛阳。云台先著美,今日更贻芳。①

一代君王以文治武功夸耀天下,傲视寰宇,鼓舞边将建立战功,表现出盛世帝王的勃勃雄心。以"燕许大手笔"并称的张说、苏颋,送别诗也不同凡响,多涉及时政社会内容,如张说的《送李问政河北简兵》《送任御史江南发粮以赈河北百姓》《奉和圣制送金城公主适西蕃应制》等,这些诗作不仅有惜别情怀,同时扩大了送别诗的现实意义和思想深度,使得送别诗题材的包容范围更加广阔。其《送郭大夫元振再使吐蕃》云:

> 犬戎废东献,汉使驰西极。长策问酋渠,猜阻自夷殛。
> 容发徂边岁,旌裘敝海色。五年一见家,妻子不相识。
> 武库兵犹动,金方事未息。远图待才智,苦节输筋力。
> 脱刀赠分手,书带加餐食。知君万里侯,立功在异域。②

诗人痛斥犬戎撕毁和议,面对边地严峻现实,鼓励友人顾全大局,誓死卫国。分别之际,脱刀相赠,情绪激昂,充满了志在四方的男儿豪气。一代名相张九龄的送人赴边之作亦不乏豪迈,其《奉和圣制送尚书燕国公赴朔方》《饯王尚书出边》《送赵都护赴安西》等,皆是颂扬出征将士的英雄气概,感情激昂,具有盛唐情调和气象。如《送赵都护赴安西》云:

> 将相有更践,简心良独难。远图尝画地,超拜乃登坛。
> 戎即昆山序,车同渤海单。义无中国费,情必远人安。
> 他日文兼武,而今粟且宽。自然来月窟,何用刺楼兰。
> 南至三冬晚,西驰万里寒。封侯自有处,征马去啴啴。③

---

① 《全唐诗》卷三,第 39—40 页。
② 《张燕公集》卷三,第 23 页。
③ (唐)张九龄著,熊飞校注:《张九龄集校注》卷三,中华书局,2008 年版,第 189 页。

赵都护赴安西重镇任职，诗人对其称赏有加，勉励他要建功立业，结尾表现了出征队伍的威严雄壮。

唐人称"有唐以来，诗人之达者，惟适而已"①，此言不虚。高适的送别诗有六十多首，约占其现存诗三分之一。《唐诗别裁集》选录高适诗25首，送别诗有12首，占了将近一半，可见其送别诗尤其为人瞩目。综观高适送别诗，情义兼备，声色俱美，格外豁达超脱，尽去寒涩琐媚之态，送人多豪言壮语、磊落情怀，给人以无尽的慰藉。如著名的《别董大》"十里黄云白日曛，北风吹雁雪纷纷。莫愁前路无知己，天下谁人不识君"②，黄云千里、北风吹雪的背景下，离别具有了一种壮阔之美。全诗意境恢弘，气势豪迈，独标异彩，清人徐增《而庵说唐诗》卷十一论曰："此诗妙在粗豪。"③可谓壮别诗之代表。《夜别韦司士》云：

  高馆张灯酒复清，夜钟残月雁归声。只言啼鸟堪求侣，无那春风欲送行。
  黄河曲里沙为岸，白马津边柳向城。莫怨他乡暂离别，知君到处有逢迎。

刘开扬笺注论曰："夜中张灯高馆，饯别酒清，天将晓而钟鸣月残，闻雁归之声，不胜愁也。啼鸟能求其侣，人独不知乎？春风欲送君行，真无可奈何也。黄河沙岸，黎阳柳色，他乡景物，动人别思；然分离乃暂时也，以君之才名，到处皆有逢迎之人，可慰寂寞也。"④诗人总是设身处地为友人着想，淡化悲情，实即饱含体贴关怀。高适的送人赴疆诗和他的边塞诗一样多飒爽豪气，具有盛唐风力，如《送李侍御赴安西》云：

  行子对飞蓬，金鞭指铁骢。功名万里外，心事一杯中。
  虏障燕支北，秦城太白东。离魂莫惆怅，看取宝刀雄。⑤

诗中看不到一点儿塞外荒凉苦寒的可怕景象，不以离别为恨，看取宝刀以壮行色，勉励李侍御为国家建功立业，气势豪爽奔放，一片肺腑之言，给人以信心和力量。高适一生崇拜达士，积极进取，强烈追求功名，敢于直面现实，务实求真，然屡遭挫折，早年际遇坎坷，仕途不畅，于送别诗中多有抒泄，如《别韦参军》云：

---

① （清）贺裳：《清诗话续编·载酒园诗话又编》，上海古籍出版社，1983年版，第323页。
② 《高适诗集编年笺注》，第193页。
③ （清）徐增著，樊维纲校著：《说唐诗》，中州古籍出版社，1990年版，第258页。
④ 《高适诗集编年笺注》，第183—184页。
⑤ 同上，第341页。

二十解书剑,西游长安城。举头望君门,屈指取公卿。

国风冲融迈三五,朝廷欢乐弥寰宇。白璧皆言赐近臣,布衣不得干明主。

归来洛阳无负郭,东过梁宋非吾土。兔苑为农岁不登,雁池垂钓心长苦。

世人向我同众人,唯君于我最相亲。且喜百年有交态,未尝一日辞家贫。

弹棋击筑白日晚,纵酒高歌杨柳春。欢娱未尽分散去,使我惆怅惊心神。

丈夫不作儿女别,临歧涕泪沾衣巾。①

起首四句写自己二十岁时,仰仗知书识剑,年轻气盛到长安求仕。接着四句言干谒失败,不得已离开长安,客游梁宋。继写隐居生活,穷困潦倒,不为朝廷所用的苦闷。最后十句表达了与韦参军相遇相知相亲的诚挚友谊,婉言惜别。全诗直抒胸臆,快人直语,又不乏真挚情感。高适笔下的送别诗完全率性肆情,多胸臆语,少用典故,晓畅自然,悲壮与柔美相融,旷达与真情兼具,与其边塞诗不相上下,朝野通赏。

高岑并称,岑参的送别诗一如他的边塞诗,最是豪迈,既有以身许国、建功边陲的政治热情,如《送人赴安西》《送李副使赴碛西官军》等,又有不畏艰险、英勇奋斗的爱国激情,如《走马川行奉送出师西征》《轮台歌奉送封大夫出师西征》等,更有乐观豪迈、积极向上的英雄豪情,如《白雪歌送武判官归京》《火山云歌送别》等。② 岑参的送别诗以起笔工巧,受到好评,"起法磊磊落落,送别之作应以嘉州为则。"③如《走马川行奉送出师西征》开篇云"君不见走马川行雪海边,平沙莽莽黄入天",突兀有力,用语夸张,字惊句奇,景象慑人,方东树叹曰:"奇才奇气,风发泉涌。"④其他如《奉送李太保兼御史大夫充渭北节度使》(即太尉光弼弟)云:

诏出未央宫,登坛近总戎。上公周太保,副相汉司空。

弓抱关西月,旗翻渭北风。弟兄皆许国,天地荷成功。

《送张都尉归东都》云:

---

① 《高适诗集编年笺注》,第10页。
② 王海霞:《离别也豪情——略论岑参边塞送别诗中所反映的豪迈情怀》,《牡丹江师范学院学报》2008年第3期。
③ (清)高步瀛:《唐宋诗举要》,上海古籍出版社,1978年版,第263页。
④ (清)方东树著,汪绍楹校点:《昭昧詹言》卷十二,人民文学出版社,1961年版,第248页。

　　　　白羽绿弓弦，年年只在边。还家剑锋尽，出塞马蹄穿。
　　　　逐房西逾海，平胡北到天。封侯应不远，燕颔岂徒然。

《送怀州吴别驾》云：

　　　　灞上柳枝黄，垆头酒正香。春流饮去马，暮雨湿行装。
　　　　驿路通函谷，州城接太行。罩怀人总喜，别驾得王祥。

方回评曰："此岑参三送人诗，皆壮浪宏阔，非晚唐手可望。"①另《送杜佐下第归陆浑别业》云：

　　　　正月今欲半，陆浑花未开。出关见青草，春色正东来。
　　　　夫子且归去，明时方爱才。还须及秋赋，莫即隐嵩莱。

沈德潜以为："'芙蓉生在秋江上，不向东风怨未开'，安分语耳。此诗纯用慰勉，心和气平，盛唐人身分，故不易到。"②诗的情感炉火纯青，从中可见出盛唐人的胸怀气魄。岑参的诗今存约四百首，边塞诗有七十余首，约占总数的六分之一，而其送别诗竟占到三分之一，从数量上压倒了边塞诗，内容风格与其边塞诗如出一辙，难分高下。

　　高适和岑参等边塞诗人的送别诗，都能以阔大的景致衬托别情，边关奇异的自然环境，独特的异乡风土情调，大漠、黄沙、飞雪、疾风等，殊不同于传统的春风杨柳、歧路南浦，壮丽的景象令人眼界大开，胸怀顿畅。

　　田园诗人的送别诗一样精彩可观，以王维而言，送别诗有七十余首，占其全部现存诗作约五分之一，清人赵殿成《王右丞集笺注·序》云："其为诗，真趣洋溢，脱弃凡近，丽而不失之浮，乐而不流于荡。即有送人远适之篇，怀古悲歌之作，亦复浑厚大雅，怨尤不露。苟非实有得于古者诗教之旨，焉能至是乎？"③赞扬其送人之作浑厚雅正，其实王维的送别诗，还具有别开生面、境界奇高、壮亢激扬等特色。今人王志清从功名情结、侠义精神和至真性情三方面，概括了王维送别诗的豪侠精神和人情魅力，也即以建功立业的英雄理想和气魄为核心的高亢风骨。④王维最著名的《送元二使安西》"渭城朝雨浥轻尘，客舍青青柳色新。劝君更尽一杯酒，西出阳关无故人"，⑤在送别诗

---

① 《瀛奎律髓汇评》卷二十四《送别类》，第1032—1033页。
② 《唐诗别裁集》，第144页。
③ （唐）王维撰，（清）赵殿成笺注：《王右丞集笺注·序》，上海古籍出版社，1998年版，第1页。
④ 王志清：《慷慨倚长剑，高歌一送君——王维送别诗中的盛唐气象之试论》，《南京理工大学学报》1997年第3期。
⑤ 《王维诗注》，第288页。

坛享誉千古,显示了一种深透通彻的襟怀,虽不慷慨激昂却洞达憬悟,体现了王维送别诗的独到,代表了盛唐的另一种豪迈景致。其《送孟六归襄阳》云:

　　杜门不复出,久与世情疏。以此为良策,劝君归旧庐。
　　醉歌田舍酒,笑读古人书。好是一生事,无劳献《子虚》。①

钟惺以为:"不作一体面勉留套语,然亦愤甚,特深浑不觉。"②有一种深沉的慷慨气魄蕴于其中,令人荡气回肠。他的送人赴边从军诗,同样充满壮志雄心,如《送张判官赴河西》云"慷慨倚长剑,高歌一送君"③;《送刘司直赴安西》云"当令外国惧,不敢觅和亲",沈德潜赞曰:"一气浑沦,神勇之技。"④又《送平淡然判官》云"须令外国使,知饮月支头"⑤;《送宇文三赴河西充行军司马》云"当令犬戎国,朝聘学昆邪"⑥;《送赵都督赴代州得青字》云"忘身辞凤阙,报国取龙庭。岂学书生辈,窗间老一经"⑦等,都写景阔大,气势浑厚,壮志凌云,感情激荡。王维的山水送别诗,更别有一番景致,其《齐州送祖三》云:

　　相逢方一笑,相送还成泣。祖帐已伤离,荒城复愁入。
　　天寒远山净,日暮长河急。解缆君已遥,望君犹伫立。⑧

祖三即祖咏,排行第三,以故称之,与王维很是友善。起首在一逢一送、一笑一泣中,蕴含了人生匆匆的无限感慨,相见时难别亦难。朋友离开后,诗人倍感伤痛,日暮天寒,看祖帐对荒城,远望山青,近视水急,满目萧然,难言的凄冷苍凉中,久久伫立的身影,兀自凸显出来。全诗着意情景相生,渲染感兴,意蕴幽深,感情真挚,可谓情景交融的典范。

　　另一位田园诗人孟浩然,既有"红颜弃轩冕,白首卧松云。醉月频中圣,迷花不事君"的一面,亦有事边建功的慷慨一面,其《送陈七赴西军》云"一闻边烽动,万里忽争先。余亦赴京国,何当献凯还"⑨,以何时凯旋相见作结,豪迈之情溢于言外。孟浩然又"喜振人患难",一派豪侠性格,体现了盛

---

① 《王维诗注》,第294页。
② 《诗归·唐诗归》卷九,湖北人民出版社,1985年版,第172页。
③ 《王维诗注》,第143页。
④ 《唐诗别裁集》,第139页。
⑤ 《王维诗注》,第152页。
⑥ 同上,第162页。
⑦ 同上,第154页。
⑧ 同上,一作《淇上送赵仙舟》,第54页。
⑨ 《孟浩然诗集校注》卷一,第139页。

唐社会盛行的任侠风气。其《送朱大人秦》云：

  游人五陵去，宝剑直千金。分手脱相赠，平生一片心。①

《送王宣从军》云：

  才有幕中士，宁无塞上勋。隆兵初灭虏，王粲始从军。
  旌旆边庭去，山川地脉分。平生一匕首，感激赠夫君。②

诗人以千金宝剑、珍爱的匕首馈赠友人，轻生死重义气的侠骨精神呼之欲出。这些壮逸的篇章，仍然是盛唐送别诗雄健奔放的体现。孟浩然今存诗二百六十余首，送别诗有五十多首。诗人一生广交朋友，有许多忘形之交，早年参加科举考试之前的送别诗，由于长期蜗居故乡，多是从个人立场出发，抒写对友情的珍爱，思想内涵稍嫌单薄。如《送张子容进士举》云"夕曛山照灭，送客出柴门"，夕阳余辉中诗人与好友"惆怅野中别"，分别的惆怅化作"殷勤醉后言"，述说自己的心态，即"茂林余偃息"的隐逸思想，同时希望好友"乔木尔飞翻"，仕途腾达。他既深切希望好友能够高中，又对即将分别难以释怀，惟望"须令友道存"③。宋人刘辰翁批点曰："写得浓尽。"④张子容是诗人的同乡至交，足见友情深厚。孟浩然参加科考失利后，游历各地所作的送别诗，因心情忧郁沉闷，而显示出落漠、痛苦、怨恨的心态。开元十八年秋，孟浩然曾游至江西，作有《游江西上留别富阳裴刘二少府》云：

  西上游江西，临流恨解携。千山叠成嶂，万水泻为溪。
  石浅流难溯，藤长险易跻。谁怜问津客，岁晏此中迷。⑤

诗人面对蜿蜒而上的浙江，通过对两岸景致的描写述说心中的迷惘，对考场失意仍然难以忘怀。之后，诗人到京城求职，几番不如意的遭遇使诗人产生了回归家乡的打算，《留别王维》便是他这一时期心理的写照，"寂寂竟何待，朝朝空自归。欲寻芳草去，惜与故人违。当路谁相假？知音世所稀！只应守寂寞，还掩故园扉。"⑥语浅情深意味长，思想复杂，唐汝询《唐诗解》卷三十五评曰：

---

① 《孟浩然诗集校注》卷四，第502页。
② 同上，第412页。
③ 许智银：《孟浩然送别诗研究》，《襄樊学院学报》2005年第6期。
④ 袁闾琨：《全唐诗广选新注集评》卷二，辽宁人民出版社，1994年版，第246页。
⑤ 《孟浩然诗集校注》卷三，第441页。
⑥ 同上，第289页。

襄阳为维所知，他人则未之识。今将归故园而别以诗，意谓客居寥寂，有所待则不来，有所适则空返。如此者，非一日矣。欲寻芳草而去，则惜与故人相违，指右丞（王维）也。苟当路者，既无相知，而世之知音绝少，安能恋君而不去哉！惟当守此寂寞而掩故园之扉耳。①

刘辰翁批点《孟浩然集》曰："个中人，个中语，看着便不同。……末意更悲。"②可谓切中实质。晚年隐居家乡后，孟浩然的送别诗因为对现实颇感无奈，而流露出出仕与隐逸交织的矛盾思想。泾州人士张参将参加明经考试并回乡省亲，孟浩然作《送张参明经举兼向泾州觐省》相赠，在赞美张参的才华时，表达了自己的仰慕之情，"泛舟江上别，谁不仰神仙"③。孟浩然直言"寄语朝廷当世人，何时重见长安道"④，希望能有所为，这种积极入世而无奈隐逸的内心伤痛，使他的心灵极为敏感易动，借送别之际抒写胸中块垒，使他的送别诗饱含真情实感，不虚言不造作，或依依惜别，或殷殷祝福，或吐泄真言，或暴露心态，无不是作者当时心理的写照，成为我们洞察作者精神世界的一扇窗户。

王维、孟浩然的送别诗脱俗清新，真挚动人，而又不乏豪爽骨气，相较于他们的田园诗，虽不重在写景，却更能还原给人们一个真实的诗人形象。因为送别生活场景真实可信，亲朋好友相知相爱，思想感情无须掩饰，诗人更愿意将自己坦然暴露，从而使送别诗具有了丰富细腻的表现力，让后人得以领略到更多的时代信息。

李白、杜甫的送别诗是激情火山的迸发。李白潇洒高逸，不屑别离世故，杜甫贴心务实，关注民情政风，莫不令送别诗焕发出了奇异的光彩。李白被林庚先生称为"站在时代的顶峰上"的诗人，在《李太白集》一千余首诗中，送别诗有一百五十多首。借着对自身才学的非凡自信，李白的送别诗独标高格，从情感到意蕴，从设境到情调，无不体现出新质新面貌。家喻户晓的《赠汪伦》"李白乘舟将欲行，忽闻岸上踏歌声。桃花潭水深千尺，不及汪伦送我情"，清新刚健，将踏歌送行的洒脱浪漫之情传唱千古。《南陵别儿童入京》"仰天大笑出门去，我辈岂是蓬蒿人"⑤，热烈奔放，表达了积极进取的入仕精神。而《梦游天姥吟留别》（一作《别东鲁诸公》）中云"世间行乐亦如此，古来万事东流水。别君去兮何时还？且放白

---

① （明）唐汝询选释，王振汉点校：《唐诗解》，河北大学出版社，2001年版，第212页。
② 袁闾琨：《全唐诗广选新注集评》卷二，辽宁人民出版社，1994年版，第246页。
③ 《孟浩然诗集校注》卷三，第403页。
④ 《孟浩然诗集校注》卷二《和卢明府送郑十三还京兼寄之什》，第167—168页。
⑤ 《李太白全集》卷十五，第744页。

鹿青崖间,须行即骑访名山"①,则唱出了放浪的豪爽,鼓舞了无数士人耿介不阿的品行。《黄鹤楼送孟浩然之广陵》"故人西辞黄鹤楼,烟花三月下扬州。孤帆远影碧山尽,唯见长江天际流"②,景色宏大平远,景象繁华,恰像一幅盛世图画。《金陵酒肆留别》"风吹柳花满店香,吴姬压酒唤客尝。金陵子弟来相送,欲行不行各尽觞。请君试问东流水,别意与之谁短长"③,表现出一种寰宇江海的壮阔气势,气象浑厚壮大。这些挥毫泼洒出的景物,没有丝毫哀婉局促之感,与传统送别诗的写景不可同日而语。其他如《渡荆门送别》《广陵赠别》《西岳云台歌送丹丘子》《宣州谢朓楼饯别校书叔云》《送贺宾客归越》等,莫不豪放飘逸,真挚自然,造境奇阔,张扬着盛唐独有的气势美。其《鲁郡尧祠送窦明府薄华还西京》云:

朝策犁眉騧,举鞭力不堪。强扶愁疾向何处,角巾微服尧祠南。

长杨扫地不见日,石门喷作金沙潭。笑夸故人指绝境,山光水色青于蓝。

庙中往往来击鼓,尧本无心尔何苦。门前长跪双石人,有女如花日歌舞。

银鞍绣毂往复回,簸林蹶石鸣风雷。远烟空翠时明灭,白鸥历乱长飞雪。

红泥亭子赤栏干,碧流环转青锦湍。深沉百丈洞海底,那知不有蛟龙蟠。

君不见绿珠潭水流东海,绿珠红粉沉光彩。绿珠楼下花满园,今日曾无一枝在。

昨夜秋声阊阖来,洞庭木落骚人哀。遂将三五少年辈,登高远望形神开。

生前一笑轻九鼎,魏武何悲铜雀台。我歌白云倚窗牖,尔闻其声但挥手。

长风吹月渡海来,遥劝仙人一杯酒。酒中乐酣宵向分,举觞酹尧尧可闻。

何不令皋繇拥彗横八极,直上青天扫浮云。高阳小饮真琐琐,山公酩酊何如我。

竹林七子去道赊,兰亭雄笔安足夸。尧祠笑杀五湖水,至今憔悴空

---

① 《李太白全集》卷十五,第 708 页。
② 同上,第 734 页。
③ 同上,第 728 页。

荷花。

　　尔向西秦我东越，暂向瀛洲访金阙。蓝田太白若可期，为余扫洒石上月。①

此诗题下自注"时久病初起作"，被《唐宋诗醇》御评为神品，"起灭在手，变化从心，初曷尝沾沾于矩矱，而意之所到，无不应节合拍。歌行至此，岂非神品？"②又《秋日鲁郡尧祠亭上宴别杜补阙范侍御》云：

　　我觉秋兴逸，谁云秋兴悲。山将落日去，水与晴空宜。
　　鲁酒白玉壶，送行驻金羁。歇鞍憩古木，解带挂横枝。
　　歌鼓川上亭，曲度神飙吹。云归碧海夕，雁没青天时。
　　相失各万里，茫然空尔思。

《唐宋诗醇》御评曰："飘然而来，戛然而止，格调高逸，有如鹏翔未息，翩翩而自逝。"③李白在《春于姑熟送赵四流炎方序》中云："吾贤可流水其道，浮云其身，通方大适，何往不可？何戚戚于路歧哉！"④可谓盛唐人送往迎来慷慨豪情的形象概括。

　　杜甫的送别诗有一百三十多首，约占其诗总数十分之一，成功地结合了时事和风物，将政治性和艺术性无间融合，表现出一种悲壮的风格。今人邹进先肯定了杜甫送别诗的新变，即"进一步走向写实的路子，力求写出离别情境所激发起来的对于人生和社会的感喟"，"每每借题发意，涉及极为阔大复杂的思想情感，具有超越个体升沉休戚的博大的思想境界。"⑤其《送人从军》云：

　　弱水应无地，阳关已近天。今君渡沙碛，累月断人烟。
　　好武宁论命，封侯不计年。马寒防失道，雪没锦鞍鞯。

格调意气风发，沈德潜评曰："西方地高，故云近天。岑参亦云'走马西来欲到天'，又云'过碛觉天低'。五六悲壮，通体皆振。"⑥又《送翰林张司马南海勒碑》云：

　　冠冕通南极，文章落上台。诏从三殿去，碑到百蛮开。
　　野馆浓花发，春帆细雨来。不知沧海上，天遣几时回。

---

① 《李太白全集》卷十六，第779—781页。
② （清）乾隆：《唐宋诗醇》卷六，中国三峡出版社，1997年版，第98页。
③ 同上，第91页。
④ 《全唐文》卷三百四十九，第3536页。
⑤ 邹进先：《论杜甫的送别诗》，《北方论丛》2004年第2期。
⑥ 《唐诗别裁集》，第153页。

被胡应麟推为"钱送"诗的代表作,《诗薮·内编》卷四曰:"堂皇绵邈,高华俊朗。"其《送樊二十三侍御赴汉中判官》《送长孙九侍御赴武威判官》《送从弟亚赴河西判官》《送韦十六评事充同谷防御判官》《奉送郭中丞兼太仆卿充陇右节度使三十韵》《送杨六判官使西蕃》等鸿篇巨制,熔叙事、抒情、议论于一炉,或极意鼓舞,或出谋划策,勉励被送者尽心竭力,扶颠持危,感慨悲壮,沉郁顿挫,把送别诗的艺术水平推向空前的高度"①。著名的"三别"是带有强烈悲剧色彩具有悲壮之美的组诗。郑东甫《杜诗钞》评《无家别》曰:"刺不恤穷民也。"吴齐贤《杜诗论文》论《垂老别》曰:"此行已成死别,复何顾哉?然一息尚存,不能恝然,故不暇悲己之死,而又伤彼之寒也;乃老妻亦知我不返,而犹以加餐相慰,又不暇念己之寒,而悲我之死也。"②《新婚别》,婉而多讽。整组诗可谓惊风雨,泣鬼神,感天动地。杜甫送人又善于谆谆告诫,体现了他一向的济世理念,《送韦讽上阆州录事参军》云:

> 国步犹艰难,兵革未衰息。万方哀嗷嗷,十载供军食。
> 庶官务割剥,不暇忧反侧。诛求何多门,贤者贵为德。
> 韦生富春秋,洞澈有清识。操持纲纪地,喜见朱丝直。
> 当令豪夺吏,自此无颜色。必若救疮痍,先应去蟊贼。
> 挥泪临大江,高天意凄恻。行行树佳政,慰我深相忆。③

安史之乱后,国运维艰,贪官污吏巧取豪夺,苛捐杂税多如牛毛,百姓生活困苦,诗人希望年轻博学的韦讽,走马阆州上任后能有所作为,为民除害,造福一方,树立佳政。《奉送严公入朝十韵》云"公若登台辅,临危莫爱身"④,劝以仗节死义,这已不是私人情谊所能全解,实实在在映射了杜甫忧国忧民每饭不忘思君的诗圣形象。

唐人殷璠《河岳英灵集》选盛唐诗人二十四家,收录诗歌二百三十四首,送别诗有二十多首,可见当时送别诗就已经引领风尚了。盛唐诗人不同风格的送别诗,莫不超越个人思想情感的局限,契合时代潮流,表现了人们的风发意气和昂扬斗志,充满放达之情,绝无惆怅别绪,呈现出雄健的格调和宏伟的境界。边塞诗人的豪情壮志以及建功立业的雄才大略自不待言,即使山水田园诗人也不乏勒碑垂名的豪迈胸襟,李白、杜甫更是豪放与悲壮的

---

① 霍松林:《唐宋诗文鉴赏举隅》,人民文学出版社,1984年版,第10页。
② 《唐诗鉴赏辞典》,第496、492页。
③ 《杜诗详注》卷十三,第1156—1158页。
④ 《杜诗详注》卷十一,第912页。

两面旗帜,将唐代送别诗的豪壮之美推到了极致,令盛唐送别诗坛呈现出璀璨夺目的光彩。

三、中唐送别诗:竞逐祖饯,回归务实

安史之乱后,盛唐元气大伤,自代宗大历元年(766)到文宗大和九年(835),是为中唐,约七十年。安史之乱给中唐诗人以沉重打击,诗人们既已无缘踵踪盛唐,迫于社会政治经济的动荡衰落,送别诗因此走向赠往迎来的觥筹交错,以擅长饯送为能事,追逐辞采华章,形成模式套路,送别活动中渗透了世情功利因素。即使元和、长庆年间,一些诗人的送别诗开始接触民生疾苦,纪乱抒怀,但其内容仍然流于抒写羁旅,精雕细琢摹物绘景。整个中唐送别诗的数量虽然大增,但思想价值却渐趋薄弱,出现了大量应酬游宴的送别诗。

胡震亨《唐音癸签》谓:"详大历诸家风尚,大抵厌薄开、天旧藻,矫入省净一途。自刘、郎、皇甫,以及司空、崔、耿"等,"工于浣濯,自艰于振举风干,衰边幅狭。尚诣五言,擅场饯送,外此无他大篇伟什岿望集中"①。确乎如此,擅场饯送成为一时风气。唐人高仲武编选的唐诗选集《中兴间气集》,选录肃宗至德初(756)到代宗大历末(779),二十六位诗人一百三十多首诗,其中送别诗有五十首左右,几乎每个诗人都有送别诗,最看重钱起和郎士元,将两人分别置于上下卷之首。钱起以送人诗最多著称,诗歌总数约四百三十首,送别诗占到百分之四十左右。郎士元当时与钱起并称,流传下来的七十多首诗中,送别诗几近一半,被当下研究者称为"祖饯诗会上的明星"②。高仲武对二人评价都很高,在论述郎士元时说:"自丞相已下,更出作牧。二公无诗祖饯,时论鄙之。"③北宋钱易《南部新书》卷辛亦云:

  大历来,自丞相已下出使作牧,无钱起、郎士元诗祖送者,时论鄙之。④

说明当时赋诗饯送极其时尚,诗歌创作竟成为了达官贵人的门面装饰,委实可惜。元代辛文房《唐才子传》卷四《钱起》又云:"凡唐人燕集祖送,必探题分韵赋诗,于众中推一人擅场者。"⑤钱别送行宴会成了赛诗擂台,在各种送

---

① (明)胡震亨:《唐音癸签》卷七《评汇三》,古典文学出版社,1957年版,第54页。
② 蒋寅:《祖饯诗会上的明星——郎士元》,《暨南学报》1995年第1期。
③ (唐)高仲武:《唐人选唐诗·中兴间气集》卷下,昆仑出版社,2006年版,第256页。
④ (宋)钱易撰,黄寿成点校:《南部新书》,中华书局,2002年版,第121页。
⑤ 《唐才子传校笺》(第二册)卷四《钱起》,第45页。

别族亲、同僚、友人等的场合,按照规定的字数、用韵、形式要求,众人展开竞争,如孟郊《奉同朝贤送新罗使》所云"送行数百首,各以铿奇工"①的局面,遂应运而生。每次活动结束都要推选出擂主,据唐人李肇《国史补》卷上载:

> 郭暧,升平公主驸马也。盛集文士,即席赋诗,公主帷而观之。李端中宴诗成,有荀令、何郎之句,众称妙绝,或谓宿构。端曰:"愿赋一韵。"钱起曰:"请以起姓为韵。"复有金埒铜山之句,暧大出名马金帛遗之。是会也,端擅场。送王相公之镇幽朔,韩翃擅场。送刘相之巡江淮,钱起擅场。②

这里提到了三次宴集比诗,最后评选的结果,一次是李端胜出,一次是韩翃摘冠,一次是钱起最佳。钱起的擅场之作即《奉送刘相公江淮催转运》云:

> 国用资戎事,臣劳为主忧。将征任土贡,更发济川舟。
> 拥传星还去,过池凤不留。唯高饮水节,稍浅别家愁。
> 落叶淮边雨,孤山海上秋。遥知谢公兴,微月上江楼。③

刘相公刘晏是著名的理财家,以宰相的身份主持财计转运,奔赴江淮督理转运事物事宜,诗人从刘相公受命后以国事为重,立即出发写起,继写沿途景色,借景寓情思人,立言平实,切合人物的身份、使命和心情,词旨安和,中规中矩,雍容典雅,并无新颖独到之处,可见当时送别诗崇尚的标准,以及时人的追求,其时的写作水准大抵如此。韩翃的一百六十多首诗中,送别诗占到六成之多,大历诗人无人可与之比肩,其擅场之作《奉送王相公缙赴幽州巡边》(一作张继诗)云:

> 黄阁开帷幄,丹墀侍冕旒。位高汤左相,权总汉诸侯。
> 不改周南化,仍分赵北忧。双旌过易水,千骑入幽州。
> 塞草连天暮,边风动地秋。无因随远道,结束佩吴钩。④

此诗作于大历三年(768),当时有钱起、皇甫冉、皇甫曾、韩翃等人,一同在长安送王缙相公赴镇幽州。全诗的内容其实亦乏精彩。开头写王缙得到朝廷重用,位高权重,诗人对其有所期待,稍有溢美之词。中间想象入边情景,尚有气势。结尾因为无由相随而遗憾,纯属谦辞。整体宗旨是追捧出使者,为其锦上添花,增彩添色。对照钱起、韩翃二人的擅场之作,可以看出此类诗

---

① (唐)孟郊著,郝世峰笺注:《孟郊诗集笺注》卷八,河北教育出版社,2002年版,第393页。
② 《唐国史补》卷上,第21—22页。
③ (唐)钱起著,阮廷瑜校注:《钱起诗集校注》,新文丰出版公司,1996年版,第498页。
④ 《全唐诗》卷二四五,第2755—2756页。

的模式,诚如蒋寅先生所总结的那样,"其中涉及的内容可归并为八个基本要素,那就是:(1)送别时地;(2)惜别情状;(3)别后相思;(4)前途景物;(5)行人此行事由及目的地;(6)节令风物;(7)设想行人抵达目的地的情形;(8)赞扬行人家世功业"①。每一次送行不过是将这些要素重新进行变换组合,诗中应景的性质过多,缺乏初唐的朴实真挚和盛唐的浑厚慷慨,有的只是客套礼节。官场上送往迎来的饯送赋诗演变为点缀,送别诗成了达官贵人酒宴助兴的应酬工具,所以最容易形成俗套。再看郎士元被高仲武赞誉的诗,《鳌屋县郑礒宅送钱大》(一作《送别钱起》,又作《送友人别》)云:

  暮蝉不可听,落叶岂堪闻。共是悲秋客,那知此路分。
  荒城背流水,远雁入寒云。陶令门前菊,余花可赠君。②

高仲武认为开头两句极其可赏,堪比谢朓诗的开端,有过之而无不及。③ 全诗写两个同病相怜的人于暮秋时节分别,分外悲伤,感情尚沉郁,但也只是就事论事,并无深意。还不如他的《送魏司直》"曙雪苍苍兼曙云,朔风烟雁不堪闻。贫交此别无他赠,唯有青山远送君"④,用语通脱,直率爽朗,给人以清雅之感。以上几首所谓擅场之作,尽管结构完整,技巧娴熟,辞藻华丽,但仍不免给人以内容俗套、别情浅淡之感。正是祖饯送别中掺入了人情世故的功利象征因素,从而使送别诗的真情实感有所削弱,宴席上的竞逐又促使送别诗的标准走向模式化方向,导致送别诗的思想内涵趋于式微。

  中唐时期的宴饮饯送风气颇为流行,可谓有行必饯。德宗贞元九年(793),苑论以状元及第,随即归觐,同好柳宗元专作《送苑论登第后归觐》诗并序相送。序云:

  群公追饯于霸陵,列筵而觞,送远之赋,圭璋交映。或授首简于余……余受而书之,编于群玉之右。⑤

众多友人赶到霸陵,设筵相送,祝酒挥毫,写诗作文,柳宗元予以编次收录。贞元十六年(800),韦丹奉命出使新罗,当时倾朝廷出动相送,权德舆《奉送韦中丞使新罗序》描写盛大场面,云:

---

 ① 蒋寅:《祖饯诗会上的明星——郎士元》,《暨南学报》1995年第1期。
 ② 《全唐诗》卷二四八,第2783页。
 ③ 《唐人选唐诗·中兴间气集》卷下,第256页。
 ④ 《全唐诗》卷二四八,第2791页。
 ⑤ 《柳宗元集》卷二十二,第323—324页。

> 三台隽彦，歌诗宴畋，至若辰韩息慎之俗，怀方象胥之道，宾将洽欢之盛，致赐谕旨之荣。自原隰之华，至溟涨之大，云气海物，昕昏变化，众君子言之详矣……凡两披所赋，盍偕序以为好，宜征作者，猥及鄙人，直书粗略，敢谢不敏。①

孟郊亦作《奉同朝贤送新罗使》诗云："送行数百首，各以铿奇工。冗隶窃抽韵，孤属思将同。"②送别诗作数量达上百首，权德舆受众人委托专门予以记叙，传为一时佳话。贞元十七年（701），韩愈有《送窦平从事序》云：

> 皇帝临御天下二十有二年，诏工部侍郎赵植为广州刺史，尽牧南海之民，署从事扶风窦平。平以文辞进。于是行也，其族人殿中侍御史牟，合东都交游之能文者二十有八人，赋诗以赠之。③

扶风人窦平随从工部侍郎赵植赴任广州刺史，亲朋好友及东都友人二十八人，皆作诗赠别，盛况引人瞩目。元代辛文房《唐才子传》卷四《冷朝阳》载，冷朝阳登第返江东省觐时，"自状元以下，一时名士大夫及诗人李嘉祐、李端、韩翃、钱起等，大会赋诗攀饯"④。诸如此类的祖饯赋诗，在当时可谓司空见惯，而千篇一律的应酬附和，势必使送别诗走上模式雷同的技巧捷径，礼仪形式的需要繁多了，自然削弱思想情感的真实抒写。《全唐诗》中许多同名的送别诗，都是众人集会相送的成果，如卷二三七钱起的《送少微师西行》、卷二七三戴叔伦和卷二八五李端的《送少微上人入蜀》、卷二八〇卢纶的《送少微上人游蜀》等，皆是为送别诗僧少微上人游蜀而作。众人集会饯行使联句形式的送别诗亦开始流行，《全唐诗》卷七九四有《秋日卢郎中使君幼平泛舟联句一首》，为皎然、陆羽等在湖州，于大历二年（767）秋送刺史卢幼平归京所作：

> 共载清秋客船，同瞻皂盖朝天。　卢　藻
> 悔使比来相得，如今欲别潸然。　卢幼平
> 渐惊徒驭分散，愁望云山接连。　皎　然
> 魏阙驰心日日，吴城挥手年年。　陆　羽
> 送远已伤飞雁，裁诗更切嘶蝉。　潘　述
> 空怀鄠杜心醉，永望门栏胆捐。　李　恂
> 别思无穷无限，还如秋水秋烟。　郑述诚⑤

---

① 《全唐文》卷四百九十一，第5013页。
② 《孟郊诗集笺注》卷八，第393页。
③ 陈克明著：《韩愈年谱及诗文系年》，巴蜀书社，1999年版，第119—120页。
④ 《唐才子传校笺》（第二册）卷五《冷朝阳》，第107页。
⑤ 《全唐诗》卷七九四，第8937页。

众人写景言别，异声同气。接下来又有《重联句一首》，仍是送行惜别之情：卢幼平又云"相将惜别且迟迟，未到新丰欲醉时"；陆羽又云"去郡独携程氏酒，入朝可忘习家池"；潘述又云"仍怜故吏依依恋，自有清光处处随"；皎然又云"晚景南徐何处宿，秋风北固不堪辞"；卢藻又云"吴中诗酒饶佳兴，秦地关山引梦思"。① 莫不是写秋景，言离事。由于宴会风气的炽烈，文人相与送吟的应景之作大肆流行，觥筹交错之中虚情泛滥。

与"大历十才子"台阁派相对的是另一诗人群体，刘长卿、韦应物等江南地方官，他们的送别诗倒是能够融入个人身世经历，务实重情，打动人心，以刘长卿最为著名。刘长卿今存五百余首诗中，送别诗占到百分之三十五左右，送别诗的情调大多较伤感，"谪居为别倍伤情"，这也是诗人长期羁旅漂泊江南的感受。其《送耿拾遗归上都》云：

若为天畔独归秦，对水看山欲暮春。穷海别离无限路，隔河征战几归人。

长安万里传双泪，建德千峰寄一身。想到邮亭愁驻马，不堪西望见风尘。②

《送侯中丞流康州》云：

长江极目带枫林，匹马孤云不可寻。迁播共知臣道枉，猜谗却为主恩深。

辕门画角三军思，驿路青山万里心。北阙九重谁许屈，独看湘水泪沾襟。③

两诗起首从送别事件入手，然后结合行者身世遭遇，摹写旅途图画，融情入景，最后兴发感慨，寄寓祝福。虽然行文结构并无大的突破，但最主要的是能付出真情，具有强烈的个人色彩。刘长卿送别诗中个人情绪极其浓厚，常常是推己及人，设身处地为对方着想，于是逢别即挥泪沾襟，然而耽于应酬的频繁送人写作，使其送别诗中时常出现雷同重复的语句，如高仲武所言："大抵十首以上，语意稍同。于落句尤甚，思锐才窄也。"④如《江州留别薛六柳八二员外》结句曰"离心与潮信，每日到浔阳"⑤，《夏口送徐郎中归朝》结

---

① 《全唐诗》卷七九四，第 8937 页。
② 《刘长卿诗编年笺注》，第 417 页。
③ 同上，第 207 页。
④ 《唐人选唐诗·中兴间气集》卷下，第 262 页。
⑤ 《刘长卿诗编年笺注》，第 408 页。

句曰"离心与杨柳,临水更依依"①,《送李补阙之上都》结句曰"惆怅离心远,沧江空自流"②,《新安送穆谕德归朝赋得行字》结句曰"离别寒江上,潺湲若有情"③,大概不出离情与流水比附的思路,难于跳脱自己熟悉的写作习惯,从另一个侧面折射了当时饯行宴饮之风过于频繁的事实。

韦应物的山水田园诗历来为后世称道,其送别诗亦有特色,诗集中有送别一类近七十首。诗人一生因社会动荡而漂泊流寓,虽仕途坎坷,却勤政爱民,结交众多底层人物,有卑职官僚、科场失意者、隐逸人士等,送别诗内容能反映现实,语言简明朴素,善于描写实景真物,感情坦诚,给人以感悟。如《赋得鼎门送卢耿赴任》:

> 名因定鼎地,门对凿龙山。水北楼台近,城南车马还。
> 稍开芳野静,欲掩暮钟闲。去此无嗟屈,前贤尚抱关。④

永泰中卢耿曾为洛阳主簿,后赴任南昌令,参谋江西幕府。诗中洛阳城的定鼎门,龙门山,芳草楼台,暮钟车马,莫不因送人而情意浓浓,结尾借前贤侯嬴的故事宽慰离人。又《送别覃孝廉》云:

> 思亲自当去,不第未蹉跎。家住青山下,门前芳草多。
> 稀归通远徼,巫峡注惊波。州举年年事,还期复几何。⑤

虽是送别落第之人却绝口不提落第之事,只写眼前物,意中事,予以安慰鼓励,句句明了,说得亲切蕴藉,体现出一片体贴的苦心。其《送唐明府赴溧水》云"三为百里宰,已过十余年。只叹官如旧,旋闻邑屡迁",亦是为友人抱屈,唐明府三任县事,十多年不升职,诗人相信他终能"到此安氓俗,琴堂又晏然"⑥,上任惠民,有所作为。又《送丘员外还山》曰:

> 长栖白云表,暂访高斋宿。还辞郡邑喧,归泛松江渌。
> 结茅隐苍岭,伐薪响深谷。同是山中人,不知往来躅。
> 灵芝非庭草,辽鹤匪池鹜。终当署里门,一表高阳族。⑦

丘员外排行二十二,又叫丘二十二,即丘丹,苏州嘉兴人,是诗人丘为的弟弟,曾任仓部员外郎,当时正隐居浙江杭县临平山学道。故其《重送丘二十

---

① 《刘长卿诗编年笺注》,第357页。
② 同上,第271页。
③ 同上,第453页。
④ 《韦应物诗集系年校笺》卷一,第19页。
⑤ 《韦应物诗集系年校笺》卷二,第112页。
⑥ 《韦应物诗集系年校笺》卷十,第498页。
⑦ 《韦应物诗集系年校笺》卷九,第432页。

二还临平山居》又云；

  岁中始再觐,方来又解携。才留野艇语,已忆故山栖。
  幽涧人夜汲,深林鸟长啼。还持郡斋酒,慰此霜露凄。①

诗中写景契合道者情怀,充满了对隐居者的理解和情谊。韦应物的送别诗相较那些点缀应酬之作,能够描写眼前景,摹状目下物,抒发真实情,运用自然语,反映社会现实的某些侧面,是中唐送别诗回归务实的代表。

  中唐最杰出的诗人白居易,以一首《赋得古原草送别》震撼当时,然此诗并不以抒写别情见长,而是以咏草流传千古。"离离原上草,一岁一枯荣。野火烧不尽,春风吹又生。远芳侵古道,晴翠接荒城。又送王孙去,萋萋满别情",唱彻至今,学者研究的结论却莫衷一是。韩立新认为:"《赋得古原草送别》与白居易写给湘灵的诗,在时间上有明显的承接性,可以推测,该诗作于与湘灵萌生恋情之初的贞元九年(793)的一次分别时,送别的对象为湘灵,反映的是诗人初生恋情时的分别情怀,它与此后写给湘灵的诗中的'草'意象相因应。"②尽管人们的解释各有不同,但可以肯定的是它为白居易赢得了步入仕途的声名,由之也奠定了白居易送别诗以摹物见长的特色。白居易的送别诗中,有多首送春别物及别地之作,如《送春归》(元和十一年三月三十日作)、《南亭对酒送春》《别春炉》《别毡帐火炉》《别草堂三绝句》《别苏州》等,昭示了中唐送别诗瞩意情趣的风尚。如《别毡帐火炉》云:

  忆昨腊月天,北风三尺雪。年老不禁寒,夜长安可彻。
  赖有青毡帐,风前自张设。复此红火炉,雪中相暖热。
  如鱼入渊水,似兔藏深穴。婉软蛰鳞苏,温燉冻肌活。
  方安阴惨夕,遽变阳和节。无奈时候迁,岂是恩情绝。
  毳帘逐日卷,香燎随灰灭。离恨属三春,佳期在十月。
  但令此身健,不作多时别。③

青毡帐和红火炉陪伴诗人度过了漫漫寒冬,春天来了,天气渐暖,诗人把它们一一收拾好,相约十月再见。戎昱诗中亦有几首别物名作,如《移家别湖上亭》《移家别树》等,这些咏物送别诗从另一个侧面反映了中唐送别诗情调的转移,用情细腻泛滥,与盛唐诗人积极投入社会大潮的专注情怀,不可同日而语。

  乐府诗人张籍,生平广交文友,酬赠唱和者即有一百四十余人,"时朝野名

---

 ① 《韦应物诗集系年校笺》卷九,第461页。
 ② 韩立新:《忧喜是心火,荣枯是眼尘——白居易〈赋得古原草送别〉诗解分析》,《山东师范大学学报》2013年第2期。
 ③ 《白居易诗集校注》卷二十一,第1711页。

士皆与游,如王建、贾岛、于鹄、孟郊诸公集中,多所赠答。情爱深厚,皆别家千里,游宦四方,瘦马羸童,青衫乌帽,每邂逅于风尘,必多殷勤之思。衔杯命素,又况于同志者乎?声调相似,况味颇同"①。张籍的送别诗约有八十首左右,多为慰藉朋友而作,内容不出世情往来、祝福惜别的范畴。如《送远曲》所言:

> 戏马台南山簇簇,山边饮酒歌别曲。行人醉后起登车,席上回尊劝僮仆。
>
> 青天漫漫覆长路,远游无家安得住。愿君到处自题名,他日知君从此去。②

诗人于山边钱送友人,赠以别曲,设想朋友远游无定,希望所到之处自题姓名,以便自己他日循迹相随。沈德潜评"愿君到处自题名,他日知君从此去"曰:"从前送远诗,此意未曾写到。"③而"此意"全然没有了盛唐人的壮志雄心,仅只送意而已。明人周珽曰:"首举所别之地以纪事。远游举目无亲,所藉惟有僮仆,所以回尊相劝也。路长,居无定所,欲寄莫知踪迹,所以到处题名也。括尽送远情境。"④另一首《送远曲》云:

> 吴门向西流水长,水长柳暗烟茫茫。行人送客各惆怅,话离叙别倾清觞。
>
> 吟丝竹,鸣笙簧,酒酣性逸歌猖狂。行人告我挂帆去,此去何时返故乡。
>
> 殷勤振衣两相嘱,世事近来还浅促。愿君看取吴门山,带雪经春依旧绿。
>
> 行人行处求知亲,送君去去徒酸辛。⑤

描写行人话别的离宴情景,慨叹世事多变,人情浅促,充满凄苦酸楚之感,纯是别离之苦。从他一系列的《送远曲》《别离曲》《远别离》《寄别者》《送远使》《送远客》《送流人》《送蛮客》《送南客》《送南迁客》《送安西将》《送客游蜀》《别客》《送宫人入道》等送别诗题中,可以感受到他凡客必送的无限情意,无论如何都要满足世俗礼仪的需要,别情泛滥也比无情无义更能令人宽慰,这种心态其实正是社会动荡令人不安的心理折射。中唐送别诗的关注人情,重视送往迎来,数量大增,恰恰说明大乱之后,人们更加向往和平安

---

① 《唐才子传校笺》卷五《张籍》,第564—567页。
② 《张籍集注》,第32页。
③ 《唐诗别裁集》卷八,第125页。
④ 转引自陈伯海编《唐诗汇评》周敬、周珽《唐诗选脉会通评林》,第1897页。
⑤ 《张籍集注》,第56页。

宁的日常生活。

贾岛以其亦儒亦释的独特身份,广泛交游,经历了无数送别场面,留下了不少应酬送别之作,《长江集》中送别诗约一百二十首,占其诗歌总数四分之一强。送别对象中僧人道士最多,诗体多五律,大致模式为:"时事切题——行途景致——期待相见"。如《送无可上人》:

圭峰霁色新,送此草堂人。麈尾同离寺,蛩鸣暂别亲。
独行潭底影,数息树边身。终有烟霞约,天台作近邻。

时为秋雨初晴,事为送其从弟至天台问道。三、四句承上启下,一写送,一写别。五、六句是写景名句,乃诗人得意之语,自注道:"二句三年得,一吟双泪流。知音如不赏,归卧故山秋。"后人也甚为激赏,方回评曰"绝唱",纪昀评曰"果有幽致"①。最后相约为邻。如贾岛一般,在送别诗中刻意描写景致的现象,在中唐其他诗人的送别诗中也有反映。前举韦应物送别诗中的描摹亦非常精致,如《赋得暮雨送李胄》曰:

楚江微雨里,建业暮钟时。漠漠帆来重,冥冥鸟去迟。
海门深不见,浦树远含滋。相送情无限,沾襟比散丝。②

刻画固然精工,别情亦深切感人,但明显格调不高,缺乏盛唐大气通脱的豪爽之美。杨巨源在中唐诗人中享誉较高,其送别诗同样以精细见长,如《送章孝标校书归杭州因寄白舍人》云:

曾过灵隐江边寺,独宿东楼看海门。潮色银河铺碧落,日光金柱出红盆。
不妨公事资高卧,无限诗情要细论。若访郡人徐孺子,应须骑马到沙村。③

上半篇描写亲眼所见海门美景,下半篇想象到时生活情景,金圣叹赞前四句曰:

送人诗,此为最奇。看他更不作旗亭握别套语,却奋快笔,斗然直写自己当时亲身曾过其地,亲眼曾看其景,其奇奇妙妙,非世恒睹,有不可以言语形容者也。而今日校书别我归去,则正归到其处,真是令我身虽在此送君,心已先君到杭也。④

---

① 《瀛奎律髓汇评》卷四十七《释梵类》,第1648页。
② 《韦应物诗集系年校笺》卷七,第367页。
③ 《全唐诗》卷三三三,第3724页。
④ (清)金雍集,施建中、隋淑芬整理校订:《金圣叹选批唐诗六百首》卷六上,北京出版社,1989年版,第295页。

从中可以看出中唐诗人送别诗在景物刻画、巧设构思、寻求惊异方面所作的努力,但这种另辟蹊径的精描细绘,仍然是一种小格局的表现,可见中唐送别诗整体气度的渐趋微弱。

时代的风云影响了中唐一代诗人,他们沉溺于务实,设宴送别,觥筹交错,竞逐诗才,醉心巧构,摹物赋景,掩饰感伤,缺失了盛唐送别诗感动激荡人心的振奋力量。许顗《彦周诗话》评张籍和王建的乐府宫词时说:"张籍王建,乐府宫词皆杰出,所不能追逐李杜者,气不胜耳。"①我们可以借用"气不胜耳"来概括中唐送别诗和盛唐送别诗的根本差别。气即内在生命,诗气的极致即是绵延雄浑,而这内在的魂魄是刻意竞逐形式无法弥补的。尽管中唐送别诗气骨顿衰,风格迫降,但也时有写景咏物才情焕发之作露出峥嵘,更有一些记述战乱,涉及民生疾苦,抒写伤怀,慨叹人生的送别诗,令人震撼。如卢纶《送李端》云:

故关衰草遍,离别自堪悲。路出寒云外,人归暮雪时。
少孤为客早,多难识君迟。掩泪空相向,风尘何处期。②

俞陛云论曰:"诗为乱离送友,满纸皆激楚之音。前四句言岁寒送别,念征途之迢递,值暮雪之纷飞,不过以平实之笔写之。后半篇沉郁激昂,为作者之特色。五句言孤露余生,少壮即饥驱远役。六句言四方多难,良友如君,相知恨晚。以'迟''早'二字对举,各极其悲辛之致。末谓寒士穷途,差以自慰者,他年之希望耳。乃掩袂相看,风尘满目,并期望而无之,其言愈足悲矣。"③司空曙《贼平后送人北归》云:

世乱同南去,时清独北还。他乡生白发,旧国见青山。
晓月过残垒,繁星宿故关。寒禽与衰草,处处伴愁颜。④

描绘安史战乱后旧国残垒、寒禽衰草的荒凉景象,显出羁旅行役的悲苦孤寂,抒发了滞留难归的凄凉心境。又《云阳馆与韩绅宿别》:

故人江海别,几度隔山川。乍见翻疑梦,相悲各问年。
孤灯寒照雨,湿竹暗浮烟。更有明朝恨,离杯惜共传。⑤

沈德潜评曰:"三四写别久忽遇之情,五六夜中共宿之景,通体一气,无铓钉

---

① 《历代诗话》,第 385 页。
② 《卢纶诗集校注》卷五,第 481 页。
③ 《诗境浅说》,第 21 页。
④ 《全唐诗》卷二九二,第 3315—3316 页。
⑤ 同上,第 3317 页。

习,尔时已为高格矣。"①这些送别诗的出现,显示了中唐送别诗风格的多样化。就整个中唐诗坛而言,仍以回归务实抚平战乱创伤为主流,众多的送别诗带着强烈的人情世故心态,参与到了送往迎来的抒写之中,尽管讲究规矩典雅,重视结构技巧,描写刻画精致,用情广泛普遍,有时也直击现实,但总体说来,难以寻觅到激荡人心的感情波澜,因而留下了不尽的遗憾惋惜。

四、晚唐送别诗:感伤时局,闲适为怀

大约文宗大和九年(835)前后至唐亡(907)的七八十年间,是为晚唐时期,整个社会到处弥漫着一股消沉、悲观的末世情绪,诗坛咏史、咏怀大行其道。由于社会政治的混乱和经济的衰退,人们送往迎来的心情亦显急促,送别的悲伤基调吻合于乱世的悲愁心态,使得送别诗中充满了对时局的感伤和哀叹,诗人们借伤离惜别抒发对时局无定、仕宦不遇、人生多难、命运多舛等的愤慨,人们以追求闲适情怀蕴藉心灵,讲究语言形式技巧,程式化写作广泛,长于表现心境和意绪。诗人中送别诗数量较多的不乏其人,杜牧、许浑、李商隐、杜荀鹤等,其时皆有一定的影响。

杜牧是晚唐诗坛上最亮的一颗星,现存诗歌五百一十多首,由于家道中落,仕途不够亨通,一生宦游南北,创作了一百三十多首送别诗,大多是七律,兼有其他体裁。这些送别诗作融合个人遭际,流露了他的思想蜕变,折射了时代风云,以情感极度悲伤动人心魄。如《池州春送前进士蒯希逸》云:

芳草复芳草,断肠还断肠。自然堪下泪,何必更残阳。
楚岸千万里,燕鸿三两行。有家归不得,况举别君觞。②

此诗作于池州刺史任上。诗中的断肠、下泪、残阳等词语,给人一种认同天命在劫难逃的末世之感,芳草、楚岸、鸿燕的景色描写,与举觞告别相得益彰,营造出惜别的情调。"有家归不得"一句意蕴丰富,诗人是在借送别之酒浇胸中块垒,宣泄满腔悲愤。《送友人》云:

十载名兼利,人皆与命争。青春留不住,白发自然生。
夜雨滴乡思,秋风从别情。都门五十里,驰马逐鸡声。③

前四句直抒胸臆,仕途坎坷,徒然流失了青春岁月,后四句情景交融,婉言惜

---

① 《唐诗别裁集》,第 162 页。
② 《樊川文集校注》,第 311 页。
③ 同上,第 1471 页。

别,从天不亮直送到五十里开外,何等情深。又《逢故人》云:

> 故交相见稀,相见倍依依。尘路事不尽,云岩闲好归。
> 投人销壮志,徇俗变真机。又落他乡泪,风前一满衣。①

故人相见难,别时倍依依,流落他乡消磨了壮志,厌倦了尘俗的诗人,开始向往云岩闲好归,喜好逸情山趣,将对治世的失望悲凉情绪,以闲适情怀予以排遣。杜牧送别诗中多有交往方外之士的记述,袒露了他的出世思想,其《洛中送冀处士东游》谓冀处士"不爱事耕稼,不乐干王侯。四十余年中,超超为浪游",而"我作八品吏,洛中如系囚",因此"忽遭冀处士,豁若登高楼。拂榻与之坐,十日语不休",结云"嵩山高万尺,洛水流千秋。往事不可问,天地空悠悠。四百年炎汉,三十代宗周。二三里遗堵,八九所高丘。人生一世内,何必多悲愁"②,诗人与冀处士倾心交流,促膝相谈,情投意合中不无对出世的渴盼。其《送隐者一绝》云:

> 无媒径路草萧萧,自古云林远市朝。公道世间唯白发,贵人头上不曾饶。③

蕴意深远,见解独特,赞颂安慰隐者,讽刺利禄世人,仍然是隐居情怀的流露。《池州送孟迟先辈》又云:

> 人生直作百岁翁,亦是万古一瞬中。我欲东召龙伯翁,上天揭取北斗柄。
> 蓬莱顶上斡海水,水尽到底看海空。月于何处去,日于何处来?
> 跳丸相趁走不住,尧舜禹汤文武周孔皆为灰。
> 酌此一杯酒,与君狂且歌。离别岂足更关意,衰老相随可奈何。④

同样有看破红尘的意趣。一生经历了唐代从宪宗至宣宗六朝的杜牧,虽才华横溢,欲有所作为,然面对晚唐的颓势,终无计力挽狂澜,借送别同道抒发了自己不满现实的隐逸情怀。

杜荀鹤以苦吟和反映现实著名,诗人出身寒微,有《唐风集》三卷传世,存诗三百二十多首,送别诗有四十首左右,多是对离乱景象和世道不平的喟叹,也有对科场不第和仕途不遇的自伤自叹,以及对友人的殷切希望等。如《江上送韦豸先辈》云:

---

① 《樊川文集校注》,第 1454 页。
② 同上,第 84 页。
③ 同上,第 476 页。
④ 同上,第 121 页。

不易为离抱,江天即见鸿。暮帆何处落,凉月与谁同。

木叶新霜后,渔灯夜浪中。时难慎行止,吾道利于穷。①

前半部分谓漂泊无定,结句言因时局艰难,宁愿独善其身。《入关因别舍弟》云:

吾今别汝汝听言,去住人情足可安。百口度荒均食易,数年经乱保家难。

莫愁寒族无人荐,但愿春官把卷看。天道不欺心意是,帝乡吾土一般般。②

诗人殷勤教诲舍弟即使身处乱世也莫欺心,帝乡故土都是一样的,要能进能退,全身保命最重要。又《乱后逢李昭象叙别》云:

李生李生何所之,家山窣云胡不归。兵戈到处弄性命,礼乐向人生是非。

却与野猿同橡坞,还将溪鸟共渔矶。也知不是男儿事,争奈时情贱布衣。③

全诗流露出兵戈年代世情炎凉,避乱逃荒退隐保身的无奈消极思想。面对乱世兵荒多事,百姓耕桑失时的惨败之景,诗人将救世的希望寄托于地方官员,其《送人宰吴县》曰:

海涨兵荒后,为官合动情。字人无异术,至论不如清。

草履随船卖,绫梭隔水鸣。唯持古人意,千里赠君行。④

诗人告诫去当县令的友人,社会动乱百姓需要体恤同情,为官要清正廉洁,朴素简俭,注意恢复当地的生产,具有仁民爱物之心。另一首《送人宰德清》亦曰:

乱世人多事,耕桑或失时。不闻宽赋敛,因此转流离。

天意未如是,君心无自欺。能依四十字,可立德清碑。⑤

诗人殷切希望地方官员能够放宽赋敛,安定离民,清廉吏治,有所作为。杜荀鹤的送别诗在感时伤乱外,也有描写江南风景的送人出游诗,流露了对闲

---

① 《全唐诗》卷六九一,第 7940 页。
② 《全唐诗》卷六九二,第 7973 页。
③ 同上,第 7965 页。
④ 《全唐诗》卷六九一,第 7942 页。
⑤ 同上,第 7947 页。

适生活的艳羡,如《送人游吴》《送友游吴越》《送蜀客游维扬》等,试看《送蜀客游维扬》:

> 见说西川景物繁,维扬景物胜西川。青春花柳树临水,白日绮罗人上船。
>
> 夹岸画楼难惜醉,数桥明月不教眠。送君懒问君回日,才子风流正少年。①

维扬即今江苏扬州市,唐代的扬州是文人墨客的留连游冶之地,李白《送孟浩然之广陵》有句"烟花三月下扬州",杜牧《赠别二首》亦云"春风十里扬州路,卷上珠帘总不如"②。方春季节,绿树临河,鸟鸣花间,白日里画船穿河,人行船上,饮茶把酒,明月夜二十四桥林立,彻夜赏玩,将扬州都市的繁华,以诗情画意的方式形象托出,给人一线希冀。

罗隐生于唐文宗大和七年(833),卒于后梁开平三年(909),终年七十七岁,几乎和晚唐的起始相重合。诗人年轻时欲凭才学求功名,无奈"十举不第",十次应考竟皆名落孙山,留存诗作四百八十八首,送别诗有六十首左右,其中多是战乱悲凉景象的描绘和对时局的哀叹,诸如《送魏校书兼呈曹使君》谓"乱离无计驻生涯,又事东游惜岁华"③,《送李右丞分司》谓"所悲时渐薄,共贺道由全。卖与清平代,相兼直几钱"④。其《送梅处士归宁国》谓:

> 十五年前即别君,别时天下未纷纭。乱离且喜身俱在,存没哪堪耳更闻。
>
> 良会漫劳思曩迹,旧交谁去吊荒坟?殷勤为谢逃名客,想望千秋岭上云。⑤

宁国即今安徽省宁国县,遭遇乱世,兵祸四起,诗人庆幸一身尚存,人生苦短,姑且珍惜生命,期盼再相见。《送王使君赴苏台》谓:

> 东南一望可长吁,犹忆王孙领虎符。两地干戈连越绝,数年麋鹿卧姑苏。
>
> 疲盯赋重全家尽,旧族兵侵太半无。料得伍员兼旅寓,不妨招取好揶揄。⑥

---

① 《全唐诗》卷六九二,第7972页。
② 《樊川文集校注》,第478页。
③ 《罗隐诗集笺注》卷一,第35页。
④ 《罗隐诗集笺注》卷五,第146页。
⑤ 《罗隐诗集笺注》卷七,第208页。
⑥ 《罗隐诗集笺注》卷九,第273页。

遥望江南,干戈连绵,农夫赋重,民不堪命,希望王使君能救民于水火之中。《送裴饶归会稽》谓"两鬓不堪悲岁月,一卮犹得话尘埃",岁月不堪回首,举杯话别借醉解忧。"家通曩分心空在,世逼横流眼未开"①,诗人是浙江新城(今富阳新登)人,所以怀念家乡昔日的情分。其《江亭别裴饶》又云:

> 行杯且待怨歌终,多病怜君事事同。衰鬓别来光景里,故乡归去乱离中。
>
> 乾坤垫裂三分在,井邑摧残一半空。日晚长亭问西使,不堪车驾尚萍蓬。②

诗人老来鬓白体衰,哀叹乾坤分裂藩镇割据,乡邑荒凉人烟稀少,面对长亭日晚即将到来的别离,苦不堪言,可见战乱别离给人们造成的精神创伤多么巨大。

花间派词人韦庄(847—910),诗词兼擅,诗亦多有流传,约三百首,其中送别诗多为绝句,婉转地流露了慨叹乱离、悲愁无望的情思。《送人归上国》云:

> 送君江上日西斜,泣向江边满树花。若见青云旧相识,为言流落在天涯。③

当时诗人客居婺州,送人归帝京,诗中西斜的江上太阳,江边对花哭泣的离人,流落天涯的行人,无不是世道沦落的心境之观。《衢州江上别李秀才》云:

> 千山红树万山云,把酒相看日又曛。一曲离歌两行泪,更知何地再逢君。④

诗人漫游江南,青山红树间与友人生离作死别,不知何时能再见面,离歌声声催人泪下,悲情苦不堪论。《江上别李秀才》云:

> 前年相送灞陵春,今日天涯各避秦。莫向尊前惜沈醉,与君俱是异乡人。⑤

此诗为寄寓浙西时作,避地异乡又逢别离,于是借酒浇愁,慰藉离恨。《长干塘别徐茂才》云:

---

① 《罗隐诗集笺注》卷九,第 275 页。
② 同上,第 284 页。
③ 《韦庄诗词笺注》,第 428 页。
④ 同上,第 342 页。
⑤ 同上,第 237 页。

乱离时节别离轻，别酒应须满满倾。才喜相逢又相送，有情争得似无情。①

此诗亦作于寄寓浙西时，诗中道出了晚唐人们对离别的情绪，社会的动荡，生活的不宁，使得人们对别离已经麻木，有情也似无情。

温庭筠与韦庄并称"温韦"，因恃才诡激，而为当涂者所薄，生平交游甚广，虽放浪形骸，然注重友情，所接触大多是社会下层士人，如《送李亿东归》中的李亿(忆)，为大中十二年的进士，温庭筠与他同年参加进士考试并遭贬。《送陈嘏之侯官兼简李常侍》中的陈嘏，《旧唐书》记载其任右补阙之职。其他如《西江上送渔父》《赠少年》《送洛南李主簿》《送人南游》《送并州郭书记》《送人东游》《送淮阴孙令之官》《送卢处士游吴越》《送人游淮海》《送僧东游》《送渤海王子归本国》《送北阳袁明府》《送李生归旧居》《早春沪水送友人》《送襄州李中丞赴从事》《江上别友人》和《与友人别》②等，所提及的渔夫、少年、主簿、僧人、中丞、读书人以及渤海国的王子等，身份都不甚高，他们之间的真诚友谊更能体现出乱世人间的况味。温庭筠非常善于借典故抒写离别时的心态，《东郊行》云：

斗鸡台下东西道，柳覆斑骓蝶萦草。块礧韶容锁澹愁，青筐叶尽蚕应老。

绿渚幽香生白蘋，差差小浪吹鱼鳞。王孙骑马有归意，林彩着空如细尘。

安得人生各相守，烧船破栈休驰走。世上方应无别离，路傍更长千枝柳。③

这里借鉴的历史典故有隋炀帝与陈后主在斗鸡台相遇、项羽破釜沉舟、刘邦破绝栈道等，借之感叹人生生离死别的凄凉，最后落脚到"世上方应无别离，路傍更长千枝柳"，表达了自己对别离的惆怅心情。《塞寒行》云：

燕弓弦劲霜封瓦，朴簌寒雕睇平野。一点黄尘起雁喧，白龙堆下千蹄马。

河源怒浊风如刀，剪断朔云天更高。晚出榆关逐征北，惊沙飞迸冲貂袍。

---

① 《韦庄诗词笺注》，第 280 页。
② 《温庭筠全集校注》，目录页。
③ 《温庭筠全集校注》卷二，第 136 页。

心许凌烟名不灭,年年锦字伤离别。彩毫一画竟何荣,空使青楼泪成血。①

在极言大漠恶劣环境的铺垫下,诗人对北征将士与亲人的生离死别给予了深深的同情,固然"晚出榆关逐征北,惊沙飞进冲貂袍",能获得"心许凌烟名不灭"的殊荣,但却要面临"年年锦字伤离别"的境况。将士们为了"彩毫一画竟何荣",而其家人则要"空使青楼泪成血"。诗中对古人离别的感叹,实际上反映了唐代末期边防空虚、将士长期守边难以回还的现实。温庭筠亦擅长摹物写景,感时抒怀,《送人南游》云:

送君游楚国,江浦树苍然。沙净有波迹,岸平多草烟。
角悲临海郡,月到渡淮船。唯以一杯酒,相思隔远天。②

诗的前三联刻画了友人远游沿途的景色,江树郁郁苍苍,江沙明净江草笼烟,一路上月伴江船,景致宜人。结尾"唯以一杯酒,相思隔远天",与王维的《送元二使安西》有异曲同工之妙。又《送人东游》云:

荒戍落黄叶,浩然离故关。高风汉阳渡,初日郢门山。
江上几人在,天涯孤棹还。何当重相见,尊酒慰离颜。③

俞陛云《诗境浅说》评曰:"此等发端,情景兼写,调高而韵逸,最为得势。三四雄健而高浑。五言中用地名而兼风景者,下三字皆实字,上二字以风景衬之,此类甚多。但上二字须切当有意义,而非凑合乃佳。此三句用高风,以汉阳为江汉合流处,急浪排空,天风浩荡,故以高风状之,见江天壮阔也。四句用初日,以江干行客,每清晓扬帆,而江上看山,以晓色为尤佳,旭日照之,青紫百态,故自汉江望郢门山色,以初日状之。后四句迎刃而下。如题之量,其精彩在前四句也。"④温庭筠送别渔父、处士等的送别诗,隐晦表明了他对闲适生活的属意,《西江上送渔父》云:

却逐严光向若耶,钓轮菱棹寄年华。三秋梅雨愁枫叶,一夜篷舟宿苇花。
不见水云应有梦,偶随鸥鹭便成家。白蘋风起楼船暮,江燕双双五两斜。⑤

---

① 《温庭筠全集校注》卷一,第77页。
② 《温庭筠全集校注》卷七,第635页。
③ 同上,第664页。
④ 《诗境浅说》,第25—26页。
⑤ 《温庭筠全集校注》卷四,第402页。

开头两句以严光不仕汉光武帝而隐逸的故事,赞美了闲云野鹤式的生活,虽然这种生活有许多不便,所谓"三秋梅雨愁枫叶",但是"白蘋风起楼船暮,江燕双双五两斜"的舒畅心情,恐怕是任何一个身在宦海的人难以体味到的,字里行间充满对渔夫生活的羡慕。《送卢处士游吴越》云:

  羡君东去见残梅,唯有王孙独未回。吴苑夕阳明古堞,越宫春草上高台。
  波生野渚雁初下,风满驿楼潮欲来。试逐渔舟看雪浪,几多江燕荇花开。①

诗人对卢处士游历吴越表示羡慕,对吴越一带美景的着力描写,突出了向往恬淡安适生活的心境。

晚唐四大诗人除杜牧、温庭筠之外,还有许浑和李商隐。许浑一生应举求仕,足迹南至南海,北到幽州,客居异地,交游人群遍及三教九流,"生涯半别离",诗作中送别诗占有一定分量。许浑送别诗的套路模式相对突出,如《送人归吴兴》云:

  绿水棹云月,洞庭归路长。春桥悬酒幔,夜栅集茶樯。
  箬叶沉溪暖,蘋花绕郭香。应逢柳太守,为说过潇湘。②

"首联叙离别之意及归行路线,中间两联描写沿途景色,尾联点明客人所归之地。一路佳境虽然描绘得色色清香,引人入胜,但主观感情的融注似嫌不足"③。许浑常用送别诗抒怀泄郁,忧时伤乱,珍重离情,激人共鸣,其《送杨发东归》云:

  江花半落燕雏飞,同客长安今独归。一纸乡书报兄弟,还家羞著别时衣。④

诗人曾不止一次科举落第,不得功名,正当阳春季节,友人杨发及第后归吴中省亲,诗人自感惭愧,故云无颜面见家乡父老,"还家羞著别时衣"是所有下第者的共同心声。在《留别裴秀才》中又云:

  三献无功玉有瑕,更携书剑客天涯。孤帆夜别潇湘雨,广陌春期鄠杜花。

---

① 《温庭筠全集校注》卷八,第 711 页。
② (唐)许浑著,罗时进笺注:《丁卯集笺证》卷四,江西人民出版社,1998 年版,第 95 页。
③ 周蓉:《从许浑送别诗看中晚唐送别诗创作模式的形成》,《西北师范大学学报》,2003 年第 6 期。
④ 《丁卯集笺证》卷十一,第 321 页。

灯照水萤千点灭,棹惊滩雁一行斜。关河迢递秋风急,望见乡山不到家。①

《丁卯集笺注》卷五论曰:"玩诗意想在下第之后。以下和自拟,则失意可知。更携书剑,又客天涯,其在屡举不第之时乎？此时夜别在潇湘雨中,后日会期在鄠杜花下,盖言将来赴举仍在京师相晤也。写尽下第同人相别,彼此饮泣之况。灯照水萤,棹惊滩雁,景象萧瑟,无不令人於邑。如此则归心似箭,急欲到家,而望望愈远,真有不可忍耐一刻之苦,使困于场屋者不堪卒读也。"②诗中透露出人生失意的无奈,劝人珍重别离情谊。故《赠别》云:

眼前迎送不曾休,相续轮蹄似水流。门外若无南北路,人间应免别离愁。

苏秦六印归何日,潘岳双毛去值秋。莫怪分襟衔泪语,十年耕钓忆沧洲。③

由于不忍频繁别离伤痛,诗人发出了但愿没有纵横交错的道路,苏秦、潘岳的无奈,也是诗人的人生体验,泣泪相别心生水滨,隐含了世风日下的沧桑感怀。晚唐另一诗人罗邺的《叹别》,与此同调,诗云"北来南去几时休,人在光阴似箭流。直待江山尽无路,始因抛得别离愁。"④再看许浑《凌歊台送韦秀才》：

云起层台日未沉,数村残照半岩阴。野蚕成茧桑柘尽,溪鸟引雏蒲稗深。

帆势依依投极浦,钟声杳杳隔前林。故山迢递故人去,一夜月明千里心。

《桐城吴先生评点唐诗鼓吹》论曰:"此忧乱之诗,前六句皆兼比兴。""野蚕成茧桑柘尽,溪鸟引雏蒲稗深"⑤一联,野趣可爱。全诗即目写景,起首以"台"起,而结以相思之情。《贯华堂选批唐诗》卷六点评曰:

(前四句)通解用意乃在"日未沉"一"未"字。夫人生既称七十古稀,则亦大都六十以来,然则三十,早是半生也。颇见世之劳人,年且过斯,尚无一就,栖栖久客,欲有所图。于是旁之人,亦从谂之曰:如公

---

① 《丁卯集笺证》卷六,第165页。
② 同上,第166页。
③ 《丁卯集笺证》卷九,第280页。
④ 《全唐诗》卷六五四,第7524页。
⑤ 《丁卯集笺证》卷六,第149页。

年,正未正未耳。嗟乎! 云起高台,岂非明明日欲沉,下"欲"字即稳耶,今偏定要下一"未"字。然而残照半阴,时已至此,蚕则已茧,鸟则已雏,桑则已尽,稗则已深。甚欲自谩,终谩不得,年晚心孤,真是不能重读也。(后四句)五,犹望见帆,六,乃但闻钟矣。妙。妙! 故山迢递,故人独去,一夜月明,思人乎? 抑自思乎?①

诗人忧乱伤怀,不能自已。《朝台送客有怀》更是撇开送人,说古论今直言咏怀,诗云:

赵佗西拜已登坛,马援南征土宇宽。越国旧无唐印绶,蛮乡今有汉衣冠。
江云带日秋偏热,海雨随风夏亦寒。岭北归人莫回首,蓼花枫叶万重滩。②

此诗作于开成二、三年,赵佗建立了南越国,受封为南越王,马援曾南征树立铜柱,威震南服,皆建功留名,诗人之怀不言自明。又《别韦处士》云:

南北断蓬飞,别多相见稀。更伤今日酒,未换昔年衣。
旧友几人在,故乡何处归。秦原向西路,云晚雪霏霏。③

诗人感慨乱世动荡,离多聚少,生命无常,一片别思黯然,令人唏嘘哀叹。《丁卯集笺注》卷二论曰:"情意真切,词调悲凉,不堪卒读。"④许浑送别诗中多有送僧人道士之作,如《送惟素上人归新安》《和友人送僧归桂州灵岩寺》《送黄隐居归南海》《和浙西从事刘三复送僧南归》《送令闲上人》《送武全通处士归章洪山》《送从兄归隐蓝溪二首》《送太昱禅师》《送张处士》《送僧归金山寺》《送僧归敬亭山寺》《送元昼上人归苏州兼寄张厚二首》等,显露出心乐林泉超逸遁世的情愫。许浑《送栖元弃释奉道诗》云:"仙骨本微灵鹤远,法心潜动毒龙惊。"《送勤尊师自边将入道涛》云:"苍鹰出塞胡尘灭,白鹤还乡楚水深。"《送李生弃官入道》云:"水深鱼避钓,云迥鹤辞笼。"这些描写精细入微,其实是钦羡山林生活的表露。至《送僧南归诗》则云:"怜师不得随师去,已戴儒冠事素王。"葛立方《韵语阳秋》卷一二论曰:"岂浑亦有逃儒之意邪?"⑤明确指出了许浑的逃儒意向,故《送从兄归隐蓝溪二首》又云:

---

① 《丁卯集笺证》卷六,第149—150页。
② 《丁卯集笺证》卷七,第194页。
③ 《丁卯集笺证》卷二,第39页。
④ 同上,第40页。
⑤ (宋)葛立方:《韵语阳秋》卷十二,上海古籍出版社,1979年版,第150—151页。

名高犹素衣,穷巷掩荆扉。渐老故人少,久贫豪客稀。
塞云横剑望,山月抱琴归。几日蓝溪醉,藤花拂钓矶。

京洛多高盖,怜兄剧断蓬。身随一剑老,家入万山空。
夜忆萧关月,行悲易水风。无人知此意,甘卧白云中。

诗人对从兄名高犹素衣,身随一剑老的处境充满同情,而"无人知此意,甘卧白云中",似乎也是诗人自己心境的写照。《雷起剑评丁卯集》卷下曰:"归隐动情之作,非泛泛者。"《唐诗快》卷十论曰:"侠士耶,高士耶? 时无英雄,安得不隐?"①其《送段觉归杜曲闲居》云:

书剑南归去,山扉别几年。苔侵岩下路,果落洞中泉。
红叶高斋雨,青萝曲槛烟。宁知远游客,羸马太行前。②

杜曲在陕西长安县东,此诗送段觉归杜曲闲居。开篇讲述送别原因,中间描绘杜曲的景致,幽雅清丽,静谧怡人,结尾遗憾自己不能同归,既是婉言惜别,亦是动情归隐心志的坦呈。许浑送别诗尤其长于写景状物,多有佳句,如《别张秀才》云:

不知何计写离忧,万里山川半旧游。风卷暮沙和雪起,日融春水带冰流。
凌晨客泪分东郭,竟夕乡心共北楼。青桂一枝年少事,莫因鲈鲙涉穷秋。

此诗前小序云:"余与张秀才同出关至陕府,余取南道止洛下,张由北路抵江东。因幕中宴饯,遂赋诗以别。"③中间两联即景赋笔,"风卷暮沙和雪起,日融春水带冰流",是乍暖还寒时节的特有景致,形象逼真,衬托出"凌晨客泪分东郭,竟夕乡心共北楼"的别离深情,动人心弦。《雪上宴别》云:

山断水茫茫,洛人西路长。笙歌留远棹,风雨寄华堂。
红壁耿秋烛,翠帘凝晓香。谁堪从此去,云树满陵阳。

摹物精细,诗情隽永。《丁卯集笺注》卷三曰:"格局缜密,词调悠扬,佳作也。"④又《送客归湘楚》云:

无辞一杯酒,昔日与君深。秋色换归鬓,曙光生别心。

---

① 《丁卯集笺证》卷一,第 24—25 页。
② 同上,第 5 页。
③ 《丁卯集笺证》卷七,第 202 页。
④ 《丁卯集笺证》卷二,第 43 页。

桂花山庙冷,枫树水楼阴。此路千余里,应劳楚客吟。①

起笔"无辞一尊酒,平昔与君深",有王维《送元二使安西》"劝君更尽一杯酒,西出阳关无故人"之妙。"秋色换归鬓,曙光生别心"一联,被《雷起剑评丁卯集》卷下誉为"真乃送归妙语"。

许浑的《谢亭送客》最为流传,"劳歌一曲解行舟,红叶青山水急流。日暮酒醒人已远,满天风雨下西楼"。全诗抒写怅然离别之情,极其传神。《丁卯集笺注》卷八曰:"此写别后而致远思也,声情绵渺。"前两句写送时,劳歌一曲船行水急,转眼急逝,与红叶青山明丽景色相反衬,显出依恋深情。后两句写离去,沉醉不忍酒醒,与所见风雨下西楼凄凄黯淡,正衬出离情难堪更甚。《唐诗正声》吴逸一评曰:"《阳关》诸作,多为行客兴慨,此独申己之凄况,故独妙于诸作。"《唐诗选脉会通评林》卷十胡次焱称赞道:"缱绻之意见于言外,至今读之,犹使人凄然,此诗家之妙。"《唐诗惬当集》卷三希斋云:"犹是送别之情与景耳,却写得异常警动。"《历代诗发》论曰:"中晚唐人送别截句最多,无不尽态极妍。而不事尖巧,浑成一气,应推此为巨擘。"②这些评论充分肯定了其为"巨擘"的价值所在。

李商隐今存诗五百五十首左右,送别诗有四十多首,不如他的无题诗、咏史诗为人瞩目,但他的送别诗能将身世之忧和时局感怀,寄寓于送别愁绪,形成凄婉意境,在晚唐诗人中自有光华。试看《送丰都李尉》:

　　万古商于地,凭君泣路歧。固难寻绮季,可得信张仪?
　　雨气燕先觉,叶阴蝉遽知。望乡尤忌晚,山晚更参差。③

首联写商于悲别,颔联借商山四皓之一绮里季和张仪诈楚的典故,感叹欲隐不得,求助无门,颈联惊异于时局变幻不定,最后以山影参差比喻道路难行。通篇将宦途险阻、世情反复、漂泊之感、乡土之思,一气说出,凄楚悲切。又《汴上送李郢之苏州》云:

　　人高诗苦滞夷门,万里梁王有旧园。烟幌自应怜白纻,月楼谁伴咏黄昏?
　　露桃涂颊依苔井,风柳夸腰住水村。苏小小坟今在否?紫兰香径与招魂。④

---

① 《丁卯集笺证》卷三,第 75 页。
② 《丁卯集笺证》卷十一,第 319 页。
③ 《李商隐诗歌集解》,第 2130 页。
④ 同上,第 1110 页。

位高自然难于流俗,诗苦而后自成一家,诗人久客夷门而不得志,追求功名无望,云"自应""谁伴",感知己难遇。后四句写行之苏州,露桃风柳,艳冶妖娆,然佳人薄命,才子无福,自古而然,苏小小的典故令人唏嘘咏叹,寄寓了生命无常、世路维艰的动荡感慨。其《离亭赋得折杨柳》中有"人世死前唯有别"之句,联系诗人生平流落贫困,飘荡求仕,便知这不是一般的惊人之论,而是亲身经历的切肤之痛,赋予了送别诗生离犹死别的现实喟叹。

其他诗人的送别诗作与以上主流没有二致,如薛逢《座中走笔送前萧使君》云:

> 笙歌惨惨咽离筵,槐柳阴阴五月天。未学苏秦荣佩印,却思平子赋归田。①

送友人归田赋闲,不胜凄惨。刘得仁《送车涛罢举归山》云:

> 朝是暮还非,人情冷暖移。浮生只如此,强进欲何为。
> 要路知无援,深山必遇师。怜君明此理,休去不迟疑。②

赞同友人辨识时势罢举归山的决定,劝其休去莫迟疑。李洞《送知己赴任华州》云:"树谷期招隐,吟诗煮柏茶。"③雍陶《送徐使君赴岳州》云:"巴陵山水郡,应称谢公游。"④周繇《送人尉黔中》云:"知尉黔中后,高吟采物华。"⑤莫不说明时人普遍有避世尚闲的思想情绪,在理想与现实遭遇冲突时,浅吟低唱,吟诗煮茶,寄情方外,以琴棋书画娱心,成为人们的无奈选择。

晚唐的几首送别名篇,如韩琮《暮春浐水送别》(一作《暮春送客》)"绿暗红稀出凤城,暮云楼阁古今情。行人莫听宫前水,流尽年光是此声"⑥;郑谷《淮上与友人别》"扬子江头杨柳春,杨花愁杀渡江人。数声风笛离亭晚,君向潇湘我向秦"⑦等,皆是写景抒怀兼容相济,不着痕迹,然而所写景物却萧瑟凄黯,营造出一种逼仄不宁、忧烦急促的风雨气氛,给人以内心无着的焦虑和茫然之感,而这正是晚唐送别诗不可超越于社会时局的体现。但人们对未来总是充满希冀的,如郑谷《送进士许彬》云:

---

① 《全唐诗》卷五四八,第 6329 页。
② 《全唐诗》卷五四四,第 6293 页。
③ 《全唐诗》卷七二二,第 8290 页。
④ 《全唐诗》卷五一八,第 5911 页。
⑤ 《全唐诗》卷六三五,第 7290 页。
⑥ 《全唐诗》卷五六五,第 6551 页。
⑦ 《全唐诗》卷六七五,第 7731 页。

>　　泗上未休兵，壶关事可惊。流年催我老，远道念君行。
>　　残雪临晴水，寒梅发故城。何当食新稻，岁稔又时平。①

《送太学颜明经及第东归》云：

>　　平楚干戈后，田园失耦耕。艰难登一第，离乱省诸兄。
>　　树没春江涨，人繁野渡晴。闲来思学馆，犹梦雪窗明。②

两诗皆表达了对国泰民安、岁丰年登、时平世明的渴盼。

　　方回评姚合送别诗曰："姚少监合诗选入《二妙》者百二十一首，比浪仙为多。此'四灵'之所深嗜者。送人诗三十余首，以余再选，仅得三首。为武功尉时诗八首最佳。其余有左无右，有右无左。前联佳矣，后或不称。起句是矣，缴句或非。有小结裹，无大涵容。"③ "无大涵容"应是晚唐送别诗的通病。晚唐社会"鱼游沸鼎知无日，鸟覆危巢岂待风"④，送别诗中哀婉的吟唱慨叹，可谓诗人们对当时动荡飘摇局势的形象感知，诗人们无力回天的喟叹感伤使得送别诗悲切凄楚的情怀更显苍凉，而诗人们企图出世，向往方外，寄情山林，追求闲适的情怀，也透露了王朝末代的辉煌不再。但是人们希冀救世，盼望太平丰年的心愿，又为送别诗涂抹上了期待的亮彩，昭示了送别诗恒久不衰的生命力。

　　唐代送别诗的四个阶段如同四季的更替，每一个季节都自有其独特的生命力。百年初唐使送别诗超越宫禁，登上诗坛，尽显真情魅力，拥抱万里江山。开天盛唐的诗人们极尽送别诗之能，唱出了时代的慷慨豪迈，送别诗格调丰姿绰约，变化万千。中唐的大历才子于笙歌酒宴中送往迎来，追逐擅场，至元和长庆的送别诗篇，写实状真，情趣多样。晚唐诗人无奈时局动荡，山倒颓势，属意生离死别，抒发伤感情怀，寄兴方外林泉。纵观唐代送别诗的发展历程，伴随着唐王朝的赤伏运衰，藉着诗人们的接力传承，"阳关三叠"的余响至今仍在袅袅回荡。

第二节　唐代送别诗的艺术审美

　　先唐送别诗的内容比较单一，《诗经》时代送别诗尚间杂于叙事之中，两

---

① 《全唐诗》卷六七四，第 7707 页。
② 同上，第 7708 页。
③ 《瀛奎律髓汇评》卷二十四《送别类》，第 1053—1054 页。
④ 《李商隐诗歌集解·行次昭应县道上送户部李郎中充昭义攻讨》，第 465 页。

汉魏晋南北朝的送别诗也多从别离时的情景切入，一般内容多描述送别的情景和离别的惆怅，抒发惜别之情，少有深意的寄托。发展到唐代，送别诗的题材内容已经突破了送离惜别的主题，成为人们抒情言志的载体，涉及社会生活的各个领域，包罗万象。若要领略其内容艺术风貌，就需作出归纳分类。谈到分类，究其实只是探入的角度不同，研究的目的有异，因而形成各种错综复杂的名目。关于唐代送别诗的分类，有最简单的二分法，即依据作者划分为送别诗和留别诗。也有如张浩逊《唐诗分类研究》，根据行者的目的分为八类：一是送人赴边诗；二是送人宦游诗；三是送人贬谪诗；四是送人还乡诗；五是送人入京诗；六是送人归山诗；七是送僧诗；八是送人出使诗。① 但这种分类法并不能概括所有的唐人送别诗及其丰富的内容、复杂的思想情感和多彩的艺术审美等，而且略显机械拘谨。兹结合唐代社会文化的大背景，统摄以情感的表达鹄的，考察送别诗的人物关系，剖析其内涵，审视其作用，采用综合分类的方法，将唐代送别诗分为以下四大类详加论述，即情以事现的叙事言别、情以景出的绘景寓别、情以人立的摹人写别、情以感发的借感寄别，以期全面领略唐代送别诗的艺术风貌。

一、情以事出，叙事言别

江淹《别赋》云"别虽一绪，事乃万族"，"别方不定，别理千名"，人世千变万化，人生际遇不同，人间多有别离，事出有因的离别，最容易形成借助叙事言别抒怀的送别诗，叙事也是诗人最常用的表达手法。如骆宾王《秋日饯陆道士陈文林得风字》诗云：

> 青牛游华岳，赤马走吴宫。玉柱离鸿怨，金罍浮蚁空。
> 日霁崤陵雨，尘起洛阳风。唯当玄度月，千里与君同。②

首联交待了送别对象，结合诗前小序，可知指"陆道士将游西辅，通庄指浮气之关；陈文林言返东吴，修途走落星之浦"。颔联写饯行场面，是序中"维舟锦水，藉兰若以开筵；继骑金堤，泛榴花于祖道"的概括。颈联写秋景，伤秋衬别。尾联借《世说新语·言语》刘尹"清风朗月，辄思玄度"（许询，字玄度）之语抒写难分的离情。整首诗在结构和语言上都接近骈文，脉络分明，寄托深厚，正像小序所谓"嗟别路之难驻，惜离尊之易倾。虽漆园筌蹄，已忘然于道术，而陟阳风雨，尚抒情于咏歌。各赋一言，同为四韵。庶几别后，有畅离忧云尔"，是典型的叙事言别，借以抒发依依不舍的深情。刘长卿的《重

---

① 张浩逊：《唐诗分类研究》，江苏教育出版社，1999年版，第127—134页。
② 《骆宾王诗评注》，第110页。

送裴郎中贬吉州》则从突出别离缘由立意叙事,言简意赅。"猿啼客散暮江头,人自伤心水自流。同作逐臣君更远,青山万里一孤舟。"①首句描写送别的时间地点氛围,日暮、江头、猿啼、客散。第二句写自己独留江头,以无情的流水反衬人之伤心。三四句写裴郎中,他和诗人一样被逐,本已不幸,而被贬谪的地方又更远,要一个人孤寂地度过万水千山。通篇以叙事立意,采用直陈其事的赋体,兼以精到的写景炼饰,倍显情挚意深,别有韵味。清人贺裳《载酒园诗话又编·孙逖》云:

> 古人饯别,如《烝民》《韩奕》,皆因事赠言,辞不妄发。陈子昂《送崔著作融从梁王东征》曰"王师非乐战,之子慎佳兵",为黩武之时言也。孙逖《送李补阙充河西节度判官》曰:"西戎虽献款,上策耻和亲",为忘战之时言也。唐诗送人之塞下者多矣,惟此二篇,缓私情,急公义,深合古意。②

陈子昂和孙逖的诗即是以叙事言别,见出深意。陈子昂的《送著作佐郎崔融等从梁王东征》诗前小序云:

> 岁七月,军出国门,天晶无云,朔风清海。时比部郎中唐奉一、考功员外郎李迥秀、著作佐郎崔融,并参帷幕之宾,掌书记之任。燕南怅别,洛北思欢。顿旌节而少留,倾朝廷而出饯。

序中交代了写作的时间及背景。万岁通天元年(696)五月,契丹叛乱,"七月辛亥,春官尚书武三思为榆关道安抚大使,纳言姚璹为副,以备契丹"③。诗中记叙了出征时的具体情景和场面,首写时节为"金天方肃杀,白露始专征",在霜露肃杀的秋天,崔融等跟随有自行征伐权的梁王出征。接言备战乃不得已之举,"王师非乐战,之子慎佳兵"。次写边地风景,"海气侵南部,边风扫北平"。结尾祝捷,"莫卖卢龙塞,归邀麟阁名"④。全诗以叙述为主,时间、地点、人物、目的,一应俱全。杜审言同时作有《送崔融》相赠,云:

> 君王行出将,书记远从征。祖帐连河阙,军麾动洛城。
> 旌旆朝朔气,笳吹夜边声。坐觉烟尘扫,秋风古北平。⑤

---

① 《刘长卿诗编年笺注》,第185页。
② 《清诗话续编·载酒园诗话又编》,第306页。
③ 《新唐书》卷四《武后本纪》,第96页。
④ 《陈子昂诗注》卷三,第179页。
⑤ (唐)杜审言著,徐定祥注:《杜审言诗注》,上海古籍出版社,1982年版,第21页。

亦以叙事言情，间以想象塞下之景色，婉言惜别。二人的送别诗留存了当时倾朝出饯的细节情景，弥足珍贵。

张说的送别诗作中涉及社会内容的较多，如《奉和送金城公主应制》《送任御史江南发粮以赈河北百姓》《送李问政河北简兵》等，皆以叙事作别抒写离情。《奉和送金城公主应制》云：

> 青海和亲日，潢星出降时。戎王子婿宠，汉国舅家慈。
> 春野开离宴，云天起别词。空弹马上曲，讵减凤楼思。①

描述了饯送的宏大场面，借以表达不忍别离。《送李问政河北简兵》云：

> 斗酒贻朋爱，踌躇出御沟。依然四牡别，更想八龙游。
> 密亲仕燕冀，连年迩寇仇。因君阅河朔，垂泪语幽州。②

从宴饮叙起，最后言及由于连年边事，密友去河朔阅兵，因而垂泪相送。《送任御史江南发粮以赈河北百姓》云：

> 河朔人无岁，荆南义廪开。将兴泛舟役，必仗济川才。
> 花月临江浦，春云立楚台。调饥坐相望，绣服几时回。③

从河朔饥荒、江南救济写起，粮船星夜兼程赶赴灾地，叙事中体现了对饥民疾苦深切的同情和关怀，实在难能可贵。张说的此类送别诗，较其数量不菲的应制诗而言，极具价值。

杜甫的《三别》更是以叙事著称的史诗，仇兆鳌引黄生语曰"述当时征戍之苦，其源出于变风、变雅"④。仇兆鳌注《新婚别》曰："《新婚》一章叙室家离别之情，及夫妇始终之分，全祖乐府遗意，而沉痛更为过之。"⑤唐汝询解《垂老别》曰："此亦遣戍而有垂老别妻者，子美述其意如此。言遭世乱，子孙咸死于军，我此身又奚足惜，但投杖而操兵，虽同行者不能无感耳。"⑥浦起龙解《无家别》曰："起八句，追叙无家之由。'久行'六句，合里无家之景。'宿鸟'以下，始入自己，反踢'别'字。言既归来，虽无家，且理生业耳。……'近行'八句，本身无家之情。……末二，以点作结。"要而言之，《三别》中"《新婚》，妇语夫。《垂老》，夫语妇。《无家》，似自语，亦似语客"。《三别》叙事，"体相类，其法又各别。一比起，一直起，一追叙起。一

---

① 《张燕公集》卷一，第 5 页。
② 《张燕公集》卷三，第 25 页。
③ 同上，第 25 页。
④ 《杜诗详注》卷七，第 534 页。
⑤ 同上，第 533 页。
⑥ （明）唐汝询选释，王振汉点校：《唐诗解》，河北大学出版社，2001 年版，第 104 页。

比体结,一别意结,一点题结。"①仇兆鳌、浦起龙等人对《三别》的论评,表明了《三别》叙事言别的历史价值,在送别诗中独具高格。

许多以送别缘由事件为题的送别诗,基本上都是切题叙事言别,表现手法虽不一,但都以叙述为主体。如白居易《送张山人归嵩阳》:

> 黄昏惨惨天微雪,修行坊西鼓声绝。张生马瘦衣且单,夜扣柴门与我别。
>
> 愧君冒寒来别我,为君沽酒张灯火。酒酣火暖与君言,何事入关又出关?
>
> 答云前年偶下山,四十余月客长安。长安古来名利地,空手无金行路难。②

起首两句点明送行时间,一个冬天飘着小雪的黄昏。中间八句写送别情景,马瘦衣单的张山人上门告别,我沽酒设宴与之话别,问他为何入关又出关,他回答说前年下山,至今四十余月仍然为客,不得不又出关。最后两句是对张山人的安慰。全诗娓娓道来,当时场景历历在目,朴实的言语中隐含着深深的相知惜别之情。由于自"乾元已来,天下用兵,百官俸钱折,乃议于天下地亩青苗上量配税钱,命御史府差使征之,以充百官俸料。每年据数均给之,岁以为常式"③,因而刘长卿作有《送河南元判官赴河南勾当青苗税充百官俸钱》,记叙河南元判官赴河南征收青苗税的情况。诗云:

> 春草长河曲,离心共渺然。方收汉官俸,独向汶阳田。
> 鸟雀空城在,榛芜旧路迁。山东征战苦,几处有人烟。④

首联点明别离,颔联谓到河南道征收青苗钱以充当百官俸钱。汶阳属于河南道。后四句言战乱造成的田园荒芜凋敝。华山以东的地区是安史之乱的主战场,到这样的地方办理青苗税该有多难啊,叙述中隐含了对朋友的关切。此诗可谓是对史籍记载的形象佐证。张籍的《送防秋将》记叙了唐朝设置防秋的事实,起首"白首征西将,犹能射戟支",言将领虽老犹强,辕门射戟,能中小支,武艺不凡。"元戎选部曲,军吏换旌旗",谓易将换防。"逐虏招降远,开边旧垒移",表其逐虏拓边,驻扎疆境。结语"重收陇外地,应似汉家时"⑤,祝其当如汉朝名将,收复陇右,建立彪炳战功。唐代为防止吐蕃趁

---

① (清)浦起龙:《读杜心解》卷一,中华书局,1978年版,第57页。
② 《白居易诗集校注》卷十二,第907页。
③ 《旧唐书》卷十一《代宗本纪》,第283页。
④ 《刘长卿诗编年笺注》,第277页。
⑤ 《张籍集注》,第104页。

秋季草盛马肥,无需随军携带马料之机侵犯内地,朝廷遂有防秋之举。诗人通过对防秋将的赞颂表白了惜别情怀。诗人许棠,"苦于诗文,性僻少合",因久困名利场,极为郁闷。当"咸通十二年李筠榜进士及第"后,遂颇为自得,调泾县尉,赴任之际,朋友多来相送,皆有诗赠,独郑谷诗擅场,流传甚广。郑谷《送许棠先辈之官泾县》云:

> 白头新作尉,县在故山中。高第能卑宦,前贤尚此风。
> 芜湖春荡漾,梅雨昼溟濛。佐理人安后,篇章莫废功。①

记叙了年近半百的许棠在及第后,经过吏部铨选,被授家乡泾县县尉。以高第而为县尉小官,极有尚贤之风度。诗人想象其一路春风梅雨中到任,辅佐县令治理庶务,继续写出好篇章。全诗叙事赞人不着痕迹,离别之情油然而生,确是妙手裁出。

藉叙事以言别的送别诗中,所叙无论是个人遭际,还是反映社会内容的重大事件,甚或是涉及民族战争的历史事实,其中都蕴含了诗人的某种情感倾向,字里行间都流露着别情意绪,同时也为后世留下了具有史料价值的细节笔墨。

二、情以景显,绘景寓别

清人贺贻孙《诗筏》曰:"作诗有情有景,情与景会,便是佳诗。若情景相睽,勿作可也。"②王夫之《古诗评选》卷五曰:"语有全不及情而情自无限者。"③送别诗中常有通篇写景而全不涉及送别的,但往往情与景会,景中寓别,景美情深。有的以山水景色感人,有的以田园风光诱人,每每令人回味无穷。

送人全从山水着笔,以描写风景著称的,如王维《送杨长史赴果州》,通篇写景,起首"褒斜不容幰,之子去何之",点名送别,送友人入蜀。"鸟道一千里,猿声十二时",言行路之遥远艰难。"官桥祭酒客,山木女郎祠",乃蜀地特有的风情。"别后同明月,君应听子规"④,见出相思之深。王维素以诗中有画享誉,其送别诗中的风景名篇名句极多,又如《送邢桂州》:

> 铙吹喧京口,风波下洞庭。赭圻将赤岸,击汰复扬舲。
> 日落江湖白,潮来天地青。明珠归合浦,应逐使臣星。⑤

---

① 《唐诗纪事校笺》卷七十《许棠》,第 2317—2318 页。
② 《清诗话续编》,第 144 页。
③ 《古诗评选》,第 275 页。
④ 《王维诗注》,第 159 页。
⑤ 同上,第 160 页。

诗人借助想象描摹了行旅沿途所见的景物，尤其"日落江湖白，潮来天地青"一联，色彩变幻奇绝，气势开阔壮美，是脍炙人口的名句，于奇异的景色中寄寓了对友人的殷切期待。刘长卿亦有多篇以写景为人称道的送别诗，如《送灵澈上人》《饯别王十一南游》《别严士元》等。《送灵澈上人》云：

  苍苍竹林寺，杳杳钟声晚。荷笠带夕阳，青山独归远。①

描绘山寺夜色，寺貌、钟声、夕阳、青山，无不各具特色，而共有一种幽静感，若幽涧冽泉。俞陛云评曰："四句纯是写景，而山寺僧归，饶有潇洒出尘之致。高僧神态，涌现毫端，真诗中有画也。"②全诗二十字即景抒情，构思精致，语言精炼，素朴秀美，将诗人在傍晚送灵澈返竹林寺时的心情表露无遗，景色的优美和抒情的精湛相得益彰，富于清淡雅气。《饯别王十一南游》云：

  望君烟水阔，挥手泪沾巾。飞鸟没何处，青山空向人。
  长江一帆远，落日五湖春。谁见汀洲上，相思愁白蘋。③

诗人借助目力所及和想象中的景物，抒写与友人离别时的心情。朋友王十一登舟远去后，诗人伫望看见和想见了烟水阔、飞鸟没、青山空、江水流、一帆远、夕阳落、五湖春、汀洲绿、蘋花白等实景虚景，这些景致交织在一起，如浓墨重彩般渲染了离别之际的惆怅心情，可谓情景交融，手法新颖，不落俗套。《别严士元》云：

  春风倚棹阖闾城，水国春寒阴复晴。细雨湿衣看不见，闲花落地听无声。
  日斜江上孤帆影，草绿湖南万里情。东道若逢相识问，青袍今已误儒生。④

首联写江南水国春景，突出了阴晴反复寒意仍浓的特点，烘托离情。三四句写春天最平常的细雨和鲜花，被人推崇的是体察入微，用笔精细，其中隐含了诗人雨中留恋漫步的身影。"日斜江上孤帆影"的景象则暗示了两人盘桓到薄暮时分不得不分手的情景。"草绿湖南万里情"的想象之景又象征了情谊的深长无涯，从而使结尾的牢骚语显得真诚自然。诗中的景语不仅仅是情语，同时还有交待时间地点的作用，真正是情、景、事融合无间，令人叫绝。李频有《湘口送友人》云：

---

① 《刘长卿诗编年笺注》，第435页。
② 《诗境浅说》，第139页。
③ 《刘长卿诗编年笺注》，第133页。
④ 同上，第126页。

中流欲暮见湘烟,苇岸无穷接楚田。去雁远冲云梦雪,离人独上洞庭船。

风波尽日依山转,星汉通宵向水连。零落梅花过残腊,故园归醉及新年。①

同样以写景著称。诗人于湘江流入洞庭湖的入口处送别友人,辽阔的视野造成了抒情的契机。暮霭中湘江烟水朦胧,江岸上无尽的芦苇接连着辽阔的田野。远眺洞庭云梦泽,大雪纷飞,鸿雁翱翔,离人独自登船归去。境界阔大,气象雄浑的景象衬托出离人的孤单。"风波尽日依山转,星汉通宵向水连"一联为虚写,洞庭湖水奔流不息,星河璀璨,天色湖水连成一片,此遐想实是对孤舟夜行的担心。结尾的"零落梅花"之景,是诗人自况,由人伤己,也是对友人的依恋。通篇将远近虚实的景色连缀组合,创造了一个独特的艺术境界,寄寓绵绵深情,体现了李频以描写自然景物见长的功力。张籍的《送僧往金州》,亦颇为典型。诗云:

闻道溪阴山水好,师行一一遍经过。事须觅取堪居处,若个溪头药最多。②

金州属于唐山南西道,治所在今陕西安康县。首句以金州山水好领起,"溪阴"一作"汉阴",即汉水南岸,汉水横贯金州,州治西城位于汉水南岸。师僧前往一一看过,自然理应觅到好居处,可哪个溪边药最多呢?诗中无一字言别,而送别之意自在其中,颇富情趣。以狂草称著的张旭有《山行留客》云:

山光物态弄春辉,莫为轻阴便拟归。纵使晴明无雨色,入云深处亦沾衣。③

以留相送,构思新颖,盛传于世。俞陛云评曰:"诗就山居所见,举以告客。若谓君勿讶云气濛濛,天阴欲雨,急欲下山;此间纵晴霁,亦云气沾衣。长日与烟云为伴,非关山雨欲来。城市中人,所稀见也。凡游名山者,每遇云起,咫尺外不辨途径,襟袖尽湿,知此诗写山景之确。"④诗人写山景只为了打消客人的疑虑,挽留客人尽情欣赏山中美景,用心良苦,意境清幽,又富于一定哲理,确是奇诗。卢纶《送韦判官得雨中山》云:

---

① 《全唐诗》卷五八七,第 6807 页。
② 《张籍集注》,第 250 页。
③ 《全唐诗》卷一一七,第 1179 页。
④ 《诗境浅说》,第 196 页。

前峰后岭碧濛濛,草拥惊泉树带风。人语马嘶听不得,更堪长路在云中。①

虽为赋得体,要求通过雨中山景写送别,但诗人却能不着一"雨"字,而将峰岭云雾,乱草鸣泉,风吹树摇,人声马嘶的雨中山行之景写得栩栩如生,只在结句点出言外之意,山长路远,行途多艰,务须多保重,流露出对友人的深深关切。

送人全从对方设想,内容纯为田园风光的送别诗,历来亦受后人喜爱。如卢象《送祖咏》云:

田家宜伏腊,岁晏子言归。石路雪初下,荒村鸡共飞。
东原多烟火,北涧隐寒晖。满酌野人酒,倦闻邻女机。
胡为困樵采,几日罢朝衣。②

诗人想象祖咏归隐田园的生活情景是:岁末回到乡村,白雪初下,覆盖了野径,荒村中群鸡共飞。暮色笼罩时,人家飘起了炊烟。乡人一起饮酒,邻女机杼声相闻。全诗充满对田家生活的赞美,结尾才点出对友人失意的惋惜同情。岑参的《澧头送蒋侯》云:

君住澧水北,我家澧水西。两村辨乔木,五里闻鸣鸡。
饮酒溪雨过,弹棋山月低。徒开蒋生径,尔去谁相携。③

可谓富于情调,明人钟惺赞曰:"送别用一首闲居幽适诗,妙,妙! 觉世上别离世情之甚。"④借田园风情和隐逸乐趣感伤离别,确是不落俗套,韵味悠长。皇甫冉《送郑二之茅山》云:

水流绝涧终日,草长深山暮春。犬吠鸡鸣几处,条桑种杏何人。⑤

全诗言简意妙。茅山上绝涧终日水流,深林暮春草长,还有几处鸡鸣犬吠,几户人家条桑种杏,人物相宜,真是好去处。显而易见出山景愈美,情谊愈深。其《送王翁信还剡中旧居》云"海岸耕残雪,溪沙钓夕阳。客中何所有,春草渐看长"⑥,视野开阔,视角独特,想象剡中旧居的奇景,企羡友人的隐逸生活,表达出惜别深情。刘商曾作《送僧往湖南》(一作《送清上人》)云:

---

① 《卢纶诗集校注》卷五,第 560 页。
② 《全唐诗》卷一二二,第 1220 页。
③ 《岑嘉州诗笺注》卷三,第 564 页。
④ 《诗归·唐诗归》卷十三,第 256 页。
⑤ 《全唐诗》卷二五〇,第 2819 页。
⑥ 同上,第 2817 页。

闲出东林日影斜,稻苗深浅映袈裟。船到南湖风浪静,可怜秋水照莲花。①

诗中充满了田园气息。东林日影斜对应南湖风浪静,深浅稻苗对应秋水莲花,人着袈裟自在闲,船行水中悠然飘,在舒心惬意的景致中,流露出不能相随的浓浓别愁。贾岛《送唐环归敷水庄》云:

毛女峰当户,日高未梳头。地侵山影扫,叶带露痕书。
松径僧寻药,沙泉鹤见鱼。一川风景好,恨不有吾庐。②

此诗倍受好评,方回论曰:"八句皆好,三、四尤精致。无中造有者,扫'山影'之谓也;微中致著者,书'露痕'之谓也。人能作此一联,亦可以名世矣。"③可见写景之细致入微。敷水庄即敷水驿,在华阴县西。毛女峰即华山玉女峰。唐环所去之处是一川好风景,惹得诗人恨不能也有庐舍居此,借以化解别离伤痛。

送别诗中的写景佳联更多,往往是神来之笔,使整首诗的境界大增,如王维《齐州送祖三》中的"天寒远山净,日暮长河急"④;《送方尊师归嵩山》中的"山压天中半天上,洞穿江底出江南",沈德潜曰:"奇境非此奇句不能写出。"⑤韦应物《送汾城王主簿》中一联"禁钟春雨细,宫树野烟和",体物极其精到,"雨中听钟,其声自细,粗心人未必知之"⑥。其《赋得暮雨送李胄》"漠漠帆来重,冥冥鸟去迟",亦自精妙,以"重"字"迟"字,状雨之沾湿,以"漠漠""冥冥",描写雨中虚神。方回赞曰:"绝妙,天下诵之。"⑦诸如此类,已成为送别诗中常见的景致,可谓人人诗中皆有,举不胜举。

送别诗中的山水风景和田园风光等自然景物,寄兴高远,情景俱足,不仅增添了送别诗的情感趣味,改变了黯然销魂的送别基调,同时拓宽了山水田园诗的意境,改写了山水田园诗的内涵风格,在文学史上独具价值。

三、情以人立,摹人写别

送别诗中的送别对象永远是核心人物,对送行之人的关注形成了以刻画人物性格、捕捉人物动态形象为主的摹人送别诗,诗人们引传统的传记手

---

① 《全唐诗》卷三〇四,第 3459 页。
② (唐)贾岛著,黄鹏笺注:《贾岛诗集笺注》,巴蜀书社,2002 年版,第 122 页。
③ 《瀛奎律髓汇评》卷二十三《闲适类》,第 943 页。
④ 《王维诗注》,一作《淇上送赵仙舟》,第 54 页。
⑤ 《唐诗别裁集》卷十三,第 184 页。
⑥ 《唐诗别裁集》卷十一,第 160 页。
⑦ 《瀛奎律髓汇评》卷十七《晴雨类》,第 654 页。

法入诗,为古代文学人物画廊增添了一系列个性色彩鲜明的形象。如高适的《送浑将军出塞》,塑造了一位忠勇爱国的名将浑将军。起首云"将军族贵兵且强,汉家已是浑邪王",从浑将军的祖先写起,浑将军即哥舒翰麾下的浑释之,其祖先是汉代匈奴浑邪王。"子孙相承在朝野,至今部曲燕支下。控弦尽用阴山儿,登阵常骑大宛马",展示了浑氏家族显贵英勇的雄壮气势。"银鞍玉勒绣蝥弧,每逐嫖姚破骨都。李广从来先将士,卫青未肯学孙吴",用历史上的名将如霍去病、李广、卫青,来烘托浑将军的战功赫赫和用兵灵活等优秀品质。"传有沙场千万骑,昨日边庭羽书至。城头画角三四声,匣里宝刀昼夜鸣。意气能甘万里去,辛勤动作一年行",回到目下,边境形势危急,浑将军毅然奔赴疆场,挥动宝刀,昼夜杀敌,意气豪迈,不辞辛勤,表现出忠勇义烈的英雄本色。"黄云白草无前后,朝建旌旗夕刁斗。塞上应多侠少年,关西不见春杨柳",以边塞荒凉,生活艰苦,少年英侠,突现出浑将军叱咤风云、驰骋万里的风貌。"从军借问所从谁,击剑酣歌当此时。远别无轻绕朝策,平戎早寄仲宣诗"①,连用王粲《从军诗》和《左传》文公十三年晋大夫士会返晋,绕朝赠之以策的典故,期望浑将军早奏凯歌,建立功业,情深谊长。此诗一出,浑将军因之名留青史,故清人赵熙批《唐百家诗选》曰:"浑将军得此一诗,胜于史篇一传。"刘长卿有《送李中丞之襄州》云:

  流落征南将,曾驱十万师。罢归无旧业,老去恋明时。
  独立三边静,轻生一剑知。茫茫江汉上,日暮欲何之。②

此诗摹画了一位退伍老将军李中丞的形象,他曾是十万大军将帅,久历沙场征战,年老罢归,不免有苍凉之感。俞陛云评曰:"此诗为老将写照。功成身退,绝无怨尤,真廉耻之将,惜未详其名也。起句以咏叹出之,言今日江头野老,即昔之领十万横磨剑,拜征南上将者。三四句言半生戎马,不解治生,至归徒四壁,而恋阙之怀,老犹恳恳。五六句谓回首当年,曾雄镇三边,纤尘不动。以身许国之心,焉得逢人而语?惟龙泉知我耳。篇末言以锋镝之余生,向江潭而投老,不作送别慰藉语,而为之慨叹,盖深惜其才也。"③可谓中肯公允地点明了题旨,使老将军的形象更加光彩照人。全诗感情激昂,慷慨苍劲,含蓄沉郁。

  李颀的送别诗尤其擅长刻画人物性格特征,捕捉人物动态形象,《别梁锽》《赠别高三十五》《送陈章甫》等诗中的人物,都有超群拔俗之处,卓有才

---

① 《高适诗集编年笺注》,第 257—258 页。
② 《刘长卿诗编年笺注》,第 353 页。
③ 《诗境浅说》,第 15—16 页。

识,气宇轩昂,豁达豪放,不拘细节,给人以鲜明深刻的印象,令人敬佩。如《送陈章甫》谓陈章甫"陈侯立身何坦荡,虬须虎眉仍大颡。腹中贮书一万卷,不肯低头在草莽。东门酤酒饮我曹,心轻万事如鸿毛。醉卧不知白日暮,有时空望孤云高",陈章甫胸怀坦荡,气宇轩昂,满腹经纶,虽失志却豁达豪放的形象跃然纸上。结云"闻道故林相识多,罢官昨日今如何",表达了对朋友处境的担忧。刘宝和论曰:"章甫盖高才薄宦而放浪不羁者,观其虬须虎眉,贮书万卷,心轻万事,醉望孤云,则狂态可想。然如此之行,多不为世人所谅,其罢官归也,必有轻之者,故结语有不足时人处。章甫固豪侠之士,而颀之诗笔,亦虎虎有生气,千载下读之,犹如亲见章甫之面也,真诗家射雕手。"①《别梁锽》言"梁生倜傥心不羁,途穷气盖长安儿。回头转眄似雕鹗,有志飞鸣人岂知",梁锽生性不羁,性格倜傥,仕途困顿,志气却高,眼珠锐利如雕鹗,一鸣惊人非等闲。"虽云四十无禄位,曾与大军掌书记。抗辞请刃诛部曲,作色论兵犯二帅。一言不合龙额侯,击剑拂衣从此弃。朝朝饮酒黄公垆,脱帽露顶争叫呼。庭中犊鼻昔尝挂,怀里琅玕今在无。时人见子多落魄,共笑狂歌非远图。忽然遣跃紫骝马,还是昂藏一丈夫。洛阳城头晓霜白,层冰峨峨满川泽。但闻行路吟新诗,不叹举家无担石"②。至此,一个虽穷途落魄而又桀骜不群的豪士形象呼之欲出。唐汝询解曰:

此叹梁生气豪举而人莫识也。言生以不群之才脱略世务,虽处穷厄,气尤过人,譬之雕鹗,时人莫识其飞腾耳。岂以禄位未及而轻之哉!尝典大军之书记矣。言论侃侃,不合则去,其风节有足多哉!今乃以纵饮落魄之故,众共忽之,便谓无他远略。独不观其跃马疾驱,将非昂藏之士乎?且狂饮未足见其豪举,当冰霜惨戚之际,而行歌自得,不问家之有无,其志莫可测也。③

《赠别高三十五》中的高三十五即高适,"五十无产业,心轻百万资。屠酤亦与群,不问君是谁。饮酒或垂钓,狂歌兼咏诗。焉知汉高士,莫识越鸱夷。寄迹栖霞山,蓬头睇水湄"④,非常符合高适的性格特征。又《送刘十》,被贺裳评曰:"'前年上书不得意,归卧东窗兀然醉。诸兄相继掌青史,第五之名齐骠骑。烹葵摘果告我行,落日夏云纵复横。闻道谢安掩口笑,知君不免为

---

① 《李颀诗评注》,第 177—179 页。
② 同上,第 160 页。
③ (明)唐汝询选释,王振汉点校:《唐诗解》,河北大学出版社,2001 年版,第 366 页。
④ 《李颀诗评注》,第 68 页。

苍生。'曲折磊落,姿态横生。"①又《送魏万之京》"朝闻游子唱离歌,昨夜微霜初渡河。鸿雁不堪愁里听,云山况是客中过。关城树色催寒近,御苑砧声向晚多。莫见长安行乐处,空令岁月易蹉跎"②和《送李回》"知君官属大司农,诏幸骊山职事雄。岁发金钱供御府,昼看仙液注离宫。千岩曙雪旌门上,十月寒花辇路中。不睹声明与文物,自伤留滞去关东"③,被吴乔《围炉诗话》誉为"灿烂铿锵"之什。尤其是《送魏万之京》,钟惺评曰:"净亮无浮响,铢两亦称。"④全诗写得流畅自然,响亮整肃,给人以极高的艺术享受,显示了盛唐送别诗的完美成熟。李颀由于"性疏简,厌薄世务。慕神仙,服饵丹砂,期轻举之道,结好尘喧之外"⑤,所以结交了一些豪侠之士,诗人将这些人的形象融入诗中,个个使人难忘。

韩翃的《送别郑明府》和贾岛的《送邹明府游灵武》,则塑造了两个廉洁奉公的感人县令形象。韩翃笔下郑明府是"长头大鼻鬓如雪,早岁连兵剑锋折",鼻大头长双鬓斑白,早年曾经从军。"千金尽去无斗储,双袖破来空百结",贫穷到了极点。"独恋郊扉已十春,高阳酒徒连此身。路傍谁识郑公子,谷口应知汉逸人",自称高阳酒徒和汉代隐士,不恋官场。"儿女相悲探井臼,前功岂在他人后。劝君不得学渊明,且策驴车辞五柳"⑥,表达了诗人对郑明府深切的同情和惋惜。贾岛诗中的邹明府"曾宰西畿县,三年马不肥",曾在京西作过三年县令,畿县是临近京师的县,但他的马却一点儿也不膘壮。"债多平剑与,官满载书归",清廉形象令人敬佩。方回评曰:"今宰邑者能如此,何患世之不治耶?"⑦"边雪藏行径,林风透卧衣。灵州听晓角,客馆未开扉"⑧,如今去游灵武,衣衫单薄禁不住风吹雪打。一清早就到了灵州,而旅馆的门还未打开。在诗人不加雕饰的平铺直叙中,充满了对邹明府深深的眷恋和赞誉。

开元年间的画家祁乐,生逢盛世却怀才不遇,岑参曾作《送祁乐归河东》,叙述了其才华横溢、性格豪放却屡遭挫折的经历。开篇"祁乐后来秀,挺身出河东",交待了祁乐的故乡河东郡(今山西西南部),明言他是后起之秀。"挺身出"三字特别遒劲有力,突出了祁乐出类拔萃无所畏惧的性格。

---

① 《清诗话续编·载酒园诗话又编》,第 323—324 页。
② 《李颀诗评注》,第 267 页。
③ 同上,第 269 页。
④ 《诗归·唐诗归》卷十四,第 283 页。
⑤ 《唐才子传校笺》卷二《李颀》,第 356 页。
⑥ 《全唐诗》卷二四三,第 2733—2734 页。
⑦ 《瀛奎律髓汇评》卷二十四《送别类》,第 1051 页。
⑧ 《贾岛诗集笺注》,第 66—67 页。

他曾"往年诣骊山,献赋温泉宫",结果"天子不召见",于是"挥鞭遂从戎"。"前月还长安,囊中金已空",依旧未被赏识。"有时忽乘兴,画出江上峰。床头苍梧云,帘下天台松。忽如高堂上,飒飒生清风。五月火云屯,气烧天地红。鸟且不敢飞,子行如转蓬",展示了他的绘画才华和从戎豪气。"少华与首阳,隔河势争雄",暗寓其人格挺立。"新月河上出,清光满关中。置酒灞亭别,高歌披心胸。君到故山时,为谢五老翁"①,高歌作别,顺带问候其高堂,情真意挚。唐汝询解曰:

> 此伤祁乐之不遇也。言君本后进之英,堪为世用。然献赋而天子不收,从戎而将军勿录,资用乏绝,羁旅萧然,坎坷极矣。犹能释情图画,妙绝一时,岂非豪士也!今当盛夏苦热之际,飘然远行,如蓬之转,经河华,对新月,宜有所不堪者,乃于灞亭饮别,纵酒高歌,其襟怀洒落如此,故我不复问其升沉,唯寄言以谢汝尊公耳。②

唐汝询画龙点睛地道明了祁乐的与众不同,值得称颂。乐人李冠善吹中管,其风度和绝技可从李建勋的《送李冠》诗中领略。宋人郑文宝《南唐近事》载曰:

> 进士李冠子善吹中管,妙绝当代。上饶郡公尝闻于元宗,上甚欲召对,属淮甸多故,盘桓期月,戎务日繁,竟不获见。出关日,李建勋赠一绝云:"韵如古涧长流水,怨似秋枝欲断蝉。可惜人间容易听,新声不到御楼前。"③

李建勋诗的上联形象地表现了李冠高超奇妙的乐技,下联突出了李冠不慕虚荣,追求人格自由的孤傲气节。这样一位德艺兼备的人才没有被重用,着实可惜。皇甫冉有《送陆鸿渐栖霞寺采茶》,描绘了茶圣陆羽的采茶形象,富有诗意。首云"采茶非采菉,远远上层崖",陆鸿渐是采茶而不是采菉,所以不辞辛苦,远上高崖,因为菉是生长在坡地或阴湿地的一种草。次云"布叶春风暖,盈筐白日斜",在春日的微风吹拂中,茶筐满了,太阳也西斜落山了。继云"旧知山寺路,时宿野人家",虽然熟知回归山寺的道路,天太晚的时候也会寄宿山中人家处。结尾"借问王孙草,何时泛椀花"④,什么时候我们再见面一起喝茶呢?婉言不舍别离。茶圣采茶的清苦生活,在皇甫曾《送陆鸿渐山人采茶回》中也有表现,诗云:

---

① 《岑嘉州诗笺注》卷一,第 36 页。祁乐即画家祁岳。
② 《唐诗解》,第 197 页。
③ 《五代史书汇编》,第 5061 页。
④ 《全唐诗》卷二四九,第 2808 页。

> 千峰待逋客,香茗复丛生。采摘知深处,烟霞羡独行。
> 幽期山寺远,野饭石泉清。寂寂燃灯夜,相思一磬声。①

丛生的香茗藏于千山万峰的深林,只有茶圣知道,连烟霞也羡慕他的独行。采茶远离山寺时,遂喝清泉吃野菜。寂静的夜晚燃灯击磬,独自相思。细致入微的描写中隐含了深深的关切。皇甫冉和皇甫曾的两首诗,都再现了茶圣陆羽的超人光彩,远离尘世,飘逸高节,卓然不俗。韩愈的《送张道士并序》则再现了一个被埋没的栋梁之才张道士的形象。诗的写作背景如同序言所交待,云:

> 张道士,嵩高之隐者,通古今学,有文武长材,寄迹老子法中,为道士以养其亲。九年,闻朝廷将治东方诸侯贡赋之不如法者,三献书,不报,长揖而去。京师士大夫多为诗以赠,而属愈为序。

诗歌云张道士"张侯嵩高来,面有熊豹姿",长相不凡。"开口论利害,剑锋白差差",谈论时事,口才锋利。"恨无一尺捶,为国笞羌夷",慨然许国,报效朝廷。"诣阙三上书,臣非黄冠师。臣有胆与气,不忍死茅茨",上书言志,胆气卓绝。"又不媚笑语,不能伴儿嬉。乃着道士服,众人莫臣知",着道服乃事出有因。"臣有平贼策,狂童不难治。其言简且要,陛下幸听之",陈述治乱的策略,言简意赅。结果"或是章奏繁,裁择未及斯。宁当不俟报,归袖风披披",或许是由于章奏太多,策书竟然不被上报。"答我事不尔,吾亲属吾思。昨宵梦倚门,手取连环持。今日有书至,又言归何时。霜天熟柿栗,收拾不可迟。岭北梁可构,寒鱼下清伊。既非公家用,且复还其私",既然不能为公用,那就孝养私家好了,家里的亲人都在思念着我,还是赶紧收拾行装回家吧。"从容进退间,无一不合宜。时有利不利,虽贤欲奚为",或进或退,有利与不利,皆视若等闲。"但当励前操,富贵非公谁"②,慰勉有加,可见情谊深厚。统观全诗,张道士的形象活灵活现,貌奇言锋才高,忠心报国不得而退养孝亲,胸怀坦荡行为洒脱。贾岛《送孙逸人》云:

> 衣屦犹同俗,妻儿亦宛然。不餐能累月,无病已多年。
> 是药皆谙性,令人渐信仙。杖头书数卷,荷入翠微烟。③

诗中的孙逸人离奇得几不可信,方回论曰:"三代之世,恐无此谲觚之民也。

---

① 《全唐诗》卷二一○,第 2181 页。
② 《韩愈集》卷二十一,第 257 页。
③ 《贾岛诗集笺注》,第 236 页。

唐人喜为诗,则已喜谈而乐道之。"①孙逸人大概代表了唐人理想中的世外高人形象。高适笔下的"沈四山人""沈四逸人",倒是一位令人羡慕的真正隐士。元代辛文房《唐才子传》卷二记载沈千运,天宝年间:

> 数应举不第,时年齿已迈,遨游襄、邓间,干谒名公……遂释志还山中别业,尝曰:"衡门之下,可以栖迟。有薄田园,儿嫁女织,偃仰今古,自足此生,谁能作小吏走风尘下乎!"高适赋《还山吟》赠行曰:"还山吟,天高日暮寒山深。送君还山识君心,人生老大须恣意。看君解作一生事,山间偃仰无不至。石泉淙淙若风雨,桂花松子常满地。卖药囊中应有钱,还山服药又长年。白云劝尽杯中物,明月相随何处眠。眠时忆同醒时意,梦魂可以相周旋。"肃宗议备礼征致,会卒而罢。②

高适的送别诗,以知交的身份,真实描绘了沈四山人自食其力、清贫孤苦的深山隐居生活,刻画了一个有隐逸情怀且志趣高洁的隐者形象。"还山吟,天高日暮寒山深,送君还山识君心",沈四山人归山隐居,诗人自言最了解他的心愿,那就是"人生老大须恣意,看君解作一生事,山间偃仰无不至",彻悟了人生,爱上了俗士视为畏途的深山隐居生活。"石泉淙淙若风雨,桂花松子常满地",山里这些寻常景象令人惬意舒心。"卖药囊中应有钱,还山服药又长年",山中珍药既能卖钱,又能服食滋补,延年益寿,真乃一举多得,何等悠然。"白云劝尽杯中物,明月相随何处眠。眠时忆同醒时事,梦魂可以相周旋",举杯邀白云,明月相随伴君眠,睡梦中与魂灵相交,浪漫到了极点。结尾化用《世说新语·品藻》中东晋名士殷浩语"我与我周旋",赞美沈山人的隐逸已臻化境,同时流露出魂梦追随的依依别情。相对于一些沽名钓誉的假隐士,沈山人可谓志行一致的真隐士。除此篇《赋得还山吟赠沈四山人》外,高适还有《赠别沈四逸人》一诗叙述其事迹,可谓沈千运的至交。

送别诗中的众多人物,个性鲜明,形象逼真,鲜活生动,带有诗人强烈的情感色彩,因而更切近生活,更具有感染力。这些真实的独具气质风采的各等人物形象,究其实仍是时代风尚的缩影,诗人思想的折射,透过这些人物的个性差异,我们可以领略到唐人精神境界的不拘一格和丰富多彩。

四、情以感发,借感寄别

感时抒怀乃人之常情,"世不常治,于是有《麦秀》《黍离》之咏焉。庾信

---

① 《瀛奎律髓汇评》卷四十八《仙逸类》,第 1774 页。
② 《唐才子传校笺》卷二《沈千运》,第 426—429 页。

《哀江南赋》，亦人心之所不容泯也"①。五代人王玄所撰《诗中旨格》列举前人诗八十多首，略加议论，如评贯休《送边将》"但看千骑去，知有几人归"云："此刺时乱主暗也。"论齐己《送迁客》"若似承恩好，争如佞主休"曰："此刺滥世失忠直之臣也。"又评周贺《春日送人》"空将未归意，说向欲行人"曰："此候时谋事也。"②这些评论虽然并不完全正确，但也从另一个侧面告诉我们，唐人于诗中确有寄托，唐诗中不乏史诗的题材，唐人对送别诗内容的开拓同样体现于伤时恤民、哀君忧生等方面。洪迈《容斋续笔》卷二《唐诗无讳避》认为："唐人歌诗，其于先世及当时事，直辞咏寄，略无避隐。至宫禁嬖昵，非外间所应知者，皆反复极言，而上之人亦不以为罪……今之诗人不敢尔也。"③这一见解中肯地指出了唐人诗歌的思想意义价值，也是唐诗的个性魅力所在。唐人送别诗中多有借送别之际抒怀伤时的社会内容，甚至可以说大量送别诗的产生，正是抒发情怀、反映时事的结果。

　　送别诗中的许多名篇，都是以其兴感寄怀深远而动人心魄的，如流传千古的骆宾王《于易水送人》一绝云："此地别燕丹，壮士发冲冠。昔时人已没，今日水犹寒。"④历来评价首肯的即在于，全诗充溢着一种荡气回肠的激越之情。清人陈熙晋《骆临海集笺注》谓："临海少年落魄，薄宦沉沦。始以贡疏被愆，继因草檄亡命。播迁陵谷，晦匿姓名。狙击一朝，鸿冥万古。"⑤大致概括了骆宾王悲剧的一生，而《于易水送人》借怀古以慨今，曲折地反映了诗人抑郁不平、期待时机匡复李唐王朝的慷慨壮志。其《送郑少府入辽共赋侠客远从戎》结尾亦云"不学燕丹客，空歌易水寒"⑥，不难看出易水送别中寄寓着诗人深深的感慨。吴逸一《唐诗正声》论曰："只就地摹写，不添一意，而气概横绝。"俞陛云曰："此诗一气挥洒，……怀古苍凉，劲气直达，高格也。"⑦气横格高正是此类送别诗的高标之处。王昌龄的《芙蓉楼送辛渐二首》之一"寒雨连江夜入吴，平明送客楚山孤。洛阳亲友如相问，一片冰心在玉壶"，用"冰心""玉壶"作比，倾诉自己不会被功名富贵引诱的高洁情操，表白了为人的正直耿介，引人共鸣。俞陛云评曰："借送友以自写胸臆，其词自潇洒可爱。"⑧清人黄叔灿《唐诗笺注》卷八云："上二句送时情景，

---

① 《瀛奎律髓汇评》卷三十二《忠愤类》，第1346页。
② 《瀛奎律髓汇评》卷四十八，第1774页。
③ （宋）洪迈撰，孔凡礼点校：《容斋随笔》，中华书局，2005年版，第239—240页。
④ 《骆宾王诗评注》，第299页。
⑤ （唐）骆宾王著，（清）陈熙晋笺注：《骆临海集笺注》，中华书局，1961年版，第188页。
⑥ 《骆宾王诗评注》，第153页。
⑦ 《诗境浅说》，第116页。
⑧ 同上，第182页。

下二句托寄之言。自述心地莹洁,无尘可滓。本传言少伯'不护细行',或有为而云。"可见诗中寄寓之深。高适的《别董大二首》之二有口皆碑,"十里黄云白日曛,北风吹雁雪纷纷。莫愁前路无知己,天下谁人不识君",但却是诗人早期不甚得意时的离别之作,如之一所云"六翮飘飖私自怜,一离京洛十余年。丈夫贫贱应未足,今日相逢无酒钱"①,很自然借他人酒杯,浇自己块垒,抒写了自己的不凡抱负和落魄不得志的处境,但内心郁积喷薄而出的是对未来的满怀信心和力量,能为志士增色,为游子拭泪。清人徐增《而庵说唐诗》卷十一曰:"此诗妙在粗豪。"殷璠《河岳英灵集》卷上认为高适"多胸臆语,兼有气骨",诚其然也。观高适《别韦参军》云:

二十解书剑,西游长安城。举头望君门,屈指取公卿。

国风冲融迈三五,朝廷欢乐弥寰宇。白璧皆言赐近臣,布衣不得干明主。

归来洛阳无负郭,东过梁宋非吾土。兔苑为农岁不登,雁池垂钓心长苦。

世人遇我同众人,唯君于我最相亲。且喜百年有交态,未尝一日辞家贫。

弹棋击筑白日晚,纵酒高歌杨柳春。欢娱未尽分散去,使我惆怅惊心神。

丈夫不作儿女别,临歧涕泪沾衣巾。②

正如唐汝询所言,因别友人而"述己落魄之怀,参军交谊之厚,见难为别也"③,表现了诗人恃才自负、孤高傲岸的性格特征。

王勃因戏作《檄英王鸡》被高宗逐出王府后,入蜀漫游三四年。咸亨元年(670)闰九月,久客蜀中的诗人因送别故人,作《别人四首》抒发自己的羁旅之思。一云"久客逢余闰,他乡别故人。自然堪下泪,谁忍望征尘",作别故人,不堪泪下。二云"江上风烟积,山幽云雾多。送君南浦外,还望将如何",送君南浦,伤如之何?三曰"桂轺初不驻,兰筵幸未开。林塘风月赏,还待故人来",故人远去,惜别不已。四曰"霜华净天末,雾色笼江际。客子常畏人,何为久留滞"④,滞留他乡,心中悲愁思归。四首诗送人伤己,将旅居蜀地的客愁思归之情表露殆尽。参照诗人作于同时的《山中》"长江悲已

---

① 《高适诗集编年笺注》,第193页。
② 同上,第10页。
③ 《唐诗解》,第348页。
④ 《王勃集》卷三,第31—32页。

滞,万里念将归"①,可知诗人羁旅行役之愁的深重,于是当送故人归去之时不由伤怀。孟浩然一生失意,故时常于送别之际发泄牢骚和抒写愤慨。如其《留别王维》云:

> 寂寂竟何待,朝朝空自归。欲寻芳草去,惜与故人违。
> 当路谁相假,知音世所稀。只应守寂寞,还掩故园扉。②

诗人因失意离开长安归故乡,满腹怨悱于诗中倾泻殆尽:当道不用,知音又少,不如归去隐居田园。怀才不遇的怨愤溢于笔端。在《都下送辛大之鄂》中诗人又云:

> 南国辛居士,言归旧竹林。未逢调鼎用,徒有济川心。
> 余亦忘机者,田园在汉阴。因君故乡去,还寄式微吟。③

诗人说友人"未逢调鼎用,徒有济川心",亦是言自己的不得志,抒发了无奈抛弃功名利禄,归隐田园,式微落魄的郁闷。又《送席大》曰:

> 惜尔怀其宝,迷邦倦客游。江山历全楚,河洛越成周。
> 道路疲千里,乡园老一丘。知君命不偶,同病亦同忧。④

借席大的怀才客游,终老乡园,倾诉了自己同病相怜的悲哀。李白的送别诗中多有借别抒怀之作,洋溢着强烈的主体意识,有时甚至将送别的主题置之脑后,纯粹抒发他对人生、政治、社会的种种感慨。如《梦游天姥吟留别》,今人施蛰存以为:"开头二句是说求仙'无从',其次二句是说进宫或有希望。此下描写天姥山景色一大段,实质是描写宫廷。结论是宫廷里也'无从'存身,'仙宫两无从'这一句可以说就是《梦游天姥山》的主题。"⑤可见此诗虽吟别而实为抒怀。诗的最后说"且放白鹿青崖间,须行即骑访名山。安能摧眉折腰事权贵,使我不得开心颜",可谓是一吐出翰林后的郁闷愤激之气,痛快淋漓。另一首《金乡送韦八之西京》,因送韦八往西京而触发了长安之思,云:

> 客自长安来,还归长安去。狂风吹我心,西挂咸阳树。
> 此情不可道,此别何时遇。望望不见君,连山起烟雾。⑥

---

① 《王勃集》卷三,第 32 页。
② 《孟浩然诗集校注》卷三,第 289 页。
③ 《孟浩然诗集校注》卷四,第 435 页。
④ 同上,第 437 页。
⑤ 施蛰存:《唐诗百话》,上海古籍出版社,1987 年版,第 235 页。
⑥ 《李太白全集》卷十六,第 783 页。

唐汝询解曰:"此因送友入京而起恋主之思焉。意谓君之返国有期,我之入朝无日,徒使心驰魏阙耳。此情既难语人,此别复难会面,宜其怅望之无已也。"①李白曾在《送陆判官往琵琶峡》中云"长安如梦里,何日是归期"②,可知李白常常藉送别来抒发自己的恋阙情怀。其《单父东楼秋夜送族弟沈之秦》云:

> 尔从咸阳来,问我何劳苦。沐猴而冠不足言,身骑土牛滞东鲁。……
> 遥望长安日,不见长安人。长安宫阙九天上,此地曾经为近臣。
> 一朝复一朝,发白心不改。屈平憔悴滞江潭,亭伯流离放辽海。
> 折翮翻飞随转蓬,闻弦虚坠下霜空。圣朝久弃青云士,他日谁怜张长公。③

唐汝询认为此诗也是"因弟入京自伤沦落也"。"言尔从京师来,问我何自劳苦,意欲使求仕。我想沐猴而冠者乌足道,宁骑土牛滞此耳。盖言朝士匪人也。""宫阙虽遥,昔尝近侍于此。年虽往而心不移,爱君徒切,君终不我顾也。是以滞如屈原,放如亭伯,被谤之余,惊魂未定,安能谋进乎?""且朝廷既弃高洁之士,则我虽抱长公之策,谁复有怜之者?终于湮灭无闻,悲夫!"④可见李白怨曲之深矣。《送张舍人之江东》直言:"天清一雁远,海阔孤帆迟。白日行欲暮,沧波杳难期。吴洲如见月,千里幸相思。"方回曰:"'一雁''孤帆'之句,亦以寓吾道不偶之叹。下句引'白日''沧波',而云'行欲暮''杳难期',意可见也。"⑤由于不得重用,李白愤而弃世归隐,在《宣州谢朓楼饯别校书叔云》时一发为快,云:

> 弃我去者昨日之日不可留,乱我心者今日之日多烦忧。
> 长风万里送秋雁,对此可以酣高楼。蓬莱文章建安骨,中间小谢又清发。
> 俱怀逸兴壮思飞,欲上青天览明月。抽刀断水水更流,举杯消愁愁更愁。
> 人生在世不称意,明朝散发弄扁舟。⑥

唐汝询解曰:"此厌世多艰,思栖逸也。言往日不返,来日多忧。盍乘此秋色

---

① 《唐诗解》,第77页。
② 《李太白全集》卷十八,第854页。
③ 《李太白全集》卷十六,第787页。
④ 《唐诗解》,第290页。
⑤ 《瀛奎律髓汇评》卷二十四《送别类》,第1023页。
⑥ 《李太白全集》卷十八,第861页。

登楼以相酬畅乎？子校书蓬莱宫，所构之文有建安风骨，我若小谢亦清发多奇。此皆飞腾超拔者也。然不得近君，是以愁不能忘。而以'抽刀断水'起兴，因言人生既不称意，便当适志扁舟，何栖栖仕宦为也！"①此论可谓是真知李白情志者也。

孟郊送别诗亦多自鸣不幸之作，《赠别崔纯亮》即是借别离抒发幽愤。贞元九年（793），孟郊应试又不第，离开长安时作《赠别崔纯亮》，云"食荠肠亦苦，强歌声无欢。出门即有碍，谁谓天地宽"，胸有积郁之言也。"有碍非遐方，长安大道傍。小人智虑险，平地生太行"，小人当道，阴险丛生。"镜破不改光，兰死不改香。始知君子心，交久道益彰"，情怀耿介，矢志不渝。"君心与我怀，离别俱回遑。譬如浸蘖泉，流苦已日长。忍泣目易衰，忍忧形易伤"，伤离之苦，实亦心苦如此也。"项籍岂不壮，贾生岂不良。当其失意时，涕泗各沾裳"，引项羽、贾谊事迹以自励。"古人劝加餐，此餐难自强。一饭九祝噎，一嗟十断肠"，因嗟叹以至于不能餐食。"况是儿女怨，怨气凌彼苍。彼苍昔有知，白日下清霜"，怨之深感天动地。"今朝始惊叹，碧落空茫茫"，②仰天长叹，恨穷碧落。通篇充满了对现实的不满与不平，以及失意的悲愤，怨怼之怀表露无遗。王建的《将归故山留别杜侍御》云：

> 有川不得涉，有路不得行。沉沉百忧中，一日如一生。
> 错来干诸侯，石田废春耕。虎戟卫重门，何因达中诚。
> 日月俱照辉，山川异阴晴。如何百里间，开目不见明。
> 我今归故山，誓与草木并。愿君去丘坂，长使道路平。③

可谓和孟郊如出一辙，用语无异于孟郊，与其说是留别，毋宁说是发泄不得志的郁愤。许浑的几首送人诗如《朝台送客有怀》《送客南归有怀》《送张处士》等，直言抒怀，莫不是有感而作。《朝台送客有怀》作于居岭南节度幕府期间，诗云：

> 赵佗西拜已登坛，马援南征土宇宽。越国旧无唐印绶，蛮乡今有汉衣冠。
> 江云带日秋偏热，海雨随风夏亦寒。岭北归人莫回首，蓼花枫叶万重滩。④

因客人北归而感慨自己落魄岭南的不遇遭际。《送客南归有怀》曰："长安

---

① 《唐诗解》，第291页。
② 《孟郊诗集笺注》卷六，第277页。
③ 《全唐诗》卷二九七，第3371页。
④ 《丁卯集笺证》，第194页。

一杯酒,座上有归人"①,《送张处士》云"病来双鬓白,不是别离时"②,情动于怀而发于言声,感离伤别触动的痛是最真实的。

唐人强调诗歌要有"规讽"之旨,应能起到"救时劝俗"的作用,因此送别诗中多见论及时政的讽谏之语,通过议论时事寄寓送别之意,警策有力。众所周知,安史之乱给唐代社会造成了重创,也让诗人们深感震撼,李白作于天宝末年的《感时留别从兄徐王延年从弟延陵》和《鸣皋歌送岑征君》,皆是慨叹时乱、讥讽当世之作。前者言徐王延年:"君王一顾盼,选色献蛾眉。列戟十八年,未曾辄迁移。大臣小喑呜,谪窜天南垂。长沙不足舞,贝锦且成诗。佐郡浙江西,病闲绝趋驰。阶轩日苔藓,鸟雀噪檐帷。"③实是讥刺当朝者用人失察,导致祸起萧墙。后者"言君思鸣皋,乃为冰雪所阻。河不可逾,山不易陟。其间唯天籁悲鸣,霜崖稠叠,猿羃哀号,峰岩险绝。四者非人所居也,君何为而归此乎?良有不得已耳。我于是作歌以送之,且张乐设饮于清泠之阁,君复有待而不行,若黄鹤之反顾,何哉?其意欲扫梁园之群英,而振大雅于东洛,必布名天下而后归隐。然终不可为也。于是巾车入山,栖迟岩壑。……君奈何处此幽默而愀然愁人乎?正以群小在位,贤者无依,真伪混淆,妍媸失所,是以厌世之浊,感此穷栖耳。"④实是不满杨、李用事,小人当道,令贤才归隐,慨叹世衰时乱,希冀济世。王维有《送陆员外》云"迟迟前相送,握手嗟异同",缓缓上前相送,嗟叹感发自己不同于人的议论。陆员外"郎署有伊人,居然古人风",以故"天子顾河北,诏书除征东",调其守边,于是"拜手辞上官,缓步出南宫。九河平原外,七国蓟门中",前去赴任。诗人对此极有看法,借描写边地"阴风悲枯桑,古塞多飞蓬。万里不见房,萧条胡地空"的景象,发出"无为费中国,更欲邀奇功"的劝诫。结尾"行当封侯归,肯访商山翁"⑤,言其必受赏赐。诗中不时流露出对玄宗晚年好大喜功和边将穷兵黩武邀功请赏行为的不满,敢言人之不敢言,卓立不俗。

宝应二年(763),邹绍先赴河南充租庸判官,张继、皇甫冉、刘长卿均有诗相赠,皆以恤民忧生为主,俱有士子情怀。张继《送邹判官往陈留》(一作《洪州送郯绍充河南租庸判官》)云:

> 齐宋伤心地,频年此用兵。女停襄邑杼,农废汶阳耕。
> 国使乘轺去,诸侯拥节迎。深仁荷君子,薄赋恤黎甿。

---

① 《丁卯集笺证》,第78页。
② 同上,第59页。
③ 《李太白全集》卷十五,第720页。
④ 《唐诗解》,第434页。
⑤ 《王维诗注》,第50页。

火燎原犹热，波摇海未平。应将否泰理，一问鲁诸生。①

陈留即汴州，河南开封。安史之乱连年用兵，造成了农村女停织男废耕的衰败景象，诗人希望邹绍先前去上任，一定要体恤百姓，薄赋少征。战乱尚未完全平定，理衰治乱应有作为。皇甫冉《送邹判官赴河南》谓："海沂军未息，河畔岁仍荒。征税人全少，榛芜虏近亡。"②刘长卿《毗陵送邹绍先赴河南充判官》曰："凋残春草在，离乱故城多。罢战逢时泰，轻徭佇俗和。"③诗中都能以民遭战乱为念，感时伤乱悯农，在对邹绍先给予厚望的同时，抒发了深深的相知别离情怀。

韩愈是唐代排佛最烈的儒者，其辟佛思想于《送灵师》中亦毕露无遗。开端即云："佛法入中国，尔来六百年。齐民逃赋役，高士著幽禅。官吏不之制，纷纷听其然。耕桑日失隶，朝署时遗贤。"诗人感于时弊，痛斥浮屠之祸。唐自中叶以来，国用不足，下苦征求，耕桑之民，去为浮屠，以规免赋役，故国家岁负租庸数十万。诗中认为灵师是"中间不得意，失迹成延迁"，习儒无成，踪迹蹉跎，退却至为浮屠的。称其"材调真可惜，朱丹在磨研"，照应前曰"朝署时遗贤"，惜其流入于异端，并不以僧目之。所以"方将敛之道，且欲冠其颠"，"言方欲束发加冠，驱之俾归于吾道，如贾岛之徒"，勒令之还俗。统观全诗，"叙其生平嗜好技能，拉杂如火，重之以好奇好胜，群公爱重，俱非以禅寂之流目之。而归之于才调可惜，敛道冠巾，与起处发论，同归于正"④。诗人言词之激烈，论说之切情，极其发人深省。

因送别而生发感悟，留下富于哲理名言的送别诗，可谓送别诗中的精华，经常被后人吟诵。如韩琮《暮春浐水送别》（一作《暮春送客》）云：

绿暗红稀出凤城，暮云楼阁古今情。行人莫听宫前水，流尽年光是此声。⑤

俞陛云论曰："题虽送别，而全首诗意，全不在此。第二句，已有秦宫汉殿，兴亡今古之怀。四句更寄慨无穷。年光冉冉，难挥落日之戈；逝水滔滔，孰鼓回澜之力。何其意之超而音之悲耶？"⑥今人刘永济以为："此诗因送客出城，忽睹暮霭苍茫中之宫阙，觉其中消逝了无限兴亡往事，乃感于人间光阴，

---

① 《全唐诗》卷二四二，第2720页。
② 《全唐诗》卷二五○，第2815页。
③ 《刘长卿诗编年笺注》，第254页。
④ 钱仲联：《韩昌黎诗系年集释》，上海古籍出版社，1984年版，第202—203、213页。
⑤ 《全唐诗》卷五六五，第6551页。
⑥ 《诗境浅说》，第265页。

皆从无形无影中流尽,故有三四句。读之知诗人对此感慨甚深,与李商隐登乐游原而伤好景难常,可谓异曲同工。盖晚唐衰微景象,刺激着诗人心情,而有此反映也。"①此诗借衰飒之景,表现错综复杂的古今之情,蕴藉含蓄,韵味悠长。杜牧有《送隐者一绝》云:

无媒径路草萧萧,自古云林远市朝。公道世间唯白发,贵人头上不曾饶。②

全诗蕴意深远,见解独特。隐者虽不能享受人间繁华,但却享有山林之趣,乐在其中,相对而言这也是一种公道,如头生白发,无论贵贱。诗中赞颂安慰隐者,讽刺追求利禄的世人,而又能生动形象,玲珑通透,无刻板说教,显出一种对人生透彻领悟的豁达。卢纶的《赴虢州留别故人》云:

世故相逢各未闲,百年多在别离间。昨夜秋风今夜雨,不知何处入空山。③

感叹人生多别离,令人释怀。人生短暂,为生活不能不世故随俗,不能不奔波操劳,送往迎来便成常事,如同风雨时晴时阴,想要遁入空山躲避是不可能的,所以只能直面,积极应对。在看似惆怅消沉的话语后面,隐含着诗人对人生离别现象的超脱体悟。柳郴的《赠别二首》之二云:

何处最悲辛,长亭临古津。往来舟楫路,前后别离人。④

此诗可以作为卢纶诗的注脚。长亭、古津都是最寻常的送别场所,以故最易惹人悲辛。你看那大道水路上川流不息的行车舟楫,莫不是别离人的身影。诗人借助独特的观察视角,透过人来人往的表象,揭示了生活中离别无处不在的真谛。许浑《赠别》云"眼前迎送不曾休,相续轮蹄似水流。门外若无南北路,人间应免别离愁"⑤,可以作为卢纶诗的反证。天宝十五载(756),皇甫冉于长安陷落后避地江外,《宿严维宅送包七》云:

江湖同避地,分手自依依。尽室今为客,经秋空念归。
岁储无别墅,寒服羡邻机。草色村桥晚,蝉声江树稀。
夜凉宜共醉,时难惜相违。何事随阳侣,汀洲忽背飞。⑥

包七即包佶,"夜凉宜共醉,时难惜相违"一联道出了战乱使人更加珍惜别离的心理现象,颇富意味。崔涂作于中和五年(885)的《南山旅舍与故人别》

---

① 刘永济:《唐人绝句精华》,第240页。
② 《樊川文集校注》,第476页。
③ 《卢纶诗集校注》卷一,第58页。
④ 《全唐诗》卷三〇五,第3473页。
⑤ 《丁卯集笺证》,第280页。
⑥ 《全唐诗》卷二四九,第2809页。

(一作《商山道中》)云：

> 一日又将暮，一年看即残。病知新事少，老别旧交难。
> 山尽路犹险，雨余春却寒。那堪试回首，烽火是长安。①

诗中揭示了"病知新事少，老别旧交难"的人生规律，老来尤惜别的悲凉感慨，亦乃人之常情。方干《送相里烛》云：

> 相逢未作期，相送定何之。不得长年少，那堪远别离。
> 泛湖乘月早，践雪过山迟。永望多时立，翻如在梦思。②

诗中言"不得长年少，那堪远别离"，由人生无常感慨别离。这些关于人生别离的哲思，莫不启人深思。送人言己怀，感时慷慨论的送别诗，或发泄不遇之悲，或抒写羁旅之思，或表白高洁，或直言时弊，或伤生悯农，或阐发己见，或言在此而意在彼，无不动情精警，引发人们的心灵感应，拓展了送别诗的思想领域，提升了送别诗的思想境界，增强了送别诗的思想价值。

  围绕抒写离别的温馨情旨，送别诗中的叙事、写景、摹人、感论并不是截然划一的，更多的是杂糅在一起，或叙事写景相结合，或叙事写人相间杂，或叙事感慨相辅相成，或同时人、事、景、论齐头并举。要之，送别诗中的情感抒发是最重要的，无论叙事、写景，还是摹人、感论都以言情为旨，所以上文的分类亦不是绝对的，当灵活看待。唐代送别诗的广泛流传及其影响，对后人人生的启迪和教化意义是不可估量的，无疑将惠及千古。

---

① 《全唐诗》卷六七九，第7774—7775页。
② 《全唐诗》卷六四八，第7442页。

第三章　唐代送别诗独具匠心的篇章结构

诗歌的结构与诗意息息相关，诗头、诗肚和诗尾对诗意的影响最受关注。王昌龄《诗格》云："夫诗，入头即论其意。意尽则肚宽，肚宽则诗得容预，物色乱下。至尾则却收前意。节节仍须有分付。"[1]可见在诗歌的章法结构中，诗头、诗尾的作法对文意起有举足轻重的作用。唐人送别诗最讲究发端振响和余韵悠长，擅长匠心独运的巧妙构思，起笔之高和收束之工令人赞叹。

第一节　发兴高远，振响全篇

严羽《沧浪诗话·诗法》云："对句好可得，结句好难得；发句好尤难得。"[2]杨载《诗法家数·五言》亦云："五言七言，句语虽殊，法律则一。起句尤难，起句先须阔占地步，要高远，不可苟且。"[3]两位论家均道出了诗歌起首的不易和重要性，然就唐人送别诗来看，不乏奇警巧语。元人范梈《木天禁语》论诗歌起句有"实叙、状景、问答、反题故事、顺题故事、吊古、伤今、颂美、时序、客愁、感叹"等，杨载《诗法家数》总结破题之法曰"或对景兴起，或比起，或引事起，或就题起。要突兀高远，如狂风卷浪，势欲滔天"。[4]借鉴范梈、杨载所列，纵观唐人送别诗的发端，可以归纳为铺叙敷陈、写景绘物、感慨论议等三类模式，全面展现了送别诗开端的不凡气象。

一、敷陈铺叙起笔

送别诗的诗题通常会交代送别的人事、时间、地点等，铺叙敷陈的起首

---

[1] 张伯伟：《全唐五代诗格汇考》，凤凰出版社，2002年版，第162页。
[2] 《沧浪诗话校释》，第112页。
[3] 《历代诗话》，第694、729页。
[4] 同上，第754、729页。

往往即根据当下饯别场景、离人所去之地、双方交情事迹等，融合感情高度概括，统领全篇。如王昌龄《岳阳别李十七越宾》的起首"相逢楚水寒，舟在洞庭驿"①，《诗格》论曰：

> 诗头皆须造意，意须紧，然后纵横变转。如"相逢楚水寒"，送人必言其所矣。②

照应诗题"岳阳别"起始云"楚水寒"，这种从送别之地景物赋笔的手法，使行文游刃有余，唐人多爱用此手法。骆宾王《于易水送人》云"此地别燕丹，壮士发冲冠"，慨叹易水历史典故，生发出"昔时人已没，今日水犹寒"③的沧海桑田之感，给人以震撼。杜审言《送和西蕃使》云"使出凤皇池，京师阳春晚"④，写出了京城送别朝廷使者的隆重，气势非凡。明人杨慎《升庵诗话》卷六称赞曰："奇句也。盖言繁华之地，流景易迈。"⑤李白《灞陵行送别》曰"送君灞陵亭，灞水流浩浩"，灞水是长安的重要水域，灞亭是别离的象征，水流无情反衬送行情深。明末学者唐汝询论曰："此因离别所经，赋其地以兴慨也。"⑥边塞诗人岑参《轮台歌奉送封大夫出师西征》曰"轮台城头夜吹角，轮台城北旄头落"，重言轮台突出了轮台战前的紧张气氛；《走马川行奉送出师西征》曰"君不见走马川行雪海边，平沙莽莽黄入天"，描写出了走马川的辽阔荒凉，两诗皆凸显了送别之地的边塞风光，抒发了送别出征的雄壮豪气。严维《丹阳送韦参军》之首"丹阳郭里送行舟，一别心知两地秋"⑦，扣题突出了怅然别意。刘兼《送从弟舍人入蜀》之首"嘉陵江畔饯行车，离袂难分十里余"⑧，则以嘉陵江边依依不舍的感人送行场面，领起全篇基调。

也有着眼离人所往之地进行想象铺叙的，如王维《送刘司直赴安西》云"绝域阳关道，胡沙与塞尘"⑨，设想安西路途遥远，环境险恶，对友人充满关切，奠定了全诗的抒情基调。卢照邻《西使兼送孟学士南游》云"地道巴陵北，天山弱水东"⑩，诗人自己向西出使碛西之地，友人孟学士往南要去巴陵郡，倏

---

① 《王昌龄集编年校注》，第163页。
② 《全唐五代诗格汇考》，第163页。
③ 《骆宾王诗评注》，第299页。
④ 《全唐诗》卷六二，第731页。
⑤ （明）杨慎撰，王大厚笺证：《升庵诗话新笺证》，中华书局，2008年版，第321页。
⑥ 《唐诗解》，第279页。
⑦ 《全唐诗》卷二六三，第2919页。
⑧ 《全唐诗》卷七六六，第8691页。
⑨ 《王维诗注》，第153页。
⑩ 《卢照邻集校注》卷三，第124页。

忽之间万里阻隔,令人顿生苍茫别思。明人胡应麟《诗薮》内编卷四评论曰:

> 凡排律起句,极宜冠裳雄浑,不得做小家语。唐人可法者,卢照邻:"地道巴陵北,天山弱水东。"①

清人沈德潜《唐诗别裁集》亦论曰:

> "地道巴陵北",学士南游;"天山弱水东",自己西使。前人但赏其起语雄浑,须看一气承接,不平衍,不板滞。后太白每有此种格法。②

两人的评论都各有见地,卢照邻又有《送郑司仓入蜀》云"离人丹水北,游客锦城东"③,与前如出一辙,这种格调雄浑的起语,多为后人效仿。李白送人诗亦多用此法,如《金乡送韦八之西京》云"客自长安来,还归长安去",平和亲切地将朋友的行迹和盘托出,新奇自然,或许也勾起了诗人的恋阙之情呢。《送储邕之武昌》云"黄鹤西楼月,长江万里情",由武昌说起。黄鹤山也叫黄鹄山,俗称蛇山,位于武昌府城西南,黄鹤楼是武昌有名的胜景,言友人到武昌可以观赏黄鹤楼月景,而送别之情如江流无断。宋人陈师道《后山诗话》评曰:

> 余评李白诗,如张乐于洞庭之野,无首无尾,不主故常,非墨工椠人所可拟议。④

见地高远。其《同王昌龄送族弟襄归桂阳二首》之二云"尔家何在潇湘川,青莎白石长江边"⑤,巧设问语,亲切关怀。唐代桂阳郡治所在湖南郴州,诗题一作《同王昌龄崔国辅送李舟归郴州》,潇湘指湘江,是族弟生长的地方,亲情融合乡情,扑面而来。严羽《沧浪诗话·诗评》曰:"太白发句,谓之开门见山。"⑥诚如是也。杜甫《送孔巢父谢病归游江东兼呈李白》云"巢父掉头不肯住,东将入海随烟雾"⑦,引人好奇,急于探求孔巢父为何要谢病求仙问道。清人施补华《岘佣说诗》云:

> 巢父本是竹溪六逸之一,又值其谢病而归,故语多带仙灵气,所谓与题称也。起笔"巢父掉头不肯住,东将入海随烟雾",突兀可喜。

---

① (明)胡应麟:《诗薮》,中华书局,1958年版,第75页。
② 《唐诗别裁集》,第225页。
③ 《卢照邻集校注》卷三,第125页。
④ 《历代诗话》,第312页。
⑤ 《李太白全集》,第783、869、809页。
⑥ 《沧浪诗话校释》,第176页。
⑦ 《杜诗详注》卷一,第54页。

论说极有见识。韩愈《送李翱》云"广州万里途,山重江逶迤"①,由去广州的旅途山高江阔、路途遥远生发出情思,充满了对友人的担心。戴叔伦《广陵送赵主簿自蜀归绛州宁觐》云"将归汾水上,远省锦城来"②,自汾水可直达绛州,故以汾水代归往的绛州,锦城代所来蜀地,一联了然,构思精妙。戎昱《成都送严十五之江东》云"江东万里外,别后几凄凄"③,以友人所去江东距离遥远,兴起伤别之感。李频《送孙明秀才往潘州访韦卿》云"北鸟飞不到,北人今去游"④,以夸张手法言所去之远,珍重惜别。崔鲁《送友人归武陵》云"闻道桃源住,无村不是花",武陵郡有桃花源的传说,景色优美,故云桃源住。方回评曰"前二句喝起题目"⑤,格调极高。雍陶《送徐山人归睦州旧隐》云"君在桐庐何处住,草堂应与戴家邻",清人金圣叹批点曰:

> 送人归,问其何处住?又问其与谁邻?此岂要人开具旧居执结,正是其自己胸中有一绝妙住处,绝妙邻家,津津欲归未得归,因而反嫌人归已是迟。所谓笔笔皆有撒挨之状也。⑥

将出发之地和到达之地巧妙融于首联的开端,最具匠心。如王勃《江亭夜月送别二首》之一曰:"江送巴南水,山横塞北云。"⑦诗人于巴南客中送客至塞北,一水一山,一南一北,境界阔大,情深无比。曹唐《送康祭酒赴轮台》曰"灞水桥边酒一杯,送君千里赴轮台"⑧,亦是目纵千里,统览灞水轮台,意气风发,豪情充溢。骆宾王《送吴七游蜀》云:"日观分齐壤,星桥接蜀门。"⑨泰山上有日观峰,虽能隔断齐土,却阻挡不了直抵蜀门的桥梁,诗人追随友人自东齐去游西蜀,心驰神往间别情已现。王维《送邢桂州》云:"铙吹喧京口,风波下洞庭。"⑩邢济赴桂州上任,走水路,诗人于京口相送。京口即今镇江,洞庭是必经之地,送别的场面铙歌鼓吹,喧闹非凡,却只言风波,不见人影,真乃风致动人。郎士元《送别》云:"穆陵关上秋云起,安陆城边远行子。"⑪穆陵关

---

① 《韩愈集》卷四,第58页。
② (唐)戴叔伦著,戴文进笺注:《戴叔伦诗文集笺注》,南京师范大学出版社,2013年版,第54页。
③ 《戎昱诗注》,第71页。
④ 《全唐诗》卷五八七,第6818页。
⑤ 《瀛奎律髓汇评》卷二十四《送别类》,第1046页。
⑥ (清)金雍集,施建中、隋淑芬整理校订:《金圣叹选批唐诗六百首》卷七(下),北京出版社,1989年版,第449页。
⑦ 《王勃集》卷三,第31页。
⑧ 《全唐诗》卷六四〇,第7343页。
⑨ 《骆宾王诗评注》,第173页。
⑩ 《王维诗注》,第160页。
⑪ 《全唐诗》卷二四八,第2791页。

位于湖北麻城县北,安陆城即今湖北安陆县,在穆陵关以西,两地相隔数百里,诗人于穆陵关上遥望友人渐行渐远直到安陆城,满是关切之情。

送别时节的不同与送别情感往往息息相关,也会被诗人捕捉并在开端加以铺叙。如陈子昂《送客》云:"故人洞庭去,杨柳春风生。"①诗人在杨柳春风中送别朋友去洞庭,对景自然生出"苍茫别思盈"的感慨。张九龄《送韦城李少府》云"送客南昌尉,离亭西候春"②,与其相类。王昌龄《送胡大》云:"荆门不堪别,况乃潇湘秋。"③荆门送别已是不堪,况又逢潇湘之秋,悲情油然而生。李白《送张舍人之江东》云"张翰江东去,正值秋风时"④,崔国辅《渭水西别李仑》云"陇右长亭堠,山阴古塞秋"⑤,皆是同声。徐夤《岳州端午日送人游郴连》云"五月巴陵值积阴,送君千里客于郴"⑥,适逢巴陵梅雨季节,送别友人至千里以外,为下文蓄起抒情之势。

送别都是相同的,别离的缘由却有千千万万,置于起首,最易激动人情。姚合《送刘禹锡郎中赴苏州》云"三十年来天下名,衔恩东守阖闾城"⑦,裴度于大和四年(830),因牛李党争被排挤出长安,刘禹锡不满时局于大和五年转任苏州刺史,仕宦生涯又遇挫折。临行饯别,姚合赋此诗相送,在平淡的两句诗中,不知该有多少感慨蕴含其中。清人胡以梅《唐诗贯珠》以为可赏,评曰:

> 构句变化,风致飘逸,起结灵活,不觉空疏,亦自可惜。

唐玄宗的《送贺知章归四明》云"遗荣期入道,辞老竟抽簪"⑧,说明了贺知章因年老卧病,上表乞为道士还乡的事实。张说《送郭大夫元振再使吐蕃》云"犬戎废东献,汉使驰西极"⑨,以汉使喻郭大夫从郭大夫再使吐蕃说起,因吐蕃不向唐王朝纳贡,郭大夫再使吐蕃。李颀《送卢少府赴延陵》云"问君从宦所,何日府中趋"⑩,从听说朋友要动身前去赴任,担心不知何时才能赶到叙起,自然真切。刘长卿《听笛歌(留别郑协律)》云"旧游怜我长沙谪,载酒沙头送迁客"⑪,将离别的缘由以及送别情景活画了出来,亲切暖人。李

---

① 《陈子昂诗注》,第235页。
② 《张九龄集校注》卷三,第206页。
③ 《王昌龄集编年校注》,第110页。
④ 《李太白全集》卷十六,第748页。
⑤ 《全唐诗》卷一一九,第1204页。
⑥ 《全唐诗》卷七〇九,第8166页。
⑦ (唐)姚合著,吴河清校注:《姚合诗集校注》卷一,上海古籍出版社,2012年版,第8页。
⑧ 《全唐诗》卷三,第31页。
⑨ 《张燕公集》卷三,第23页。
⑩ 《李颀诗评注》,第297页。
⑪ 《刘长卿诗编年笺注》,第187页。

商隐《送崔珏往西川》云:"年少因何有旅愁,欲为东下更西游。"崔珏是诗人的知交,这里用反语跌宕而出,引出东下西游之事,告诫崔珏年少不必有羁旅愁怀,下文正是承接此意,如纪昀《玉溪生诗说》所论:"起二句跌宕,入手须有此矫拔之意。"①

从送别对象的个性、形象、际遇、经历等着手铺叙起笔,也能吸引人,起到画龙点睛的作用。如李颀《别梁锽》云"梁生倜傥心不羁,途穷气盖长安儿"②,活画出了梁锽虽落魄穷途但豪侠风流的志士形象,为下文赞其才能张本。其《送刘十》云"三十不官亦不娶,时人焉识道高下",以而立之年不做官也不成家,才华出众不为世人所识的个性特色,表现了刘十"往来嵩华与函秦,放歌一曲前山春"③放浪形骸的游士情怀。岑参《送王七录事赴虢州》云"早岁即相知,嗟君最后时"④,王七即王季友,从二人早年即相知的经历写起,叹息友人落后于时人,吟别凄然。刘长卿《送李中丞之襄州》云"流落征南将,曾驱十万师"⑤,回忆李氏曾是十万大军将帅,当年声威赫赫而老来流落,借惜别感伤李中丞的漂泊境遇。罗隐《别池阳所居》云"黄尘初起此留连,火耨刀耕六七年"⑥,从离开池州居处着笔,忆往昔自己因避乱在此隐居数年的艰难生活,藉以抒发对时世的忧伤。白居易《送萧处士游黔南》云"能文好饮老萧郎,身似浮云鬓似霜"⑦,使一个以诗为业、以酒为乡、身似浮云、须鬓如霜的处士形象呼之欲出。姚合《送无可上人游越》云"清晨相访立门前,麻履方袍一少年"⑧,就像是无可少年身影的素描,清爽淡雅,最适合作佛攻诗觅升仙。崔兴宗《同王右丞送瑷公南归》云"行苦神亦秀,泠然溪上松"⑨,云瑷公行囊简陋却丰神秀逸,好似泠然溪边一株青松,骨气动人。韩翃《送别郑明府》云"长头大鼻鬓如雪,早岁连兵剑锋折"⑩,凸显了郑明府的奇伟貌相及早期英勇事迹,实乃叹别,悲其际遇。

二、描摹景物开篇

元人杨载《诗法家数》论赠别云:"凡送人多托酒以将意,写一时之景以

---

① 《李商隐诗歌集解》,第 656、661 页。
② 《李颀诗评注》,第 160 页。
③ 同上,第 154 页。
④ 《岑嘉州诗笺注》卷三,第 446 页。
⑤ 《刘长卿诗编年笺注》,第 353 页。
⑥ 《罗隐诗集笺注》,第 70 页。
⑦ 《白居易诗集校注》卷十八,第 1458 页。
⑧ 《姚合诗集校注》卷一,第 59 页。
⑨ 《全唐诗》卷一二九,第 1316 页。
⑩ 《全唐诗》卷二四三,第 2733 页。

兴怀,寓相勉之词以致意。"①景物描写在送别诗中举足轻重,尤其是开篇的摹物写景,以先入为主笼罩全诗,立意高远。如王勃《送杜少府之任蜀州》云"城阙辅三秦,风烟望五津"②,遥望长安和蜀地的形势风貌,重点泼墨,大气磅礴,兴象宛然。李峤《送李邕》(一作《送李安邑》)云"落日荒郊外,风景正凄凄"③,从目下景着色,突出荒凉郊外原野上欲坠的落日,营造出戚戚别离之境。李白《西岳云台歌送丹丘子》云"西岳峥嵘何壮哉,黄河如丝天际来"④,气势突兀,振响千古。就连无名女童也有妙笔,《送兄》云:"别路云初起,离亭叶正飞。"情景浑然一体,意味耐人咀嚼。唐汝询论曰:"云起,遗别后之思;叶飞,重别后之感。"⑤

古人论诗极其看重此类开头,多予以赞赏,清人施补华《岘佣说诗》云:

  起处须有崚嶒之势,如"万壑树参天,千山响杜鹃""天官动将星,汉地柳条青",皆起势之崚嶒者,举此可以类推。⑥

清人张谦宜《絸斋诗谈》卷五评论曰:

  《送梓州李使君》:"万壑树参天,千山响杜鹃。"参天树中即杜鹃叫处,倒出便有势,若倒过味索然矣。⑦

"万壑树参天,千山响杜鹃",是王维《送梓州李使君》的首联,以倒装句式写出了千山万壑林木参天杜鹃啼鸣的壮观;"天官动将星,汉地柳条青",是王维《送赵都督赴代州得青字》的首联,皆起势崚嶒,极有景致。宋人刘辰翁点评"疾风吹征帆,倏尔向空没"云:"发兴甚苦。"这是孟浩然《送从弟邕下第后寻会稽》⑧一诗的首联,埋怨疾风不知离愁,征帆顺风而下,倏忽间数千里以外,令人不堪。明人王世贞《艺苑卮言》论高适、张谓曰:

  高适"黄鸟翩翩""嗟君此别"二咏,张谓"星轺计日"之句……不作奇事丽语,以平调行之,却足一倡三叹。⑨

高适《东平别前卫县李寀少府》曰"黄鸟翩翩杨柳垂,春风送客使人悲"⑩,柳

---

① 《历代诗话》,第733页。
② 《王勃集》卷三,第23页。
③ 《全唐诗》卷五八,第695页。
④ 《李太白全集》卷七,第381页。
⑤ 《唐诗解》,第592页。
⑥ 《清诗话》,第973页。
⑦ 《清诗话续编》,第845页。
⑧ 《孟浩然诗集校注》卷一,第95页。
⑨ 《艺苑卮言》卷四,第55—56页。
⑩ 《高适诗集编年笺注》,第161页。

垂莺啼的明丽春天里,送别友人倍感悲伤。又《送李少府贬峡中王少府贬长沙》曰"嗟君此别意何如,驻马衔杯问谪居"①,送人贬谪最难将息,诗人以一"嗟"字领起关切,询问中寄寓了几多情谊。方东树云:"常侍(高适)每工于发端"。②诚其然也。张谓《别韦郎中》云"星轺计日赴岷峨,云树连天阻笑歌"③,韦郎中使车速发,不日将奉使蜀地,云树杳杳而音声阻隔,想到巫峡猿鸣泪沾裳岂能欢歌。以上起首诚乃虽不作奇事丽语,却能引人一唱三叹。明人钟惺《名媛诗归》评李冶《送友人》"水国兼葭夜有霜,月寒山色共苍苍"曰:

>月寒乎？山寒乎？非"共苍苍"三字不能摹写,浅浅语,幻入深意,此不独意态淡宕也。④

诗人以离情体验山水明月,所以有寒凉的感觉,借送别之夜的苍茫实景表达了心中深深的依恋。《唐诗贯珠》论李频《湘口送友人》"中流欲暮见湘烟,苇岸无穷接楚田"曰:

>此是中流送别,非陆路分手。起处幽情寓思,精妙之极。⑤

诗人在湘江流入洞庭湖的渡口送别友人,所见不同于陆路,挥笔勾勒出了楚地暮霭笼罩下的浩淼水域,以及芦苇遍布的广袤田野美景。

一年四季,景色不同,而别情如一,面对不同的季节,诗人的离别之感便会有不同的表达。如"扬子江头杨柳春,杨花愁杀渡江人",便是郑谷春天里于淮上与友人别时所见景象,旖旎的春光被别离"愁杀",何其深情啊！清人贺贻孙《诗筏》论曰:

>诗有极寻常语,以作发局无味,倒用作结方妙者。如郑谷《淮上别故人》诗云:"扬子江头杨柳春,杨花愁杀渡江人。数声风笛离亭晚,君向潇湘我向秦。"盖题中正意,只"君向潇湘我向秦"七字而已,若开头便说,则浅直无味,此却倒用作结,悠然情深,令读者低徊流连,觉尚有数十句在后未竟者。唐人倒句之妙,往往如此,姑举其一为例。⑥

贺贻孙虽是从倒句之妙来作点评,我们却可以反其意去领会即景抒情的诗意美感。送别之事总是相类的,而诗人通过景物的介入却能把情感表达得

---

① 《高适诗集编年笺注》,第 85 页。
② (清)方东树著,汪绍楹校点:《昭昧詹言》卷十六,人民文学出版社,1961 年版,第 394 页。
③ 《全唐诗》卷一九七,第 2020 页。
④ 《唐诗汇评》(下册),第 3081 页。
⑤ 《唐诗汇评》,第 2655 页。
⑥ 《清诗话续编》,第 185 页。

细腻入微,这正体现了诗歌语言的精致神奇。清人王尧衢《唐诗合解笺注》卷五,批点常建《送宇文六》"花映垂杨汉水清,微风林里一枝轻"曰:

  即今春光骀宕,花柳争妍,如此而对景难于言别。①

面对春色美景,言别总是不忍,正如古人所云,以乐景衬别情,离情更浓。其他诸如陈存《送刘秀才南归》(一作刘复诗)云"鸟啼杨柳垂,此别千万里"②,孟浩然《送杜十四之江南》云"荆吴相接水为乡,君去春江正渺茫"③,皇甫冉《送郑二之茅山》云"水流绝涧终日,草长深山暮春"④,杜牧《宣州送裴坦判官往舒州时牧欲赴官归京》云"日暖泥融雪半销,行人芳草马声骄"⑤,刘长卿《别严士元》云"春风倚棹阖闾城,水国春寒阴复晴"⑥等,皆是此类。夏季的火热在诗人笔下又是另一种蕴意,"四月南风大麦黄,枣花未落桐阴长"⑦,这是李颀《送陈章甫》的时节,满目蓬勃生机,象征了友人陈章甫旷达豪迈的性格,化解了别离的凄凉之感。"汉水清且广,江波渺复深"⑧,这是武元衡《夏日别卢太卿》(一作《江津对雨送卢侍御》)的时节,雨中的江水更加烟波浩渺,深广辽阔,恰似别离情浓。

  秋天的萧瑟与别情一致,诗人多有巧妙运用。如温庭筠《送人东游》云"古戍落黄叶,浩然离故关",备受推崇,沈德潜《唐诗别裁集》论曰:"起调最高。"⑨俞陛云《诗境浅说》论曰:

  此等发端,情景兼写,调高而韵逸,最为得势。⑩

边城故垒黄叶纷纷坠落,友人却有浩然之志出关东游,奠定了全诗悲壮高昂的格调。杨衡《卢十五竹亭送侄偶归山》云"落叶寒拥壁,清霜夜沾石"⑪,宋人范晞文《对床夜语》卷四论曰:

  语意清脱,略无尘土纷华之气。⑫

---

① (清)王尧衢:《唐诗合解笺注》卷五,河北大学出版社、贵州人民出版社,2010年版,第203页。
② 《全唐诗》卷三一一,第3514页。
③ 《孟浩然诗集校注》卷四,第526页。
④ 《全唐诗》卷二五〇,第2819页。
⑤ 《樊川文集校注》,第300页。
⑥ 《刘长卿诗编年笺注》,第126页。
⑦ 《李颀诗评注》,第177页。
⑧ 《全唐诗》卷三一六,第3550页。
⑨ 《唐诗别裁集》,第173页。
⑩ 《诗境浅说》,第25页。
⑪ 《全唐诗》卷四六五,第5279页。
⑫ (宋)范晞文:《对床夜语》,中华书局,1985年版,第27页。

诗人作为长辈于竹亭饯送侄子,见落叶拥壁,清霜沾石,思天气寒凉,充满了无限关爱。岑参《送韩巽入都觐省便赴举》和李颀《送刘昱》是作于秋高气爽的八月,前者云"槐叶苍苍柳叶黄,秋高八月天欲霜"①,后者云"八月寒苇花,秋江浪头白"②,皆能描画出八月独有的景致,落叶苍黄,花枯浪白,霜降寒来,素净疏朗,隐喻珍重别情。储光羲《京口送别王四谊》云"江上枫林秋,江中秋水流"③、陈羽《小江驿送陆侍御归湖上山》曰"鹤唳天边秋水空,荻花芦叶起西风"④,则凸显了江岸水边的浓厚秋意和深重秋景,画面萧疏淡雅,令别离之人顿生惆怅。

冬天的飞雪为送别诗平添了几分离愁,也激发了诗人的浪漫豪情,如高适《别董大》云"十里黄云白日曛,北风吹雁雪纷纷",是融情于景的名句,唐汝询解曰:

> 云有将雪之色,雁起离群之思,于此分别,殆难为情,故以"莫愁"慰之。言君才易知,所如必有合者。⑤

两句诗一静一动,写出了漠北荒原沙云相接天昏地暗,北风吹雪鸿雁凌空的粗犷景致,形成雄浑豪爽的格调。贾至《送李侍郎赴常州》云"雪晴云散北风寒,楚水吴山道路难"⑥,明人唐汝询解曰:

> 涉雪而行,凄其已甚,又况吴楚殊途耶?⑦

北方严寒,云散雪晴仍不易行,何况常州还在山长水阔的江南道,诗人对友人充满关切。皇甫冉《送李录事赴饶州》(李录事一作裴员外)云"北人南去雪纷纷,雁叫汀沙不可闻"⑧,郎士元《送魏司直》云"曙雪苍苍兼曙云,朔风烟雁不堪闻"⑨,同样是借北地凄凉壮美的雪景,抒写不堪别离之苦。

古人出行的交通工具以马为常见,关于神马的传说以及老马识途的谚语,使送别诗中的征马别具灵性,成为诗人移情的又一对象。如杨炯《送梓州周司功》云"御沟一相送,征马屡盘桓"⑩,征马的盘桓不前,是人情依依不

---

① 《岑嘉州诗笺注》卷二,第 366 页。
② 《李颀诗评注》,第 206 页。
③ 《全唐诗》卷一三八,第 1400 页。
④ 《全唐诗》卷三四八,第 3895 页。
⑤ 《唐诗解》卷二十七,第 686 页。
⑥ 《全唐诗》卷二三五,第 2597 页。
⑦ 《唐诗解》卷二十六,第 665 页。
⑧ 《全唐诗》卷二四九,第 2797 页。
⑨ 《全唐诗》卷二四八,第 2791 页。
⑩ 《杨炯集》卷二,第 17 页。

舍的比况。高适《送刘评事充朔方判官赋得征马嘶》云"征马向边州,萧萧嘶不休"①,又《别王八》云"征马嘶长路,离人挹佩刀"②,将《诗经·小雅·车攻》中的"萧萧马鸣"化为马嘶长路萧萧不休,翻新出撕心裂肺的不堪别离之情。崔颢《送单于裴都护赴西河》云"征马去翩翩,城秋月正圆"③、韦应物《送冯著受李广州署为录事》云"郁郁杨柳枝,萧萧征马悲"④,表达的均是马尚如此,何况离人的真情写照。

饯别宴席上的烛烟樽酒等,亦能营造出浓情厚意,常被诗人点化描摹来振起全篇。如裴夷直《席上夜别张主簿》云"红烛剪还明,绿尊添又满"⑤,对照下联"不愁前路长,只畏今宵短",惜别之意于明烛酣饮中不言自现。陈子昂《春夜别友人二首》其一云"银烛吐青烟,金樽对绮筵"⑥,别筵总有尽时,相对无言,怅然离别之情化作烛吐青烟,人饮酒盏。

三、兴感论议发端

喜聚怨别是人之常情,而送往迎来又是人生不可回避的境遇,借送别诗阐发对于别离的思致,最易引人共鸣,尤其是不拘一格的感兴论议发端,往往富于思理,超越千古,动人心弦。如杜甫《赠卫八处士》云"人生不相见,动如参与商"⑦、李商隐《无题》云"相见时难别亦难,东风无力百花残"、耿湋《雨中留别》曰"东西无定客,风雨未休时"⑧,诗人们独特的感悟正说明别离一如自然界的星宿异位、春去花落、风雨不定,是客观存在的,所以不必太在意。若此,分别的痛苦从何而来呢?韦应物《送李儋》云"别离何从生,乃在亲爱中"⑨,相亲相爱令人相思,怨离恨别乃是爱的体现。

贯休《古离别》云"离恨如旨酒,古今饮皆醉"⑩,将离愁别恨喻为美酒滋味,言古今如一,饮者自知,真是奇妙之思。于武陵《夜与故人别》曰"白日去难驻,故人非旧容"⑪,惋惜时光催人老,生命短促,所以要珍惜每一次的

---

① 《高适诗集编年笺注》,第 336 页。
② 同上,第 338 页。
③ 《全唐诗》卷一三〇,第 1328 页。
④ (唐)韦应物著,孙望编著:《韦应物诗集系年校笺》卷八,中华书局,2002 年版,第 408 页。
⑤ 《全唐诗》卷五一三,第 5858 页。
⑥ 《陈子昂诗注》,第 112 页。
⑦ 《杜诗详注》卷六,第 512 页。
⑧ 《全唐诗》卷二六八,第 2977 页。
⑨ 《韦应物诗集系年校笺》卷一,第 27 页。
⑩ 《全唐诗》卷八二六,第 9304 页。
⑪ 《全唐诗》卷五九五,第 6893 页。

分离,郑重告别。王维《送歧州源长史归》云"握手一相送,心悲安可论"①,诗下注曰二人其时同在崔常侍幕中,时常侍已殁,起首便见深情,可明意在笔先,握手相送,伤悲不堪。王维又有《送秘书晁监还日本国》云"积水不可极,安知沧海东",《岘佣说诗》论曰:

> 五排篇幅短者,起笔可以突兀;篇幅长者,必将全篇通括总揽,以完整之笔出之。岑参"亭高出鸟外,客到与云齐",王维"积水不可极,安知沧海东",皆起笔之突兀者也。②

因为距离遥远,旅途难测,诗人感慨发问,充满无限关切。

与一般人士不同,大丈夫临别绝不哭泣,但诚如陆龟蒙《别离》所云"丈夫非无泪,不洒离别间"③,以一种豪迈的姿态看待别离,另辟新境。游子在外的感受常多酸楚,思念家乡亲故,不能自已,如欧阳詹《泉州赴上都留别舍弟及故人》所言"天长地阔多歧路,身即飞蓬共水萍"④,像飘零的飞蓬,水上的浮萍,随处迁徙;如长孙佐辅《别友人》所云"愁多不忍醒时别,想极还寻静处行"⑤,独自徘徊在幽静处,黯然伤心。许浑《江上燕别》(一作赵嘏诗,题作《汾上宴别》)曰"云物如故乡,山川异歧路"⑥,应是游子们的共同心理,家乡的景物如影相随,思念之时恍惚若现。何时可以为别呢?李白《送陆判官往琵琶峡》云:"水国秋风夜,殊非远别时。"杨慎《升庵诗话》卷二《太白句法》评论曰:"'殊非',变幻二字,愈出愈奇。"⑦只要是远行,便没有欢喜的出发时刻。其《南阳送客》曰:"斗酒勿为薄,寸心贵不忘。"《唐诗解》曰:"夫斗酒薄矣,勿以为薄而中心藏之。意不在酒也。"⑧古人有以酒饯别的习俗,酒的薄厚多寡其实并不重要,心心相印才是主旨。

真挚的友谊是志同道合的情感认同,因为相知,诗人常用替友人打抱不平领起全诗,志士义气温暖情谊。如孟浩然《广陵别薛八》曰"士有不得志,栖栖吴楚间",刘辰翁论曰:

> 起得雄浑。起慨然为叹,句句好,句句别。⑨

---

① 《王维诗注》,第 144 页。
② 《清诗话》,第 999 页。
③ 《全唐诗》卷六一九,第 7133 页。
④ 《全唐诗》卷三四九,第 3911 页。
⑤ 《全唐诗》卷四六九,第 5333 页。
⑥ 《丁卯集笺证》,第 108 页。
⑦ 《历代诗话续编》,第 658—659 页。
⑧ 《唐诗解》,第 886 页。
⑨ 《孟浩然诗集校注》卷四,第 444—445 页。

友人凄惶奔波是因为怀才不遇,终会大展宏图的。高适《送萧十八(与房侍御回还)》曰"常苦古人远,今见斯人古"①,意味深长隽永,确实是妙言。刘沧《送友人罢举赴蓟门从事》云"人生行止在知己,远佐诸侯重所依"②,对友人罢举赴蓟门任职的选择,给予了充分的理解。王维《送綦毋潜落第还乡》云"圣代无隐者,英灵尽来归"③,宽慰友人不必在意落第,鼓励其振作有为。皇甫曾《送普上人还阳羡》(一作皇甫冉诗)云"花宫难久别,道者忆千灯"④,雍陶《送友人弃官归山居》曰"不爱人间紫与绯,却思松下著山衣"⑤,杜牧《送隐者一绝》云"无媒径路草萧萧,自古云林远市朝"⑥,皆能抛弃世俗偏见,赞同友人弃官归隐,远离繁华,热爱山林的志趣,令人宽怀。

乱世之别最是揪心,李商隐《杜工部蜀中离席》曰"人生何处不离群,世路干戈惜暂分"⑦,日常出行已是难舍,兵戈硝烟中的分离更多无奈,也更多危险,岂能不珍惜。杜甫《送韦讽上阆州录事参军》曰"国步犹艰难,兵革未衰息",《送韩十四江东省觐》曰"兵戈不见老莱衣,叹息人间万事非",《送远》曰"带甲满天地,胡为君远行"⑧,长期的战乱造成举步维艰,孝子不见,万事皆非,无数生离成死别。沈德潜评《送远》"带甲满天地,胡为君远行"曰:"何等起手!读杜诗要从此种着眼。"清人王士祯《渔洋诗话》卷中第十五则曰:

> 或问:"诗工于发端,如何?"应之曰:"如谢宣城'大江流日夜,客心悲未央',杜工部'带甲满天地,胡为君远行'……是也。"⑨

两人的见解都道出了此类送别诗开端的雄浑气势,震撼心灵。

也有的送别诗起首叙别情、道款曲,显得平易而家常,以自然取胜。如王维《齐州送祖三》云"相逢方一笑,相送还成泣"⑩,祖三是作者诗友,彼此"结交二十载"⑪,可见二人交谊之深。杜甫《送路六侍御入朝》云"童稚情

---

① 《高适诗集编年笺注》,第60页。
② 《全唐诗》卷五八六,第6804页。
③ 《王维诗注》,第60页。
④ 《全唐诗》卷二一〇,2180页。
⑤ 《全唐诗》卷五一八,第5927页。
⑥ 《樊川文集校注》,第476页。
⑦ 《李商隐诗歌集解》,第1278页。
⑧ 《杜诗详注》,第1157、829、625页。
⑨ 《清诗话》,第186页。
⑩ 一作《淇上送赵仙舟》。(唐)王维著,陈铁民注:《王维诗注》,三秦出版社,2004年版,第54页。清贺裳《清诗话续编·载酒园诗话又编》云:王维《送祖三》曰:"相逢方一笑,相送还成泣。解缆君已遥,望君犹伫立。"写得交谊葛然,千载之下,犹难为怀。
⑪ (唐)王维著,陈铁民注:《王维诗注》,《赠祖三咏》,三秦出版社,2004年版,第25页。

亲四十年,中间消息两茫然"①,清空一气,只如白话,细致入微。皮日休《送从弟皮崇归复州》云"羡尔优游正少年,竟陵烟月似吴天"②,对从弟亲和关切,爱心一片。孟浩然《留别王维》云"寂寂竟何待,朝朝空自归",向朋友诉说不遇。刘辰翁批点曰:"个中人,个中语,看着便不同。"③柳宗元《衡阳与梦得分路赠别》云"十年憔悴到秦京,谁料翻为岭外行",可谓与梦得倾诉衷肠。宋人葛立方《韵语阳秋》卷十一云:

> 柳子厚可谓一世穷人矣。永贞之初,得一礼部郎,席不暖即斥去为永州司马。在贬所历十一年,至宪宗元和十年,例召至京师,喜而成咏。所谓"投荒垂一纪,新诏下荆扉。"又云"十一年前南渡客,四千里外北归人"是也。既至都,乃复不得用,以柳州去。由永至京已四千里,自京徂柳又复六千,往返殆万里矣。故《赠刘梦得诗》云:"十年憔悴到秦京,谁料翻为岭外行。"④

由之可知此诗起句何其意味深长,感叹无穷。

明末清初贺贻孙《诗筏》第一六一则认为:"发语难得有力,有力故能挽起一篇之势……若发语有力,则虽唐人名家,亦人不数篇而已,故发语尤难。"⑤纵观唐人送别诗的各种开篇手法,无论是敷陈铺叙,还是描摹景物,抑或是感兴论议,虽格调不一,却也各有韵味,展现了诗人的奇思妙想,熔铸了人间的真挚情谊。

第二节 余韵悠长,回味无穷

宋人姜夔《白石道人诗说》云:

> 一篇全在尾句,如截奔马。词意俱尽,如临水送将归是已;意尽词不尽,如抟扶摇是已;词尽意不尽,剡溪归棹是已;词意俱不尽,温伯雪子是已。所谓词意俱尽者,急流中截后语,非谓词穷理尽者也。所谓意尽词不尽者,意尽于未当尽处,则词可以不尽矣,非以长语益之者也。至如词尽意不尽者,非遗意也,辞中已仿佛可见矣。词意俱不尽者,不

---

① (唐)杜甫著,(清)仇兆鳌注:《杜诗详注》卷十二,中华书局,1979年版,第985页。
② 《全唐诗》卷六一三,第7066页。
③ (唐)孟浩然著,李景白校注:《孟浩然诗集校注》卷三,巴蜀书社,1988年版,第289、291页。
④ 《历代诗话》,第567—568页。
⑤ 《清诗话续编》,第182—183页。

尽之中,固已深尽之矣。①

贺贻孙《诗筏》曰:

> 结语难得有情,有情故能锁住一篇之意……能锁住一篇,故一篇之势亦完,两相资也。②

可见结语之重要。唐人送别诗结尾表现出来的情感韵味极其丰富多样,或是嘱咐叮咛,或是用心雕琢,或是挥手天际,或如空谷余音,往往令人心仪赞叹,大多凝结成为了后世文学的经典语言,以及人们日常生活的告别语,诸如何日再归来、望君犹伫立、万里寄相思、离梦逐君去、如今关塞通、愿君百岁尚康强等,至今仍广泛流行。

一、何当重相见

日本空海《文镜秘府论》地卷《十七势》第十七"心期落句势"云:

> 心期落句势者,心有所期是也。昌龄诗云:"青桂花未吐,江中独鸣琴。"(言青桂花吐之时,期得相见。花既未吐,即未相见,所以江中独鸣琴。)又诗云:"还舟望炎海,楚叶下秋水。"(言至秋方始还。此《送友人之安南》也。)③

未曾分离即问归,盼望回归,相约再见,即是此一类。杜甫《送翰林张司马南海勒碑》结语曰:"不知沧海上,天遣几时回。"金圣叹评曰:

> 夫送则其未去,而已先计其归,为善能擩其至情也。④

孟郊《与韩愈李翱张籍话别》云"远游起重恨,送人念先归"⑤,分别之际即相约来日再次相聚,以期待慰藉别离之思,亦是人之常情。刘长卿《送李穆归淮南》云:

> 扬州春草新年绿,未去先愁去不归。淮水问君来早晚,老人偏畏过芳菲。⑥

李穆是诗人的女婿,诗中反用《楚辞·招隐士》"王孙游兮不归,春草生兮萋

---

① 《历代诗话》,第 682—683 页。
② 《清诗话续编》,第 182 页。
③ [日]遍照金刚:《文镜秘府论》,人民文学出版社,1975 年版,第 45 页。
④ 《金圣叹评唐诗全编》,第 538 页。
⑤ 《孟郊诗集笺注》卷八,第 413 页。
⑥ 《刘长卿诗编年笺注》,第 477 页。

萋"之意望其早归。结尾又借淮水再问归期,以不忍见春盼人早回,通篇只是希望早日再见面。亲情在反复叮嘱中显露无疑。王维《山中送别》曰:

  山中相送罢,日暮掩柴扉。春草年年绿,王孙归不归。①

清人宋顾乐《唐人万首绝句选》论曰:"翻弄骚语,刻意扣题。"语极浅而意极浓,平淡的表述中隐含有感人至深的笃厚情感。李颀《送窦参军》曰"公子何时至,无令芳草阑"②,雍裕之《春晦送客》(一作《三月晦日郊外送客》)曰"明年春色至,莫作未归人"③,贾至《江南送李卿》曰"愿值回风吹羽翼,早随阳雁及春还"④,皆是直截了当地告诉友人,来年春天再相聚。郑惟忠《送苏尚书赴益州》云:

  离忧将岁尽,归望逐春来。庭花如有意,留艳待人开。⑤

诗人婉言苏尚书若不归来,庭院里的花都不忍心开放了。
  春日时光美好给人带来希冀,秋天果实累累待君归来收获。王维《送崔兴宗》云:

  已恨亲皆远,谁怜友复稀。君王未西顾,游宦尽东归。
  塞阔山河净,天长云树微。方同菊花节,相待洛阳扉。⑥

开元二十二年(734),玄宗在东都洛阳,诗人闲居长安,送别友人并相约秋天在洛阳共度重阳节。又《崔九弟欲往南山马上口号与别》云:

  城隅一分手,几日还相见?山中有桂花,莫待花如霰。⑦

丹桂飘香,似在诱人回归。储光羲《京口送别王四谊》亦云:

  江上枫林秋,江中秋水流。清晨惜分袂,秋日尚同舟。
  落潮洗鱼浦,倾荷枕驿楼。明年菊花熟,洛东泛觞游。⑧

诗人在镇江送别友人,正值秋季,于是预约明年菊花盛开时,在洛阳城饮酒畅游,显得轻松爽朗,趣远情深,格调高逸。刘商却不愿等到秋天,在送王贞

---

① 《王维诗注》,第 276 页。
② 《李颀诗评注》,第 247 页。
③ 《全唐诗》卷四七一,第 5348 页。
④ 《全唐诗》卷二三五,第 2598 页。
⑤ 《全唐诗》卷四五,第 552 页。
⑥ 《王维诗注》,第 151 页。
⑦ 同上,第 276 页。
⑧ 《全唐诗》卷一三八,第 1400 页。

这个"清阳玉润"的才子时云："槿花亦可浮杯上，莫待东篱黄菊开。"①夏天的木槿花同样能泡酒喝，不要等到菊花开吧，盼见之情充溢于字里行间。

送别随时都可发生，再会有时并不能预料，诗人期盼早日归来的心情，于是就有了各种各样委婉的表达。如陈子昂《送别出塞》云："蜀山余方隐，良会何时同。"②孟浩然《永嘉别张子容》云："何时一杯酒，重与李膺倾。"③高适《送刘评事充朔方判官赋得征马嘶》"赠君从此去，何日大刀头"④，借大刀有"环"相谐回还归去之意。柳宗元《三赠刘员外》云："今日临歧别，何年待汝归。"⑤卢纶《送李端》云："掩泪空相向，风尘何处期。"⑥沈宇《武阳送别》云："送君肠断秋江水，一去东流何日归。"⑦诸如此类，不胜枚举。这些无奈的喟叹，情真意切，动人心魄。

二、天涯望断肠

行人已远去，送者犹伫立，形成了一幅动人的送别剪影。《诗经·邶风·燕燕》三章复沓，结语分别云"瞻望弗及，泣涕如雨"，"瞻望弗及，伫立以泣"，"瞻望弗及，实劳我心"，堪称是伫立眺望以目相送的典范。魏晋名士嵇康《四言赠兄秀才入军诗》云："目送归鸿，手挥五弦。俯仰自得，游心太玄。"遂将伫望目送的形象定格形成传统，至唐代被发挥到了极致。

"孤帆远影碧空尽，唯见长江天际流"，是李白《黄鹤楼送孟浩然之广陵》的名句，已成伫望目送的千古绝唱。唐汝询解曰：

> 帆影尽则目力已极，江水长则离思无涯。怅望之情，俱在言外。⑧

俞陛云《诗境浅说续编》论曰：

> 襄阳此行，江程迢递。太白临江送别，直望至帆影向空而尽，惟见浩荡江流，接天无际，尚怅望依依，帆影尽而离心不尽。十四字中，正复深情无限。曹子建所谓"爱至望苦深"也。⑨

王维《齐州送祖三》云"解缆君已遥，望君犹伫立"，沈德潜《唐诗别裁集》论曰：

---

① 《全唐诗》卷三〇四，第3459页。
② 《陈子昂诗注》，第224页。
③ 《孟浩然诗集校注》卷四，第432页。
④ 《高适诗集编年笺注》，第336页。
⑤ （唐）柳宗元著，易新鼎点校：《柳宗元集》卷四十二，中国书店，2000年版，第597页。
⑥ （唐）卢纶著，刘初棠校注：《卢纶诗集校注》卷五，上海古籍出版社，1989年版，第481页。
⑦ 《全唐诗》卷二〇二，第2108页。
⑧ （明）唐汝询选释，王振汉点校：《唐诗解》，河北大学出版社，2001年版，第632页。
⑨ 俞陛云著《诗境浅说》，北京出版社，2003年版，第176页。

著此二语,下"望君"句愈觉黯然。①

雍陶《送客不及》云"遥遥已失风帆影,半日虚销指点云"②,在此诗人驾驭语言的能力虽不及李白,但所表达的感情同样深厚。李白又有《金乡送韦八之西京》云"望望不见君,连山起烟雾",此行走的是陆路,遥望中的情思不知有几多,除了沈德潜指明的"即'瞻望弗及,实劳我心'意,说来自远"③,元人萧士赟《分类补注李太白诗》卷十六注曰:

太白此诗因别友而动怀君之思,可谓身在江海,心存魏阙者矣。④

可以说是进一步申述了李白伫望时的复杂心态。

送人远望所见各有不同,如武元衡《送唐次》曰"望望烟景微,草色行人远"⑤,青青草色渐行渐远,绵延无穷,萋萋满别情。严维《丹阳送韦参军》云"日晚江南望江北,寒鸦飞尽水悠悠"⑥,江水悠悠流不尽,水上寒鸦飞无踪,凄凉之情油然而生。王昌龄《送程六》曰:"武冈前路看斜月,片片舟中云向西。"清人黄生《唐诗摘钞》议论曰:

言外云云且西向,离人能不目送行云一相忆乎。⑦

诗人看斜月,望西云,长时间的伫立,寄托了深深的相思相依之情。柳中庸《河阳桥送别》曰"若傍阑干千里望,北风驱马雨萧萧"⑧,想象一跃千里之外,充满了友爱和关切。孟浩然《送杜十四》所云"日暮征帆泊何处,天涯一望断人肠"⑨,望穿天涯令人断肠,正是所有伫立眺望的写照。伫望的心理活动总是为行子担忧,如皇甫冉《鲁山送别》曰"南望千山如黛色,愁君客路在其中"⑩,因千山如黛,为游人的旅途忧愁。李商隐《饯席重送从叔余之梓州》云:"武关犹怅望,何况百牢关。"清代程梦星《重订李义山诗集笺注》卷下曰:

故结言武关近洛下而犹怅望,何况远历百牢而之梓州耶。⑪

---

① (清)沈德潜编:《唐诗别裁集》卷一,中华书局,1975年版,第13页。
② 《全唐诗》卷五一八,第5922页。
③ (清)沈德潜编:《唐诗别裁集》卷二,中华书局,1975年版,第27页。
④ 詹锳:《李白全集校注汇释集评》(五),百花文艺出版社,1996年版,第2340页。
⑤ 《全唐诗》卷三一六,第3546页。
⑥ 《全唐诗》卷二六三,第2919页。
⑦ 周蒙等:《全唐诗广选新注集评》,辽宁人民出版社,1994年版,第439页。
⑧ 《全唐诗》卷二五七,第2876页。
⑨ (唐)孟浩然著,李景白校注:《孟浩然诗集校注》卷四,巴蜀书社,1988年版,第526页。
⑩ 《全唐诗》卷二五〇,第2822页。
⑪ 《李商隐诗歌集解》,第1219—1220页。

因所去路途遥远,为亲人担忧不已。王维《送孙二》云"山川何寂寞,长望泪沾巾"①,想到孙二旅途的寂寞,便情不自禁泪如雨下。

　　平地眺望视野有限,为了极目所能,刘禹锡《陕州河亭陪韦五大夫雪后眺望因以留别与韦有布衣之旧一别二纪经迁贬而归》云"因高向西望,关路正飞尘"②,攀登高峰而望,直到关路飞尘淹没了行人的踪影。王昌龄《送胡大》云"何处遥望君,江边明月楼"③,贾岛《送别》云"高楼直上百余尺,今日为君南望长"④,韦应物《送王校书》云"送君江浦已惆怅,更上西楼看远帆"⑤,百尺高楼、明月楼、西楼,都是远眺送行的好地方。许浑《谢亭送客》又云"日暮酒醒人已远,满天风雨下西楼"⑥,人去楼空,风雨潇潇,无奈感伤尽在其中。清人宋顾乐《唐人万首绝句选评》曰:"写出分手之易,怅望之切。"

　　诗人的伫望有时并不直白,委婉含蓄更令人回味,如岑参《白雪歌送武判官归京》所云"山回路转不见君,雪上空留马行处"⑦,若不是久久伫立凝望,便不会有此入微体察。祖咏《别怨》云:

　　　　送别到中流,秋船倚渡头。相看尚不远,未可即回舟。⑧

诗人不肯回舟归来,巧妙地传达了伫望相送的深情。雍陶《送客遥望》曰:

　　　　别远心更苦,遥将目送君。光华不可见,孤鹤没秋云。⑨

整首诗以遥望立意,目之所及皆情之所至,言尽而意无穷。望望送行的结尾得到了宋人陈岩肖的赞赏,《庚溪诗话》卷下曰:

　　　　昔人临歧执别,回首引望,恋恋不忍遽去,而形于诗者,如王摩诘云:"车徒望不见,时见起行尘。"欧阳詹云:"高城已不见,况复城中人?"东坡与其弟子由别云:"登高回首坡陇隔,时见乌帽出复没。"或纪行人已远,而故人不复可见,语虽不同,其惜别之意则同也。⑩

苏东坡云"登高回首坡陇隔,但见乌帽出复没",仍然是伫望不已,心随人行,

---

① (唐)王维著,陈铁民注:《王维诗注》,三秦出版社,2004年版,第162页。
② 《刘禹锡全集编年校注》,第435页。
③ 《王昌龄集编年校注》,第110页。
④ 《贾岛诗集笺注》,第328页。
⑤ 《韦应物诗集系年校笺》卷八,第401页。
⑥ 《丁卯集笺证》,第318页。《全唐诗》卷五三八题作《谢亭送别》,第6136页。
⑦ 《岑嘉州诗笺注》,第317页。
⑧ 《全唐诗》卷一三一,第1337页。
⑨ 《全唐诗》卷五一八,第5919页。
⑩ (宋)陈岩肖:《庚溪诗话》,中华书局,1985年版,第14页。

三、相思情何已

别后必相思,相思本是一种复杂的心理活动,唐人却能寄情于自然景物,巧妙地将思念之情描画出来。王维最擅此道,其《送宇文太守赴宣城》云"何处寄相思,南风吹五两",五两是船家观测风向、风力的测风器,以五两鸡毛挂于高竿,重量很轻,稍有风吹即动,比喻相思之情敏感轻灵,满目皆是,触处伤情。《送友人归山歌二首》之二云"平芜绿兮千里,眇惆怅兮思君",一望无际的平野,处处绿草绵绵,写满惆怅愁思。《送沈子福归江东》云"唯有相思似春色,江南江北送君归"①,大江南北春色无处不在,如同相思无尽一往情深。许浑则是直接写水寄托相思,如《送从兄别驾归蜀》曰"当凭蜀江水,万里寄相思"②,从兄归蜀,蜀江水自然成为承载相思的媒介。皇甫冉则是写潮言思,《招隐寺送阎判官还江州》云"借问浔阳在何处,每看潮落一相思"③,何等深情啊!

风、云、星、月亦能传递相思,如朱放《秣陵送客入京》云:"日日相思处,江边杨柳风。"④古代有折柳相送的习俗,由杨柳风而生发出的相思之情可谓水到渠成。杜牧《送薛种游湖南》云"怜君片云思,一棹去潇湘"⑤,即言让天空中飘动的洁白云彩,带着我的思念,追随你到湖南潇湘,碧水白云的纯真友谊明丽感人。李冶《明月夜留别》云"别后相思人似月,云间水上到层城"⑥,托相思于明月,真是阔大的构思,天上人间水里,明月无处不在,相思何其无限。李频《送友人往太原》曰"别后相思夜,空看北斗愁"⑦,孟浩然《送王昌龄之岭南》云"意气今何在,相思望斗牛"⑧,天空的星宿普照大地,举目可望,可以化解离人之间的相思和别愁。陈翊《送别萧二》云"千里云天风雨夕,忆君不敢再登楼"⑨,婉转地诉说了几多思念。著名的王粲《登楼赋》抒发的是怀才不遇之悲、怀乡思归之情、建功立业之志,可见"忆君不敢再登楼"的蕴意何其深厚。

---

① 《王维诗注》,第 51、4、290 页。
② 《丁卯集笺证》,第 299 页。
③ 《全唐诗》卷二五〇,第 2832 页。
④ 《全唐诗》卷三一五,第 3540 页。
⑤ 《樊川文集校注》,第 428 页。
⑥ 《唐女诗人集三种》,第 17 页。
⑦ 《全唐诗》卷五八八,第 6820 页。
⑧ 《孟浩然诗集校注》卷二,第 266 页。
⑨ 《全唐诗》卷三〇五,第 3467 页。

相忆相思之情最多的当属李白,奇言妙语如珠落玉盘。其《送王屋山人魏万还王屋》云"黄河若不断,白首长相思",因相思而白头,情不自禁如黄河万里奔流不断。《泾川送族弟錞》云"寄情与流水,但有长相思",流水浩浩荡荡,相思没有止境。《送崔氏昆季之金陵》云"思君无岁月,西笑阻河梁",即使河桥阻隔,也无碍日日夜夜的思念。《送张舍人之江东》云"吴洲如见月,千里幸相思",人分千里外,望月寄相思,见月如见人。《宣城送刘副使入秦》云"无令长相思,折断杨柳枝"①,以折杨柳寄托思念,自是古之传统。《文镜秘府论》地卷《十七势》第十"含思落句势"云:

含思落句势者,每至落句,常须含思;不得令语尽思穷,或深意堪愁,不可具说。即上句为意语,下句以一景物堪愁,与深意相惬便道。仍须意出成感人始好。昌龄《送别》诗云:"醉后不能语,乡山雨霏霏。"②

可谓是对长忆相思结尾的艺术概括,日月风云、江河春草等自然景物,都是诗人表达相思的绝好媒介。

四、慰勉化别愁

宋人严羽《沧浪诗话·诗评》曰:

古人赠答,多相勉之词。苏子卿云:"愿君崇令德,随时爱景光。"李少卿云:"努力崇明德,皓首以为期。"刘公干云:"勉哉修令德,北面自宠珍。"杜子美云:"君若登台辅,临危莫爱身。"往往是此意。有如高达夫《赠王彻》云:"吾知十年后,季子多黄金。"金多何足道,又甚于以名位期人者。此达夫偶然漏逗处也。③

古人赠别多言慰勉之语,唐诗中亦不乏此类,有的泛泛而言,如"此别何伤远,如今关塞通"④,唐代社会交通发达,出行已相对便利,在当时具有普遍意义。有的针对具体情况,委婉体贴,给人以希冀。

当送别的对象为失意之人时,诗人总是极尽安慰鼓励,如王维《送綦毋潜落第还乡》曰"吾谋适不用,勿谓知音稀",劝勉綦毋潜莫要失望,身处盛世没有隐者,来年一定能金榜题名。诚如沈德潜所论:"反复曲折,使落第人

---

① 《李太白全集》,第 761、865、867、748、862 页。
② 《文镜秘府论》,第 42 页。
③ 《沧浪诗话校释》,第 205 页。
④ 《全唐诗》卷八一一《送人游闽越》,第 9142 页。

绝无怨尤。"①贾岛《送别》二首之一云"素琴弹复弹,会有知音知"②,勉励未得意且低眉者,相信总会遇到知音的。张九龄《送韦城李少府》云"相知无远近,万里尚为邻"③,许浑《送王总下第归丹阳》云"凭寄家书为回报,旧乡还有故人知"④,皆是以相知理解宽慰友人,正是知音难求、伯乐难遇的反映。王勃《送杜少府之任蜀州》云"无为在歧路,儿女共沾巾",早已成为大丈夫四海为家的励志名言,高适《别董大》云"莫愁前路无知己,天下谁人不识君",亦是豪情满怀的壮士警句。高适送别诗中极多振奋人心的结语,其《送李少府贬峡中王少府贬长沙》云"圣代即今多雨露,暂时分手莫踌躇",与王维云"圣代无隐者,英灵尽来归",如出一辙,可谓英雄所见略同。其《送郑侍御谪闽中》云"自当逢雨露,行矣慎风波",雨露恩泽总有时,风波过后见彩虹。又《夜别韦司士》云"莫怨他乡暂离别,知君到处有逢迎",诚如邢昉《唐定风》卷十六所言:"跌荡开爽,不为法度所局。"⑤

送别出征之人的送别诗,则以立功建业相祝勉,如陈子昂《送魏大从军》曰"勿使燕然上,独有汉臣功"⑥,祝愿魏大英勇作战,取得像汉将一样的功绩。王维《送刘司直赴安西》云"当令外国惧,不敢觅和亲"⑦,希望友人建立大功,显扬国威。《送平澹然判官》又云:"须令外国使,知饮月氏头。"借用典故激励友人震慑敌人。"匈奴破月支王,以其头为饮器,今借来活用。"⑧李白的《送外甥郑灌从军三首》结语分别写道:

　　丈夫赌命报天子,当斩胡头衣锦回。
　　破胡必用龙韬策,积甲应将熊耳齐。
　　斩胡血变黄河水,枭首当悬白鹊旗。⑨

诗人勉励外甥郑灌效忠天子,誓死抗敌。其《送梁公昌从信安王北征》云"旋应献凯入,麟阁伫深功",《送张秀才从军》云"当令千古后,麟阁著奇勋"⑩,鼓励张秀才和梁公昌凯旋,流名千古。杨巨源《卢龙塞行送韦掌记二

---

① 《唐诗别裁集》卷一,第13页。
② 《贾岛诗集笺注》,第35—36页。
③ 《张九龄集校注》卷三,第206页。
④ 《丁卯集笺证》,第208页。
⑤ 《高适诗集编年笺注》,第85、340、183、184页。
⑥ 《陈子昂诗注》,第134页。
⑦ 《王维诗注》,第153页。
⑧ 《唐诗别裁集》卷九,第139页。
⑨ 《李太白全集》卷十七,第810—811页。
⑩ 同上,第815、817页。

首》其二曰"圣主好文兼好武,封侯莫比汉皇年"①、权德舆《献岁送李十兄赴黔中酒后绝句》云"志士感恩无远近,异时应戴惠文冠"②,亦皆是祝福友人赢得美好名声。顾况《送从兄使新罗》云:"封侯万里外,未肯后班超。"沈德潜评曰:"结得有力。风骨未高,才情焕发。"③此类以劝勉激励为能事的结语,感情爽朗,斗志昂扬,广受喜爱。

五、规诫动真情

忠言逆耳利于行,但有时却很难为人接受,唐代送别诗的结尾却有许多给人以警醒的规诫,情真意切,令人动容,值得借鉴。有的劝人珍惜时间,如李颀《送魏万之京》云"莫见长安行乐处,空令岁月易蹉跎"。俞陛云评曰:

> 收句谓此去长安,当以功名自奋,勿以游乐自荒,绕朝赠策,犹有古风。④

沈德潜亦曰:

> 结意勉以立功,若曰勿以长安为行乐之地,而蹉跎无成也。⑤

綦毋潜《送章彝下第》曰:"三十名未立,君还惜寸阴。"⑥亦是劝人珍惜年轮,寸金难买寸光阴,时光是成功的保证,乃千古至理。

有的婉言提醒赴任者摄政要清廉谨慎,要有所作为,如岑参《送张子尉南海》云"此乡多宝玉,慎莫厌清贫"。沈德潜论曰:

> 著眼起结。唐人结意虚词游衍者多,此种规讽有体。讽以不贪,而云"勿厌清贫",忠告善道,自宜尔尔。⑦

劝诫友人不贪宝玉,莫厌清贫。许浑《送沈卓少府任江都》云"少年作尉须兢慎,莫向楼前坠马鞭"⑧,警醒友人谨慎为官。戴叔伦《送前上饶严明府摄玉山》云"更将旧政化邻邑,遥见逋人相逐还"⑨,希望严明府革弊除旧,倡导善风,吸引民众回归家乡,因玉山的老百姓多有外逃。白居易《送考功崔郎

---

① 《全唐诗》卷三三三,第 3736 页。
② (唐)权德舆撰,郭广伟校点:《权德舆诗文集》,上海古籍出版社,2008 年版,第 66 页。
③ 《唐诗别裁集》卷十八,第 243 页。
④ 《诗境浅说》,第 61 页。
⑤ 《唐诗别裁集》卷十三,第 185 页。
⑥ 《全唐诗》卷一三五,第 1369 页。
⑦ 《唐诗别裁集》卷十,第 144 页。
⑧ 《丁卯集笺证》,第 232 页。
⑨ 《戴叔伦诗文集笺注》,第 301 页。

中赴阙》云:"青云上了无多路,却要徐驱稳著鞭。"宋人黄彻《䂮溪诗话》卷八论曰:"余谓新进少年躁锐不已,往往自取倾覆,此诗可谓忠诲矣。"①《唐宋诗醇》御评曰:"规戒深挚。"②也有的是为继任者树立榜样,指明方向,殷切教诲,如王维《送梓州李使君》曰:"文翁翻教授,不敢倚先贤。"沈德潜论曰:

> 结意言时之所急在征戍,而文翁治蜀,翻在教授,准之当今,恐不敢倚先贤也。然此亦须活看。③

文翁是蜀地的贤官,值得效法学习,但也要灵活。其《送邢桂州》云:"明珠归合浦,应逐使臣星。"④告诫邢桂州亲善爱民,勿贪珠宝,效法前贤。《后汉书》卷七十六《循吏传·孟尝传》云:"迁合浦太守。郡不产谷实,而海出珠宝,与交阯比境,常通商贩,贸籴粮食。先时宰守并多贪秽,诡人采求,不知纪极,珠遂渐徙于交阯郡界。于是行旅不至,人物无资,贫者饿死于道。尝到官,革易前敝,求民病利。曾未逾岁,去珠复还,百姓皆反其业,商货流通,称为神明。"⑤还有的是婉转劝说官员放弃酷刑,施行仁政,如吕温《道州将赴衡州酬别江华毛令》云"明朝别后无他嘱,虽是蒲鞭也莫施"⑥,叮嘱毛县令要体恤民情,不要对百姓动辄用刑,鞭子就算蒲草做的也会伤人。可能毛县令喜好刑法,吕温才在离别时谆谆叮嘱。对归隐之士,诗人亦有奉劝,裴迪《送崔九》云"莫学武陵人,暂游桃源里",俞陛云《诗境浅说》评曰:

> 临别赠言,令人增朋友之重。戒人游冶者,则云"莫向临邛去";勉人节操者,则云"慎勿厌清贫"。此诗送人归隐,则云"莫学武陵人",良以言行相顾,事贵实践。若高谈肥遁,恐在山泉水,瞬为出岫行云矣。⑦

真知灼见也。唐代士人有隐居终南山以求被征,走"终南捷径"的现象,裴迪之语直白诚恳,讽戒切实。皎然《送胜云小师》云"少年道性易流动,莫遣秋风入别情"⑧,则颇富意趣,小师必能心领神会引以为戒。

郑谷《淮上与友人别》云"数声风笛离亭晚,君向潇湘我向秦",言在此

---

① 《历代诗话续编》,第384页。
② (清)乾隆:《唐宋诗醇》卷二十六,中国三峡出版社,1997年版,第549页。
③ 《唐诗别裁集》卷九,第139页。
④ 《王维诗注》,第160页。
⑤ 《后汉书》,第2473页。
⑥ 《全唐诗》卷三七〇,第4162页。
⑦ 《诗境浅说》,第126页。
⑧ 《全唐诗》卷八一九,第9238页。

而意在彼。沈德潜评曰:"落句不言离情,却从言外领取。"①李颀《别梁锽》云"去去沧波勿复陈,五湖三江愁杀人"②,寓于沧桑之感。沈德潜评曰:"结有世路风波意,非专言江湖难涉也。"③皇甫冉《送康判官往新安得江路西南永》云"何须愁旅泊,使者有辉光",以理胜情。方回论曰:"唐人诗,多前六句说景物,末两句始以精思议论结裹。亦一体也。"④这些不拘一格的结尾方式,展现了唐人珍重别离的才华和情思。

唐代送别诗的起笔和结语气势非凡,异响独到,自然引人瞩目。此外,关于送别诗的整体写作模式,前人也有总结,如崔鲁《送友人归武陵》云:

闻道桃源住,无村不是花。戍旗招海客,庙鼓集江鸦。
别岛垂橙实,闲田长荻芽。游秦未得意,看即便离家。

方回评论曰:"此八句俱有思致。前二句唱起题目,中四句俱言景物,末二句微立议论情思缴之。此又一格。"⑤这种结构模式对许多送别诗都很适用,其中的变化只在于具体的人、事、景、感的不同。元代杨载《诗法家数·赠别》谓赠别诗作法云:"第一联叙题意起。第二联合说人事,或叙别,或议论。第三联合说景,或带思慕之情,或说事。第四联合说何时再会,或嘱咐,或期望。于中二联,或倒乱前说亦可,但不可重复,须要次第。末句要有规警,意味渊永为佳。"⑥这一分析极其中肯,具有普遍意义。要而言之,唐代不同风格的诗人,发挥自己的才思,推陈翻新出了多姿多彩独具风貌的送别诗,不仅是律诗形式,其他歌行、排律、乐府等体裁,也被诗人们运用得流畅自然,令人击掌赞绝。

---

① 《唐诗别裁集》卷二十,第 276 页。
② 《李颀诗评注》,第 160 页。
③ 《唐诗别裁集》卷五,第 80 页。
④ 《瀛奎律髓汇评》卷二十四《送别类》,第 1036 页。
⑤ 同上,第 1046 页。
⑥ 《历代诗话》,第 734 页。

第四章 唐代送别诗多姿多彩的感人意象

"意象"是诗歌最常用的术语,导源于先秦《周易》,萌生于汉代解经释骚的比兴说,发展于六朝的文论,成熟于唐代的评论家和诗人。唐代的格律诗,"在古体诗的母体中孕育出来随后又取而代之,成为中国古代诗歌之代表的近体诗,在意象创造方面,也在继承前者的基础上取得重大发展,成为中国诗歌艺术乃至整个文学艺术的典范"①。意象是主观情意和客观物象的统一,二者融为一体成为古典诗歌中最具审美意味的元素,也是阅读鉴赏古诗的媒介。唐代送别诗中的意象不仅极其富赡,而且颇具特色,诸如杨柳、青草、高山、流水、歧路、驿亭、阳关、古道、北梁、南浦、古渡、片帆、征马、明月、夕阳、浮云、丝雨、美酒、孤蓬、黄鹤、眼泪等,这些能引发人们丰富联想的审美意象凝合在一起,共同构筑了送别诗别离主题的经典意境。倘若对这些意象择要进行梳理统观,并结合送别诗的发生、形成及其意义进行分析,又可以分为自然意象、修辞意象、原型意象、组合意象等几个大类。

第一节 自 然 意 象

诗人对意象的选择总是和其生产生活经验分不开,中国古代农业型生存环境培育了人们对自然物象的敏感和认同,诸如明月、白云、雨珠、青草、禽鸟等,常常令诗人触景生情,浮想联翩,因而在送别诗中被比附为各种离情别绪,成为典型送别意象。

一、离离无限草,随君自有情

"王孙游兮不归,春草生兮萋萋",出自《楚辞》淮南小山《招隐士》,诗人

---

① 陈植锷:《诗歌意象论》,中国社会科学出版社,1990年版,第89—90页。

将游子外出和萋萋春草相连并置，赋予春草以思人之意。汉乐府《饮马长城窟行》又曰"青青河边草,绵绵思远道",江淹《别赋》继曰"春草碧色,春水渌波。送君南浦,伤如之何"①,李白《灞陵行送别》曰"送君灞陵亭,灞水流浩浩。上有无花之古树,下有伤心之春草"②,白居易《赋得古原草送别》曰"离离原上草,一岁一枯荣。野火烧不尽,春风吹又生。远芳侵古道,晴翠接荒城。又送王孙去,萋萋满别情"③。于是以萋萋青草比拟感伤别离逐渐定型,后来李煜《清平乐》径云"离恨恰似春草,更行更远还生"④,可谓画龙点睛之妙笔。

白居易认为草意象"萋萋满别情",殷文圭《春草碧色》曰"萋萋如恨别"⑤,萋萋青草在离人看来满目皆情。诗人中刘长卿非常善于写草将意,《送李判官之润州行营》云：

  万里辞家事鼓鼙,金陵驿路楚云西。江春不肯留行客,草色青青送马蹄。

寄草送人,颇有情致。俞陛云评曰：

  言草色青青,无情送客,若江春之不肯留行。就诗句论之,有春草碧色,送君南浦之思。⑥

其《淮上送梁二恩命追赴上都》曰"故关无去客,春草独随君",《发越州赴润州使院留别鲍侍御》曰"江南江北春草,独向金陵去时",《奉钱郎中四兄罢余杭太守承恩加侍御史充行军司马赴汝南行营》曰"离心在何处,芳草满吴宫",《别严士元》曰"日斜江上孤帆影,草绿湖南万里情",《奉送裴员外赴上都》曰"离心秋草绿,挥手暮帆开"⑦,写尽大江南北的四季青草,为友人送去无限深情。其他诗人如李冶《送阎二十六赴剡县》云"离情遍芳草,无处不萋萋"⑧,皎然《送侯秀才南游》云"芳草随君自有情,不关山色与猿声"⑨,韩翃《送寿州陈录事》云"开帘对芳草,送客上春洲"⑩,郎士元《送王司马赴润

---

① 《文选》,第755页。
② 《李太白全集》卷十七,第796页。
③ 《白居易诗集校注》卷十三,第1042页。
④ （南唐）李煜著,王晓枫解评：《李煜集》,山西古籍出版社,2004年版,第43页。
⑤ 《全唐诗》卷七〇七,第8137页。
⑥ 《诗境浅说》,第201页。
⑦ 《刘长卿诗编年笺注》,第499、314、134、126、257页。
⑧ 《唐女诗人集三种》,第15页。
⑨ 《全唐诗》卷八一八,第9224页。
⑩ 《全唐诗》卷二四四,第2740页。

州》云"离心逐春草,直到建康城"①,刘商《送豆卢郎赴海陵》云"看取海头秋草色,一如江上别离心"②,李嘉祐《送朱中舍游江东》云"若到西陵征战处,不堪秋草自伤魂"③,李益《送贾校书东归寄振上人》云"秋草不堪频送远,白云何处更相期"④,卢纶《送李端》云"故关衰草遍,离别自堪悲"⑤,张祜《富阳道中送王正夫》云"何堪衰草色,一酹送王孙"⑥,皇甫冉《送李万州赴饶州觐省》云"无限青青草,王孙去不迷"⑦等,众多诗人藉草慰行抒写离情,显示了平凡青草意象的为人喜爱。

岑参《稠桑驿喜逢严河南中丞便别》曰"离心且莫问,春草自应知"⑧,春草意象有期待思念盼归的意味,游子见春草亦是情不自堪。明人谢榛《四溟诗话》卷二曰:

> 淮南王曰:"王孙游兮不归,春草生兮萋萋。"陆机曰:"芳草久已茂,佳人竟不归。"谢朓曰:"春草秋更绿,公子未西归。"王维曰:"春草年年绿,王孙归不归。"诗人往往沿袭淮南之语,而无新意。⑨

"春草年年绿"暗示的是时间的更替和延续,春天给人以希望,理想期待油然而生,一如李白《送赵判官赴黔府中丞叔幕》所云"东风春草绿,江上候归轩"⑩,皇甫冉所云"青青草色绿,终是待王孙"⑪,刘长卿《赠别卢司直之闽中》所云"岁岁王孙草,空怜无处期"⑫。若是不得相见,便生思念怨恨,如许浑《送友人归荆楚》云"竹斑悲帝女,草绿怨王孙"⑬,耿湋《送张侍御赴郴州别驾》"王孙对芳草,愁思杳无涯"⑭,灵一《送殷判官归上都》云"别后王孙草,青青入梦思"⑮,雍陶《送于中丞使北蕃》云"来春拥边骑,新草满归程"⑯,朱

---

① 《全唐诗》卷二四八,第2784页。
② 《全唐诗》卷三〇四,第3460页。
③ 《全唐诗》卷二〇七,第2162页。
④ 《李益集注》,第157页。
⑤ 《卢纶诗集校注》卷五,第481页。
⑥ 《全唐诗》卷五一〇,第5801页。
⑦ 《全唐诗》卷二五〇,第2815页。
⑧ 《岑嘉州诗笺注》卷三,第571页。
⑨ 《历代诗话续编》,第1159页。
⑩ 《李太白全集》卷十八,第853页。
⑪ 《全唐诗》卷二四九《答张諲刘方平兼呈贺兰广》,第2800页。
⑫ 《刘长卿诗编年笺注》,第357页。
⑬ 《丁卯集笺证》,第104页。
⑭ 《全唐诗》卷二六八,第2978页。
⑮ 《全唐诗》卷八〇九,第9128页。
⑯ 《全唐诗》卷五一八,第5918页。

放《毗陵留别》云"白发将春草,相随日日生"①,或者怨,或者愁,或者梦,或者约,甚至白发生,莫不是殷切思念的表现。秋草枯黄令人感伤,亦能引发思归之情,李嘉祐《送评事十九叔入秦》即云"白露沾蕙草,王孙转忆归"②,草无言,人有情。

人生送别的频繁一如小草般平凡,极不显眼的小草,有着"春风吹又生"的不息生命力,且能不择环境绵延不绝,因而赢得了诗人的青睐,唐人寄寓送别之情于青草的审美心理,形成了送别诗中草意象的文化传统,丰富古典诗歌中多姿多彩的草意象。③

二、白云天际浮,千里常相见

云意象在唐代送别诗中具有多种况味,结合其形象及本质特点,白云、浮云、行云、片云、暮云、春云、秋云、海上云等,被寄寓了不同的离情别绪和人格思想。如李白《白云歌送刘十六归山》曰:

楚山秦山皆白云,白云处处长随君。
长随君,君入楚山里,云亦随君渡湘水。
湘水上,女萝衣,白云堪卧君早归。④

刘十六欲归隐湖南,李白于长安相送,歌咏白云如影相随友人,既暗合了归山的主题,又赞美友人品格高洁,结尾巧妙地表达了相思情怀。沈德潜评曰:"随手写去,自然流逸。"⑤朱放《别同志》云"唯有白云心,为向东山月"⑥,以"白云心"明言隐逸山林,表白情怀,告别同志。

李白《送友人》云"浮云游子意,落日故人情"⑦,仰望天空,白云飘浮,离人情不自禁思家念亲。骆宾王《送郭少府探得忧字》云:

开筵枕德水,辍棹舣仙舟。贝阙桃花浪,龙门竹箭流。
当歌凄别曲,对酒泣离忧。还望青门外,空见白云浮。

骆祥发点评云:

"还望"二句:言回望长安,心头涌起无限思亲之情。青门:长安

---

① 《全唐诗》卷三一五,第 3541 页。
② 《全唐诗》卷二〇七,第 2161 页。
③ 许智银:《唐代送别诗的自然意象》,《贵州社会科学》2009 年第 4 期。
④ 《李太白全集》卷七,第 408 页。
⑤ 《唐诗别裁集》,第 91 页。
⑥ 《唐才子传校笺》卷五《朱放》,第 347 页。
⑦ 《李太白全集》卷十八,第 837 页。

东南门,代指帝京,也是诗人居家之所。《畴昔篇》云:"我住青门外,家临素浐滨。"可证。白云浮:喻思亲。①

因送人而生发思乡思亲之情,以白云飘浮比喻思亲,在送别诗中比比皆是,成为时人共识。《大唐新语》卷六《举贤》记载:

  (阎立本)特荐(狄仁杰)为并州法曹。其亲在河阳别业,仁杰赴任于并州,登太行,南望白云孤飞,谓左右曰:"吾亲所居,近此云下。"悲泣伫立久之,候云移乃行。②

白云自由浮动,引发游子思亲,此为一端。浮云无处不到,相思无处不在,是为又一端。如戴叔伦《别张员外》云"临风自笑归时晚,更送浮云逐故人"③,张说《石门初杨六钦望》云"潮水东南落,浮云西北回"④,孟浩然《适越留别谯县张主簿申屠少府》云"别后能相思,浮云在吴会"⑤,高适《送虞城刘明府谒魏郡苗太守》云"长路出雷泽,浮云归孟诸"⑥,李白《对雪奉饯任城六父秩满归京》云"独用天地心,浮云乃吾身"⑦。诗人借助浮云追逐行人,满是别离深情。

白云以其纯洁被用来象征朋友间的深厚情谊,岑参《虢州后亭送李判官使赴晋绛》云"君去试看汾水上,白云犹似汉时秋"⑧,表白友情地久天长,不因分隔而淡薄。陈陶《送谢山人归江夏》曰"携琴一醉杨柳堤,日暮龙沙白云起"⑨,张南史《送司空十四北游宋州》曰"白云愁欲断,看入大梁飞"⑩,莫不是寄离愁于白云,随君直到目的地。皇甫冉《送魏十六还苏州》云"归舟明日毗陵道,回首姑苏是白云",唐汝询评曰:

  于是回首而望姑苏,所睹者白云耳。想念之无已也。⑪

回首所见唯白云,思念无已情无极。崔曙《对雨送郑陵》曰"寄心海上云,千里常相见"⑫,天高海阔,云行万里,心近即比邻。在送僧道之人的送别诗中,白云似乎也沾染了仙道神气,如贾至《送王道士还京》曰"一片仙云入帝

---

① 《骆宾王诗评注》,第 147—148 页。
② (唐)刘肃撰,许德楠、李鼎霞点校:《大唐新语》,中华书局,1984 年版,第 92 页。
③ 《戴叔伦诗文集笺注》,第 306 页。
④ 《张燕公集》卷三,第 29 页。
⑤ 《孟浩然诗集校注》卷一,第 94 页。
⑥ 《高适诗集编年笺注》,第 120 页。
⑦ 《李太白全集》卷十六,第 777 页。
⑧ 《岑嘉州诗笺注》卷七,第 768 页。
⑨ 《全唐诗》卷七四六,第 8491 页。
⑩ 《全唐诗》卷二九六,第 3358 页。
⑪ (明)唐汝询选释,王振汉点校:《唐诗解》,河北大学出版社,2001 年版,第 710 页。
⑫ 《全唐诗》卷一五五,第 1601 页。

乡,数声秋雁至衡阳"①,于邺《送魏山韦处士》(一作《送田处士西游》)云"一片云飞去,嵯峨空魏山"②,皎然《酬别襄阳诗僧少微》云"别后须相见,浮云是我身"③,一片片白云空灵飞动,呈现出浓郁的隐逸文化色彩。

云的飘浮不定最容易触发人们的别离伤感,因此送别诗中多以云起兴赋比。武后时,令一七岁女子作《送兄》诗,女童应声而成,曰:

> 别路云初起,离亭叶正飞。所嗟人异雁,不作一行归。④

云起叶飞,离人分道扬镳,贴切自然,极有韵致。岑参《送梁判官归女几旧庐》开端赋曰"女几知君忆,春云相送归"⑤,言春云相随伴君回。郎士元《送别》起首即云"穆陵关上秋云起,安陆城边远行子"⑥,借秋云送别行人。刘禹锡《送廖参谋东游二首》开篇感慨"九陌逢君又别离,行云别鹤本无期"⑦,以行云不常,叹人生无奈别离。吕温《吐蕃别馆送杨七录事先归》起笔即言"愁云重拂地,飞雪乱遥程"⑧,以云愁沉重,喻感情深厚。诗人有时也将白云、浮云与送别人事情景相融合,直陈赋笔,委婉言别。如朱晦《秋日送别》曰"荒郊古陌时时断,野水浮云处处秋"⑨,朱放《送温台》曰"眇眇天涯君去时,浮云流水自相随"⑩,白居易《赠别杨颖士卢克柔殷尧藩》曰"倦鸟暮归林,浮云晴归山"⑪,宋之问《送司马道士游天台》云"羽客笙歌此地违,离宴数处白云飞"⑫,情景相映,别有风味。

刘长卿《颍川留别司仓李万》曰"白云西上催归念,颍水东流是别心"⑬,悠悠白云情不尽,飘飘浮云引离思,四季行云变化无穷,如同人生聚散离合之倏忽不定。

三、明月白皓皓,当空照离人

施闰章《蠖斋诗话》卷上《月诗》云:

---

① 《全唐诗》卷二三五,第 2598 页。
② 《全唐诗》卷七二五,第 8314 页。
③ 《全唐诗》卷八一八,第 9217 页。
④ 《全唐诗》卷七九九,第 8983 页。
⑤ 《岑嘉州诗笺注》卷三,第 587 页。
⑥ 《全唐诗》卷二四八,第 2791 页。
⑦ 《刘禹锡全集编年校注》,第 617 页。
⑧ 《全唐诗》卷三七一,第 4167 页。
⑨ 《全唐诗》卷七七七,第 8802 页。
⑩ 《全唐诗》卷三一五,第 3543 页。
⑪ 《白居易诗集校注》卷九,第 763 页。
⑫ 《沈佺期宋之问集校注》,第 400 页。
⑬ 《刘长卿诗编年笺注》,第 73 页。

浩然"沿月棹歌还""招月伴人还""沿月下湘流""江清月近人",并妙于言月。右丞"松际露微月,清光犹为君",老杜"卷帘还照客,倚杖更随人",说出性情;"江月去人止数尺",尤趣,不容更着一语。陆畅《山斋玩月》云:"野性平生惟好月,新晴夜半睹婵娟。起来自擘书窗破,恰露清光到枕前。"别有风致可想。①

以上所举皆唐人咏月诗句,笔力确实不凡。同样,唐人送别诗中的月亮意象也被赋予了新的情思和意蕴,提升了送别诗的艺术魅力。

陈昭《相和歌辞·昭君词》云"唯有孤明月,犹能远送人"②,孟郊《古别曲》云"处处得相随,人那不如月"③,确乎如此也。在有月亮的夜晚依依相送,别有情调,尤为诗人钟爱,如杨炯《夜送赵纵》云:

　　赵氏连城璧,由来天下传。送君还旧府,明月满前川。

《唐诗解》曰:

　　赵纵名闻天下久矣,君还府亦如璧之返国,想见光辉难掩,当如明月之满前川也。借咏赵璧,因此姓云。④

诗人以赵国和氏璧价值连城比喻赵纵才华横溢,明月映照河川,既是纯真友情象征,又是祝福一路平安。王勃送别诗中多处写月,《江亭夜月送别二首》云:

　　江送巴南水,山横塞北云。津亭秋月夜,谁见泣离群。
　　乱烟笼碧砌,飞月向南端。寂寂离亭掩,江山此夜寒。

《秋江送别二首》一云"早是他乡值早秋,江亭明月带江流"⑤,江边明月夜的送别背景,使离情别绪显得缠绵朦胧。陈子昂《春夜别友人二首》一云"明月隐高树,长河没晓天",一云"紫塞白云断,青春明月初"⑥,借月亮的变化暗示时间的流逝,隐含珍惜别离之意。女诗人李冶《明月夜留别》曰:

　　离人无语月无声,明月有光人有情。别后相思人似月,云间水上到层城。⑦

---

① 《清诗话》,第392页。
② 《全唐诗》卷一九,第214页。
③ 《孟郊诗集笺注》卷二,第51页。
④ 《唐诗解》,第454页。
⑤ 《王勃集》卷三,第31、34页。
⑥ 《陈子昂诗注》,第112页。
⑦ 《唐女诗人集三种》,第17页。

此时无声胜有声,静悄悄的明月伴随离人无处不在,如同人虽无语而情自真。踏月送人,沐浴光华,相伴而行,浪漫而又温馨,初唐丁仙芝《余杭醉歌赠吴山人》曰"酒后留君待明月,还将明月送君回"①,严维《送人入金华》曰"明月双溪水,清风八咏楼"②,沈彬《送人游南海》曰"白烟和月藏峦洞,明月随潮入瘴村"③,高适《别韦五》曰"夏云满郊甸,明月照河洲"④,皎然《送灵澈》曰"千里万里心,只似眼前月"⑤,川河万古流,江湖明月多,人生别离难。

借月言情,望月思人,以月景结篇,是送别诗常用的手法,邵谒《送友人江行》曰"梦魂如月明,相送秋江里"⑥,许浑《凌歊台送韦秀才》云"故山迢递故人去,一夜月明千里心"⑦,韦庄《送日本国僧敬龙归》云"此去与师谁共到,一船明月一帆风"⑧,月明是魂梦相随,月明是相伴千里之心,明月是祝愿一帆风顺。孟郊《古怨别》云"别后唯所思,天涯共明月"⑨,《别妻家》又云"孤云目虽断,明月心相通"⑩,明月亘古如一,如明镜般高悬天空,化解了离人因地域阻隔而生的相思痛苦。戴叔伦《送别钱起》云"后夜同明月,山窗定忆君"⑪,王维《送杨长史赴果州》亦云"别后同明月,君应听子规"⑫,皆是以共赏明月慰藉离情,略作宽语。李白的浪漫情怀亦表现于善借明月,《窜夜郎于乌江留别宗十六璟》曰"遥瞻明月峡,西去益相思",《送祝八之江东》曰"若到天涯思故人,浣纱石上窥明月",《送张舍人之江东》云"吴洲如见月,千里幸相思"⑬,莫不是睹月思人,率直潇洒。李峤曰"他乡有明月,千里照相思"⑭,正是人们遥望明月的心理独白。罗邺《秋别》结语问道"青楼君去后,明月为谁圆"⑮,孟贯《春江送人》结尾亦问"谁共观明月,渔歌夜好听"⑯,反映了

---

① 《全唐诗》卷一一四,第1156页。
② 《全唐诗》卷二六三,第2915页。一作《赠别东阳客》。
③ 陈尚君:《全唐诗补编》(上册)《全唐诗续补遗》卷十一,中华书局,1992年版,第468页。
④ 《高适诗集编年笺注》,第50页。
⑤ 《全唐诗》卷八一八,第9225页。
⑥ 《全唐诗》卷六〇五,第6993页。
⑦ 《丁卯集笺证》,第149页。
⑧ 齐涛:《韦庄诗词笺注》,山东教育出版社,2002年版,第60—61页。
⑨ 《孟郊诗集笺注》卷二,第51页。
⑩ 《孟郊诗集笺注》卷八,第410页。
⑪ 《戴叔伦诗文集笺注》,第41页。
⑫ 《王维诗注》,第159页。
⑬ 《李太白全集》,第730、819、265页。
⑭ 《全唐诗》卷五八《送崔主簿赴沧州》,第694页。
⑮ 《全唐诗》卷六五四,第7530页。
⑯ 《全唐诗》卷七五八,第8620—8621页。

月圆人缺的遗憾。这种描写月景的结语,戛然而止却给人以无限遐思,如骆宾王《送吴七游蜀》云"唯有当秋月,空照野人园"①,严巙《别宋侍御》云"春风万里别,明月两乡孤"②,丘丹《和韦使君听江笛送陈侍御》云"月落车马散,悽恻主人情"③,刘长卿《送姨弟之南郡》云"何处共伤离别心,明月亭亭两相向"④,活画出了离人的怅然落寞,伤感孤寂,不禁感慨"明年今夜有明月,不是今年看月人"⑤。

送别诗中将月意象发挥到极致的当属王昌龄,《芙蓉楼送辛渐二首》其二曰"高楼送客不能醉,寂寂寒江明月心"⑥,借明月言表衷心,相知深厚。《送窦七》云:

> 清江月色傍林秋,波上荧荧望一舟。鄂渚轻帆须早发,江边明月为君留。⑦

明月为君而留,何其痴心。《送李十五》云"天长杳无隔,月影在寒水",《送张四》云"别后冷山月,清猿无断时",《送人归江夏》云"晓夕双帆归鄂渚,愁将孤月梦中寻",《送柴侍御》云"青山一道同云雨,明月何曾是两乡",《送胡大》云"何处遥望君,江边明月楼"⑧,寄托情思于明月,化解无限离愁别恨。月有阴晴圆缺,一如人有聚散离合,月亮意象满足了人们"物我合一"的文化心理,为传统送别诗增添了审美的色彩。

四、萧萧满天雨,凄凄别离心

"风流云散,一别如雨",是王粲《赠蔡子笃》一诗的名句,汉魏之际乱离多阻,导致人们对别离倍感愁苦。云雨如别在唐代送别诗中被继续发挥,雨意象既指自然的雨,更是别具情调的雨,承担起了别离文化的各种思想和意念。宋人张戒《岁寒堂诗话》卷上《秦州杂诗》云:

> "长江风送客,孤馆雨留人",此晚唐佳句也。然子美"塞门风落木,客舍雨连山",则留人送客不待言矣。⑨

---

① 《骆宾王诗评注》,第 173 页。
② 《全唐诗补编》(上册)《补全唐诗》严巙一首,中华书局,1992 年版,第 43 页。
③ 《全唐诗》卷三〇七,第 3481 页。
④ 《刘长卿诗编年笺注》,第 62 页。
⑤ 《全唐诗》卷六五三方干《与徐温话别》,第 7500 页。
⑥ 《王昌龄集编年校注》,第 150—151 页。
⑦ 同上,第 162 页。
⑧ 同上,第 202、111、113、177、110 页。
⑨ 《历代诗话续编》,第 469 页。

"长江风送客,孤馆雨留人"①,为贾岛之句,虽不如杜甫"塞门风落木,客舍雨连山"含蓄有致,但都说明雨意象有留客的象征,为雨中话别平添了许多温情,如韦应物《赋得暮雨送李胄》曰:

　　楚江微雨里,建业暮钟时。漠漠帆来重,冥冥鸟去迟。
　　海门深不见,浦树远含滋。相送情无限,沾襟比散丝。②

通篇就是一幅烟雨送客图,远望景色迷蒙,近看离人恍惚,结尾点明相送情深,泪如雨下。崔曙《对雨送郑陵》曰:

　　别愁复经雨,别泪还如霰。寄心海上云,千里常相见。③

亦是别泪如雨,相思无已。卢纶《送韦判官得雨中山》曰:

　　前峰后岭碧濛濛,草拥惊泉树带风。人语马嘶听不得,更堪长路在云中。④

风雨交加势必带来旅途艰难,字里行间充满了对友人的关切。白居易《西河雨夜送客》曰:

　　云黑雨翛翛,江昏水暗流。有风催解缆,无月伴登楼。
　　酒罢无多兴,帆开不少留。唯看一点火,遥认是行舟。⑤

雨夜行船,怎能不令人担忧,写景中含情,遥望其实是相思。长孙佐辅《南中客舍对雨送故人归北》曰:

　　猿声啾啾雁声苦,卷帘相对愁不语。
　　几年客吴君在楚,况送君归我犹阻。
　　家书作得不忍封,北风吹断阶前雨。⑥

客中送客又逢雨,行程因之受阻,心中的不堪可想而知。但也有不恼怒因雨滞留的,贞元僧人善生《送智光之南值雨》云:

　　结束衣囊了,炎州定去游。草堂方惜别,山雨为相留。
　　又得一宵话,免生千里愁。莫辞重卜日,后会必经秋。⑦

---

① 《贾岛诗集笺注》,第390页。
② 《韦应物诗集系年校笺》卷七,第367页。
③ 《全唐诗》卷一五五,第1601页。
④ 《卢纶诗集校注》卷五,第560页。
⑤ 《白居易诗集校注》卷十六,第1328—1329页。
⑥ 《全唐诗》卷四六九,第5333页。
⑦ 《全唐诗》卷八二三,第9274页。

虽然下雨造成不便行走，但因此又可以和朋友多聊一宿，岂不美哉！耿湋《雨中留别》曰：

　　　　东西无定客，风雨未休时。悯默此中别，飘零何处期。①

人生漂泊一如风雨飘零，出行的人风雨无阻，触处生情，正像皎然《赋得夜雨滴空阶送陆羽归龙山》所云"闲阶夜雨滴，偏入别情中"②，武元衡《夏日别卢太卿》（一作《江津对雨送卢侍御》）所云"叶舟烟雨夜，之子别离心"③，离人眼中的雨，总是滴滴皆有情。

　　有的送别诗题目中虽没有突出雨中送别，但从诗句中可以看出是冒雨而行，其中的雨意象情思绵长，凄恻动人。如孟浩然《送王大校书》曰"云雨从兹别，林端意渺然"④，陈子昂《落第西还别魏四懔》云"离亭暗风雨，征路入云烟"⑤，皎然《于武原从送卢士举》曰"大泽云寂寂，长亭雨凄凄"⑥，刘长卿《赴江西湖上赠皇甫曾之宣州》云"东西潮渺渺，离别雨萧萧"⑦，常建《送陆擢》云"九月湖上别，北风秋雨寒"⑧，这些雨意象或暗或寒，或萧萧凄凄，无不是离人心境的折射，是珍惜别离的摹写。雨中以酒饯行，个中各有况味，徐坚《饯许州宋司马赴任》是"断烟伤别望，零雨送离杯"⑨，岑参《陕州月城楼送辛判官入奏》是"樽前遇风雨，窗里动波涛"⑩，李颀《送刘方平》是"别离斗酒心相许，落日青郊半微雨"⑪，离人对雨相向，借樽酒慰离颜，酒入愁肠化作了相思泪。雨中睹物所感也会不同，如郑锡《送客之江西》曰"九派春潮满，孤帆暮雨低"，沈德潜点评曰："著雨则帆重，体物之妙，在一低字。"⑫一个"低"字，既是实写，也是心境的流露。刘长卿《送裴二十一》曰"正愁帆带雨，莫望水连云"⑬，正是同一感受。

　　以雨起兴和收束的送别诗，因雨意象暗合别离的凄凉伤感，故能打动人心。王昌龄送人常以雨入诗言情，《芙蓉楼送辛渐二首》其一曰"寒雨连江

---

① 《全唐诗》卷二六八，第 2977 页。
② 《全唐诗》卷八二〇，第 9243 页。
③ 《全唐诗》卷三一六，第 3550 页。
④ 《孟浩然诗集校注》卷四，第 439 页。
⑤ 《陈子昂诗注》，第 90 页。
⑥ 《全唐诗》卷八一九，第 9235 页。
⑦ 《刘长卿诗编年笺注》，第 211 页。
⑧ 《全唐诗》卷一四四，第 1453 页。
⑨ 《全唐诗》卷一〇七，第 1112 页。
⑩ 《岑嘉州诗笺注》卷三，第 445 页。
⑪ 《李颀诗评注》，第 210 页。
⑫ 《唐诗别裁集》，第 165 页。
⑬ 《刘长卿诗编年笺注》，第 515 页。

夜入吴,平明送客楚山孤",《别辛渐》曰"别馆萧条风雨寒,扁舟月色渡江看",又《别刘谞》曰"天地寒更雨,苍茫楚城阴",亦云雨寒,《送薛大赴安陆》曰"津头云雨暗湘山,迁客离忧楚地颜",《送姚司法归吴》云"吴掾留觞楚郡心,洞庭秋雨海门阴"①,云雨、秋雨、寒雨,既切合时令,又暗合别离主题,引人伤怀。其他如刘长卿《送梁侍御巡永州》曰"萧萧江雨暮,客散野亭空"②,钱起《卢龙塞行送韦掌记》曰"雨雪纷纷黑山外,行人共指卢龙塞"③,杨凝《送人出塞》曰"北风吹雨雪,举目已凄凄"④,薛涛《送郑眉州》曰"雨暗眉山江水流,离人掩袂立高楼"⑤,薛逢《送白相公》曰"飞龙在天,云雨氤氲"⑥,皎然《送吉判官还京赴崔尹幕》曰"江南梅雨天,别思极春前"⑦,这些描写雨景的起兴之句,对整首诗具有振起作用。王维著名的《送元二使安西》云"渭城朝雨浥轻尘,客舍青青柳色新"⑧,李咸用的《惜别》云"细雨妆行色,霏霏入户来"⑨,却是用微雨营造的乐景起兴,反衬别情的伤悲,手法独特而微妙。以描摹雨中景色结尾的诗句,言尽而意无穷,黯然神伤之意更浓,如许浑《谢亭送客》曰"日暮酒醒人已远,满天风雨下西楼"⑩,王建《送人》曰"回首不相见,行车秋雨中"⑪,韦应物《送房杭州》曰"风雨吴门夜,恻怆别情多"⑫,柳中庸《河阳桥送别》曰"若傍阑干千里望,北风驱马雨萧萧"⑬,左偃《言怀别同志》曰"何当重携手,风雨满江南"⑭,温庭筠《送襄州李中丞赴从事》曰"江雨潇潇帆一片,此行谁道为鲈鱼"⑮等,皆是此类,余韵袅袅。

雨时最易相思,萧颖士《重阳日陪元鲁山德秀登北城瞩对新霁因以赠别》即言"江湖不可忘,风雨劳相思"⑯,认为雨景最能引发相思之情。杜牧《送友人》云"夜雨滴乡思,秋风从别情"⑰,可谓借雨寄相思的代表。韩翃

---

① 《王昌龄集编年校注》,第 149、130、158、115 页。
② 《刘长卿诗编年笺注》,第 354 页。
③ (唐)钱起著,阮廷瑜校注:《钱起诗集校注》,新文丰出版公司,1996 年版,第 64 页。
④ 《唐女诗人集三种》,第 58 页。
⑤ 《韦庄诗词笺注》,第 573 页。
⑥ 《全唐诗补编》(中册)《全唐诗续拾》卷三十三,第 1176 页。
⑦ 《全唐诗》卷八一九,第 9231 页。
⑧ 《王维诗注》,第 288 页。
⑨ 《全唐诗》卷六四五,第 7391 页。
⑩ 《丁卯集笺证》,第 318 页。
⑪ 《全唐诗》卷三〇一,第 3420 页。
⑫ 《韦应物诗集系年校笺》卷九,第 423 页。
⑬ 《全唐诗》卷二五七,第 2876 页。
⑭ 《全唐诗》卷七四〇,第 8444 页。
⑮ 《温庭筠全集校注》,第 804 页。
⑯ 《全唐诗》卷一五四,第 1595 页。
⑰ 《樊川文集校注》,第 1471 页。

《送赵评事赴洪州使幕》云"万里思君处,秋江夜雨中"①,更明了直白。陈翊《送别萧二》云"千里云天风雨夕,忆君不敢再登楼"②,则是婉言不堪雨中相思。"皇天悲送远,云雨白浩浩"③,雨声是离人曲,雨景是离人心,雨意象情意绵绵。

五、鸟飞顾徘徊,人行去不息

送别诗中的鸟类意象有燕、雁、鹄、鹤等,在诗人笔下被不拘一格地赋予了人性的别离文化色彩,飞鸣含情,顾盼有意。独占鳌头的当属燕意象,有着"万古送别之祖"之称的《诗经·邶风·燕燕》云:

燕燕于飞,差池其羽。
燕燕于飞,颉之颃之。
燕燕于飞,下上其音。

诗的三章皆以翩翩飞行的燕子起兴,重章反复"远送于野""远于将之""远送于南",表达了"泣涕如雨""伫立以泣""实劳我心"的依依惜别之情。清人焦琳《诗蠲》云:

物类岂干人事,而人之见物,则因其心所有事,见物有若何之情形。故此三章各首二句起兴,亦是言情,非口中之言,必待燕燕方能引起,更非心中之想,必待燕燕方有感触也。④

燕之习性恋巢,天性温顺,形态乖巧,深为大众喜爱,因往来迁徙吻合送别心境,在送别诗中成为诗人钟情的宠物。如"江花半落燕雏飞,同客长安今独归"⑤,是许浑《送杨发东归》的起首,巧妙化用了"燕燕于飞"的意境。钱起《送韦信爱子归觐》云"离舟解缆到斜晖,春水东流燕北飞"⑥,唐彦谦《送许户曹》云"沙头小燕鸣春和,杨柳垂丝烟倒拖"⑦,皆是此一类,这种起兴显而易见有利于营造送别情感氛围。那些描写燕子形象的诗句,同样能令人联想到别离的悲伤,李端《送义兴元少府》云"路长人反顾,草断燕回飞"⑧,杜

---

① 《全唐诗》卷二四四,第2740页。
② 《全唐诗》卷三○五,第3467页。
③ 《杜诗详注》卷五《送长孙九侍御赴武威判官》,第363页。
④ 扬之水:《诗经别裁》,江西教育出版社,2000年版,第24—25页。
⑤ 《丁卯集笺证》,第321页。
⑥ 《钱起诗集校注》,第667页。
⑦ 《全唐诗》卷六七一,第7680页。
⑧ 《全唐诗》卷二八五,第3255页。

荀鹤《送人游江南》云"晚岫无云蔽,春帆有燕随"①,人睹燕燕于飞,感慨世事轮回,生命短促,丰富了送别诗的意境。大历四年春,杜甫自潭之衡,曾作《发潭州》云"岸花飞送客,樯燕语留人"②,言送客留人,只有燕与花,形象地描摹出了燕意象的憨态可掬。

"鸿雁传书"的典故使鸿雁备受瞩目,送别诗中多以其意象寄托离思,如齐己《送友人游湘中》云"若有东来札,归鸿亦可凭"③,赵嘏《送李裴评事》云"此别不应书断绝,满天霜雪有鸿飞"④,徐凝《送日本使还》曰"相望杳不见,离恨托飞鸿"⑤,皆是希望借鸿雁传递思念之情,慰藉别愁。鸿雁飞南逐北,亦常常触动诗人的离怀,引发各种感慨,诸如"自叹鹡鸰临水别,不同鸿雁向池来"⑥,"不堪来去雁,迢递思离群"⑦,"举手指飞鸿,此情难具论"⑧,"鸿雁不堪愁里听,云山况是客中过"⑨,"野霭湿衣彩,江鸿增客情"⑩,或喟叹人不如雁,或睹雁念人,或由鸿及人,不胜悲愁。鸿雁的叫声最不堪听闻,如薛稷《饯许州宋司马赴任》所云"别序闻鸿雁,离章动鹡鸰"⑪,权德舆《送人使之江陵》所云"纷纷别袂举,切切离鸿响"⑫,李峤《送光禄刘主簿之洛》所云"背枥嘶班马,分洲叫断鸿"⑬,钱起《送李九贬南阳》所云"鸿声断续暮天远,柳影萧疏秋日寒"⑭,鸿声入耳如泣如歌,是离别的催促,是幽怨的悲凉。"鸿雁春北去,秋风复南飞"⑮,鸿雁定时飞去定时归来,在离人眼里莫不是送往盼归。岑参《北庭贻宗学士道别》曰"平沙向旅馆,匹马随飞鸿"⑯,崔峒《送韦八少府判官归东京》曰"鸿雁南飞人独去,云山一别岁将阑"⑰,孟郊《送卢虔端公守复州》云"忽挂触邪冠,逮逐南飞鸿"⑱,韩愈《送李正字归

---

① 《全唐诗》卷六九一,第 7928 页。
② 《杜诗详注》卷二十二,第 1971 页。
③ 《全唐诗》卷八三九,第 9462 页。
④ 《全唐诗》卷五四九,第 6352 页。
⑤ 《全唐诗》卷四七四,第 5374 页。
⑥ 《王维诗注·灵云池送从弟》,第 289 页。
⑦ 《全唐诗》卷六七九《湖外送友人游边》,第 7769—7770 页。
⑧ 《李太白全集》卷十七《送裴十八图南归嵩山二首》(其一),第 808 页。
⑨ 《李颀诗评注·送魏万之京》,第 267 页。
⑩ 《全唐诗》卷八一八《送郑孝廉淮西觐省》,第 9217 页。
⑪ 《全唐诗》卷九三,第 1007 页。
⑫ 《权德舆诗文集》,第 90 页。
⑬ 《全唐诗》卷六一,第 726 页。
⑭ 《钱起诗集校注》,第 663 页。
⑮ 《姚合诗集校注》卷二《送张宗原》,第 68 页。
⑯ 《岑嘉州诗笺注》卷一,第 39 页。
⑰ 《全唐诗》卷二九四,第 3348 页。
⑱ 《孟郊诗集笺注》卷七,第 359 页。

湖南》云"人随鸿雁少,江共蒹葭远"①,齐己《送人游湘湖》云"一路随鸿雁,千峰绕洞庭"②,李频《送友人往振武》云"征鸿辞塞雪,战马识边秋"③,刘长卿《送卢侍御赴河北》云"江天渺渺鸿初去,漳水悠悠草欲生"、《时平后送范伦归安州》云"江潭岁尽愁不尽,鸿雁春归身未归"④,李嘉祐《送裴宣城上元所居》云"泪向槟榔尽,身随鸿雁归"⑤,韦应物《送崔押衙相州》云"别路怜芳草,归心伴塞鸿"⑥,人随鸿雁去,鸿雁伴人归,人与雁如影相随,物我合一。

以鸿雁起兴的送别诗更多,如张祜《秋时送郑侍御》曰"离鸿声怨碧云净,楚瑟调高清晓天"⑦,鲍溶《客途逢乡人旋别》曰"惊鸿一断行,天远会无因"⑧,白居易《秋江送客》曰"秋鸿次第过,哀猿朝夕闻"⑨,朱放《秣陵送客入京》曰"秣陵春已至,君去学归鸿"⑩,杜牧《走笔送杜十三归京》曰"烟鸿上汉声声远,逸骥寻云步步高"⑪,武元衡《送许著作分司东都》曰"瑶瑟激凄响,征鸿翻夕阳"⑫,李频《送友人游塞北》曰"朔野正秋风,前程见碛鸿"⑬,李嘉祐《送樊兵曹潭州谒韦大夫》曰"塞鸿归欲尽,北客始辞春"⑭等,这些离鸿、惊鸿、归鸿、秋鸿、烟鸿、征鸿、塞鸿、碛鸿,有时节的暗示,有地域的暗示,隐含了诗人别离之际的惊悸和感伤。许浑《雁》云:

> 万里衔芦别故乡,云飞水宿向潇湘。数声孤枕堪垂泪,几处高楼欲断肠。
>
> 度日翩翩斜避影,临风一一直成行。年年辛苦来衡岳,羽翼摧残陇塞霜。⑮

将鸿雁比拟以人性人情,形象地描画了雁的迁徙轨迹,一如送往迎来年复

---

① 《韩愈集》卷四,第59页。
② 《全唐诗》卷八四〇,第9479页。
③ 《全唐诗》卷五八七,第6815页。
④ 《刘长卿诗编年笺注》,第232、264页。
⑤ 《全唐诗》卷二〇六,第2146页。
⑥ 《韦应物集校注》,第208页。
⑦ 《全唐诗》卷五一一,第5842页。
⑧ 《全唐诗》卷四八六,第5518页。
⑨ 《白居易诗集校注》卷九,第772页。
⑩ 《全唐诗》卷三一五,第3540页。
⑪ 《樊川文集校注》,第1392页。
⑫ 《全唐诗》卷三一七,第3569页。
⑬ 《全唐诗》卷五八九,第6838页。
⑭ 《全唐诗》卷二〇六,第2152页。
⑮ 《丁卯集笺证》,第286页。

一年。

　　黄鹄的意象源于汉代的《苏武诗》"黄鹄一远别,千里顾徘徊",南朝陈江总的《别袁昌州诗二首》其一云"黄鹄飞飞远,青山去去愁",亦以鹄言别。至唐代,王维为节度判官时,在凉州作《双黄鹄歌送别》云:

　　　　天路来兮双黄鹄,云上飞兮水上宿,抚翼和鸣整羽族。
　　　　不得已,忽分飞,家在玉京朝紫微,主人临水送将归。①

诗中借黄鹄起兴,表达了临水送人的依依不舍之情。唐人借黄鹄代别离的风尚极其浓厚,如顾况《黄鹄楼送独孤助》云"黄鹄杳杳江悠悠。黄鹄徘徊故人别"②,钱起《送张五员外东归楚州》曰"杳然黄鹄去,未负白云期"③,宋之问《送武进郑明府》云"北谢苍龙去,南随黄鹄飞"④,黄鹄的出现使离别倍增黯然神伤。黄鹄有时也作黄鹤,如卢照邻《送幽州陈参军赴任寄呈乡曲父老》云"人同黄鹤远,乡共白云连"⑤,李峤《送司马先生》云"一朝琴里悲黄鹤,何日山头望白云"⑥,陈子昂《春晦饯陶七于江南同用风字》云"黄鹤烟云去,青江琴酒同"⑦,王昌龄《留别司马太守》"黄鹤青云当一举,明珠吐著报君恩"⑧,钱起《送宋征君让官还山》云"紫霞开别酒,黄鹤舞离弦"⑨,王熊《奉别张岳州说二首》(一作《答张燕公岳州宴别》)云"忽闻黄鹤曲,更作白头新"⑩,黄鹤一曲同样是别情依依的写照。此外,鸿鹄的意象还比喻人的高洁志向,如王昌龄《留别岑参兄弟》云"貂蝉七叶贵,鸿鹄万里游"⑪,刘希夷《饯李秀才赴举》云"鸿鹄振羽翮,翻飞入帝乡"⑫,刘长卿《赠别于群投笔赴安西》云"知君志不小,一举凌鸿鹄"⑬,皎然《送穆寂赴举》云"冥冥鸿鹄姿,数尺看苍旻"⑭,杜甫《送高三十五书记十五韵》云"惊风吹鸿鹄,不得相

---

① 《王维诗注》,第 3 页。
② 《顾况诗集》,第 60 页。
③ 《钱起诗集校注》,第 448 页。
④ 《沈佺期宋之问集校注》,第 582 页。
⑤ 《卢照邻集校注》卷三,第 148 页。
⑥ 《全唐诗》卷六一,第 729 页。
⑦ 《陈子昂诗注》,第 250 页。
⑧ 《王昌龄集编年校注》,第 170 页。
⑨ 《钱起诗集校注》,第 356 页。
⑩ 《全唐诗》卷九八,第 1063 页。
⑪ 《王昌龄集编年校注》,第 137 页。
⑫ 《全唐诗》卷八二,第 887 页。
⑬ 《刘长卿诗编年笺注》,第 43 页。
⑭ 《全唐诗》卷八一八,第 9214 页。

追随"①,这些意味深长的"鸿鹄",独具风神,气贯长虹。

　　鹤意象在送别诗中别具一格,尤其适合送别方外人士,鹤的灵异仙气与人的淡泊风骨相得益彰。如唐玄宗《送玄同真人李抱朴谒潓山仙祠》曰"归期千载鹤,春至一来朝"②王维《送方尊师归嵩山》曰"借问迎来双白鹤,已曾衡岳送苏耽"③,严维《送薛居士和州读书》曰"孤云独鹤共悠悠,万卷经书一叶舟"④,李端《送荀道士归庐山》曰"早晚还乘鹤,悲歌向故园"⑤,刘禹锡《送霄韵上人游天台》曰"鹤恋故巢云恋岫,比君犹自不逍遥"⑥,刘长卿《送方外上人》曰"孤云将野鹤,岂向人间住"⑦,孟郊《送李尊师玄》曰"松骨轻自飞,鹤心高不群"⑧,贯休《寒月送玄士入天台》曰"之子逍遥尘世薄,格淡于云语如鹤"⑨,张籍《送宫人入道》曰"已别歌舞贵,长随鸾鹤飞"⑩,方干《送镜空上人游江南》曰"去住如云鹤,飘然不可留"⑪,方外高人往往志洁行远,来去神游宛如仙鹤,令送别诗的情调显得格外飘逸。鹤意象在送别常人的诗中,或作为背景,或直接喻别,亦能令诗歌的韵味有所提升。如崔涂《送友人》曰"不得沧洲信,空看白鹤归"⑫,骆宾王《饯郑安阳入蜀》曰"魂将离鹤远,思逐断猿哀"⑬,赵嘏《别李谱》曰"今日别君如别鹤,声容长在楚弦中"⑭,雍陶《送客遥望》曰"光华不可见,孤鹤没秋云"⑮,戎昱《送李参军》曰"一东一西如别鹤,一南一北似浮云"⑯,白居易《送毛仙翁》曰"语罢倏然别,孤鹤升遥天"⑰,姚鹄《送李潜归绵州觐省》曰"此地千人望,寥天一鹤归"⑱,孟郊《送豆卢策归别墅》曰"君今潇湘去,意与云鹤齐"⑲,灵动的鹤意

---

① 《杜诗详注》卷二,第128—129页。
② 《全唐诗》卷三,第33页。
③ 《王维诗注》,第205页。
④ 《全唐诗》卷二六三,第2919页。
⑤ 《全唐诗》卷二八五,第3261页。
⑥ 《刘禹锡全集编年校注》,第591页。
⑦ 《刘长卿诗编年笺注》,第443页。
⑧ 《孟郊诗集笺注》卷七,第368页。
⑨ 《全唐诗》卷八二八,第9327页。
⑩ 《张籍集注》,第95页。
⑪ 《全唐诗》卷六四九,第7458页。
⑫ 《全唐诗》卷六七九,第7784页。
⑬ 《骆宾王诗评注》,第155页。
⑭ 《全唐诗》卷五五〇,第6376页。
⑮ 《全唐诗》卷五一八,第5919页。
⑯ 《戎昱诗注》,第72页。
⑰ 《白居易诗集校注》卷三十六,第2744页。
⑱ 《全唐诗》卷五五三,第6400页。
⑲ 《孟郊诗集笺注》卷七,第364页。

象增添了别离情感的雅兴。

　　送别诗中那些描写鹤景抒写离情的佳句,几乎就是一幅幅鹤的素描图画,令人赏心悦目。如王昌龄《送万大归长沙》云"青山隐隐孤舟微,白鹤双飞忽相见"①,宋之问《汉江宴别》云"秋虹映晚日,江鹤弄晴烟"②,李颀《送刘十》云"西林独鹤引闲步,南涧飞泉清角巾"③,姚合《送朱庆余及第后归越》云"山晴栖鹤起,天晓落潮初"④,郑巢《送僧归富春》云"石净闻泉落,沙寒见鹤翻"⑤,顾非熊《送友人及第归苏州》云"鹤鸣荒苑内,鱼跃夜潮中"⑥,许浑《送李暝秀才西行》云"鹰势暮偏急,鹤声秋更高"⑦,司马扎《送进士苗纵归紫逻山居》云"鹤声夜无人,空月随松影"⑧,李昌符《送琴客》云"夜静骚人语,天高别鹤鸣"⑨,马戴《送吕郎中牧东海郡》云"海鹤空庭下,夷人远岸居"⑩,皎然《送吉判官还京赴崔尹幕》云"长路飞鸣鹤,离帆聚散烟"⑪,千姿百态的鹤景图空阔悠远,巧妙地表达了诗人的离别情怀和个中况味。

　　燕、雁、鸿、鹤、鹄都是鸟类中吉祥高贵的灵物,它们随季节变化而迁徙的生活习性,以及不辞劳苦的坚毅美好形象,与尘世间为生活奔波的出行别离何其相似,"鸿来燕又去,离别惜容颜"⑫,"燕去鸿方至,年年是别离"⑬。它们的出现总能给人以希望和安慰,"北雁初回江燕飞,南湖春暖著春衣"⑭,"才见吴洲百草春,已闻燕雁一声新"⑮,"楚岸千万里,燕鸿三两行"⑯,它们是美好祝福的象征,自然为诗人钟情喜爱。

　　鸟意象作为一个总称意象,在送别诗中饶有意趣,如刘长卿所云"猿啼万里客,鸟似五湖人"⑰,人行五湖四海,无异于鸟翔天南海北,鸟意象的笼统模糊性更易于表达离情别绪,鸟飞、鸟啼、孤鸟、群鸟,在离人眼里莫不触

---

① 《王昌龄集编年校注》,第121页。
② 《沈佺期宋之问集校注》,第609页。
③ 《李颀诗评注》,第154页。
④ 《姚合诗集校注》卷二,第71页。
⑤ 《全唐诗》卷五〇四,第5737页。
⑥ 《全唐诗》卷五〇九,第5783页。
⑦ 《丁卯集笺证》,第29页。
⑧ 《全唐诗》卷五九六,第6900页。
⑨ 《全唐诗》卷六〇一,第6950页。
⑩ 《全唐诗》卷五五五,第6432页。
⑪ 《全唐诗》卷八一九,第9231页。
⑫ 《全唐诗》卷二八五《送司空文明归江上旧居》,第3263页。
⑬ 《全唐诗》卷二五三《古别离》,第2856页。
⑭ 《全唐诗》卷二四三《送中兄典邵州》,第1731页。
⑮ 《全唐诗》卷二四九《送陆澧郭郎》,第2812页。
⑯ 《樊川文集校注·池州春送前进士蒯希逸》,第311页。
⑰ 《刘长卿诗编年笺注·送侯侍御赴黔中充判官》,第513页。

动心弦。张说《幽州别阴长河》曰"寄目云中鸟,留欢酒上歌"①,王昌龄《送谭八之桂林》曰"别意猿鸟外,天寒桂水长"②,李群玉《送魏珪觐省》曰"送君飞一叶,鸟逝入空碧"③,岑参《陕州月城楼送辛判官入奏》曰"送客飞鸟外,城头楼最高"④,皇甫冉《徐州送丘侍御之越》云"时鸟催春色,离人惜岁华"⑤,陈存《送刘秀才南归》(一作刘复诗)曰"鸟啼杨柳垂,此别千万里"⑥,刘长卿《送友人南游》曰"旅逸同群鸟,悠悠往复还"⑦,朱庆余《留别卢玄休归荆门》云"云开孤鸟出,浪起白鸥沈"⑧,马戴《赠别北客》曰"决去如征鸟,离心空自劳"⑨,这些没有确指的鸟,却真实地寄托了诗人共同的依恋和祝福。当人的行为和鸟的习性相反时,诗人的描写便别有滋味在其中,有时是诗人的独特体验,有时便饱含了思辨和哲理,令人深思。如王维《临高台送黎拾遗》所见"日暮鸟飞还,行人去不息"⑩,白居易《别杨颖士卢克柔殷尧藩》所云"倦鸟暮归林,浮云晴归山"⑪,戴叔伦《海上别薛舟》所云"暮鸟翻江岸,征徒起路歧"⑫,李白《送别》所云"日落看归鸟,潭澄羡跃鱼"⑬,贾岛《送穆少府知眉州》所云"日暮行人少,山深异鸟多"⑭,李端《送张芬归江东兼寄柳中庸》所云"鸟暮东西急,波寒上下迟"⑮,黄滔《别友人》所云"鸟带夕阳投远树,人冲腊雪往边沙"⑯,当日落西山暮色笼罩之时,飞鸟倦知还,而人却义无反顾地走向远方,这一比况胜过千言万语的别愁诉说。

在描写景物的诗句中,飞鸣的鸟意象能使景色更加鲜明,通过动静映衬彰显出离别情感的色彩。如王维《送方城韦明府》云"高鸟长淮水,平芜故郢城"⑰,李嘉祐《送韦邕少府归钟山》云"绿杨垂野渡,黄鸟傍山村"⑱,刘长

---

① 《张燕公集》卷三,第28页。
② 《王昌龄集编年校注》,第112页。
③ 《全唐诗》卷五六八,第6582页。
④ 《岑嘉州诗笺注》卷三,第445页。
⑤ 《全唐诗》卷二五〇,第2829页。
⑥ 《全唐诗》卷三一一,第3514页。
⑦ 《刘长卿诗编年笺注》,第515页。
⑧ 《全唐诗》卷五一五,第5892页。
⑨ 《全唐诗》卷五五五,第6431页。
⑩ 《王维诗注》,第275页。
⑪ 《白居易诗集校注》卷九,第763页。
⑫ 《戴叔伦诗文集笺注》,第137页。
⑬ 《李太白全集》卷十八,第842页。
⑭ 《贾岛诗集笺注》,第267页。
⑮ 《全唐诗》卷二八五,第3252页。
⑯ 《全唐诗》卷七〇五,第8109页。
⑰ 《王维诗注》,第155页。
⑱ 《全唐诗》卷二〇六,第2145页。

卿《饯别王十一南游》云"飞鸟没何处,青山空向人"①,周贺《留别南徐故人》云"潮回滩鸟下,月上客船明"②,武元衡《送柳郎中(一作柳侍御,一作李侍郎)裴起居》云"沱江水绿波,喧鸟去乔柯"③,李端《送戴征士还山》云"草生杨柳岸,鸟啭竹林家"④等,诗人望鸟兴感,离愁尽在不言之中。鸟意象被拟人化描写后,送别诗中的离别情感因之愈发形象生动,扣人心弦。如高适《夜别韦司士得城字》曰"只言啼鸟堪求侣,无那春风欲送行"⑤,张说《离会曲》曰"可怜河树叶萎蕤,关关河鸟声相思"⑥,李端《送友人游江东》曰"鸟声悲古木,云影入通津"⑦,钱起《山下别杜少府》曰"情人那忍别,宿鸟尚同栖"⑧,韩翃《送客游江南》曰"楚云殊不断,江鸟暂相随"⑨,独孤及《将还越留别豫章诸公》曰"客鸟倦飞思旧林,裴徊犹恋众花阴"⑩,马戴《幽上留别令狐侍郎》曰"落照游人去,长空独鸟随"⑪,鸟声令人相思,鸟栖令人徘徊,鸟飞如同相随,鸟意象千姿百态关乎离情,正是唐人巧于役物的明证。

以上所云青草、明月、云雨、飞鸟等自然意象,在送别诗中被诗人以离情相观照,从而具有了由别离而生的各种悲喜色彩,承载了古代送别风俗文化的丰厚内涵,同时提升了古典诗歌中自然意象的审美内涵。

第二节 原 型 意 象

原型意象"即一种典型的、反复出现的意象",是"那种在文学中反复使用,并因此而具有了约定性的"意象。⑫ 由于原型意象在不同时代反复出现,经过不同诗人的共同认知体验,从而获得了一种相对稳定性,形成了固定的意义内涵和模式化表现方法,具有了某种文化符号象征,易于被诗人捕

---

① 《刘长卿诗编年笺注》,第 132 页。
② 《全唐诗》卷五〇三,第 5722 页。
③ 《全唐诗》卷三一六,第 3548 页。
④ 《全唐诗》卷二八五,第 3250 页。
⑤ 《高适诗集编年笺注》,第 183 页。
⑥ 《张燕公集》卷五,第 57 页。
⑦ 《全唐诗》卷二八五,第 3245 页。
⑧ 《钱起诗集校注》,第 562 页。
⑨ 《全唐诗》卷二四四,第 2738 页。
⑩ 《全唐诗》卷二四七,第 2779 页。
⑪ 《全唐诗》卷五五六,第 6444 页。
⑫ 叶舒宪:《神话——原型批评》,第 151、16 页。

捉采用。原型意象的来源有多种文化背景,比如"神话、传说与先民的原始观念;地域、节令与物候;社会生活方式、礼俗与社会事件;经典文本等"①。考察唐人送别诗常用的原型意象,主要有折柳、灞桥;南浦、河梁;歧路、离亭等,在送别诗中别具一格。

一、折柳,灞桥

折柳、灞桥原型意象的形成来源于古代灞桥折柳送别的习俗,《三辅黄图》卷六《桥》记载:"灞桥,在长安东,跨水作桥。汉人送客至此桥,折柳赠别。"②这一记载说明自汉代人们就开始于灞桥边折柳赠别,此后,灞桥折柳便反复出现于送别题材的作品中。至唐代,"折柳赠别"的习俗依然如故,蔚为风尚,因此柳意象在唐人送别诗中多为此一俗尚的反映,人们借柳言别,倾诉惜别情感。从柳的形态来看,一如裴说《柳》所云:

高拂危楼低拂尘,灞桥攀折一何频。思量却是无情树,不解迎人只送人。③

罗隐《柳》所云:

灞岸晴来送别频,相偎相倚不胜春。自家飞絮犹无定,争解垂丝绊路人。④

鱼玄机《寄子安》亦云:"蕙兰销歇归春圃,杨柳东西绊客舟。"依依杨柳,既送人又留人,实在是多情善解人意的自然尤物。确如郑谷咏《柳》所谓"会得离人无限意,千丝万絮惹春风"⑤,令诗人逢别必吟诵。

唐人送别诗中常以攀折杨柳枝条寄寓真情,依依送别,如李端《折杨柳》(一作《折杨柳送别》)云:

东城攀柳叶,柳叶低着草。
赠君折杨柳,颜色岂能久。
新柳送君行,古柳伤君情。⑥

孟郊《折杨柳二首》云:

---

① 严云受:《诗词意象的魅力》,第 40 页。
② 陈直:《三辅黄图校证》,第 139 页。
③ 《全唐诗》卷七二〇,第 8269 页。
④ 《罗隐诗集笺注》,第 107 页。
⑤ 《唐女诗人集三种》,第 129 页。
⑥ 《全唐诗》卷二八四,第 3232 页。

> 杨柳多短枝,短枝多别离。赠远屡攀折,柔条安得垂?
> 青春有定节,离别无定时。但恐人别促,不怨来迟迟。
> 莫言短枝条,中有长相思。朱颜与绿杨,并在别离期。
> 楼上春风过,风前杨柳歌。枝疏缘别苦,曲怨为年多。
> 花惊燕地云,叶映楚池波。谁堪别离此,征戍在交河。①

施肩吾《折柳枝》云:

> 伤见路傍杨柳春,一枝折尽一重新。今年还折去年处,不送去年别离人。②

雍裕之《折柳赠行人》云:

> 那言柳乱垂,尽日任风吹。欲识千条恨,和烟折一枝。③

一如柳氏《杨柳枝》所言"杨柳枝,芳菲节,可恨年年赠离别"。青青杨柳年年生新枝,枝短情长供人攀折,诗人对杨柳枝的爱恨交加,表明"离心比杨柳,萧飒不胜秋"④。

借折柳言情的诗句在唐人送别诗中俯拾皆是,萧彧《送德林郎中学士赴东府》云:"离情折杨柳,此别异春哉。"⑤诗人笔下的折柳意象被不断翻新变化,呈现出异常多彩的风姿。如岑参《青门歌送东台张判官》云:"青门柳枝正堪折,路傍一日几人别。"⑥杨巨源《赋得灞岸柳留辞郑员外》云:"杨柳含烟灞岸春,年年攀折为行人"⑦两诗皆描写杨柳枝正当其时,含烟吐翠,屡被攀折,道出了人生别离的频繁。如果说许浑《送别》云"溪边杨柳色参差,攀折年年赠别离",尚嫌俗套的话,那么其《将赴京师津亭别萧处士二首》之二云"津亭多别离,杨柳半无枝"、《重别曾主簿时诸妓同饯》云"留却一枝河畔柳,明朝犹有远行人"⑧,却能给人以生新感,反其意品味出的仍是别离苦多的况味。储嗣宗《赠别》云"东城草虽绿,南浦柳无枝"⑨、李频《酬姚覃》云"年年送别处,杨柳少垂条"⑩,两诗人的白描构思,说明杨柳枝意象

---

① 《孟郊诗集笺注》卷二,第 49 页。
② 《全唐诗》卷二八,第 399 页。
③ 《全唐诗》卷四七一,第 5350 页。
④ 《戴叔伦诗文集笺注》,2013 年版,第 156 页。
⑤ 《全唐诗》卷七五七,第 8617 页。
⑥ 《岑嘉州诗笺注》卷二,第 309 页。
⑦ 《全唐诗》卷三三三,第 3736 页。
⑧ 《丁卯集笺证》,第 285、64、317 页。
⑨ 《全唐诗》卷五九四,第 6887 页。
⑩ 《全唐诗》卷五八八,第 6822—6823 页。

的涵义极其普及显明。李嘉祐《送侍御史四叔归朝》借"攀折隋宫柳,淹留秦地人"①,鲍溶《送僧南游》亦"且攀隋宫柳,莫忆江南春"②,皆是折柳留人,慰藉友人。薛涛《送姚员外》云:

> 万条江柳早秋枝,袅地翻风色未衰。欲折尔来将赠别,莫教烟月两乡悲。③

通篇咏柳,突出折柳,表达了对友人的体贴。权德舆《送陆太祝赴湖南幕同用送字》云"新知折柳赠,旧侣乘篮送"④,趣味横生。诗人眼中的折柳已不仅仅是一种仪式,进入意象层面的折柳之举,蕴含了诗人别离之际的留恋和感慨。

柳意象在送别诗中经常被用于起兴,诗人望柳生发离思,引出送别情事。如王维《观别者》云"青青杨柳陌,陌上别离人"⑤;陈子昂《送客》云"故人洞庭去,杨柳春风生"⑥;宋之问《送永昌萧赞府》云"柳变曲江头,送君函谷游"⑦;李白《送袁明府任长江》云"别离杨柳青,樽酒表丹诚"⑧;司空曙《送皋法师》云"江草知寒柳半衰,行吟怨别独迟迟"⑨;陈存《送刘秀才南归》(一作刘复诗)云"鸟啼杨柳垂,此别千万里"⑩;刘长卿《送马秀才落第归江南》云"南客怀归乡梦频,东门怅别柳条新"⑪;张籍《送友生游峡中》云"风静杨柳垂,看花又别离"⑫;孟郊《新平歌送许问》云"边柳三四尺,暮春离别歌"⑬;贾岛《二月晦日留别鄠中友人》云"立马柳花里,别君当酒酣"⑭;皎然《送李季良北归》云"风吹残柳丝,孤客欲归时"⑮;郑谷《淮上与友人别》云"扬子江头杨柳春,杨花愁杀渡江人"⑯;罗邺《秋别》云"别路垂杨柳,

---

① 《全唐诗》卷二〇六,第 2156 页。
② 《全唐诗》卷四八六,第 5511 页。
③ 《唐女诗人集三种》,第 43 页。
④ 《全唐诗》卷三二四,第 3642 页。
⑤ 《王维诗注》,第 68 页。
⑥ 《陈子昂诗注》,第 235 页。
⑦ 《沈佺期宋之问集校注》,第 484 页。
⑧ 《李太白全集》卷三十,第 1410 页。
⑨ 《全唐诗》卷二九三,第 3335 页。
⑩ 《全唐诗》卷三一一,第 3514 页。
⑪ 《刘长卿诗编年笺注》,第 296 页。
⑫ 《张籍集注》,第 161 页。
⑬ 《孟郊诗集笺注》卷一,第 22 页。
⑭ 《贾岛诗集笺注》,第 267 页。
⑮ 《全唐诗》卷八一九,第 9232 页。
⑯ 《全唐诗》卷六七五,第 7731 页。

秋风凄管弦"①;戴叔伦《送友人东归》云"万里杨柳色,出关送故人"②,杨柳连用仍指柳,从青青静垂的杨柳,到飘絮飞花的柳条,乃至残衰的柳丝,都是利用柳意象的约定涵义来突出别离主题,酿造惜别情感。

借柳起兴的佳句极多,如王维《送元二使安西》"渭城朝雨浥轻尘,客舍青青柳色新"③,最是典范,景物描写清新淡雅,景中含情,情因景更浓,情景相得益彰。其他诸如岑参《送韩巽入都觐省便赴举》首句"槐叶苍苍柳叶黄,秋高八月天欲霜"④;杜甫《江亭送眉州辛别驾升之(得芜字)》首句"柳影含云幕,江波近酒壶"⑤;元稹《送友封》首句"轻风略略柳欣欣,晴色空濛远似尘"⑥;张籍《送从弟戴玄往苏州》首句"杨柳阊门路,悠悠水岸斜"⑦;皇甫冉《赠别》(一作《赠寄权三客舍》)首句"南桥春日暮,杨柳带青渠"⑧;钱起《送杨著作归东海》首句"杨柳出关色,东行千里期"⑨;韩翃《送客之潞府》首句"官柳青青匹马嘶,回风暮雨入铜鞮"⑩等,皆是融情于景,所描写的环境由于柳意象的凸显,奠定了全诗别情离绪的情感基调。

那些被诗人作为景物描写的柳意象,或在诗中,或在结末,在送别诗中都能起到提示联想别离的作用,由于其文化指向明确而不同于一般的景物,往往能触发更深的动人情感。如温庭筠《早春浐水送友人》结曰"杨柳东风里,相看泪满巾"⑪;张贲《送浙东德师侍御罢府西归》结曰"杨柳渐疏芦苇白,可怜斜日送君归"⑫;张乔《越中赠别》结曰"别离吟断西陵渡,杨柳秋风两岸蝉"⑬,无论春风里的杨柳,还是秋风岸的杨柳,抑或是稀疏的杨柳,蔓延的全是离愁,有谁能逃离这张集体无意识的巨网呢?诗句中的杨柳景色亦会因诗人的着意比照而更加触目惊心,如孟郊《送远吟》中的"离杯有泪饮,别柳无枝春"⑭;李咸用《夏日别余秀才》中的"沙边细柳牵行色,水面轻

---

① 《全唐诗》卷六五四,第 6530 页。
② 《戴叔伦诗文集笺注》,第 51 页。
③ 《王维诗注》,三秦出版社,第 288 页。
④ 《岑嘉州诗笺注》卷二,第 366 页。
⑤ 《杜诗详注》卷十二,第 999 页。
⑥ 《元稹集编年笺注》(诗歌卷),第 413 页。
⑦ 《张籍集注》,第 121 页。
⑧ 《全唐诗》卷二五〇,第 2829 页。
⑨ 《钱起诗集校注》,第 737 页。
⑩ 《全唐诗》卷二四五,第 2759 页。
⑪ 《温庭筠全集校注》,第 803 页。
⑫ 《全唐诗》卷六三一,第 7239 页。
⑬ 《全唐诗》卷六三九,第 7326 页。
⑭ 《孟郊诗集笺注》卷一,第 8 页。

烟画别愁"①;戎昱《花下宴送郑炼师》中的"贵看花柳色,图放别离心"②等,别离之人看春柳却不见春色,看沙边细柳又起别绪,一颗心总是被柳条牵引。李白《送客归吴》云"岛花开灼灼,汀柳细依依"③,杜甫《赠李八秘书别三十韵》云"清秋凋碧柳,别浦落红蕖",《送路六侍御入朝》云"不分桃花红似锦,生憎柳絮白于绵"④,究其实皆是离恨别情的写照。岑参《送卢郎中除杭州赴任》曰"柳色供诗用"⑤,柳意象千姿百态服务于诗人的情感需要。

无论是柳条、柳花、柳絮,还是柳色、柳风,都能表现柳意象的别愁、别思、别恨等,因别离而引发的情绪变化使柳意象蕴含了无限深情。孟郊《古离别》云"杨柳织别愁,千条万条丝"⑥。"丝"谐音"思",杨柳万千条在离别之人的眼里总是充满别愁和相思,可见杨柳承载的感情分量多么沉重。刘商有《柳条歌送客》云:

> 露井夭桃春未到,迟日犹寒柳开早。高枝低枝飞鹂黄,千条万条覆宫墙。
> 几回离别折欲尽,一夜东风吹又长。毵毵拂人行不进,依依送君无远近。
> 青春去住随柳条,却寄来人以为信。⑦

千万柳条生生不息,依依送君,形象生动地活画出了惜别之情。郑谷《淮上与友人别》云"扬子江头杨柳春,杨花愁杀渡江人"⑧,对青青杨柳、飘飘扬花的怨恼,反衬出了诗人对友人的深情厚谊。戴叔伦《柳花歌送客往桂阳》云:

> 沧浪渡头柳花发,断续因风飞不绝。摇烟拂水积翠间,缀雪含霜谁忍攀。
> 夹岸纷纷送君去,鸣桹孤寻到何处。移家深入桂水源,种柳新成花更繁。
> 定知别后消散尽,却忆今朝伤旅魂。⑨

诗人借柳花随君飘飞,不惜移家重生,表达了对友人的深深思念。李颀《送

---

① 《全唐诗》卷六四六,第7408页。
② 《戎昱诗注》,第56页。
③ 《李太白全集》卷三十,第1409页。
④ 《杜诗详注》卷十七、卷十二,第1457、985页。
⑤ 《岑嘉州诗笺注》卷四,第680页。
⑥ 《孟郊诗集笺注》卷一,第9页。
⑦ 《全唐诗》卷三〇三,第3450页。
⑧ 《全唐诗》卷六七五,第7731页。
⑨ 《戴叔伦诗文集笺注》,第32页。

顾朝阳还吴》"开樽洛水上,怨别柳花新"①,因恨别不忍看柳芽新花。李冶《送韩揆之江西》"相看指杨柳,别恨转依依"②,依依杨柳正如依依送别之情,难舍难解,难离难弃。李白《南阳送客》"离颜怨芳草,春思结垂杨"③,见芳草心生怨恨,折杨柳又起思念。李群玉《送客》"柳条牵恨到荆台",韦庄《送范评事入关》"伤心柳色离亭见",陈羽《送辛吉甫常州觐省》"惆怅门前黄柳丝",温庭筠《早春浐水送友人》"杨柳东风里,相看泪满巾"④,诗人们或恨恼伤心,或惆怅流泪,莫不是移情于柳的结果。

柳意象和特定的送别地点结合起来,往往能产生更加丰富的象征意蕴,使整首诗的送别环境得到渲染,给人造成更多的联想体味。如马戴《送人游蜀》"别离杨柳陌"⑤、卢仝《送邵兵曹归江南》于"春风杨柳陌"⑥、王维《送沈子福归江东》见"杨柳渡头行客稀"⑦、赵嘏《送卢缄归扬州》(一作薛逢诗)于"杨柳渡头人独归"⑧、许浑《瓜洲留别李诩》于"柳堤惜别春潮晚"⑨,其中的"杨柳陌""杨柳渡头""杨柳堤",并非一定是实景,但由于杨柳意象与惜别的约定俗成,这些背景因此生发出了异乎寻常的诗意美感,使读者产生出诗情画意的情感体验。综上所述可以发现,"选择柳作为赠物,正是中华民族珍重情谊,珍爱生命意识的诗意的体现。折柳送别的风习,闪耀着动人的人性美的光辉。这一美好礼俗,代代相续。在民族的集体无意识中,柳也就与离情、珍重、生命等联系起来,折柳,也因此被世世代代的诗人吟唱,成为有稳定涵义的原型。"⑩

灞桥因居于长安东出要道,地理位置独特,在送别诗中具有多种涵义,它已不仅仅是一个地理位置,提到灞桥,人们首先联想到的总是别离情景场面,如裴说咏《柳》云"高拂危楼低拂尘,灞桥攀折一何频"⑪,韩琮《杨柳枝词》云"霸陵原上多离别,少有长条拂地垂"⑫,可知在灞桥举行的送别场面

---

① 《李颀诗评注》,第 245 页。
② 《唐女诗人集三种》,第 5 页。
③ 《李太白全集》卷十六,第 747 页。
④ 《温庭筠全集校注》,第 803 页。
⑤ 《全唐诗》卷五五五,第 6435 页。
⑥ 《全唐诗》卷三八七,第 4370 页。
⑦ 《王维诗注》,第 290 页。
⑧ 《全唐诗》卷五四九,第 6352 页。
⑨ 《丁卯集笺证》,第 222 页。
⑩ 严云受:《诗词意象的魅力》,第 93 页。
⑪ 《全唐诗》卷七二〇,第 8269 页。
⑫ 《全唐诗》卷五六五,第 6552 页。

何其感人。罗隐《送溪州使君》结尾云"灞桥酒盏黔巫月,从此江心两所思"①,曹唐《送康祭酒赴轮台》曰"灞水桥边酒一杯,送君千里赴轮台"②,于灞桥设宴饯行,演绎了无数感人销魂的别离曲章,送别诗中亦出现了一系列由灞桥生发的灞字开头类意象,如灞水、灞亭、灞岸、灞上、灞陵等。

李白《忆秦娥》云"年年柳色,灞陵伤别"③,又有《灞陵行送别》曰:

> 送君灞陵亭,灞水流浩浩。
> 上有无花之古树,下有伤心之春草。
> 我向秦人问歧路,云是王粲南登之古道。
> 古道连绵走西京,紫阙落日浮云生。
> 正当今夕断肠处,黄鹂愁绝不忍听。④

灞亭、灞水、古树、春草、路歧、古道,在送别人眼里无不是断肠处,令人愁绝。韦应物《送冯著受李广州署为录事》云"送君灞陵岸,纠郡南海湄"⑤,罗邺《灞上感别》云"灞水何人不别离",可知"一条灞水清如剑"⑥,亦不能为离人割断愁。刘禹锡《送李策秀才还湖南因寄幕中亲故兼简衡州吕八郎中》云"隼旗辞灞水,居者皆涕零"⑦,刘驾《送友下第游雁门》云"相别灞水湄,夹水柳依依"⑧,贾岛《送罗少府归牛渚》云"楚山远色独归去,灞水空流相送回"⑨,一条灞水见证了无数的送往迎来。罗隐《柳》曰"灞岸晴来送别频"⑩,道出了灞岸送别的热闹情景。徐坚《送考功武员外学士使嵩山置舍利塔歌》于"灞岸分筵","寄愁心于樽酒,怆离绪于清弦"⑪;曹邺《送曾德迈归宁宜春》(一作曹松诗)"筵开灞岸临清浅"⑫,韩翃《送道士侄归池阳》"灞岸送驴车"⑬,这些情景仿佛一个又一个弦歌把盏的送别镜头,展现了那一时代社会的醇厚风情。王维《送熊九赴任安阳》"送车盈灞上"⑭,令人可以

---

① 《罗隐诗集笺注》,第249页。
② 《全唐诗》卷六四〇,第7343页。
③ 《李太白全集》卷五,第322页。
④ 《李太白全集》卷十七,第796页。
⑤ 《韦应物诗集系年校笺》卷八,第408页。
⑥ 《全唐诗》卷七四三《都门送别》,第8458页。
⑦ 《刘禹锡全集编年校注》,第105页。
⑧ 《全唐诗》卷五八五,第6774页。
⑨ 《贾岛诗集笺注》,第348页。
⑩ 《罗隐诗集笺注》,第107页。
⑪ 《全唐诗》卷一〇七,第1112页。
⑫ 《全唐诗》卷五九三,第6880—6881页。
⑬ 《全唐诗》卷二四四,第2746页。
⑭ 《王维诗注》,第251页。

想见灞上车水马龙的送别情景。温庭筠《送李亿东归》"灞上金樽未饮,宴歌已有余声"①,钱起《送崔十三东游》"灞上春风留别袂,关东新月宿谁家"②,李颀《留别王卢二拾遗》时正当"春风灞水上"③,一幕又一幕的诗画,仿佛是灞上作别的动漫。

　　唐代在灞桥设有驿站,称作灞亭,更成为人们相送话别的佳处。岑参"置酒灞亭别,高歌披心胸"④;刘长卿"对酒灞亭暮"⑤;卢藏用"朋酒灞亭暎"⑥;房白"青春灞亭别"⑦;戴叔伦"裴回灞亭上,不语自伤春"⑧;张籍"惆怅灞亭相送去"⑨。人们于灞亭举杯把盏,惆怅徘徊,不语目送,一幕幕日常生活的历史情景变幻在诗意的笔端,留下了生生不息的人生画卷。"灞桥类"意象在送别诗中有时也用来借指京城长安,成为入京的象征。李颀《圣善阁送裴迪入京》云"伊流惜东别,灞水向西看"⑩,王昌龄《别李浦之京》云"故园今在灞陵西,江畔逢君醉不迷"⑪,诗中的灞水、灞陵,皆指代长安。

　　灞水,一条普通的河流;灞桥,一座寻常的桥梁,在诗人诗意的选择书写下,它们被赋予了人格性灵,在无数次的参与送别活动后,成为了送别诗的意象元素,展现出了约定俗成的无穷魅力。

　　二、南浦,河梁

　　南浦、河梁原型意象的形成来源于经典文本,"子交手兮东行,送美人兮南浦",是屈原《楚辞·九歌·河伯》的名句,由之南浦遂成为别离津的代名词,此后的水滨之别便多以南浦取象。谢朓《送远曲》云"北梁辞欢宴,南浦送佳人"⑫,江淹《别赋》云"春草碧色,春水绿波。送君南浦,伤如之何"⑬,都是对南浦送别的承袭。白居易有《南浦别》曰:

---

① 《温庭筠全集校注》,第 277 页。
② 《钱起诗集校注》,第 45 页。
③ 《李颀诗评注》,第 82 页。
④ 《岑嘉州诗笺注》卷一《送祁乐归河东》,第 36 页。
⑤ 《刘长卿诗编年笺注》,《送友人东归》,第 502 页。
⑥ 《全唐诗》卷九三《饯许州宋司马赴任》,第 1003 页。
⑦ 《全唐诗》卷二〇九《送萧颖士赴东府得还字》,第 2175—2176 页。
⑧ 《戴叔伦诗文集笺注·送友人东归》,第 51 页。
⑨ 《张籍集注·送施肩吾东归》,第 204 页。
⑩ 《李颀诗评注》,第 286 页。
⑪ 《王昌龄集编年校注》,第 142 页。
⑫ 《先秦汉魏晋南北朝诗·齐诗》卷三,第 1416 页。
⑬ 《文选》,第 755 页。

南浦凄凄别,西风袅袅秋。一看肠一断,好去莫回头。①

表明了唐人对南浦别离意义的进一步深化。俞陛云对此有独到见解,曰:

首句凄凄南浦,为江淹恨别之乡。次句袅袅西风,乃宋玉悲秋之际。寄语征人,不若掉头竟去,强制离情,差胜于留恋长亭,赢得相看断肠也。皇甫曾《送友》诗云:相望知不见,终是屡回头。一言行者好去莫回头,一言送行者屡回头,皆情至之语。②

点评甚是精到,因为送别双方都有屡回头的习惯,所以才有好去莫回头的劝说。

送别诗中的南浦并不指向某个具体的地点,而是无数河岸水滨送别场景的定格,隐含了所有离别之际惜别珍重的情感。武元衡《送柳郎中(一作柳侍御,一作李侍郎)裴起居》云"南浦别离处"③,《鄂渚送友》又云"送君南浦不胜情",表明了人们对南浦意义的认同,南浦是人们惯常熟悉的作别之地。王维《齐州送祖三》云"送君南浦泪如丝,君向东州使我悲"④,储嗣宗《赠别》曰"东城草虽绿,南浦柳无枝"⑤,皆反映了时人的集体思维,因送君南浦陡增黯然伤感之情。王勃《别人四首》之一云"送君南浦外,还望将如何"⑥,宋之问《送赵六贞固》云"目断南浦云,心醉东郊柳"⑦,南浦伫望,已经成为诗意的雕塑景象。许浑《送同年崔先辈》中一句"南浦遍离情"⑧,可谓点化出了南浦送别文化的深沉蕴意。

送别于南浦,环顾瞭望,所见景物亦无不染上了别离色彩,令人不忍目睹。独孤及《送陈王府张长史还京》云"极目故关道,伤心南浦花"⑨,皎然《奉陪颜使君真卿登岘山送张侍御严归台》云"客心南浦柳,离思西楼月"⑩,熊孺登《奉和兴元郑相公早春送杨侍郎》云"征鞍欲上醉还留,南浦春生百草头"⑪,徐夤《别》云"东门匹马夜归处,南浦片帆飞去时"⑫,南浦的红花、

---

① 《白居易诗集校注》卷十八,第 1497 页。
② 《诗境浅说》,第 154 页。
③ 《全唐诗》卷三一六,第 3548 页。
④ 《王维诗注》,第 288 页。
⑤ 《全唐诗》卷五九四,第 6887 页。
⑥ 《王勃集》卷三,第 31 页。
⑦ 《沈佺期宋之问集校注》,第 371 页。
⑧ 《丁卯集笺证》,第 12 页。
⑨ 《全唐诗》卷二四七,第 2774 页。
⑩ 《全唐诗》卷八一五,第 9213—9214 页。
⑪ 《全唐诗》卷四七六,第 5421 页。
⑫ 《全唐诗》卷七一〇,第 8178 页。

绿草、垂柳、杨帆，都成为触动离别感伤的媒介，正可见南浦送别的广泛普及。然而纵使"远风南浦万重波"，也"未似生离恨别多"①，这是杜牧《见刘秀才与池州妓别》的感慨，也是人们对生离死别的珍重和深切体会。

江浦、柳浦、别浦等意象，在送别诗中一如南浦，承载着送别文化的普泛含义，为诗人喜爱。韦应物《送王校书》曰"送君江浦已惆怅，更上西楼看远帆"②，皎然《送淳于秀才兰陵觐省》曰"柳浦归人思，兰陵春草生"③，李中《送戴秀才》曰"短棹离幽浦，孤帆触远烟"④，杜甫《重送刘十弟判官》曰"分源豕韦派，别浦雁宾秋"⑤等，是对南浦意象的扩展和发挥。

河梁的原型意象导自于李陵的别苏武，"唐人诗虽各出机杼，实宪章八代。如李陵录别开阳关三叠之先声。"⑥李陵的《与苏武三首》在萧统《文选》中有收录，对唐人送别诗的影响极其深远，其三起首云"携手上河梁，游子暮何之？"使河梁遂成为离别的代名词。范云《送别》云"东风柳线长，送郎上河梁"⑦，王台卿《陌上桑四首》其一云"送君上河梁，拭泪不能语"⑧，已见河梁送别的端倪，唐人方干《送郑台处士归绛岩》曰"古贤犹怆河梁别，未可匆匆便解携"⑨，权德舆《埇桥达奚四于十九陈大三侍御夜宴叙各赋二韵》曰"自古河梁多别离"⑩可谓是最中肯的诗意总结。

晚唐著名诗人马戴《河梁别》云：

河梁送别者，行哭半非亲。此路足征客，胡天多杀人。
金罍照离思，宝瑟凝残春。早晚期相见，垂杨凋复新。⑪

诗中描写了于河梁作别的离人，挥泪作揖，万千叮嘱，场景凄切动人。贾岛《送别》云"门外便伸千里别，无车不得到河梁"⑫，河梁是人们出行的必经之路，河梁相送由来已久，河梁入诗别意不言自明，遂成风习。武元衡《送寇侍御司马之明州》曰"斗酒上河梁，惊魂去越乡"⑬，姚合《别李余》云"野寺僧

---

① 《樊川文集校注》，第 316 页。
② 《韦应物诗集系年校笺》卷八，第 401 页。
③ 《全唐诗》卷八一九，第 9233 页。
④ 《全唐诗》卷七四八，第 8522 页。
⑤ 《杜诗详注》卷二十二，第 2005 页。
⑥ 《唐诗别裁集》，第 4 页。
⑦ 《先秦汉魏晋南北朝诗·梁诗》卷二，第 1549 页。
⑧ （南朝陈）徐陵编：《玉台新咏笺注》，吉林人民出版社，1999 年，第 474 页。
⑨ 《全唐诗》卷六五〇，第 7470 页。
⑩ 《全唐诗》卷三二四，第 3637 页。
⑪ 《全唐诗》卷五五五，第 6438 页。
⑫ 《贾岛诗集笺注》，第 328 页。
⑬ 《全唐诗》卷三七六，第 3555 页。

相送,河桥酒滞行"①,两人皆是借酒留人,踯躅河桥,依依话别。武元衡《送柳郎中裴起居》曰"落日河桥千骑别,春风寂寞旆旌回"②,周瑀《送潘三入京》曰"把手河桥上,孤山日暮青"③,卢纶《秋晚河西县楼送浑中允赴朝阙》曰"高楼吹玉箫,车马上河桥"④,如同一幅幅落日河桥送别图画,牵引起读者的悠悠遐思。钱起《送孙十尉温县》曰"飞花落絮满河桥,千里伤心送客遥"⑤,杜牧《奉和门下相公送西川相公兼领相印出镇全蜀诗十八韵》曰"同心真石友,写恨蔑河梁"⑥,林珝《送安养阁主簿还竹寺》曰"分手怨河梁,南征历汉阳"⑦,却皆是借怨恨河梁表达离别的伤痛和无奈。

"嗟乎,不游天下者,安知四海之交? 不涉河梁者,岂识别离之恨?"⑧古人走过的河梁今人已不可寻找,然而别离是跨越时代的笙歌,送别诗中的河梁意象为后人留下了抒写离情的乐符。

三、歧路,离亭

歧路随处有,离亭遍地是,普通的地理方位和建筑由于被人们赋予了送别文化的色彩,而生发出原型意象的模式。"出门多歧路,命驾无由缘"⑨,古代于道旁祖道的风俗形成了歧路别离的思维模式,初唐王勃"无为在歧路,儿女共沾襟"的诗句,则开启了唐人歧路言别的先声。

歧路之别历来惊心动魄,令人不堪,诚如王勃《秋日饯别序》所云"奏鸣琴则离鹍别鹤,惊歧路之悲心;来胜地则时雨凉风,助他乡之旅思"⑩。骆宾王《秋日送侯四得弹字》谓"歧路分襟易,风云促膝难"⑪,柳宗元谓"二十年来万事同,今朝歧路忽西东"⑫,姚鹄谓"四座莫纷纷,须臾歧路分"⑬,别时容易见时难,倏忽之间物是人非,令人们对歧路分别充满怨怼和期待。然而

---

① 《姚合诗集校注》卷二,第 110 页。
② 《全唐诗》卷三一七,第 3572 页。
③ 《全唐诗》卷一一四,第 1162 页。
④ 《卢纶诗集校注》卷一,第 89 页。
⑤ 《钱起诗集校注》,第 671 页。
⑥ 《樊川文集校注》,第 225 页。
⑦ 《全唐诗》卷七七七,第 8803 页。
⑧ 《全唐文》卷一百八十一《越州永兴李明府宅送萧三还齐州序》,第 1836 页。
⑨ 《顾况诗集》,《寄上兵部韩侍郎奉呈李户部卢刑部杜三侍郎》,江西人民出版社,1983 年版,第 20 页。
⑩ 《全唐文》卷一百八十一,第 1847 页。
⑪ 《骆宾王诗评注》,第 172 页。
⑫ 《柳宗元集》卷四十二《重别梦得》,第 597 页。
⑬ 《全唐诗》卷五五三《送刘耕归舒州》,第 6401 页。

"为个文儒业,致多歧路愁"①,为了生活和理想,人们又不得不重复演绎歧路送别的悲欢离合。贾邕《送萧颖士赴东府得路字》云"子欲适东周,门人盈歧路"②,歧路相送,伫立遥望,不肯离去,已是送别诗中司空见惯的场面。更有热闹的"万乘腾镳警歧路,百壶供帐饯离宫"③,这是朝廷送行出使的朝臣,场面宏大。以酒饯别乃古之习俗,于歧路宴饮亦是情之所至,李峤《又送别》云"歧路方为客,芳尊暂解颜"④,姚合《送卢二弟茂才罢举游洛谒新相》云"离筵俯歧路,四坐半公卿"⑤,斟满尊酒,不辍劝饮,企图以之化解离愁。歧路送行之后不忍返回尤多徘徊,骆宾王《饯郑安阳入蜀》曰"长途君怅望,歧路我徘徊"⑥,储光羲《送周十一》曰"握手别征驾,返悲歧路长"⑦,高适《送韩九》曰"惆怅别离日,徘徊歧路前"⑧,司空曙《赠送郑钱二郎中》曰"何可宗禅客,迟回歧路中"⑨,行人虽已远去,送者却依然不肯离开,于歧路徘徊踯躅,久久伫立凝望。

歧路相别泪雨涟涟,乃人之常情,亦最是感人,刘长卿《青溪口送人归岳州》云"歧路相逢无可赠,老年空有泪沾衣"⑩、《送皇甫曾赴上都》云"帝乡何处是?歧路空垂泣"⑪,韦应物《送李二归楚州》亦云"忽此嗟歧路,还令泣素丝"⑫,这些垂泪湿衣、挥泪洒别的场面,实在令人苦痛难堪,以故王勃的一句"无为在歧路,儿女共沾巾",便能给人以震撼,独树一帜地开拓了送别情感的新境界,倍受赞赏。歧路送行话别,多以赠言为主,苏颋《赠彭州权别驾》云"莫怆分飞歧路别,还当奏最掖垣来"⑬,鼓励友人建功立业,报效朝廷。张说《南中别王陵成崇》时,"握手与君别,歧路赠一言",告诫友人"常怀客鸟意,会答主人恩"⑭。孟浩然《送张子容进士举》时,"惆怅野中别,殷勤醉后言",希望友人"无使谷风诮,须令友道存"⑮。李中《送黄秀才》云

---

① 《全唐诗》卷六四五《秋日与友生言别》,第 7389 页。
② 《全唐诗》卷二〇九,第 2174 页。
③ 《全唐诗》卷三五《奉和圣制送来济应制》,第 467 页。
④ 《全唐诗》卷五八,第 695 页。
⑤ 《姚合诗集校注》卷二,第 83 页。
⑥ 《骆宾王诗评注》,第 155 页。
⑦ 《全唐诗》卷一三八,第 1406 页。
⑧ 《高适诗集编年笺注》,第 325 页。
⑨ 《全唐诗》卷二九二,第 3313 页。
⑩ 《刘长卿诗编年笺注》,第 465 页。
⑪ 同上,第 262 页。
⑫ 《韦应物诗集系年校笺》卷六,第 308 页。
⑬ 《全唐诗》卷七三,第 806 页。
⑭ 《张燕公集》卷三,第 29 页。
⑮ 《孟浩然诗集校注》卷三,第 401 页。

"歧路从兹远,双鱼信勿沉"①,叮嘱友人常把音信传,因为别思难挨。

在环境描写中,歧路往往有强化离别情感的作用,产生无声胜有声的效果。如储光羲《送沈校书吴中搜书》云"郊外亭皋远,野中歧路分"②,杨炯《送临津房少府》云"歧路三秋别,江津万里长"③,皎然《春日又送潘述之扬州》云"别渚望邗城,歧路春日遍"④,旷野中的歧路,一如三秋时的歧路,一如春日里的歧路,在离人的眼里无不浸染着深深的别愁,静静地注视着来来往往的行人。高适《送刘评事充朔方判官赋得征马嘶》谓"歧路风将远,关山月共愁"⑤,皇甫冉《送柳八员外赴江西》谓"歧路穷无极,长江九派分"⑥,张继《留别》(一作皇甫冉诗,题作《又得云字》)谓"南行更入山深浅,歧路悠悠水自分"⑦,张南史《送李侍御入茅山采药》谓"江海生歧路,云霞入洞天"⑧,皎然《于武原从送卢士举》谓"萧条古关外,歧路更东西"⑨,人间在处有歧路,东西南北延无极,纵使对游人充满关切,亦只能以平常心看待远行,欲为洒脱超越离愁。

"行路难,行路难,歧路几千端"⑩,人生何尝不常常面临歧路的抉择,送别诗中的歧路有时又具有象征意味,增加了诗歌内涵的丰富多彩,耐人回味。褚亮《晚别乐记室彦》云"他乡有歧路,游子欲何之"⑪,卢纶《送吉中孚校书归楚州旧山》云"此去复如何?东皋歧路多"⑫,这里的歧路除了指分别,更指遭遇人生十字路口的选择。黄滔《出京别崔学士》曰"欲逐飘蓬向歧路,数宵垂泪恋清芬"⑬,杜荀鹤《下第东归别友人》曰"年华落第老,歧路出关长"⑭,充满了对漫漫人生的感叹。行处即有歧路,每逢"云物如故乡,山川异歧路"⑮、"他乡千里月,歧路九秋风"⑯面对异地他乡的歧路,除了

---

① 《全唐诗》卷七四八,第8521页。
② 《全唐诗》卷一三九,第1411页。
③ 《杨炯集》卷二,第15页。
④ 《全唐诗》卷八一八,第9215页。
⑤ 《高适诗集编年笺注》,第336页。
⑥ 《全唐诗》卷二五〇,第2818页。
⑦ 《全唐诗》卷二四二,第2722页。
⑧ 《全唐诗》卷二九六,第3357页。
⑨ 《全唐诗》卷八一九,第9235页。
⑩ 《骆宾王诗评注·杂曲歌辞·从军中行路难》,第245页。
⑪ 《全唐诗》卷三二,第447页。
⑫ 《卢纶诗集校注》卷一,第5页。
⑬ 《全唐诗》卷七〇五,第8110页。
⑭ 《全唐诗》卷六九一,第7942页。
⑮ 《丁卯集笺证·江上燕别》(一作赵嘏诗,题作《汾上宴别》),第108页。
⑯ 《全唐诗》卷六一《送光禄刘主簿之洛》,第726页。

触动游人思乡的心弦外,还有许多无言的况味。欧阳詹曰:"歧路既殊,聊各以行。勉哉!"①韩偓曰:"大抵多情应易老,不堪歧路数西东。"②天若有情天亦老,自古离情暗销魂。

离亭是对道路旁驿亭的雅称,亭即停也,是方便人们停留聚集的地方,供应行人食宿的处所,历代都有设置。离亭的名称诸如短亭、长亭、客亭、兰亭、河亭、柳亭、孤亭、古亭、关亭、都亭、红亭、西亭等,不可一一列举,在空旷的野外,离亭成为人们举行简单送别仪式的首选,岁月的流逝积淀出了"离亭"相对稳定的送别文化内涵,最终成就了"古道长亭"象征离别故事的传统,唐人送别诗即充分体现了人们对离亭原型意象的认同。

离亭话别是最寻常的情景,有时还有酒盏盈樽,管弦别曲。许浑《将赴京师津亭别萧处士二首》之二云"津亭多别离,杨柳半无枝"③,确实不是虚言。王昌龄《留别郭八》云"长亭驻马未能前,井邑苍茫含暮烟"④,骆宾王《送刘少府游越州》云"离亭分鹤盖,别岸指龙川"⑤,岑参《陪使君早春西亭送王赞府赴选》云"西亭系五马,为送故人归"⑥,裴说《春暖送人下第》云"相送短亭前,知君愚复贤"⑦,高适《宋中别李八》云"驻马临长亭,飘然事明发"⑧,孟浩然《岘亭饯房琯崔宗之》云"祖道衣冠列,分亭驿骑催"⑨,长亭更短亭,东西更南北,对奔波在外的旅人而言,离亭亦是心灵的驿站。许浑《送张处士》曰:

宴罢众宾散,长歌携一卮。溪亭相送远,山郭独归迟。
风槛夕云散,月轩寒露滋。病来双鬓白,不是别离时。⑩

溪亭饯别之宴后,热闹归于寂静,诗人踽踽而归,不胜幽独自伤。岑参《水亭送刘颙使还归节度》云"红亭莫惜醉,白日眼看低"⑪、《赵少尹南亭送郑侍御归东台》又云"红亭酒瓮香,白面绣衣郎……钟催离兴急,弦逐醉歌长"⑫,诗人于红亭设宴饯行友人,不惜醉酒,豪爽之情跃然纸上。顾况《送使君》曰

---

① 《全唐文》卷五百九十七《送无知上人往五台山序》,第6032页。
② 《全唐诗》卷六八二《江南送别》,第7819页。
③ 《丁卯集笺证》,第64页。
④ 《王昌龄集编年校注》,第204页。
⑤ 《骆宾王诗评注》,第162页。
⑥ 《岑嘉州诗笺注》卷三,第527页。
⑦ 《全唐诗》卷七二〇,第8262页。
⑧ 《高适诗集编年笺注·宋中别李八》,第68页。
⑨ 《孟浩然诗集校注》卷四,第423页。
⑩ 《丁卯集笺证》,第59页。
⑪ 《岑嘉州诗笺注》卷三,第531页。
⑫ 《岑嘉州诗笺注》,第500页。

"山亭倾别酒,野服间朝衣"①,贾至《送耿副使归长沙》曰"画舸欲南归,江亭且留宴"②,韩翃《送卢大理赵侍御祭东岳兼寄孟兖州》曰"驿亭开岁酒,斋舍著新衣"③,张籍《使回留别襄阳李司空》曰"江亭寒日晚,弦管有离声"④,王建《送人》曰"河亭收酒器,语尽各西东"⑤,李频《送友人往太原》"离亭聊把酒,此路彻边头"⑥,唐彦谦《留别四首》之一"鼓吹翻新调,都亭酒正酣"⑦等,可见以酒饯行于离亭是唐人的风尚,体现出了豁达豪迈的时代精神。

　　由于离亭象征分别显而易见,诗人们于是多用描写离亭之景抒发各种情怀,提升了诗歌的内涵韵味。如陈子昂《落第西还别魏四懔》曰"离亭暗风雨,征路入云烟"⑧,皎然《于武原从送卢士举》曰"大泽云寂寂,长亭雨凄凄"⑨,刘长卿《送梁侍御巡永州》曰"萧萧江雨暮,客散野亭空"⑩,风雨萧索,景色凄凉的离亭,正是离人满眼愁绪的写照。陈子昂《送殷大入蜀》云"片云生极浦,斜日隐离亭"⑪,李端《送张淑归觐叔父》云"日惨长亭暮,天高大泽闲"⑫,杨凝《送别》"樽酒邮亭暮,云帆驿使归"⑬,李频《送僧入天台》云"长亭旧别路,落日独行僧"⑭,马戴《江亭赠别》云"长亭晚送君,秋色渡江濆"⑮,尚颜《送人归乡》云"寂寞长亭外,依然空落晖"⑯,落日斜阳下的离亭别是一番风景,反衬出了人生别离苦的无奈。悲愁苦辛是离亭送别的感情基调,如柳郴《赠别二首》之二曰"何处最悲辛,长亭临古津"⑰,李白《劳劳亭》曰"天下伤心处,劳劳送客亭"⑱,王勃《江亭夜月送别二首》曰"津亭秋月夜,谁见泣离群"⑲,皎然《翔隼歌送王端公》曰"离亭惨惨客散时,歌尽

---

① 《顾况诗集》,第 71 页。
② 《全唐诗》卷二三五,第 2593 页。
③ 《全唐诗》卷二四四,第 2748 页。
④ 《张籍集注》,第 146 页。
⑤ (唐)王建:《王建诗集校注》卷四,巴蜀书社,2006 年,第 175 页。
⑥ 《全唐诗》卷五八八,第 6820 页。
⑦ 《全唐诗》卷六七一,第 7666 页。
⑧ 《陈子昂诗注》,第 90 页。
⑨ 《全唐诗》卷八一九,第 9235 页。
⑩ 《刘长卿诗编年笺注》,第 354 页。
⑪ 《陈子昂诗注》,第 149 页。
⑫ 《全唐诗》卷二八五,第 3261 页。
⑬ 《全唐诗》卷二九〇,第 3298 页。
⑭ 《全唐诗》卷五八八,第 6829 页。
⑮ 《全唐诗》卷五五六,第 6441 页。
⑯ 《全唐诗》卷八四八,第 9603 页。
⑰ 《全唐诗》卷三〇五,第 3473 页。
⑱ 《李太白全集》卷二十五,第 1150 页。
⑲ 《王勃集》卷三,第 31 页。

路长意不足"①。"离亭不可望"②,可以说是对离亭意象的注解,其中几多况味与深意后人自有体会,诗词曲中"祖席离歌,长亭别宴"的不绝重复,可谓是对唐诗的因袭继承。

皎然《自义亭驿送李长史纵夜泊临平东湖》起首云"长亭宾驭散,歧路起悲风",借长亭和歧路意象起兴,长亭人散后,歧路悲风起,"处处堪伤别,归来山又空"③,可见离亭、歧路别离意蕴的自然贴切和深入人心。

---

① 《全唐诗》卷八二一《翔隼歌送王端公》,第9257页。
② 《杨炯集》卷二《送刘校书从军》,第18页。
③ 《全唐诗》卷八一七,第9204页。

第五章　唐代送别诗与送别民俗

送别是日常生活中最常见的现象,送别民俗代有不同,唐代民众究竟怎样度过平凡人生,在送往迎来中有着怎样的情趣格调,对我们今天的生活有着怎样的潜移默化影响,我们其实是很陌生的。唐代送别诗作为唐诗中极为重要的一类题材,向我们昭示了唐代社会的基本面貌,送别诗中丰富的送别民俗文化,将唐代社会的送别礼俗和生活画卷展示在了后人面前。

民俗是民族的重要属性之一,没有人能离开民俗生活,如同鱼儿离不开水一样,也没有完全摆脱民俗的社会生活,但由于历史的原因,在追寻古人的生活习俗时,我们往往很难找到现成的详细资料,正如程蔷所言:

> 唐代的民俗则比较虚。渗透在历史生活中的民情风俗,在当时几乎无处不见、无时不在,但它们除了一小部分通过文字被记载下来(姑且认为这种记载都还准确),另一小部分有幸穿过历史的长河,在以后的时代继续延伸(同时发生着种种变异),绝大部分都已经在时光的迁易中消逝了。因此,研究唐代文学,我们可以面对现成的大体无讹的唐人文本;而研究唐代民俗,却缺少现成的资料,需要依靠我们对于当日民俗生活的重构与复现。[1]

对于唐代送别民俗的研究也同样如此,故尝试依据唐诗中大量的送别诗,对其内容进行深层次多视角观照,从而勾勒出唐人送往迎来的风情画面,了解当时人们的生活细节,看出民俗传承的历史过程。唐代自上而下风行饯别,热衷赋诗,出行一定相伴远送,讲究各种礼仪,分手时相互赠送礼物,感情丰富多姿,总体形成了一道独特的景观,令人品味无穷。

---

[1] 程蔷、董乃斌:《唐帝国的精神文明——民俗与文学》,中国社会科学出版社,1996年版,第5页。

第一节 出行远相送

　　唐代交通虽已较为发达,但出行仍是不易的事情,人们为了四方之事,不得不抛家离舍,造成了无数别离。但凡外出,无论远近,唐人都非常重视,一定要远送至都城门外,野外路歧,离亭驿栈,江河渡头,一直陪伴到不得不分手为止。一如宋玉所言"憭慄兮若在远行,登山临水兮送将归",然送君千里,终有一别,所谓"玉瓶沽美酒,数里送君还"①、"勿言临都五六里,扶病出城相送来"②、"嘉陵江畔饯行车,离袂难分十里余"③、"都门五十里,驰马逐鸡声"④、"京华庸蜀三千里,送到咸阳见夕阳"⑤,数里数十里整日地饯行结伴相送,道出了古人惜别依依的礼仪传统。在唐人送别诗中,经常提到的远送作别之地有大道歧路、都门青门、长短驿亭、高台郊陌、江上河桥、南浦渡口等,这些地点由于诗人的反复运用因而具有了特殊的文化意蕴,成为别离的象征和代名词,有时甚至虚化为诗歌的一个意象,作为诗歌的一种表达手法,为突出离别的主题服务。

一、路歧更作千年别

　　东西南北遍歧路,人世浮生多别离,"在处有歧路,何人无别离"⑥,远送至歧路口便不得不驻足了,以故张乔云"自笑中华路,年年送远人"⑦,实在是无奈的调侃之语。李白云:"玉瓶沽美酒,数里送君还。系马垂杨下,衔杯大道间。"⑧王维云:"置酒临长道,同心与我违。"⑨如李白、王维这般一送数里,在大道上饮酒话别的情景,在唐诗中当是司空见惯,而于"歧路"处分手的更多。"天长地阔多歧路"⑩,"歧路"本身即具有分别的象征意义,初唐王勃《送杜少府之任蜀州》"无为在歧路,儿女共沾巾"的名句,更启发了后来

---

① 《李太白全集》卷十五《广陵赠别》,第719页。
② 《白居易诗集校注》卷二十七《临都驿送崔十八》,第2142页。
③ 《全唐诗》卷七六六《送从弟舍人入蜀》,第8690—8691页。
④ 《樊川文集校注·送友人》,第1471页。
⑤ 《李商隐诗歌集解·赴职梓潼留别畏之员外同年》,第1221页。
⑥ 《全唐诗》卷六〇四《写怀》,第6981页。
⑦ 《全唐诗》卷六三九《送人及第归海东》,第7327页。
⑧ 《李太白全集》卷十五《广陵赠别》,第719页。
⑨ 《王维诗注·送綦毋潜落第还乡》,第60页。
⑩ 《全唐诗》卷三四九《泉州赴上都留别舍弟及故人》,第3911页。

诗人的诗兴,高适《别韦参军》即云:"丈夫不作儿女别,临歧涕泪沾衣巾。"①周贺《长安送人》亦云:"临歧惜分手,日暮一沾巾。"②李频有《临歧留别相知》诗云:

  百岁竟何事,一身长远游。行行将近老,处处不离愁。
  世路多相取,权门不自投。难为此时别,欲别愿人留。③

诗中抒发了平生不得意,临别恋相知的感怀。李白曰"江上送行无白璧,临歧惆怅若为分"④,皎然曰"如何此路歧,更作千年别"⑤,都表明面对歧路则意味着分手在即,各奔东西。

  歧路言别,人们往往难堪不忍,诗人张说"握手与君别,歧路赠一言",表白自己能"常怀客鸟意,会答主人恩"⑥。孟浩然送人"惆怅野中别,殷勤醉后言",希望友人能"无使谷风消,须令友道存"⑦。李白竟至于"但洒一行泪,临歧竟何云"⑧、"挥手再三别,临歧空断肠"⑨。储光羲《送周十一》"握手别征驾","返悲歧路长"⑩,同样的路程,送时嫌短,回时恨长,只因为缺少了陪伴的人。

  刘长卿送别诗中多见歧路之别,如《送皇甫曾赴上都》云"帝乡何处是?歧路空垂泣"、《送刘萱之道州谒崔大夫》云"沅水悠悠湘水春,临歧南望一沾巾","空垂泣""一沾巾"是因为"楚客愁暮多,川程带潮急""信陵门下三千客,君到长沙见几人"⑪,对朋友的未来充满担忧。又《送李二十四移家之江州》云:"烟尘犹满目,歧路易沾衣。"《青溪口送人归岳州》感慨曰:"歧路相逢无可赠,老年空有泪沾衣。"《颖川留别司仓李万》反问道:"客里相逢款话深,如何歧路剩沾襟。"⑫"歧路"已成为情感的释放之地,诗人于此任凭掩饰不住的泪水尽情流淌。由于伤感,《送常十九归嵩少故林》诗人竟至于"歧路别时惊一叶"⑬,所见所听无不染上了情感色彩。在《送王端公入奏上

---

① 《高适诗集编年笺注》,第 10 页。
② 《全唐诗》卷五○三,一作《送乡人》,第 5727 页。
③ 《全唐诗》卷五八八,第 6824—6825 页。
④ 《李太白全集》卷十八《与诸公送陈郎将归衡阳》,第 850 页。
⑤ 《全唐诗》卷八○九《兵后余不亭重送卢孟明游江西》,第 9227 页。
⑥ 《张燕公集》卷三《南中别王陵成崇》,第 29 页。
⑦ 《孟浩然诗集校注》卷三《送张子容进士举》,第 401 页。
⑧ 《李太白全集》卷十八《送张秀才谒高中丞》,第 842 页。
⑨ 《李太白全集》卷十六《南阳送客》,第 747 页。
⑩ 《全唐诗》卷一三八,第 1406 页。
⑪ 《刘长卿诗编年笺注》,第 262、309 页。
⑫ 同上,第 170、465、72 页。
⑬ 同上,第 356 页。

都》时云"旧国无家访,临歧亦羡归"①,由人想己,顿生慕意。其《别李氏女子》极有史料价值,云:

> 念尔嫁犹近,稚年那别亲。临歧方教诲,所贵和六姻。
> 俯首戴荆钗,欲拜凄且嚬。本来儒家子,莫耻梁鸿贫。
> 汉川若可涉,水清石磷磷。天涯远乡妇,月下孤舟人。②

在分别时谆谆教诲,殷殷叮嘱,反映了当时的嫁女习俗。不愿歧路为别的诗人,甚至发愿"门外若无南北路,人间应免别离愁"③,这是何等的痴情啊!

二、为别长安青绮门

"出门两相顾,青山路逶迤"④,当是时人最常见的送别情景,但对于离别京都的人来说,送别的"门"因都市的繁华而有了特殊的含义。唐代两京都曾是文人骚客荟萃之地,特别是长安,作为当时的国际大都会,汇聚了东西方各国、各民族文化精华,因之留下了数量不菲的送别诗,而两京的都门则承担起了离人饯行话别的重任,成为送别诗中又一个独具特色的别离场所。

沈彬有《都门送别》云:"岸柳萧疏野荻秋,都门行客莫回头。"诗人劝行客不要回头,因为离愁太浓,因为京都令人留恋难舍,纵然"一条灞水清如剑,不为离人割断愁"⑤。薛能曰"都门送行处,青紫骑纷纷"⑥、袁求贤曰"今日都门外,悠悠别汉臣"⑦、李益曰"都门送旄节,符竹领诸侯"⑧、韦应物曰"立马欲从何处别,都门杨柳正毵毵"⑨、武元衡云"都门去马嘶,灞水春流浅"⑩、陈羽云"都门雨歇愁分处,山店灯残梦到时"⑪、陆畅云"连骑出都门,秋蝉噪高柳"⑫等,无不说明都门是京城人们挥手告别的地方,都门周围的景物如杨柳、春流、雨水等,亦无不染上了浓厚的离情别绪。

---

① 《刘长卿诗编年笺注》,第 250 页。
② 同上,第 476 页。
③ 《丁卯集笺证》,第 280 页。
④ 《张籍集注·别于鹄》,第 235 页。
⑤ 《全唐诗》卷七四三,第 8458 页。
⑥ 《全唐诗》卷五五八《送从兄之太原副使》,第 6469 页。
⑦ 《全唐诗》卷七八一《早春送郎官出宰》,第 8833 页。
⑧ 《李益集注·送襄阳李尚书》,第 291 页。
⑨ 《韦应物诗集系年校笺》卷一《送张八元秀才擢第往上都应制》,第 62 页。
⑩ 《全唐诗》卷三一六《送188次》,第 3546 页。
⑪ 《全唐诗》卷三四八《送友人及第归江东》,第 3890 页。
⑫ 《全唐诗》卷四七八《别刘端公》,第 5441—5442 页。

在都门送别时往往要摆酒设宴，离人们总是尽兴畅饮以慰离情，一如韦应物所言"都门且尽醉，此别数年期"①，无名氏所云"往途遵塞道，出祖耀都门"②，点明了祖饯的地点在都门。温庭筠《与友人别》云"半醉别都门，含凄上古原"③，只因为没有全醉，才会感到悲愁凄凉。薛逢《重送徐州李从事商隐》也是醉别，"晓乘征骑带犀渠，醉别都门惨袂初"④，酒入愁肠随即化作了惜别泪。

也有许多送别诗以东门代都门，李余有《句》云"长安东门别，立马生白发"⑤，可见别情伤人之深。韩翃《送深州吴司马归使幕》云"东门送远客，车马正纷纷"，在东门告别；又《送道士侄归池阳》云"银角桃枝杖，东门赠别初"⑥，也是在东门分手。钱起《送陆三出尉》时触景生情，见"春草晚来色"，于"东门愁送君"⑦。刘长卿《送马秀才落第归江南》同样是"东门怅别柳条新"⑧。为了解愁，姚合《送独孤焕评事赴丰州》索性"东门携酒送廷评，结束从军塞上行"⑨。李颀《送陈章甫》慷慨解囊，"东门酤酒饮我曹，心轻万事如鸿毛"⑩。岑参《送费子归武昌》云"东门一壶聊出祖"，鼓励友人"勿叹蹉跎白发新，应须守道勿羞贫"⑪。

如果说都门、东门都还有泛指情况的话，那么青门则确指长安东南第一门，即霸城门。据《三辅黄图校证》卷一《都城十二门》载：

> 长安城东出南头第一门霸城门，民见门色青，名曰青城门，或曰青门。……亦曰青绮门。⑫

青门也是送别之人洒泪留情之地。杨炯《送并州旻上人诗序》曰："麟阁良朋，祖送于青门之外。"⑬李白《送裴十八图南归嵩山二首》即云："何处可为别？长安青绮门。"⑭白居易《长安送柳大东归》亦云："白社羁游伴，青门远

---

① 《韦应物诗集系年校笺》卷一《送宣城路录事》，第42页。
② 《全唐诗》卷七八七《送薛大夫和蕃》，第8875页。
③ 《温庭筠全集校注》，第807页。
④ 《全唐诗》卷五四八，第6329页。
⑤ 《全唐诗》卷五〇八，第5773页。
⑥ 《全唐诗》卷二四四，第2746页。
⑦ 《钱起诗集校注》，第371页。
⑧ 《刘长卿诗编年笺注》，第296页。
⑨ 《姚合诗集校注》卷二，第106页。
⑩ 《李颀诗评注》，第177页。
⑪ 《岑嘉州诗笺注》卷二，第354页。
⑫ 陈直：《三辅黄图校证》，第21页。
⑬ 《杨炯集》卷三，第31页。
⑭ 《李太白全集》卷十七《送裴十八图南归嵩山二首》之一，第807页。

别离。"①唐玄宗《送贺知章归四明》曾率领群臣在此设宴饯行,诗云:"独有青门饯,群僚怅别深。"②李嘉祐也曾于此《送客游荆州》,慨叹"青门一分首,难见杜陵人"③。权德舆《送张将军归东都旧业》亦是在此,"白草辞边骑,青门别故侯"④。岑参因严维"且归沧洲去",于是"相送青门时"⑤。他的另一首《青门歌送东台张判官》描写道:

> 青门金锁平旦开,城头日出使车回。
> 青门柳枝正堪折,路傍一日几人别。
> 东出青门路不穷,驿楼官树灞陵东。⑥

宛然一幅青门送别的风景画。青门周围的美好景色与行人分离的悲情形成反差,令人倍增伤感,故其《送李羽游江外》又言:"青门须醉别,少为解征鞍。"⑦企图以酒醉来化解别愁,宽人慰己。司空曙《送流人》因"青门好风景",而"为尔一沾巾",联想到流人的不幸遭遇,"悲君重窜身","童稚留荒宅"⑧,禁不住泪水纵横。

三、离亭驿站不可望

《释名》曰:"亭,停也。人所停集也。"《永嘉记》曰:"乐城县三京亭,此亭是祖送行人之所。"⑨古代路旁设置的十里一长亭、五里一短亭,以及无数驿站,除了供行旅歇息休憩外,同时还是人们饯别送行的重要场所,由于这些长亭短亭承载了送往迎来的文化意蕴,人们于是称之为"离亭",送别诗中出现的各种类型的"亭子"意象,也就有了意味深长的情感色彩。如李白《洗脚亭》云:

> 白道向姑熟,洪亭临道旁。前有吴时井,下有五丈床。
> 樵女洗素足,行人歇金装。西望白鹭洲,芦花似朝霜。
> 送君此时去,回首泪成行。⑩

---

① 《白居易诗集校注》卷十三,第 1028 页。
② 《全唐诗》卷三,第 31 页。
③ 《全唐诗》卷二〇六,第 2159 页。
④ 《全唐诗》卷三二四,第 3639 页。
⑤ 《岑嘉州诗笺注》卷四《送严维下第还江东》,第 699 页。
⑥ 《岑嘉州诗笺注》卷二,第 309 页。
⑦ 《岑嘉州诗笺注》卷一,第 59 页。
⑧ 《全唐诗》卷二九二,第 3315 页。
⑨ 《太平御览》卷一百九十四《居处部二十二·亭》引《永嘉记》,第 938 页。
⑩ 《李太白全集》卷二十五,第 1149 页。

描摹出了离亭话别的场面,给人以历历在目之感。王昌龄《少年行二首》曰"西陵侠少年,送客短长亭"①,马戴《江亭赠别》云"长亭晚送君"②,离亭驿栈中演绎的是古人感人肺腑的送别文化。柳郴《赠别二首》之二云:

> 何处最悲辛,长亭临古津。往来舟楫路,前后别离人。③

由于往来不尽的送行人,在长亭重演依依惜别,使得长亭成为最悲辛的地方。一个又一个"无限居人送独醒,可怜寂寞到长亭"④,抑或"长亭驻马未能前,井邑苍茫含暮烟"⑤,抑或"驻马临长亭,飘然事明发"⑥,抑或"相送短亭前,知君愚复贤"⑦。无数的长亭短亭,诉说着绵绵无绝的临别话语,回荡着离人的无奈和期待。

唐代七岁女童被武后召见,武后令之赋送兄诗,女童应声而就曰:

> 别路云初起,离亭叶正飞。所嗟人异雁,不作一行归。⑧

以离亭对别路,以雁归比人分,可见离亭作为送别地点已是家喻户晓。皎然曰"离亭惨惨客散时,歌尽路长意不足"⑨,描绘了一幕离亭送别后客行人散的悲惨图景。杨炯《送刘校书从军》云"离亭不可望,沟水自西东"⑩。离亭之所以不可望,当是引起的感伤回忆太繁多,激起的情绪波澜太强烈。如岑参《送柳录事赴梁州》云"英掾柳家郎,离亭酒瓮香"⑪,曾在离亭畅饮作别;戴叔伦《江馆会别》云"离亭一会宿,能有几人同"⑫,曾在离亭相约聚会。欧阳詹云"匹马将驱岂容易,弟兄亲故满离亭"⑬,亲朋故旧曾在离亭把自己相送;骆宾王云"离亭分鹤盖,别岸指龙川"⑭,友人曾从离亭走向远方。离亭留下了多少动人的故事,离亭的日月草木风云最能见证,以故离亭周围的风景,也常被纳入诗人的笔端。如杨炯《送丰城王少府》云"离亭隐乔树,沟水

---

① 《王昌龄集编年校注》,第 18 页。
② 《全唐诗》卷五五六,第 6441 页。
③ 《全唐诗》卷三〇五,第 3473 页。
④ 《柳宗元集》卷四十二《离觞不醉至驿却寄相送诸公》,第 593 页。
⑤ 《王昌龄集编年校注·留别郭八》,第 204 页。
⑥ 《高适诗集编年笺注·宋中别李八》,第 68 页。
⑦ 《全唐诗》卷七二〇《春暖送人下第》,第 8262 页。
⑧ 《全唐诗》卷七九九《送兄》,第 8983 页。
⑨ 《全唐诗》卷八二一《翔隼歌送王端公》,第 9257 页。
⑩ 《杨炯集》卷二,第 18 页。
⑪ 《岑嘉州诗笺注》卷三,第 591 页。
⑫ 《戴叔伦诗文集笺注》,第 258 页。
⑬ 《全唐诗》卷三四九《泉州赴上都留别舍弟及故人》,第 3911 页。
⑭ 《骆宾王诗评注·送刘少府游越州》,第 162 页。

浸平沙"①;陈子昂《落第西还别魏四懔》云"离亭暗风雨,征路入云烟"②;权德舆《送句容王少府簿领赴上都》云"离亭绿绮奏,乡树白云连"③,离亭之别,缠绵悱恻。

　　唐人送别诗中提到的亭名可谓多矣,比较著名的有灞亭、谢亭、劳劳亭等。李白有《灞陵行送别》云:"送君灞陵亭,灞水流浩浩。"④灞水在长安东,上有灞桥,唐时在灞桥设置驿站,当时叫做"滋水驿",也被称作"灞亭",居于关中交通要冲,为出入长安东西必经之地,自然成为迎来送往人们的聚居地。房白云:"青春灞亭别,此去何时还。"⑤戴叔伦云:"裴回灞亭上,不语自伤春。"⑥张籍云:"惆怅灞亭相送去,云中琪树不同攀。"⑦诗人们都是因于灞亭送人而徘徊不前,惆怅伤怀。岑参《送祁乐归河东》是"置酒灞亭别,高歌披心胸"⑧,刘长卿《送友人东归》同样是"对酒灞亭暮,相看愁自深"⑨,于灞亭设宴饯送友人,或袒胸高歌,或对看自愁,都是惜别真情的流露。李白又有《谢公亭》,首联云:"谢亭离别处,风景每生愁。"⑩谢亭是南齐诗人谢朓任宣城太守时所建,谢朓、范云当年离别的地方,故址在今安徽宣城北。李白常以谢朓自比,对谢朓的感情非同一般,目睹谢亭风景,回念古人,顿生愁怀。他的另一首《登敬亭北二小山,余时送客,逢崔侍御,并登此地》云"送客谢亭北,逢君纵酒还"⑪,一如他的潇洒风格。许浑的一曲《谢亭送客》云:

　　　　劳歌一曲解行舟,红树青山水急流。日暮酒醒人已远,满天风雨下西楼。⑫

谢亭因此名传千古。劳劳亭在江宁县南十五里,一名临沧观,也是送别之所,因李白《劳劳亭》和《劳劳亭歌》而扬名。《劳劳亭》云:

　　　　天下伤心处,劳劳送客亭。春风知别苦,不遣柳条青。⑬

---

① 《杨炯集》卷二,第15页。
② 《陈子昂诗注》,第90页。
③ 《全唐诗》卷三二四,第3639页。
④ 《李太白全集》卷十七,第796页。
⑤ 《全唐诗》卷二〇九《送萧颖士赴东府得还字》,第2175—2176页。
⑥ 《戴叔伦诗文集笺注·送友人东归》,第51页。
⑦ 《张籍集注·送施肩吾东归》,第204页。
⑧ 《岑嘉州诗笺注》卷一,第36页。
⑨ 《刘长卿诗编年笺注》,第502页。
⑩ 《李太白全集》卷二十二,第1046页。
⑪ 《李太白全集》卷二十一,第1001页。
⑫ 《丁卯集笺证》,第318页。《全唐诗》卷五三八题作《谢亭送别》。
⑬ 《李太白全集》卷二十五,第1150页。

诗人别出心裁认为,柳条不青是春风的善解人意。《劳劳亭歌》云:

>金陵劳劳送客堂,蔓草离离生道旁。古情不尽东流水,此地悲风愁白杨。①

劳劳亭作为送客堂,引得风儿也悲白杨也愁。

岑参诗中多次提到西亭,如《西亭子送李司马》云"高高亭子郡城西,直上千尺与云齐"②。郡城指虢州,西亭在虢州城西山上,又名西亭子,诗人用夸张的手法极言亭子很高。《虢州西山亭子送范端公》云"百尺红亭对万峰,平明相送到斋钟"③,红亭突显了亭子的颜色。还有《陪使君早春西亭送王赞府赴选》《西亭送蒋侍御还京》等诗,皆是写西亭送人。其《暮春虢州东亭送李司马归扶风别庐》曰"柳鲜莺娇花复殷,红亭绿酒送君还"④,《虢州后亭送李判官使赴晋绛》曰"西原驿路挂城头,客散红亭雨未收"⑤,说明虢州有许多亭子,都是诗人饮酒赋诗送别行人的常去之处。

仅从诗的题目来看,诗人们提到的亭子就不计其数,如杜甫《随章留后新亭会送诸君》、杨衡《卢十五竹亭送侄偁归山》、许浑《津亭送张崔二侍御散北归》、李频《宛陵东峰亭与友人话别》、唐求《邛州水亭夜宴送顾非熊之官》、白居易《长乐亭留别》和《南亭对酒送春》、皎然《兵后余不亭重送卢孟明游江西》、张说《洛桥北亭诏饯诸刺史》和《新都南亭送郭元振卢崇道》、李益《洛阳河亭奉酬留守群公追送》等等。"江亭"出现得更多,王勃有《江亭夜月送别二首》,"寂寂离亭掩,江山此夜寒""津亭秋月夜,谁见泣离群"⑥,已成送别名句。李频有《明州江亭夜别段秀才》、杜甫有《江亭王阆州筵饯萧遂州》和《江亭送眉州辛别驾升之(得芜字)》、马戴有《江亭赠别》、罗隐有《江亭别裴饶》等,足以说明古亭在送别诗中的不可替代。

此外,各地的驿站也是送别之人光顾最多的地方,送别诗中提到的驿站名称不亚于亭子之名,如王勃《白下驿饯唐少府》中的白下驿,"白下"即今南京,唐高祖武德八年(625)改金陵县为白下县,"白下驿"故址在今大中桥处。大中桥在唐时叫白下桥,桥畔有白下亭和白下驿。据《吉安府志》卷十六《驿铺》载,为今澄江镇。诗云:

---

① 《李太白全集》卷七,第 398 页。
② 《岑嘉州诗笺注》卷二,第 372 页。
③ 《岑嘉州诗笺注》卷七,第 772 页。
④ 《岑嘉州诗笺注》卷五,第 724 页。
⑤ 《岑嘉州诗笺注》卷七,第 768 页。
⑥ 《王勃集》卷三,第 31 页。

下驿穷交日,昌亭旅食年。相知何用早,怀抱即依然。
浦楼低晚照,乡路隔风烟。去去如何道,长安在日边。①

诗人寓情于景,慨叹归乡无路。祖咏《长乐驿留别卢象裴总》中的长乐驿,在长安城东,距城约十五里。又如杜甫《奉济驿重送严公四韵》中的奉济驿,当时在成都东北距离约二百里的绵阳县,诗人把严武从成都一直远送到此,可见情谊之深。诗云:

远送从此别,青山空复情。几时杯重把,昨夜月同行。
列郡讴歌惜,三朝出入荣。江村独归处,寂寞养残生。②

严武受召归朝,杜甫一送二百里,可见感情不同寻常。刘长卿《瓜洲驿重送梁郎中赴吉州》《瓜洲驿奉饯张侍御公拜膳部郎中却复宪台充贺兰大夫留后使之岭南时侍御先在淮南幕府》中的瓜洲驿,是由润州通往扬州的重要渡口。白居易《望亭驿酬别周判官》中的望亭驿,为隋大业三年(607)于无锡县置。其《临都驿送崔十八》云"勿言临都五六里,扶病出城相送来"③,诗中的临都驿在洛阳城西郊。另有《酬别微之》,也是在临都驿醉后所作。其他如陈羽有《小江驿送陆侍御归湖上山》、窦庠有《四皓驿听琴送王师简归湖南使幕》、窦巩有《汉阴驿与宇文十相遇,旋归西川,因以赠别》、李端有《都亭驿送郭判官之幽州幕府》、李群玉有《广江驿饯筵留别》、罗隐有《商于驿与于蕴玉话别》、皎然有《自义亭驿送李长史纵夜泊临平东湖》,这些驿站莫不成为诗人抒发离情别绪的触发地,引发出了许多感离伤别的名篇杰作。

四、高台话别立远郊

诗人崔涂说"登高迎送远,春恨并依依"④,灵一说"凭高莫送远,看欲断归心"⑤,薛曜说"洛阳陌上多离别,蓬莱山下足波潮"⑥,表达的意思其实是一样的,送别诗中的楼台郊陌是诗人钟情的环境氛围,一高一阔极易引发诗情古意,成为诗人触景伤怀的特殊地方。许浑《将归姑苏南楼饯送前李明府》云:"无处登临不系情"⑦,可谓送别之人的共同感受。王维《临高台送黎

---

① 《王勃集》卷三,第 23 页。
② 《杜诗详注》卷十一《奉济驿重送严公四韵》,第 916 页。
③ 《白居易诗集校注》卷二十七《临都驿送崔十八》,第 2142 页。
④ 《全唐诗》卷六七九《送友人》,第 7784 页。
⑤ 《全唐诗》卷八〇九《送别》,第 9126 页。
⑥ 《全唐诗》卷八〇《送道士入天台》,第 870 页。
⑦ 《丁卯集笺证》,第 230 页。

拾遗》云:"相送临高台,川原杳何极"①,姚合《送任畹评事赴沂海》云:"九陌尘土黑,话别立远郊。"②高耸的楼台,辽阔的原野,使诗人目送的视野一无阻碍,纵情畅想,吟成了一首首千古绝唱。

登楼送别的有如王昌龄《芙蓉楼送辛渐二首》、李白《黄鹤楼送孟浩然之广陵》和《宣州谢朓楼饯别校书叔云》、陈子昂《登蓟丘楼送贾兵曹入都》、杜甫《阆州东楼筵,奉送十一舅往青城县》和《送严侍郎到绵州,同登杜使君江楼》、韩愈《岳阳楼别窦司直》、贾至《岳阳楼重宴别王八员外贬长沙》、皎然《登开元寺楼送崔少府还平望驿》、皇甫曾《乌程水楼留别》、卢纶《秋晚河西县楼送浑中允赴朝阙》、郎士元《咸阳西楼别窦审》、白居易《江楼宴别》和《北楼送客归上都》、岑参《南楼送卫凭》和《陕州月城楼送辛判官入奏》等,不胜枚举。岑参在《夏初醴泉南楼送太康颜少府》中云:

> 何地堪相饯,南楼出万家。可怜高处送,远见故人车。③

离人们登楼相送,只为多看一眼故人远去的车影。一如刘长卿《江楼送太康郭主簿赴岭南》所云:"青山落日那堪望,谁见思君江上楼。"④那楼上伫立的身影是别思化成的塑像。

"登高迎送远"是人们的情之所至,杜甫《鄠城西原送李判官兄武判官弟赴成都府》诗云:

> 凭高送所亲,久坐惜芳辰。远水非无浪,他山自有春。
> 野花随处发,官柳著行新。天际伤愁别,离筵何太频。⑤

"凭高送所亲",望望不相见,"天际伤愁别",离心何以堪。另如陈陶《送沈次鲁南游》(一作《卢垧石送沈次鲁》)云:"高台赠君别,满握轩辕风。"⑥李白《登黄山凌歊台送族弟溧阳尉济充泛舟赴华阴》云:"送君登黄山,长啸倚天梯。"⑦高台送别满足了离人间相思无隔的心意。

郊陌送别乃古之遗俗,王昌龄《送裴图南》云:"漫道闺中飞破镜,犹看陌上别行人。"⑧高度概括了陌上送别的频繁与常见。白居易《听歌六绝句·离别难》云:

---

① 《王维诗注》,第275页。
② 《姚合诗集校注·姚少监集外编》,第601页。
③ 《岑嘉州诗笺注》卷三,第557页。
④ 《刘长卿诗编年笺注》,第501页。
⑤ 《杜诗详注》卷十二《鄠城西原送李判官兄武判官弟赴成都府》,第983页。
⑥ 《全唐诗》卷七四五,第8476页。
⑦ 《李太白全集》卷十八,第867页。
⑧ 《王昌龄集编年校注》,第204页。

> 绿杨陌上送行人,马去车回一望尘。不觉别时红泪尽,归来无泪可沾巾。①

全诗写尽了陌上别离人的泪水,令人伤绝。马戴《送人游蜀》也在杨柳陌,诗云:"别离杨柳陌,迢递蜀门行。"②杨柳已寓离意,加之前路迢递多艰,杨柳陌上之别倍加伤悲。南陌、陌头一样是洒泪之地,白居易《莫走柳条词送别》于"南陌伤心别"③,武元衡《送田三端公还鄂州》也在"南陌送归车骑合,东城怨别管弦愁",其《送李秀才赴滑州诣大夫舅》却是看"陌头车马去翩翩,白面怀书美少年"④,略感欣慰。刘商《送别》怅然喟叹"陌头空送长安使,旧里无人可寄书"⑤,李昌符《送友人》断言"人间不遣有名利,陌上始应无别离"⑥。然而陌上行人别不已,"城郭喧喧争送远"⑦,"郊外谁相送"⑧,寂远的城郭郊外,因了送行人的往来而热闹有了生机。皇甫冉《送萧献士》尽管"惆怅烟郊晚",仍"依然此送君"⑨。贾至《送友人使河源》曰:

> 送君鲁郊外,下车上高丘。萧条千里暮,日落黄云秋。⑩

诗人登高远望友人消失在落日余晖中,心中充满了关切之情。刘长卿《无锡东郭送友人游越》适值"客路风霜晓,郊原春兴余",又《别陈留诸官》踟蹰"徘徊暮郊别,惆怅秋风时。"⑪无论送别的时间是"春兴余",还是"秋风时",莫不如孙逖所云"日暮东郊别,真情去不回。"⑫无限别情都化作了一声慨叹,穿过历史的时空隧道,令后人品味不尽。

另外,从唐代所留存的史料也可以看出唐人饯别多在郊外逆旅。如《太平广记》卷二○五《乐三·玄宗》引《羯鼓录》:

> 黄幡绰亦知音,上曾使人召之,不时至。上怒,络绎遣使寻捕之……上问何处来,曰:"有亲故远适,送至城外。"上颔之。⑬

---

① 《白居易诗集校注》卷三十五《听歌六绝句·离别难》,第 2699 页。
② 《全唐诗》卷五五五,第 6434 页。
③ 《白居易诗集校注》卷十九,第 1553 页。
④ 《全唐诗》卷三一七,第 3563 页。
⑤ 《全唐诗》卷三○四,第 3459 页。
⑥ 《全唐诗》卷六○一,第 6951 页。
⑦ 《戴叔伦诗文集笺注》,《送张评事》,第 307 页。
⑧ 《王维诗注·送孙二》,第 162 页。
⑨ 《全唐诗》卷二五○,第 2826 页。一本题下有往邺中三字。
⑩ 《全唐诗》卷二三五,第 2593 页。
⑪ 《刘长卿诗编年笺注》,第 518、12 页。
⑫ 《全唐诗》卷一一八《送周判官往台州》,第 1190 页。
⑬ 《太平广记》卷二○五《乐三·玄宗》引《羯鼓录》,第 1561 页。

以送别到城外为托辞,得到认同,可知这是一个非常普通的现象。《唐语林》卷六《补遗》云:"令狐楚镇东平,綯侍行。尝送亲郊外逆旅中。"[1]《北梦琐言》卷十三载:"郑文公畋,字台文。父亚,曾任桂管观察使。……时西门思恭为监军,有诏征赴阙。亚饯于北郊。"[2]这些史料无疑也说明了唐人饯别多远至郊外。[3]

五、江上河桥望行旅

江水何滔滔,渡江相别离,自古河梁多离人,唐人"登山临水送将归",不辞劳苦思故人,凡足迹所能到之处,无不留下了相送的深情,遍布东西南北的水上川涯、河梁江桥,也常常是离人驻足话别倾诉衷肠的场所,从而使得这些地点具有了人格特色,令人留恋。

皇甫松、朱放都有《江上送别》诗,一言"别离惆怅泪,江路湿红蕉"[4],一言"惆怅空知思后会,艰难不敢料前期"[5],惆怅惘然伤感是其共同点。张说《岳州送李十从军归桂州》"送客之江上",夸赞"其人美且偲",回忆两人"欢旧十年来"的交谊,想到"风波万里阔"[6],祝愿李十从容杀敌,马到功成。李端《江上送客》云客人"江上见人应下泪",因为"由来远客易伤心"[7],可以说是人生体验的总结。其《江上别柳中庸》又云:

秦人江上见,握手便沾衣。近日相知少,往年亲故稀。
远游何处去,旧业几时归。更向巴陵宿,堪闻雁北飞。[8]

诗人送别朋友,握手涕泪,盼望早归,真情动人。白居易《江上送客》触景伤怀,听"杜鹃声似哭",看"湘竹斑如血"[9]。许浑《江上燕别》(一作赵嘏诗,题作《汾上宴别》)对"残日水西树",饮"一樽花下酒",送人"摇鞭背花去"[10]。张继《江上送客游庐山》正赶上"晚来风信好,并发上江船"[11]。孟浩然《江上别流人》想到"不知从此分,还袂何时把"[12],便不胜惜别之痛。此外

---

[1] (宋)王谠著,周勋初校证:《唐语林校证》卷六《补遗》,中华书局,1987年版,第591页。
[2] (五代)孙光宪:《北梦琐言》卷十三,中华书局,2002年版,第270—271页。
[3] 吴玉贵:《中国风俗通史——隋唐五代卷》,上海文艺出版社,2001年版,第301页。
[4] 《全唐诗》卷三六九,第4153页。
[5] 《全唐诗》卷三一五,第3540页。
[6] 《张燕公集》卷三,第28页。
[7] 《全唐诗》卷二八六,第3281页。
[8] 《全唐诗》卷二八五,第3265页。
[9] 《白居易诗集校注》卷十一,第860页。
[10] 《丁卯集笺证》,第108页。
[11] 《全唐诗》卷二四二,第2720页。
[12] 《孟浩然诗集校注》卷一,第99页。

如李白《江上送女道士褚三清游南岳》、于良史《江上送友人》、张乔《江上送友人南游》、李频《江上送从兄群玉校书东游》、杜荀鹤《江上送韦象先辈》和《江上与从弟话别》、韦庄《江上别李秀才》和《衢州江上别李秀才》、戴叔伦《江上别张欢》和《江上别刘驾》、温庭筠《江上别友人》等，莫不"相看江上恨何长"①，认同"人间离别尽堪哭"②。

江上之外的河水、溪流更多，杨凝《送客归常州》云"行到河边从此辞，寒天日远暮帆迟"③。卢儒《临川送别》云"风水正萧条，那堪动离咏"④。元稹《送孙胜》云"今日与君临水别，可怜春尽宋亭中"⑤，表达了不堪分手的情意。权德舆《送裴秀才贡举》与友人"临流惜暮景，话别起乡情"⑥，难舍难离。戴叔伦《临流送顾东阳》遗憾"海上独归惭不及"⑦。钱起《送万兵曹赴广陵》云"秋日思还客，临流语别离"⑧。薛逢《芙蓉溪送前资州裴使君归京宁拜户部裴侍郎》安慰友人"临溪莫话前途远，举酒须歌后会难"⑨。杨炯《送梓州周司功》于"御沟一相送"，便"征马屡盘桓"⑩。骆宾王《于易水送人》的余音至今犹存，只要溪流不断，江河不竭，人类的送别场面就会永远重复演绎下去。

"河桥望行旅"的送别场景犹如风景图画，在唐人送别诗中比比皆是，幅幅动人心弦。如马戴《河梁别》图画：

> 河梁送别者，行哭半非亲。此路足征客，胡天多杀人。
> 金垒照离思，宝瑟凝残春。早晚期相见，垂杨凋复新。⑪

情景交融，催人泪下。柳中庸《河阳桥送别》图景：

> 黄河流出有浮桥，晋国归人此路遥。若傍阑干千里望，北风驱马雨萧萧。⑫

人去路遥，远望千里，只见风雨不见人影，景色迷蒙，意境新颖。储光羲《洛

---

① 《全唐诗》卷六四六《送从兄入京》，第7407页。
② 《全唐诗》卷五五〇《江上与兄别》，第6371页。
③ 《全唐诗》卷二九〇，第3301页。
④ 《全唐诗》卷九九，第1072页。
⑤ 《元稹集编年笺注·诗歌卷》，第613页。
⑥ 《全唐诗》卷三二四，第3642页。
⑦ 《戴叔伦诗文集笺注》，第284页。
⑧ 《全唐诗》卷二三七，第2640页。
⑨ 《全唐诗》卷五四八，第6332页。
⑩ （唐）杨炯著，谌东飚校点：《杨炯集》卷二，岳麓书社，2001年版，第17页。
⑪ 《全唐诗》卷五五五，第6438页。
⑫ 《全唐诗》卷二五七，第2876页。

桥送别》图像：

> 河桥送客舟，河水正安流。远见轻桡动，遥怜故国游。①

悠悠河水，静静流淌，不平静的是桥上舟中的人。李商隐《板桥晓别》图景：

> 回望高城落晓河，长亭窗户压微波。水仙欲上鲤鱼去，一夜芙蓉红泪多。②

想象神奇，浪漫多情几乎淹没了离愁别绪。曹唐《送康祭酒赴轮台》云"灞水桥边酒一杯，送君千里赴轮台"③，架设在长安东灞水之上的灞桥，由于出京送行的频繁，被称为"销魂桥"。《开元天宝遗事》卷三载：

> 长安东灞陵有桥，来迎去送，皆至此桥，为离别之地。故人呼之为"销魂桥"。④

此外，李益《扬州送客》是"南行直入鹧鸪群，万岁桥边一送君"⑤；贾岛《冬夜送人》是"平明走马上村桥，花落梅溪雪未消"⑥；韦应物《送汾城王主簿》是"相望东桥别，微风起夕波"⑦。而武元衡《送柳郎中裴起居》的场面是"落日河桥千骑别，春风寂寞旆旌回"⑧，既壮观又凄凉。数不尽的桥梁沟通了大江川河，方便了行人的旅途，也记载下了离人之间的情感历程。

六、南浦古渡遍离情

屈原《楚辞·九歌·河伯》云"送美人兮南浦"，江淹《别赋》云"送君南浦，伤如之何"⑨，南浦渡口于是成为许多水路送别诗中的首选地点和常用意象，以致在不是描写送别的诗词中，它仍然弥漫着离情别恨，唐代诗人在遍及天涯的野渡津浦，书写出了人类极为珍视的情感诗篇。

"南浦别离津"已成共识，白居易的《南浦别》可谓代表，诗云：

> 南浦凄凄别，西风袅袅秋。一看肠一断，好去莫回头。⑩

---

① 《全唐诗》卷一三九，第1413页。
② （唐）李商隐著，刘学锴、余恕诚集解：《李商隐诗歌集解》，中华书局，2004年版，第1121页。
③ 《全唐诗》卷六四〇，第7343页。
④ （五代）王仁裕撰，曾贻芬点校：《开元天宝遗事》卷三，中华书局，2006年版，第45页。
⑤ （唐）李益著，王亦军、裴豫敏编注：《李益集注》，甘肃人民出版社，1989年版，第241页。
⑥ （唐）贾岛著，黄鹏笺注：《贾岛诗集笺注》，巴蜀书社，2002年版，第388页。
⑦ （唐）韦应物著，孙望编著：《韦应物诗集系年校笺》卷五，中华书局，2002年版，第259页。
⑧ 《全唐诗》卷三一七，第3572页。
⑨ 《文选》，第755页。
⑩ （唐）白居易著，谢思炜校注：《白居易诗集校注》卷十八，中华书局，2006年版，第1497页。

送别时刻偏又逢秋,岂能不断肠。"凄凄"既有寒凉意,又有悲伤意,只因越看越伤心,所以干脆不回头。白居易又有《南浦岁暮对酒送王十五归京》云:"此地二年留我住,今朝一酌送君还。"①于南浦酌酒送人。储嗣宗《赠别》云"东城草虽绿,南浦柳无枝"②,反证了南浦多送别的事实。武元衡《送柳郎中(一作柳侍御,一作李侍郎)裴起居》云:"南浦别离处,东风兰杜多。"③许浑《送同年崔先辈》云:"西风帆势轻,南浦遍离情。"④南浦的草木风景,无不浸染了离人的心情意绪。韦应物《送王校书》云"送君江浦已惆怅","更上西楼看远帆"⑤。王勃云"送君南浦外,还望将如何",纵使"江上风烟积,山幽云雾多"⑥,也遮不住望望不已的深情。王维《齐州送祖三》面临"君向东州使我悲",竟至"送君南浦泪如丝"⑦。说不尽的南浦,说不尽的"送君南浦不胜情"⑧,惟愿南浦之情似水长流。

"出郭见落日,别君临古津"⑨,古渡离情更神伤,杜牧云:"江南为客正悲秋,更送吾师古渡头。"⑩古渡头送人又逢秋,悲伤无从说起。顾非熊《瓜洲送朱万言》云"渡头风晚叶飞频,君去还吴我入秦"⑪,频飞的落叶,欲暮的晚风,回旋在瓜洲渡口,诗人的心中充满了惆怅。许浑《松江怀古》云:

  故国今何在,扁舟竟不归。雨余山漠漠,江阔树依依。
  暮色千帆落,秋声一雁飞。此时兼送别,凭槛欲沾衣。⑫

所见所听莫不含悲,无奈的诗人只好听凭泪水打湿衣裳,以慰别情。所以当戴叔伦《送李大夫渡口阻风》遭遇"轻舟不敢渡,空立望旌旗"⑬时,想必还会庆幸的。王维《送沈子福归江东》云"杨柳渡头行客稀"⑭,赵嘏《送卢缄归扬州》(一作薛逢诗)云"杨柳渡头人独归"⑮,皆提到了"杨柳渡头",极具典

---

① (唐)白居易著,谢思炜校注:《白居易诗集校注》卷十六,中华书局,2006 年版,第 1299 页。
② 《全唐诗》卷五九四,第 6887 页。
③ 《全唐诗》卷三一六,第 3548 页。
④ 《丁卯集笺证》,第 12 页。
⑤ 《韦应物诗集系年校笺》卷八,第 401 页。
⑥ 《王勃集》卷三《别人四首》之一,第 31 页。
⑦ 《王维诗注》,第 288 页。
⑧ 《全唐诗》卷三一七《鄂渚送友》,第 3571 页。
⑨ 《张籍集注·送安法师》,第 161 页。
⑩ 《樊川文集校注·江南送左师》,第 1428 页。
⑪ 《全唐诗》卷五〇九,第 5792 页。
⑫ 《丁卯集笺证》,第 127 页。
⑬ 《戴叔伦诗文集笺注》,第 260 页。
⑭ 《王维诗注》,第 290 页。
⑮ 《全唐诗》卷五四九,第 6352 页。

型意义,表达了诗人惆怅遥望的依恋之情,但愿"唯有相思似春色,江南江北送君归"①。张乔《越中赠别》云"别离吟断西陵渡,杨柳秋风两岸蝉"②,秋风里听杨柳鸣蝉话别离,怎能不令人肝肠欲摧。诚如祖咏《别怨》所写:

送别到中流,秋船倚渡头。相看尚不远,未可即回舟。③

"相看尚不远,未可即回舟"的习俗,以及"烟里棹将远,渡头人未归"④的凸现,蕴含了古人对送别之人深厚的伦理情感和美好祝福,以致伫望的风习沿袭至今。

北宋晏殊《踏莎行》云:"祖席离歌,长亭别宴,香尘已隔犹回面。居人匹马映林嘶,行人去棹依波转。画阁魂消,高楼目断,斜阳只送平波远。无穷无尽是离愁,天涯地角寻思遍。"⑤可谓是对唐代远途相送风景的绝妙赋写,千载之下依然蕴意无穷,咀嚼不尽。

第二节 送别尚礼仪

由于别离往往引起古人情感的波澜震撼,唐代对道别礼节异常看重,人们通过多种形式来表达对送别的珍惜,送别诗中的告别仪式如执手、祖饯、歌唱、折柳等,呈现出艺术化的浪漫情怀倾向,与唐代社会恢宏开放的社会文化大环境相得益彰。

一、执手临歧动别情

《诗经·邶风·击鼓》云"死生契阔,与子成说;执子之手,与子偕老","执子之手"因而传诵至今,已被演绎添加进了丰厚的文化内涵,特别是情爱意义象征。但"执子之手"的本意正如《郑笺》所注:"执其手,与之约誓,示信也。"可见"执子之手"的行为,象征的是"示信"的保证。唐人送别诗中以手的动作,来表达强化内心情感的,极为丰富,如执手、携手、把手、握手、招手、摇手、挥手、拜手等,莫不体现了人们在分别之际依恋不舍、百感交集的复杂感情。心理学认为,手是最能反映人的心理细微情感的肢体语言,中国

---

① 《唐诗别裁集》,第 261 页。
② 《全唐诗》卷六三九,第 7326 页。
③ 《全唐诗》卷一三一,第 1337 页。
④ 《全唐诗》卷七六八《送人游邵州》,第 8722 页。
⑤ 诸葛忆兵:《晏殊晏几道集》,凤凰出版社,2013 年版,第 59 页。

传统的礼教文化,培养了古人含蓄内敛的性情品质,尽管在告别的特殊情境下,人们的内心情感多是不可遏止地翻腾澎湃,但反映出来也仅仅表现为握手、招手、摇手、挥手一类的动作,因此有必要细细体味其中隐含的情感意义。

"执手"的传统在送别诗中被赋予了恋恋不舍的惜别之情,如孟郊《送李翱习之》所言"执手复执手,惟道无枯凋"①,心中无限的留恋和期待,都融在了一次又一次的执手中。李中《送夏侯秀才》也云"江村摇落暮蝉鸣,执手临歧动别情"②,面对着分别的歧路,耳听着暮蝉的鸣叫,诗人动情地握着朋友的手不忍放下。綦毋潜一句"同声愿执手"③,道出了执手动情的根底,志同道合的心心相印,使执手充满了无言的情义。倘若"执手向残日,分襟在晚钟"④,面对残阳暮钟的时间提示,加之"良时不再至,离别在须臾。屏营衢路侧,执手野踟蹰"⑤的急促,以及"执手无还顾,别渚有西东"⑥的无奈,临别前的执手就更显得异乎寻常的深重。

相对于执手的沉重,"挥手于此辞"似乎轻松一些,但其中的情感分量是一样的。李白潇洒飘逸的风格同样体现在送别诗中,其《送友人》是"挥手自兹去,萧萧班马鸣",《南阳送客》是"挥手再三别,临歧空断肠",《鲁郡尧祠送窦明府薄华还西京(时久病初起作)》是"我歌白云倚窗牖,尔闻其声但挥手",《留别金陵诸公》是"若攀星辰去,挥手缅含情"⑦,挥手之间显出了李白对朋友的深情和厚意。

刘长卿的送别诗中也多见挥手告别,既有"临水独挥手,残阳归掩门"⑧的惆怅,亦有"挥手桐溪路,无情水亦分"⑨的感慨,还有"离心秋草绿,挥手暮帆开"⑩的叹息。在《饯别王十一南游》时,他更是"望君烟水阔,挥手泪沾巾"⑪,情不自禁,泪流纵横。李咸用《送从兄入京》云"云帆高挂一挥

---

① 《孟郊诗集笺注》卷八,第 378 页。
② 《全唐诗》卷七四八,第 8524 页。
③ 《全唐诗》卷一三五《送平判官入秦》,第 1370 页。一作卢象诗。
④ 《全唐诗》卷五〇九《舒州酬别侍御》,第 5781 页。
⑤ (唐)欧阳询撰,汪绍楹校:《艺文类聚》卷二十九《别上》引《李陵赠苏武别诗》,上海古籍出版社,1982 年版,第 513 页。
⑥ 逯钦立:《先秦汉魏晋南北朝诗·梁诗》卷十五《饯谢文学诗》,第 1803 页。
⑦ 《李太白全集》卷十八、卷十六、卷十五,第 837、747、779、726 页。
⑧ 《刘长卿诗编年笺注·送子婿崔真甫李穆往扬州四首》其一,第 489 页。
⑨ 《刘长卿诗编年笺注·送宣尊师醮毕归越》,第 460 页。
⑩ 《刘长卿诗编年笺注·奉送裴员外赴上都》,第 257 页。
⑪ 《刘长卿诗编年笺注》,第 132 页。

手,目送烟霄雁断行"①,与刘长卿"离心秋草绿,挥手暮帆开"异言同感,表达了居人对去者的浓浓关切。

其他如白居易《初出城留别》云"扬鞭簇车马,挥手辞亲故"②,点明了辞别的对象;陈陶《送沈次鲁南游》(一作《卢垠石送沈次鲁》)云"落日一挥手,金鹅云雨空"③,点明了分手的时间。皇甫冉《送陆潜夫往茅山赋得华阳洞》问道"欲回头兮挥手,便辞家兮可否。"④杨衡《送公孙器自桂林归蜀》云"挥手共忘怀,日堕千山夕"⑤、杜甫《别张十三建封》云"挥手洒衰泪,仰看八尺躯"⑥、何千里《送贺秘监归会稽诗》云"辽东鹤驾忽飞去,挥手无言辞紫宸"⑦,都将挥手之际的心理活动揭示了出来,挥手意味着辞家,意味着难以忘怀,意味着不语垂泪,所以韦庄《江皋赠别》云"风前不用频挥手,我有家山白日西"⑧,这是对挥手真切的理解和旁注。

有的诗中也以摇手、招手相作别,如崔国辅《杂曲歌辞·今别离》云:

送别未能旋,相望连水口。船行欲映洲,几度急摇手。⑨

船行后,诗人不忍离去,一遍又一遍地急急摇手致意,充满了对离人的关切之情。独孤及《送陈王府张长史还京》因为与朋友"十年方一见",于是在"少时相忆处,招手望行车"⑩,不停地招手,不停地回忆,哪怕行车早已不在视野之中。

握手言别的方式在《苏武与李陵诗》中即有,"握手一长叹,泪为生别滋"⑪,一声长叹,千行眼泪,情何以堪。唐人送别诗传承了这一悲情,窦巩《汉阴驿与宇文十相遇,旋归西川,因以赠别》云"望乡心共醉,握手泪先流"⑫,情不自禁;王维《送歧州源长史归(源与余同在崔常侍幕中,时常侍已殁)》"握手一相送",便"心悲安可论"⑬;储光羲《送周十一》"握手别征驾",

---

① 《全唐诗》卷六四六,第 7407 页。
② 《白居易诗集校注》卷八,第 656 页。
③ 《全唐诗》卷七四五,第 8476 页。
④ 《全唐诗》卷二五〇,第 2818 页。
⑤ 《全唐诗》卷四六五,第 5283 页。
⑥ 《杜诗详注》卷二十三,第 2010 页。
⑦ 陈尚君:《全唐诗补编》(中册)《全唐诗续拾》卷十二,中华书局,1992 年版,第 836 页。
⑧ 《韦庄诗词笺注》,第 564 页。
⑨ 《全唐诗》卷一一九,第 1204 页。
⑩ 《全唐诗》卷二四七,第 2774 页。
⑪ 《文选》,第 1355 页。
⑫ 《全唐诗》卷二七一,第 3049 页。
⑬ 《王维诗注》,第 144 页。

伤心"返悲歧路长"①;徐坚《钱唐永昌》《送考功武员外学士使嵩山置舍利塔歌》相对无言,"此时怅望新丰道,握手相看共黯然""共握手而相顾,各衔凄而黯然"②。尽管别人不一,别绪多端,别情却都令人神伤难言。也有在握手时相约、赠言的慷慨之别,如郑谷《别修觉寺无本上人》曰:

> 松上闲云石上苔,自嫌归去夕阳催。山门握手无他语,只约今冬看雪来。③

或许是来往相对容易些,因此不那么黯然神伤。项斯希望朋友别后多捎信,《送友人之江南》结尾嘱咐曰"握手无别赠,为予书札频"④。张说《南中别王陵成崇》起句即道"握手与君别,歧路赠一言"⑤,突出了此别赠言的主题。崔峒、卢纶却以相知、相勉告慰友人,无论是"握手将何赠,君心我独知"⑥,抑或是"握手重相勉,平生心所因"⑦,都能给朋友以无限慰藉,使行路之人倍增勇气。杜甫《送韦十六评事充同谷郡防御判官》言"且复恋良友,握手步道周"⑧,岑参《武威送刘单判官赴安西行营便呈高开府》言"苍然西郊道,握手何慷慨"⑨,元稹《通州丁溪馆夜别李景信三首》其三言"握手相看其奈何,奈何其奈天明别"⑩,亦皆透露了内心无限的情感波澜,传达了对友人的深深情意。

"把手"之情亦分外深厚,不减握手。钱起《山下别杜少府》开篇即云:"把手意难尽,前山日渐低。"⑪虽然太阳快落山了,但把着的手仍然意犹未尽,不忍分开。这样的情景在诗人周瑀《送潘三入京》的结尾又一次再现,"把手河桥上,孤山日暮青"⑫,只是地点改在了河桥上。王昌龄在《留别伊阙张少府郭大都尉》之际,对朋友"把手相劝勉,不应老尘埃"⑬,希望朋友有所作为,成就事业,殷勤之意,自不待言。李颀《赠别高三十五》云"把手秋

---

① 《全唐诗》卷一三八,第1406页。
② 《全唐诗》卷一〇七,第1112页。
③ 《全唐诗》卷六七五,第7733页。
④ (唐)项斯著,徐光大校注:《项斯诗注》,浙江古籍出版社,2006年版,第46页。
⑤ 《张燕公集》卷三,第29页。
⑥ 《全唐诗》卷二九四《送张芬东归》,第3344页。
⑦ 《卢纶诗集校注》卷五《咸阳送房济侍御归太原幕(昔尝与济同游此邑)》,第501页。
⑧ 《杜诗详注》卷五,第354页。
⑨ 《岑嘉州诗笺注》卷一,第23页。
⑩ 《元稹集编年笺注·诗歌卷》,第783页。
⑪ 《钱起诗集校注》,第562页。
⑫ 《全唐诗》卷一一四,第1162页。
⑬ 《王昌龄集编年校注》,第107页。

蝉悲",因为高三十五是一个"五十无产业,心轻百万资"①的狂士,令人不能不倾心。李陵《与苏武》"携手上河梁"之举,引出了唐人"携手"相送的诗情,一些诗人便以携手相送,不料"秋风吹别马,携手更伤神"②。因为携手难解,所以元稹《晓将别》末尾写道"将去复携手,日高方解携"③,总愿多携手的心意,是难舍难离的折射。

拜手礼亦名空首礼,"空首拜者,头至手,所谓之拜手也",为唐人社会生活中名目繁多的礼仪之一,用于下对上、贱对贵者。④"拜手"或作"拜首",本是跪拜礼的一种,跪后两手相拱至地,俯首至手。《周礼·春官·大祝》称"空首"。拜手相对以上执手、挥手、招手、摇手、把手、握手、携手,更为郑重其事,因此在一些言及严肃重大事件的送别诗中,常以拜手相别。如唐玄宗《送忠州太守康昭远等》曰"分符侯甸内,拜手明庭里"⑤,说明拜手是在明庭里依礼进行。杜审言《送和西蕃使》云"拜手明光殿,摇心上林苑"⑥,点明了拜手于宫殿。钱起《送襄阳卢判官奏开河事》云"言归汉阳路,拜手蓬莱宫"⑦,王维《送陆员外》云"拜手辞上官,缓步出南宫"⑧。这些"拜手"多在朝堂殿中郑重举行,重视的是礼节仪式的形式意义。此外在送别长辈兄长时,也用"拜手"表明尊重。权德舆《送从翁赴任长子县令》曰"拜首春郊夕,离杯莫向隅"⑨、《送二十叔赴任余杭尉》曰"拜首直城阴,樽开意不任"⑩,拜首同时劝酒,殷勤之意自不待言。李颀《奉送漪叔游颍川兼谒淮阳太守》结曰"临川嗟拜手,寂寞事躬耕"⑪,拜手祝福,感慨良多。李端《送杨皋擢第归江东》结曰"拜手终悽怆,恭承中外亲"⑫,另一首《荆门歌送兄赴夔州》尾云"今朝拜首临欲别,遥忆荆门雨中发"⑬,表达了对亲人离去的凄凉感伤和念念不忘。

送别的另一通俗说法是"分手",手的动作是人们心灵活动的直观表现,

---

① 《李颀诗评注》,第68页。
② 《全唐诗补编》(上册)《补全唐诗》高适《过崔二有别》,第31页。
③ 《元稹集编年笺注·诗歌卷》,第348页。
④ 李斌城等:《隋唐五代社会生活史》,第410页。
⑤ 《全唐诗》卷三,第27页。
⑥ 《全唐诗》卷六二,第731页。
⑦ 《钱起诗集校注》,第626页。
⑧ 《王维诗注》,第50页。
⑨ 《全唐诗》卷三二三,第3632页。
⑩ 同上,第3630页。
⑪ 《李颀诗评注》,第288页。
⑫ 《全唐诗》卷二八五,第3253页。一作《送表丈杨皡》。
⑬ 《全唐诗》卷二八四,第3241页。

透过临别之际诗人们各种各样手的行为动作,我们看到的是古人丰富细腻的内心情感世界。

二、绮筵酒满惜将离

中国有酒文化,至今不衰,无论时代如何变迁,酒文化的精神永存。酒在唐人眼里是和诗、魂、神连在一起的,唐人与酒的关系可以说比任何时代都密切,唐诗中酒的文化功用之一,即承担起送别的重任,祖饯是唐代最常见的送别仪式,以故唐人送别诗中的酒可谓韵味无穷。

元代杨载《诗法家数·赠别》云:"凡送人多托酒以将意,写一时之景以兴怀,寓相勉之词以致意。"①送别诗中的酒不仅表现为一种感伤,更多的包含了一种祝福。雍陶《恨别二首》即言:"知君饯酒深深意,图使行人涕不流。"②以酒食相送,也即饯送,或曰祖饯、饯行、饯别、宴饯、祖帐、祖宴、祖席等,这一习俗在《诗经》祖道仪式中即已形成,尚秉和对之有论,曰:

> 《诗·大雅》:"申伯信迈,王饯于郿。"笺云:"祖而舍軷,饮酒于侧曰饯。"又,《聘礼》"乃舍軷饮酒于其侧。"注:"大夫道祭无牲牢,酒脯而已。"故祭毕,又于旁饮酒以饯别也。是自王及卿大夫,送别者皆饮酒。又,《诗·邶风》:"出宿于泲,饮饯于祢。女子有行,远父母兄弟。"是女子送别亦饮燕也。③

说明了送别宴饮的普泛存在。汉代托名为苏武和李陵相赠答的《苏武与李陵诗四首》其一结尾为:

> 我有一樽酒,欲以赠远人。愿子留斟酌,叙此平生亲。④

明言以樽酒送远人之意,希望远人多多酌饮,以慰藉情谊。《文选》中除"赠答"一类中的送别诗外,又有专门的"祖饯"类送别诗,其中多有以酒送别的场面描写,至于唐代,唐诗中"赠别尽沽酒,惜欢多出城"⑤、"强饮离前酒,终伤别后神"⑥、"感君情重惜分离,送我殷勤酒满卮"⑦、"一壶清酒酹离情"⑧、

---

① 《历代诗话》,第 734 页。
② 《全唐诗》卷五一八,第 5920 页。
③ 尚秉和著,母庚才、刘瑞玲点校:《历代社会风俗事物考》,中国书店,2001 年版,第 402 页。
④ 《文选》,第 1354 页。
⑤ 《张籍集注·送人任济阴》,第 129 页。
⑥ 《沈佺期宋之问集校注》宋之问《留别之望舍弟》,第 420 页。
⑦ 《韦庄诗词笺注·离筵诉酒》,第 160 页。
⑧ 《全唐诗》卷六四四《送人》,第 7387 页。

"一厄春酒送离歌"①、"送客饮别酒,千觞无赪颜"②、"对酒已成千里客"③的情景竞相重演,王维的一曲《送元二使安西》"渭城朝雨浥轻尘,客舍青青柳色新。劝君更尽一杯酒,西出阳关无故人"④,更将唐人以酒送别的风尚推到了极致,一如明人李东阳《麓堂诗话》所云:"后之吟别者,千言万语,殆不能出其意之外。"⑤唐人借酒吟咏送别之情的诗歌比比相因,韵味十足,道出了酒与送别之间的微妙关联。

首先是对"劝君更尽一杯酒,西出阳关无故人"的发挥,杜甫《送王十五判官扶侍还黔中》云"黔阳信使应稀少,莫怪频频劝酒杯"⑥;钱起《送钟评事应宏词下第东归》云"劝君稍尽离筵酒,千里佳期难再同"⑦;皇甫冉《玄元观送李源李凤还奉先华阴》云"莫辞别酒和琼液,乍唱离歌和凤箫"⑧;姚合《送崔约下第归扬州》云"满座诗人吟送酒,离城此会亦应稀"⑨,都是对一杯酒内涵的补充阐释,一樽离酒贮情无限,故人远去、音信将绝、路途遥遥、见面无由等等,令人牵挂不已。元稹《沣西别乐天博载樊宗宪李景信两秀才侄谷三月三十日相饯送》云"今朝相送自同游,酒语诗情替别愁"⑩,概括了举杯把盏的共同心声,以酒掩悲,借酒语化别愁。贯休《古离别》云"离恨如旨酒,古今饮皆醉"⑪,以故无论如何都要沽酒相送,且要饮至醉酣。张籍《送人任济阴》言"赠别尽沽酒,惜欢多出城",又《别客》言"系马城边杨柳树,为君沽酒暂淹留"⑫。崔融《留别杜审言并呈洛中旧游》亦云"年年春不待,处处酒相留"⑬。酒仙李白总是与众不同,《送韩侍御之广德》云:

> 昔日绣衣何足荣?今宵贳酒与君倾。暂就东山赊月色,酣歌一夜送泉明。⑭

诗人赊酒又赊月,畅饮酣歌慰友情。其《洞庭醉后送绛州吕使君杲流澧州》

---

① 《丁卯集笺证·送薛先辈入关》,第329页。
② 《李贺全集·送韦仁实兄弟入关》,第323页。
③ 《卢纶诗集校注》卷一《与从弟瑾同下第后出关言别》,第56页。
④ 《王维诗注》,第288页。
⑤ 《历代诗话续编》,第1372页。
⑥ 《杜诗详注》卷十二,第1018页。
⑦ 《钱起诗集校注》,第673页。
⑧ 《全唐诗》卷二四九,第2802页。
⑨ 《姚合诗集校注》卷一,第22页。
⑩ 《元稹集编年笺注·诗歌卷》,第628页。
⑪ 《全唐诗》卷八二六,第9304页。
⑫ 《张籍集注》,第129、254页。
⑬ 《全唐诗》卷六八,第766页。
⑭ 《李太白全集》卷十八,第835页。

云"洞庭破秋月,纵酒开愁容"①,因为"愁多不忍醒时别"②,"谢公待醉消离恨"③,所以"离酌不辞醉"④,"不惜离堂醉似泥"⑤。但李白《广陵赠别》却很理智潇洒,诗云:

> 玉瓶沽美酒,数里送君还。系马垂杨下,衔杯大道间。
> 天边看绿水,海上见青山。兴罢各分袂,何须醉别颜。⑥

李郢《醉送》(一作《吟》)云:

> 江梅冷艳酒清光,急拍繁弦醉画堂。无限柳条多少雪,一将春恨付刘郎。⑦

借酒浇离愁。而岑参却是"醉后未能别,待醒方送君"⑧,大概是醉得实在不行了。诚如高适《淇上送韦司仓往滑台》所言:"饮酒莫辞醉,醉多适不愁。"⑨钱起《送杨著作归东海》所言:"酒酣暂轻别,路远始相思。"⑩刘驾《送友下第游雁门》竟曰:"我愿醉如死,不见君去时。"⑪唐人在送别时总是不惜倾酒一醉,总是"离筵休恨酒杯深"⑫,借以消解离别的悲愁。顾况《送李侍御往吴兴》总结曰:"世间只有情难说,今夜应无不醉人。"⑬许浑《送李定言南游》亦云:"酒酣轻别恨,酒醒复离忧。"⑭陆畅《别刘端公》说得最中肯:"落日辞故人,自醉不关酒。"⑮戴叔伦《江上别张欢》同样认为:"长醉非关酒,多愁不为贫。"⑯韦庄《离筵诉酒》直言道:

> 感君情重惜分离,送我殷勤酒满卮。不是不能判酩酊,却忧前路醉醒时。⑰

---

① 《李太白全集》卷十八,第849页。
② 《全唐诗》卷四六九《别友人》,第5333页。
③ 《全唐诗》卷五五〇《同州南亭陪刘侍郎送刘先辈》,第6378页。
④ 《全唐诗》卷二一〇《送裴秀才贡举》,第2187—2188页。
⑤ 《全唐诗》卷三二三《人日送房二十六侍御归越》,第3630页。
⑥ 《李太白全集》卷十五,第719页。
⑦ 《全唐诗》卷五九〇,第6855页。
⑧ 《岑嘉州诗笺注》卷六《醉里送裴子赴镇西》,第745页。
⑨ 《高适诗集编年笺注》,第171页。
⑩ 《钱起诗集校注》,第737页。
⑪ 《全唐诗》卷五八五《送友下第游雁门》,第6774页。
⑫ 《全唐诗》卷六〇〇《送羊振文先辈往桂阳归觐》,第6946页。
⑬ 《顾况诗集》,第104页。
⑭ 《丁卯集笺证》,第20页。
⑮ 《全唐诗》卷四七八,第5442页。
⑯ 《戴叔伦诗文集笺注》,第53页。
⑰ 《韦庄诗词笺注》,第160页。

与其酒醒无诉,不如不醉,清醒面对。

　　一杯酒到底能承载多少内容和情感意义,送别诗中古人的诗意回答,让我们领略了人类精神世界的广袤无垠。李白说"别离杨柳青,樽酒表丹诚""斗酒勿为薄,寸心贵不忘"①;徐坚说"寄愁心于樽酒,怆离绪于清弦"②;许浑说"歌管一尊酒,山川万里心"③;权德舆说"一樽岁酒且留欢,三峡黔江去路难"④;杜牧说"酌此一杯酒,与君狂且歌"⑤;襄阳妓说"弄珠滩上欲销魂,独把离怀寄酒尊"⑥;刘禹锡说"今朝一杯酒,明日千里人"⑦;曹唐说"灞水桥边酒一杯,送君千里赴轮台"⑧;姚合说"送君一壶酒,相别野庭边"⑨;白居易说"今朝一壶酒,言送漳州牧"⑩;张籍《送远曲》说"行人送客各惆怅,话离叙别倾清觞"⑪;岑参说"置酒灞亭别,高歌披心胸""对酒寂不语,怅然悲送君"⑫;皇甫冉说"置酒竟长宵,送君登远道"⑬;李端说"殷勤执杯酒,怅望送亲故"⑭;李颀说"别离斗酒心相许"⑮……诗句可以这样罗列下去,但永远不能穷尽诗人赋予酒中的别情离意,况且后人还在不断地推陈出新。

　　一杯送别酒的作用有多大,诗的话语告诉我们回味不尽。朱庆馀用一杯酒"满酌劝童仆,好随郎马蹄"⑯;高适是"我携一尊酒,满酌聊劝尔"⑰;杨炯是"举杯聊劝酒,破涕暂为欢"⑱;韩愈是"倾壶畅幽悁"⑲;权德舆是"斗酒破离颜"⑳;皎然《送商季皋》结曰"新丰有酒为我饮,消取故园伤别情"㉑。这且只是一般的酒,御酒的作用更大,宋璟《奉和圣制送张说巡边》说"圣酒

---

① 《李太白全集》卷三十《送袁明府任长江》、卷十六《南阳送客》,第1410、747页。
② 《全唐诗》卷一〇七《送考功武员外学士使嵩山置舍利塔歌》,第1112页。
③ 《丁卯集笺证·旅中别侄瞳》,第127页。
④ 《全唐诗》卷三二三《献岁送李十兄赴黔中酒后绝句》,第3631—3632页。
⑤ 《樊川文集校注·池州送孟迟先辈》,第121页。
⑥ 《全唐诗》卷八〇二《送武补阙》,第9026页。
⑦ 《刘禹锡全集编年校注·送华阴尉张若赴邕府使幕》,第149页。
⑧ 《全唐诗》卷六四〇《送康祭酒赴轮台》,第7343页。
⑨ 《姚合诗集校注》卷二《送友人游蜀》,第74页。
⑩ 《白居易诗集校注》卷二十九《送吕漳州》,第2291页。
⑪ 《张籍集注》,第56页。
⑫ 《岑嘉州诗笺注》卷一《送祁乐归河东》《送王大昌龄赴江宁》,第36、32页。
⑬ 《全唐诗》卷二五〇《送郑二员外》,第2828页。
⑭ 《全唐诗》卷二八四《冬夜与故友聚送吉校书》,第3235页。
⑮ 《李颀诗评注·送刘方平》,第210页。
⑯ 《全唐诗》卷五一四《送陈摽》,第5865页。
⑰ 《高适诗集编年笺注·宋中送族侄式颜时张大夫贬括州使人召式颜遂有此作》,第102页。
⑱ 《杨炯集》卷二《送梓州周司功》,第17页。
⑲ 《韩愈集》卷二《送灵师》,第23页。
⑳ 《全唐诗》卷三二四《送宇文文府赴行在》,第3641页。
㉑ 《全唐诗》卷八二〇,第9254页。

江河润"①,可见非同寻常。唐人往往在诗的结尾借酒表达祝福之意,从而使一杯酒灌满了浓浓情意。如李白《送友生游峡中》云"殷勤一杯酒,珍重岁寒姿"②。韦应物《重送丘二十二还临平山居》云"还持郡斋酒,慰此霜露凄"③。白居易《赠别杨颖士卢克柔殷尧藩》云"且持一杯酒,聊以开愁颜"④。在唐代诗人看来,送别时酒量的大小和离别的时间、路程、距离是成正比的,姚合《送田使君赴蔡州》认为"长年离别情,百盏酒须倾"⑤;贾至《重别南给事》云"闻道崖州一千里,今朝须尽数千杯"⑥;徐铉《送高起居之泾县》云"别我行千里,送君倾一卮"⑦;唐彦谦《留别四首》其一云"鹏程三万里,别酒一千钟"⑧。其实,每个人心里的情感比例都是不相同的。不仅送人饮酒,送春也离不开酒,白居易《南亭对酒送春》"独持一杯酒,南亭送残春"⑨,便是如此。

  唐人送别饮酒的时间地点可谓不拘一格,随时随地因人因事各取所宜,有到酒楼店堂送行的,甚至还伴有音乐歌舞,颇具规模。如岑参《送郭乂杂言》"怜汝不忍别,送汝上酒楼"⑩;韦庄《东阳酒家赠别二绝句》"送君同上酒家楼,酩酊翻成一笑休"⑪;白居易《江楼宴别》"楼中别曲催离酌,灯下红裙间绿袍"⑫;王昌龄《送魏二》"醉别江楼橘柚香"⑬;武元衡《摩诃池送李侍御之凤翔》"高楼歌酒换离颜"⑭;李白《金陵酒肆留别》"风吹柳花满店香,吴姬压酒唤客尝"⑮;岑参《武威送刘单判官赴安西行营便呈高开府》"置酒高馆夕,边城月苍苍"⑯。唐代的茶楼酒肆已日渐增多,方便了人们的饯行饮酒活动,加上以歌曲侑酒,使得唐人的送别酒宴别具一番情趣。陈子昂《春夜别友人二首》其一云:

---

  ① 《全唐诗》卷六四,第 750 页。
  ② 《李太白全集》卷三十,第 1410 页。
  ③ 《韦应物诗集系年校笺》卷九,第 461 页。
  ④ 《白居易诗集校注》卷九,第 763 页。
  ⑤ 《姚合诗集校注》卷一,第 36 页。
  ⑥ 《全唐诗》卷二三五,第 2599 页。
  ⑦ 《全唐诗》卷七五五,第 8584 页。
  ⑧ 《全唐诗》卷六七一,第 7666 页。
  ⑨ 《白居易诗集校注》卷八,第 695 页。
  ⑩ 《岑嘉州诗笺注》卷二,第 352 页。
  ⑪ 《韦庄诗词笺注》,第 407 页。
  ⑫ 《白居易诗集校注》卷十六,第 1267 页。
  ⑬ 《王昌龄集编年校注》,第 205 页。
  ⑭ 《全唐诗》卷三一七,第 3573 页。
  ⑮ 《李太白全集》卷十五,第 728 页。
  ⑯ 《岑嘉州诗笺注》卷一,第 23 页。

> 银烛吐青烟,金樽对绮筵。离堂思琴瑟,别路绕山川。
> 明月隐高树,长河没晓天。悠悠洛阳道,此会在何年。

描绘了酒宴饯别时的场景,唐汝询解曰:"此伯玉将之洛阳,饮饯于友人而作也。言彼张灯设席,丰美如此,故我思其堂之所有,念别路之间关,末忍遽去也。"①

关于酒宴上的歌曲乐调,王灼《碧鸡漫志》卷一记载:

> 唐时古意亦未全丧,《竹枝》《浪淘沙》《抛球乐》《杨柳枝》,乃诗中绝句,而定为歌曲。……元、白诸诗,亦为知音者协律作歌。白乐天守杭,元微之赠云:"休遣玲珑唱我诗。我诗多是别君辞。"自注云:"乐人高玲珑能歌,歌予数十诗。"……李唐伶伎取当时名士诗句入歌曲,盖常俗也。②

明代李东阳《麓堂诗话》又曰:

> 王摩诘"《阳关》无故人"之句,盛唐以前所未道。此辞一出,一时传诵不足,至为三叠歌之。③

可知唐人送别诗在当时即被谱曲歌唱,对于送别诗的流行,起到了显而易见的推波助澜作用。

除了茶肆酒楼,也有在私宅举行筵饯的,如韩翃《李中丞宅夜宴送丘侍御赴江东便往辰州》云"积雪临阶夜,重裘对酒时"④;刘禹锡《夜宴福建卢常侍宅因送之镇》云:

> 暂驻旌旗洛水堤,绮筵红烛醉兰闺。美人美酒长相逐,莫怕猿声发建溪。⑤

还有在亭间、船上设宴饯送的,如王建《送人》于"河亭收酒器,语尽各西东"⑥;韩翃《送卢大理赵侍御祭东岳兼寄孟兖州》于"驿亭开岁酒"⑦;顾况《送使君》于"山亭倾别酒"⑧;白居易《醉送李协律赴湖南辟命因寄沈八中

---

① 《唐诗解》,第 844 页。
② (宋)王灼著,岳珍校正:《碧鸡漫志校正》卷一,巴蜀书社,2000 年版,第 19—20 页。
③ 《历代诗话续编》,第 1372 页。
④ 《全唐诗》卷二四四,第 2744 页。
⑤ 《刘禹锡全集编年校注》,第 720 页。
⑥ 《全唐诗》卷三〇一,第 3420 页。
⑦ 《全唐诗》卷二四四,第 2748 页。
⑧ 《顾况诗集》,第 71 页。

丞》于"富阳山底樟亭畔,立马停舟飞酒盂"①;李白于《秋日鲁郡尧祠亭上宴别杜补阙、范侍御》;杜甫《泛江送魏十八仓曹还京因寄岑中允参范郎中季明》"迟日深春水,轻舟送别筵"②;王维《灵云池送从弟》"金杯缓酌清歌转,画舸轻移艳舞回"③;李嘉祐《常州韦郎中泛舟见饯》"主人冯轼贵,送客泛舟稀"④,这些亭类、舟船上的宴饯,更具诗情画意。如果时间条件不允许,就会出现在野外、林中、江上、花下之类,极具情趣的酌酒送行情景。如雍裕之《春晦送客》(一作《三月晦日郊外送客》)中的"野酌乱无巡,送君兼送春"⑤;贾岛《送张校书季霞》中的"饯君到野地,秋凉满山坡"⑥;韦应物《送王卿》中的"别酌春林啼鸟稀,双旌背日晚风吹"⑦;许浑《江上燕别》(一作赵嘏诗,题作《汾上宴别》)中的"一尊花下酒,残日水西树"⑧;陈子昂《遂州南江别乡曲故人》中的"故人悯追送,置酒此南州"⑨;刘长卿《送贾三北游》中的"片云郊外遥送人,斗酒城边暮留客"⑩,无不给人留下无限遐想意境,富有审美色彩。

　　送别宴席上酒的种类名称,在送别诗中也有提及,如张谓《别韦郎中》云:"不醉郎中桑落酒,教人无奈别离何。"⑪王之涣《九日送别》云:"今日暂同芳菊酒,明朝应作断蓬飞。"⑫杜牧《送薛种游湖南》云:"贾傅松醪酒,秋来美更香。"⑬李白《鲁郡尧祠送吴五之琅琊》云:"送行奠桂酒,拜舞清心魂。"⑭韩翃《送王侍御赴江西兼寄李袁州》云"腊酒湘城隅,春衣楚江外"⑮。白居易《秋江送客》云"不醉浔阳酒,烟波愁杀人"⑯。无论是桑落酒,还是浔阳酒,在离别之人看来都是一样的醇厚深情,品味不尽。偶尔也有以茶代酒的,如张谓《道林寺送莫侍御》(一作《麓州精舍送莫侍御归宁》)云"饮茶胜

---

① 《白居易诗集校注》卷二十,第 1641 页。
② 《杜诗详注》卷十二,第 984 页。
③ 《王维诗注》,第 289 页。
④ 《全唐诗》卷二〇六,第 2147 页。
⑤ 《全唐诗》卷四七一,第 5348 页。
⑥ 《贾岛诗集笺注》,第 46 页。
⑦ 《韦应物诗集系年校笺》卷六,第 299 页。
⑧ 《丁卯集笺证》,第 108 页。
⑨ 《陈子昂诗注》,第 174 页。
⑩ 《刘长卿诗编年笺注》,第 65 页。
⑪ 《全唐诗》卷一九七,第 2020 页。
⑫ 《全唐诗》卷二五三,第 2850 页。
⑬ 《樊川文集校注》,第 428 页。
⑭ 《李太白全集》卷十六,第 778 页。
⑮ 《全唐诗》卷二四三,第 2732 页。
⑯ 《白居易诗集校注》卷九,第 772 页。

饮酒,聊以送将归"①,清茶胜似酒,一样送故人。

"人间荣乐少,四海别离多。劝尔一杯酒,所赠无余多"②,"系马城边杨柳树,为君沽酒暂淹留"③,"眷言一杯酒,悽怆起离忧"④,"青山欲暮惜别酒,碧草未尽伤离歌"⑤,"别酒稍酣乘兴去"⑥,酒中含别意,送别离不开酒,酒与送别如缘相随,令诗人们的书写独具风采。

三、一曲离歌两行泪

唐人送别诗中常言到"离歌""别曲""高歌""酣歌""清歌"等,说明唐人有唱歌送别的习俗。顾况《送行歌》云:

送行人,歌一曲,何者为泥何者玉? 年华已向秋草衰,春梦犹传故山绿。⑦

杨衡《江陵送客归河北》云:

远客归故里,临路结装回。
山长水复阔,无因重此来。
聊将歌一曲,送子手中杯。⑧

韩愈《韶州留别张端公使君》云:"鸣笛急吹争落日,清歌缓送款行人。"⑨可知这"歌一曲",抒发的应是复杂的、多样的、不同寻常的别离情感,尽管我们不知道歌曲的内容和音调,但并不妨碍我们对诗歌情感的领会。"朝闻游子唱离歌,昨夜微霜初渡河"⑩,李颀《送魏万之京》听见游子的歌声自然而然动别情;韦庄《衢州江上别李秀才》忍不住"一曲离歌两行泪,更知何地再逢君"⑪,感伤至泪流满面。在诗人听来,离歌的基调总是黯然神伤的,一如徐铉所言"离歌不识高堂庆,特地令人泪满衣"⑫,骆宾王所言"离歌凄妙曲,别操绕繁弦"⑬,陈

---

① 《全唐诗》卷一九七,第 2018 页。
② 《全唐诗》卷六三六《劝酒二首》之二,第 7297 页。
③ 《张籍集注·别客》,第 254 页。
④ 《全唐诗》卷四三《送别》,第 537 页。
⑤ 《全唐诗》卷五九六《送孔恂入洛》,第 6904 页。
⑥ 《钱起诗集校注·送崔山人归山》,第 763 页。
⑦ 《顾况诗集》,第 59 页。
⑧ 《全唐诗》卷四六五,第 5283 页。
⑨ 《韩愈集》卷十,第 137 页。
⑩ 《李颀诗评注》,第 267 页。
⑪ 《全唐诗》卷六九八,第 8035 页。
⑫ 《全唐诗》卷七五六《送陈秘监归泉州》,第 8605 页。
⑬ 《骆宾王诗评注·送王赞府上京参选赋得鹤》,第 113 页。

季卿《别妻》所言"离歌凄凤管,别鹤怨瑶琴"①。

离歌不忍听,别曲亦销魂。张籍《送远曲》云:

> 戏马台南山簇簇,山边饮酒歌别曲。行人醉后起登车,席上回尊向僮仆。
>
> 青天漫漫覆长路,远游无家安得住。愿君到处自题名,他日知君从此去。②

这是祖饯于山边,以别曲相赠的情景。刘禹锡《送华阴尉张苕赴邕府使幕(张即燕公之孙,顷坐事除名)》曰:"离筵出苍莽,别曲多愁辛。"《福先寺雪中酬别乐天》又曰:"离堂未暗排红烛,别曲含凄飔晚风。"③别曲中几多悲辛,几多凄凉,曾经离别便可知,骆宾王及张说都有同感。骆宾王《送郭少府探得忧字》云"当歌凄别曲,对酒泣离忧"④,张说《奉和送宇文融安辑户口应制》云"别曲动秋风,恩令生春辉"⑤。别曲与悲秋并提,足见其有共通性。宋人郑樵《通志略·乐略第一》记载:

> 别离十九曲(迎客):《生别离》《离歌》《长别离》《河梁别》《春别曲》《自君之出矣》《送归曲》《思归篇》《送远曲》《母别子》《寄衣曲》《迎客曲》《送客曲》《远别离》《久别离》《古离别》《怨别》《离怨》(一作杂怨)、《井底引银瓶》。⑥

根据不同的离别情景,可以选择合适的别曲,以表达不同的感情。储光羲《洛桥送别》云:"一听南津曲,分明散别愁。"⑦徐铉《又听〈霓裳羽衣曲〉送陈君》云:"此是开元太平曲,莫教偏作别离声。"⑧霓裳曲作为开元时的太平曲,亦被用来作送别曲。熊孺登《奉和兴元郑相公早春送杨侍郎》云:"丞相新裁别离曲,声声飞出旧梁州。"⑨说明时人所作别离曲亦被传唱。

除了悲歌,也有慨歌、酣歌,"慷慨倚长剑,高歌一送君"⑩,表现了王维

---

① 《全唐诗》卷八六八,第9838页。
② 《张籍集注》,第32页。
③ 《刘禹锡全集编年校注》,第149、552页。
④ 《骆宾王诗评注》,第147页。
⑤ 《张燕公集》卷一,第7页。
⑥ (宋)郑樵撰,王树民点校:《通志二十略》,中华书局,1995年版,第916页。
⑦ 《全唐诗》卷一三九,第1413页。
⑧ 《全唐诗》卷七五六,第8605页。
⑨ 《全唐诗》卷四七六,第5421页。
⑩ 《王维诗注》,第143页。

《送张判官赴河西》建功立业时的豪迈;"拔剑因高歌,萧萧北风至"①,反映了陶翰《送朱大出关》时的悲壮;"醉踏虎溪云,高歌送君出"②,体现了皎然《饮茶歌送郑容》时的潇洒;"置酒灞亭别,高歌披心胸"③,折射了岑参《送祁乐归河东》时的豪爽。因为"酣歌一举袂,明发不堪思"④,所以李白《送韩侍御之广德》时,"暂就东山赊月色,酣歌一夜送泉明"⑤。这些高歌与酣歌有时伴随着饮酒,打破了离别时凝重的悲伤情绪,给人以鼓舞,使人对前途充满信心,具有强烈的感染力。

　　唐人送别诗中送别时常唱的歌有踏歌、骊歌、劳歌等。关于踏歌,因李白的一首《赠汪伦》"李白乘舟将欲行,忽闻岸上踏歌声。桃花潭水深千尺,不及汪伦送我情"⑥而被重视,引出了不同的观点。胡三省《资治通鉴》卷二百六注曰:"踏歌者,连手而歌,踏地以为节。"⑦此说影响了后来的很多论著。如人民文学出版社 1961 年版的《李白诗选》云"踏歌"是:"民间的一种唱歌艺术,两脚踏着拍子唱歌。"张天健《唐诗答客难》则指出:"踏歌"民俗出现较早,晋人葛洪《西京杂记》就记有汉代宫女每年十月十五"踏歌"的盛况。此俗至唐沿袭不改。据有关资料,"踏歌"并非简单"唱歌",不是单纯以脚击地打拍子唱。"踏歌"时,或"相与联臂",或"联袂"而唱,手脚并用,"是一种正规的歌舞表演"。从刘禹锡《竹枝词》《踏歌词》可见,这种歌舞表演不止限于京城,在州郡地方也很普及。屈子规、屈子娟补充说:

　　　　第一,踏歌不一定要"相与联臂"或"联袂"。踏歌时队形会有变化,也有舞袖动作。第二,踏歌有时也很随意,只要踏地为节,边歌边舞即可。一个人或三两个人都可踏歌。第三,"踏歌"作为一种乐舞歌相结合的民间习俗,首先是从古巴人活动的巴渝地区(此指今四川阆中)兴起的。⑧

根据以上分析可知,踏歌是一种起源较早的乐舞歌相结合的活动习俗,于每年十月十五表演最为隆重,带有喜庆的色彩,形式也稍繁复,和送别时悲情笼罩的环境气氛似乎不甚协调,因此"踏歌"在其他唐人送别诗中不被提及,

---

① 《全唐诗》卷一四六,第 1475 页。
② 《全唐诗》卷八二一,第 9263 页。
③ 《岑嘉州诗笺注》卷一,第 36 页。
④ 《全唐诗》卷七〇二《将之京师留别亲友》,第 8071 页。
⑤ 《李太白全集》卷十八,第 835 页。
⑥ 《李太白全集》卷十二,第 645—646 页。
⑦ 《资治通鉴》卷二百六,第 6649 页。
⑧ 屈子规、屈子娟:《唐诗勾趣》,四川教育出版社,2003 年版,第 171 页。

只在极具浪漫气息的李白诗中出现,显示了李白送别诗的积极昂扬风格。另据屈子规、屈子娟考述,汪伦是安徽泾县桃花潭地方的富豪之士,还担任了公职,在李白去桃花潭做客时,久仰其名而拨冗以主人身份迎送陪同。李白感于其热诚以夸张之笔答谢其情,从而留下了这曲千古绝唱,也为唐代送别诗带来了一派新气象,开拓了送别诗的题材领域。

骊歌亦离歌,告别之歌也,即古人告别时所唱的《骊驹》。《骊驹》乃是逸诗,《风雅逸篇》卷四载:"骊驹在门,仆夫具存;骊驹在路,仆夫整驾。"①《汉书》卷八十八《儒林·王式传》载曰:"闻之于师:客歌《骊驹》,主人歌《客毋庸归》。"②诗中唱"骊歌"的有唐远悊、杨炯、卢藏用、刘眘虚、李毅等。唐远悊《奉和送金城公主适西蕃应制》云:"龙笛迎金榜,骊歌送锦轮。"③此是送公主和亲。卢藏用《饯许州宋司马赴任》云:"骊歌一曲罢,愁望正凄凄。"④歌罢即要上路,所以相望只有凄愁。杨炯《送郑州周司空》云:"居人下珠泪,宾御促骊歌。"⑤可见骊歌意蕴悠长,感人至深。李毅《浙东罢府西归酬别张广文皮先辈陆秀才》云:"相逢只恨相知晚,一曲骊歌又几年。"⑥刘眘虚《海上诗送薛文学归海东》云:"日暮骊歌后,永怀空沧洲。"⑦说明骊歌引起的是无尽的思念和留恋。骊歌反映了离别时的情景,究竟谁唱其实并不重要,重要的是骊歌所传达的离别情感,营造的临别氛围。郭茂倩《乐府诗集》卷八十四《杂歌谣辞二》收入《骊驹》同时,还收有一首《离歌》曰:

> 晨行梓道中,梓叶相切磨。
> 与君别交中,繾如新缣罗。
> 裂之有余丝,吐之无还期。⑧

情意深长,抒发了离别时的感伤留恋。

除了骊歌,"相送一劳歌"⑨的劳歌,同样动情伤怀,催人泪下。许浑《谢亭送客》云:"劳歌一曲解行舟,红树青山水急流。"⑩杜牧《有怀重送斛斯判

---

① (明)杨慎:《风雅逸篇》卷四,中华书局,1985年版,第22页。
② 《汉书》卷八十八,第3610页。
③ 《全唐诗》卷六九,第774页。
④ 《全唐诗》卷九三《饯许州宋司马赴任》,第1003页。
⑤ 《杨炯集》卷二,第16页。
⑥ 《全唐诗》卷六三一,第7238页。
⑦ 《全唐诗》卷二五六,第2870页。
⑧ (宋)郭茂倩:《乐府诗集》卷八十四,中华书局,1979年版,第1187页。
⑨ 《全唐诗》卷三二四《送郑秀才贡举》,第3640页。
⑩ 《丁卯集笺证》,第318页。《全唐诗》卷五三八《谢亭送别》。

官》云:"苍苍烟月满川亭,我有劳歌一为听。"①劳歌响起便意味着不能不分手了,再也无由耽搁了,所以罗隐《送顾云下第》曰"行行杯酒莫辞频,怨叹劳歌两未伸"②,骆宾王《送吴七游蜀》曰"劳歌徒欲奏,赠别竟无言"③。一曲劳歌代表了千言万语,美好的祝福和无尽的相忆。"劳歌"本指在劳劳亭送客时唱的歌,劳劳亭旧址在南京,是古代著名的送别之地,"劳歌"传唱经久后,便成为了送别歌的代称。

张九龄《东湖临泛饯王司马》云:

  兰棹无劳速,菱歌不厌长。忽怀京洛去,难与共清光。④

诗人以"菱歌不厌长"委婉相留,武元衡《送张侍御赴京》和李颀《送乔琳》等诗,也都提到"菱歌",武元衡诗曰"相送汀州兰棹晚,菱歌一曲泪沾衣"⑤。李颀诗曰"菱歌五湖远,桂树八公邻"⑥。"菱歌"属于地方曲调,说明在南方水乡,人们临别之际,也会选择有地方特色的乡曲来表达心声。综上我们有理由认为,唐人送别诗中的"离歌"及"别曲",其内容曲调是非常丰富多样的,既有流行于那个时代的时尚歌曲,也有民间色彩浓厚的俚曲歌谣。

四、唯有垂柳管别离

  释慕幽《柳》诗云:"今古凭君一赠行,几回折尽复重生。"⑦在敦煌莫高窟第217窟中,至今仍能看到唐人折柳赠人的壁画,路边的杨柳似乎在诉说着无尽的伤感,依依惜别之情伴随着千古离愁别恨,以《杨柳枝》多情的词曲,向我们展示了唐代折柳送别的社会风俗。

  《诗经·小雅·采薇》云"昔我往矣,杨柳依依",杨柳在后世被连称象征送别,并成为送别诗中常见的意象,与杨柳一词内涵的逐步丰富和发展有着密切的关系。《尔雅·释木》曰:"杨,蒲柳。"《说文·木部》曰:"柳,小杨也。"⑧段玉裁《说文解字注》曰:"杨之细茎小叶者曰柳。"⑨可知在中国古代从先秦以来,杨柳就作为一个连称专有名词被使用,而折柳送别作为一种民

---

① 《樊川文集校注·有怀重送斛斯判官》,第477页。
② 《罗隐诗集笺注》,第269页。
③ 《骆宾王诗评注》,第173页。
④ 《张九龄集校注》卷三,第197页。
⑤ 《全唐诗》卷三一七,第3571页。
⑥ 《李颀诗评注》,第305页。
⑦ 《全唐诗》卷八五〇,第9625页。
⑧ (汉)许慎:《说文解字》,天津古籍出版社,1991年版,第117页。
⑨ (汉)许慎撰,(清)段玉裁注:《说文解字注》,上海书店出版社,1992年版,第245页。

俗开始为社会接受,是与社会交往的扩大和世道太平分不开的,这也是自汉代开始的折柳送别民俗,能代代相传下来的重要原因。《三辅黄图》卷六《桥》记载:"灞桥,在长安东,跨水作桥。汉人送客至此桥,折柳赠别。"①中国社会经过魏晋南北朝的动荡不安,到隋唐以后又迎来了一个新的文化昌盛时期,折柳送别这一古老的风俗遂在唐代形成了新的社会风尚,并深深印在了以诗歌为载体的文化现象之中。刘禹锡《杨柳枝词八首》之八云:"长安陌上无穷树,唯有垂杨管别离。"②翁绶《折杨柳》云:"殷勤攀折赠行客,此去关山雨雪多。"③柳氏《答韩翃》词云:"杨柳枝,芳菲节,可恨年年赠离别。"④李嘉祐《送侍御史四叔归朝》云:"攀折隋宫柳,淹留秦地人。"⑤许浑《送别》云:"溪边杨柳色参差,攀折年年赠别离。"⑥雍裕之《折柳赠行人》曰:

  那言柳乱垂,尽日任风吹。欲识千条恨,和烟折一枝。⑦

人之离乡正如木之离土,希望人亦能如柳之随遇而安。无处不送别,无处不折柳,杨柳将美与苦、乐与哀纠结在一起,成为诗人复杂心绪的传媒。

  柳被用以赠别,不仅因"柳"与"留"谐音,有挽留行人之意,更因其柔条弱枝隐喻依依不舍、肝肠寸断等,而被赋予惜别之情,在送别诗中被不断翻出新意。宋璟《送苏尚书赴益州》云"园亭若有送,杨柳最依依"⑧,刘商《柳条歌送客》云"毵毵拂人行不进,依依送君无远近"⑨,从柳条形态上绘其神,点出人们对柳的情有独钟。独孤及《官渡柳歌送李员外承恩往扬州觐省》云"远客折杨柳,依依两含情"⑩,戎昱《移家别湖上亭》云"好是春风湖上亭,柳条藤蔓系离情"⑪,进一步揭示了柳条袅娜形态的象征内涵,以及它的善解人意,即所谓"折柳系离情",人们自然喜欢上了它。白居易《杨柳枝词八首》云"人言柳叶似愁眉,更有愁肠似柳丝"⑫,戎昱《送陆秀才归觐省》云

---

① 《三辅黄图校证》,第139页。
② 《刘禹锡全集编年校注》,第600页。
③ 《全唐诗》卷六〇〇,第6939页。
④ 《全唐诗》卷八〇〇,第8998页。
⑤ 《全唐诗》卷二〇六,第2156页。
⑥ 《丁卯集笺证·旅中别佴暐》,第285页。
⑦ 《全唐诗》卷四七一,第5350页。
⑧ 《全唐诗》卷六四《送苏尚书赴益州》,第751页。
⑨ 《全唐诗》卷三〇三《柳条歌送客》,第3450页。
⑩ 《全唐诗》卷二四七《官渡柳歌送李员外承恩往扬州觐省》,第2769页。
⑪ 《戎昱诗注》,第14页。
⑫ 《白居易诗集校注》卷三十一《杨柳枝词八首》之八,第2415页。

"堤上千年柳,条条挂我心"①,则从比喻拟人的角度,点明了杨柳和离愁情谊之间的神似关系。一株株杨柳柔条长长,随风摇曳飘摆,仿佛在向远行之人招手致意,因此在诗人看来,满目皆是离情。又因柳树有"无心插柳柳成荫"易栽易活的习性,被人们赋予了旺盛生命力的象征,所以折柳隐含有对出行人的美好祝福,刘商《柳条歌送客》云"青春去住随柳条"②,道出了这一习俗中的心理文化存在。③

由于杨柳几成为送别的代名词,折柳赠别亦成了唐人送别时的一个必要仪式,诗人们对它的感情便复杂难言起来。施肩吾《杨柳枝》云:

> 伤见路傍杨柳春,一枝折尽一重新。今年还折去年处,不送去年离别人。④

杨柳依旧,人却不同,怎不令人感慨伤情。薛涛《送姚员外》云"万条江柳早秋枝,袅地翻风色未衰。欲折尔来将赠别,莫教烟月两乡悲"⑤,刘绮庄《扬州送人》云"思君折杨柳,泪尽武昌楼"⑥,都是欲借杨柳以慰相思悲情,折柳的平凡举动中,蕴含了留恋相思的深切情意。正如孟郊《折杨柳二首》所云:

> 杨柳多短枝,短枝多别离。赠远屡攀折,柔条安得垂?
> 青春有定节,离别无定时。但恐人别促,不怨来迟迟。
> 莫言短枝条,中有长相思。⑦

柳枝虽短,情意却长。李端《折杨柳》(一作《折杨柳送别》)云:"赠君折杨柳,颜色岂能久""新柳送君行,古柳伤君情。"⑧一枝杨柳随着时间的推移由青而枯,情感也随之发生变化,或依恋,或思念,它所承载的情感历久弥重。

唐代社会为人们的出行聚散,提供了更多的机会和便利条件,安土重迁的社会心理又使人们重视送往迎来,诗人们总是"乡园欲有赠,梅

---

① 《戎昱诗注》,第 45 页。
② 《全唐诗》卷三〇三,第 3450 页。
③ 关于"折柳送别",又有不同说法。李亚军《"折柳送别"解——论"折柳"民俗蕴涵的树神崇拜、生殖信仰观念》(《阴山学刊》2006 年第 4 期)一文认为以"柳"谐"留"的谐音现象,不能完全解释中国有悠久的折柳送别传统,他从民俗学、文化学角度,依据大量的文献材料,追溯"折柳"民俗的起源,分析折柳送别现象的生成机理与演变脉络,梳理民俗事项与诗歌吟唱的内在联系,足资证明折柳民俗蕴涵着树神崇拜、生殖信仰观念。
④ 《全唐诗》卷二八,第 399 页。
⑤ 《唐女诗人集三种》,第 43 页。
⑥ 《全唐诗》卷五六三,第 6534 页。
⑦ 《孟郊诗集笺注》卷二,第 49 页。
⑧ 《全唐诗》卷二八四,第 3232 页。

柳着先攀"①,结果是"津亭多别离,杨柳半无枝"②,"东城草虽绿,南浦柳无枝"③。一次又一次的送行攀折,使得杨柳也喊起苦来,不堪诗人重负的杨柳因此有了怨恨,如王之涣《送别》云:

  杨柳东风树,青青夹御河。近来攀折苦,应为别离多。④

孟郊《折杨柳》云:

  杨柳多短枝,短枝多别离。赠远屡攀折,柔条安得垂。⑤

戴叔伦《赋得长亭柳》云:"赠行多折取,那得到深秋。"⑥攀折的频繁导致柳条竟不能自在飘垂,自然生长,柳枝能不抱怨吗? 也有如许浑那样,"留却一枝河畔柳,明朝犹有远行人"⑦,替别人替杨柳着想的,实在难能可贵。李白突发奇想,另辟蹊径状写离别,其《劳劳亭》曰:

  天下伤心处,劳劳送客亭。春风知别苦,不遣柳条青。⑧

春风能吹来杨柳万千条,春风也一定能不让柳条发芽返青,真是奇思妙想。鱼玄机更决绝,《折杨柳》曰:

  朝朝送别泣花钿,折尽春风杨柳烟。愿得西山无树木,免教人作泪悬悬。⑨

但愿山上干脆连柳树都不要生长了。不过即使没有柳树,诗人们还是要送别的,贯休《送刘遴赴闽辟》云"何须折杨柳,相送已依依"⑩,又《春送僧》云"不能更折江头柳,自有青青松柏心"⑪。戴叔伦《送吕少府》云"深山古路无杨柳,折取桐花寄远人"⑫。虽然松柏、桐花和杨柳一样能表达诗人的心意,但折柳的风俗依然深入人心。李斌城等著《隋唐五代社会生活史》认为"折花为赠",亦是当时的一种习俗,如张籍《送从弟删东归》云"春桥欲醉攀花别",郑准《江南清明》云"延兴门外攀花别",所折花类主要视送别处有何

---

① 《孟浩然诗集校注》卷四《早春润州送从弟还乡》,第 417 页。
② 《丁卯集笺证·将赴京师津亭别萧处士二首》之二,第 64 页。
③ 《全唐诗》卷五九四《赠别》,第 6887 页。
④ 《全唐诗》卷二五三,第 2849 页。
⑤ 《孟郊诗集笺注》卷二,第 49 页。
⑥ 《戴叔伦诗文集笺注》,第 68 页。
⑦ 《丁卯集笺证·重别曾主簿时诸妓同饯》,第 317 页。
⑧ 《李太白全集》卷二十五,第 1150 页。
⑨ 《唐女诗人集三种》,第 137 页。
⑩ 《全唐诗》卷八三一,第 9370 页。
⑪ 《全唐诗》卷八三七,第 9439 页。
⑫ 《戴叔伦诗文集笺注》,第 307 页。

花可折而定。有折江花的，朱放《江上送别》云"共折江花怨别离"。有折芍药的，元稹《忆杨十二》云"去时芍药才堪赠"。有折樱桃花的，元稹《折枝花赠行》云"樱桃花下送君时，一寸春心逐折枝。别后相思最多处，千株万片绕林垂"。① 总的看来，折花似仍不及折柳普遍，"灞桥折柳"作为文化基因的影响是极其深远的。

第三节 分手相赠物

唐人送别诗中分手之际的赠送礼仪极具个性色彩，既有各种实用物品，如宝剑、马鞭、铜镜等，亦有山水花草自然情趣，还有送言赠意表心志，多姿多彩的送别礼物及赠言内容，显示了唐人多情高雅、达观豪迈的人生理念。

一、离心何以赠，自有玉壶冰

骆宾王《别李峤得胜字》云"离心何以赠，自有玉壶冰"②，作者以玉壶冰比喻自己纯洁透明的心，表达对朋友的忠诚，谁能说还有比这更贵重的礼物呢？骆祥发论曰：

> 诗人以"玉壶冰"自许，作为临行赠送的礼物，表示了一种坚贞不渝、清节自守的高尚操节。从而也使彼此的友情升华，进入到一个纯洁、高雅，不带一丝污迹的境界。这种不加雕饰地直抒胸臆，正是这首诗的感人之处。③

以忠心表白，以真情相赠的还有崔峒，其《送张芬东归》云："握手将何赠，君心我独知。"两人虽是"贫交欲别离"④，但却心心相印，"君心我独知"，也是"君独知我心"，朴实真挚。相较而言，李白的"送尔长江万里心，他年来访南山皓"⑤，就显出了夸张和奇异。在"饮酒俱未醉"时，岑参以"一言聊赠君"，希望朋友"功曹善为政，明主还应闻"⑥。于武陵《送鄢县董明府之任》，尽管是"空持语相送，应怪不沾巾"⑦，但相信友人能够理解。韦应物

---

① 李斌城等：《隋唐五代社会生活史》，中国社会科学出版社，1998年版，第381页。
② 《骆宾王诗评注》，第139页。
③ 同上，第141页。
④ 《全唐诗》卷二九四，第3344页。
⑤ 《李太白全集》卷七《金陵歌送别范宣》，第409页。
⑥ 《岑嘉州诗笺注》卷二《送蜀郡李掾》，第553页。
⑦ 《全唐诗》卷五九五，第6890页。

《送李十四山人东游》时"踟蹰欲何赠,空是平生言"①,说不完的平生言是最真诚的话语。李颀《送马录事赴永阳》云"赠尔八行字,当闻佳政传"②,希望友人声名远播。储光羲《洛潭送人觐省》云"送君唯一曲,当是白华篇"③,"白华篇"的内容乃敬老,送给回乡觐省的人再合适不过了。临别赠言亦是古之传统,《荀子·非相》云:"赠人以言,重于金石珠玉。"④言语心意乃无价之珍宝。

也有的送别诗通篇都是作者的嘱咐叮咛,如元稹的《送崔侍御之岭南二十韵》,诗人在题序中交代曰:

  古朋友别皆赠以言。南方物候饮食与北土异。其甚者,夷民喜聚蛊,秘方云:"以含银变黑为验,攻之重雄黄。"海物多肥腥,啖之好呕泄,验方云:"备之在咸食。"岭外饶野菌,视之虫蠹者无毒;罗浮生异果,察其鸟啄者可餐。大抵珠玑玳瑁之所聚,贵洁廉;湮郁暑湿之所蒸,避溢欲。其余道途所慎,离怆之怀,尽之二百言矣,叙不复云。⑤

元稹以二百言告诫朋友岭南的殊异,希望友人"避溢欲","贵洁廉",拳拳之心,明月可鉴。

二、临途赠物,勉哉夫子

唐人送别诗中的临别所赠之物有,宝剑、宝刀、匕首、马鞭、明镜、明月山水花草等,皆能不落俗套,拥有大唐风度。分手赠剑可谓唐人一景,陈子昂《送东莱王学士无竞》云"宝剑千金买,平生未许人。怀君万里别,持赠结交亲"⑥,赠人以千金宝剑。孟浩然《送朱大人秦》云"游人武陵去,宝剑直千金。分手脱相赠,平生一片心"⑦,赠送朋友的也是千金宝剑;李白《送侯十一》云"空余湛卢剑,赠尔托交亲"⑧,卢仝《送王储詹事西游献兵书》云"玉匣百炼剑,龟文又龙吼。抽赠王将军,勿使虚白首"⑨,储光羲《送人随大夫和蕃》云"解剑聊相送,边城二月春"⑩,刘叉《姚秀才爱予小剑因赠》云:

---

① 《韦应物诗集系年校笺》卷一,第 43 页。
② 《李颀诗评注》,第 74 页。
③ 《全唐诗》卷一三九,第 1414 页。
④ (清)王先谦撰,沈啸寰、王星贤点校:《荀子集解》,中华书局,1988 年版,第 83—84 页。
⑤ 《元稹集编年笺注·诗歌卷》,第 565 页。
⑥ 《陈子昂诗注》,第 226 页。
⑦ 《孟浩然诗集校注》卷四,第 502 页。
⑧ 《李太白全集》卷十七,第 820 页。
⑨ 《全唐诗》卷三八七,第 4370 页。
⑩ 《全唐诗》卷一三九,第 1414 页。

> 一条古时水，向我手心流。临行泻赠君，勿薄细碎仇。①

宝剑为防身的武器，古人有佩剑的习俗，宝剑对个人来说极为珍贵，慷慨赠予朋友，足见一把把宝剑是一片片心意，是友情的见证，是相互的关爱。张说《送田郎中从魏大夫北征篇序》云："临途赠剑，勉哉夫子！"②

宝刀、马鞭等也是常赠物品，刘长卿《别陈留诸官》言"不愧宝刀赠，惟怀琼树枝"③，表明了自己不负朋友的心意。高适《送柴司户充刘卿判官之岭外》言"别恨随流水，交情脱宝刀"④，能以宝刀相馈赠的朋友，必定交情至深。其《别王八》云"征马嘶长路，离人挹佩刀"⑤，亦是引佩刀以赠别。张说《送郭大夫元振再使吐蕃》云"脱刀赠分手，书带加餐食。知君万里侯，立功在异域"⑥，以宝刀相赠，希望郭震在吐蕃建功立业。马戴《赠别北客》因"感激气何高"，而"饮尽玉壶酒，赠留金错刀"⑦。金错刀为诗人随身携带之物，不惜留赠，足见豪爽。崔湜《饯唐州高使君赴任》时"赠君双佩刀"，希望"日夕视来期"⑧，睹物思人，永不相忘。李白《送别》云："惜别倾壶醑，临分赠马鞭。"⑨岑参《送杨子》亦云："惜别添壶酒，临歧赠马鞭"⑩。杜牧《洛中送冀处士东游》云"赠以蜀马棰，副之胡麛裘"⑪。孟浩然《送王宣从军》云"平生一匕首，感激赠夫君"⑫。分手之际，相赠以宝剑、宝刀、马具、匕首等，反映了唐代诗人文功武略双全，积极进取的精神风貌，同时也是唐人游侠风气的写照。

白居易曾作《以镜赠别》云：

> 人言似明月，我道胜明月。明月非不明，一年十二缺。
> 岂如玉匣里，如水常澄澈。月破天暗时，圆明独不歇。
> 我惭貌丑老，绕鬓斑斑雪。不如赠少年，回照青丝发。
> 因君千里去，持此将为别。⑬

---

① 《全唐诗》卷三九五，第4448页。
② 《全唐文》卷二百二十五，第2273页。
③ 《刘长卿诗编年笺注》，第12页。
④ 《高适诗集编年笺注》，第344页。
⑤ 同上，第338页。
⑥ 《张燕公集》卷三，第23页。
⑦ 《全唐诗》卷五五五，第6431页。
⑧ 《全唐诗》卷五四，第661页。
⑨ 《李太白全集》卷十八，第838页。
⑩ 《岑嘉州诗笺注》卷三，第668页。
⑪ 《樊川文集校注》，第84页。
⑫ 《孟浩然诗集校注》卷四，第412页。
⑬ 《白居易诗集校注》卷十，第795页。

铜镜如明月,明月不及明镜,明镜饱含了诗人的厚爱。以镜赠人的风气从唐诗来看,在唐代已经很普遍,这和镜子的功用有关,也和唐太宗有关。太宗曾谓群臣曰:

> 夫以铜为镜,可以正衣冠;以古为镜,可以知兴替;以人为镜,可以明得失。朕常保此三镜,以防己过。今魏徵徂逝,遂亡一镜矣!①

可见唐人常借镜寓自省之意,正是在这种观念影响下,形成了唐人以镜相赠的风气。唐玄宗把他的生日八月初五定为"千秋节",又叫"千秋金鉴节",因而常在这一天赐百官镜子。唐玄宗《千秋节赐群臣镜》曰:"铸得千秋镜,……分将赐群后。"②张说《奉和圣制赐王公千秋镜应制》曰:"宝镜颁神节,凝规写圣情。"③反映的都是这一习俗。《韩非子·观行篇》曰:

> 古之人目短于自见,故以镜观面;智短于自知,故以道正己。故镜无见疵之罪,道无明过之恶。目失镜,则无以正须眉;身失道,则无以知迷惑。

白居易以镜赠送少年,正表达了这种民俗观念。④

明月山水花草历来倍受诗人的钟爱,在送别诗中常被借来表达离情别意,尤其是赋得体题式类送别诗,如钱起《赋得浦口望斜月送皇甫判官》云:

> 起见西楼月,依依向浦斜。动摇生浅浪,明灭照寒沙。
> 水渚犹疑雪,默林不辨花。送君无可赠,持此代瑶华。⑤

由于赋得的是浦口望斜月,于是借月为赠物,慰藉友人。朱长文《吴兴送梁补阙归朝赋得荻花》云:

> 柳家汀洲孟冬月,云寒水清荻花发。一枝持赠朝天人,愿比蓬莱殿前雪。⑥

赋得荻花,即以荻花为赠礼。两诗皆充满了诗意情趣,令人感动。郎士元《送钱大》末云"陶令东篱菊,余花可赠君",以菊赠友,倍显殷勤而又格调高雅。沈德潜评曰:"结意望其能秉高节,更耐寻绎也。"⑦草木花卉有兰蕙、菊

---

① 《旧唐书》卷七十一《魏徵传》,第 2561 页。
② 《全唐诗》卷三,第 32 页。
③ 《全唐诗》卷八七,第 943 页。
④ 何立智等:《唐代民俗和民俗诗选注》,语文出版社,1993 年版,第 207—208 页。
⑤ 《钱起诗集校注》,第 402 页。
⑥ 《全唐诗》卷二七二,第 3065 页。
⑦ 《唐诗别裁集》,第 161 页。

花等,岑参《送张秘书充刘相公通汴河判官便赴江外觐省》云"临歧欲有赠","持以握中兰"①。姚系《送周愿判官归岭南》因"贫交空复情",乃"兰蕙一为赠"②。兰蕙多芳香,持之赠人更显友情纯洁高尚。李白《留别龚处士》云"赠君卷葹草,心断竟何言"③,煞是别出心裁。《尔雅·释草》曰:卷葹草,拔其心,不死,江淮间谓之宿莽。屈原嘉之以其志,故《离骚》曰:夕览洲之宿莽。可见赠以卷葹草的意味何其深长。其《送羽林陶将军》云:"莫道词人无胆气,临行将赠绕朝鞭。"④"绕朝鞭"即"绕朝策",喻指有先见的谋略。陈子昂《送客》云:

白蘋已堪采,绿芷复含荣。江南多桂树,归客赠生平。

沈德潜赞曰:"言白蘋绿芷亦可采以赠人,而桂有坚贞之性,故欲折以相遗也。"⑤桂树性坚贞,折桂相赠寄寓了诗人的心意。李渤《留别南溪》云"欲知别后留情处,手种岩花次第开"⑥,最是独具慧心,在诗人亲手种下的岩花次第开放的季节,人们自然会怀念起他,这是怎样一份用心栽培的别致礼物啊。

---

① 《岑嘉州诗笺注》卷一,第65页。
② 《全唐诗》卷二五三,第2855页。
③ 《李太白全集》卷十五,第732页。
④ 《李太白全集》卷十七,第800页。
⑤ 《唐诗别裁集》,第9页。
⑥ 《全唐诗》卷四七三《留别南溪》,第5368页。

第六章　唐代送别诗与社会文化

唐代送别诗的盛行与唐代社会文化的大环境密切相关,唐代送别诗是唐代社会文化的折射,从唐人大量的送别诗中,可以看出当时的社会风尚、文化制度、宗教信仰等情况,诸如礼俗文化、科举风尚、崇道好禅等,莫不具有鲜明的时代特征。

第一节　淳厚的社会礼俗

唐代是封建盛世,社会文化空前繁荣,既有制度方面的建树,亦有日常生活情趣的讲究,唐人大量送人觐省、送人成婚、送人赴任、送人葬亡等的送别诗,反映了当时世情往来的社会礼俗,情趣盎然,颇富意味。

一、送人省亲倡孝廉

孝悌是封建时代统治者大力倡导的传统美德,是维系家庭的精神纽带,唐代以孝理天下,"圣朝新孝理"①,孝廉为人才之本,《旧唐书》卷一百三十七《于公异传》记载:

> 公异少时不为后母所容,自游宦成名,不归乡里;及贞元中陆贽为宰相,奏公异无素行,黜之。诏曰:"祠部员外郎于公异,顷以才名,升于省闼。其少也,为父母之所不容,宜其引慝在躬,孝行不匮,匿名迹于畎亩,候安否于门闾,俾其亲之过不彰,庶其诚之至必感。安于弃斥,游学远方,忘其温清之恋,竟至存亡之隔,为人子者,忍至是乎!宜放归田里,俾自循省。其举公异官尚书左丞卢迈,宜夺俸两月。"……公异竟名

---

① 《杜诗详注》卷六《送许八拾遗归江宁觐省甫昔时尝客游此县于许生处乞瓦棺寺维摩图样志诸篇末》,第455页。

位不振,轗轲而卒,人士惜其才,恶贽之褊急焉。①

省亲是行孝的表现,是衡量官员孝与不孝的标准之一,社会风气普遍看重,于公异因久宦不归乡里探亲,不赡养后母,陆贽向朝廷举报其大逆不孝,于公异因此遭遇排斥,以至于仕途受挫,坎坷而死。唐代制度规定官员要定时觐省,《唐六典》卷二《尚书吏部》云:"父母在三千里外,三年一给定省假三十五日。"②省亲假为士人探亲,提供了方便,唐人送别诗中送人归宁、宁觐、宁亲、觐省、归觐、省觐、拜觐等的诗篇,数量很大,可见当时风气之一斑。《唐摭言》卷八《及第后隐居》记载:

> 费冠卿元和二年及第,以禄不及亲,永怀罔极之念,遂隐于九华。长庆中,殿中侍御史李行修举冠卿孝节,征拜右拾遗,不起。制曰:"前进士费冠卿,尝与计偕,以文中第,归不及于荣养,恨每积于永怀,遂乃屏迹邱园,绝踪仕进,守其至性,十有五年。峻节无双,清飚自远!夫旌孝行,举逸人,所以厚风俗而敦名教也。宜承高奖,以敬薄夫。擢参近侍之荣,载伫移忠之效,可右拾遗。"③

唐宪宗元和二年,费冠卿及第后,因为俸禄不能惠及双亲,思念自己故去的父母,没有办法报答养育之恩,遂隐居于池阳九华山。穆宗长庆年间,殿中侍御史李行修举荐费冠卿,以其节操仁孝,请征其入朝做右拾遗。从朝廷的征文中可以看出,此举的目的是表扬孝行,敦厚世风,教育不孝之人,所以出现大量的送人省亲诗篇就不足为怪了。

开元元年(713),玄宗即位后升迁褚无量任左散骑常侍,仍兼国子祭酒,晋封舒国公,开元二年,褚无量归乡觐亲,苏颋《送常侍舒公归觐》云:

> 朝闻讲艺余,晨省拜恩初。训冑尊庠序,荣亲耀里闾。
> 朱丹华毂送,斑白绮筵舒。江上春流满,还应荐跃鱼。④

其同题文《饯常侍舒公归觐序》云:

> 是月惟闰,乘春载阳,服老莱之衣,飘组丈二;拥终童之传,送车数百。……于是丝庭华省之家,虎观鸿都之士,属鸰鹉鸣矣,杨柳依依,情摇江上之枫,思结河边之草,吴州日见,楚山云绝,莫不捧袂黯然,弹毫

---

① 《旧唐书》卷一百三十七,第3767—3768页。
② (唐)李林甫等撰,陈仲夫点校:《唐六典》卷二,中华书局,1992年版,第35页。
③ 《唐摭言》卷八《及第后隐居》,第92页。
④ 《全唐诗》卷七三,第802页。

以赠,庶几离言之至,知儒行之尊欤。①

序所记和诗的内容相照应,送车数百,彰显了舒公褚无量回乡省亲的影响之大。序中所云"服老莱之衣",是唐人觐亲时使父母欢喜的一种娱乐方式,表明了孝子的诚心。相传春秋时楚国隐士老莱子,年及七十,为娱双亲而穿五彩衣,作婴儿戏。后人遂仿效老莱子"斑衣戏彩"孝顺父母,唐人送人觐省诗中多用到老莱子的典故。如杜甫《送韩十四江东省觐》云:

兵戈不见老莱衣,叹息人间万事非。我已无家寻弟妹,君今何处访庭闱。
黄牛峡静滩声转,白马江寒树影稀。此别应须各努力,故乡犹恐未同归。②

诗人感慨由于战乱造成省亲困难,"兵戈不见老莱衣",有家可归已属难得。清人施补华《岘佣说诗》论曰:

"兵戈不见老莱衣",是提清省觐矣。第三句"我已无家寻弟妹",忽插入自己作衬,才是愁人对愁人,意更沉痛。五六两句,景中含情,开展顿宕。收处"各努力","未同归",又插入自己,期望亲切。是少陵送人省觐诗,他人移掇不得。③

游子和父母之间的感情最难舍弃,大历四年(769)暮秋,杜甫作《晚秋长沙蔡五侍御饮筵送殷六参军归澧州觐省》云"佳士欣相识,慈颜望远游"④,将父母对外出游子的思念不已和盘托出。孟浩然《送王五昆季省觐》云:

公子恋庭闱,劳歌涉海涯。水乘舟楫去,亲望老莱归。
斜日催乌鸟,清江照彩衣。平生急难意,遥仰鹡鸰飞。⑤

诗中的"老莱""彩衣",即借用了老莱子的典故。独孤及《官渡柳歌送李员外承恩往扬州觐省》云:

郎把紫泥书,东征觐庭闱。脱却貂襜褕,新著五彩衣。⑥

齐己《送朱侍御自洛阳归阆州宁觐》云"从此倚门休望断,交亲喜换老莱衣"⑦;

---

① 《全唐文》卷二百五十六,第 2592 页。
② 《杜诗详注》卷十,第 829 页。
③ 《清诗话》,第 991 页。
④ 《杜诗详注》卷二十三,第 2008 页。
⑤ 《孟浩然诗集校注》卷四,第 424 页。
⑥ 《全唐诗》卷二四七,第 2769—2770 页。
⑦ 《全唐诗》卷八四四,第 9548 页。

姚鹄《送李潜归绵州觐省》云"谁比趋庭恋,骊珠耀彩衣"①;张籍《送郑秀才归宁》云"桂楫彩为衣,行当令节归"②;赵嘏《送韦处士归省朔方》云"到家翻有喜,借取老莱衣"③;皎然《送颜处士还长沙觐省》云"服彩将侍膳,撷芳思满襟"④;权德舆《送崔端公郎君入京觐省》云"带月轻帆疾,迎霜彩服新"⑤、《杂言同用离骚体送张评事襄阳觐省》云"君之去兮不可留,五采裳兮木兰舟"⑥等,都是对老莱衣典故的化用,表达了孝心娱亲的欢喜。诗人在赞美省亲之人孝心纯洁时,常以白华作比,如储光羲《秦中送人觐省》云"知君梁苑去,日见白华新"⑦、《洛潭送人觐省》云"送君唯一曲,当是白华篇"⑧,皆是颂扬孝心洁白无瑕,纯情动人。李群玉《送魏珪觐省》慨叹"猗欤白华秀,伤心倚门夕"⑨,司马都《送羊振文先辈往桂阳归觐》羡慕"鸣棹晓冲苍霭发,落帆寒动白华吟"⑩,无不说明了人们对探亲行孝之人的尊崇和敬仰。

省亲之人总是归心似箭,不顾路途遥远,旅程困顿,以能侍奉高堂为幸事。韩翃《送李舍人携家归江东觐省》云:

> 二十青宫吏,成名似者稀。承颜陆郎去,携手谢娘归。
> 夜月回孤烛,秋风试夹衣。扁舟楚水上,来往速如飞。⑪

诗中具体形象地表现了李舍人携妻连夜赶路,船行如飞的急切回乡心情。赵嘏《送友人郑州归觐》云:

> 为有趋庭恋,应忘道路赊。风消荥泽冻,雨静圃田沙。
> 古陌人来远,遥天雁势斜。园林新到日,春酒酌梨花。⑫

友人为了尽快回家侍奉父母,不顾路途遥远,古陌荒天,风雨兼程,希望早日回归故里。王维于河西幕府任职期间,《送崔三往密州觐省》云:

---

① 《全唐诗》卷五五三,第 6400 页。
② 《张籍集注》,第 125 页。
③ 《全唐诗》卷五四九,第 6344 页。
④ 《全唐诗》卷八一九,第 9235 页。
⑤ 《全唐诗》卷三二四,第 3639 页。
⑥ 同上,第 3644 页。
⑦ 《全唐诗》卷一三九,第 1413 页。
⑧ 同上,第 1414 页。
⑨ 《全唐诗》卷五六八,第 6582 页。
⑩ 《全唐诗》卷六〇〇,第 6946 页。
⑪ 《全唐诗》卷二四四,第 2745 页。
⑫ 《全唐诗》卷五四九,第 6345 页。

> 南陌去悠悠，东郊不少留。同怀扇枕恋，独念倚门愁。
> 路绕天山雪，家临海树秋。鲁连功未报，且莫蹈沧洲。①

崔三念及倚门而望的父母，行孝心切，匆忙赶路。姚合、贾岛、马戴、无可皆有送董武归常州省亲诗，从不同视野触及了旅途景色，表达出关切的情谊。姚合《送董正字武归常州觐亲》云：

> 路歧知不尽，离别自无穷。行客心方切，主人樽未空。
> 楚檣收月下，江树在潮中。人各还家去，还家庆不同。②

在"楚檣收月下，江树在潮中"的景色中，可以想见孝子那匆匆赶路的身影。贾岛《送董正字常州觐省》云：

> 相逐一行鸿，何时出碛中。江流翻白浪，木叶落青枫。
> 轻楫浮吴国，繁霜下楚空。春来欢侍阻，正字在东宫。③

在"江流翻白浪，木叶落青枫。轻楫浮吴国，繁霜下楚空"的景色中，时间飞逝而去，董正字急切归家的心情跃然纸上。无可《送董正字归觐毗陵》云：

> 暂辞雠校去，未发见新鸿。路入江波上，人归楚邑东。
> 山遥晴出树，野极暮连空。何以念兄弟，应思洁膳同。④

毗陵即常州，在"路入江波上，人归楚邑东。山遥晴出树，野极暮连空"的景色中，依稀闪现着赤子奔波的身影。马戴《送春坊董正字浙右归觐》云：

> 去觐毗陵日，秋残建业中。莎垂石城古，山阔海门空。
> 灌木寒檣远，层波皓月同。何当复雠校，春集少阳宫。⑤

在"莎垂石城古，山阔海门空。灌木寒檣远，层波皓月同"的景色中，可见出旅途充满了艰辛，但是挡不住游子归家的脚步。综合来看四人的诗，也显示了这一类送别诗的作法特点，借助沿途景色表达急切归乡的深情。

归觐者"人各还家去，还家庆不同"⑥，归家省亲唐人又叫拜家庆，皇甫冉《送李万州赴饶州觐省》(得西字)起首即云"前程观拜庆，旧馆惜招携"⑦，卢纶《送李尚书郎君昆季侍从归觐滑州》《送太常李主簿归觐省》等

---

① 《王维诗注》，第163页。
② 《姚合诗集校注》卷一，第44页。
③ 《贾岛诗集笺注》，第79页。
④ 《全唐诗》卷八一三，第9157页。
⑤ 《全唐诗》卷五五六，第6449页。
⑥ 《姚合诗集校注》卷一，第44页。
⑦ 《全唐诗》卷二五〇，第2814页。

诗中,都言及到相见场面的欢愉,一云"更说务农将罢战,敢持歌颂庆晨昏",一云"上堂多庆乐,肯念谷中愚"①。游子归来,一家人团聚,其乐也融融。李中《送姚端先辈归宁》结尾云"拜庆庭闱处,蟾枝香满身"②,曹邺《送曾德迈归宁宜春》(一作曹松诗)结尾云"想到宜阳更无事,并将欢庆奉庭闱"③,可知庭闱欢乐为生活之一大幸事,觐省之人千里奔波为的就是阖家团聚。

许多送人归觐诗并不着重本事,而是从旁点笔,达到使情事如见的感人效果。如李听元和十五年至长庆二年,为灵州大都督府长史、朔方节度使时,其子李骑曹(王余)前往省亲,张籍、贾岛、姚合都有诗相送别。张籍《送李骑曹灵州归觐》云:

> 翩翩出上京,几日到边城。渐觉风沙起,还将弓箭行。
> 席箕侵路暗,野马见人惊。军府知归庆,应教数骑迎。④

诗人状写边景如画,衬托出思亲心切。贾岛《送李骑曹》云:

> 归骑双旌远,欢生此别中。萧关分碛路,嘶马背寒鸿。
> 朔色晴天北,河源落日东。贺兰山顶草,时动卷帆风。⑤

同样将边塞景色工笔摹画,给人以见亲不胜欢喜之感。姚合《送李琮归灵州觐省》云:

> 饯席离人起,贪程醉不眠。风沙移道路,仆马识山川。
> 塞树花开小,关城雪下偏。胡尘今已尽,应便促朝天。⑥

李琮应是李(王余)之误,仍是借言边地殊景,表现孝子"贪程醉不眠"的迫切情状。姚合的另一首《送朱庆余越州归觐》云:

> 乡书落姓名,太守拜亲荣。访我波涛郡,还家雾雨城。
> 海山窗外近,镜水世间清。何计随君去,邻墙过此生。⑦

称赞羡慕朱庆余拜亲荣华,甚至于愿随君去"邻墙过此生"。刘长卿《送张七判官还京觐省》云:

> 春兰方可采,此去叶初齐。函谷莺声里,秦山马首西。

---

① 《卢纶诗集校注》卷一,第 31、40 页。
② 《全唐诗》卷七四九,第 8535 页。
③ 《全唐诗》卷五九三,第 6881 页。
④ 《张籍集注》,第 142 页。
⑤ 《贾岛诗集笺注》,第 83 页。
⑥ 《姚合诗集校注·姚少监诗集外编》,第 604 页。
⑦ 《姚合诗集校注》卷二,第 72 页。

庭闱新柏署,门馆旧桃蹊。春色长安道,相随入禁闱。①

通篇写景,诗人描写春兰、莺声、柏署、桃蹊等宜人美景,将欣喜之情流露殆尽。徐铉《送龚明府九江归宁》以"茂宰骖官去,扁舟著彩衣"开题,接言"溢城春酒熟,匡阜野花稀。解缆垂杨绿,开帆宿鹭飞"②,从沿途所见着笔,抒发归乡的愉悦。周繇曾任福昌县尉,返乡省亲,杜荀鹤赋诗《送福昌周繇少府归宁兼谋隐》送之,颈联云"登科作尉官虽小,避世安亲禄已荣"③;殷遥《送杜士瞻楚州觐省》尾联云"共道官犹小,怜君孝养亲"④;司空曙《送鄂州张别驾襄阳觐省》颔联云"王祥因就宦,莱子不违亲"⑤,都说明了侍奉高堂养亲行孝,在人们心中的地位最重要,"谁比趋庭恋,骊珠耀彩衣"⑥,正是这一心理的反映。

省亲的对象不独父母,还有叔父、兄弟等亲人。觐省叔父的送别诗中,常借用竹林七贤阮籍、阮咸叔侄的典故,比拟亲近,如李端《送张淑归觐叔父》曰"阮家今夜乐,应在竹林间"⑦,杨巨源《春日送沈赞府归浔阳觐叔父》曰"浔阳阮咸宅,九派竹林前"⑧,皎然《雪夜送海上人常州觐叔父上人殷仲文后》曰"明朝阮家集,知有竹林僧"⑨,莫不富有雅兴。皎然又有《冬日送颜延之明府抚州觐叔父》云"林下方欢会,山中独寂寥",于是"惆怅上津桥"⑩,说明对亲人思念不已。张继《送顾况泗上觐叔父》言其"别业更临洙泗上,拟将书卷对残春"⑪;李涉《送王六觐巢县叔父二首》婉言"弦歌自是君家事,莫怪今来一邑闲"⑫,道出了亲人相聚场面的隆重。唐武宗会昌元年(841)春,毗陵人喻凫任校书郎,归常州阳羡觐兄,顾非熊、无可、姚合均在长安赋诗送行。顾非熊《送喻凫春归江南》云:

莺影离秦马,莲香入楚衣。里闾争庆贺,亲戚共光辉。⑬

---

① 《刘长卿诗编年笺注》,第 335 页。
② 《全唐诗》卷七五五,第 8583 页。
③ 《全唐诗》卷六九二,第 7953 页。
④ 《全唐诗》卷一一四,第 1163 页。
⑤ 《全唐诗》卷二九三,第 3333 页。
⑥ 《全唐诗》卷五五三《送李潜归绵州觐省》,第 6400 页。
⑦ 《全唐诗》卷二八五,第 3261 页。
⑧ 《全唐诗》卷三三三,第 3721 页。
⑨ 《全唐诗》卷八一九,第 9229 页。
⑩ 《全唐诗》卷八一八,第 9216 页。
⑪ 《全唐诗》卷二四二,第 2722 页。
⑫ 《全唐诗》卷四七七,第 5434 页。
⑬ 《全唐诗》卷五〇九,第 5782 页。

想象出了见面时的热闹场面。无可《送喻凫及第归阳羡》云"宗中初及第,江上觐难兄"①,夸赞喻凫能在前一年开成五年(840)春擢第,次年即回乡觐兄。姚合《送喻凫校书归毗陵》云"吾亦家吴者,无因到弊庐"②,为自己无由回乡深感遗憾。李端《送彭将军云中觐兄》鼓励将军"报恩唯有死,莫使汉家羞"③,切合了将军的身份。顾非熊《送造微上人归淮南觐兄》言微上人"到家方坐夏,柳巷对兄禅","赴斋随野鹤,迎水上渔船"④,饶有情趣,省亲仍不忘出家人本色。黄滔《送人往苏州觐其兄》云"明日尊前若相问,为言今访赤松游"⑤,向其兄表达问候之意。皎然《送邬傪之洪州觐兄弟》云"久别经离乱,新正忆弟兄"⑥,感慨兄弟情深。

在众多的省亲人士队伍中,除了官员、游子、孝廉等外,还有不少的释子,格外引人注目。张乔《送僧鸾归蜀宁亲》中的僧鸾,虽然"高名彻西国,旧迹寄东林",但仍"坐夏宫钟近,宁亲剑阁深"⑦,归蜀省亲。灵澈《送鉴供奉归蜀宁亲》中的鉴供奉,在皇帝左右供职,因为"林间出定恋庭闱",于是"圣主恩深暂许归"。作为僧人觐亲,可以"此去不须求彩服,紫衣全胜老莱衣"⑧,朝廷特赐的紫色袈裟,和老莱衣一样令亲人欢心。钱起《送外甥怀素上人归乡侍奉》云"释子吾家宝,神清慧有余","飞锡离乡久,宁亲喜腊初",称赞怀素上人孝敬双亲是"寿酒还尝药,晨餐不荐鱼"⑨。灵一《送明素上人归楚觐省》云"前路倍怜多胜事,到家知庆彩衣新"⑩,则写出了一路的喜悦心情。卢纶《送恒操上人归江外觐省》曰"依佛不违亲,高堂与寺邻","问安双树晓,求膳一僧贫"⑪,说明释子归家省亲,在唐代是常见的现象。姚合《送僧默然》云"出家侍母前,至孝自通禅"⑫,赞赏出家僧人归家孝养父母,可见孝道和禅法是相通的。释子省亲和唐太宗的倡导不无关系,贞观五年,太宗谓侍臣曰:"佛道设教,本行善事,岂遣僧尼道士等妄自尊崇,坐受父母

---

① 《全唐诗》卷八一三,第 9158 页。
② 《姚合诗集校注》卷一,第 43 页。
③ 《全唐诗》卷二八六,第 3274 页。
④ 《全唐诗》卷五〇九,第 5788 页。
⑤ 《全唐诗》卷七〇五,第 8117 页。
⑥ 《全唐诗》卷八一八,第 9219 页。
⑦ 《全唐诗》卷六三八,第 7318 页。
⑧ 《全唐诗》卷八一〇,第 9132 页。
⑨ 《钱起诗集校注》,第 588 页。
⑩ 《全唐诗》卷八〇九,第 9127 页。
⑪ 《卢纶诗集校注》卷五,第 550 页。
⑫ 《姚合诗集校注》卷二,第 79 页。

之拜,损害风俗,悖乱礼经,宜即禁断,仍令致拜于父母。"①上有所倡,下必从之,也是一种传播方式。

对官员来说,省亲通常是一种皇帝的恩赐,岑参《送许拾遗恩归江宁拜亲》即云:

诏书下青琐,驷马还吴洲。束帛仍赐衣,恩波涨沧流。②

许拾遗得到天子诏书,带着赏赐的礼物还乡省亲,感谢恩泽浩荡。独孤及《官渡柳歌送李员外承恩往扬州觐省》云:

郎把紫泥书,东征觐庭闱。脱却貂襜褕,新着五彩衣。③

李员外承恩回乡省亲,拜侍父母,深感荣幸。韩翃《送田仓曹汴州觐省》云"拜庆承天宠,朝来辞汉宫"④,钱起《送边补阙省觐》云"东去有余意,春风生赐衣。凤凰衔诏下,才子采兰归"⑤,形象地表现出了承恩省亲的得意和荣耀,赏赐官员省亲,确实是一举多得的奖赏办法。

利用各种方便机会觐省亲人的更多,亦都能得到尊崇。广德二年(764)正月,严武自黄门侍郎再镇剑南,上任途中就便省亲,岑参作《送严黄门拜御史大夫再镇蜀川兼觐省》送行,云"许国分忧日,荣亲色养时",称颂严武能家国两顾,事主荣亲忠孝两全。其《送樊侍御使丹阳便觐》结尾云"慈亲应倍喜,爱子在霜台"⑥,表达了父母对亲子意外探视的喜出望外。钱起《送外甥范勉赴任常州长史兼觐省》爱其"能解倚门愁","就养仍荣禄,还乡即昼游"⑦,趁任职侍奉父母,如同锦衣还乡,令人欣羡。刘长卿《客舍赠别韦九建赴任河南韦十七造赴任郑县便觐省》仰慕韦氏"弟兄尽公器,诗赋凌风骚",又能"且副倚门望,莫辞趋府劳"⑧,忠孝皆能兼顾,令人心仪。孟浩然《送张参明经举兼向泾州觐省》云:

十五彩衣年,承欢慈母前。孝廉因岁贡,怀橘向秦川。⑨

侍亲孝廉,相得益彰。苏颋《送贾起居奉使入洛取图书因便拜觐》于"遗文

---

① (唐)吴兢:《贞观政要》卷七《礼乐第二十九》,上海古籍出版社,1978年版,第226页。
② 《岑嘉州诗笺注》卷一,第45页。
③ 《全唐诗》卷二四七,第2769—2770页。
④ 《全唐诗》卷二四四,第2746页。
⑤ 《钱起诗集校注》,第352页。
⑥ 《岑嘉州诗笺注》卷三,第673、578页。
⑦ 《钱起诗集校注》,第358页。
⑧ 《刘长卿诗编年笺注》,第37页。
⑨ 《孟浩然诗集校注》卷三,第403页。

征阙简"同时,"还思采芳兰"①,求得珍异,拜见父母。司空曙《送李嘉祐正字括图书兼往扬州觐省》言李嘉祐在搜集图书时,顺便"归来喜调膳,寒笋出林中"②,殷勤为父母料理生活。

追崇孝廉在唐人已是共识,《新唐书》卷一百九十四记载,儒士阳城做国子司业时,"引诸生告之曰:'凡学者,所以学为忠与孝也。诸生有久不省亲者乎?'明日谒城还养者二十辈,有三年不归侍者斥之。"③阳城作为国子司业,明确告诉诸生,学习的目的就是培养忠孝之情,因而对三年没有回家探望父母的学生予以斥责。大量送人觐省的送别诗,向我们展示了唐代孝行文化重视养亲的社会风尚。

二、送人婚丧重情意

唐人送人赴嘉礼成婚、送女子出嫁等的送别诗篇,反映了时人对当事人的祝福,以及对婚礼仪式的重视,见证了唐人婚礼的多样性。不同时代的婚礼自纳彩至迎亲,都有一系列复杂的程序,唐代亦不例外。送人求婚的如孟浩然《送桓子之郢城过礼》云:

> 闻君驰彩骑,蹀躞指荆衡。为结潘杨好,言过鄢郢城。
> 摽梅诗有赠,羔雁礼将行。今夜神仙女,应来感梦情。④

过礼,指结亲下聘礼。首言所乘纳彩的车骑,接言奔郢城叙秦晋之好,继言女子已经到了适婚年龄,婚事已得到允诺,于是带着丰盛的订婚礼物来求婚,最后借巫山神女的典故预祝新人幸福,充盈喜气。李白《送族弟凝之滁求婚崔氏》因"与尔情不浅,忘筌已得鱼",赞美族弟多才潇洒,"玉台挂宝镜,持此意何如。坦腹东床下,由来志气疏。遥知向前路,掷果定盈车"⑤,借用潘岳掷果盈车的故事,预示族弟求婚一定能如愿。

送人成婚的如沈佺期《洛州萧司兵谒兄还赴洛成礼》云:

> 棠棣日光辉,高襟应序归。来成鸿雁聚,去作凤凰飞。
> 细草承轻传,惊花惨别衣。灞亭春有酒,歧路惜芬菲。⑥

---

① 《全唐诗》卷七三,第 802 页。
② 《全唐诗》卷二九三,第 3332 页。
③ 《新唐书》卷一百九十四《阳城传》,第 5571 页。
④ 《孟浩然诗集校注》卷四,第 415 页。
⑤ 《李太白全集》卷十六,第 766 页。刘义庆《世说新语校笺》卷下《容止第十四》云:"潘岳妙有姿容,好神情。"刘孝标注引《语林》曰:"安仁至美,每行,老妪以果掷之,满车。"
⑥ (唐)沈佺期著,连波、查洪德校注:《沈佺期诗集校注》,中州古籍出版社,1991 年版,第 70 页。

洛州萧司兵到长安谒兄后,归洛阳成婚,沈佺期作诗为之送行。诗中以棠棣、鸿雁喻兄弟,凤凰喻夫妇。"细草承轻传,惊花惨别衣"拟写出了离别的凄清。结尾用灞亭饮酒饯送,慰藉离情。岑参《送陕县王主簿赴襄阳成亲》云:

  六月襄山道,三星汉水边。求凰应不远,去马胜须鞭。
  野店愁中雨,江城梦里蝉。襄阳多故事,为我访先贤。①

王主簿前往襄阳成亲,一路上扬鞭策马速速急行,归心似箭,梦里似乎也听到了六月襄阳鸣蝉的叫声,欢喜之情呼之欲出。永泰元年(765)二月,黎燧赴陕州结亲,李端和卢纶在长安一同作诗为之送行。卢纶《送黎兵曹往陕府结亲》(所昏即君从母女弟)云:

  郎马两如龙,春朝上路逢。鸳鸯初集水,薜荔欲依松。
  步帐歌声转,妆台烛影重。何言在阴者,得是戴侯宗。②

李端《送黎兵曹往陕府结婚》云:

  东方发车骑,君是上头人。奠雁逢良日,行媒及仲春。
  时称渡河妇,宜配坦床宾。安得同门吏,扬鞭入后尘。③

黎兵曹即黎干之子黎燧,到陕府和姨表妹结婚,李端与卢纶盛夸佳婿如龙多才,经过献雁、提媒等仪式,二人终结连理,鸳鸯相随。想象结婚时"步帐歌声转,妆台烛影重",对好友予以真诚的祝福。刘商《赋得射雉歌送杨协律表弟赴婚期》赞美"杨生词赋比潘郎",只是"不似前贤貌不扬",希望杨生"秋深为尔持圆扇",结婚以后"莫忘鲁连飞一箭"④,即功成身退。许浑有《送卢先辈自衡岳赴复州嘉礼二首》,其一为:

  名振金闺步玉京,暂留沧海见高情。众花尽处松千尺,群鸟喧时鹤一声。
  朱阁簟凉疏雨过,碧溪船动早潮生。离心不异西江水,直送征帆万里行。

其二为:

  湘南诗客海中行,鹏翅垂云不自矜。秋水静磨金镜土,夜风寒结玉壶冰。

---

① 《岑嘉州诗笺注》卷三,第535页。
② 《卢纶诗集校注》卷五,第533页。
③ 《全唐诗》卷二八五,第3265页。
④ 《全唐诗》卷三〇三,第3449页。

万重岭峤辞衡岳,千里山陂问竟陵。醉倚西楼人已远,柳溪无浪月澄澄。①

嘉礼即婚礼,两诗从卢先辈才学起笔,"名振金闺步玉京","鹏翅垂云不自矜",设想沿途所见,表达祝福和惜别情谊。罗隐《送沈先辈归送上嘉礼》云:

青青月桂触人香,白苎衫轻称沈郎。好继马卿归故里,况闻山简在襄阳。

杯倾别岸应须醉,花傍征车渐欲芳。拟把金钱赠嘉礼,不堪栖屑困名场。②

沈光登第又成婚,可谓双喜临门,荣归故里不胜荣耀,引得诗人想及自身奔忙凄惶多次落第的境遇,为不能送上厚礼而感慨。

结婚和觐亲常常连在一起,有先结婚后省亲的,也有同时进行的。许浑《送段觉之西川过婚礼后归觐》云:

词赋名高日不闲,彩衣成锦度函关。镜中月冷胡威去,剑外花飞卫玠还。

秋浪远侵黄鹤岭,暮云遥断碧鸡山。时人若问西游客,心在重霄鬓欲斑。③

诗中借胡威问绢、卫玠明珠照人,赞美段觉品行高洁,写蜀中山景秋浪远侵,暮云遥断,衬托出了结婚又归觐的喜庆。岑参《送杨千牛趁岁赴汝南郡觐省便成婚》云:

问吉转征鞍,安仁道姓潘。归期明主赐,别酒故人欢。

珠箔障炉暖,狐裘耐腊寒。汝南遥倚望,早去及春盘。④

首联写杨千牛择好吉日觐省、成婚,中间两联夸其荣耀,尾联写家人倚门而望,期盼他早日赶到,能够于立春日吃到"春盘"。宋《岁时广记》引唐《四时宝镜》载:"立春日,食萝芦菔、春饼、生菜,号春盘。"⑤李群玉《送萧十二校书赴郢州婚姻》云"蓬莱才子即萧郎,彩服青书卜凤皇",谓萧校书归家觐省兼成婚,"玉佩定催红粉色,锦衾应惹翠云香。马穿暮雨荆山远,人宿寒灯郢梦

---

① 《丁卯集笺证》,第218—219页。
② 《罗隐诗集笺注》,第24页。
③ 《丁卯集笺证》,第252页。
④ 《岑嘉州诗笺注》卷三,第546页。
⑤ (宋)陈元靓:《岁时广记》卷八,中华书局,1985年版,第83页。

长。领取和鸣好凤景,石城花月送归乡"①,祝愿新人鸾凤和鸣,美满长久。

送女出嫁的离别诗多为父亲所作,最动真情。刘长卿、韦应物的两首嫁女送别诗,语多叮咛教诲,亲情朴实感人。刘长卿的次女许配给了李穆,其《别李氏女子》云:

> 念尔嫁犹近,稚年那别亲。临歧方教诲,所贵和六姻。
> 俯首戴荆钗,欲拜凄且嚬。本来儒家子,莫耻梁鸿贫。
> 汉川若可涉,水清石磷磷。天涯远乡妇,月下孤舟人。②

临别之际,诗人教诲女儿要和睦六亲,节俭持家。结尾以景诉情,表达了对女儿的深切关爱。韦应物早年丧妻,对两个女儿感情殊深,长女出嫁杨氏时,他作《送杨氏女》表达了对女儿的深厚爱意。诗云"永日方戚戚,出行复悠悠。女子今有行,大江溯轻舟",为女儿出嫁整日悲愁。"尔辈况无恃,抚念益慈柔。幼为长所育,两别泣不休",女儿缺少母爱,诗人更加怜爱,姐姐照顾妹妹,姊妹哭泣别离。"对此结中肠,义往难复留",虽然自己实在不忍心,但也不能留下女儿。"自小阙内训,事姑贻我忧。赖兹托令门,仁恤庶无尤。贫俭诚所尚,资从岂待周。孝恭遵妇道,容止顺其猷",交待女儿遵守妇德妇道,孝敬公婆,崇尚节俭,举止合礼。"别离在今晨,见尔当何秋。居闲始自遣,临感忽难收。归来视幼女,零泪缘缨流"。不知什么时候才能再见到女儿,想起来便禁不住老泪纵横。袁宏道感曰:"读此诗,公慈爱满眼,可想可掬。"③

古代丧葬仪制表达的是对逝者的追忆和纪念,借送葬、祭墓等寄托对故去之人哀思的送别诗,最是痛彻心扉,催人泪下。唐太宗与魏徵虽仇不弃,贞观十七年(公元643)魏徵病故,太宗亲自书写墓志铭,并缮写碑文,将其陪葬在凤凰山,慨叹道:"夫以铜为镜,可以正衣冠;以古为镜,可以知兴替;以人为镜,可以明得失。朕常保此三镜,以防己过。今魏徵殂逝,遂亡一镜矣!"④此故事人所共知,太宗同时还作有《望送魏徵葬》云:

> 阊阖总金鞍,上林移玉辇。野郊怆新别,河桥非旧饯。
> 惨日映峰沉,愁云随盖转。哀笳时断续,悲旌乍舒卷。
> 望望情何极,浪浪泪空泫。无复昔时人,芳春共谁遣。⑤

---

① 《全唐诗》卷五六九,第6600页。
② 《刘长卿诗编年笺注》,第477页。
③ 《韦应物集校注》卷四,第265—266页。
④ 《旧唐书》卷七十一《魏徵传》,第2561页。
⑤ 《全唐诗》卷一,第13页。

太宗于皇宫正门,遥望出殡的队伍走过昔日熟悉的郊外栈桥,惨日愁云,旗幡舒卷,哀笳声声,令人悲不胜悲,泪下如雨。昔人不见,谁共赏春?诗中的"望望"扣题中的"望",表达了太宗沉痛的心情和对魏徵的深厚感情。柳浑于贞元五年二月(789)亡逝,顾况作《送柳宜城葬》云:

   鸣笳已逐春风咽,匹马犹依旧路嘶。遥望柳家门外树,恐闻黄鸟向人啼。①

前引太宗诗云"哀笳",此诗云"鸣笳已逐春风咽",可知出殡时有前导鸣笳用来启路。诗人闻鸣笳而哽咽,匹马嘶路,已不堪悲情,又何况柳家门外树上的黄鸟向人啼叫,似乎在询问主人要去哪里?《诗经·秦风》有《黄鸟》篇三章,本意是痛悼三良。词曰:"交交黄鸟,止于楚……"。秦殉三良,秦人哀之,于是假黄鸟起兴,以助其哀也。诗中暗用黄鸟典故,寄哀情于物,自然无物不哀矣。天宝元年(742)冬,殷遥卒亡,王维作《送殷四葬》哀悼,诗云:

   送君返葬石楼山,松柏苍苍宾驭还。埋骨白云长已矣,空余流水向人间。②

殷遥逝后由长安归葬故地石楼山,王维哀痛相送,一片真情苍天可鉴。皇甫冉曾作《送魏六侍御葬》云:

   哭葬寒郊外,行将何所从。盛曹徒列柏,新墓已栽松。
   海月同千古,江云覆几重。旧书曾谏猎,遗草议登封。
   畴昔轻三事,尝期老一峰。门临商岭道,窗引洛城钟。
   应积泉中恨,无因世上逢。招寻偏见厚,疏慢亦相容。
   张范唯通梦,求羊永绝踪。谁知长卿疾,歌赋不还邛。③

诗人将今昔一并写来,回忆往日之荣贵,抒写朋友情谊,歌哭友人一病不起,不能再返回故乡。诗中频用典故,增强了送葬的沉重心理。代宗广德二年(763)二月,杜甫在阆州,归成都时作《别房太尉墓》悼念挚友,别为一体。诗云:

   他乡复行役,驻马别孤坟。近泪无干土,低空有断云。
   对棋陪谢傅,把剑觅徐君。唯见林花落,莺啼送客闻。④

房琯在唐玄宗幸蜀时拜相,乾元元年(758)为肃宗所贬,杜甫曾为其上疏力

---

 ① 《顾况诗集》,第 102 页。
 ② 《王维诗注》,第 292 页。
 ③ 《全唐诗》卷二五○,第 2831 页。
 ④ 《杜诗详注》卷十三,第 1104 页。

谏,得罪肃宗,险遭杀害。宝应二年(763),房琯又进为刑部尚书,在路遇疾,卒于阆州。杜甫异乡奔波,临行悼别孤墓,泪湿坟茔,心情悲痛。回忆生前对棋把剑,不忍看满目林花错落,不忍听黄莺叽叽啼鸣。清人范廷谋《杜诗直解》论曰:

> 结以"闻见"二字,参错成韵,谓墓间送别者绝无一人,惟有花落莺啼,相为送客而已。正与孤字相应。①

诗中字里行间渗透着依依深情,痛彻肺腑。韦应物有《送终》是为送妻葬礼而作,最是激切感人。首云"奄忽逾时节,日月获其良",占卜好了宜于下葬的日子。"萧萧车马悲,祖载发中堂",灵车带着悲伤离开了家。"生平同此居,一旦异存亡。斯须亦何益,终复委山冈",感叹人生短促。"行出国南门,南望郁苍苍。日入乃云造,恸哭宿风霜",哀伤以至于恸哭。"晨迁俯玄庐,临诀但遑遑。方当永潜翳,仰视白日光",徘徊墓地,凄惶不安。"俯仰遽终毕,封树已荒凉。独留不得还,欲去结中肠",面对墓中之妻,不忍离去。"童稚知所失,啼号捉我裳。即事犹仓卒,岁月始难忘",家中儿女牵襟啼哭,诗人更加怀念妻子。刘辰翁评曰:"哀伤如此,岂有和声哉。而惨黯条达,愈缓愈长。"②王建《送阿史那将军安西迎旧使灵榇》(一作《送史将军》)一诗极具特色,反映了唐代对边境节度使的葬仪。诗云:

> 汉家都护边头没,旧将麻衣万里迎。阴地背行山下火,风天错到碛西城。

> 单于送葬还垂泪,部曲招魂亦道名。却入杜陵秋巷里,路人来去读铭旌。③

阿史那将军身着丧服,不顾路途艰辛迎接灵柩。边地少数民族的首领垂泪相送,旧使的部下呼唤着死者的名字为之招魂。一路上灵幡飘摇,引来路人驻足观望,但愿逝者的灵魂能安息故乡。

婚丧嫁娶乃日常生活中的重要内容,唐人以送诗为礼的祝福悼念,增添了婚丧仪式的无限情意,彰显了古人的礼仪观念。

三、送人仕宦崇礼仪

"出将入相,行道得时,仕也。乘田委吏,州县徒劳,亦仕也"④,出仕入

---

① (唐)李白、(唐)杜甫著,苏仲翔选注:《李杜诗选》,浙江文艺出版社,1983年版,第375页。
② 《韦应物集校注》卷四,第398—399页。
③ 《全唐诗》卷三〇〇,第3411页。
④ 《瀛奎律髓汇评》卷六《宦情类》,第233页。

宦,世人所望也,得意减别恨,每遇赴外出使任职,唐人崇尚以诗送别,饯送辞别的宴会上,诗篇纷呈,争奇斗艳,惜别、叙旧、抒怀、勉励等情感,交织在一起,使得此类送别诗多姿多彩,丰富无比。中唐以后,风气更盛。唐人高仲武《中兴间气集》评价郎士元曰:"自丞相已下,更出作牧。二公无诗祖饯,时论鄙之。"①北宋钱易《南部新书》辛卷亦称:"大历来,自丞相已下出使作牧,无钱起、郎士元诗祖送者,时论鄙之。"②钱起、郎士元以作送别诗扬名遐迩,故其诗难以求得。《唐才子传》卷四《钱起》云:"凡唐人燕集祖送,必探题分韵赋诗,于众中推一人擅场者。"③饯别祖送赴任官僚的世风,于此可见一斑。

送人出仕诗最著名的当推王勃《送杜少府之任蜀州》:

城阙辅三秦,风烟望五津。与君离别意,同是宦游人。
海内存知己,天涯若比邻。无为在歧路,儿女共沾巾。

诗人一反惜别常情,风格慷慨豪迈,有开山之功。武则天长安三年(703),韦安石出为东都留守,群臣于张昌宗园池赋诗相送,张说作《邺公园池饯韦侍郎神都留守序》云:"天子赋诗,已载宠行之史;群公盛集,须传出宿之文。凡若干首,合成一卷。"④由合成一卷,可见众人所作送别诗数量之多。景龙二年(708)秋,修文馆学士宋之问、李适、李乂、卢藏用、薛稷、马怀素、徐坚等,同作《饯许州宋司马赴任》。⑤李乂诗云:

暂离仙掖务,追送近郊筵。地惨金商节,人康璧假田。⑥

点明了送别的时间、地点、所往之地等。卢藏用诗云:

零雨征轩骛,秋风别骥嘶。骊歌一曲罢,愁望正凄凄。⑦

恰逢秋雨,徒增离愁,几多感伤。徐坚诗云:

旧许星车转,神京祖帐开。断烟伤别望,零雨送离杯。
辞燕依空绕,宾鸿入听哀。分襟与秋气,日夕共悲哉。⑧

---

① (唐)高仲武:《唐人选唐诗·中兴间气集》(卷下),昆仑出版社,2006年版,第256页。
② (宋)钱易撰,黄寿成点校:《南部新书》,中华书局,2002年版,第121页。
③ 《唐才子传校笺》(第二册)卷四《钱起》,第45页。
④ 《张燕公集》卷十二《序》,第134—135页。
⑤ (宋)李昉等:《文苑英华》卷二六七,中华书局,1966年版,第1348—1349页。
⑥ 《全唐诗》卷九二,第996页。
⑦ 《全唐诗》卷九三,第1003页。
⑧ 《全唐诗》卷一〇七,第1112页。

通篇感伤,众人设帐送行,秋雨中望烟闻燕,满是悲伤。李适诗云"闻君佐繁昌,临风怅怀此"①,薛稷诗云"风月相思夜,劳望颍川星"②,马怀素诗云"严程若可留,别袂希再把"③,莫不表达了惜别的情怀。景龙三年(709)秋末,唐贞休由京官尚书郎转为洛阳永昌令,修文馆学士沈佺期、崔日用、阎朝隐、李适、刘宪、徐彦伯、李乂、薛稷、马怀素、徐坚等,一同作诗送唐贞休赴任,各有七绝《饯唐永昌》。李乂的绝句云:

  田郎才貌出咸京,潘子文华向洛城。愿以深心留善政,当令强项谢高名。④

在众人的伤别抒情中,诗人希望唐贞休在任上有所作为,以善政赢得好名声,较有代表性。景龙四年(710)暮春,高询赴唐州刺史任职,崔湜、韦元旦、苏颋、徐彦伯、张说、李乂、卢藏用、岑羲、马怀素、沈佺期等,各作诗相送别。韦元旦《饯唐州高使君赴任》云:

  桐柏膺新命,芝兰惜旧游。鸣皋夜鹤在,迁木早莺求。
  传拥淮源路,尊空灞水流。落花纷送远,春色引离忧。⑤

既写高使君接受新命不忘旧游,以才高受到赏识走马上任,又表达了临行前饮酒作别的离愁别绪。其他诸人的诗题略有不同,内容基本相类。

开元九年(721),苏颋出为益州大都督府长史,郑惟忠、宋璟皆有《送苏尚书赴益州》相送。郑惟忠诗云"离忧将岁尽,归望逐春来。庭花如有意,留艳待人开"⑥,宋璟诗云"我望风烟接,君行霰雪飞。园亭若有送,杨柳最依依"⑦,言冬去春来,杨柳依依,花开有意,期待早日归来。开元十三年(725)正月,吕向为左补阙、集贤直学士,赴西岳立碑,孙逖、徐安贞以诗相送别。孙逖《春初送吕补阙往西岳勒碑得云字》云:

  刻石记天文,朝推谷子云。箧中缄圣札,岩下揖神君。
  语别梅初艳,为期草欲薰。往来春不尽,离思莫氛氲。⑧

徐安贞《送吕向补阙西岳勒碑》云:

---

① 《全唐诗》卷七〇,第775页。
② 《全唐诗》卷九三,第1007页。
③ 同上,第1009页。
④ 《全唐诗》卷九二,第1001页。
⑤ 《全唐诗》卷六九,第772页。
⑥ 《全唐诗》卷四五,第552页。
⑦ 《全唐诗》卷六四,第751页。
⑧ 《全唐诗》卷一一八,第1189—1190页。

> 圣作西山颂，君其出使年。勒碑悬日月，驱传接云烟。
> 寒尽函关路，春归洛水边。别离能几许，朝暮玉墀前。①

两诗记述了此行的具体事实，结以惜别思念。开元十四年(726)冬，赵颐真赴安西副大都督府上任，张说、张九龄、孙逖、卢象等均作诗送行。卢象《送赵都护赴安西》云"黠虏多翻覆，谋臣有别离"，"上策应无战，深情属载驰"②，点明了赴任原因及策略。张九龄《送赵都护赴安西》云"封侯自有处，征马去啴啴"③，表现了出征队伍的雄壮威严。孙逖《送赵大夫护边》（一作《送赵都护赴安西》）云"体国才先著，论兵策复长。果持文武术，还继杜当阳"④，夸赞赵颐真拥有文才武略，一定能胜任护边重任。

天宝十二载(753)春，萧颖士调任河南府参军，门人贾邕、刘太冲等十二人，饯送于长安东门，各有《送萧颖士赴东府》诗作，刘太真为之作序，萧颖士亦有诗留别。《全唐文》卷三百九十五刘太真《送萧颖士赴东府序》云：

> 从官三年，始参谋于洛京。家兄与先鸣者六七人，奉壶开筵，执弟子之礼于路左……春云轻阴，草色新碧，皎皎匹马，出于青门……赋诗仰饯者，自相里造贾邕以下，凡十二人，皆及门之选也。⑤

诸门人中，贾邕得路字、刘太冲得浅字、刘舟得适字、长孙铸得离字、房白得还字、元晟得草字、姚发得草字、郑愕得往字、殷少野得散字、邬载得君字，皆是颂师惜别。

宝应二年(763)，邹绍先赴任河南租庸判官，张继、刘长卿、皇甫冉均有诗送别。张继《送邹判官往陈留》（一作《洪州送郄绍充河南租庸判官》）云：

> 齐宋伤心地，频年此用兵。女停襄邑杼，农废汶阳耕。
> 国使乘轺去，诸侯拥节迎。深仁荷君子，薄赋恤黎甿。
> 火燎原犹热，波摇海未平。应将否泰理，一问鲁诸生。⑥

皇甫冉《送邹判官赴河南》云：

> 海沂军未息，河畔岁仍荒。征税人全少，榛芜虏近亡。
> 所行知宋远，相隔叹淮长。早晚裁书寄，银钩伫八行。⑦

---

① 《全唐诗》卷一二四，第1227页。
② 《全唐诗》卷一二二，第1220页。
③ 《张九龄集校注》卷三，第189页。
④ 《全唐诗》卷一一八，第1196页。
⑤ 《全唐文》卷三百九十五，第4017页。
⑥ 《全唐诗》卷二四二，第2720页。
⑦ 《全唐诗》卷二五〇，第2815页。

刘长卿《毗陵送邹绍先赴河南充判官》云：

> 凋残春草在，离乱故城多。罢战逢时泰，轻徭伫俗和。①

诸人的送别诗都以体恤民遭战乱为主，一扫个人离情别绪的伤痛之悲，具有现实意义。本年秋天，钱起在长安，刘晏赴江淮催转运，众人赋诗饯送，以钱起所作为首。《国史补》卷上云："送刘相之巡江淮，钱起擅场。"②钱起《奉送刘相公江淮催转运》云：

> 国用资戎事，臣劳为主忧。将征任土贡，更发济川舟。
> 拥传星还去，过池凤不留。唯高饮水节，稍浅别家愁。
> 落叶淮边雨，孤山海上秋。遥知谢公兴，微月上江楼。③

歌颂刘相公出使为主解忧，轻小家重邦国，写景抒情兼胜，不愧鳌头。

大历三年（768），王缙赴镇幽州，钱起、皇甫冉、皇甫曾、韩翃等，同在长安作诗相送，韩翃擅场。《国史补》卷上："送王相公之镇幽朔，韩翃擅场。"④韩翃《奉送王相公缙赴幽州巡边》（一作张继诗）云：

> 黄阁开帷幄，丹墀侍冕旒。位高汤左相，权总汉诸侯。
> 不改周南化，仍分赵北忧。双旌过易水，千骑入幽州。
> 塞草连天暮，边风动地秋。无因随远道，结束佩吴钩。⑤

王相公才高权重，日夜兼程赴幽州巡边替国分忧，令人钦羡。同年（768），于邵在京官比部郎中，当时王郎中出守蕲州，朝中士子皆赋诗相送，于邵为之作有序文。《全唐文》卷四百二十七于邵《送王郎中赴蕲州序》云：

> 大君当宁之七载也，日月会于降娄。有诏尚书仓部郎中王公，恭宽敏惠，出典于蕲。……惜此别易，合宴公堂，期其出郊，于以送远。……赋诗追饯者，翰林之故事，吾何间然。⑥

"赋诗追饯者，翰林之故事"，说明了当时风气如此。建中四年（783）冬，谢良弼自吉州刺史入为大理少卿，梁肃等十一人为之作诗送行。《全唐文》卷五百十八梁肃《送谢舍人赴朝廷序》云：

> 初公以文似相如，得盛名于天下……晋陵主人于夫子有中朝班列

---

① 《刘长卿诗编年笺注》，第 254 页。
② 《唐国史补》（卷上），第 22 页。
③ 《钱起诗集校注》，第 498 页。
④ 《唐国史补》（卷上），第 22 页。
⑤ 《全唐诗》卷二四五，第 2755—2756 页。
⑥ 《全唐文》卷四百二十七，第 4348 页。

之旧,是日惜欢会不足,乃用觞豆宴酬,以将其厚意。意又不足,则陈诗赠之,属而和者凡十有一人。小子适受东观之命,从公后尘,行有日矣。存乎辞者,祇以道诗人之意而已。至于瞻望不及之思,不敢自序云。①

梁肃称赞谢良弼文似相如,富有盛名,自谦不敢作序云。元和十年(815)三月末,元稹出为通州司马,白居易等于沣西饯送,元稹赠以《沣西别乐天博载樊宗宪李景信两秀才侄谷三月三十日相饯送》诗:

> 今朝相送自同游,酒语诗情替别愁。忽到沣西总回去,一身骑马向通州。②

"酒语诗情替别愁"道出了以酒饯别、赋诗相送的真谛,可谓中的。长庆二年(822),严谟赴桂管观察使任,韩愈、白居易、张籍、王建等,在长安同作诗相送。韩愈《送桂州严大夫》云:

> 苍苍森八桂,兹地在湘南。江作青罗带,山如碧玉篸。
> 户多输翠羽,家自种黄甘。远胜登仙去,飞鸾不假骖。③

诗中从桂州地理位置、山水形胜、风土物产等多方面赋笔,淡化了别离的愁绪。王建《送严大夫赴桂州》云:

> 岭头分界候,一半属湘潭。水驿门旗出,山峦洞主参。
> 辟邪犀角重,解酒荔枝甘。莫叹京华远,安南更有南。④

张籍《送严大夫之桂州》云:

> 旌旆过湘潭,幽奇得遍探。莎城百越北,行路九疑南。
> 有地多生桂,无时不养蚕。听歌疑似曲,风俗自相谙。⑤

白居易《送严大夫赴桂州》云:

> 地压坤方重,官兼宪府雄。桂林无瘴气,柏署有清风。
> 山水衙门外,旌旗艛艓中。大夫应绝席,诗酒与谁同。⑥

诸人诗和韩愈诗相类,将桂州的气候、景物、风俗等写得清新可爱。通篇言桂州景物之佳,而不言送意,但其意自见。长庆三年(823)秋,张蒙赴饶州刺

---

① 《全唐文》卷五百十八,第5264页。
② 《元稹集编年笺注·诗歌卷》,第628页。
③ 《韩愈集》卷十,第142页。
④ 《全唐诗》卷二九九,第3398—3399页。
⑤ (唐)张籍著,李冬生注:《张籍集注》,黄山书社,1989年版,第136页。
⑥ (唐)白居易著,谢思炜校注:《白居易诗集校注》卷十九,中华书局,2006年版,第1560页。

史任,张籍、姚合、章孝标、贾岛、朱庆余等,皆赋诗相送。张籍《送从弟蒙赴饶州》云:

> 京城南去鄱阳远,风月悠悠别思劳。三领郡符新寄重,再登科第旧名高。
>
> 去程江上多看埭,迎吏船中亦带刀。到日更行清静化,春田应不见蓬蒿。①

诗人鼓励从弟"到日更行清静化,春田应不见蓬蒿",到任要清廉有为。章孝标《送张使君赴饶州》云:

> 饶阳因富得州名,不独农桑别有营。日暖提筐依茗树,天阴把酒入银坑。
>
> 江寒鱼动枪旗影,山晚云和鼓角声。太守能诗兼爱静,西楼见月几篇成。②

再现了饶州地方宜人的风景,相信张蒙使君定会有所作为。大和二年(828)九月,王建时年六十三岁,由太常丞出任陕州司马,白居易、刘禹锡、贾岛、张籍等,均赋诗送行。白居易《送陕州王司马建赴任》云:

> 公事闲忙同少尹,料钱多少敌尚书。只携美酒为行伴,唯作新诗趁下车。③

代表了众人的美好祝愿。

会昌元年(841)十一月,崔郸出任剑南西川节度使,李德裕、姚合、杜牧等,以诗唱和送行。杜牧诗题为《奉和门下相公送西川相公兼领相印出镇全蜀诗十八韵》,门下相公即李德裕,西川相公为崔郸,诗云"治化轻诸葛,威声慑夜郎","唱高知和寡,小子斐然狂"④,欣赏崔郸才气高人,为政有术。姚合《和门下李相饯西蜀相公》云"江晓流巴字,山晴耸剑峰。双油拥上宰,四海羡临邛"⑤,也是赞美赏识崔郸才高有为。大中七年(853)春,崔元范自浙东幕入拜监察御史,浙东观察使李讷设宴,命歌姬吟唱饯送,其时幕府群僚亦作诗酬和,可见地方官员宴请赋咏盛况之一斑。唐人范摅《云溪友议》卷上《钱歌序》载:

---

① (唐)张籍著,李冬生注:《张籍集注》,黄山书社,1989年版,第218页。
② 《全唐诗》卷五〇六,又作《送饶州张蒙使君赴任》,第5752页。
③ (唐)白居易著,谢思炜校注:《白居易诗集校注》卷二十六,中华书局,2006年版,第2033页。
④ (唐)杜牧著,何锡光校注:《樊川文集校注》,巴蜀书社,2007年版,第225页。
⑤ (唐)姚合著,吴河清校注:《姚合诗集校注》卷九,上海古籍出版社,2012年版,第449页。

时察院崔侍御元范,自府幕而拜,即赴阙庭,李公连夕饯崔君于镜湖光候亭,屡命小薁歌饯,在座各为一绝句赠送之。①

李讷《命妓盛小丛歌饯崔侍御还阙》云:"绣衣奔命去情多,南国佳人敛翠娥。曾向教坊听国乐,为君重唱盛丛歌。"②纯属应酬之作。咸通十年(869)十二月,薛能五十三岁,赴江洲刺史任,张蠙、周繇均赋诗送行。周繇《送江州薛尚书》为:

匡庐千万峰,影匝郡城中。忽佩虎符去,遥疑鸟道通。
烟霞时满郭,波浪暮连空。树翳楼台月,帆飞鼓角风。
郡斋多岳客,乡户半渔翁。王事行春外,题诗寄远公。③

诗中赞人绘景,结句表明送远之情。乾符二年(875)四月,薛能任徐州感化军节度使,其时李晦离河南尹任赴福建为观察使,于是作《送福建李大夫》送之。诗云:

洛州良牧帅瓯闽,曾是西垣作谏臣。红旆已胜前尹正,尺书犹带旧丝纶。
秋来海有幽都雁,船到城添外国人。行过小藩应大笑,只知夸近不知贫。④

诗中想象福建风俗,抒写离情别有趣味。景福元年(892)十二月,田昉出刺龙州,李洞在长安赋诗《送龙州田使君旧诗家》送行,云:

御札轸西陲,龙州出牧时。度关云作雪,挂栈水成澌。
剑淬号猿岸,弓悬宿鹤枝。江灯混星斗,山木乱枪旗。
锁库休秤药,开楼又见诗。无心陪宴集,吟苦忆京师。⑤

言西部边地远离京师,田昉一定会怀念友人的。乾宁五年(898)正月,刘崇望赴东川任,贯休本年六十七岁,有送行之作《送吏部刘相公除东川》云:

帝念梓州民,年年战伐频。山川无草木,烽火没烟尘。
政乱皆因乱,安人必藉仁。皇天开白日,殷鼎辍诚臣。
一日离君侧,千官送渭滨。酒倾红琥珀,马控白骐驎。
渥泽番番降,壶浆处处陈。旌幢山色湿,邛僰鸟啼新。

---

① (唐)范摅撰,唐雯校笺:《云溪友议校笺》(卷上),中华书局,2017 年版,第 47—48 页。
② 《全唐诗》卷五六三,第 6536 页。
③ 《全唐诗》卷六三五,第 7293 页。
④ 《全唐诗》卷五五九,第 6487 页。
⑤ 《全唐诗》卷七二二,第 8289—8290 页。

帝幕还名俭,良医始姓秦。军雄城似岳,地变物含春。
白必侵双鬓,清应诫四邻。吾皇重命相,更合是何人。①

刘崇望以宰相充东川节度使,身负治乱重任,诗人寄予了他殷切的希望。

幕府是唐代文人入仕的中介过渡,唐代许多文人都有入幕的经历,如骆宾王、陈子昂、王维、孟浩然、李白、杜甫、高适、岑参、李益、卢纶、李翱、权德舆、刘禹锡、韩愈、杜牧、李商隐、韩偓等,许多优秀的作品即写于幕府之中。胡震亨云:"唐词人自禁林外,节镇幕府为盛。""中叶后尤多。盖唐制,新及第人,例就辟外幕。而布衣流落才士,更多因缘幕府,蹑级进身。"②王世贞《艺苑卮言》亦曰:

唐自贞元以后,藩镇富强,兼所辟召,能致通显。一时游客词人,往往挟其所能,或行卷贽通,或上章陈颂,大者以希拔用,小者以冀濡沫。③

送人入幕赴节度执事的送别诗,同样是唐人尊崇礼尚的表现。刘长卿集中有多首送人入幕府方镇的送别诗,如《送严维赴河南充严中丞幕府》云严维"用才荣入幕",诗人"扶病喜同樽"④,以诗相送。《送李校书赴东浙幕府》云李校书工于翰墨,"方从大夫后,南去会稽行"⑤。代宗广德二年(764),王季友赴洪州李勉幕,于邵作《送王司议季友赴洪州序》云:

故朝廷重于镇定,咨尔宗枝,勉移独坐之权,实专方面之寄,七州奔走而承命,一都风化以在我。是以王司议得为副车……良辰岁首,群公叙离。⑥

王季友赴任副使,群公赋诗慰行。钱起作《送王季友赴洪州幕下》云:

列郡皆用武,南征所从谁。诸侯重才略,见子如琼枝。
抚剑感知己,出门方远辞。烟波带幕府,海日生红旗。
问我何功德,负恩留玉墀。销魂把别袂,愧尔酬明时。⑦

此诗较有代表性,幕府重人才,才子得其用而感激相报,众人伤离怅别。元

---

① 《全唐诗》卷八三一,第9370—9371页。
② (明)胡震亨:《唐音癸签》卷二十七《谈丛三》,古典文学出版社,1957年版,第237、238页。
③ 《艺苑卮言》卷四,第63页。
④ 《刘长卿诗编年笺注》,第433页。
⑤ 同上,第511页。
⑥ 《全唐文》卷四百二十七,第4354页。
⑦ 《钱起诗集校注》,第118页。

和五年(810),洛阳处士石洪受辟为河阳节度从事,东都文士以诗送行。《全唐文》卷五百五十六韩愈《送石处士序》云:"河阳军节度御史大夫乌公为节度之三月,求士于从事之贤者。有荐石先生者……于是东都之人士,咸知大夫与先生,果能相与以有成也。遂各为歌诗六韵,退,愈为之序云。"①可知送人入幕风气的一斑。

以上仅据《唐五代文学编年史》②将送人仕宦的送别诗择要进行了纵论,亦足以见出唐人崇尚出使赴任赋诗送别的浓厚风气,这些诗作的内容丰富充实,多姿多彩,体现了唐人隆礼交游、多情多才的精神风貌。

四、送人谪迁彰世风

送人升迁如同锦上添花,自然人多趋之,不乏人众,然而唐诗中亦有许多饯送流放贬谪之人的送别诗,且因"谪居为别倍伤情"③,谪宦分途情更难,每每能感发人心,也从另一个侧面彰显了唐人包容万象的壮阔胸襟和唐代的开明世风。历史上不乏名流之士遭遇谪迁的现象,王世贞有论曰:

> 流徙则屈原、吕不韦、马融、蔡邕、虞翻、顾谭、薛莹、卞铄、诸葛亮、张温、王诞、谢灵运、谢超宗、刘祥、李义府、郑世翼、沈佺期、宋之问、元万顷、阎朝隐、郭元振、崔液、李善、李白、吴武陵,明则宋濂、瞿佑、唐肃、丰熙、王元正、杨慎;贬窜则贾谊、杜审言、杜易简、韦元旦、杜甫、刘允济、李邕、张说、张九龄、李峤、王勃、苏味道、崔日用、武平一、王翰、郑虔、萧颖士、李华、王昌龄、刘长卿、钱起、韩愈、柳宗元、李绅、白居易、刘禹锡、吕温、陆贽、李德裕、牛僧孺、杨虞卿、李商隐、温庭筠、贾岛、韩偓、韩熙载、徐铉、王禹偁、尹洙、欧阳修、苏轼、苏辙、黄庭坚、秦观、王安中、陆游,明则解缙、王九思、王廷相、顾璘、常伦、王慎中辈,俱所不免。穷则穷矣,然山川之胜,与精神有相发者。④

其中的唐人占多数,他们"处人伦之不幸也。或实有咎责而献靖省循,或非其罪而安之若命"⑤,唐人送别诗对贬谪之人给予了充分理解和深切关怀,形成了唐诗的又一道人文风景。

武则天圣历元年(698)春夏间,杜审言自洛阳丞贬吉州司户参军,宋之

---

① 《全唐文》卷五百五十六,第5625页。
② 《唐五代文学编年史》。
③ 《刘长卿诗编年笺注·送卢侍御赴河北》,第232页。
④ 《艺苑卮言》卷八,第134页。
⑤ 《瀛奎律髓汇评》卷四十三《迁谪类》,第1537页。

问以诗相送,同送者达四十五人,陈子昂为之作序,盛赞其诗才。《全唐文》卷二百十四陈子昂《送吉州杜司户审言序》云:"群公嘉之,赋诗以赠。凡四十五人,具题爵里。"①宋之问《送杜审言》云:

> 卧病人事绝,嗟君万里行。河桥不相送,江树远含情。
> 别路追孙楚,维舟吊屈平。可惜龙泉剑,流落在丰城。②

伤其才,惜其别,慰其离,代表了众人的心声。肃宗至德三载(758),郄昂自歙县尉贬至清化尉,在洞庭与李白相遇,李白赋诗《送郄昂谪巴中》,表达了"予若洞庭叶,随波送逐臣。思归未可得,书此谢情人"的心愿,相信"瑶草寒不死,移植沧江滨。东风洒雨露,会入天地春"③,与友人共勉。肃宗上元二年(761)六月,"江淮都统李峘畏失守之罪,归咎于浙西节度使侯令仪,丙子,令仪坐除名,长流康州"④。侯令仪无故被陷害,遭流放,刘长卿《送侯中丞流康州》云:

> 长江极目带枫林,匹马孤云不可寻。迁播共知臣道枉,猜谗却为主恩深。
> 辕门画角三军思,驿路青山万里心。北阙九重谁许屈,独看湘水泪沾襟。⑤

诗人为侯令仪鸣不平,语多伤感,真情切切。同年九月,贾至"谪居洞庭,岁三秋矣"⑥,南巨川被流贬崖州,贾至作《送南给事贬崖州》云"畴昔丹墀与凤池,即今相见两相悲。朱崖云梦三千里,欲别俱为恸哭时",两相伤悲,痛彻肺腑。又作《重别南给事》云"谪宦三年尚未回,故人今日又重来。闻道崖州一千里,今朝须尽数千杯"⑦,以酒钱送,畅饮话别,情自不堪。

文宗大和三年(829)七月,沈亚之被贬为南康县尉,⑧张祜、殷尧藩同赋诗勉行。张祜《送沈下贤谪尉南康》伤悲"秋风江上草","万里故人去","山

---

① 《全唐文》卷二百十四,第 2164 页。
② 《沈佺期宋之问集校注》,第 398 页。
③ 《李太白全集》卷十八,第 856 页。
④ 《资治通鉴》卷二百二十二,第 7233 页。
⑤ 《刘长卿诗编年笺注》,第 206 页。
⑥ 《全唐文》卷三百六十八《送于兵曹往江夏序》,第 3737 页。
⑦ 《全唐诗》卷二三五,第 2599 页。
⑧ 《全唐文》卷七十一《贬柏耆等诏》:"顷以德州未下,俾宣朝旨,慰勉勤瘁,询谋事机,计日指程,候其速达,而所至留滞,请兵自随。假势张皇,乘险纵恣,奏报蔑闻,擅入沧州。专杀大将,捕置逆校,潜送凶渠,物议纷然,远近骇听。沧德宣慰使谏议大夫柏耆,可贬循州司户,参军判官殿中侍御史沈亚之,可虔州南康县尉",第 750 页。

高云绪断,浦迥日波颓",希望友人"莫怪南康远,相思不可裁。"①殷尧藩《送沈亚之尉南康》云:

> 行迈南康路,客心离怨多。暮烟葵叶屋,秋月竹枝歌。
> 孤鹤唳残梦,惊猿啸薜萝。对江翘首望,愁泪叠如波。②

因路途遥远,诗人愁泪叠下,犹如波涛。两年后,沈亚之又贬任郢州司户参军,徐凝《送沈亚之赴郢掾》云:

> 千万乘骢沈司户,不须惆怅郢中游。几年白雪无人唱,今日唯君上雪楼。③

言郢中人曾歌阳春白雪,郢州有白雪楼,可以慰藉落魄流人,劝其无须惆怅。元代辛文房《唐才子传》卷八载:

> 大中末,山北沈侍郎主文,特召庭筠试于帘下,恐其潜救。是日不乐,逼暮先请出,仍献启千余言。询之,已占授八人矣。执政鄙其为,留长安中待除。宣宗微行,遇于传舍,庭筠不识,傲然诘之曰:"公非司马、长史流乎?"又曰:"得非参六簿尉之类。"帝曰:"非也。"后谪方城尉……庭筠之官,文士诗人争赋诗祖饯,惟纪唐夫擅场,曰:"凤凰诏下虽沾命,鹦鹉才高却累身。"④

温庭筠恃才被贬,在众多的送别诗中,纪唐夫《送温庭筠尉方城》云:

> 何事明时泣玉频,长安不见杏园春。凤皇诏下虽沾命,鹦鹉才高却累身。
> 且尽绿醽销积恨,莫辞黄绶拂行尘。方城若比长沙路,犹隔千山与万津。⑤

诗人曲尽情委,颇能慰藉不平之气,以故擅场胜出。

咸通九年(868)九月,曹邺罢官南归桂洲,郑谷作《送吏部曹郎中免官南归》赞其"贤人知止足,中岁便归休","桑麻胜禄食,节序免乡愁","终须康庶品,未爽漱寒流"⑥,回乡使百姓安康,享受隐居生活。李洞《送曹郎中南归,时南中用军》云:

---

① 《全唐诗》卷五一〇,第5798页。
② 《全唐诗》卷四九二,第5565页。
③ 《全唐诗》卷四七四,第5386页。
④ 《唐才子传校笺》卷八《温庭筠》,第441—442页。
⑤ 《全唐诗》卷五四二,第6257页。
⑥ 《全唐诗》卷六七五,第7728页。

桂水净和天,南归似谪仙。系绦轻象笏,买布接蛮船。
海气蒸鳌软,江风激箭偏。罢郎吟乱里,帝远岂知贤。①

描绘了一幅仙人谪居图画,借以淡化离情。乾符五年(878)五月,"丙申朔,郑畋、卢携议蛮事,携欲与之和亲,畋固争以为不可。携怒,拂衣起,袂冒砚堕地,破之。上闻之,曰:'大臣相诟,何以仪刑四海!'丁酉,畋、携皆罢为太子宾客、分司。"②林宽有《送升道靖恭相公分司》为二人送行,诗云"东风时不遇,果见致君难",感慨生不逢时;"海岳影犹动,鹍鹏势未安",哀叹怀才不遇;"星沉关锁冷,鸡唱驿灯残。谁似二宾客,门闲嵩洛寒"③,为其遭贬鸣不平。升道、靖恭为郑畋、卢携在长安所居坊名,代指二人。乾宁四年(897),右拾遗张道古上疏曰:

"国家有五危、二乱。昔汉文帝即位未几,明习国家事。今陛下登极已十年,而曾不知为君驭臣之道。太宗内安中原,外开四夷,海表之国,莫不入臣。今先朝封域日蹙几尽。臣虽微贱,窃伤陛下朝廷社稷始为奸臣所弄,终为贼臣所有也!"上怒,贬道古施州司户。仍下诏罪状道古,宣示谏官。道古,青州人也。④

张道古敢言直谏却被下罪流放,贯休敬其有敢谏精神,作《送张拾遗赴施州司户》云:

道之大道古太古,二字为名争莽卤。社稷安危在直言,须历尧阶捋谏鼓。
恭闻吾皇至圣深无比,推席却几听至理。一言偶未合尧聪,贾生须看湘江水。
君不见顷者百官排闼赴延英,阳城不死存令名。
又不见仲尼遥奇司马子,佩玉垂绅合如此。
公乎公乎施之掾,江上春风喜相见。畏天之命复行行,芙蓉为衣胜纯绢。
好音入耳应非久,三峡闻猿莫回首。且啜千年羹,醉巴酒。⑤

诗人毫无畏惧,义正词严,感天动地。天复三年(903)二月,户部兵部侍郎、翰林学士承旨薛贻矩贬峡州,吴融有《送薛学士赴任峡州二首》:

---

① 《全唐诗》卷七二一,第8271—8272页。
② 《资治通鉴》卷二百五十三,第8326页。
③ 《全唐诗》卷六〇六,第7002页。
④ 《资治通鉴》卷二百六十一,第8632页。
⑤ 《全唐诗》卷八二七,第9322—9323页。

负谴虽安不敢安,叠猿声里独之官。莫将彩笔闲抛掷,更待淮王诏草看。

片帆飞入峡云深,带雨兼风动楚吟。何似玉堂裁诏罢,月斜鸩鹊漏沉沉。①

一云薛贻矩获罪贬官,期待再举;一云薛贻矩携风裹雨赴任。至三月,途中又遇贯休,贯休于是作《送薛侍郎贬峡州司马》送之,云:

得罪唯惊恩未酬,夷陵山水称闲游。人如八凯须当国,猿到三声不用愁。

花落扁舟香冉冉,草侵公署雨修修。因人好寄新诗好,不独江东有沃州。②

诗人以放情山水宽慰薛贻矩,可谓相知之言。

作为被贬谪的当事人,往往通过留别诗抒发自己的怅然失落及怨怒愤慨,借以调适心理,应对变故。长安四年(704)春,张说流放钦州,至端州时,为诗《端州别高六戬》留别高戬,云:

异壤同羁窜,途中喜共过。愁多时举酒,劳罢或长歌。

南海风潮壮,西江瘴疠多。于焉复分手,此别伤如何。③

高戬和张说同时流贬岭南,相同的遭际引来诗人"此别伤如何"的无限感慨。开元九年(721),王维坐事自太乐丞贬济州司仓参军,作《被出济州》留别故人,云:

微官易得罪,谪去济川阴。执政方持法,明君照此心。

闾阎河润上,井邑海云深。纵有归来日,各愁年鬓侵。④

首句"微官易得罪"具有一定的普遍性,结句为年华的流逝惋惜,纯是心曲,动人心弦。

官员因为各种原因卸任致仕的,虽没有戴罪之嫌,也附于此并论。高宗永淳二年(683),《旧唐书》卷八十一《李义琰传》载:

义琰后改葬父母,使舅氏移其旧茔,高宗知而怒曰:"岂以身在枢要,凌蔑外家,此人不可更知政事。"义琰闻而不自安,以足疾上疏乞骸

---

① 《全唐诗》卷六八五,第7876页。
② 《全唐诗》卷八三七,第9434页。
③ 《张燕公集》卷三,第29页。
④ 《王维诗注》,第170页。

骨,乃授银青光禄大夫,听致仕。乃将归东都田里,公卿已下祖饯于通化门外。①

李义琰为免皇上怪罪,主动请还东都,众人于通化门外祖饯送行,杨炯《送李庶子致仕还洛》首云祖饯隆盛,"此地倾城日,由来供帐华。亭逢李广骑,门接邵平瓜"。转而写景,"原野烟氛匝,关河游望赊。白云断岩岫,绿草覆江沙"。结以相思,不避嫌疑,"灞池一相送,流涕向烟霞"②。诗人綦毋潜,"字孝通,荆南人。开元十四年严迪榜进士及第。授宜寿尉,迁右拾遗,入集贤院待制,复授校书。终著作郎。与李端同时。诗调屹崒峭蒨足佳句,善写方外之情,历代未有。荆南分野,数百年来,独秀斯人。后见兵乱,官况日恶,挂冠归隐江东别业。王维有诗送之曰:'明时久不达,弃置与君同。天命无怨色,人生有素风。'一时文士咸赋诗祖饯,甚荣。"③由于兵乱,官况日恶,綦毋潜挂冠归隐,王维将之引为同调,众文士皆赋诗祖饯,可见世风人心之所向。刘长卿《送王司马秩满西归》云:

> 汉主何时访逐臣,江边几度送归人。同官岁岁先辞满,唯有青山伴老身。④

此诗实乃逐臣哀吟。司马是州刺史之佐,唐时多用以安置逐臣,刘长卿当时任睦州司马,故诗中言同官,秩满无论归何处,只有青山相伴长随,既是对友人的宽慰,也是宽慰自己。杜荀鹤《送黄补阙南迁》云:

> 得罪非天意,分明谪去身。一心贪谏主,开口不防人。
> 自古有迁客,何朝无直臣。喧然公论在,难滞楚南春。⑤

迁客往往多是直臣,然而人世自有公论。那些为失意落魄获罪免官之人带来慰藉和鼓励的送别诗,在唐人众多的送别诗中格外瞩目,已经引起学人关注,其所承载的文化意义是不言而喻的。

五、送别亲人明伦常

亲情是人类永远无从割舍的自然人伦情感,宗法家族制度下的传统伦理文化,更是从礼仪高度规范了家庭中的种种关系,如《礼记·礼运》云:"父慈子孝、兄良弟悌、夫义妇听、长惠幼顺、君仁臣忠,十者谓之人义。"《周

---

① 《旧唐书》卷八十一《李义琰传》,第 2757 页。
② 《杨炯集》卷二,第 21 页。
③ 《唐才子传校笺》卷二《顾非熊》,第 244—249 页。
④ 《刘长卿诗编年笺注》,第 467 页。
⑤ 《全唐诗》卷六九一,第 7933 页。

易》云：

> 家人，女正位乎内，男正位乎外。男女正，天地之大义也。家人有严君焉，父母之谓也。父父，子子，兄兄，弟弟，夫夫，妇妇而家道正，正家而天下定矣。

可见亲情秩序对家国的重要性。真挚、朴实、美好、感人的亲情，一直受到人们的赞美，而置于离别环境下的亲情最能感动人意，唐代此类送别诗反映了时人的亲情伦常文化。

父子情最深。张说有子张均，"说最钟爱，其情见于《岳州别均》之诗"①。张说《岳州别子均》云：

> 离筵非燕喜，别酒正销魂。念汝犹童孺，嗟予隔远藩。
> 津亭拔心草，江路断肠猿。他日将何见，愁来独倚门。②

诗中拔心草、断肠猿、独倚门典故的连用，将父子情深表现得刻骨铭心。拔心草即卷施草，又名宿莽。《尔雅·释草》曰："卷施草，拔心不死。"断肠猿出自干宝《搜神记》卷二十："临川东兴，有人入山，得猿子，便将归。猿母自后逐至家。此人缚猿子于庭中树上，以示之。其母便搏颊向人，欲乞哀状，直谓口不能言耳。此人既不能放，竟击杀之。猿母悲唤，自掷而死。此人破肠视之，寸寸断裂。"③倚门缘自《战国策·齐策六》："王孙贾年十五，事闵王。王出走，失王之处。其母曰：'女朝出而晚来，则吾倚门而望；女暮出而不还，则吾倚闾而望。'"④张说被贬谪岳州后，经常郁郁不乐，思念子均，其情不忍卒读。李白虽是狂放之人，但亦有儿女情长，其《南陵别儿童入京》云：

> 白酒新熟山中归，黄鸡啄黍秋正肥。呼童烹鸡酌白酒，儿女嬉笑牵人衣。
> 高歌取醉欲自慰，起舞落日争光辉。游说万乘苦不早，着鞭跨马涉远道。
> 会稽愚妇轻买臣，余亦辞家西入秦。仰天大笑出门去，我辈岂是蓬蒿人。⑤

---

① （宋）尤袤：《全唐诗话》卷一《张均》，中华书局，1985年版，第19页。
② 《张燕公集》卷三，第28页。
③ （晋）干宝撰，汪绍楹校注：《搜神记》卷二十，中华书局，1979年版，第242页。
④ （汉）刘向：《战国策·齐策六》，上海古籍出版社，1985年版，第450页。
⑤ 《李太白全集》卷十五，第744页。

诗人和一对儿女牵衣嬉笑的景象历历在目,仰天大笑出门去的李白,该是怎样的以笑掩涕啊。杜牧亦有《别家》云:

> 初岁娇儿未识爷,别爷不拜手咤叉。拊头一别三千里,何日迎门却到家。①

娇儿幼小尚不记事,还不会行礼,临别只会叉手示意。抚摸娇儿,一别三千里的父亲,未曾出门却想归家,何等难舍!

母子情最真。林氏的《送男左贬诗》即是一首表现母爱情怀的感人之作,《旧唐书》卷一百四十六《薛播传》云:

> 初,播伯父元暧终于隰城丞,其妻济南林氏,丹阳太守洋之妹,有母仪令德,博涉《五经》,善属文,所为篇章,时人多讽咏之。元暧卒后,其子彦辅、彦国、彦伟、彦云及播兄据、摠并早孤幼,悉为林氏所训导,以至成立,咸致文学之名。开元、天宝中二十年间,彦辅、据等七人并举进士,连中科名,衣冠荣之。②

林氏不仅有母仪令德,且善属文,在与儿子彦辅分别之际,赋诗相送,诗云:

> 他日初投杼,勤王在饮冰。有辞期不罚,积毁竟相仍。
> 谪宦今何在,衔冤犹未胜。天涯分越徼,驿骑速毗陵。
> 肠断腹非苦,书传写岂能。泪添江水远,心剧海云蒸。
> 明月珠难识,甘泉赋可称。但将忠报主,何惧点青蝇。③

诗中为儿子赤胆报国,不料招来积毁被远贬他处的不幸遭际痛心疾首,但仍然勉励儿子洁身自爱,精忠报王。作为母亲,通晓大义,提升了送别诗的情感内涵。另一位崔氏婢妙女有《别遥见诗》,仅仅两句,"手攀桥柱立,滴泪天河满",却是母亲心血的凝聚。《全唐诗》小序云:

> 宣州旌德县崔氏婢妙女,年十三,不食,颜色鲜华,说未来事有应。自言本是题头赖吒天王小女,为泄天门间事,谪堕人世,已两生。前生有一子,名遥见,依然相识。昨于金桥上与儿别,赋诗吟咏,悲不自胜,但记有两句。④

虽然这两句诗托于仙笔,但无疑是人间母子深情的真实写照。

---

① 《樊川文集校注》,第 1357 页。
② 《旧唐书》卷一百四十六,第 3955—3956 页。
③ 《全唐诗》卷七九九,第 8983—8984 页。
④ 《全唐诗》卷八六三,第 9765 页。

夫妻别离难。李白《别内赴征三首》云:

王命三征去未还,明朝离别出吴关。白玉高楼看不见,相思须上望夫山。

出门妻子强牵衣,问我西行几日归。归时倘佩黄金印,莫见苏秦不下机。

翡翠为楼金作梯,谁人独宿倚门啼。夜坐寒灯连晓月,行行泪尽楚关西。①

其一写夫妻相思,其二写话别惜离,其三写别后妻子的孤独思念。三首诗似一步一回首,婉曲言尽了不忍别离之情。窦巩《从军别家》云:

自笑儒生著战袍,书斋壁上挂弓刀。如今便是征人妇,好织回文寄窦滔。②

诗人投笔从戎赴战场,嘱咐妻子多通音信。后两句用了和自己同姓的窦滔典故,富有趣味。崔涯《别妻》云:

陇上泉流陇下分,断肠鸣咽不堪闻。嫦娥一入月中去,巫峡千秋空白云。③

崔涯"其妻雍氏,乃总校之女。夫妇相欢,而涯不礼其妻父,妻父不平之,夺其女为尼。涯不得已,为诗留别"④。诗人用陇上泉流陇下分,比喻断肠鸣咽,用嫦娥入月难于再见只留下千秋白云,比拟别后难见,贴切感人,痛彻肺腑。陈季卿为求功名,辞家《别妻》云:

月斜寒露白,此夕去留心。酒至添愁饮,诗成和泪吟。

离歌凄凤管,别鹤怨瑶琴。明夜相思处,秋风吹半衾。⑤

诗人以眼泪和酒而饮,人去心留,望能时时陪伴妻子,慰藉相思。李涉《送妻入道》云:

人无回意似波澜,琴有离声为一弹。纵使空门再相见,还如秋月水中看。⑥

---

① 《李太白全集》卷二十五,第1187页。
② 《全唐诗》卷二七一,第3053—3054页。
③ 《全唐诗》卷五〇五,第5741页。
④ 《唐诗纪事校笺》卷五十二《崔涯》,第1777页。
⑤ 《全唐诗》卷八六八,第9838页。
⑥ 《全唐诗》卷四七七,第5433页。

妻子决心入道,诗人虽是不得已,但还是忍痛送行,借秋月水中看表达了自己的无奈不舍。大历年间晁采的《春日送夫之长安》尤其韵味悠长:

> 思君远别妾心愁,踏翠江边送画舟。欲待相看迟此别,只忧红日向西流。

诗前有小序,云:

> (晁采)少与邻生文茂约为伉俪,及长,茂时寄诗通情,采以莲子达意,坠一于盆。逾旬,开花并蒂。茂以报采,乘间欢合。母得其情,叹曰:"才子佳人,自应有此。"遂以采归茂。①

晁采对丈夫文茂深深的眷恋令人感动。赵嘏与妻子离异后,作《别麻氏》相送,云:

> 晓哭呱呱动四邻,于君我作负心人。出门便涉东西路,回首初惊枕席尘。

> 满眼泪珠和语咽,旧窗风月更谁亲。分离况值花时节,从此东风不似春。②

真可谓一日夫妻百日恩,愧疚不安和难舍难分之情交织在一起,凄切感人。

兄弟同手足。唐备《别家》云:"兄弟惜分离,拣日皆言恶。"③对于要分离的弟兄而言,没有一天是出行的好日子。卢照邻《送二兄入蜀》云:

> 关山客子路,花柳帝王城。此中一分手,相顾怜无声。④

用关山客子路和花柳帝王城两相对照,点出前路艰险,而相顾无言的无声胜有声,则写出了对兄长的深深关切,毕竟蜀道难于上青天啊。韦承庆因得罪权贵,被降职到南方的广东,临出发作《南行别弟》云:

> 澹澹长江水,悠悠远客情。落花相与恨,到地一无声。⑤

迷人的春光和离别的愁绪形成强烈反差,使人更加黯然销魂,连落花流水都为诗人而悲戚。俞陛云论曰:

> 孤客远行,难乎为别,所别者况为同气。此作不事研炼,清空如话,

---

① 《全唐诗》卷八〇〇,第 9000、8999 页。
② 《全唐诗》卷五四九,第 6352 页。
③ 《唐才子传校笺》卷九《唐备》,第 248 页。
④ 《卢照邻集校注》卷三,第 160 页。
⑤ 《全唐诗》卷四六,第 557 页。

弥见天真。唐十龄女子诗：所嗟人与雁,不作一行飞。皆蔼然至性之言也。①

于季子《南行别弟》(一作杨师道诗,《文苑英华》作韦承庆《南中咏雁》)云"万里人南去,三春雁北飞。不知何岁月,得与尔同归"②,与韦承庆诗同声相应,以春雁北飞而人却南去相并置,反衬别离不堪,不知何时相见的喟叹将感情推至极点。王维《别弟妹二首》之一别妹妹云：

> 两妹日成长,双鬟将及人。已能持宝瑟,自解掩罗巾。
> 念昔别时小,未知疏与亲。今来始离恨,拭泪方殷勤。

之二别弟弟云：

> 小弟更孩幼,归来不相识。同居虽渐惯,见人犹未觅。
> 宛作越人语,殊甘水乡食。别此最为难,泪尽有余忆。③

两个妹妹稍微年长些,已经能生活自理,懂得拭泪作别,诗人尚可放心,可是弟弟还太年幼,又煞是可爱喜人,故云"别此最为难,泪尽有余忆"。张籍有弟张萧远,《诗人主客图》将其列为"环奇美丽主武元衡下升堂四人"之一,亦善诗,张籍《送萧远弟》云：

> 街北槐花傍马垂,病身相送出门迟。与君别后秋风夜,作得新诗说向谁。④

令人想见两人平日里相亲相爱,吟诗对赋的欢乐情景,离别自然倍感伤痛。杜牧有弟杜顗,为李德裕所聘赴浙西幕,杜牧作《送杜顗赴润州幕》送行勉励,诗云：

> 少年才俊赴知音,丞相门栏不觉深。直道事人男子业,异乡加饭弟兄心。
> 还须整理韦弦佩,莫独矜夸玳瑁簪。若去上元怀古去,谢安坟下与沉吟。⑤

诗人殷勤交待,千般嘱咐,倍显兄长情怀。孟郊《留弟郢不得送之江南》云：

---

① 《诗境浅说》,第117页。
② 《全唐诗》卷八〇,第872页。
③ 《王维集校注》,第1212页。
④ 《张籍集注》,第246页。
⑤ 《樊川文集校注》,第1424页。

>　刚有下水船,白日留不得。老人独自归,苦泪满眼黑。①

诗人因不得不送弟弟远行而至于苦泪满眼黑,凄惨之极。送别从兄从弟、舍弟、族弟的送别诗更多,显示了古人对宗族亲情的重视。孟浩然有《早春润州送从弟还乡》和《送从弟邕下第后寻会稽》,后者云:

>　疾风吹征帆,倏尔向空没。千里去俄顷,三江坐超忽。
>　向来共欢娱,日夕成楚越。落羽更分飞,谁能不惊骨。②

诗人不言惊心而言惊骨,何其难堪也。王维《灵云池送从弟》云:

>　金杯缓酌清歌转,画舸轻移艳舞回。自叹鹡鸰临水别,不同鸿雁向池来。③

诗中借鹡鸰意象寄寓兄弟情深。《诗经·小雅·棠棣》云"鹡鸰在原,兄弟急难",指鹡鸰被困在陆地,兄弟就赶来救难。刘兼《送从弟舍人入蜀》云"嘉陵江畔饯行车,离袂难分十里余",情重意深,恋恋不舍。"立马举鞭无限意,会稀别远拟何如"④,伫立远眺,慨叹无已。柳宗元的《别舍弟宗一》是其名篇,历来受到好评。诗云:

>　零落残红倍黯然,双垂别泪越江边。一身去国六千里,万死投荒十二年。
>　桂岭瘴来云似墨,洞庭春尽水如天。欲知此后相思梦,长在荆门郢树烟。

唐汝询《唐诗解》曰:"此亦在柳而送其弟入楚也。流放之余,惊魂未定,复此分别,倍加黯然,不觉泪之双下也。我之被谪既远且久,今又与弟分离,一留桂岭,一趋洞庭,瘴疠风波,尔我难堪矣。弟之此行,当在荆郢之间,我之梦魂,常不离夫斯土耳。"⑤情意弥笃,凄楚神伤。李白有《单父东楼秋夜送族弟沈之秦》(时凝弟在席)、《送族弟凝之滁求婚崔氏》《送族弟凝至晏堌》《将游衡岳过汉阳双松亭留别族弟浮屠谈皓》《泾川送族弟錞》《登黄山凌歊台送族弟溧阳尉济充泛舟赴华阴》《感时留别从兄徐王延年从弟延陵》《鲁中送二从弟赴举之西京》(一作送族弟锽)等多篇送族兄弟的诗作,咸是对

---

①　《孟郊诗集笺注》卷八,第394页。
②　《孟浩然诗集校注》卷一,第95页。
③　《王维诗注》,第289页。
④　《全唐诗》卷七六六,第8691页。
⑤　(明)唐汝询选释,王振汉点校:《唐诗解》,河北大学出版社,2001年版,第1150—1151页。

"兄弟八九人,吴秦各分离"①的关心和思念。杜甫《送从弟亚赴安西判官》夸赞堂弟"诏书引上殿,奋舌动天意。兵法五十家,尔腹为箧笥。应对如转丸,疏通略文字。经纶皆新语,足以正神器",希望他"安边敌何有,反正计始遂"②,建立功业。李嘉祐《春日长安送从弟尉吴县》感慨"春愁能浩荡,送别又如何",不堪别离,因而"见花羞白发,因尔忆沧波"③。权德舆《送从弟谒员外叔父回归义兴》云"异乡兄弟少,见尔自依然",勉励他"余力当勤学,成名贵少年"④。刘商《送从弟赴上都》云"车骑秦城远,囊装楚客贫。月明思远道,诗罢诉何人"⑤,孟郊《送从弟郢东归》云"尔去东南夜,我无西北梦。谁言贫别易,贫别愁更重"⑥,皆言贫贱之别更悲愁沉重,使人不堪。李咸用乱世《送从兄坤载》云"忍泪不敢下,恐兄情更伤。别离当乱世,骨肉在他乡。语尽意不尽,路长愁更长。那堪回首处,残照满衣裳"⑦,句句朴实真挚,催人下泪。

叔侄、甥舅关系是亲戚中的至亲,亦为古人看重,送别时的情感流露别具情味。高适有侄叫式颜,开元二十七年(739),张大夫贬括州,使人召式颜,高适遂作《宋中送族侄式颜》《又送族侄式颜》勉行,刘开扬笺曰:

一以"劝尔惟一言,家声勿沦滓"为劝,勉其笃行,勿贻族人之羞也。一云"世上五百年,吾家一千里"赞其才,对之无限厚爱也。⑧

其《别从甥万盈》劝诫万盈:"美才应自料,苦节岂无成?莫以山田薄,今春又不耕。"⑨钟惺评"莫以山田薄,今春又不耕"曰:"前辈骨肉语。"⑩确实是诗人躬耕后有所体验之言,犹陶潜所云"力耕不吾欺"⑪也。李白有《送外甥郑灌从军三首》,一曰"丈夫赌命报天子,当斩胡头衣锦回";一曰"破胡必用龙韬策,积甲应将熊耳齐";一曰"斩胡血变黄河水,枭首当悬白鹊旗"⑫,皆是鼓励郑灌英勇作战,回报天子。其《赠别从甥高五》云"闻君陇西行,使我

---

① 《李太白全集》卷十五《感时留别从兄徐王延年、从弟延陵》,第720页。
② 《杜诗详注》卷五,第365页。
③ 《全唐诗》卷二〇六,第2154页。
④ 《全唐诗》卷三二四,第3640页。
⑤ 《全唐诗》卷三〇四,第3457页。
⑥ 《孟郊诗集笺注》卷七,第355页。
⑦ 《全唐诗》卷六四五,第7391页。
⑧ 《高适诗集编年笺注》,第105页。
⑨ 同上,第79页。
⑩ 《诗归·唐诗归》卷十二,第238页。
⑪ (晋)陶渊明著,袁行霈笺注:《陶渊明集笺注》卷二《移居二首》,中华书局,2003年版,第133页。
⑫ 《李太白全集》卷十七,第810—811页。

惊心魂",嘱咐道"云龙若相从,明主会见收"①。杜甫《送重表侄王砯评事使南海》起首云"我之曾老姑,尔之高祖母",结尾云"安能陷粪土,有志乘鲸鳌。或骖鸾腾天,聊作鹤鸣皋"②,望其发达,赠诗相勉。王建《送从侄拟赴江陵少尹》谓"江陵少尹好闲官,亲故皆来劝自宽"③,钱起《送族侄赴任》谓"此时知小阮,相忆绿尊前"④,都表现了长辈对晚辈的关怀和喜爱。晚辈送别长辈,则更多依恋和爱戴,更多牵挂思念。李颀《春送从叔游襄阳》"时方春欲暮,叹息向流莺"⑤,春景徒然使诗人增添离忧,悲上加悲。韦应物《赋得沙际路送从叔象》云"独树沙边人迹稀,欲行愁远暮钟时"⑥,日暮钟声似离愁,余音袅袅断人肠。马戴《送从叔赴南海幕》曰"信息来非易,堪悲此路分"⑦;《送从叔重赴海南从事》又曰"念此别离苦,其如宗从情",想到从叔"又从连帅请,还作岭南行。穷海何时到,孤帆累月程"⑧的艰辛,深深牵挂不已。王昌龄《送十五舅》云:

  深林秋水近日空,归棹演漾清阴中。夕浦离觞意何已,草根寒露悲鸣虫。⑨

因送舅父而悲及草根寒露秋之鸣虫,既是伤秋,更是伤离。杜甫《阆州东楼筵,奉送十一舅往青城,得昏字》云"今我送舅氏,万感集清尊",甚至于"临风欲恸哭,声出已复吞"⑩,泣不成声。又《奉送二十三舅录事之摄郴州》赞其"贤良归盛族,吾舅尽知名",今日"气春江上别,泪血渭阳情"⑪,借《诗经·秦风·渭阳》"我送舅氏,曰至渭阳",表达甥舅情谊,言其情深。

翁婿情亦浓,刘长卿的《送子婿崔真父归长城》《送李穆归淮南》和《送子婿崔真甫李穆往扬州四首》,表现了对两个女婿的喜爱,殊有况味。崔真父为其长女婿,李穆为其次女婿。崔真父是长城人,诗人送之回乡,"送君厄酒不成欢,幼女辞家事伯鸾",以酒钱行。"心怜稚齿鸣环去,身愧衰颜对玉

---

① 《李太白全集》卷十,第527页。
② 《杜诗详注》卷二十三,第2042—2047页。
③ 《全唐诗》卷三〇〇,第3403页。
④ 《钱起诗集校注》,第489页。
⑤ 《李颀诗评注》,第66页。
⑥ 《韦应物诗集系年校笺》卷三,第176页。
⑦ 《全唐诗》卷五五五,第6427页。
⑧ 《全唐诗》卷五五六,第6443—6444页。
⑨ 《王昌龄集编年校注》,第207页。
⑩ 《杜诗详注》卷十二,第1039页。
⑪ 《杜诗详注》卷二十三,第2054页。

难",夸赞女婿如玉人,年轻貌美。"惆怅暮帆何处落,青山无限水漫漫"①,忍痛送别,思念无已。李穆迎娶归去时,诗人"未去先愁去不归",借"淮水问君来早晚,老人偏畏过芳菲",表达了自己的不舍心情。《诗归》钟惺曰:"是妇翁语。"②两个女婿前往扬州,诗人作诗四首相送,诗云:

> 渡口发梅花,山中动泉脉。芜城春草生,君作扬州客。
> 半逻莺满树,新年人独还。落花逐流水,共到茱萸湾。
> 雁还空渚在,人去落潮翻。临水独挥手,残阳归掩门。
> 狎鸟携稚子,钓鱼终老身。殷勤嘱归客,莫话桃源人。③

其一言女婿欲归扬州。其二写沿途景色,显出惜别之意。其三曰伫立愿望,久久徘徊。其四是谆谆叮嘱,语重情长。言及翁婿情感的唐诗并不多见,刘长卿的送婿诗极有价值。"岂无父母在高堂,亦有亲情满故乡。"④中国自古就是一个重视人伦伦常的国度,家族人伦亲情最为人们看重。

唐代淳厚的社会礼俗还表现于送人搬迁的送别诗中,数量虽不多,但也说明了人们对迁移的重视。安史之乱后,刘长卿《送李二十四移家之江州》,起首"烟尘犹满目,歧路易沾衣",伤时惜别。"逋客多南渡,征鸿自北飞。九江春草绿,千里暮潮归",避乱逃亡者多向南迁徙。"别后难相访,全家隐钓矶"⑤,天各一方,相见亦难,战乱造成了千里阻隔。耿湋有《渭上送李藏器移家东都》云:

> 求名虽有据,学稼又无田。故国三千里,新春五十年。
> 移家还作客,避地莫知贤。洛浦今何处,风帆去渺然。⑥

有感于搬迁路途遥远,旧情深厚,诗人充满了担忧。王建的《送于丹移家洺州》如话家常,情深意切。"忆昔门馆前,君当童子年",回忆往昔岁月。"今来见成长,俱过远所传。诗礼不外学,兄弟相攻研。如彼贩海翁,岂种溪中田。四方尚尔文,独我敬尔贤。但爱金玉声,不贵金玉坚",赞赏其贤,志趣高远。"耕者求沃土,沤者求深源。彼邦君子居,一日可徂迁",迁居彼邦君子之地,虽然"从今不见面,犹胜异山川。既乖欢会期,郁郁两难宣",但是"送人莫长歌,长歌离恨延","他皆缓别日,我愿促行轩"。友人去后,"赢马

---

① 《刘长卿诗编年笺注》,第 446 页。
② 同上,第 477 页。
③ 同上,第 489—490 页。
④ 《白居易诗集校注》卷四《井底引银瓶》,第 419 页。
⑤ 《刘长卿诗编年笺注》,第 170 页。
⑥ 《全唐诗》卷二六八,第 2983 页。

不知去,过门常盘旋",诗人于是希望"会当为尔邻,有地容一泉"①,再有机会作邻居相爱依旧。刘商《送元使君自楚移越》云:

> 露冕行春向若耶,野人怀惠欲移家。东风二月淮阴郡,唯见棠梨一树花。②

借助移家之事赞人,歌颂元使君殊有政绩,露冕、行春、棠梨等典故的连用,彰显其德行堪比古人。权德舆《送谢孝廉移家越州》美其"家承晋太傅,身慕鲁诸生",遥望"又见一帆去,共愁千里程。沙平古树迥,潮满晓江晴",慨叹"从此幽深去,无妨隐姓名"③。皎然的《送卢仲舒移家海陵》和《兵后送薛居士移家安吉》,都表达了"世故多离散,东西不可嗟","山中吟夜月,相送在天涯"④的惜别之情,以及"寒草心易折,闲云性常真。交情别后见,诗句比来新"⑤的人生常理,具有普遍意义。罗隐的《移住别友》是一首由搬迁人所作的辞别小诗,"自到西川住,唯君别有情。常逢对门远,又隔一重城"⑥,对不能经常见到友人深感惋惜。这些祝福迁徙的送别诗,是古人安土重迁心理的诗意表现,反映了唐人的隆礼习俗。

第二节 浓郁的科举风尚

一时代有一时代之风尚,这是由社会的政治、经济、文化等决定的。唐代是封建社会发展的又一重要时期,统治者在安邦治国等方面采取了许多重大举措,如选拔人才的科举制度等,因而形成了席卷全社会的科举潮流。萌芽于隋代,确立于唐代的科举制度,被西方人誉为完善的"文官选拔制度",还有人认为科举的重要性甚至超过物质文明领域中的火药、印刷术等四大发明,称之为中国古代的第五大发明。陈寅恪论曰:"盖唐代科举之盛,肇于高宗之时,成于玄宗之代,而极于德宗之世。"⑦唐代的科举浪潮影响到了社会生活的各个层面,唐人送别诗中有大量送人赴举和送及第人、下第人等的诗篇,折射出了唐代社会浓郁的科举风尚,向后人讲述了当时士子的生

---

① 《全唐诗》卷二九七,第3370页。
② 《全唐诗》卷三〇四,第3459页。
③ 《全唐诗》卷三二四,第3640页。
④ 《全唐诗》卷八一五,第9176页。
⑤ 《全唐诗》卷八一八,第9218页。
⑥ 《罗隐诗集笺注》,第377页。
⑦ 陈寅恪:《元白诗笺证稿》,生活·读书·新知:三联书店,2001年版,第2页。

活状态、思想情感、风流才气,及其酸甜苦辣的奋斗历程,有助于我们认识唐代社会的科举文化。

一、送别赴举之人

唐代科举每年应举的人数大约为数千人,《通典》卷十五《选举三》记载:"开元以后,四海晏清,士无贤不肖,耻不以文章达,其应诏而举者,多则二千人,少犹不减千人,所收百才有一。"①卷十七《选举五》记载,开元十七年三月,国子监祭酒杨玚上言:"伏闻承前之例,每年应举常有千数。"②卷十八《选举六·杂议论》杜佑论曰:"开元、天宝之中,一岁贡举,凡有数千。"③如此众多的赴举人数,正是大量送人赴举送别诗产生的现实环境,综观这些送别诗,可以看出当时人们对于科举考试的热衷程度,以及赴举士子的奔波情景和学业基础等。

科举中经州府考试合格后,由州府送京参加省试曰贡举。权德舆有两首送秀才④贡举的送别诗,其一为《送郑秀才贡举》:

> 西笑意如何,知随贡举科。吟诗向月露,驱马出烟萝。
> 晚色平芜远,秋声候雁多。自怜归未得,相送一劳歌。

言郑秀才随贡举赴京,一路上踌躇满志,行色匆匆。其二为《送裴秀才贡举》:

> 儒衣风貌清,去抵汉公卿。宾贡年犹少,篇章艺已成。
> 临流惜暮景,话别起乡情。离酌不辞醉,西江春草生。⑤

前四句赞裴秀才年少才俊,后四句抒写别情。"宾贡年犹少,篇章艺已成",说明裴秀才确是佼佼者,州郡对荐举的贡士以宾礼相待。送人赴举的送别诗多是赞美赏识应考者的才学,给人以鼓励。孟浩然《送张参明经举兼向泾州觐省》云:

> 十五彩衣年,承欢慈母前。孝廉因岁贡,怀橘向秦川。
> 四座推文举,中郎许仲宣。泛舟江上别,谁不仰神仙。⑥

---

① 杜佑著,王文锦、王永兴、刘俊文、徐庭云、谢方点校:《通典》卷十五《选举三·历代制》(下),中华书局,1988年版,第357页。
② 杜佑著,王文锦、王永兴、刘俊文、徐庭云、谢方点校:《通典》卷十五《选举五·杂议论》(中),中华书局,1988年版,第415页。
③ 杜佑著,王文锦、王永兴、刘俊文、徐庭云、谢方点校:《通典》卷十五《选举六·杂议论》(下),中华书局,1988年版,第455页。
④ 赵翼著:《陔余丛考》卷二十八《秀才》条谓:"唐时凡举子皆称秀才。"
⑤ 《全唐诗》卷三二四,第3640、3642页。
⑥ 《孟浩然诗集校注》卷三,第403页。

张参十五岁应明经科举,诗人连用陆绩怀橘孝母、李膺称奇孔融、蔡邕倒屣出迎王粲、郭泰与李膺同舟共济如神仙几个典故,盛夸其多才。张参果然名不虚传,一举及第,有钱起《送张参及第还家》可为证,诗云:"大学三年闻琢玉,东堂一举早成名。借问还家何处好,玉人含笑下机迎。"①张参及第后回家,家里人欢喜迎接。耿湋《送郭秀才赴举》云:

  乡赋鹿鸣篇,君为贡士先。新经梦笔夜,才比弃繻年。②

诗人称赞郭秀才在乡贡进士中名列前茅,文才如同获得了陆倕赠送的神笔,志气堪比弃繻的终军,一定能取得功名。皎然《太湖馆送殷秀才赴举》中的殷秀才也是"诗名推首荐,赋甲拟前科"③。皇甫冉《送孔党赴举》云孔党是:"入贡列诸生,诗书业早成。家承孔圣后,身有鲁儒名。"④鲍溶《送王损之秀才赴举》欣赏王损之:"青门佩兰客,淮水誓风流。名在乡书贡,心期月殿游。"⑤李白《鲁中送二从弟赴举之西京》将二从弟比为二龙,"复羡二龙去,才华冠世雄。平衢骋高足,逸翰凌长风"⑥。马异《送皇甫湜赴举》描写其志得意扬:"马蹄声特特,去入天子国。借问去是谁,秀才皇甫湜。吞吐一腹文,八音兼五色。"⑦刘禹锡《送周鲁儒赴举诗》临行赠言云:"童心便有爱书癖,手指今余把笔痕。自握蛇珠辞白屋,欲凭鸡卜谒金门。"⑧借"蛇珠"典故言其才能卓越。诗人们的赞词,无不说明了赴举者皆具有深厚的才学。

  唐代科举常举之外又有制科,招揽特殊人才。"其天子自诏者曰制举,所以待非常之才焉。""所谓制举者,其来远矣。……而天子又自诏四方德行、才能、文学之士,或高蹈幽隐与其不能自达者,下至军谋将略、翘关拔山、绝艺奇伎莫不兼取。其为名目,随其人主临时所欲,而列为定科者,如贤良方正、直言极谏、博通坟典达于教化、军谋宏远堪任将率、详明政术可以理人之类,其名最著。而天子巡狩、行幸、封禅太山梁父,往往会见行在,其所以待之之礼甚优,而宏材伟论非常之人亦时出于其间,不为无得也。"⑨一般情况下制举属于临时别敕,应举者须由在职要官保举,举人以少而精为原则,所以应制举的人数较少。刘禹锡《送裴处士应制举诗》序云:

---

① 《钱起诗集校注》,第771页。
② 《全唐诗》卷二六八,第2991页。
③ 《全唐诗》卷八一八,第9221页。
④ 《全唐诗》卷二四九,第2808页。
⑤ 《全唐诗》卷四八六,第5528页。
⑥ 《李太白全集》卷十七,第820页。
⑦ 《全唐诗》卷三六九,第4155页。
⑧ 《刘禹锡全集编年校注》卷四,第268页。
⑨ 《新唐书》卷四十四《选举志上》,第1159、1169—1170页。

> 晋人裴昌禹,读书数千卷,于周官、小戴礼尤邃。性是古敢言,虽侯王不能卑下,故与世相参差。凡抵有位以索合,行天下几遍,常叹诸侯莫可游,欲一见天子而未有路。会今年诏书征贤良,昌禹大喜,以为可以尽豁平生。搏髀爵跃曰:"一观云龙庭足矣。"繇是裹三月粮而西徂,咨予以七言,为西游之资藉耳。

明言裴昌禹是非常之才,诗中亦云"裴生久在风尘里,气劲言高少知己。注书曾学郑司农,历国多于孔夫子"①,裴昌禹才气堪比郑司农,游历胜过孔夫子,常叹无人赏识,确实属于奇才。刘禹锡的另一首《送韦秀才道冲赴制举》慨叹"古来才杰士,所嗟遭时难。一鸣从此始,相望青云端"②,说明制举是奇才志士入仕发挥才能的又一重要途径,应时性极强,并无常规。张祜《送韦正字析贯赴制举》云:

> 可爱汉文年,鸿恩荡海堧。木鸡方备德,金马正求贤。
> 大战希游刃,长途在着鞭。伫看晁董策,便向史中传。③

朝廷皇恩浩荡,求贤若渴,各类人才应举,才力优裕,令人艳羡,可谓两相宜矣。从"大战"一词可以看出人们备考的精神劲头,赴考场如临大敌。皇甫冉《送钱唐路少府赴制举》云:

> 公车待诏赴长安,客里新正阻旧欢。迟日未能销野雪,晴花偏自犯江寒。
> 东溟道路通秦塞,北阙威仪识汉官。共许郤诜工射策,恩荣请向一枝看。④

诗中将应制之人的欣喜及一展宏才之情和盘托出,曲见其风发意气。尽管制科"搜扬拔擢,名目甚众。则天广收才彦,起家或拜中书舍人、员外郎,次拾遗、补阙。明皇尤加精选,下无滞才。然制举出身,名望虽美,犹居进士之下"⑤。说明由制举途径取得的名望,还是不及进士。这和当时的流行说法"三十老明经,五十少进士"是一致的。

推崇孝廉是封建时代治国的法宝之一,历朝皆重,《通典》卷十五《选举三》记载:

---

① 《刘禹锡全集编年校注》卷五,第 301 页。
② 《刘禹锡全集编年校注》卷二,第 83 页。
③ 《全唐诗》卷五一〇,第 5801—5802 页。
④ 《全唐诗》卷二四九,第 2807 页。
⑤ (宋)王谠著,周勋初校证:《唐语林校证》卷八《补遗》,中华书局,1987 年版,第 717 页。

宝应二年六月,礼部侍郎杨绾奏,诸州每岁贡人,依乡举里选,察秀才、孝廉。敕旨:"州县每岁察孝廉,取在乡间有孝悌、廉耻之行荐焉。委有司以礼待之,试其所通之学。五经之内,精通一经,兼能对策,达于理体者,并量行业授官。"①

唐代社会倡导孝廉,并对孝廉之士有许多特殊优待,如可以直接被推荐应举。权德舆《送韩孝廉侍从赴举》云:

贡士去翩翩,如君最少年。彩衣行不废,儒服代相传。②

韩孝廉正当翩翩少年,因侍奉父亲孝行有名,被举为贡士,前往应举。李咸用《送谭孝廉赴举》云:

鼓鼙声里寻诗礼,戈戟林间入镐京。好事尽从难处得,少年无向易中轻。

也知贵贱皆前定,未见疏慵遂有成。吾道近来稀后进,善开金口答公卿。③

诗人赞赏谭孝廉"好事尽从难处得","未见疏慵遂有成",品行端正,是后进中的稀有之士。皎然《送张孝廉赴举》云:

名在诸生右,家经见素风。春田休学稼,秋赋出儒宫。④

张孝廉也是才名俱高,家风清白,为孝悌力田的典范。无数赴举之士皆如皎然所言"诸侯惧削地,选士皆不羁"⑤,这正是朝廷不拘一格招揽人才,令天下英雄尽入彀中的写照。

送人赴举时以吉言祝福的最多,如李白《同吴王送杜秀芝赴举入京》云"欲折一枝桂,还来雁沼前"⑥;岑参《送韩巽入都觐省便赴举》云"洛阳才子能几人,明年桂枝是君得"⑦;刘商《送杨行元赴举》云"千钧何处穿杨叶,二月长安折桂枝"⑧;冷朝阳《送唐六赴举》云"碧霄知己在,香桂月中攀"⑨;祝

---

① 《通典》卷十五《选举三》,第358页。
② 《全唐诗》卷三二四,第3640页。
③ 《全唐诗》卷六四六,第7405页。
④ 《全唐诗》卷八一八,第9223页。
⑤ 《全唐诗》卷八一九《送陈秀才赴举》,第9232页。
⑥ 《李太白全集》卷十八,第848页。
⑦ 《岑嘉州诗笺注》卷二,第366页。
⑧ 《全唐诗》卷三〇四,第3460页。
⑨ 《全唐诗》卷三〇五,第3472页。

元膺《送高遂赴举》云"松桂逦迤色,与君相送情"①;齐己《送欧阳秀才赴举》云"称意东归后,交亲那喜何"②;姚合《送李秀才赴举》云"登科旧乡里,当为改嘉名"③;贯休《送李铏赴举》云"明年相贺日,应到曲江滨"④;皎然《岘山送裴秀才赴举》云"天府登名后,回看楚水清"⑤;郑谷《送进士韦序赴举》云"预想明年腾跃处,龙津春碧浸仙桃"⑥;方干《送吴彦融赴举》云"想见明年榜前事,当时分散著来衣"⑦;许棠《宣城送进士郑徽赴举》云"好整丹霄步,知音在紫微"⑧,诸如此类,或言折桂、称意,或言登科、登名,抑或言腾跃处、分散着来衣、知音在紫微,都是委婉祝福举子一举功成名就,荣耀乡里。

那些美好祝福、预言登第的话语,自然能令士人鼓舞,即使平实的劝慰叮嘱,同样也能使人感觉慰藉,孟郊《送孟寂赴举》曰:

> 烈士不忧身,为君吟苦辛。男儿久失意,宝剑亦生尘。
> 浮俗官是贵,君子道所珍。况当圣明主,岂乏证玉臣。
> 浊水无白日,清流鉴苍旻。贤愚皎然别,结交当有因。⑨

全诗以"君子道所珍"勉励失意之人,劝其莫重浮俗名利。贯休《送叶蒙赴举》曰:

> 年年屈复屈,惆怅曲江湄。自古身荣者,多非年少时。
> 空囊投刺远,大雪入关迟。来岁还公道,平人不用疑。⑩

谆谆教诲中的情深意厚,足以使"年年屈复屈"之人倍生勇气。刘长卿《送马秀才移家京洛便赴举》曰:

> 自从为楚客,不复扫荆扉。剑共丹诚在,书随白发归。
> 旧游经乱静,后进识君稀。空把相如赋,何人荐礼闱。⑪

从"书随白发归""后进识君稀"中,可见马秀才的不幸遭遇,诗人反用杨得

---

① 《全唐诗》卷五四六,第 6309 页。
② 《全唐诗》卷八三八,第 9453—9454 页。
③ 《姚合诗集校注》卷二,第 95 页。
④ 《全唐诗》卷八三三,第 9401 页。
⑤ 《全唐诗》卷八一八,第 9216—9217 页。
⑥ 《全唐诗》卷六七六,第 7744 页。
⑦ 《全唐诗》卷六五一,第 7475 页。
⑧ 《全唐诗》卷六〇四,第 6990 页。
⑨ (唐) 孟郊著,郝世峰笺注:《孟郊诗集笺注》卷八,河北教育出版社,2002 年版,第 389 页。
⑩ 《全唐诗》卷八三一,第 9367 页。
⑪ (唐) 刘长卿著,储仲君笺注:《刘长卿诗编年笺注》,中华书局,1996 年版,第 267 页。

意荐司马相如之事安慰马秀才,想必他一定能领会诗人的苦心孤诣,释怀些许。由送人想到自身,诗人有时也不免生发慨叹,抒发胸臆,刘希夷《饯李秀才赴举》羡慕友人"鸿鹄振羽翮,翻飞入帝乡。朝鸣集银树,暝宿下金塘",而"自怜穷浦雁,岁岁不随阳"①,哀怜自己没能得志。孟浩然《送张子容进士举》云"茂林予偃息,乔木尔飞翻",遗憾自己不如友人,嘱咐友人"无使谷风消,须令友道存"②,勿忘旧情。罗隐因《送章碣赴举》而生"顾我昔年悲玉石,怜君今日蕴风雷。龙门盛事无因见,费尽黄金老隗台"③之感慨。由此不难看出科举进士对时人心态的影响。

诗人中也有借送别之际作诗,向当权者推荐赴举者的,如孟浩然《送丁大凤进士举》云:

吾观鹡鸰赋,君负王佐才。惜无金张援,十上空归来。
弃置乡园老,翻飞羽翼摧。故人今在位,歧路莫迟回。④

诗人认为负有王佐之才的丁大凤进士,因为没有显贵的援引,以致多次上书都落空归来,怀才不遇,弃置乡园,于是向在位的张九龄推举,希望予以提携。刘禹锡《送前进士蔡京赴学究科》(时旧相杨尚书掌选)云:

耳闻战鼓带经锄,振发名声自里闾。已是世间能赋客,更攻窗下绝编书。
朱门达者谁能识,绛帐书生尽不如。幸遇天官旧丞相,知君无翼上空虚。⑤

诚如计有功所言:"盖欲荐之时相也。京以进士举登学究科,时为好及第恶科名,有锦上披蓑之诮焉。"⑥众所周知,唐代科第以进士为上,学究为下,所以蔡京受到了时人的讥笑。这样的送别诗具有多重功能,带来的是更为切实的帮助,显现了人情关系的可贵。

赴举是仕途的起点,无数士人"日日攻诗亦自强,年年供应在名场。春风驿路归何处,紫阁山边是草堂"⑦,在科举的道路上前赴后继,那些送别诗

---

① 《全唐诗》卷八二,第887页。
② (唐)孟浩然著,李景白校注:《孟浩然诗集校注》卷三,巴蜀书社,1988年版,第401页。
③ (唐)罗隐著,李之亮笺注:《罗隐诗集笺注》,岳麓书社,2001年版,第14页。
④ (唐)孟浩然著,李景白校注:《孟浩然诗集校注》卷一,巴蜀书社,1988年版,第135页。
⑤ (唐)刘禹锡著,陶敏、陶红雨校注:《刘禹锡全集编年校注》,岳麓书社,2003年版,第735页。
⑥ (宋)计有功著,王仲镛校笺:《唐诗纪事校笺》卷四十九《蔡京》,中华书局,2007年版,第1658页。
⑦ 《姚合诗集校注》卷二《送贾岛及钟浑》,第101页。

中的赏识、劝慰、祝福以及感慨，无不是科举大潮激起的朵朵浪花。

二、送别及第之人

唐代科举每年应举的人数上千，而入选及第的人数并不多，尤其进士科，可谓百里挑一。《通典》卷十五《选举三》云："其进士大抵千人得第者百一二，明经倍之，得第者十一二。"①元和十一年进士及第的周匡物有《及第谣》云："风吹金榜落凡世，三十三人名字香。"②由于及第最宜祝贺，所以为及第人送行的送别诗数量相对较多。唐人送别及第人的诗作大多是送其还归、觐省，既是人伦常情，亦是一种荣誉炫耀方式。白居易《及第后归觐留别诸同年》云：

> 十年常苦学，一上谬成名。擢第未为贵，贺亲方始荣。
> 时辈六七人，送我出帝城。轩车动行色，丝管举离声。
> 得意减别恨，半酣轻远程。翩翩马蹄疾，春日归乡情。③

"擢第未为贵，贺亲方始荣"，应该是所有及第之人的心声；"翩翩马蹄疾，春日归乡情"，是所有及第之人急切归乡的写照。柳宗元《送苑论登第后归觐诗序》云："八年冬，予与马邑苑言扬联贡于京师……明年春……二月丙子有司题甲乙之科，揭于南宫，予与兄又联登焉……夏四月，告归荆衡……群公追饯于霸陵，列筵而觞，送远之赋，珪璋交映。"④苑论字言扬，马邑（今山西朔州市朔城区东北）人，于唐德宗贞元九年（793）登第，然后归觐，长安友人列筵举觞，赋诗送远，说明一时风气如此。

中唐诗人冷朝阳于大历四年齐映榜进士及第，《唐才子传》卷四《冷朝阳》载："不待调官，言归省觐。自状元以下，一时名士大夫及诗人李嘉祐、李端、韩翃、钱起等，大会赋诗攀饯。以一布衣，才名如此，人皆羡之。"⑤钱起《送冷朝阳擢第后归金陵觐省》云：

> 莱子昼归今始好，潘园景色夏偏浓。夕阳流水吟诗去，明月青山出竹逢。
> 兄弟相欢初让果，乡人争贺旧登龙。佳期少别俄千里，云树愁看过几重。⑥

---

① 《通典》卷十五《选举三》，第357页。
② 《全唐诗》卷四九〇，第5549页。《全唐诗话》卷三载："匡物，字几本，潭州人。元和十一年，李逢吉下进士及第，时以歌诗著名"，第59页。
③ 《白居易诗集校注》卷五，第496页。
④ 《全唐文》卷五百七十七，第5836页。
⑤ 《唐才子传》卷四，第107页。
⑥ 《钱起诗集校注》，第680页。

老莱娱亲是孝子的化身,此比冷朝阳,言其衣秀昼行,荣归乡里,亲人团聚,乡人祝贺,不胜光耀。韩翃《送冷朝阳还上元》赞其"青丝绯引木兰船,名遂身归拜庆年",功名及第,因而归家省亲,家乡的美景"落日澄江乌榜外,秋风疏柳白门前。桥通小市家林近,山带平湖野寺连"①,令人留连,故里的亲人"稚子欢迎棹,邻人为扫扉。含情过旧浦,鸥鸟亦依依"②,怎能不让人急切归家呢? 钱起送人擢第归觐的诗较多,还有《送李四擢第归觐省》《送褚十一澡擢第归吴觐省》《送虞说擢第南归觐省》《送郑巨及第后归觐》等,内容以歌颂及第举子得意后省亲,怀橘孝母,彩衣娱亲为主,兼抒别情。

蜀人李余长庆三年(823)登进士第,归蜀时,张籍、姚合、贾岛、朱庆余皆有诗相送。张籍《送李余及第后归蜀》谓其"十年人咏好诗章,今日成名出举场",十年间以诗章知名,为时人喜爱,今日果然得高第,秀出举场。"归去唯将新诰牒,后来争取旧衣裳",携带皇帝颁赠的新科进士及第书状,一路经过"山桥晓上芭蕉暗,水店晴看芋草黄",得到邻里乡亲的举觞祝贺,"乡里亲情相见日,一时携酒贺高堂"③。姚合、贾岛、朱庆余三人有同题诗《送李余及第归蜀》,姚合诗云"十年作贡宾,九年多遭回",贾岛诗云"知音伸久屈,觐省去光辉"④,与张籍诗"十年人咏好诗章"之意相照应,可知其得第来之不易。朱庆余诗云:

  从得高科名转盛,亦言归去满城知。发时谁不开筵送,到处人争与马骑。

  剑路红蕉明栈阁,巴村绿树荫神祠。乡中后辈游门馆,半是来求近日诗。⑤

姚合诗又云"春来登高科,升天得梯阶。手持冬集书,还家献庭闱。人生此为荣,得如君者稀"⑥,说明送登第者回乡是当时风气,人们以"手持冬集书,还家献庭闱"为人生荣耀,乡里人亦对此极为重视。诗人朱庆余是越州人,名可久,受知于张籍,登宝历进士第,归越时,张籍、姚合同样有诗为之送行。张籍《送朱庆余及第归越》从越州归路和风土写起,"东南归路远,几日到乡中。有寺山皆遍,无家水不通。湖声莲叶雨,野气稻花风",结以"州县知名

---

① 《全唐诗》卷二四五,第 2752 页。
② 《全唐诗》卷二〇六《送冷朝阳及第东归江宁》,第 2151 页。
③ 《张籍集注》,第 181 页。
④ 《贾岛诗集笺注》,第 118 页。
⑤ 《全唐诗》卷五一四,第 5875 页。
⑥ 《姚合诗集校注·姚少监诗集外编》,第 597 页。

久,争邀与客同"①,州县地方人士乡亲,久闻朱庆余诗名,知其及第,争相邀请,奉为上宾。姚合《送朱庆余及第后归越》云:

> 劝君缓上车,乡里有吾庐。未得同归去,空令相见疏。
> 山晴栖鹤起,天晓落潮初。此庆将谁比,献亲冬集书。②

姚合曾出任荆、杭州刺史,故诗中说"乡里有吾庐",结尾归到朱庆余回家省亲,以冬试中第作为献礼,荣耀家族,光显门面。

对于屡失科场的及第人来说,归乡的意义就更重要,如许棠,"久困名场,咸通末,戴佐大同军幕,棠往谒之,一见如旧相识。留连数月,但诗酒而已,未尝问所欲。一旦,大会宾友,命使者以棠家书授之。棠惊愕,莫知其来。启缄,即知戴潜遣一介恤其家矣。"③由于久困名场,家庭状况可想而知,故当咸通十二年五十岁登进士第后,回归故乡宣州时,因"雅调一生吟,谁为晚达心","傍人贺及第,独自却沾襟"④,喜极而泣泪,感慨不胜言,"高科终自致,志业信如神"的许棠,终于"待得逢公道",于是"秋归方觉好"⑤。这一个"好"字,岂能了得登第后回乡的复杂感情!王谠《唐语林》卷七记载,许棠常言于人曰:

> 往者未成事,年渐衰暮,行倦达官门下,身疲且重,上马极难。自喜得第来筋骨轻健,揽辔升降,犹愈于少年。则知一名,乃孤进之还丹。⑥

不难看出,及第犹如灵丹妙药,能够治愈所有不得志者的抑郁症。

不看重及第的也大有人在,如顾非熊,"姑苏人,况之子也。少俊悟,一览辄能成诵。工吟,扬誉远近。性滑稽好辩,颇杂笑言。凌轹气焰子弟,既犯众怒,挤排者纷然。在举场角艺三十年,屈声破人耳。会昌五年,谏议大夫陈商放榜。初,上洽闻非熊诗价,至是怪其不第,敕有司进所试文章,追榜放令及第。刘得仁贺以诗曰:'愚为童稚时,已解念君诗。及得高科早,须逢圣主知。'授盱眙主簿,不乐拜迎,更厌鞭挞,因弃官归隐。王司马建送诗云:'江城柳色海门烟,欲到茅山始下船。知道君家当瀑布,菖蒲潭在草堂前。'一时饯别吟赠俱名流。不知所终。或传住茅山十余年,一旦遇异人,相随入

---

① 《张籍集注》,第 122 页。
② 《姚合诗集校注》卷二,第 71 页。
③ 《全唐诗话》卷四《马戴》,第 77 页。
④ 《全唐诗》卷六三八《送许棠及第归宣州》,第 7307 页。
⑤ 《全唐诗》卷五八八《送许棠及第归宣州》,第 6822 页。
⑥ 《唐语林校证》卷七《补遗》,第 677 页。

深谷,不复出矣。"①项斯、厉玄皆有《送顾非熊及第归茅山》诗。项斯诗云"吟诗三十载,成此一名难。自有恩门入,全无帝里欢",确实是"在举场角艺三十年,屈声破人耳"。"湖光愁里碧,岩景梦中寒。到后松杉月,何人共晓看"②,言其归茅山隐居也。厉玄诗云:

  故山登第去,不似旧归难。帆卷江初夜,梅生洞少寒。
  采薇留客饮,折竹扫仙坛。名在仪曹籍,何人肯挂冠。③

羡慕顾非熊以隐居为乐,不为官累。虽然也是历尽波折始登第,但并不能束缚他归山采薇折竹的逸情。顾非熊也曾作《送友人及第归苏州》云:"见君先得意,希我命还通。不道才堪并,多缘蹇共同。鹤鸣荒苑内,鱼跃夜潮中。若问家山路,知连震泽东。"④诗中流露出知命安天的隐士心态。

"岂易及归荣,辛勤致此名"⑤、"无数沧江客,如君达者稀"⑥的幸运登第之人,每每"去马疾如飞,看君战胜归。新登郄诜第,更着老莱衣"⑦,归心似箭回乡觐省,"到家拜亲时,入门有光荣。乡人尽来贺,置酒相邀迎"⑧,显耀无比,尊崇有加。这种"郡守招延重,乡人慕仰齐"⑨的现象,正是"乡俗稀攀桂,争来问月宫"⑩风尚的体现。进士科举者,"及夫秀士升贡,有司处之以上第,时辈归之以高名,飘飘然有排大风摩青天之势。今岁后四月,谢诸朋游,轻骑东出,且以五彩之服,拜庆于庭闱,荣哉,孝乎!"⑪及第归觐也是一种为孝之行,时尚重之乃势之然也。

三、送别落第之人

  如果说送别及第之士是锦上添花,那么送别落第之人则无异于雪中送炭。唐代科举落第应该更为常见,"三十老明经,五十少进士",说明落第人、落第次数极其频繁。宋·王谠《唐语林》卷二《文学》云:

  大中、咸通之后,每岁试礼部者千余人,其间有名声,如:何植、李

---

① 《唐才子传校笺》卷七《顾非熊》,第 351—355 页。
② 《项斯诗注》,第 51 页。
③ 《全唐诗》卷五一六,第 5898 页。
④ 《全唐诗》卷五〇九,第 5783 页。
⑤ 《全唐诗》卷六三八《送友人及第归江南》,第 7320 页。
⑥ 《全唐诗》卷二四四《送李秀才归江南》(一作《送孙革及第归江南》),第 2740 页。
⑦ 《岑嘉州诗笺注》卷三《送蒲秀才擢第归蜀》,第 571 页。
⑧ 《岑嘉州诗笺注》卷一《送许子擢第归江宁拜亲因寄王大昌龄》,第 15 页。
⑨ 《全唐诗》卷八一三《送邵锡及第归湖州》,第 9157 页。
⑩ 《全唐诗》卷七〇二《送友人及第归》,第 8073 页。
⑪ 《全唐文》卷五百十八《送韦十六进士及第后东归序》,第 5269 页。

玫、皇甫松、李孺犀、梁望、毛浔、具麻、来鹄、贾隨,以文章称;温庭筠、郑渎、何涓、周铃、宋耘、沈驾、周繫,以词翰显;贾岛、平曾、李淘、刘得仁、喻坦之、张乔、剧燕、许琳、陈觉,以律诗传;张维、皇甫川、郭鄩、刘庭辉,以古风著。虽然,皆不中科。①

当时非常有名的文人,都有落第的经历。五代·王定保《唐摭言》卷二载:

> 黄颇以洪奥文章,蹉跎者一十三载;刘篆以平漫子弟,汩没者二十一年。温歧滥窜于白衣,罗隐负冤于丹桂。②

更有甚者,几十年都不中第。《全唐文》卷八百八十九韦庄《乞追赐李贺皇甫松等进士及第奏》曰:

> 词人才子,时有遗贤。不沾一命于圣明,没作千年之恨骨。据臣所知,则有李贺、皇甫松、李群玉、陆龟蒙、赵光远、温庭筠、刘德仁、陆逵、傅锡、平曾、贾岛、刘稚珪、罗邺、方干,俱无显遇,皆有奇才。丽句清词,遍在词人之口;衔冤抱恨,竟为冥路之尘。伏望追赐进士及第,各赠补阙拾遗。见存惟罗隐一人,亦乞特赐科名,录升三级,便以特敕,显示优恩。俾使已升冤人,皆沾圣泽;后来学者,更励文风。③

这些文献都直接或间接告诉后人,落第乃科举士人之常事,而且落第并不损害才能之士的超众才华,如李贺、陆龟蒙、温庭筠等等。大量的送别落第人诗作,透露了时人对落第的心态及评判,如韦应物《送别覃孝廉》云:

> 思亲自当去,不第未蹉跎。家住青山下,门前芳草多。
> 秭归通远徼,巫峡注惊波。州举年年事,还期复几何。

全诗"说得心平气和,送不第人,自应如是"④。人们能以平常心看待落第,尤其难能可贵。岑参《送杜佐下第归陆浑别业》云:

> 正月今欲半,陆浑花未开。出关见青草,春色正东来。
> 夫子且归去,明时方爱才。还须及秋赋,莫即隐嵩莱。

沈德潜论曰:

> "芙蓉生在秋江上,不向东风怨未开",安分语耳。此诗纯用慰勉,

---

① 《唐语林校证》卷二《文学》,第157页。
② 《唐摭言》卷二,第16页。
③ 《全唐文》卷八百八十九,第9287—9288页。
④ 《唐诗别裁集》,第160页。

心和气平,盛唐人身分,故不易到。①

唐代发达的科举制度,已经使人们能够客观对待考场失利,并且认为下第并不凄惨,"州举年年事","夫子且归去","还须及秋赋",尚有来年可期待,人们对落第似乎有足够的心理准备,故能以正常心态对待之。若从下第人的去处来看,一般是云游四方、归隐山林,最普遍的是归乡回家,探望亲人。

钱起有多首送下第人客游的送别诗,极具代表性。《送郭秀才制举下第南游》云:

> 失志思浪迹,知君晦近名。出关尘渐远,过郢兴弥清。
> 山尽溪初广,人闲舟自行。探幽无旅思,莫畏楚猿鸣。②

"失志思浪迹"正是下第人出游的心理动机,"出关尘渐远"一路南下直至郢楚,"探幽无旅思"的落第人,因之忘却了一切烦忧。《送李秀才落第游荆楚》云:

> 翠羽虽成梦,迁莺尚后群。名逃邻诜策,兴发谢玄文。
> 昏旦扁舟去,江山几路分。上潮吞海日,归雁出湖云。
> 诗思应须苦,猿声莫厌闻。离居见新月,那得不思君。③

从榜上无名而"兴发谢玄文"求道养寿写起,借"上潮吞海日,归雁出湖云"的美景,化解失意之人的愁闷。刘驾《送友下第游雁门》云:

> 雁门春色外,四月雁未归。主人拂金台,延客夜开扉。
> 舒君郁郁怀,饮彼白玉卮。若不化女子,功名岂无期。④

也是希望雁门春色胜景,能"舒君郁郁怀",祝愿友人早日取得功名。韩翃《送李渻下第归卫州便游河北》劝诫李渻"莫嗟太常屈,便入苏门啸",不要着急言归隐。"屡道主人多爱士,何辞策马千余里。高谭魏国访先生,修刺平原过内史",应去访问高谈博学之士,拜谒著名文人。"一举青云在早秋,恐君从此便淹留。有钱莫向河间用,载笔须来阙下游"⑤,应有青云之志,不要把钱用于妓女,及早返回京城赴试。这种关怀直截了当,使人警醒。马戴的前半生屡试不第,长期留滞长安及关中一带,与姚合、贾岛等为诗友,姚合《送马戴下第客游》诗云:

---

① 《唐诗别裁集》,第 144 页。
② 《钱起诗集校注》,第 365 页。
③ 同上,第 501 页。
④ 《全唐诗》卷五八五,第 6774 页。
⑤ 《全唐诗》卷二四三,第 2729 页。

>　　昨夜送君处，亦是九衢中。此日殷勤别，前时寂寞同。
>　　鸟啼寒食雨，花落暮春风。向晚离人别，筵收樽未空。①

长安寒食之时，暮春之别令人不堪，诗人却只言殷勤饮酒，并不提及下第之事，一片情谊尽在其中，是又一种理解关怀支持。天宝三载（744），刘长卿因应举不第，遂东游曹州，归京应试时有《题冤句宋少府厅留别》云：

>　　顾予倦栖托，终日忧穷匮。开口即有求，私心岂无愧。
>　　幸逢东道主，因辍西征骑。对话堪息机，披文欲忘味。
>　　壶觞招过客，几案无留事。绿树映层城，苍苔覆闲地。
>　　一言重然诺，累夕陪宴慰。②

诗人感激曹州冤句宋少府的慷慨相助，酒食招待，以及知遇之恩。反观此诗亦说明失第志士所到之处，人们都能给予资助和安慰。下第之人并不因下第而示弱屈膝，最是令人敬佩。包谊，江浙人，下第游汉南，宋·王谠《唐语林》卷四记载，包谊与"刘太真相会辩难。刘辞屈，责其不敬，谊掷杯中其额。后太真为礼部侍郎，谊应举。太真览其文卷于包侍郎佶之家。初甚惊叹，及视其名，乃包谊也，遂默然。至出榜，宰相欲有去留，面问太真换一名，太真不能对；忽记谊之姓名，遽言之，遂中等"③。包谊冒着受制于人的风险，依然我行我素，这正是下第客游之士的风度气质所在。

送落第人还山归隐的送别诗，反映了应举之士的另一种情怀，如李频《送友人下第归感怀》所言"帝里春无意，归山对物华"④，山中自有适人处，一定能舒畅君之愁怀。岑参《送胡象落第归王屋别业》云：

>　　看君尚少年，不第莫凄然。可即疲献赋，山村归种田。
>　　野花迎短褐，河柳拂长鞭。置酒聊相送，青门一醉眠。⑤

诗人认为胡象尚且年少，不第也无须凄然，如果倦于求取仕进，那就归山种田，早晚"野花迎短褐，河柳拂长鞭"，岂不惬意哉！陆畅《送独孤秀才下第归太白山》写得意气飞扬，明朗洒脱，"逸翮暂时成落羽，将归太白赏灵踪。须寻最近碧霄处，拟倩和云买一峰"⑥，令人神清目爽，失意之感倏忽全无。然而虽说是"出关心纵野，避世事终稀"，毕竟"吾君设礼闱，谁合学忘机。

---

① 《姚合诗集校注》卷二，第 104 页。
② 《刘长卿诗编年笺注》，第 7 页。
③ 《唐语林校证》卷四《自新》，第 355 页。
④ 《全唐诗》卷五八九，第 6843 页。
⑤ 《岑嘉州诗笺注》卷三，第 548 页。
⑥ 《全唐诗》卷四七八，第 5444 页。

却是高人起,难为下第归"①。无论如何,下第不过是"半年犹小隐,数日得闲行",在山中"映竹窥猿剧,寻云探鹤情"之后,"莫便多时住,烟霄路在城"②,最终还是要回到京城的,赶考希望及第永远是士人排遣不了的情结。李白《送于十八应四子举落第还嵩山》是一首独特的送别诗,反映了道举应时而设的情况。诗云:

> 吾祖吹橐钥,天人信森罗。归根复太素,群动熙元和。
> 炎炎四真人,摘辩若涛波。交流无时寂,杨墨日成科。
> 夫子闻洛诵,夸才才固多。为金好踊跃,久客方蹉跎。
> 道可束卖之,五宝溢山河。劝君还嵩丘,开酌盼庭柯。
> 三花如未落,乘兴一来过。③

诗从"吾祖吹橐钥,天人信森罗"叙起,说明道教人数极多,"炎炎四真人"于是渐渐行成道士科举。"开元二十九年正月三日,于元元皇帝庙置崇元博士一员,令学生习《道德经》《庄子》《文子》《列子》,待习业成后,每年随贡举人例送至省,准明经例考试"④。这即是道教四子举,于十八应四子科举落第,李白宽慰他何不到嵩山领略大自然的美景呢,极富浪漫风格。这些高逸超群的下第之士,"高怀无近趣,清抱多远闻。欲识丈夫志,心藏孤岳云"⑤,借山林幽美释放了胸中的科考块垒,重新获得新生。

相对于漫游、归山,落第回乡觐省的人还是多数,自然完全不同于及第归乡士人的荣光显耀,杜荀鹤《下第东归道中作》中的心理描写具有一定代表性,诗云:

> 一回落第一宁亲,多是途中过却春。心火不销双鬓雪,眼泉难濯满衣尘。
> 苦吟风月唯添病,遍识公卿未免贫。马壮金多有官者,荣归却笑读书人。⑥

诗人于旅途中度过春日,因奔波而双鬓生出白发,布衣积满尘土,贫病遭人嘲笑,心情充满痛苦矛盾,以故此类送别诗往往从言外劝慰落第之人,含蓄委婉,富于人情韵味。故里亲情永远是人生无从割舍的归宿,卢纶《送潘述

---

① 《全唐诗》卷五八七《送许寿下第归东山》,第6816页。
② 《姚合诗集校注》卷二《送狄兼谟下第归故山》,第86页。
③ 《李太白全集》卷十七,第812页。
④ 《唐会要》卷六十四《史馆杂录下·崇元馆》,第1121页。
⑤ 《孟郊诗集笺注》卷七《送温初下第》,第359页。
⑥ 《全唐诗》卷六九二,第7959页。

应宏词下第归江南》云"感年怀阙久,失意梦乡多"①,李频《送友人下第归宛陵》云"天涯长恋亲,阙下独伤春"②,许浑《送王总下第归丹阳》云"旧乡还有故人知"③,孟郊《送别崔寅亮下第》云"故乡饶薜萝"④,郑谷《送进士赵能卿下第南归》云"不归何慰亲"⑤,罗隐《送进士臧濆下第后归池州》云"珍重彩衣归正好,莫将闲事系升沉"⑥。家乡有亲人故知,有熟悉的山水草木,有相宜的风土环境,都足以慰藉下第人的痛苦心灵。王维《送綦毋潜落第还乡》云:

> 圣代无隐者,英灵尽来归。遂令东山客,不得顾采薇。
> 既至金门远,孰云吾道非。江淮度寒食,京洛缝春衣。
> 置酒长安道,同心与我违。行当浮桂棹,未几拂荆扉。
> 远树带行客,孤城当落晖。吾谋适不用,勿谓知音稀。⑦

沈德潜评"远树带行客,孤城当落晖"曰"如画"。论"吾谋适不用,勿谓知音稀"曰"反复曲折,使落第人绝无怨尤"⑧。确实是善解人意之语,写景烘托,极尽勉励,引人共鸣。钱起《送褚大落第东归》想象褚大"昨梦芳洲采白蘋,归期且喜故园春",告诉他"稚子只思陶令至,文君不厌马卿贫。剡中风月久相忆,池上旧游应再得。酒熟宁孤芳杜春,诗成不枉青山色",自己甚至"念此那能不羡归",生出羡慕之情,"他日东流一乘兴,知君为我扫荆扉"⑨,说不定哪一天就会去拜访他。这种山水风月、知己诗酒的文人雅兴生活,对落第之人具有无穷的魅力。白居易《送常秀才下第东归》却劝人以酒消愁,"百忧当二月,一醉直千金。到处公卿席,无辞酒醆深"⑩,所到之处尽管畅饮,莫要推辞。

归觐父母,侍奉高堂,是下第人的共同心愿。刘得仁《送友人下第归觐》云:

> 君此卜行日,高堂应梦归。莫将和氏泪,滴着老莱衣。
> 岳雨连河细,田禽出麦飞。到家调膳后,吟苦落蝉晖。⑪

---

① 《卢纶诗集校注》卷一,第16页。
② 《全唐诗》卷五八七,第6818页。
③ 《丁卯集笺证》,第207页。
④ 《孟郊诗集笺注》卷七,第356页。
⑤ 《全唐诗》卷六七四,第7708页。
⑥ 《罗隐集笺注》,第121页。
⑦ 《王维诗注》,第60页。
⑧ 《唐诗别裁集》卷一,第13页。
⑨ 《钱起诗集校注》,第55页。
⑩ 《白居易诗集校注》卷三十一,第2404页。
⑪ 《全唐诗》卷五四四,第6294页。

反映了父母与子女息息相通的血脉亲情，高堂梦萦儿女，子女不应该让父母伤心流泪，赶紧回家调膳端茶奉养高堂吧。俞陛云评曰：

> 诗以言性情，此等诗最能动人天性。意谓君虽下第而归，堂上方倚闾咄指，决不以归人失意，减其慈爱。勿效和氏之抱玉而泣，以伤亲心，失舞彩娱亲之意。是真能赠人以言者。余曾五次下第，游子远归，重堂抚慰有加，下喜极沾巾之泪。垂老诵此诗，与《蓼莪》同感也。①

实乃肺腑之言。朱庆余《送崔约下第归淮南觐省》有句"远忆拜亲留不住"②，正是落第人急切返乡的心理写照。岑参《送陶铣弃举荆南觐省》感伤"明时不爱璧"，欣赏陶铣"轻五侯"，"采兰度汉水，问绢过荆州。异国有归兴，去乡无客愁"③，言其品行清白高洁，一心归乡省亲，全无客愁失意之忧。李洞《下第送张霞归觐江南》中的张霞，也是下第之人，从"此道背于时，携归一轴诗"可以看出，归觐途中所见是"树沉孤鸟远，风逆蹇驴迟。草入吟房坏，潮冲钓石移"，满眼愁绪，临近家门却"恐伤欢觐意，半路摘愁髭"④，为了让父母欢愉，半道上拔掉了白胡须。下第人在家乡经过亲情安抚，恩爱滋润，调整休养，重新获得了力量后，多数还是要再赴举场的，喻凫《送友人下第归宁》就说"旋应赴秋贡，讵得久承欢"⑤；赵嘏《送裴延翰下第归觐滁州》也说"一枝攀折回头是，莫向清秋惜马蹄"⑥。诸如"栖云自匪石，观国暂同尘"⑦、"晨昏心已泰，蝉发是回时"⑧、"在鸟终为凤，为鱼须化鲲。富贵岂长守，贫贱宁有根。丈夫志不大，何以佐乾坤。昼短疾于箭，早来献天言。莫恋苍梧畔，野烟横破村"⑨、"虽为半年客，便是往来鸿"⑩之类的诗句，皆是重返举场的意思。毋庸讳言，顺随潮流以及第为荣，立志报效朝廷还是大势所趋。

苦苦追求名第功业的下第之人，即使"献策不得意，驰车东出秦"⑪，"献

---

① 《诗境浅说》，第 39 页。
② 《全唐诗》卷五一四，第 5876 页。
③ 《岑嘉州诗笺注·补遗》，第 701 页。
④ 《全唐诗》卷七二一，第 8274 页。
⑤ 《全唐诗》卷五四三，第 6269 页。
⑥ 《全唐诗》卷五四九，第 6357 页。
⑦ 《全唐诗》卷三四九《送高士安下第归岷南宁觐》，第 3907 页。
⑧ 《全唐诗》卷五四四《送友人下第归扬州觐省》，第 6294 页。
⑨ 《全唐诗》卷六〇五《送从弟长安下第南归觐亲》，第 6997 页。
⑩ 《全唐诗》卷五八七《送友人下第归越》，第 6818 页。
⑪ 《全唐诗》卷二八六李端《送郭良辅下第东归》，第 3278 页。

赋头欲白,还家衣已穿"①,也并不绝望沮丧,"但取诗名远,宁论下第频"②,"早晚逢人苦爱诗"③,才是他们的真性情。时人也认同这一价值观念,贾岛《送沈秀才下第东归》即云"下第子不耻,遗才人耻之"④,孰荣孰耻,了然分明。元代辛文房《唐才子传》卷七载:

> 任蕃,会昌间人,家江东,多游会稽苕、霅间。初亦举进士之京,不第,榜罢,进谒主司曰:"仆本寒乡之人,不远万里,手遮赤日,步来长安,取一第荣父母不得,侍郎岂不闻江东一任蕃,家贫吟苦,忍令其去如来日也! 敢从此辞,弹琴自娱,学道自乐耳。"主司惭,欲留不可得。⑤

任蕃归江湖后,专尚声调,凡作诗必使人改视易听,其风度可以想见。

落第之人的留别诗和送下第人的送别诗相比,由于诗人亲身遭遇了挫折,故诗中多以抒发胸中块垒、表白心志为主。孟郊曾多次不第,宋人葛立方《韵语阳秋》卷十八云:

> 孟郊《落第诗》曰:"弃置复弃置,情如刀刃伤。"《再下第诗》曰:"一夕九起嗟,梦短不到家。"《下第东南行》曰:"江蓠伴我泣,海月投人惊。"愁有余矣。《下第留别长安知己》云:"岂知鶗鴂鸣,瑶草不得春。"《失意投刘侍御》云:"离娄岂不明,子野岂不聪? 至宝非眼别,至音非耳通。"《叹命》云:"题诗怨还怨,问《易》蒙复蒙。本望文字达,今因文字穷。"怨有余矣。⑥

孟郊的愁和怨具有一定的普遍意义,是当时情况下人们遭受打击后情绪的直接表露,但这种一味的愁怨在经过理性规范后,很快就会调整为有节制的排遣抒写。如孟郊在《下第东归留别长安知己》中所云:

> 共照日月影,独为愁思人。岂知鶗鴂鸣,瑶草不得春。
> 一片两片云,千里万里身。云归嵩之阳,身寄江之滨。
> 弃置复何道,楚情吟白蘋。⑦

尽管仍然愁,仍然怨,但终能"弃置复何道,楚情吟白蘋",释怀于自然山水草

---

① (唐)岑参著,廖立笺注:《岑嘉州诗笺注》卷三《送孟孺卿落第归济阳》,中华书局,2004年版,第542页。
② 《全唐诗》卷五一四朱庆余《送顾非熊下第归》,第5869页。
③ 《全唐诗》卷六七六郑谷《送进士王驾下第归蒲中》(时行朝在西蜀),第7744页。
④ (唐)贾岛著,黄鹏笺注:《贾岛诗集笺注》,巴蜀书社,2002年版,第26页。
⑤ 《唐才子传》卷七,第347页。
⑥ (宋)葛立方:《韵语阳秋》,上海古籍出版社,1979年版,第244页。
⑦ 《孟郊诗集笺注》卷三,第129页。

木。宝应元年（762），戎昱长安应考下第，辞别顾侍郎时作《下第留辞顾侍郎》云：

> 绮陌彤彤花照尘，王门侯邸尽朱轮。城南旧有山村路，欲向云霞觅主人。①

诗人将自己在长安所见王侯门前车马填塞的景象，与城南山村的荒凉相对照，流露了遁入深山寻觅"主人"（隐士）的想法。诗人卢纶"大历初，数举进士不入第"②，于是作诗《落第后归山下旧居留别刘起居昆季》记曰：

> 寂寞过朝昏，沈忧岂易论。有时空卜命，无事可酬恩。
> 寄食依邻里，成家望子孙。风尘知世路，衰贱到君门。
> 醉里因多感，愁中欲强言。花林逢废井，战地识荒园。
> 怅别临晴野，悲春上古原。鸟归山外树，人过水边村。
> 潘岳方称老，嵇康本厌喧。谁堪将落羽，回首仰飞翻。③

诗中的寂寞、沉忧、寄食、衰贱、愁、怅、悲、厌等字眼，透露了诗人复杂真实的内心，最后以潘岳、嵇康之志自比，不去羡慕飞腾之人。许浑曾作两首落第留别诗，颇具洒脱豪迈之情。《下第别友人杨至之》云"孤剑北游塞，远书东出关。逢君话心曲，一醉灞陵间"④，《留别裴秀才》云"三献无功玉有瑕，更携书剑客天涯。孤帆夜别潇湘雨，广陌春期鄠杜花。灯照水萤千点灭，棹惊滩雁一行斜。关河迢递秋风急，望见乡山不到家"⑤，两诗中都表白了怀才不遇，屡举不第，客游塞外天涯的豪情。

"当春别帝乡"，"年华落第老"的下第人，有时也"怀亲暂归去，非是钓沧浪"⑥，他们"连天风雨一行人"，"万里家山归养志"⑦，只因为"别心悬阙下"，"唯畏重回日，初情恐不同"⑧，他们并不能忘却公堂科场，经过一段时间的调适休养，从亲人那里获得慈爱动力后，有的也会重新赴举，直至金榜题名，如愿以偿。唐人对于下第之人的态度，可以借用高适的《送桂阳孝廉》作为代言："桂阳年少西入秦，数经甲科犹白身。即今江海一归客，他日云霄

---

① 《戎昱诗注》，第 67 页。
② 《新唐书》卷二百三《文艺传下》，第 5785 页。
③ 《全唐诗》卷二七六，第 337 页。
④ 《丁卯集笺证》，第 44 页。
⑤ 同上，第 165 页。
⑥ 《全唐诗》卷六九一《下第东归别友人》，第 7942 页。
⑦ 《全唐诗》卷七〇五《下第东归留辞刑部郑郎中诚》，第 8108 页。
⑧ 《全唐诗》卷六〇四《下第东归留别郑侍郎》，第 6979 页。

万里人。"①这种阔达的心态,也是大唐雄浑气魄在科举文化中的体现。

  要之,唐代浓郁的科举风尚,既体现在送人赴举的赞誉祝福话语中,也表现在送及第人归觐行孝的荣耀中,更隐藏于无数送别下第人的吟咏慨叹情怀中。

---

① 《高适诗集编年笺注》,第299页。

第七章　唐代送别诗与民族风情

"风情"一词是"风俗民情"的诗化概括，是地域文化、民族文化的体现，通常指向一个民族或某一地区的民众，在特定历史地理环境下形成的风尚、喜好、传统和禁忌等，表现于饮食、服饰、居住、婚恋、语言、信仰、节庆、娱乐、交通及生产等诸多方面，广泛流行于民间。唐代社会以其在封建时代中独有的繁盛地位，形成了许多具有开创意义且影响延及后世的风俗，也产生了众多遍及大江南北的特色民情，丰富了中华民族的文化。而这些无文的风俗民情正可以从有文的文学中看出，金克木《文化的解说》谈"无文的文化"说："文字的文化发展自己的文学，无文字的文化也发展自己的文学。有文字的仍然在无文字的包围中。"①唐代的社会民俗深受诗歌的浸润和影响，唐诗中浓缩了一个朝代的文化，综览唐人的送别诗，为我们留下了大量的唐代社会风情画卷，而这正是我们民族的宝藏。兹分别从地方风俗、逸情雅趣、离合故事、民族往来等方面，对唐代社会风情做一展示。

第一节　殊异的地方风情

山川之胜，与精神有相发者也。元人方回论地域风土云："广谷大川异制，民生其间异俗，读《禹贡》《周官》《史记》所纪，不如读此所选诗，亦不出户而知天下之意也。"②方回所选风土类诗中即有许多送别诗。常言道"一方水土一方人"，"十里不同风，百里不同俗"，地方风景风情永远是别具一格的乡土文化，送别诗中由于行人的足迹各不相同，无所不至，诗人们描写各地风情的送别诗，披沙拣金，猎奇摄彩，无不炫目动人，辉映千古。

---

① 金克木：《文化的解说》，中国人民大学出版社，2007年版，第103页。
② 《瀛奎律髓汇评》卷四《风土类》，第150页。

一、江南美无家水不通

江南好，风景旧曾谙，可以慰离情，送别诗中对江南美景的描写，寄寓了对离人的深深祝福。唐代送别诗中对江南景色的着意美饰刻画，往往多寄寓有抒写离情的深意。韩翃《送客游江南》云：

> 南使孤帆远，东风任意吹。楚云殊不断，江鸟暂相随。
> 月净鸳鸯水，春生豆蔻枝。赏称佳丽地，君去莫应知。①

诗人将江南最常见的景色予以拟人化的描写，言楚云不断，江鸟相随，鸳鸯戏水，豆蔻立枝，仿佛是陪伴客人孤寂的旅途，赞江南为佳丽地适宜赏称，更是化解离愁之语。耿湋《送友人游江南》云：

> 远别悠悠白发新，江潭何处是通津。潮声偏惧初来客，海味唯甘久住人。
> 漠漠烟光前浦晚，青青草色定山春。汀洲更有南回雁，乱起联翩北向秦。②

虽然远别令人白发生，旅途亦多艰险，但诗人立意描写江南的潮声海味以及草色春光，还有汀洲大雁，无形中冲淡了浓浓的离愁别情。皇甫冉《送裴员外往江南》云：

> 分务江南远，留欢幕下荣。枫林萦楚塞，水驿到溢城。
> 岸草知春晚，沙禽好夜惊。风帆几泊处，处处暮潮清。③

裴员外因为分务到江南任职，诗人切合沿途路线，把江南风景一一道出，岸草沙禽似有灵性，风帆暮潮如意清明，表达了对友人的美好希冀。李颀《赠别穆元林》中云："转浦云壑媚，涉江花岛连。绿芳暗楚水，白鸟飞吴烟。"④穆元林大概因怀才不遇，准备去江南，诗人想象一路所见景色，希望江南美景能化解其心境，言外有为之鸣不平之意。

送人前往江南游吴越的送别之作最多，李频《送人游吴》云："楚田开雪后，草色与君看。积水浮春气，深山滞雨寒。毗陵孤月出，建业一钟残。"⑤通篇写景，春田草色，深山春雨，毗陵孤月，建业残钟，吴地美景尽收眼底，其

---

① 《全唐诗》卷二四四，第 2738 页。
② 《全唐诗》卷二六九，第 3002 页。
③ 《全唐诗》卷二五〇，第 2827 页。
④ 《李颀诗评注》，第 85 页。近人岑仲勉先生谓穆元林当作穆元休，盖由休、林形似致误。
⑤ 《全唐诗》卷五八七，第 6814 页。

中暗寓依依离情别绪。张籍《送从弟戴玄往苏州》云:

> 杨柳闾门路,悠悠水岸斜。乘舟向山寺,着屐到渔家。
> 夜月红柑树,秋风白藕花。江天诗景好,回日莫言赊。①

写出了苏州山水相连、风景逦丽的自然美。方回评曰:"此苏州风景。'乘舟''着屐'一联,脍炙人口。'红柑''白藕'一联,太绮。故尾句放宽,不然冗矣。"②贾岛《送朱可久归越中》云:

> 石头城下泊,北固瞑钟初。汀鹭潮冲起,船窗月过虚。
> 吴山侵越众,隋柳入唐疏。日欲供调膳,辟来何府书。

总括了吴越之景,其中"汀鹭潮冲起,船窗月过虚"一联,观察入微,受到推崇。方回论曰:"汀上之鹭,潮冲之而见其起;舟中之窗,月过之而见其虚。可谓善言吴中泊舟之趣。'吴山''隋柳'一联,近乎妆砌太过。"③刘长卿有多首送人游越的送别诗,写景之笔充满赞美,如《送陶十赴杭州摄掾》云"浙中山色千万状,门外潮声朝暮时"④,总写山水之美,山色多变,潮声无尽。《送崔处士先适越》云:

> 山阴好云物,此去又春风。越鸟闻花里,曹娥想镜中。
> 小江潮易满,万井水皆通。徒羡扁舟客,微官事不同。⑤

起首即夸山阴景物好,春风鸟鸣花香,镜湖有优美的孝女曹娥传说,江水相连,扁舟纵横,令人心生艳羡。又《无锡东郭送友人游越》云:

> 烟水乘湖阔,云山适越初。旧都怀作赋,古穴觅藏书。
> 碑缺曹娥宅,林荒逸少居。江湖无限意,非独为樵渔。⑥

越地辽阔的湖面上烟云缥缈,越国旧都最宜作赋展文采,上会稽禹穴可探古册,越州山阴有王羲之逸少故居,无限风光引人瞩目。李白《送友人寻越中山水》也写到了西陵,诗云:"闻道稽山去,偏宜谢客才。千岩泉洒落,万壑树萦回。东海横秦望,西陵绕越台。"又云:"湖清霜镜晓,涛白雪山来。八月枚乘笔,三吴张翰杯。此中多逸兴,早晚向天台。"⑦李白倍爱越中山水,诸多

---

① 《张籍集注》,第 121 页。
② 《瀛奎律髓汇评》卷四《风土类》,第 159 页。
③ 《瀛奎律髓汇评》卷二十四《送别类》,第 1052 页。
④ 《刘长卿诗编年笺注》,第 524 页。
⑤ 同上,第 131 页。
⑥ 同上,第 518 页。
⑦ 《李太白全集》卷十六,第 764 页。

岩泉秀美,湖清涛白,才子古迹,一言以蔽之曰"此中多逸兴",给友人指出了观赏路线。张籍《送越客》云:

> 且说孤帆去,东南到会稽。春云剡溪口,残月鉴湖西。
> 水鹤沙边立,山鼯竹里啼。谢家曾住处,烟洞入应迷。①

满目尽是越地水上好风景,剡溪云,鉴湖月,沙边鹤,竹山鼯,美不胜收,加之东晋谢安谢玄曾经居住于此,谁人能不向往。难怪诗人们离开江南时莫不怨怒不已,如姚合《别杭州》云:

> 醉与江涛别,江涛惜我游。他年婚嫁了,终老此江头。②

诗人以身相许江涛,江南风景令无数英雄竞折腰。

江南风物美,吸引离人往,送别诗中多有所描写,以之消解离愁别绪。相对北国而言,江南风土奇异,水域辽阔,物产丰富,尤其引人留恋,韩翃《送客游江南》中云"衣香楚山橘,手鲙湘波鱼"③,姚合《送盛秀才赴举》中云"重重吴越浙江潮,刺史何门始得消。橘村篱落香潜度,竹寺虚空翠自飘"④,两位诗人都对江南的橘子印象深刻,一云"衣香楚山橘",一云"橘村篱落香潜度",橘山橘村多橘树,橘香处处惹人醉。杜荀鹤《送友游吴越》亦云:

> 去越从吴过,吴疆与越连。有园多种橘,无水不生莲。
> 夜市桥边火,春风寺外船。此中偏重客,君去必经年。⑤

诗人的介绍从吴越地理位置接壤说起,选取水陆特产莲和橘显现田园风光,夜市之火,寺外之船,描绘了水乡的又一景象,而好客的地方人情则令客人流连忘返。万历《绍兴府志》记载:"橘,《述异记》:越多橘园,越人岁税,谓之帐橘户,亦曰橘籍。今非其旧。余姚产谢氏园者,谓之谢橘,小而甘,最佳。唐杜荀鹤《送人游越》诗:有园皆种橘,无渚不生莲。"又记载:"莲子、藕,六七月间最佳,谓之花下藕。又白莲藕最甘脆多液。又罗文藕,生禹庙前,名最特出,他皆不逮。《宝庆续志》云:上虞亦出此藕,梢纤细者可和芥为殖,味甚矣。"⑥可见江南种植橘子和莲藕的历史悠久,传统良好。杜荀鹤

---

① 《张籍集注》,第96页。
② 《姚合诗集校注》卷二,第114页。
③ 《全唐诗》卷二四四,第2739页。
④ 《姚合诗集校注》卷二,第80页。
⑤ 《全唐诗》卷六九一,第7926页。
⑥ (明)萧良干修,(明)张元忭、孙鑛纂,李能成点校:万历《绍兴府志》(点校本),宁波出版社,2012年版,第237、239页。

又有《送人游吴》云：

> 君到姑苏见，人家尽枕河。古宫闲地少，水巷小桥多。
> 夜市卖菱藕，春船载绮罗。遥知未眠月，乡思在渔歌。①

前四句写苏州城景色如画，凸显了水乡的特色，"人家尽枕河"可谓是苏州古城风貌的最佳广告语。后四句写市井风物，夜市上的菱藕绮罗以及渔歌唱晚，引人遐思。俞陛云评"古宫闲地少，水巷小桥多"曰："户藏烟浦，家具画船，江南之擅胜也。诗言其烟户之盛，桥港之多。余生长吴趋，诵之如身在鹏坊鹤市间。……写江乡景物如绘。作旅行诗者，能掩卷若身临其境，便是佳诗。"②殷尧藩的《送客游吴》展示了江南春夏之交梅雨季节的景象，诗云：

> 吴国水中央，波涛白渺茫。衣逢梅雨渍，船入稻花香。
> 海戍通盐灶，山村带蜜房。欲知苏小小，君试到钱塘。③

水乡多梅雨，烟雨绵绵潮湿衣服，百姓多种稻，滨海居民擅长围海水煮盐，山村人家无不养蜂酿蜜，少女皆如苏小小能歌善舞，简直就是一幅多姿多彩水墨生活画。究其实，在诗人们对吴越风物的赞赏中，同时表现出了诗人们对民情民风的深刻认识和关注。

吴越之风物人人皆欣赏，送人时几乎都要提及，崔峒《送王侍御佐婺州》（一作郎士元诗，题云《盖少府新除江南尉问风俗》）云：

> 闻君作尉向江潭，吴越风烟到自谙。客路寻常经竹径，人家大底傍山岚。
> 缘溪花木偏宜远，避地衣冠尽向南。惟有夜猿啼海树，思乡望北意难堪。④

婺州是金华古称，隋朝设置，王侍御是中原人，将去婺州赴任，诗人曾亲自到过吴越一带，遂向王侍御介绍江南风光景物：道路常常穿过竹林，山间暮霭飘浮着人家炊烟，花草树木随处可见，避乱迁居江南的客家人多是贵族文人学士。这种亲历亲感对王侍御了解当地风土自会有极好的帮助。张蠙《送董卿知台州》云"夜蚌侵灯影，春禽杂橹声"⑤，最是新颖别致，富于才思。李频《送德清喻明府》云"水栅横舟闭，湖田立木分"⑥，写尽了水乡田间之妙。

---

① 《全唐诗》卷六九一，第7925页。
② 《诗境浅说》，第54页。
③ 《全唐诗》卷四九二，第5565页。
④ 《全唐诗》卷二九四，第3349页。
⑤ 《全唐诗》卷七〇二，第8070页。
⑥ 《全唐诗》卷五八七，第6816页。

台州是浙江历史名城,德清取名于"人有德行,如水至清",为浙江湖州市辖,位于长江三角洲杭嘉湖平原西部,两诗显示了江南地方农业生产的特色。张籍《送朱庆余及第归越》云:

  有寺山皆遍,无家水不通。湖声莲叶雨,野气稻花风。①

描写越中风光,突出了越州山寺众多,到处舟船相通,湖面雨打莲叶,风中稻花飘香的景致。姚合《送文著上人游越》亦云:"越中多有前朝寺,处处铁钟石磬声。"②以僧人游历的视角观察吴越,使人想起"南朝四百八十寺,多少楼台烟雨中"的不虚之景。江南风物名不虚传,的确是:"江南人家多橘树,吴姬舟上织白纻。土地卑湿饶虫蛇,连木为牌人江住。江村亥日长为市,落帆渡桥来浦里。青莎覆城竹为屋,无井家家饮潮水。长江午日酤春酒,高高酒旗悬江口。倡楼两岸悬水栅,夜唱竹枝留北客。江南风土欢乐多,悠悠处处尽经过。"③

  江南民俗淳,珍重离别情,江山河川南浦古渡,遍是送别人的足迹。《颜氏家训》卷二曰:"别易会难,古人所重。江南饯送,下泣言离。"罗隐《相和歌辞·江南曲》云"水国多愁又有情"④,僧贯休《杂曲歌辞·古离别》云"离恨如旨酒,古今饮皆醉。只恐长江水,尽是儿女泪"⑤,别易会难,古人所重,江南水乡的温婉风习,造就了民风珍重别离的似水柔情。韩偓《江南送别》云:

  关山月皎清风起,送别人归野渡空。大抵多情应易老,不堪歧路数西东。⑥

哪怕多情人易老,也要将送别进行到底。常建《送宇文六》云"愁杀江南离别情"⑦,顾况《别江南》云"江城吹晓角,愁杀远行人"⑧,皆言离别愁杀人,莫不是人们对江南依恋不舍的写照。孙逖《春日留别》的地方是越中山川,诗云:

  春路逶迤花柳前,孤舟晚泊就人烟。东山白云不可见,西陵江月夜娟娟。

---

① 《张籍集注》,第 122 页。
② 《姚合诗集校注》卷一,第 57 页。
③ 《张籍集注·江南行》,第 69 页。
④ 《全唐诗》卷十九,第 205 页。
⑤ 《全唐诗》卷二六,第 355 页。
⑥ 《全唐诗》卷六八二,第 7819 页。
⑦ 《全唐诗》卷一四四,第 1463 页。
⑧ 《全唐诗》卷二六六,第 2953 页。

  春江夜尽潮声度,征帆遥从此中去。越国山川看渐无,可怜愁思江南树。①

全诗借描写越州东山的白云,西陵的江月,春江的夜潮,江南的树木,抒发怀恋不忍离别之情,富有情趣。皇甫冉《舟中送李观》云:

  江南近别亦依依,山晚川长客伴稀。独坐相思计行日,出门临水望君归。②

无论远离还是近别,江南人总要依依相送,之后便是日日思念,临水翘望盼君归来。武元衡《送张侍御赴京》云:

  江南烟雨塞鸿飞,西府文章谢掾归。相送汀州兰棹晚,菱歌一曲泪沾衣。③

又《鄂渚送友》云:

  云帆森森巴陵渡,烟树苍苍故郢城。江上梅花无数落,送君南浦不胜情。④

可明江南人有送别唱菱歌的风俗,而南浦送行更成为江南水域话别的常态写照和经典画面,不知有多少人在此洒下了惜别的泪水。杜牧《江南送左师》亦云:

  江南为客正悲秋,更送吾师古渡头。惆怅不同尘土别,水云踪迹去悠悠。⑤

古渡头送人又逢秋,无言的悲伤涌上心口,有多少古渡头,就有多少种别离情景,南浦古渡见证了江南人的依依别情。刘长卿曾路过苏州,作诗《别严士元》云:"春风倚棹阖闾城,水国春寒阴复晴。细雨湿衣看不见,闲花落地听无声。日斜江上孤帆影,草绿湖南万里情。"⑥阖闾城即苏州,诗人捕捉水乡初春乍阴乍晴的奇景,状写出了细雨湿衣闲花落地的入微情态,得其神髓,以湖南万里绿草比喻相送深情,令人击节称赏。顾非熊《送喻凫春归江南》的送别对象喻凫比较特殊,本是毗陵人(今江苏常州),因登第回乡省

---

① 《全唐诗》卷一一八,第 1188 页。
② 《全唐诗》卷八八二,第 9974 页。
③ 《全唐诗》卷三一七,第 3571 页。又作《送张司禄赴京》。
④ 同上。
⑤ 《樊川文集校注·江南送左师》,第 1428 页。
⑥ 《刘长卿诗编年笺注》,第 125 页。

亲,故诗云:"去年登第客,今日及春归。莺影离秦马,莲香入楚衣。里间争庆贺,亲戚共光辉。"①诗人描写了邻里乡亲相见欢喜热闹的场景,也是江南人款待游子的习俗。

古代的江南是一个宽泛的所指,吴越也不完全切合今天的行政规划,唐代送别诗中还有更多的涉及江南具体地域的送别诗,同样反映了江南文化的别具风格,以上仅为举隅而言。

二、岭南远官多谪宦臣

岭南指中国南方五岭之南的地区,是古代一个特定的环境区域,在唐代诗人眼中属于蛮荒之地,也是流放贬谪官员的去处,唐人送人游岭南、使岭南、之岭南、至岭南的送别诗,记述了岭南的风景和异俗。如戴叔伦《送人游岭南》云"少别华阳万里游,近南风景不曾秋。红芳绿笋是行路,纵有啼猿听却幽"②,可谓红芳绿翠,风景优美。司空曙《送人游岭南》云"浪晓浮青雀,风温解黑貂"③,张祜《送苏绍之归岭南》云"珠繁杨氏果,翠耀孔家禽"④,皆观察入微,描写逼真。

唐人对岭南的记述更多的是荒蛮可怖,袁不约《送人至岭南》云:

度岭春风暖,花多不识名。瘴烟迷月色,巴路傍溪声。
畏药将银试,防蛟避水行。知君怜酒兴,莫杀醉猩猩。⑤

从另一方面写出了人们对岭南的传闻和恐惧,诸如"瘴烟迷月色""畏药将银试""防蛟避水行""莫杀醉猩猩",皆阴森可怖。元稹《送崔侍御之岭南二十韵》则对典籍和流传中的岭南进行了详细描述,如其诗序中所言:"南方物候饮食与北土异。其甚者,夷民喜聚蛊,秘方云:'以含银变黑为验,攻之重雄黄。'海物多肥腥,啖之好呕泄,验方云:'备之在咸食。'岭外饶野菌,视之虫蠹者无毒;罗浮生异果,察其鸟啄者可餐。大抵珠玑玳瑁之所聚,贵洁廉;湮郁暑湿之所蒸,避溢欲。"诗中写道:

茅蒸连蟒气,衣渍度梅戚。象斗缘溪竹,猿鸣带雨杉。
飓风狂浩浩,韶石峻巉巉。宿浦宜深泊,祈龙在至诚。
瘴江乘早度,毒草莫亲芟。试盅看银黑,排腥贵食咸。

---

① 《全唐诗》卷五○九,第 5782 页。
② 《戴叔伦诗文集笺注》,第 308 页。
③ 《全唐诗》卷二九三,第 3332 页。
④ 《全唐诗》卷五一○,第 5797—5798 页。
⑤ 《全唐诗》卷五○八,第 5771 页。

菌须虫已蠹,果重鸟先鸲。冰莹怀贪水,霜清顾痛岩。
珠玑当尽掷,薏苡讵能谗。荆俗欺王粲,吾生问季咸。
远书多不达,勤为枉攛攃。①

表现了人们对岭南地区气候、饮食、植物、商贸等的惊惧心理,甚是谨慎警戒。白居易有《送客春游岭南二十韵》与元稹诗相应和,叙及岭南方物,诗云"诃陵国分界,交趾郡为邻","瘴地难为老,蛮陬不易驯。土民稀白首,洞主尽黄巾","战舰犹惊浪,戎车未息尘。红旗围卉服,紫绶裹文身","面苦桄榔裹,浆酸橄榄新。牙樯迎海舶,铜鼓赛江神","不冻贪泉暖,无霜毒草春。云烟蟒蛇气,刀剑鳄鱼鳞","路足羁栖客,官多谪逐臣。天黄生飓母,雨黑长枫人","须防杯里蛊,莫爱囊中珍","北与南殊俗,身将货孰亲。尝闻君子诫,忧道不忧贫"②。可谓言尽岭南风俗之美异,人情之淳朴。诗中自注曰:"飓母如断虹,欲大风即见。""枫人因夜雷雨,辄暗长数丈。"关于枫人,《岭表录异》载云:"岭中诸山多枫树,树老多有瘤瘿。忽一夜遇暴雷骤雨,其树赘则暗长三数尺,南人谓之枫人。越巫云,取之雕刻神鬼,异致灵验。"其他如贪泉、毒草、蟒蛇、鳄鱼等,无不有着神异的色彩,唐人对岭南的感觉总之是森然可怖。

岭南人在唐人眼中多是贪蛮狡黠,高适《钱宋八充彭中丞判官之岭南》云:

彼邦本倔强,习俗多骄矜。翠羽干平法,黄金挠直绳。
若将除害马,慎勿信苍蝇。魑魅宁无患,忠贞适有凭。③

述说岭南恶习,豪强玩法,贪贿成风,勉励宋某不要轻信谗言,忠贞为志,祛除害马魑魅。元稹《送岭南崔侍御》记叙了海上贸易中的"无限相忧事",诗云:

洞主参承惊矛角,岛夷安集慕霜威。黄家贼用镖刀利,白水郎行旱地稀。

蜃吐朝光楼隐隐,鳌吹细浪雨霏霏。毒龙蜕骨轰雷鼓,野象埋牙剧石矶。

火布垢尘须火浣,木绵温软当绵衣。桄榔面碜槟榔涩,海气常昏海日微。

蛟老变为妖妇女,舶来多卖假珠玑。④

---

① 《元稹集编年笺注·诗歌卷》,第565—566页。
② 《白居易诗集校注》卷十七,第1349页。
③ 《高适诗集编年笺注》,第137页。
④ 《元稹集编年笺注》诗歌卷,第563页。

"蛟老变为妖妇女,舶来多卖假珠玑",表明妖魅妇女善于惑众,假珠玑以骗财在贸易中时时出现。贯休《送友人之岭外》言"金柱根应动,风雷舶欲来"①,形象地写出了海上船舶到来时,引起的动景和人们的惊奇,可明海上贸易往来已受到时人重视。

唐代是我国海上丝绸之路发展的鼎盛时期,广州是当时海外贸易的一大港口,送别诗中的广州别具情调。张籍《送侯判官赴广州从军》云"海花蛮草连冬有,行处无家不满园"②,描写所行之处,一年四季家家户户都有奇花异草,景色艳丽。张九龄《送广州周判官》云:

> 海郡雄蛮落,津亭壮越台。城隅百雉映,水曲万家开。
> 里树桄榔出,时禽翡翠来。观风犹未尽,早晚使车回。③

广州郡雄,越王台壮,城隅高百雉,万家临水曲,翡翠鸟栖息在桄榔树梢,古朴的民风观赏不尽,宛似一幅简笔风俗画,将广州城的风貌与风情,写得令人神往。韩愈《送郑尚书赴南海》云:

> 番禺军府盛,欲说暂停杯。盖海旗幢出,连天观阁开。
> 衙时龙户集,上日马人来。风静鹢鹠去,官廉蚌蛤回。
> 货通师子国,乐奏武王台。事事皆殊异,无嫌屈天才。④

南海即广州府,番禺,南海古名。"'龙户',采珠户也。""'马人',因马援留南蛮,去后,有不去者十三户,隋末,衍至三百户,皆姓马,俗以为马留人。"⑤方回评曰:"此诗中四联极言广府之盛,首句且教诸客听所言土风,尾句着力一结,而'殊异'二字乃一篇精神也。"⑥"衙时"等六句,着力描写岭南风土人情、物产地利、商贾流通、礼乐齐奏。"货通师子国",直接写对外贸易。"事事皆殊异",无不给人留下新奇感受。岑参《送张子尉南海》云:

> 楼台重蜃气,邑里杂鲛人。海暗三江雨,花明五岭春。此乡多宝玉,慎莫厌清贫。⑦

蜃气、鲛人写出方物,海暗、花明写出气候特点和景色,多宝玉指南海一带出产珠、玑、象牙、犀革等,所以嘱咐友人要保持廉洁。王建《送郑权尚书南海》云:

---

① 《全唐诗》卷八三一,第9575页。
② 《张籍集注》,第196页。
③ 《张九龄集校注》卷三,第209页。
④ 《韩愈集》卷十,第135页。
⑤ 《唐诗别裁集》,第245页。
⑥ 《瀛奎律髓汇评》卷四《风土类》,第157页。
⑦ 《岑嘉州诗笺注》卷三,第437页。

戍头龙脑铺,关口象牙堆。敕设熏炉出,蛮辞咒节开。
市喧山贼破,金贱海船来。白氎家家织,红蕉处处栽。①

形象地描绘出了广州城中林林总总的宝货,龙脑叠铺,象牙成堆,金银贱卖,白氎家家有,红蕉处处栽,物产丰盛。韦应物《送冯著受李广州署为录事》云:

大海吞东南,横岭隔地维。建邦临日域,温燠御四时。
百国共臻奏,珍奇献京师。富豪虞兴戎,绳墨不易持。
州伯荷天宠,还当翊丹墀。②

极具气势地显现了广州的地理位置、临海特色气候、珍奇宝物、历史人文等,"百国共臻奏,珍奇献京师",更使人想见当时的繁荣景象。刘长卿《送徐大夫赴广州》云"当令输贡赋,不使外夷骄"③,透露了唐代对外贸易的扩大,尽管唐人以为"远夷"都是来朝拜进贡的,外国商人,都是唐朝的臣子。杜甫《送重表侄王砅评事使南海》云"海胡舶千艘"④,亦说明海外贸易极其繁盛。

安南地区在唐代为安南都护府管辖,加强了和内地的联系,唐人送别诗中亦有反映,其中涉及地方风俗的颇多。有言及当地自然环境的,如贾岛《送安南惟鉴法师》云:"潮摇蛮草落,月湿岛松微。空水既如彼,往来消息稀。"《送黄知新归安南》云:"火山难下雪,瘴土不生茶。"⑤通过对安南一带潮水、荒草以及松树的描写,使人感受到安南地区的闭塞偏远,而形象化的火山、瘴土,自然使人体会到安南炎热的气候。僧贯休《送僧之安南》云:"安南千万里,师去趣何长。鬓有炎州雪,心为异国香。退牙山象恶,过海布帆荒。"⑥也同样提到了安南地区的遥远。也有言及安南地区自然风貌的诗句,如杨衡《送王秀才往安南》云:"鲸度乍疑山,鸡鸣先见日。"⑦通过对鲸鱼、鸡鸣的描写,写出了人们对安南的新奇。李洞《送云卿上人游安南》亦云:"鲸吞洗钵水,犀触点灯船。岛屿分诸国,星河共一天。"⑧反映了鲸鱼、犀牛与居民和谐相处的景象,以及安南岛屿遍布的地理环境。权德舆《送安南裴都护》云:

---

① 《全唐诗》卷二九九,第 3400 页。
② 《韦应物诗集系年校笺》卷八,第 408 页。
③ 《刘长卿诗编年笺注》,第 283 页。
④ 《杜诗详注》卷二十三,第 2045 页。
⑤ 《贾岛诗集笺注》,第 109、251 页。
⑥ 《全唐诗》卷八三三,第 9393 页。
⑦ 《全唐诗》卷四六五,第 5283 页。
⑧ 《全唐诗》卷七二一,第 8271 页。一作《送僧游南海》。

迥转朱鸢路,连飞翠羽群。戈船航涨海,旌旆卷炎云。

绝徼褰帷识,名香夹毂焚。怀来通北户,长养洽南薰。①

诗人从所见、所闻、所感,多方面具体鲜活地表现了安南殊不同于北地的生活场景。还有记述安南物产、奴隶贸易的典型诗句,如杨衡告诫友人"无贪合浦珠,念守江陵橘"②;杜甫《送段功曹归广州》云"交趾丹砂重,韶州白葛轻"③;陈光《送人游交趾》云"浪歇龙涎聚,沙虚象迹深"④,说明此地盛产珠宝、丹砂,且著名的香料商品"龙涎香"也已输入中国,在市场上有出售。杜荀鹤《赠友人罢举赴交趾辟命》云"舶载海奴镮硾耳,象驼蛮女彩缠身"⑤,则证明了当时海外奴隶买卖现象的普遍存在。

南州远徼的岭南充满了异域情调,自然气候、地理环境、动物植物、饮食器具、民性风俗、商贸往来等,都使中原人士目眩神迷,还有那苍茫辽阔的大海、罕见的珍奇珠宝、样貌语言怪异的洋人海奴,无不在诗人笔下呈现出奇幻的色彩。

三、黔中偏天远风烟异

黔中道为唐代所置十五道之一,辖黔州等十八州,幅员辽阔。黔中多山、泉,"旧说天下山,半在黔中青。又闻天下泉,半落黔中鸣","山水千万绕,中有君子行。儒风一以扇,污俗心皆平"⑥。送人之黔中的送别诗,对黔中的风俗多有赋写,如司空曙《送庞判官赴黔中》云:

天远风烟异,西南见一方。

乱山来蜀道,诸水出辰阳。

堆案青油暮,看棋画角长。⑦

从诗中可以看出,黔中一带属五溪蛮聚居之处,地远山偏,风土人情和北方不相类同。周繇《送人尉黔中》云:

盘山行几驿,水路复通巴。峡涨三川雪,园开四季花。

公庭飞白鸟,官俸请丹砂。知尉黔中后,高吟采物华。⑧

---

① 《全唐诗》卷三二三,第3634页。
② 《全唐诗》卷四六五,第5283页。
③ 《杜诗详注》卷十一,第928页。
④ 《全唐诗补编》(下册)《全唐诗续拾》卷三十六,第1247页。
⑤ 《全唐诗》卷六九二,第7957—7958页。
⑥ 《孟郊诗集笺注》卷六《赠黔府王中丞楚》,第297页。
⑦ 《全唐诗》卷二九三,第3332页。
⑧ 《全唐诗》卷六三五,第7290页。

诗中描写了黔中山水盘旋,四季花开,白鸟翔舞,丹砂为俸,可慰旅人的自然美景。方回评曰:"四、六新而俊逸。"①尤其"官俸请丹砂"一句,极具价值,说明了黔中丹砂的开采,已成为地方政府财政收入之一。刘长卿《送侯侍御赴黔中充判官》云:

不识黔中路,今看遣使臣。猿啼万里客,鸟似五湖人。
地远官无法,山深俗岂淳。须令荒徼外,亦解惧埋轮。

亦是"从黔中着意"②,言地远山深俗不淳,判官正可有所作为。清人黄周星《唐诗快》卷九评曰:"鸟似人,奇矣。更似五湖人,何处见得?"孙逖《送张环摄御史监南选》云"江带黔中阔,山连峡水长"③,顾非熊《送皇甫司录赴黔南幕》云"夜猿声不断,寒木叶微凋"④,皆展现了黔中风景的幽深冷落。杜甫《送王十五判官扶侍还黔中》云"黔阳信使应稀少,莫怪频频劝酒杯"⑤,与"劝君更尽一杯酒,西出阳关无故人",有异曲同工之妙,言出了黔中的僻远荒凉。

唐代佛教盛行,黔中亦无例外受到影响。刘禹锡有《送义舟师却还黔南》云:

黔江秋水浸云霓,独泛慈航路不迷。猿狖窥斋林叶动,蛟龙闻咒浪花低。
如莲半偈心常悟,问菊新诗手自携。常说摩围似灵鹫,却将山屐上丹梯。⑥

全诗真实地反映了黔中佛教的兴盛。摩围山,又名云顶寺,系娄山山脉终点,威压群山,势欲摩天。因昔日居住此地的苗民呼"天"为"围",直呼为"摩围",故名摩围山。灵鹫山在古印度摩揭陀国王舍城之东北,梵名耆阇崛。山中多鹫,故名。或云山形像鹫头而得名。如来曾在此讲《法华》等经,故佛教以为圣地。"摩围似灵鹫"可见出人们对其尊崇。唐时摩围山与峨眉山、梵净山、普陀山齐名,并称为四大佛教圣地。"却将山屐上丹梯"极其形象而有灵气,可谓出神入化。武元衡《同苗郎中送严侍御赴黔中因访仙源之事》云:

---

① 《瀛奎律髓汇评》卷四《风土类》,第167页。
② 《唐诗别裁集》,第159页。
③ 《全唐诗》卷一一八,第1191—1192页。
④ 《全唐诗》卷五〇九,第5783页。
⑤ 《杜诗详注》卷十二,第1018页。
⑥ 《刘禹锡全集编年校注》,第309页。

> 武陵源在朗江东,流水飞花仙洞中。莫问阮郎千古事,绿杨深处翠霞空。①

严侍御到黔中访仙寻道,令人想见黔中传说之丰富奇幻。韩翃《送李中丞赴辰州》云:

> 白羽逐清丝,翩翩南下时。巴人迎道路,蛮帅引旌旗。
> 暮雨山开少,秋江叶落迟。功成益地日,应见竹郎祠。②

辰州隶属黔中道。诗的前六句是诗人对辰州的设想神游,最后两句勉励朋友造福百姓,建功留名。"竹郎祠"是奉祀夜郎王的祠宇,唐代以前曾于此设置夜郎县,境内多处有竹郎祠。"竹郎祠"的典故反映了当地特有的风习。黔中虽偏远,但诗人笔下的黔中奇险而又神秘,依然受到了唐代整个社会文化大环境的影响,求佛访仙,人迹不绝。

四、蜀地遥山从人面起

由于蜀地特殊的地理环境,对于入蜀之人,送别时人们更多的是担心旅途的艰险,因而从送人入蜀的送别诗中,可以领略到蜀地山水的奇险俊美和风土的奇异诡谲。最著名的当属李白《送友人入蜀》:"见说蚕丛路,崎岖不易行。山从人面起,云傍马头生。芳树笼秦栈,春流绕蜀城。"③诗中极写山陡直立,又有栈青流翠,奇险美丽。尤其是"山从人面起,云傍马头生"一句,警惊生奇,俞陛云论曰:"言拔地高峰,忽当人而立,见山之奇也。万山环合,处处生云,马前数尺,即不辨径途,见云之近也。"④徐凝《送马向入蜀》云"白云连鸟道,青壁遭猿声。雨雪经泥坂,烟花望锦城"⑤,令人想见山高猿鸣,路泥难行之状。骆宾王《饯郑安阳入蜀》云"剑门千仞起,石路五丁开。海客乘槎渡,仙童驭竹回"⑥,极富浪漫色彩。李颀《临别送张諲入蜀》云"蜀江流不测,蜀路险难寻。木有相思号,猿多愁苦音"⑦,描写路途难测,木号相思,猿啼愁苦,其中满含牵挂深情。白居易《送客南迁》叙说了他的切身印象:

---

① 《全唐诗》卷三一七,第3575页。
② 《全唐诗》卷二四四,第2744页。
③ 《李太白全集》卷十八,第839页。
④ 《诗境浅说》,第41页。
⑤ 《全唐诗》卷四七四,第5374页。
⑥ 《骆宾王诗评注》,第155页。
⑦ 《李颀诗评注》,第76页。

> 我说南中事,君应不愿听。曾经身困苦,不觉语叮咛。
> 烧处愁云梦,波时忆洞庭。春畬烟勃勃,秋瘴露冥冥。
> 蚊蚋经冬活,鱼龙欲雨腥。水虫能射影,山鬼解藏形。
> 穴掉巴蛇尾,林飘鸩鸟翎。飓风千里黑,蕃草四时青。
> 客似惊弦雁,舟如委浪萍。①

诗中写到瘴气、蚊蚋、巴蛇、山鬼、鸩鸟、飓风等,将蜀地恶劣的自然环境罗列殆尽。齐己《送人入蜀》云:

> 何必闲吟蜀道难,知君心出崄巇间。寻常秋泛江陵去,容易春浮锦水还。
> 两面碧悬神女峡,几重青出丈人山。文君酒市逢初雪,满贯新沽洗旅颜。②

诗人另辟蹊径,从秋泛江陵、春浮锦水、神女峡碧、丈人山青,写出山水之美,又以文君市酒的典故,赞美蜀人的豪爽。其《自湘中将入蜀留别诸友》云"巫女暮归林淅沥,巴猿吟断月婵娟。来年五月峨嵋雪,坐看消融满锦川"③,以想象的笔触给人带来诗意的享受。

蜀中的风光物产及民情莫不独具风味,也受到诗人的赞颂。张籍《送蜀客》云:

> 蜀客南行祭碧鸡,木棉花发锦江西。山桥日晚行人少,时见猩猩树上啼。④

《汉书》卷六十四下《王褒传》云:"后方士言益州(今四川成都)有金马碧鸡之宝,可祭祀致也,宣帝使褒往祀焉。"⑤碧鸡典故、锦江木棉皆蜀地特有,落日山桥,人稀猩啼的画面凄清感人。宋顾乐《唐人万首绝句选》评此诗曰:"说出南方风土,使人如履其地。就事直书,布置得法,自有情景,真高手也。凡登临风土之作,当如此写得明净。"《唐诗选脉会通评林》周珽论曰:"前二句纪南行所历多景物,见风土之殊候;后二句想南行所见惟异类,见跋涉之孤寂。惜别系怀之情,言外可思。"⑥宋顾乐和周珽都点出了此诗对蜀地风物的巧妙捕捉,新奇可人。徐晶《送友人尉蜀中》云:

---

① 《白居易诗集校注》卷十九,第 1533 页。
② 《全唐诗》卷八四六,第 9575 页。
③ 同上。
④ 《张籍集注》,第 236 页。
⑤ 《汉书》卷六十四《王褒传》,第 2830 页。
⑥ 《唐诗汇评》(增订本),第 2907 页。

故友汉中尉,请为西蜀吟。人家多种橘,风土爱弹琴。

水向昆明阔,山连大夏深。理闲无别事,时寄一登临。①

蜀人于水阔山深中种橘弹琴,何等田园诗意啊。方回云:"'风土爱弹琴',暗用相如琴心事。善言形势,五、六佳。"②王维《送梓州李使君》:

万壑树参天,千山响杜鹃。山中一夜雨,树杪百重泉。

汉女输橦布,巴人讼芋田。文翁翻教授,不敢倚先贤。③

从梓州山林奇胜写到"汉女巴人"的风俗,结以汉景帝时文翁为郡太守教化巴蜀,见出格调远高。方回评曰:"风土诗多因送人之官及远行,指言其方所习俗之异,清新隽永。唐人如此者极多,如许棠云:'王租只贡金。'如周繇云:'官俸请丹砂。'皆是。"④许棠《送龙州樊使君》云:

曾见邛人说,龙州地未深。碧溪飞白鸟,红斾映青林。

土产唯宜药,王租只贡金。政成开宴日,谁伴使君吟。⑤

溪飞白鸟,斾映青林,景之美也。"土产唯宜药",地之殊也。"王租只贡金",产金多也。蜀地出产的荔枝由于杨贵妃的喜食,也在送别诗中频频被提及。韩翃《送故人归蜀》云:"一骑西南远,翩翩入剑门。客衣筒布润,山舍荔枝繁。"⑥卢纶《送从舅成都县丞广归蜀》云:"褒谷通岷岭,青冥此路深。晚程椒瘴热,野饭荔枝阴。"⑦其《送张郎中还蜀歌》又云:"邛竹笋长椒瘴起,荔枝花发杜鹃鸣。"⑧李端《送何兆下第还蜀》云:"袅猿枫子落,过雨荔枝香。"⑨这些送人归蜀的诗,描写了荔枝的生长状况,荔枝的树荫、花、香等自然状态,反映了蜀地荔枝的繁盛景象。"色丽成都俗,膏腴蜀水滨"⑩的蜀地,在诗人的笔下充满奇幻,神异无比。

五、安西域胡沙与塞尘

安西都护府是唐朝设于西域的军政机构,为加强对西域地区的控制,于

---

① 《全唐诗》卷七五,第818页。
② 《瀛奎律髓汇评》卷四《风土类》,第168页。
③ 《王维诗注》,第156页。
④ 《瀛奎律髓汇评》卷四《风土类》,第153页。
⑤ 《全唐诗》卷六〇三,第6965页。
⑥ 《全唐诗》卷二四四,第2737页。
⑦ 《卢纶诗集校注》卷一,第17页。
⑧ 《卢纶诗集校注》卷二,第224页。
⑨ 《全唐诗》卷二八五,第3259页。
⑩ 《张燕公集》卷三《送宋休远之蜀任》,第25页。

高昌设立,后移至龟兹(今新疆库车),管辖天山以南至葱岭以西、阿姆河流域的广大地区,还统辖安西四镇龟兹、于阗、疏勒、碎叶的重兵。安西的风貌在唐人送别诗中殊有景致,王维的几首送人之安西诗最有代表性,一首《送元二使安西》"渭城朝雨浥轻尘,客舍青青柳色新。劝君更尽一杯酒,西出阳关无故人"①,唱出了时人对安西的苍凉感受,响彻至今。他的《送刘司直赴安西》又云:

> 绝域阳关道,胡沙与塞尘。三春时有雁,万里少行人。
> 苜蓿随天马,葡萄逐汉臣。当令外国惧,不敢觅和亲。②

前四句描写路途的荒寂,后四句回望历史,勉励友人建树功业。在《奉和圣制送不蒙都护兼鸿胪卿归安西应制》中又云:

> 上卿增命服,都护扬归旆。杂虏尽朝周,诸胡皆自郐。
> 鸣笳瀚海曲,按节阳关外。落日下河源,寒山静秋塞。
> 万方氛祲息,六合乾坤大。无战是天心,天心同覆载。③

既有"落日下河源,寒山静秋塞"的风景描写,又表达了对天心无战大唐一统的向往。

关于安西的恶劣自然环境,诗人在送别诗中多予以夸张渲染,借以抒写惜别之情。如刘言史《送婆罗门归本国》言"龟兹碛西胡雪黑,大师冻死来不得"④,煞是骇人。高适《送裴别将之安西》云:"绝域眇难跻,悠然信马蹄。风尘经跋涉,摇落怨睽携。地出流沙外,天长甲子西。"⑤极言旅途的艰辛遥远,令人担忧。于鹄《送张司直入单于》云:"寒深无伴侣,路尽有平沙。碛冷唯逢雁,天春不见花。"⑥描写的仍然是平沙无际,人烟稀少的荒凉景象。张籍《送安西将》写道:

> 万里海西路,茫茫边草秋。计程沙塞口,望伴驿峰头。
> 雪暗非时宿,沙深独去愁。塞乡人易老,莫住近蕃州。⑦

海西边草,关塞驿峰,风雪暗日,沙深似海,无不引起离思怆然,催人易老。

由于边塞多战事,送人赴安西的送别诗往往充满了建功立业的豪壮气

---

① 《王维诗注》,第 288 页。
② 同上,第 153 页。
③ 同上,第 219 页。
④ 《全唐诗》卷四六八,第 5322 页。
⑤ 《高适诗集编年笺注》,第 339 页。
⑥ 《全唐诗》卷三一〇,第 3502 页。一作《送客游边》。
⑦ 《张籍集注》,第 140 页。

概。岑参《武威送刘单判官赴安西行营便呈高开府》描写边塞风景云"热海亘铁门,火山赫金方。白草磨天涯,胡沙莽茫茫",赞美刘判官"男儿感忠义,万里忘越乡"的豪气,表现了行营"都护新出师,五月发军装。甲兵二百万,错落黄金光。扬旗拂昆仑,伐鼓震蒲昌。太白引官军,天威临大荒。西望云似蛇,戎夷知丧亡。浑驱大宛马,系取楼兰王"的威武雄壮。① 其《武威送刘判官赴碛西行军》云"火山五月行人少,看君马去疾如鸟。都护行营太白西,角声一动胡天晓"②、《送李副使赴碛西官军》云"功名祗向马上取,真是英雄一丈夫"③,皆直言祝愿战捷,气势豪迈,激荡人心。高适《送李侍御赴安西》云:

  行子对飞蓬,金鞭指铁骢。功名万里外,心事一杯中。
  虏障燕支北,秦城太白东。离魂莫惆怅,看取宝刀雄。④

鼓励李侍御用宝刀实现自己的壮志,格调高昂。刘长卿《赠别于群投笔赴安西》感慨时局"西戎今未弭,胡骑屯山谷","黠虏时相逢,黄沙暮愁宿",塞外"地阔鸟飞迟,风寒马毛缩",希望友人"且愿乐从军,功名在殊俗"⑤,以功业为重,留名千古。

  李白、杜甫等人的送人之安西诗,则表达了对边塞和平的期盼。李白《送程刘二侍郎兼独孤判官赴安西幕府》云"安西幕府多材雄,喧喧惟道三数公。绣衣貂裘明积雪,飞书走檄如飘风",赞扬二人多才艺高。又云"天外飞霜下葱海,火旗云马生光彩。胡塞清尘几日归,汉家草绿遥相待",希望边塞没有战尘,平和安宁。⑥ 杜甫《送从弟亚赴安西判官》云"盛夏鹰隼击,时危异人至","西极最疮痍,连山暗烽燧","踊跃常人情,惨澹苦士志","安边敌何有,反正计始遂","龙吟回其头,夹辅待所致"⑦,既言时危,又谆谆告诫以计安边立功。李端《送古之奇赴安西幕》云"殷勤送书记,强虏几时平"⑧,委婉表达了盼望和平的愿望。"西出阳关无故人"的安西,以苍凉浑厚的凝重壮景,成就了赴边士人的英雄功业梦想。

  送别诗中的风土景物描写,不仅增添丰富了送别诗的审美内容,而且这

---

① 《岑嘉州诗笺注》卷一,第 23 页。
② 《岑嘉州诗笺注》卷七,第 786 页。
③ 《岑嘉州诗笺注》卷二,第 369 页。
④ 《高适诗集编年笺注》,第 341 页。
⑤ 《刘长卿诗编年笺注》,第 45 页。
⑥ 《李太白全集》卷十七,第 800 页。
⑦ 《杜诗详注》卷五,第 365 页。
⑧ 《全唐诗》卷二八五,第 3252 页。

些摹写婉曲地表达了诗人的惜别情感,反映了诗人对民情民生的现实关怀,提升了送别诗的艺术魅力和思想意义。

第二节　和合的民族往来

唐代周边的少数民族有突厥、吐蕃、回鹘等,唐王朝处理民族关系的宗旨一贯是"抚临四极,悦近来远,追革前弊,要荒藩服,宜与和亲"①,体现了和合相依的人类理想精神追求。

一、与吐蕃的和亲

吐蕃王朝是西藏高原上藏族建立的第一个政权,七世纪初,立国者松赞干布统一诸部落后迅速崛起,迁都逻些(今拉萨)。随着唐王朝在中原地区的不断繁荣富庶,对松赞干布也产生了极强的吸引力,贞观八年(634),吐蕃开始与唐朝建立联系,派遣使者向唐王朝示好。至于贞观十四年,吐蕃进而要求和亲,闰十月丙辰日,吐蕃派遣使者到唐求婚。贞观十五年正月丁卯日,吐蕃又派遣禄东赞国相领团到长安迎娶公主,为了边境和平,尊崇礼尚往来,唐王朝于是派遣礼部尚书江夏王道宗等人,将文成公主送到了吐蕃。② 在唐蕃和亲的历史上,这次联姻具有重要意义,为此后唐蕃主和做出了示范。综观唐朝与吐蕃的和合历程,其方式首先表现于公主和亲,其次表现于派遣使臣往来。

《定蕃汉两界碑》是唐朝和吐蕃交往的见证,立于开元二十一年(733),碑文追溯唐蕃和亲的历史云:"往日贞观十年,初通和好,远降文成公主入蕃。已后景龙二年,重为婚媾,金城公主因兹降蕃。自此以来,万事休帖。间者边吏不谨,互有侵轶。"③通过此碑文可以看出,虽然唐朝与吐蕃的交往充满曲折,处于和战不定的状态,但其中的和亲篇章却流布青史,尤为诗家所注目。众所周知,文成公主远嫁松赞干布,奠定了唐朝与吐蕃在政治上的亲密关系,在官方往来大环境的影响下,民间也出现了频繁交流的繁荣局面,诗人独孤及曾称道曰:"金玉绮绣,问遗往来,道路相望,欢好不绝。"④

---

① 《全唐文》卷一《命行人镇抚外藩诏》,第 24 页。
② 《旧唐书》卷三《太宗纪下》,第 52 页。
③ 《全唐文》卷九百九十《定蕃汉两界碑》,第 10251 页。
④ 《全唐文》卷三百八十四《敕与吐蕃赞普书》,第 3903 页。

文成公主之后金城公主嫁入吐蕃的情况,朝臣文人的送别诗多有描写。《旧唐书》卷七《中宗纪》记载,景龙三年(709)十一月甲戌日,吐蕃赞普派遣尚赞大臣亲自来迎亲。第二年正月丁丑日,唐中宗命令左骁卫大将军兼河源军使杨矩作为和亲使者,护送金城公主到吐蕃。己卯日,唐中宗幸临始平为金城公主送行。① 唐中宗亲自为金城公主举行了大规模隆重的送行仪式,《唐诗纪事》记曰:

> 中宗送至马嵬,群臣赋诗。帝命御史大夫郑惟忠及(周)利用护送入蕃,学士赋诗以饯,徐彦伯为之序云。②

参与送行的文人士子应和帝命,争相赋诗作文抒写别情,浓墨重彩歌颂这一具有多重象征意义的民族联姻。在众多的送别诗作中,张说最为突出,有《奉和圣制送金城公主适西蕃应制》和《送郑大夫惟忠从公主入蕃》两首,前者送公主诗中云"春野开离宴,云天起别词",后者送郑惟忠诗中云"倾都邀节使,传酌缓离颜"③,可以看出当时饯送的场面极其隆盛。杜审言送别使者的诗为《送和西蕃使》,诗人鼓励郑惟忠等人效法班超,"圣朝尚边策,诏谕兵戈偃。宁独锡和戎,更当封定远"④,建立流传千古的功业。众大臣文人对金城公主远嫁吐蕃的认识并不一致,流露出的情感亦较复杂多样,如沈佺期《送金城公主适西蕃应制》曰:"那堪将凤女,还以嫁乌孙。西戎非我匹,明主至公存。"⑤诗人对唐王朝远嫁公主稍有微词,后人评论曰:"极周旋正是极不堪处。"⑥沈佺期的心态正是当时人们对远嫁公主的又一反映。郑愔的同题诗《送金城公主适西蕃应制》亦云:"下嫁戎庭远,和亲汉礼优。贵主悲黄鹤,征人怨紫骝。"⑦诗人通过写景、叙事、抒情和议论,表达了自己不宜直言的复杂思想感情。崔日用《奉和送金城公主适西蕃》有句"受降追汉策,筑馆许戎和"⑧,诗人把当时的外交情况和汉代相比,把金城公主和汉朝远嫁乌孙和亲的刘细君并论,可见和亲之举意义重大。武平一的《送金城公主适西蕃》则着重抒发别离情感,作者描写目下之景,"日斜征盖没,归骑动鸣鸾",怜惜公主,"还将膝下爱,特副域中欢"⑨,代表了时人的共同情感。

---

① 《旧唐书》卷七《中宗纪》,第148—149页。
② 《唐诗纪事校笺》卷十二《周利用》,第412页。
③ 《全唐诗》卷八七,第942、948页。
④ 《全唐诗》卷六二,第731页。
⑤ 《沈佺期诗集校注》,第48页。
⑥ 《唐诗别裁集》,第132页。
⑦ 《全唐诗》卷一○六,第1105页。
⑧ 《全唐诗》卷四六,第560页。
⑨ 《全唐诗》卷一○二,第1084页。

其他如李峤、李适、徐彦伯、阎朝隐、崔湜、薛稷、苏颋、刘宪、唐远悊、徐坚等人所作诗,题目皆为《奉和送金城公主适西蕃应制》,各抒情怀,各言己见。诗人们既对公主远嫁他乡倍感不忍和伤痛,又对时局颇有微言,正如李峤《奉和送金城公主适西蕃应制》诗中所言"还将弄机女,远嫁织皮人。曲怨关山月,妆消道路尘"①,皇帝抚戎,出嫁公主,送行的仪式无论多么隆重,演奏的曲调仍是哀怨,公子王孙独处异域,空向榆谷之春,岂能不悔恨。后人评论曰:"公主和蕃,极辱国事,虽奉诏作,亦带讽谏,此立言之体也。"②可谓公允,可以代表此类奉和诗委婉曲折的深意。和亲作为唐蕃关系的重要内容,汉族诗人站在其各自的立场上,对和亲表达了不同的看法,从诗文中所反映的内容来看,大体可以归为相思难别的情感与和亲使人倍感屈辱的难言之隐。因此,对于唐人送别诗中的和亲内容应当全面看待。

唐玄宗创建的开天盛世,使唐王朝聚集了雄厚的实力,所以在唐玄宗时期,唐蕃之间虽然仍有交战的现象,但多是唐王朝占上风。《旧唐书》卷八《玄宗纪上》记载,开元十八年十月,吐蕃又派遣其大臣名悉猎来请降,同时进献方物,唐玄宗予以允诺。次年正月辛卯日,唐王朝派遣鸿胪卿崔琳入吐蕃报聘。三月乙酉日,崔琳前往出使吐蕃。③ 崔琳出使吐蕃时的身份是御史大夫,带有随从人员,其中的一人可能和储光羲相熟识,储光羲所作《送人随大夫和蕃》一诗中的大夫即是崔琳,诗云:

西方有六国,国国愿来宾。圣主今无外,怀柔遣使臣。
大夫开幕府,才子作行人。解剑聊相送,边城二月春。④

诗的格调明显不同于前,各国争相来朝,唐王朝广泛接纳,士人才子赴边立业,诗人解剑相送,依依惜别却不伤悲。崔琳此行续前好谋未来责任重大,好在他通晓朝政,临事果断,出使吐蕃后达成了树碑立界互不相侵的既定目标。

安史之乱的祸患令唐王朝元气大伤,吐蕃此时主动向唐王朝表示愿意出兵相助,至德元年(756)八月、至德二年(757)三月,多次派遣使者请求和亲,唐朝于是派遣给事中南巨川入吐蕃报命。⑤ 南巨川出使时带有僚属,其中的一人为杨六判官,杜甫的《送杨六判官使西蕃》即为此行送别专作,表明

---

① 《全唐诗》卷五八,第691页。
② 《唐诗别裁集》,第134页。
③ 《旧唐书》卷八《玄宗纪上》,第196页。
④ 《全唐诗》卷一三九,第1414页。
⑤ 《旧唐书》卷十《肃宗本纪》,第232、246页。

两人关系友善,诗云:

> 送远秋风落,西征海气寒。帝京氛祲满,人世别离难。
> 绝域遥怀怒,和亲愿结欢。敕书怜赞普,兵甲望长安。
> 宣命前程急,惟良待士宽。子云清自守,今日起为官。
> 垂泪方投笔,伤时即据鞍。儒衣山鸟怪,汉节野童看。
> 边酒排金醆,夷歌捧玉盘。草轻蕃马健,雪重拂庐干。
> 慎尔参筹画,从兹正羽翰。归来权可取,九万一朝抟。①

秋天伴随着不祥之气,长安失陷,友人分手,令人感伤。吐蕃遣使请求和亲,愿意出兵助战讨伐叛军,诏书宣命令南巨川出使吐蕃回访,杨判官以儒生从军相随,一定能谨慎谋划,取得功名,归来得到升迁。在唐王朝遇难之时,吐蕃表示愿意出兵助战,说明这一时期双方关系处于交好的状态。

唐代宗时期出使吐蕃的使者有马璘、杨济等,永泰元年(765)唐代宗下诏改元,诏书中云:"戊申,泽潞李抱玉兼凤翔陇右节度使,兼南道通和吐蕃、凤翔秦陇临洮已东观察处置等使,仍命四镇行营节度使马璘为副和吐蕃使。"②马璘与李抱玉等人临行之际,皇甫曾作《送和西蕃使》赠别,诗云马璘一行人携带符信和黄金印出使吐蕃,"白简初分命,黄金已在腰。恩华通外国,徒御发中朝",一路上历经雨雪,穿越大漠,"雨雪从边起,旌旗上陇遥。暮天沙漠漠,空碛马萧萧",带去皇恩完成和戎,功胜霍去病,"和戎先罢战,知胜霍嫖姚"③。

唐德宗时期出使吐蕃的使者更多,建中元年(780),耿湋作有《奉送崔侍御和蕃》一诗,所言崔侍御即崔汉衡,崔汉衡其时跟随判官常鲁出使吐蕃,诗云:

> 万里华戎隔,风沙道路秋。新恩明主启,旧好使臣修。
> 旌节随边草,关山见戍楼。俗殊人左衽,地远水西流。
> 日暮冰先合,春深雪为休。无论善长对,博望自封侯。④

华夏与吐蕃虽然相隔遥远,但双方明君历来修好,和睦相交,两地的风景习俗各不相同,使者长途跋涉传递友好,功劳堪比博望侯张骞。入蕃使判官常

---

① 《杜诗详注》卷五,第 376—377 页。
② 《旧唐书》卷十一《代宗本纪》,第 278 页。
③ 陈贻焮:《增订注释全唐诗》(第 1 册),文化艺术出版社,2001 年版,第 1726 页。西蕃使疑为马璘。
④ 《增订注释全唐诗》(第 2 册),文化艺术出版社,2001 年版,第 705 页。崔侍御疑为崔汉衡。

鲁这次出使不负众望,建中二年十二月,双方签立了"定界盟",建中四年正月唐蕃正式结盟,樊泽、于頔、常鲁、崔汉衡等会盟官见证了仪式。① 此后,唐王朝和吐蕃的关系进入平稳融洽时期,吐蕃赞普于贞元二十年(804)三月辞世后,唐德宗曾派遣张荐前往吊唁,"以荐为工部侍郎、兼御史大夫,充入吐蕃吊祭使"②。临行告别,与张荐相友善的刘禹锡、权德舆皆有诗作赠送。刘禹锡《送工部张侍郎入蕃吊祭》云:

> 月窟宾诸夏,云官降九天。饰终邻好重,锡命礼容全。
> 水咽犹登陇,沙鸣稍极边。路因乘驲近,志为饮冰坚。
> 毳帐差池见,鸟旗摇曳前。归来赐金石,荣耀自编年。③

权德舆《送张曹长工部大夫奉使西番》云:

> 殊邻覆露同,奉使小司空。西候车徒出,南台节印雄。
> 吊祠将渥命,导驿畅皇风。故地山河在,新恩玉帛通。
> 塞云凝废垒,关月照惊蓬。青史书归日,翻轻五利功。④

张曹长工部大夫即张荐,西番此指吐蕃,两诗赞美唐朝天子荫庇吐蕃,派遣使节吊唁祭奠吐蕃赞普,双方休战和好,张荐之功将名垂青史。令人遗憾的是张荐"涉蕃界二千余里,至赤岭东被病,殁于纥壁驿,吐蕃传其柩以归"⑤。可能因高原反应激烈,张荐不幸于途中病逝。

唐穆宗即位后,曾派遣李回出使吐蕃,朱庆余《送李侍御入蕃》一诗中的李侍御即是李回。李回长庆进士擢第,曾任监察御史⑥,"吐蕃请盟"时,唐王朝宣命李回入蕃会盟。朱庆余⑦其时在京城,李回刚刚登第,两人相知,于是赋诗以赠云:

> 远使随双节,新官属外台。戎装非好武,书记本多才。
> 移帐依泉宿,迎人带雪来。心知玉关道,稀见一花开。⑧

朱庆余赞扬李回持节出使,身着戎装,才气非凡,肩负使命,不畏严寒。诗中

---

① 《旧唐书》卷一百九十六《吐蕃传下》,第 5246、5247 页。
② 《旧唐书》卷一百四十九《张荐传》,第 4024 页。
③ 《刘禹锡全集编年校注》,第 28 页。
④ 《全唐诗》卷三二三,第 3634—3635 页。
⑤ 《旧唐书》卷一百四十九《张荐传》,第 4024 页。
⑥ 《新唐书》卷一百三十一《宗室宰相传·李回传》,第 4517 页。
⑦ 《艺文志四》云:"《朱庆余诗》一卷,名可久,以字行。宝历进士第。"(《新唐书》卷六十,第 1612 页。)《朱庆余》云:"庆余遇水部郎中张籍知音,索庆余新旧篇,择留二十六章,置之怀袖而推赞之。时人以籍重名,皆缮录讽咏,遂登科。"(《全唐诗话》卷三,第 62 页)。
⑧ 《全唐诗》卷五一四,第 5869—5870 页。

描写雪地难得一见的花开之景,增添了诗情画意和对使者的厚望。

唐文宗时期曾派遣田群出使吐蕃,《旧唐书》卷一百四十一《田弘正传》记载:"群,大和八年为少府少监,充入吐蕃使。"①姚合、无可均有诗相送,姚合《送少府田中丞入西蕃》云:

> 萧关路绝久,石堠亦为尘。护塞空兵帐,和戎在使臣。
> 风沙去国远,雨雪换衣频。若问凉州事,凉州多汉人。②

无可《送田中丞使西戎》云:

> 朝元下赤墀,玉节使西夷。关陇风回首,河湟雪洒旗。
> 碛砂行几月,戎帐到何时。应尽平生志,高全大国仪。③

两诗皆写到冬日雪景,赞美田中丞克服艰难险阻出使吐蕃,显示了大唐国威,瞭望敌情的石堠已成尘迹,汉人出现在边远的凉州,莫不是使臣和戎功绩的体现。

大历诗人孙颀和无名氏的《送薛大夫和蕃》本是科举省试诗,因而极有价值。诗中的薛大夫即薛景仙,《旧唐书》卷一百九十六《吐蕃传下》记载:"大历二年十一月,和蕃使、检校户部尚书、兼御史大夫薛景仙自吐蕃使还,首领论泣陵随景仙来朝。"④《送薛大夫和蕃》命题或即就此事,孙颀诗云:"亚相独推贤,乘轺向远边。一心倾汉日,万里望胡天。忠信皇恩重,要荒圣德传。戎人方屈膝,塞月复婵娟。别思流莺晚,归朝候雁先。当书外垣传,回奏赤墀前。"⑤无名氏诗云:"戎王归汉命,魏绛谕皇恩。旌斾辞双阙,风沙上五原。往途遵塞道,出祖耀都门。策令天文盛,宣威使者尊。澄波看四海,入贡伫诸蕃。秋杪迎回骑,无劳枉梦魂。"⑥诗人赞美使者传达圣德,忠于朝廷,宣扬国威,谋得边境和平,功载史册,极尽慰勉之意,想象合情合理,然并非实地相送,可见唐朝时期与吐蕃往来关系被关注的程度。唐人进士策问也有涉及唐蕃关系的,李翱《进士策问二道》之二问:"吐蕃之为中国忧也久矣!和亲赂遗之,皆不足以来好息师。信其甘言而与之诅盟耶,於是深怀阴邪,乘我之去兵,而欺神虐人,系虏卿士大夫,至兹为羞。备御之耶,则暴天下数十万之兵,或悲号其父母妻子,且烦馈饟衣食之劳,百姓以虚,

---

① 《旧唐书》第一百四十一《田弘正传》,第 3854 页。
② 《姚合诗集校注》卷一,第 61 页。
③ 《全唐诗》卷八一三,第 9157 页。
④ 《旧唐书》卷一百九十六,第 5243 页。
⑤ 《增订注释全唐诗》(第 1 册),第 186 页。
⑥ 《全唐诗》卷七八七,第 8875 页。

弗备御之耶,必将伺我之间,攻陷城邑,掠玉帛子女,杀其老弱,系累其丁壮以归。自古帝王岂无诛夷狄之成策耶?何边境未安若斯之甚耶?二三子其将亦有说乎。"①这里的问题可以说极有见地,概括了唐蕃之间和战反复的交往情况,与送别诗内容表现出来的和合主流一致,体现了时人的共同理想。

二、与回鹘及其他民族的来往

八世纪中叶,回纥君长骨力裴罗统一回纥各部后,自立为可汗,接受唐王朝的册封,号"怀仁可汗",贞元四年改称回鹘。唐朝对回纥的态度,如权德舆贞元十年《送袁中丞持节册回鹘序》所云:"国家用文教明德,怀徕外区。今年春,回鹘君长纳忠内附,译吉语於象胥,复古地于职方。方帅条其功实,闻于天子,乃择才臣以宣皇仁。"②同时亦采取有和亲政策,如德宗女咸安公主于贞元四年(788),因"回纥可汗遣使合阙将军请婚于我,许以咸安公主降之"③,孙叔向有感而作《送咸安公主》云:

卤簿迟迟出国门,汉家公主嫁乌孙。玉颜便向穹庐去,卫霍空承明主恩。④

起首云仪仗队迟迟不肯出国门送公主远嫁,既有惜别之意,更有不满隐含其中。诗中借用汉代细君公主、解忧公主远嫁乌孙王和卫青、霍去病抗击匈奴的典故,委婉地讽刺了朝廷大将的软弱无所作为。

长庆元年(821),唐王朝又嫁太和公主于回鹘,"穆宗即位,逾年乃封第十妹为太和公主,将出降,回纥登逻骨没密施合毗伽可汗遣使伊难珠、句录都督思结并外宰相、驸马、梅录司马,兼公主一人、叶护公主一人,及达干并驼马千余来迎。太和公主发赴回纥国,穆宗御通化门左个临送,使百僚章敬寺前立班,仪卫甚盛,士女倾城观焉"⑤。穆宗亲自出送太和公主,张籍、王建、杨巨源等臣僚赋诗饯行。张籍诗题为《送和蕃公主》,以和蕃公主总称嫁蕃的和亲公主。"塞上如今无战尘,汉家公主出和亲",因为和亲,故塞上如今几无战尘。"邑司犹属宗卿寺,册号还同虏帐人。九姓旗幡先引路,一生衣服尽随身",公主远行,一身系两国。"毡城南望无回日,空见沙蓬水柳

---

① 《全唐文》卷六百三十四,第 6399 页。
② 《全唐文》卷四百九十一,第 5012 页。
③ 《旧唐书》卷十二《德宗本纪》,第 358 页。
④ 《全唐诗》卷四七二,第 5358 页。
⑤ 《旧唐书》卷一百九十五《回纥传》,第 5211 页。

春"①,遥想公主回望家乡,只见塞上沙蓬并水柳之景,岂不凄绝。王建的《太和公主和蕃》云:

  塞黑云黄欲渡河,风沙眯眼雪相和。琵琶泪湿行声小,断得人肠不在多。②

诗中的环境描写突出了塞外乌云风沙的恶劣,衬托断肠人的不堪别离之情。杨巨源《送太和公主和蕃》先言地理环境,"北路古来难,年光独认寒。朔云侵鬓起,边月向眉残。芦井寻沙到,花门度碛看",纯写回纥风景之不利,结以"熏风一万里,来处是长安"③,彰显唐帝国的仁惠之风,必将沐浴浸润回纥大地。会昌三年(843),河东节度使刘沔派遣麟州刺史石雄,"大破回鹘于杀胡山……雄迎太和公主以归"④,刘得仁的《马上别单于刘评事》,即作于太和公主还京、刘评事罢举起职之时。诗云"庙谋宏远人难测,公主生还帝感深。天下底平须共喜,一时闲事莫惊心"⑤,歌颂朝廷谋划深远,和亲带来国家安定。

和亲之外,使节往来中有张荐、于人文等人,受到重视。贞元十一年(795),回鹘可汗死,"会差使册回纥毗伽怀信可汗及吊祭,乃命荐兼御史中丞,入回纥"⑥,权德舆作《送张阁老中丞持节册吊回鹘》云"旌旆翩翩拥汉官,君行常得远人欢",张荐曾以检校右仆射、刑部尚书关播充使,送咸安公主入回纥,受到欢迎。"分职南台知礼重,辍书东观见才难。金章玉节鸣驺远,白草黄云出塞寒",赞美张荐之才实属难得,出使更加显贵。"欲散别离唯有醉,暂烦宾从驻征鞍"⑦,借饮酒至于酣醉来驱散别离愁绪。宝历元年(825),唐朝"遣司门郎中于人文册回鹘曷萨特勒为爱登里啰汩没密于合毗伽昭礼可汗"⑧,顾非熊、朱庆余、雍陶、贾岛等人,一同作诗赋远送行。顾非熊《送于中丞入回鹘》云:

  风沙万里行,边色看双旌。去展中华礼,将安外国情。
  朝衣惊异俗,牙帐见新正。料得归来路,春深草未生。⑨

---

① 《张籍集注》,第198页。
② 《全唐诗》卷三〇一,第3426页。
③ 《全唐诗》卷三三三,第3740页。
④ 《资治通鉴》卷二百四十七,第8094页。
⑤ 《全唐诗》卷五四五,第6304页。
⑥ 《旧唐书》卷一百四十九《张荐传》,第4024页。
⑦ 《全唐诗》卷三二三,第3630页。
⑧ 《资治通鉴》卷二百四十三,第7965页。
⑨ 《全唐诗》卷五〇九,第5787—5788页。

雍陶《送于中丞使北蕃》云：

> 朔将引双旌，山遥碛雪平。经年通国信，计日得蕃情。
> 野次依泉宿，沙中望火行。远雕秋有力，寒马夜无声。
> 看猎临胡帐，思乡见汉城。来春拥边骑，新草满归程。①

两人的用词如双旌、蕃情基本相类，皆是颂扬使者此去展示中华之礼，常年通国信，无比荣耀，结尾如出一辙，以春草萋萋赋别情。朱庆余《送于中丞入蕃册立》云：

> 上马生边思，戎装别众僚。双旌衔命重，空碛去程遥。
> 迥没沙中树，孤飞雪外雕。蕃庭过册礼，几日却回朝。②

贾岛《送于中丞使回纥册立》云：

> 君立天骄发使车，册文字字著金书。渐通青冢乡山尽，欲达皇情译语初。
> 调角寒城边色动，下霜秋碛雁行疏。旌旗来往几多日，应向途中见岁除。③

两人的诗偏重此行册立重任，虚写塞外景色，见出行程艰辛，结尾以不知归期书写惜别。唐人送使节出使回纥多以册吊为主，由于旅途遥远，气候恶劣，别情尤显深切。

西部边境的黠戛斯部落即汉之坚昆，唐初之结骨，会昌三年（843），回鹘败亡，黠戛斯杀回鹘可汗，占有其地，派遣使者至唐朝求册命，得到皇上允许。会昌"四年，上命太仆卿兼御史中丞赵蕃持节宣慰"④，赵嘏有《送从翁中丞奉使黠戛斯六首》为之赠行。其一云：

> 扬雄词赋举天闻，万里油幢照塞云。仆射峰西几千骑，一时迎着汉将军。

赞美从翁中丞赵蕃才高等天，出使受到隆重迎接。其二：

> 旌旗杳杳雁萧萧，春尽穷沙雪未消。料得坚昆受宣后，始知公主已归朝。

终于到达黠戛斯，雁萧萧春雪未消，坚昆接受宣慰诏命，始知救得公主已送

---

① 《全唐诗》卷五一八，第5917—5918页。
② 《全唐诗》卷五一四，第5866—5867页。
③ 《贾岛诗集笺注》，第322页。
④ 《唐会要》卷一百《结骨国》，第1785页。

归京。其三云：

> 虽言穷北海云中，属国当时事不同。九姓如今尽臣妾，归期那肯待秋风。

边地部落已尽归附，当早日回朝。其四曰：

> 牢山望断绝尘氛，滟滟河西拂地云。谁见鲁儒持汉节，玉关降尽可汗军。

玉门关多是黠戛斯的军队。其五云：

> 山川险易接胡尘，秦汉图来或未真。自此尽知边塞事，河湟更欲托何人。

诗的背景是会昌四年二月，"朝廷以回鹘衰微，吐蕃内乱，议复河、湟四镇十八州。乃以给事中边使，刘濛为巡使之先备器械糗粮及诇吐蕃守兵众寡。又令天德、振武、河东训卒砺兵，以俟今秋黠戛斯击回鹘，邀其溃败之众南来者，皆委濛与节度团练使详议以闻"[1]。其六云：

> 秦皇无策建长城，刘氏仍穷北路兵。若遇单于旧牙帐，却应伤叹汉公卿。[2]

列举历代对待匈奴的策略，慨叹历史变迁。六首诗览古观今，思绪翱翔，写尽诗家情怀。

北方的突厥与唐朝时和时战，圣历元年（698），可汗默啜"表请与则天为子，并言有女，请和亲"[3]，杜审言《送高郎中北使》即因此而作。首云"北狄愿和亲，东京发使臣"，突厥来求和亲，高郎中受命出使。接写边地辛苦，"马衔边地雪，衣染异方尘。岁月催行旅，恩荣变苦辛"。结尾言和亲成功，早日归朝，"歌钟期重锡，拜手落花春"[4]。马戴的《送和北虏使》以北虏使泛指出使突厥、回纥的使节，诗的前半"路始阴山北，迢迢雨雪天。长城人过少，沙碛马难前。日入流沙际，阴生瀚海边。刀镮向月动，旌纛冒霜悬"，描写出了北方边地气候条件的恶劣。后半"逐兽孤围合，交兵一箭传。穹庐移斥候，烽火绝祁连。汉将行持节，胡儿坐控弦。明妃的回面，南送使君旋"[5]，谓使者带来和战旨意，边境安定，和亲公主一定会送唐使很快归朝。

---

[1] 《资治通鉴》卷二百四十七，第8121—8122页。
[2] 《全唐诗》卷五五〇，第6373—6374页。
[3] 《旧唐书》卷一百九十四《突厥传上》，第5168页。
[4] 《全唐诗》卷六二，第735页。
[5] 《全唐诗》卷五五六，第6449页。

开元元年(713),唐王朝册封大祚荣为渤海郡王,其后世遂号渤海,每岁遣使朝贡。温庭筠有《送渤海王子归本国》云:

> 疆理虽重海,车书本一家。盛勋归旧国,佳句在中华。
> 定界分秋涨,开帆到曙霞。九门风月好,回首是天涯。①

言两国车同轨,书同文,行同伦,本是一家,王子为国建功,名留中华,离开皇宫,回归故里,令人倍感依依不舍。韩翃有《送王诞渤海使赴李太守行营》作于任平卢掌书记时期,诗云"少年结客散黄金,中岁连兵扫绿林。渤海名王曾折首,汉家诸将尽倾心",赞美渤海使臣王诞风流潇洒,武艺高强,不仅为渤海诸王所折服,连唐朝将军也羡慕其名,希望与其交往。"行人去指徐州近,饮马回看泗水深。喜见明时钟太尉,功名一似旧淮阴"②,夸奖李太守如钟繇,似韩信,值得一拜。渤海使者的足迹不惟至于京城,可见交往相当广泛。贯休有《送人之渤海》云"国之东北角,有国每朝天",说明渤海国每每朝见天子。"海力浸不尽,夷风常宛然。山藏罗刹宅,水杂巨鳌涎",人们传闻中的渤海国,风俗宛然,山水奇特,藏鬼杂鳌,荒诞骇人。"好去吴乡子,归来莫隔年"③,希望吴乡子早日归来莫迟延。

西南诸夷中的南诏,唐初以乌蛮为主体,"天宝末,杨国忠用事,蜀帅抚慰不谨,蛮王阁罗凤不恭,国忠命鲜于仲通兴师十万,渡泸讨之,大为罗凤所败。镇蜀,蛮帅异牟寻归国,遂以韦皋为云南安抚大使,命使册拜,谓之南诏。大和中,杜元颖镇蜀,蛮王嵯颠侵蜀,自是或臣或否"④。储光羲有《同诸公送李云南伐蛮》,蛮即指南诏国。据高适集中《李云南征蛮诗》前序云:

> 天宝十一载,有诏伐西南夷,右相杨公兼节制之寄,乃奏前云南太守李宓涉海自交趾击之。道路险艰,往复数万里,盖百王所未通也。十二载四月,至于长安,君子是以知庙堂使能,而李公效节。适忝斯人之旧,因赋是诗。⑤

可知储光羲的诗作于天宝十一载(752),李宓自长安出师之时。起首云"昆明滨滇池,蠢尔敢逆常",南诏国不逊逆反。"天星耀鈇锧,吊彼西南方",唐王朝遣使征伐。"冢宰统元戎,太守齿军行",杨国忠荐李宓领军前往。"囊括千万里,矢谟在庙堂",朝廷谋略包罗广大。"耀耀金虎符,一息到炎荒",

---

① 《温庭筠全集校注》,第 797 页。
② 《全唐诗》卷二四五,第 2751 页。
③ 《全唐诗》卷八三三,第 9400 页。
④ 《旧唐书》卷四十一《地理志》,第 1697 页。
⑤ 《高适诗集编年笺注》,第 261 页。

将军手持虎符,很快就到了南诏地区。"搜兵自交趾,茇舍出泸阳",检阅军队,除草开路。"群山高崒岩,凌越如鸟翔",翻高山逾峻岭。"封豕骤踛伏,巨象遥披攘",降伏路上的各种灾害。"回溪深天渊,揭厉逾舟梁",渊深难渡则架桥造舟。"玄武扫孤蛾,蛟龙除方良。雷霆随神兵,砰磕动穹苍。斩伐若草木,系缧同犬羊",唐朝军队英勇作战,横扫敌军。"余丑隐弭河,啁啾乱行藏",残兵败将到处躲藏。"君子恶薄险,王师耻重伤。广车设置梁,太白收光芒",唐师不忍重创,收兵解甲。"边吏静县道,新书行纪纲",边地平定,法度严明。"剑关掉鞅归,武弁朝建章",唐军从容不迫回朝。"龙楼加命服,獬豸拥秋霜",朝廷依功颁赏。"邦人颂灵旗,侧听何洋洋。京观在七德,休哉我神皇"①,国人颂扬,神皇赞美。全诗纯是祝贺凯旋得胜归来,充满了大国的威严自信,但从高适诗中所言"野食掘田鼠,晡餐兼焷鼮",我们可以想见战斗的惨烈。贯休也有一首《送人征蛮》诗,起首云"七纵七擒处,君行事可攀",应指西南夷。"亦知磨一剑,不独定诸蛮。树尽低铜柱,潮常沸火山。名须麟阁上,好去及瓜还"②,征伐诸蛮直至边界,取得功名,期满还朝,领受嘉奖。

贞元十年(794),南诏弃吐蕃归唐,唐王朝遂"以祠部郎中兼御史中丞袁滋持节册南诏,仍赐牟寻印,铸用黄金,以银为窠,文曰:'贞元册南诏印'"③,权德舆的《送袁中丞持节册南诏五韵》即作于此时。"西南使星去,远彻通朝聘",谓南诏派遣使者来朝。"烟雨棘道深,麾幢汉仪盛",唐朝的使节显示出了天子的礼仪。"途轻五尺险,水爱双流净",跋山涉水,道路险阻。"上国洽恩波,外臣遵礼命",唐皇施恩泽,南诏受礼命。"离堂驻驺驭,且尽樽中圣"④,请出行者饮尽杯中酒,珍重别离。武元衡《酬太常从兄留别》,为送太常卿武少仪而作。"(元和)三年(808)十一月,以南诏异牟寻卒废朝三日。辛未,以谏议大夫段平仲兼御史中丞,持节充册立南诏及吊祭使,仍命铸'元和册南诏印',司封员外郎李逢吉副之。至四年正月,以太常卿武少仪兼御史中丞,充册立及吊祭使。先是,谏议大夫段平仲充使,朝廷以为谏官不合离阙,因罢平仲使,少仪遂有是行,册异牟寻之子骠信笪蒙阁劝为南诏王。"⑤元和四年(809)春夏间,武少仪罢使回途过成都,武元衡遂作此诗伤别。"乡路自兹始,征轩行复留。张骞随汉节,王濬守刀州。泽国

---

① 《全唐诗》卷一三八,第 1398—1399 页。
② 《全唐诗》卷八二九,第 9346 页。
③ 《旧唐书》卷一百九十七《南诏蛮传》,第 5283 页。
④ 《增订注释全唐诗》(第 2 册),第 1214 页。
⑤ 《唐会要》卷九十九《南诏蛮》,第 1765 页。

烟花度,铜梁雾雨愁。别离无可奈,万恨锦江流"①,念及故乡,诗人因不能随行,无可奈何将离恨抛洒于锦江。许棠《送徐侍御充南诏判官》云徐侍御"西去安夷落,乘轺从节行",出使安抚蛮夷部落,持符节乘车上路。"彤庭传圣旨,异域化戎情",传达皇宫圣旨,教化戎夷民风。"瘴路穷巴徼,蛮川过峤城。地偏风自杂,天漏月稀明。危栈连空动,长江到底清。笑宜防狒狒,言好听猩猩",写出沿途风景,奇异物候。"抚论如敦行,归情自合盟。回期佩印绶,何更见新正"②,亲自安抚,订立盟约,成功归朝,表达了对出行使者的美好祝愿。

　　唐王朝与周边各民族皆多有交往,诚如王维所云"杂虏尽朝周,诸胡皆自郐"③,可谓代表了唐人的民族和睦理想。诸葛亮曾对非汉民族采取"纲纪粗定,夷汉粗安"的指导方针,也即"因其故俗,羁縻勿绝",唐朝和各民族的关系虽时有不和,但从唐人大量送别和亲公主,以及入蕃使者的送别诗中,我们仍然可以看到唐王朝承袭前朝、亲和各族、和平共处的大国风范魅力。

----

①　《全唐诗》卷三一六,第3548—3549页。一作《送太常十二兄罢册南诏却赴上都》。
②　《全唐诗》卷六〇四,第6986—6987页。
③　王维:《奉和圣制送不蒙都护兼鸿胪卿归安西应制》。(《王维诗注》,第219页。)

第八章　唐代送别诗与对外交流

诗中有史，寓史于诗，诗史互见，历来是中国文化的传统。唐代送别诗作为唐诗中极其重要的一类题材，有着弥足珍贵的文化价值，其中那些送人出使游历外国以及送外国人归去的大量诗作，印证了唐代对外交往的繁盛情况。送别诗最突出的特点是传递情谊，送别之际激发的情感真诚动人，其对历史的见证作用无可替代，珍贵无比。正如元人方回所云："《汲冢周书》有《王会图》，《周官》有象胥、舌人之职。汉蒟酱、邛竹、蒲萄、苜蓿、安石榴，皆自外国至。远人慕化而来，使人将命而出，以柔以抚，其事不一。形诸赋咏，诡异谲觚，于唐为多。"[①]唐代的诗赋歌咏多言及异域奇诡，显示出对外交流比前代更加广泛，史书记载唐代"凡四蕃之国经朝贡已后自相诛绝及有罪见灭者，盖三百余国。今所在者，有七十余蕃。"[②]主要是新罗、日本、天竺等国，兹据所涉不同国别的送别诗，予以分述考察，以见出唐代文化远播海外的教化影响，及其与各国文化往来的密切和久远。

第一节　唐代送别诗与中朝文化交往

唐朝时期与新罗的交往相对密切，中华文化对新罗人极具吸引力，透过诗人送别使者、文人士子及高僧道人的诗篇，可以发现两国的文化交流遍及深入至各个领域。

一、使者修好往来

有唐一代奉行柔怀万国的睦邻政策，新罗王朝岁岁赴唐朝聘，唐朝皇帝

[①]　《瀛奎律髓汇评》卷三十八《远外类》，第1445页。
[②]　（唐）李林甫等撰，陈仲夫点校：《唐六典》卷四《尚书礼部》（"主客郎中"条，中华书局，1992年版，第129—130页。）

也多次派遣使臣出使新罗册封吊祭。如崔湜《送梁卿王郎中使东蕃吊册》，此东蕃指新罗，作于长安二年（702），此年新罗王金理洪卒，武则天派遣使者梁卿王郎中立其弟兴光为新罗王，因袭将军、都督之号。诗云"梁侯上卿秀，王子中台杰。赠册绥九夷，旌旒下双阙。西堂礼乐送，南陌轩车别"，言梁卿王郎中出使吊册安抚，朝廷旌旗礼乐相送。"征路入海云，行舟溯江月。兹邦久钦化，历载归朝谒"，新罗人敬慕唐王朝的教化，年年远路行舟来朝拜。"皇心谅所嘉，寄尔宣风烈"①，唐朝皇帝泽被蕃夷，为新罗送去遗风厚德，表现出博大的教化心胸。诗中交代了出使的目的，描写了送行的仪式场面，反映了初唐出使新罗的情况。在送行使者时，一般会举行大规模有文士参与的饯行活动，唐玄宗时期的饯送礼俗最为隆盛。开元二十五年（737），邢璹奉使新罗，太子及百官赋诗送行，玄宗亲为制诗序。《旧唐书》卷一百九十九上《新罗传》云：

> 开元二十五年，（新罗）兴光卒，诏赠太子太保，仍遣左赞善大夫邢璹摄鸿胪少卿，往新罗吊祭，并册立其子承庆袭父开府仪同三司、新罗王。璹将进发，上制诗序，太子以下及百僚咸赋诗以送之。……又闻其人多善弈棋，因令善棋人率府兵曹杨季鹰为璹之副。②

从唐玄宗亲制诗序，太子以下及百僚莫不赋诗相送的赠贺中，可以感受到人们对出行的热情以及对使者的重视，又针对新罗人多善弈棋而派遣善棋人相随，说明双方在棋艺文化领域也有交流。

大历二年（767），新罗王宪英卒，唐朝册立其子乾运为王。大历三年（768）二月，唐代宗"命仓部郎中归崇敬兼御史中丞，持节册命"③，《新唐书》卷二百二十《东夷列传》亦云："大历初，宪英死，子乾运立，甫卯，遣金隐居入朝待命。诏仓部郎中归崇敬往吊，监察御史陆班、顾愔为副册授之。"④时人皇甫冉、皇甫曾、耿湋、李端、吉中孚等，一同赋诗为归崇敬送行，独孤及为之作序。此外，钱起有诗送随行的陆班，顾况有诗送同去的顾愔。独孤及《送归中丞使新罗吊祭册立序》云：

> 今天子以公身衣儒服，力儒行，行之修可移于官，学之精可专对四方。是故公任执法之位，且使操节以济大海，颁我王度于大荒之外。夫新罗嗣王以丧讣，且请命于我矣。我则归赗继好，以策命命之，实怀远

---

① 彭庆生：《初唐诗歌系年考》，北京大学出版社，2012年版，第276页。
② 《旧唐书》卷一百九十九上《新罗传》，第5337页。
③ 《唐会要》卷九十五《新罗》，第1713页。
④ 《新唐书》卷二百二十《东夷列传》，第6205页。

示德,礼之大者。夫亦将宏宣王风,诞敷微言,使鸡林塞外,一变可至齐鲁。不然,归公何以不陋九夷之行也?盖行于忠信者无险易,拘于王程者无远近。故公受诏之日,则遗其身,视涉海如蹈陆,谓穷发犹跬步。岂鲸怒鳌抃,足戒行李?凡以诗既别,姑美遣使臣之盛云尔。①

详细阐明了此次出行的意义和使节的重任,即所谓"颁我王度于大荒之外","宏宣王风,诞敷微言,使鸡林塞外,一变可至齐鲁",最后表明以诗既别使臣的隆重。皇甫冉《送归中丞使新罗》云"诏使殊方远,朝仪旧典行。浮天无尽处,望日计前程。暂喜孤山出,长愁积水平。野风飘叠鼓,海雨湿危旌",描写了出使远行及海上景色,"异俗知文教,通儒有令名。还将大戴礼,方外授诸生"②,显示了归崇敬博古通今的学识,诗人设想归中丞到达新罗后一定能施行礼乐教化,甚至将《大戴礼记》传授给新罗人。皇甫曾《送归中丞使新罗》云:

> 南幰衔恩去,东夷泛海行。天遥辞上国,水尽到孤城。
> 已变炎凉气,仍愁浩淼程。云涛不可极,来往见双旌。③

言去新罗的海路旅程辽阔遥远,波涛浩渺,一路上只有旌旗可以慰藉。耿湋《送归中丞使新罗》云"远国通王化,儒林得使臣。六君成典册,万里奉丝纶",一行人奉命出使册吊,宣示唐王教化。"云水连孤棹,恩私在一身。悠悠龙节去,渺渺蜃楼新。望里行还暮,波中岁又春。昏明看日御,灵怪问舟人",海上不时有奇异景色和怪异之物出现。"城邑分华夏,衣裳拟缙绅。他时礼命毕,归路勿迷津"④,想象新罗人模仿唐人的装束,学习华夏建筑。钱起《送陆珽侍御使新罗》送给副使陆珽,"衣冠周柱史,才学我乡人",表明两人为同乡关系,"受命辞云陛,倾城送使臣",送行场面宏大,出使不忘朝廷,"去程沧海月,归思上林春。始觉儒风远,殊方礼乐新"⑤,出使新罗送去唐朝的儒风和礼乐。顾况《送从兄使新罗》送给副使顾愔,全诗"风骨未高,才情焕发"⑥。其中"六气铜浑转,三光玉律调。河宫清奉赆,海岳晏来朝。地绝提封入,天平赐贡饶。扬威轻破虏,柔服耻征辽",言唐王朝对来朝觐者以柔怀远。"曙色黄金阙,寒声白鹭潮。楼船非习战,骢马是嘉招",言

---

① 《全唐文》卷三百八十七,第3938页。
② 《全唐诗》卷二五〇,第2815页。
③ 《全唐诗》卷二一〇,第2182页。
④ 《全唐诗》卷二六九,第2997页。
⑤ 《钱起诗集校注》卷五《五言律诗》,第154—155页。
⑥ 《唐诗别裁集》,第242页。

使者渡海前往。"帝女飞衔石，鲛人卖泪绡。管宁虽不偶，徐市傥相邀。独岛缘空翠，孤霞上沉寥。蟾蜍同汉月，蟏蛸异秦桥。水豹横吹浪，花鹰迥拂霄。晨装凌莽渺，夜泊记招摇。几路通员峤，何山是沃焦。飓风晴洎起，阴火暝潜烧。鬒发成新髻，人参长旧苗。扶桑衔日近，析木带津遥。梦向愁中积，魂当别处销。临川思结网，见弹欲求鸮"，罗列传说典故，幻想海上行程奇谲，兼抒别情，极具才气。"共散羲和历，谁差甲子朝。沧波伏忠信，译语辨讴谣"，天下皆奉行唐朝的历法，流传的歌谣显出礼乐文教。"叠鼓鲸鳞隐，阴帆鹢首飘。南溟垂大翼，西海饮文鳐。指景寻灵草，排云听洞箫。封侯万里外，未肯后班超"①，使者出使建功惠及异域，归来封侯受赏。这些诗作详细描写了归崇敬一行人出使的目的和任务，对海上旅行景色的夸张，给人以无比新奇之感，相较史书的寥寥数语记载更加形象真实。

时至德宗贞元十六年（800），韦丹又奉命出使新罗，《旧唐书》卷一百九十九上《东夷传》云：

> 贞元十六年，授俊邕开府仪同三司、检校太尉、新罗王。令司封郎中、兼御史中丞韦丹持节册命。丹至郓州，闻俊邕卒，其子重兴立，诏丹还。永贞元年，诏遣兵部郎中元季方持节册重兴为王。②

权德舆《奉送韦中丞使新罗序》叙述当时盛大的送行场面是："三台隽彦，歌诗宴载，至若辰韩息慎之俗，怀方象胥之道，宾将洽骖之盛，致赐谕旨之荣。自原隰之华，至溟涨之大，云气海物，昕昏变化，众君子言之详矣……凡两掖所赋，盍偕序以为好，宜征作者，猥及鄙人，直书粗略，敢谢不敏。"③其《送韦中丞奉使新罗》起首云"淳化洽声明，殊方均惠养"④，即对异域均要施以淳厚教化，浸润礼乐文明，加恩抚养，表现了唐人阔大的胸怀气度。孟郊时在长安，亦作诗《奉同朝贤送新罗使》相送，"恩传日月外，梦在波涛东"，言出使弘扬朝恩，不忘天子。"彼俗媚文史，圣朝富才雄"，新罗国俗喜好文史，正是圣朝才雄的影响。"送行数百首，各以铿奇工"⑤，送行诗达数百首，各有铿锵声韵，立意高超，可见人们对使者出行活动的高度重视。

元和七年（812），新罗王"重兴卒，立其相金彦升为王，遣使金昌南等来

---

① 《顾况诗集》，第 77 页。
② 《旧唐书》卷一百九十九，第 5338 页。
③ 《全唐文》卷四百九十一，第 5013 页。
④ 《全唐诗》卷三二三，第 3632 页。
⑤ 《孟郊诗集笺注》卷八，第 393 页。

告哀。其年七月,授彦升开府仪同三司……亦令本国准例给。兼命职方员外郎、摄御史中丞崔廷持节吊祭册立,以其质子金士信副之"①。崔廷临行之际,窦常作《奉送职方崔员外摄中丞新罗册使》为其勉行。"帝命海东使,人行天一涯",崔员外奉命出使,"册拜申恩重,留欢作限赊",册封相庆,彰显皇恩德重,"便随琛赆入,正朔在中华"②,新罗王受命,奉行唐朝正朔历法。

大和五年(831),新罗王金彦升卒,以嗣子金景徽即位,唐朝"命太子左谕德、兼御史中丞源寂持节吊祭册立"③。刘禹锡和姚合皆有诗为源寂送行慰别。刘禹锡诗题为《送源中丞充新罗册立使》,赞美源中丞此行是"相门才子称华簪,持节东行捧德音",结尾云"想见扶桑受恩处,一时西拜尽倾心"④,可以想见受到唐朝恩惠的新罗人,一定充满感激倾心敬拜。姚合诗题为《送源中丞赴新罗》,夸耀使者"玉节在船清海怪,金函开诏抚夷王","谁得似君将雨露,海东万里洒扶桑"⑤,弘扬皇恩,抚慰外域,光荣神圣。元人范梈论曰:

> 《送源中丞赴新罗国》:"赤墀赐对使殊方,恩重乌台紫绶光。玉节在船清海怪,金函开诏拜夷王。云晴渐觉山川异,风便宁知道路长。谁得似君将雨露,海东万里洒扶桑。"初句以殊方指新罗也,只起句说尽题目。第二句明其以中丞奉使,无复遗缺,此是妙手。颔联应第一句。颈联言殊方之景。落联"雨露"者天子之泽也,"洒"之一字,又见恩泽之被于殊方也。气象宏丽,节奏高古,实雄伟不常也。⑥

分析极是,见解高远。咸通四年登进士第的李昌符,亦有诗《送人入新罗使》,但使者不详,诗云:

> 鸡林君欲去,立册付星轺。越海程难计,征帆影自飘。
> 望乡当落日,怀阙羡回潮。宿雾蒙青嶂,惊波荡碧霄。
> 春生阳气早,天接祖州遥。愁约三年外,相迎上石桥。⑦

反映了出使使节往来行程的遥远孤寂及思乡情感,显示了唐王朝欲通过使

---

① 《旧唐书》卷一百九十九《东夷传》,第5338—5339页。
② 《全唐诗》卷二七一,第3033页。
③ 《旧唐书》卷一百九十九《东夷传》,第5339页。
④ 《刘禹锡全集编年校注》,第534页。
⑤ 《姚合诗集校注》卷二,第87页。
⑥ 范梈:《诗学禁脔·雄伟不常格》。(《历代诗话》,第761页。)
⑦ 《全唐诗》卷六〇一,第6951页。

第八章 唐代送别诗与对外交流 ·365·

臣往来怀远化外的气度。

以上是送别唐朝出使新罗的使者,还有是送别来唐朝的新罗使者,流传下来的如陶翰《送金卿归新罗》。题目中的金卿,应是新罗归国使节金思兰,写作时间在开元二十一年(733),①诗云:

奉义朝中国,殊恩及远臣。乡心遥渡海,客路再经春。
落日谁同望,孤舟独可亲。拂波衔木鸟,偶宿泣珠人。
礼乐夷风变,衣冠汉制新。青云已干吕,知汝重来宾。②

使者金卿"奉义朝中国",唐王朝"殊恩及远臣","礼乐夷风变,衣冠汉制新",从礼乐制度到衣冠风俗各方面都给予新罗以改变。"青云已干吕,知汝重来宾",言中国为好道之国,乐于施布道德仁义。③

张籍曾作《送新罗使》和《送金少卿副使归新罗》,应是张籍在长安任太常太祝时,于元和七年(812)七月,为送别新罗归国副使金士信而作。④ 前云元和七年,新罗王"重兴卒……兼命职方员外郎、摄御史中丞崔廷持节吊祭册立,以其质子金士信副之"⑤,临行之际,窦常作《奉送职方崔员外摄中丞新罗册使》送别崔廷,张籍的《送新罗使》和《送金少卿副使归新罗》应是送别副使金士信。前者云:

万里为朝使,离家今几年。应知旧行路,却上远归船。
夜泊避蛟窟,朝炊求岛泉。悠悠到乡国,远望海西天。⑥

首叙使者来唐朝,离家已数年。次叙归去,突出征途艰危。结尾寄托离别情意,使者常常遥望大海之西的中国。后者谓金士信"久为侍子承恩重,今佐使臣衔命归",蒙受皇帝的恩泽,此次作为副使带着使命回国。"通海便应将国信,到家犹自著朝衣",手持符信回到新罗,仍然身著唐朝礼服。"从前此去人无数,光彩如君定是稀"⑦,以前的使者谁也比不上金少卿的光彩,其独特地位非一般人能比。金士信本是新罗在唐朝的质子,被唐朝派为副使出使新罗,所以其地位非一般使者所能比。唐代以新罗质子或留学生为副使出使新罗乃是惯例,张乔《送宾贡金夷吾(一作鱼)奉使归本国》中的金夷

---

① 谢海平:《唐代诗人与在华外国人之文字交》,台湾文史哲出版社,1981 年版,第 106 页。
② 《全唐诗》卷一四六,第 1476—1477 页。
③ 东方朔:《海内十洲记》曰:"天汉三年,月氏国献神香。使者曰:国有常占,东风入律,百旬不休;青云干吕,连月不散。意中国将有好道之君,故搜奇异而贡神香。"
④ 谢海平:《唐代诗人与在华外国人之文字交》,第 107 页。
⑤ 《旧唐书》卷一百九十九上《东夷传》,第 5338—5339 页。
⑥ 《张籍集注》,第 117 页。
⑦ 同上,第 220 页。

吾,即是新罗的留学生,奉命以使节身份归国。① 诗云:

> 渡海登仙籍,还家备汉仪。孤舟无岸泊,万里有星随。
> 积水浮魂梦,流年半别离。东风未回日,音信杳难期。②

从"渡海登仙籍"可知,金夷吾已在唐朝取得科举功名,《登科记考》卷二十七亦有记载。诗中伤离感别,真诚动人。金士信、金夷吾等新罗人的特殊使者身份,对传播两国文化具有重要意义。以上送别诗对离情别绪的抒写,对海上旅途诗情画意的描写,对使者出行重任的记述,展现了两国政治层面的友好往来情景。

二、文士广泛交流

随着唐文化影响的扩大,慕名来唐的新罗文人士子逐渐增多起来,几乎"不绝于长安道",诗人们送别新罗人回归的诗章,涉及到了各个文化领域的交流。

唐代送别新罗人、新罗宾贡登第或下第的诗篇,显现了唐朝科举对新罗人的巨大影响。新罗人在唐朝取得科考功名的有很多,如章孝标《送金可纪归新罗》诗中的金可纪,"登唐科第语唐音",说明金可纪已经登第,"望日初生忆故林",因思念故乡回国。"鲛室夜眠阴火冷,蜃楼朝泊晓霞深。风高一叶飞鱼背,潮净三山出海心",想象友人回乡途中海上的景色,富于浪漫色彩。"想把文章合夷乐,蟠桃花里醉人参"③,希望友人把大唐文明带回新罗,融合两国文化。张乔《送人及第归海东》和杜荀鹤《送宾贡登第后归海东》,皆是送别新罗人。④ 张乔诗云:"东风日边起,草木一时春。自笑中华路,年年送远人。"⑤此及第人不具姓名,在东风吹绿草万木苏醒的春季里返国,诗人"自笑中华路,年年送远人",既是实写,也有寓意,说明来唐朝参加科举考试的新罗人非常多。宾贡指别国推举而来的才学之士,"贡士三等,王城曰王贡,郡邑曰乡贡,他国人曰宾贡"⑥。杜荀鹤诗中的新罗宾贡,作为域外人来唐参加科举考试,很荣幸榜上有名,"归捷中华第,登船鬓未丝。直应天上桂,别有海东枝"。及第后归国心切,"国界波穷处,乡心日出时。西

---

① 党银平:《唐与新罗文化关系研究》,中华书局,2007年版,第85页。
② 《全唐诗》卷六三八,第7305页。
③ 《全唐诗》卷五〇六,第5753页。
④ 余恕诚、郑传锐:《唐诗中"日东""扶桑"等地理指向考辨》,《南京师范大学文学院学报》2012年第3期。
⑤ 《全唐诗》卷六三九,第7327页。
⑥ 《文献通考》卷三百二十五。

风送君去,莫虑到家迟"①,愿其带着功名,一路顺风回国去。张乔和杜荀鹤皆属于寒畯连败文场的士子,可能在参加科举考试过程中与新罗宾贡结下了友谊,离别时以诗相送。初与张乔齐名的张蠙有《送友人及第归》(一本题下有新罗二字),诗云"作贡诸蕃别,登科几国同","乡俗稀攀桂,争来问月宫"②,说明科考宾贡对各蕃国要求都很高,登第的人数极少。贯休《送新罗人及第归》中的及第新罗人,"捧桂香和紫禁烟,远乡程彻巨鳌边",荣耀还国,不畏路途遥远。"莫言挂席飞连夜,见说无风即数年。衣上日光真是火,岛旁鱼骨大于船。到乡必遇来王使,与作唐书寄一篇"③,希望友人借来唐使者之便寄来书信,可见两人友情甚笃,往来唐朝的新罗人非常频繁。以上的科举及第人没有留下详细信息,无从查考,可能是登第后即回国的缘故。

既有高中者,就会有下第者,宾贡应科举考试未登第者当更多,雍陶《送友人罢举归东海》即是送新罗落第者弃文从武,很有代表性。诗中云"沧波天堑外,何岛是新罗",故题目中东海疑当作海东,指新罗距离唐朝遥远。"舶主辞番远,棋僧入汉多",写出两国海上往来之盛况。"海风吹白鹤,沙日晒红螺",想象友人家乡之美,令人神往。"此去知提笔,须求利剑磨"④,友人罢举归国,弃文磨剑从戎。诗中有关切,有安慰,有开导,极尽友情之宜。追求科举名第对宾贡而言极为重要,唐末裴说的《赠宾贡》,可谓写出了举子奋斗的艰辛,诗云:

　　惟君怀至业,万里信悠悠。路向东溟出,枝来北阙求。
　　家无一夜梦,帆挂隔年秋。鬓发争禁得,孤舟往复愁。⑤

科举是宾贡至高无上的事业,尽管路途遥远也不放弃,忍受一切努力争取,从而可见唐朝文化对新罗人的巨大吸引力。

新罗人来唐后,也有在唐朝任职为官的,张乔《送朴充侍御归海东》中的朴充为新罗人,⑥"天涯离二纪,阙下历三朝",在唐朝居留了二十多年,历经三朝,担任侍御史一职,掌管科举百僚及入阁承诏。"涨海虽然阔,归帆不觉遥",回乡的路途隔海相望,也不觉得遥远。"惊波时失侣,举火夜相招。来

---

① 《全唐诗》卷六九一,第7933页。
② 《全唐诗》卷七〇二,第8073页。
③ 《全唐诗》卷八三六,第9418页。
④ 《全唐诗补编》(上册)《全唐诗补逸》卷七,第176页。
⑤ 《全唐诗》卷七二〇,第8261—8262页。
⑥ 《唐诗中"日东""扶桑"等地理指向考辨》。

往寻遗事,秦皇有断桥"①,海上航行虽多险阻,但挡不住来中国寻求遗迹的热情,甚至传说中秦始皇于海中修筑的石桥他也知道。张乔还有一首《送棋待诏朴球归新罗》,颇为传诵,极具价值。唐朝的待诏是指以一技之长待命供奉于内廷的人,除了文词经学之士外,还有医卜技术之流,供直于内廷别院,以待诏命,因此有医待诏、画待诏等名称。朴球作为擅长棋艺的棋待诏,技术超常,"海东谁敌手,归去道应孤",因为棋艺无人匹敌,朴球回国后一定会感到孤寂。"阙下传新势,船中覆旧图",言其能传新棋势,能复旧残局,非同一般。"穷荒回日月,积水载寰区。故国多年别,桑田复在无"②,随着时间的流逝,朴球在唐朝已停留多年,思念故乡回归心切。棋待诏的主要职责是侍奉皇帝下棋,对入选人员要求非常严格,朴球作为新罗人,能被选为棋待诏,足见其棋艺精湛。沈颂的《送金文学还日东》和刘眘虚的《海上诗送薛文学归海东》,也是送新罗人回国。③ 唐朝的文学官主要掌理雠校典籍,侍从文章,太子司经局以及亲王府都设有文学职官,金文学、薛文学仕唐后回国,沈颂、刘眘虚以诗相送。沈颂诗云:

　　君家东海东,君去因秋风。漫漫指乡路,悠悠如梦中。
　　烟雾积孤岛,波涛连太空。冒险当不惧,皇恩措尔躬。④

金文学凭借秋风吹送,经过漫漫旅程,在唐朝浩荡皇恩的庇护下,一定能无所畏惧回到家乡。刘眘虚诗云:

　　何处归且远,送君东悠悠。沧溟千万里,日夜一孤舟。
　　旷望绝国所,微茫天际愁。有时近仙境,不定若梦游。
　　或见青色古,孤山百里秋。前心方杳眇,后路劳夷犹。
　　离别惜吾道,风波敬皇休。春浮花气远,思逐海水流。
　　日暮骊歌后,永怀空沧洲。⑤

诗中描写的海景极其奇幻迷离,结尾点出离别情深,怀念故地沧州。

　　晚唐诗人顾非熊和湖北荆门僧尚颜,分别有送隐士友人回国之作,顾非熊诗《送朴处士归新罗》云"少年离本国,今去已成翁。客梦孤舟里,乡山积水东",朴处士在唐朝积年之久,已由一少年变成一老翁,时常思念故乡。

---

① 《全唐诗》卷六三八,第7320页。
② 同上,第7308页。
③ 《唐诗中"日东""扶桑"等地理指向考辨》。
④ 《全唐诗》卷二〇二,第2113页。
⑤ 《全唐诗》卷二五六,第2869—2870页。

"鳌沉崩巨岸,龙斗出遥空。学得中华语,将归谁与同"①,学得一口中华语,回国后与谁同言语呢,说明其汉语水平已相当高。尚颜《送朴山人归新罗》云:

> 浩渺行无极,扬帆但信风。云山过海半,乡树入舟中。
> 波定遥天出,沙平远岸穷。离心寄何处,目击曙霞东。②

诗人描绘海上风光绮丽,想象东方霞光普照,以景寄情,抒写离怀,表现了两人深厚的情谊。

诗人刘得仁、许彬、贯休、陈光等,皆有送无名氏新罗人归国之作,如刘得仁《送新罗人归本国》云"鸡林隔巨浸,一住一年行。日近国先曙,风吹海不平。眼穿乡井树,头白渺弥程",叙写两国隔海相望,往来耗费时日。结语"到彼星霜换,唐家语却生"③,回到故国斗转星移,再也听不到唐朝的语言,深感遗憾。许彬有《送新罗客归》云:"君家沧海外,一别见何因。风土难知教,程途自致贫。"④新罗因地处遥远,其风土难以知道儒家诗书礼乐,致使其地贫乏,言外之意谓其更需要唐王朝加以教化,早日一如齐鲁。

大量的有名和无名新罗人漂洋过海来到唐朝,或参加科举考试,实现登第功名,或留居侍唐,任职承官,或学习唐语,游览唐风,广泛结交,播种友谊,他们是两国文化友好交流的见证者。

三、僧人热诚求法

唐代于宗教方面对海东新罗亦有吸引力,不断有新罗僧人赴唐求法,与唐朝的僧侣结下了深厚友谊,临行之际多有送赠诗歌留存,这些篇章显现出布风化雨的心胸。如孙逖的《送新罗法师还国》、姚鹄的《送僧归新罗》、张乔的《送新罗僧》《送僧雅觉归东海》等。法师是对精通佛教经典并能演说佛法者的尊称,故孙逖《送新罗法师还国》云"异域今无外,高僧代所稀。苦心归寂灭,宴坐得精微",谓天下一家,此新罗法师是难得的高僧。"持钵何年至,传灯是日归。上卿挥别藻,中禁下禅衣",朝廷高官为之抒写离别之辞,皇宫中皇上赐下禅衣,送行规格何等隆重。"海阔杯还度,云遥锡更飞。此行迷处所,何以慰虔祈"⑤,传道不畏地荒海阔,可见唐代佛教影响的广

---

① 《全唐诗》卷五〇九,第 5782 页。
② 《全唐诗》卷八四八,第 9603—9604 页。
③ 《全唐诗》卷五四四,第 6292—6293 页。
④ 《全唐诗》卷六七八,第 7767 页。
⑤ 《全唐诗》卷一一八,第 1196 页。

远。姚鹄《送僧归新罗》中的僧人"森森万余里,扁舟发落晖。沧溟何岁别,白首此时归",不知什么时候不远万里来到唐朝,如今皓首白发始归故里。"寒暑途中变,人烟岭外稀。惊天巨鳌斗,蔽日大鹏飞。雪入行砂屦,云生坐石衣",曾经历尽寒暑春秋,星移斗转,到达唐朝。"汉风深习得,休恨本心违"①,习得佛法,对汉民族的礼乐教化和风俗习惯已经深切领会,所以不抱怨远离故乡。张乔《送新罗僧》中的无名僧人,"东来此学禅,多病念佛缘",漂洋过海来唐求法,"把锡离岩寺,收经上海船。落帆敲石火,宿岛汲瓶泉",学成归去回国布道,"永向扶桑老,知无再少年"②,为宣扬佛法终生无悔。

咸通十一年(870),皮日休作诗送新罗弘惠上人归国,陆龟蒙有奉和诗同送。皮日休的诗题为《庚寅岁十一月新罗弘惠上人与本国同书请日休为灵鹫山周禅师碑将还以诗送之》,交待了写作的背景。诗云"三十麻衣弄渚禽,岂知名字彻鸡林。勒铭虽即多遗草,越海还能抵万金",自己因闻名新罗被邀请为灵鹫山周禅师勒铭,所作碑文越海能抵万金。"二千余字终天别,东望辰韩泪洒襟"③,挥泪洒别,希望友情流传如天长地久。陆龟蒙《和袭美为新罗弘惠上人撰灵鹫山周禅师碑送归诗》云:

  一函迢递过东瀛,祇为先生处乞铭。已得雄词封静检,却怀孤影在禅庭。
  春过异国人应写,夜读沧洲怪亦听。遥想勒成新塔下,尽望空碧礼文星。④

诗中申明了事情的经过,赞誉皮日休名布海外。贯休有《送新罗衲僧》和《送新罗僧归本国》两首,前者云:

  扶桑枝西真气奇,古人呼为师子儿。六环金锡轻摆撼,万仞雪峤空参差。
  枕上已无乡国梦,囊中犹挈石头碑。多惭不便随高步,正是风清无事时。⑤

此新罗僧人穿着衲衣,显然是深得佛法奥义的高僧,修行已达忘我的至高境界。后者云"忘身求至教,求得却东归。离岸乘空去,终年无所依",新罗僧来唐求得最好的教义,乘空归去。"月冲阴火出,帆捯大鹏飞。想得还乡后,

---

① 《全唐诗》卷五五三,第6406页。
② 《全唐诗》卷六三八,第7314页。
③ 《全唐诗》卷六一四,第7086—7087页。
④ 《全唐诗》卷六二六,第7192页。
⑤ 《全唐诗》卷八三六,第9418—9419页。

多应著紫衣"①，暗用武则天赏赐僧人法朗等紫袈裟的故事，谓新罗僧归国后将倍受荣宠，可明新罗佛徒对唐朝极其崇奉。法照有《送无著禅师归新罗》云：

> 万里归乡路，随缘不算程。寻山百衲弊，过海一杯轻。
> 夜宿依云色，晨斋就水声。何年持贝叶，却到汉家城。②

超脱尘世的禅师，为了求得真法，跋山涉水，餐风宿露，备尝艰辛，希望其有朝一日，带着佛经再到中国来。

新罗僧人来唐，游居天台山的较多，如张籍《赠海东僧》和杨夔《送日东僧游天台》诗中，海东、日东皆指新罗，③都言及新罗僧人在天台的活动。张籍诗云：

> 别家行万里，自说过扶余。学得中州语，能为外国书。
> 与医收海藻，持咒取龙鱼。更问同来伴，天台几处居。④

该新罗高僧梯航万里来到唐朝，经过多年学习，掌握了中原语言文字，能说会写，且擅长医学，还懂咒语，能降服龙鱼，与人结伴访天台，询问居处，可知天台寺院有不少新罗僧人。杨夔诗云：

> 一瓶离日外，行指赤城中。去自重云下，来从积水东。
> 攀萝跻石径，挂锡憩松风。回首鸡林道，唯应梦想通。⑤

该新罗僧离开长安去游天台山，沿着石径攀登，迎着山风憩息，怀念故土鸡林，魂牵梦萦不已。天台山位于浙江省东部，山水神秀，是中国佛教名山，也是佛教天台宗的发祥地，誉满海内外，自然为新罗僧钦羡向往。唐代僧俗诗人笔下的新罗僧人，不惮山高水阔，克服艰难险阻，在唐朝积年累月洁身修行，追求道法，赢得了普遍赞誉，在深得佛法真谛后，即使满头白发，亦不改初衷归乡报国，谱写了一曲两国共同弘扬佛教的圣歌。

送别是人们最寻常的日常社交活动，送别诗体现了人类珍重美好情谊的共通性，唐代与新罗相关的送别诗是两国文化相濡以沫的艺术见证。唐代与新罗多渠道的文化交流，促进了两国文化的共同繁荣，奠定了两国赤诚相待的历史根基。

---

① 《全唐诗》卷八三二，第 9384—9385 页。
② 《全唐诗》卷八一〇，第 9135 页。
③ 《唐诗中"日东""扶桑"等地理指向考辨》。
④ 《张籍集注》，黄山书社，1989 年版，第 139 页。
⑤ 《全唐诗》卷七六三，第 8661 页。

第二节　唐代送别诗与中日文化交往

历史上的中日交往,至唐代随着遣唐使的出现更加频繁密切,在唐代送别诗中亦多有反映,透过诗人诗化的笔触,可以领略当时盛交的一斑风貌。

一、送别遣唐使和留学者

有唐一代日本派往中国的遣唐使多达 19 次,除去没有成行的,人员数以千计,这些人中有许多是留学生或学问僧,他们学有所成回国后成为传播中国文化的先行者,在离开中国的时候,文明好客的唐朝天子及其文人士子,每每会赋诗饯送,从留存下来的送别诗作中,可以看出日本遣唐使和留学生在中国的日常学习生活及社会交往活动等情况,发现遣唐使与中国文化的纽带关系,进一步认识遣唐使在中日文化交流中的重要作用。

唐玄宗的《送日本使》可谓是送别日本使者的代表作,这里的日本使者即藤原清河,天宝十一载(752),藤原清河作为遣唐大使,至长安拜见唐玄宗,玄宗命令当时任秘书监兼卫尉卿的晁衡负责接待,引导清河等参观了府库及三教殿,又请人图画清河容貌收藏留念。等到天宝十二载清河返归时,玄宗手书御诗以送别,诗云:

　　日下非殊俗,天中嘉会朝。念余怀义远,矜尔畏途遥。
　　涨海宽秋月,归帆驶夕飙。因惊彼君子,王化远昭昭。[①]

开篇气势宏大,称中日礼俗无异,回忆当年在长安宫殿里举行的欢迎宴会后,自然转入今日送行,希望使者克服惊涛骇浪艰难险阻,把大唐的友谊和礼仪教化传扬光大。全诗体现了王者的教化胸怀,非帝王气派不能言出。

晁衡是日本著名的留学生,原名仲满、阿倍仲麻吕,于开元五年(717)随日本遣唐使来中国留学,历仕玄宗、肃宗、代宗三朝,担任过朝廷多种要职,居住中国几十年,热情好学,与当时的著名诗人李白、王维、储光羲、沈颂、赵骅、包佶等,都有亲密交往。天宝十二载(753),晁衡欲回国探亲,临行前向玄宗辞行,得到准允后作诗留别友人,《衔命还国作》云:

　　衔命将辞国,非才忝侍臣。天中恋明主,海外忆慈亲。
　　伏奏违金阙,騑骖去玉津。蓬莱乡路远,若木故园林。

[①] [日]河世宁:《全唐诗逸》卷上,中华书局,1985 年版,第 1 页。

西望怀恩日,东归感义辰。平生一宝剑,留赠结交人。①

诗中流露出了深深的眷恋之情,家乡虽远,但天涯若比邻,长安的记忆,皇上的恩典,永难忘怀。诗人甚至将自己最珍贵的宝剑留赠给昔日的同好,可见对大唐的感情何其深挚。唐代送别晁衡的诗作,以王维的《送秘书晁监还日本国》最享盛名,诗前有序云:"我开元天地大宝圣文神武应道皇帝,大道之行,先天布化,乾元广运,涵育无垠。"表现出盛唐独有的布化寰宇的阔大气魄,道教经书,珍奇宝物莫不传入日本。序中又描写日本国风是:"服圣人之训,有君子之风。正朔本乎夏时,衣裳同乎汉制。历岁方达,继旧好于行人,滔天无涯,贡方物于天子。司仪加等,位在王侯之先;掌次改观,不居蛮夷之邸。我无尔诈,尔无我虞。彼以好来,废关弛禁。上敷文教,虚至实归,故人民杂居,往来如市。"这些赞誉之词也是两国以诚交往的写照,可见两国交往之密切。王维希望晁衡"去帝乡之故旧,谒本朝之君臣。咏七子之诗,佩两国之印。布我王度,谕彼蕃臣"②,做一个沟通两国友好的文化大使,传播大唐文化。王维的诗则抒写了两人之间深深的交情,云:

　　积水不可极,安知沧海东？九州何处所,万里若乘空？
　　向国唯看日,归帆但信风。鳌身映天黑,鱼眼射波红。
　　乡树扶桑外,主人孤岛中。别离方异域,音信若为通？③

诗人通过目的地渺远,航程艰险,喟叹别离无奈,希冀别后互通音讯,慰藉离情。包佶的《送日本国聘贺使晁巨卿东归》亦有影响,诗云:

　　上才生下国,东海是西邻。九译蕃君使,千年圣主臣。
　　野情偏得礼,木性本含真。锦帆乘风转,金装照地新。
　　孤城开蜃阁,晓日上朱轮。早识来朝岁,涂山玉帛均。④

诗人夸奖晁衡极有才气,好学知礼,为官尽职尽责,品行纯真,得到皇上赏识,送行的场面具有皇家气派,凸现了唐朝文化的吸引力。从以上诗题中秘书晁监、晁补阙、聘贺使晁巨卿的不同称呼,可以明了晁衡在唐的任职情况和荣誉,晁衡作为留学生,"慕中国之风,因留不去,改姓名为朝衡,仕历左补

---

① 《全唐诗》卷七三二,第 8375 页。
② 《王维诗注》,第 242 页。
③ 同上,第 243 页。
④ 《全唐诗》卷二〇五,第 2142 页。

阙、仪王友。衡留京师五十年,好书籍,放归乡,逗留不去"①,对唐王朝充满了眷恋,从以上送别留别诗作流露出的真挚情感中,亦可见出中日文人间的友好情谊,这是人类最值得珍贵的财富。

时至唐德宗贞元二十年(804),日本国又"遣使来朝,留学生橘逸势、学问僧空海"随行前来。元和元年(806),"日本国使判官高阶真人上言:'前件学生,艺业稍成,愿归本国,便请与臣同归。'从之。"②于是橘逸势、空海等随使者一同回国,离开之际,徐凝作《送日本使还》相赠,诗云:

绝国将无外,扶桑更有东。来朝逢圣日,归去及秋风。
夜泛潮回际,晨征苍莽中。鲸波腾水府,蜃气壮仙宫。
天眷何期远,王文久已同。相望杳不见,离恨托飞鸿。③

诗中言日本距离中国最远,忆来时正值圣明之日,叹归去却逢悲秋时节,想象一路上的苍茫虚幻,希望天子的眷顾随着礼仪制度的同一,得以实现,结尾寄寓别情,希望鸿雁传书。此诗得到沈德潜欣赏,论曰:"犹有盛唐家数。"④一行人途经越州时,朱千乘、朱少端、陆鸿渐、昙靖、郑壬等人作诗同送空海、橘逸势,抒写离情。朱千乘作有《送日本国三藏空海上人朝宗我唐兼贡方物而归海东诗》,诗前有序,序中云:"沧溟无垠,极不可究。海外僧侣,朝宗我唐,即日本三藏空海上人也。解梵书,工八体,缮俱舍,精三乘。去秋而来,今春而往,反掌云水,扶桑梦中。他方异人,故国罗汉,盖乎凡圣不可以测识,亦不可知智。"介绍了空海上人的情况,序文还交代了写作时间,"元和元年春沽(姑)洗之月聊序"。诗中描写空海上人是"古貌宛休公,谈真说苦空。应传六祖后,远化岛夷中",容貌高古,精通佛学,"去岁朝秦阙,今春赴海东",时隔一年,回归故里,"威仪易旧体,文字冠儒宗。留学幽微旨,云关护法崇",学有所成,声名鹊起,"承恩见明主,偏沐僧家风"⑤,回国受到天皇接见,身价大增。朱少端《送空海上人朝谒后归日本国》云:

禅客祖州来,中华谒帝回。腾空犹振锡,过海来浮杯。
佛法逢人授,天书到国开。归程数万里,归国信悠哉。⑥

诗人赞扬空海不远万里来华求法,回国后定能弘扬所学,传授道业。空海亦

---

① 《旧唐书》卷一百九十九《东夷传》,第5341页。
② 同上。
③ 《全唐诗》卷四七四,第5374页。
④ 《唐诗别裁集》卷十八,第244页。
⑤ 《全唐诗补编》(中册)《全唐诗续拾》卷二十二,第977—978页。
⑥ 同上,第978页。

有留别诗表白依依不舍之情,其《留别青龙寺义操阇梨》云:

> 同法同门喜遇深,空随白雾忽归岑。一生一别难再见,非梦思中数数寻。①

青龙寺为唐代长安的著名寺院,空海和义操同教同宗,相洽甚欢,今日一别不知什么时候才能再见,只能在梦里寄托思念了。诗歌质朴无华的语言,表达了深深的惜别情怀。空海上人才学超人,熟解梵书,书工八体,精通三乘,撰著《文镜秘府论》,具有深厚的唐文化修养,回国后传播密教,对中日文化交融殊有贡献。

二、送别僧人

唐代来华的和尚僧人,除以学问僧著称的空海等归入留学者一类外,还有最澄、圆仁、圆载等请益僧以及一些无名氏僧人,他们的求法修炼生活在送别诗中亦有反映。最澄是日本天台宗的祖师,"闻中国故大师智𫖮,传如来心印于天台山,遂赍黄金涉巨海,不惮滔天之骇浪,不怖映日之惊鳖",于"贞元二十年九月二十六日臻于临海郡,谒太守陆公"。陆公(陆质)"精孔门之奥旨,蕴经国之宏才,清比冰囊,明逾霜月,以纸等九物,达于庶使,返金于师。师译言请货金贸纸,用书《天台止观》。陆公从之,乃命大师门人之裔哲曰道邃,集工写之,逾月而毕,邃公亦开宗指审焉"。最澄"忻然瞻仰,作礼而去"。贞元二十一年"三月初吉,暄方景浓,酌新茗以饯行,对春风以送远,上人还国谒奏,知我唐圣君之御宇也"②。最澄功满回国时,台州司马吴颢为其诗茶饯行,多位官员及僧人与会话别,吴颢作《台州相送诗一首》并叙,毛涣、孟光、崔薹、许兰、林晕、幻梦、行满、全济时等均赋诗相送,诗题同为《送最澄上人还日本国》,陆质诗题为《送最澄阇梨还日本诗》。吴颢诗云"重译越沧溟,来求观行经",孟光诗云"往岁来求请,新年受法归",毛涣诗云"万里求文教,王春怆别离",崔薹诗云"问法言语异,传经文字同",许兰诗云"不惧洪波远,中华访法缘。精勤同忍可,广学等弥天",全济时诗云"家与扶桑近,烟波望不穷。来求贝叶偈,远过海龙宫",林晕诗云"求获真乘妙,言归倍有情",幻梦诗云"远将干竺法,归去化生缘",行满诗云"何当到本国,继踵大师风",皆是赞颂最澄为求佛法文教,远涉重洋来唐取经,孜孜不倦地吸取中国精华,回国后将佛宗在日本发扬光大,传播唐朝文韬武略。陆质《送最澄阇梨还日本诗》云:

---

① 《全唐诗补编》(中册)《全唐诗续拾》卷二十六,第 1051 页。
② 《全唐诗补编》(中册)《全唐诗续拾》卷十九《送最澄上人还日本国叙》,第 943 页。

>　　海东国主尊台教,遣僧来听《妙法华》。归来香风满衣裓,讲堂日出映朝霞。①

亦是赞美最澄上人精诚好学,能够传承天台宗派。以上送别诗作可谓是中日两国宗教方面交往的见证,从一个侧面反映了日本僧人在唐求法的情景。

开成三年(838),深得最澄赏识的圆仁随藤原常嗣的遣唐使船入唐,大中元年(847),圆仁携佛教经疏等大批宗卷回国,僧栖白作《送圆仁三藏归本国》相送,诗云:

>　　家山临晚日,海路信归桡。树灭浑无岸,风生只有潮。
>　　岁穷程未尽,天末国仍遥。已入闽王梦,香花境外邀。②

诗人摹写归途风景,抒发离情,相信圆仁归国后,一定会受到日本天皇的欢迎,得以重用。圆仁上人以《入唐求法巡礼行记》闻名,又极力弘扬天台宗义,对传播唐代文化功不可没。开成三年与圆仁一起入唐的还有圆载上人,其留唐朝前后约四十年,结交了许多文人士子,乾符四年(877)归国,临行之际,陆龟蒙、皮日休、颜萱等均赋诗赠行。如陆龟蒙《闻圆载上人挟儒书泊释典归日本国更作一绝以送》云:

>　　九流三藏一时倾,万轴光凌渤澥声。从此遗编东去后,却应荒外有诸生。③

从诗题和内容可以看出,圆载回国带走的经籍文书包罗三教九流,数量极大,流传开去,自然会扩大中国传统文化的影响。圆载在回去的旅途中,由于所乘商船突遇风暴,不幸殉难,委实令人可惜。

唐代送别诗中也有送别日本一般和尚和不知姓名僧人的,如韦庄曾为送别僧人敬龙作《送日本国僧敬龙归》,诗云:

>　　扶桑已在渺茫中,家在扶桑东更东。此去与师谁共到,一船明月一帆风。④

诗中的敬龙学成归国,诗人珍重道别,充满了关切,虽然不知有多远,不能一路陪伴,但愿友人在明月清风中一帆风顺平安到达。钱起、吴融、贯休、方干等,都有送别无名氏僧人的诗作,钱起的《送僧归日本》最享盛誉,诗云:

---

① 《全唐诗补编》(中册)《全唐诗续拾》卷十九《送最澄上人还日本国叙》,第942—947页。
② 《全唐诗》卷八二三,第9277页。
③ 《全唐诗》卷六二九,第7216页。
④ 《全唐诗》卷六九五,第7996页。

上国随缘住,来途若梦行。浮天沧海远,去世法舟轻。
　　水月通禅寂,鱼龙听梵声。惟怜一灯影,万里眼中明。①

诗中运用"随缘""法舟""禅寂""水月""梵声"等佛家术语,描写沿途情景,富于禅趣,此僧精通佛法后,满怀信心回国普度众生。

综观以上送别和留别诗作,首先,从送别诗的对象来看,基本都是日本随遣唐使而来的使者、留学者和僧人,这和史书所记一致,送别诗从一个侧面反映了他们在中国生活的细节情况,如受到皇帝接见赐诗、结交文人朋友等。除了知名的和尚高僧外,还有一些无名氏僧人,说明唐代佛教文化对日本具有极大的吸引力。

其次,从送别诗的目的来看,诗人们运用各种手法表达了深厚的朋友情谊。诗中几乎都夸张地提到日本在遥远的东边,大海的阻隔使旅途充满了风险,海上的风景壮阔美丽,祝福朋友平安抵达,希望互通音信,对日本友人充满别后思念,日本友人的留别诗也是依依不舍,激动人情,这种真挚的美好情感正是送别诗宝贵于其他史料的价值所在。

再者,从送别诗的内容来看,这些人来唐后,莫不是广泛交游,勤奋好学,学有所成,回国传播中华文化,受到天皇及民众欢迎,他们对中日两国文化的交融起到了重要作用,他们其实已成为中日友好的代言人,他们赋予了送别诗以无可替代的历史意义。

最后,从诗歌的文学传播作用来看,送别诗的私人性、珍贵性、交际性,使其更容易为人接受,从而发挥影响作用,对日本文学学习接受唐代律诗具有一定的示范性,日本许多关于送别的汉诗就是学习唐诗的结果。唐代送别诗是唐代诗歌的一类重要题材,所表达的惜别赞颂祝福是人类共通的美好情感,具有超越时空的艺术魅力。

相较新罗和日本,唐代与其他国家的交往较少,鉴于各种条件限制,唐人送别诗中涉及天竺的,仅有几首送僧人诗,如崔涂《送僧归天竺》、可止《送婆罗门僧》、刘言史《送婆罗门归本国》等。崔涂《送僧归天竺》云:

　　忽忆曾栖处,千峰近沃州。别来秦树老,归去海门秋。
　　汲带寒汀月,禅邻贾客舟。遥思清兴惬,不厌石林幽。②

可止《送婆罗门僧》云:

---

① 《钱起诗集校注》,第 150 页。
② 《全唐诗》卷六七九,第 7776 页。

雪岭金河独向东,吴山楚泽意无穷。如今白首乡心尽,万里归程在梦中。①

两诗可谓反起章法,从来处着笔,道尽了僧人归乡的愉悦。刘言史《送婆罗门归本国》诗中的婆罗门"遥知汉地未有经,手牵白马绕天行",不远万里,来到中国传经。"龟兹碛西胡雪黑,大师冻死来不得",尽管路途艰险难行,亦毫不畏惧。"地尽年深始到船,海里更行三十国",航海绕过三十国,才最后到达目的地。"马死经留却去时,往来应尽一生期"②,往返一次,几欲耗尽一生。由于往来行程不易,诗人对天竺僧人充满钦佩,予以热情赞誉。

要之,唐代恢弘的帝国气势使李唐王朝在礼仪、制度、教育、宗教等文化方面与外国交流时,表现出统驭寰宇、天下一体的教化胸怀,同时又能礼遇来宾、崇尚施与,建构了良好的外交风范,显示出独具的时代特征。

---

① 《全唐诗》卷八二五,第9292页。
② 《全唐诗》卷四六八,第5322页。

参考文献

古籍：

班固：《汉书》，中华书局，1962年版。
范晔：《后汉书》，中华书局，1965年版。
沈约：《宋书》，中华书局，1974年版。
姚思廉：《梁书》，中华书局，1973年版。
刘昫：《旧唐书》，中华书局，1975年版。
欧阳修：《新唐书》，中华书局，1975年版。
王溥：《唐会要》，中华书局，1955年版。
司马光：《资治通鉴》，中华书局，1956年版。
阮元校刻：《十三经注疏》（嘉庆刊本），中华书局，2009年版。
陈奂：《诗毛氏传疏》，北京市中国书店，1984年版。
逯钦立：《先秦汉魏晋南北朝诗》，中华书局，1983年版。
萧统编，李善注：《文选》，上海古籍出版社，1986年版。
徐坚等：《初学记》，中华书局，1962年版。
李昉：《太平广记》，中华书局，1961年版。
李昉：《文苑英华》，中华书局，1966年版。
董诰等：《全唐文》，中华书局，1983年版。
彭定求等：《全唐诗》，中华书局，1960年版。
河世宁纂辑：《全唐诗逸》，中华书局，1985年版。
陈尚君辑校：《全唐诗补编·补全唐诗拾遗》，中华书局，1992年版。
李白等：《唐人选唐诗十种》，昆仑出版社，2006年版。
沈德潜选，何长文点校：《古诗源》，吉林人民出版社，1999年版。
陈祚明：《采菽堂古诗选》，上海古籍出版社，2008年版。
计有功著，王仲镛校笺：《唐诗纪事校笺》，中华书局，2007年版。

辛文房著,傅璇琮主编:《唐才子传校笺》,中华书局,1987年版。
王谠:《唐语林·附校勘记》,中华书局,1987年版。
何光远:《鉴诫录》,中华书局,1985年版。
刘𬱟:《隋唐嘉话》,中华书局,1991年版。
王楙、王文锦点校:《野客丛书》,中华书局,1987年版。
尤袤:《全唐诗话》,中华书局,1985年版。
吴文治主编:《宋诗话全编》,江苏古籍出版社,1998年版。
吴文治主编:《明诗话全编》,江苏古籍出版社,1997年版。
何文焕:《历代诗话》,中华书局,2001年版。
丁福保:《历代诗话续编》,中华书局,2006年版。
王夫之等:《清诗话》,上海古籍出版社,1978年版。
郭绍虞、富寿荪:《清诗话续编》,上海古籍出版社,1983年版。
张伯伟:《全唐五代诗格汇考》,凤凰出版社,2002年版。
范晞文:《对床夜语》,中华书局,1985年版。
方回选评,李庆甲集评校点:《瀛奎律髓汇评》,上海古籍出版社,2005年版。
王世贞:《艺苑卮言》,凤凰出版社,2009年版。
徐祯卿:《谈艺录》,中华书局,1991年版。
胡应麟:《诗薮》,上海古籍出版社,1958年版。
胡震亨:《唐音癸签》,古典文学出版社,1957年版。
沈德潜:《唐诗别裁集》,中华书局,1975年版。
唐汝询编,王振汉点校:《唐诗解》,河北大学出版社,2001年版。
王夫之评选,任慧点校:《唐诗评选》,河北大学出版社,2008年版。
金雍集,施建中、隋淑芬校订:《金圣叹选批唐诗六百首》,北京出版社,1989年版。
金圣叹评,陈德芳校点:《金圣叹评唐诗全编》,四川文艺出版社,1999年版。
遍照金刚著,王利器校注:《文镜秘府论校注》,中国社会科学出版社,1983年版。
方东树著,汪绍楹校点:《昭昧詹言》,人民文学出版社,1961年版。
高步瀛:《唐宋诗举要》,上海古籍出版社,1978年版。
袁闾琨、薛洪勣主编:《唐宋传奇总集·唐五代》,河南人民出版社,2001年版。
陈直:《三辅黄图校证》,陕西人民出版社,1980年版。

别集:

张说:《张燕公集》,中华书局,1985年版。

李白著,王琦注:《李太白全集》,中华书局,1977年版。
杜甫著,仇兆鳌注:《杜诗详注》,中华书局,1979年版。
张九龄著,熊飞校注:《张九龄集校注》,中华书局,2008年版。
沈佺期、宋之问著,陶敏、易淑琼校注:《沈佺期宋之问集校注》,中华书局,2001年版。
沈佺期著,连波、查洪德校注:《沈佺期诗集校注》,中州古籍出版社,1991年版。
骆宾王著,骆祥发注:《骆宾王诗评注》,北京出版社,1989年版。
卢照邻著,李云逸校注:《卢照邻集校注》,中华书局,1998年版。
王勃著,谌东飚校点:《王勃集》,岳麓书社,2001年版。
杨炯著,谌东飚校点:《杨炯集》,岳麓书社,2001年版。
杨炯:《盈川集》,上海古籍出版社,1992年版。
陈子昂著,徐鹏校:《陈子昂集》,中华书局,1960年版。
陈子昂著,彭庆生注:《陈子昂诗注》,四川人民出版社,1981年版。
王维著,陈铁民校注:《王维集校注》,中华书局,1997年版。
王维著,陈铁民注:《王维诗注》,三秦出版社,2004年版。
孟浩然著,李景白校注:《孟浩然诗集校注》,巴蜀书社,1988年版。
高适著,刘开扬笺注:《高适诗集编年笺注》,中华书局,1981年版。
岑参著,廖立笺注:《岑嘉州诗笺注》,中华书局,2004年版。
王昌龄著,胡问涛、罗琴校注:《王昌龄集编年校注》,巴蜀书社,2000年版。
元稹著,杨军笺注:《元稹集编年笺注》,三秦出版社,2002年版。
白居易著,顾学颉校点:《白居易集》,中华书局,1979年版。
白居易著,谢思炜校注:《白居易诗集校注》,中华书局,2006年版。
韩愈著,严昌校点:《韩愈集》,岳麓书社,2000年版。
柳宗元著,易新鼎点校:《柳宗元集》,中国书店,2000年版。
刘禹锡著,陶敏、陶红雨校注:《刘禹锡全集编年校注》,岳麓书社,2003年版。
顾况著,赵昌平校编:《顾况诗集》,江西人民出版社,1983年版。
张籍著,李冬生注:《张籍集注》,黄山书社,1989年版。
钱起著,阮廷瑜校注:《钱起诗集校注》,新文丰出版公司,1996年版。
刘长卿著,储仲君笺注:《刘长卿诗编年笺注》,中华书局,1996年版。
韦应物著,孙望校笺:《韦应物诗集系年校笺》,中华书局,2002年版。
李益著,王亦军、裴豫敏编注:《李益集注》,甘肃人民出版社,1989年版。
戎昱著,臧维熙注:《戎昱诗注》,上海古籍出版社,1982年版。

李颀著,刘宝和注:《李颀诗评注》,山西教育出版社,1990年版。

杜牧著,何锡光校注:《樊川文集校注》,巴蜀书社,2007年版。

李商隐著,刘学锴、余恕诚集解:《李商隐诗歌集解》,中华书局,2004年版。

李贺著,王琦注,王步高、刘林辑校汇评:《李贺全集》,珠海出版社,2002年版。

孟郊著,郝世峰笺注:《孟郊诗集笺注》,河北教育出版社,2002年版。

贾岛著,黄鹏笺注:《贾岛诗集笺注》,巴蜀书社,2002年版。

姚合著,吴河清校注:《姚合诗集校注》,上海古籍出版社,2012年版。

温庭筠著,刘学锴校注:《温庭筠全集校注》,中华书局,2007年版。

项斯著,徐光大校注:《项斯诗注》,浙江古籍出版社,2006年版。

罗隐著,李之亮笺注:《罗隐诗集笺注》,岳麓书社,2001年版。

郑谷著,严寿澂等笺注:《郑谷诗集笺注》,上海古籍出版社,1991年版。

戴叔伦著,戴文进笺注:《戴叔伦诗文集笺注》,南京师范大学出版社,2013年版。

陈文华辑:《唐女诗人集三种》,上海古籍出版社,1984年版。

著作:

俞陛云:《诗境浅说》,北京出版社,2003年版。

施蛰存:《唐诗百话》,上海古籍出版社,1987年版。

刘永济:《唐人绝句精华》,人民文学出版社,1981年版。

胡适:《白话文学史》,安徽教育出版社,2006年版。

许总:《唐诗史》,江苏教育出版社,1994年版。

傅璇琮、蒋寅总主编,蒋寅卷主编,曹虹等撰稿:《中国古代文学通论·隋唐五代卷》,辽宁人民出版社,2005年版。

傅璇琮主编:《唐五代文学编年史》,辽海出版社,1998年版。

中国唐代文学学会等编:《唐代文学研究年鉴(1999)》,广西师范大学出版社,2000年版。

陈尚君:《唐代文学丛考》,中国社会科学出版社,1997年版。

闻一多:《唐诗杂论》,江苏文艺出版社,2007年版。

陈伯海主编:《唐诗汇评》,浙江教育出版社,1995年版。

张浩逊:《唐诗分类研究》,江苏教育出版社,1999年版。

余才林:《唐诗本事研究》,上海古籍出版社,2010年版。

屈子规、屈子娟:《唐诗勾趣》,四川教育出版社,2003年版。

孙琴安:《唐五律诗精评》,上海社会科学院出版社,1991年版。

傅璇琮：《唐代诗人丛考》，中华书局，2003年版。

吴汝煜主编：《唐五代人交往诗索引》，上海古籍出版社，1993年版。

竺岳兵：《唐诗之路唐代诗人行迹考》，中国文史出版社，2004年版。

詹锳：《李白诗文系年》，作家出版社，1958年版。

朱金城：《白居易年谱》，上海古籍出版社，1982年版。

王勋成：《唐代铨选与文学》，中华书局，2001年版。

程千帆：《唐代进士行卷与文学》，上海古籍出版社，1980年版。

谭正璧：《中国女性文学史》，百花文艺出版社，1991年版。

段塔丽：《唐代妇女地位研究》，人民出版社，2003年版。

柯卓英：《唐代的文学传播研究》，中国社会科学出版社，2009年版。

赵荣蔚：《唐五代别集叙录》，中国言实出版社，2009年版。

贾晋华：《唐代集会总集与诗人群研究》，北京大学出版社，2001年版。

吴枫：《隋唐历史文献集释》，中州古籍出版社，1987年版。

萧涤非、程千帆主编：《唐诗鉴赏辞典》，上海辞书出版社，1983年版。

霍松林：《唐宋诗文鉴赏举隅》，人民文学出版社，1984年版。

俞平伯等：《唐诗鉴赏辞典》，上海辞书出版社，2004年版。

李泽厚：《试谈中国的智慧·中国思想史论》，生活·读书·新知三联书店，2008年版。

肖占鹏主编：《隋唐五代文艺理论汇编评注》，南开大学出版社，2002年版。

陈伯海、蒋哲伦主编：《中国诗学史·隋唐五代卷》，鹭江出版社，2002年版。

童庆炳：《中国古代心理诗学与美学》，中华书局，1997年版。

陈植锷：《诗歌意象论》，中国社会科学出版社，1990年版。

严云受：《诗词意象的魅力》，安徽教育出版社，2003年版。

张德明：《人类学诗学》，浙江文艺出版社，1998年版。

刘若愚著，韩铁椿、蒋小雯译：《中国诗学》，长江文艺出版社，1991年版。

周生亚：《古代诗歌修辞》，语文出版社，1995年版。

张承宗、魏向东：《中国风俗通史·魏晋南北朝卷》，上海文艺出版社，2001年版。

臧嵘、王宏凯：《中国隋唐五代习俗史》，人民出版社，1994年版。

程蔷、董乃斌：《唐帝国的精神文明——民俗与文学》，中国社会科学出版社，1996年版。

瞿明安、郑萍：《沟通人神——中国祭祀文化象征》，四川人民出版社，2005年版。

陈贻焮总主编，陈铁民、彭庆生册主编：《增订注释全唐诗》，文化艺术出版社,2001年版。

周蒙、冯宇主编:《全唐诗广选新注集评》,辽宁人民出版社,1994年版。

王定祥选编:《唐人送别诗选》,中国地质大学出版社,1989年版。

白晓朗、黄林妹评注:《离别在今宵——唐人送别诗100首》,旅游教育出版社,1991年版。

陈世钟选注:《唐代送别诗新注》,河北教育出版社,1993年版。

张学文编注:《唐代送别诗名篇译赏》,重庆出版社,1988年版。

赵炳耀:《历代送别怀远诗歌选》,北京出版社,1990年版。

马大品:《历代赠别诗选》,书目文献出版社,1991年版。

李国强、白冬雁:《历朝送别忆旧诗:踏莎行卷》,华夏出版社,2000年版。

陈秉智、陈红涛、陈洪海:《寂寞长亭·唐人别离之美》,九州出版社,2012年版。

孙东临、李中华编著:《中日交往汉诗选注》,春风文艺出版社,1988年版。

杨桦:《唐人对外友好诗选》,天津古籍出版社,1988年版。

西北大学中文系编辑:《唐代诗人赠日本友人诗》,西北大学中文系,1979年版。

王元明、[日]增田朋洲主编:《中日友好千家诗》,学林出版社,1993年版。

杨昭全:《中国——朝鲜·韩国文化交流史》,昆仑出版社,2004年版。

马茂元:《古诗十九首初探》,陕西人民出版社,1981年版。

论文:

蒋寅:《祖饯诗会上的明星——郎士元》,《暨南学报》1995年第1期。

王志清:《慷慨倚长剑,高歌一送君——王维送别诗中的盛唐气象之试论》,《南京理工大学学报》1997年第3期。

戴伟华:《唐代方镇使府与文人送别》,《扬州大学学报》1998年第2期。

陈文华:《唐代女诗人李冶身世及作品考论》,《南京大学学报》2002年第3期。

王永波、周蓉:《从许浑送别诗看中晚唐送别诗创作模式的形成》,《西北师范大学学报》2003年第6期。

黄芸珠:《论薛涛诗歌男性化审美形态的表现》,《乐山师范学院学报》2003年第7期。

邹进先:《论杜甫的送别诗》,《北方论丛》2004年第2期。

许智银:《孟浩然送别诗研究》,《襄樊学院学报》2005年第6期。

刘敏:《〈文选〉祖饯诗浅谈》,《哈尔滨学院学报》2005年第9期。

李亚军:《"折柳送别"解——论"折柳"民俗蕴涵的树神崇拜、生殖信仰观念》,《阴山学刊》2006年第4期。

许智银:《沈佺期宋之问送别诗研究》,《平顶山学院学报》2006年第4期。

许智银:《唐代女性送别诗综论》,《河南社会科学》2008年第2期。

许智银:《唐代送别诗的修辞意象刍论》,《河南理工大学学报》2008年第4期。

许智银:《唐代送别诗的意象组合》,《河南科技大学学报》2009年第2期。

余恕诚、郑传锐:《唐诗中"日东""扶桑"等地理指向考辨》,《南京师范大学文学院学报》2012年第3期。

韩立新:《忧喜是心火,荣枯是眼尘——白居易〈赋得古原草送别〉诗解分析》,《山东师范大学学报》2013年第2期。

后 记

《唐代送别诗研究》作为国家社会科学基金后期资助项目 2018 年结项，安排于 2020 年 5 月付梓出版，在今年特殊的新冠疫情期间，一切都能顺利如愿，我只有满心的感谢。

首先要感谢洛阳师范学院历史系的郭绍林教授，他曾经为本书的基础书稿写过一篇序言，提出了许多中肯的修改意见。正是在此基础上，2014 年我成功申报了国家社会科学基金后期资助项目。郭先生的序写于 2008 年 11 月 18 日，至今已经过去十二年了，由于现在的书稿题目和内容都有了很大的改动，故谨在此全文录出，以示不忘指导教诲。郭先生在序中说：

聚散离合，是人类社会生活的常见现象。古今中外，尊卑贵贱，有谁能做到一辈子不和人话别、送别呢？离别的事由千千万万，时间长短不一，路途远近不同，临行之际，留守者和出行者总会依依惜别，叮咛反复，甚至举行一定的送行仪式。于是乎有了《骊歌》，有了送别诗。《骊驹》之歌只留下篇名，其歌词早已散失，无从品味。但我国最早的诗歌总集《诗经》，却留下了一些送别诗。"国风"中的《燕燕》《渭阳》，"大雅"中的《崧高》《烝民》《韩奕》，"周颂"中的《有客》等，是古今学人一致认同的送别诗。《诗经》中其余篇章，也或多或少包含着送别的因素，如《周南·桃夭》"之子于归，宜其室家"句，便是人们送一位姑娘出嫁时的祝福语，《卫风·氓》"送子涉淇，至于顿丘"句，反映了女子送别自己相好的路线。汉魏两晋南北朝时期，诗歌进入自觉的时代，送别、留别的诗作多了起来，反映的人际交往和社会生活更加广阔。梁昭明太子编辑的文学总集《文选》，在"杂诗"专题中有署名西汉李陵、苏武的送别诗，虽系后人托伪之作，但今天看来，托名虽假，作品出现的时代还是比较早的；在"祖饯"专题中，还专门收录了几首留别、送别的诗作。这些诗歌，从标题到内容，皆以离别为主题话语，人们不必像对待《诗经》那样去寻觅其中的离别因素。唐初欧阳询主持编纂的大型类书《艺文类聚》,在《人部·别》中也搜罗了一些与离别有关的诗句。

诗至于唐而大成,五万来首诗歌作品包罗万象,而编织离别话语作为诗歌主题的作品,占有相当的比重。这些送别诗、留别诗,反映着唐代三百年间广阔的社会生活,其内容林林总总、斑驳陆离,其人物三教九流、形形色色,其风格千姿百态、变化无穷,其情绪喜怒哀乐、敷衍应酬,其话语嘱咐艳羡、指点迷津,不仅涵盖着李唐统治区内的各个地区、各个民族,还延伸到境外的异域殊俗。从字里行间,我们能体会到当时的人文地理,感受到当时的交通条件,眼前晃动着驱车策马的游子伴随着情谊和希望,梯山航海的行人携带着使命和文明。早在唐代,有的离别诗作即已结集成集,后代的诸多诗话对某些作品也曾给予特别的关注,留下了一些颇有见地的评语。这些送别诗、留别诗,无疑是珍贵的文化遗产,它们补足了正规史书不可能反映的社会生活细节,使我们多角度地、具体而微地去把握那个时代成为可能。

近三十年间,国内学术界对唐诗的研究,触角遍布于各个层面,对于唐代送别诗、留别诗的认识、爬梳、结集、清理、评说、研究,也显得空前活跃。于是刊布了一批论文、书籍,或对它们作高度的抽象、演绎,或对某个作者进行个案研究,或着眼于情感、意象,或专注于艺术手法,或对作品予以编选、笺注、赏析。这些学术积累,为进一步的整体研究作出了良好的铺垫。在众多的研究者中,许智银女士是极其勤奋且卓有成效的一位学者。在过去的几年间,她发表了一些个案研究的论文,最终水到渠成,集五年之功,完成了这部综合性的学术著作《唐代送别诗的文化观照》。这部著作不同于上述研究成果的地方,在于以下几个方面:

其一,这是一部对唐代送别诗、留别诗进行整体研究的通代文学史著作。作者的视角既不忽略某位作者、某些诗篇,又不因注目凝视而耽误了环顾旁骛。因此,作者徜徉在唐诗的海洋中,不断地探骊得珠,欣赏与比较共存,审视与评判同在。这就使得这部著作避免了偏执于一隅的那种形而上学的、孤立的、单一的认识,从而系统地、全方位地、有比较地认识了一种文学现象。

其二,这部通代文学史著作,要准确把握唐代送别诗、留别诗在文学史长河中的地位,便不得不考镜源流,向上追溯到《诗经》以来截至汉魏两晋南北朝的文学中,去进行考察,同时,向下延伸到唐代以后的几个朝代,感受诸多诗话家的种种评述。因此,本书不但以相当的篇幅考察了唐代以前的送别诗、留别诗,找出它们与唐代同一主题作品之间的传承关系,以发明唐代作品的创新价值;而且与历代诗话家对话,寻找心灵的沟通、感应。可以说,读了这本书,读者对于成文史以来讫于五代的送别诗、留别诗,会有连贯的解读而不至于断层。

其三,作者对唐代送别诗、留别诗的研究,尝试运用人类学、民族学、文化学、心理学、传播学、历史学等多种手段。这就使得本书不仅仅是文学史研究者那种文本、文学、修辞、美学等等层面的研究格局,而将研究内涵外延到唐代的社会、历史、民族交往、中外交流等方面。如此这般,本书便做到了将洞察剖析唐人的心态情谊、伦理道德、价值取向和人情世故、社会风貌、政治生活融于一炉。书中所设置的《唐代送别诗中的送别民俗》《唐代送别诗中的社会风情》专章,原本都只是历史学研究领域的话题,而在本书中,却以文学的资料、形象思维的方式,作了单纯历史学著作无法胜任的另类展示。

我同智银的先生薛瑞泽博士是学术朋友,我们都从事史学研究。尽管我认识瑞泽已将近二十年,但同智银却一直未曾晤面。近日,这对恩爱伉俪持《唐代送别诗的文化观照》书稿光临敝舍,客气地要我帮助把把关,我遂有了先睹为快的机缘。拜读书稿,十分兴奋,不能自已,于是写下这篇读后感,聊充序言。

其次要感谢五位不知名的评委专家,他们在匿名评审中,不仅充分肯定了该成果的学术价值,同时也提出了较详尽的修改意见和许多可行性建议,我也都按照要求进行了采纳修改。如专家一指出:

> 该成果的主要成就有:一、关于唐代送别诗,目前学界尚无专门的研究著作,因此,对推动和拓展唐代文学研究均有较为重要的价值。二、内容丰富、文献准备较为完备。较为全面地搜罗梳理了唐代的送别诗,对唐前送别诗有必要的搜集,对唐代历史、社会、风俗等方面的史料及今人的相关研究成果皆有适当的关注和吸收。三、对唐代送别诗的分析较为全面,论述较为充分。能联系唐前送别诗的状况追溯唐代送别诗在文化、艺术方面产生、发展的渊源,又能结合古代汉民族的文化心理及唐代社会的文化环境,探索唐代送别诗发展及兴盛的原因,达到了一定的深度;对本文唐代送别诗的研究范围对象有明确的界定,对唐代送别诗的题式、开端、结尾的分类较为准确,分析论述亦较为充分深入,有自己的独特之见;对唐代送别诗的内容,从"情以事现,叙事言别""情以景出,绘景寓别""情以人立,摹人写别"(即叙事为主、绘景为主、摹人为主)三个方面分类,虽有使此类诗的内容特点不够显明的嫌疑,

但也体现了作者独具的匠心;对唐代送别诗从审美意象的角度分类分析论述,亦增加了全文的深度;对唐代送别诗所体现的送别民俗、社会风情作了细致广泛的论析,增加了文章的广度和丰富性;最后一章,纵向对唐代各个时期送别诗的特点进行综合论述,虽尚嫌单薄,但也体现了作者考察、构思的全面性和多视角的眼光。

专家二认为:

这一成果,体现了作者的历史眼光,能从唐代送别诗的文化渊源与其兴盛的历史原因进行分析;同时,又对唐代送别诗这一类别的作家作品作了较为全面的收集与梳理,概括出唐代送别诗在初、盛、中、晚四个不同时期的风貌特征;再者,作者也从审美的角度对唐代送别诗的情韵、魅力、意象进行了分析,论述了与送别诗相关的唐代民俗与社会风情,总的来看,该成果具有一定的学术价值,作者的研究态度是认真的,所引用资料均有详尽的出处,符合学术规范,第二、三章的分析不乏精彩独到之处。

最后还要感谢我的博士导师程奇立先生,在整个写作过程中,我曾多次向先生请教问题,先生都不厌其烦予以回答,留言斧正,甚至允诺赐序,为生于此再拜谨受教。

上海古籍出版社的刘赛老师、王冰鸿老师,在编辑过程中也付出了诸多辛劳,虽不曾谋面相识道谢,也心怀感激。

我的家人也给了我最切实的支持和爱护,不敢只表谢意,宜当勇往前行。

2020 年 5 月 1 日于河南科技大学德园

图书在版编目(CIP)数据

唐代送别诗研究 / 许智银著. —上海：上海古籍出版社, 2020.5
ISBN 978-7-5325-9617-1

Ⅰ.①唐… Ⅱ.①许… Ⅲ.①唐诗—诗歌研究 Ⅳ.①I207.22

中国版本图书馆 CIP 数据核字(2020)第 067961 号

唐代送别诗研究

许智银 著

上海古籍出版社出版发行

(上海瑞金二路 272 号 邮政编码 200020)

(1) 网址：www.guji.com.cn
(2) E-mail: guji1@guji.com.cn
(3) 易文网网址：www.ewen.co

上海商务联西印刷有限公司印刷

开本 787×1092 1/16 印张 25.25 插页 2 字数 427,000
2020 年 5 月第 1 版 2020 年 5 月第 1 次印刷
ISBN 978-7-5325-9617-1
I·3489 定价：98.00 元
如有质量问题，请与承印公司联系